W0189283

Günter Rohwedel

Mithilfe

un...erwünscht?

oder

Warum ein Verbrechen unaufgeklärt bleibt!

Aus rechtlichen Gründen wurden Namen von Personen verändert oder mussten auf Forderung ungenannt bleiben.

Alle Vorgänge werden authentisch geschildert, entsprechen dem wirklichen Geschehen und können durch Aktenlage belegt werden.

www.spica-verlag.de

Inhalt

Prolog

Nach dem Fall der innerdeutschen Mauer wurden Tatsachen geschaffen, die bei sehr vielen Menschen Ostdeutschlands ungewollt zu Veränderungen führten, die vorrangig das berufliche Umfeld betrafen.

Betriebe mussten sich umorientieren oder in die Insolvenz gehen. Ehemalige Sicherheitsorgane wurden umstrukturiert oder ganz aufgelöst. Letzteres betraf auch mich persönlich. Da war es wichtig, sich nicht selbst aufzugeben, zu resignieren oder abzugleiten.

Als ausgebildeter Kriminalist und Jurist, vorbelastet durch eine Tätigkeit in einem früheren staatsnahen Sicherheitsorgan, blieb mir – trotz meiner hohen beruflichen Qualifikation und dem darauf basierenden beruflichen Erfolg – versagt, im Bereich Sicherheit/Ermittlungen überhaupt eine Beschäftigung zu finden.

Mein Entschluss, in die Selbstständigkeit zu gehen, war daher alternativlos, nachdem meine ersten Versuche, in meinem erlernten Beruf als Elektromonteur, in der Wirtschaft Fuß zu fassen, nach einigen Monaten gescheitert waren.

Um meine in den zurückliegenden Jahren erlangten Kenntnisse und Fähigkeiten auf dem Gebiet der Kriminalistik weiter nutzen zu können, meldete ich im Dezember 1991 ein Gewerbe als Detektiv/Privatermittler an.

Ein Detektiv war zu dieser Zeit für viele Menschen in den neuen Bundesländern noch eine Film- bzw. Romanfigur, also ein Exot, was sich für die Auftragslage in den Anfängen alles andere als positiv auswirkte.

Dass ein deutscher Berufsdetektiv im Sinne des Gesetzes ein Gewerbetreibender ist, der in seiner Berufsausübung keine gesetzlichen Vor- oder Sonderrechte genießt und der keine amtlichen oder behördlichen Funktionen ausübt, war nur wenigen klar. Ich musste mich häufiger erklären und übernahm jeden Auftrag, bei dem ein berechtigtes Interesse durch meine Auftraggeber begründet wurde.

Als Privatdetektiv hatte ich in meiner Ermittlungsarbeit gegenüber der Polizei zweifellos einige spezifische Vorteile. Ich konnte unbürokratischer, schneller vorgehen, besaß größere Flexibilität und die Möglichkeit, mich voll und ganz auf einen Auftrag, auf meinen Fall zu konzentrieren.

Auch meine Ermittlungsmethoden waren anders. Ich konnte das natürliche Mitteilungsbedürfnis meiner Gesprächspartner durch einen Vorwand oftmals viel mehr wecken als die Polizeibeamten, denen stets mit einer gewissen Zurückhaltung begegnet wird. Selbst auf neue Situationen konnte ich einfach schneller reagieren und so bereits nach einem Jahr durchaus von einer ersten stabilen Auftragslage ausgehen.

So vielfältig wie das Leben ist, so abwechslungsreich waren die Aufträge: Betrug, Diebstahl, anonyme Drohungen, Missbrauchshandlungen oder die Suche nach pfändbarer Substanz im Auftrag der Gläubiger.

Heikler gestalteten sich die Ermittlungen in Litauen, um dort die Umstände des Todes eines deutschen Bahnmitarbeiters aufzuklären.

Zunehmend erhielt ich Aufträge, bei denen es um die Suche nach vermissten Kindern ging. Diese führten natürlich unumgänglich zu Kontakten, zu den in den jeweiligen Fällen zuständigen Ermittlungsbehörden. Meine Hilfe wurde von ihnen anerkannt und gerne angenommen. Ich konnte ein kooperatives Zusammengehen deutlich spüren.

Die Ermittlungsbehörden und ich, der Privatermittler, zogen, ganz im Sinne der Betroffenen, in solchen Fällen, an einem Strang; dem des Rechts.

Hierbei ist es auch unabdingbar, dass die Bemühungen aller Ermittlungsaktiven in dieselbe Richtung gehen!

Dass dieses aber nicht immer der Fall ist, erlebte ich an einem besonderen Fall.

Im August 1994 bat die Polizei in Mecklenburg-Vorpommern die Bevölkerung im Fall eines vermissten 10-jährigen Mädchens um Mithilfe.

Nach mehr als zwei Jahren war das Schicksal des kleinen Mädchens immer noch ungeklärt. Im Oktober 1996 nahm ich meine Ermittlungen in diesem Fall auf. Ich betrachtete meine Aktivitäten als Privatermittler als besondere Unterstützung bei der Suche nach der Vermissten.

Dass meine persönliche Auffassung von Unterstützung jedoch krass mit der Zielvorgabe der Polizei kollidierte, zeigte sich schon nach kurzer Zeit. Selbst die Mitwirkung und Unterstützung der Angehörigen des Opfers verliefen anders als erwartet und stellten besonders meine Ermittlungen, die Zielsetzung meines Auftrages infrage.

Jahre nach ihrem Verschwinden wurde das Mädchen an einem Ort gefunden, der zuvor bereits mehrfach im Fokus meiner Ermittlungen gestanden hatte.

Obwohl aus dem Vermisstenfall ein Mordfall geworden war, kam eine kooperative Zusammenarbeit mit den Ermittlungsbehörden nie zustande.

Trotz vieler Rückschläge ermittelte ich unverdrossen weiter und geriet selbst ins Visier der Staatsanwaltschaft. Das Verbrechen an dem kleinen Mädchen drohte in Vergessenheit zu geraten. Alle meine Versuche, die Ermittlungsbehörden, die Angehörigen oder die Politik erneut zu bewegen, sich dem Fall zuzuwenden, blieben erfolglos.

Aber warum?

In diesem Buch schildere ich die (wahre) Geschichte meiner Ermittlungen, in diesem speziellen Fall.

Dabei wird die Strategie meiner Nachforschungen ebenso deutlich, wie sich den Lesern meine kriminalistische Denkweise und die vielen offenen Fragen zu dem Fall offenbaren werden.

Auf die vielen Fragen, die sich mir stellen und stellten, die bewusst hervorgehoben sind, gilt es nach wie vor Antworten zu finden. Hindernisse und Störfaktoren, die meine Ermittlungen beeinflussten, habe ich aufgezeigt und die Prozesse der Zusammenarbeit sowie die Kontakte zu den Ermittlungsbehörden beschrieben. Auch welche Unterstützung von der Politik hinzukam, wie Kriminalexperten auf mein Hilfeersuchen reagierten und welche Erfahrungen ich im Umgang mit den

Angehörigen und den Medien sammeln konnte, ist beschrieben.

Die eigene Erkenntnis, dass es im Fall einer guten Zusammenarbeit mit den Ermittlungsbehörden durchaus eine Möglichkeit gegeben hätte, dieses Verbrechen aufzuklären, nahm mir letztendlich meine Energie. Es war bitter für mich, loslassen zu müssen und nach vielen Jahren eigener Ermittlungen in diesem Fall zu erkennen, dass meine Unterstützung unerwünscht war und ich verloren hatte.

Doch was bis heute geblieben ist, ist die Frage: Warum war meine Hilfe nicht erwünscht?
Das Schicksal des kleinen Mädchens ist nach wie vor ungeklärt, und der oder die Täter noch nicht seiner oder ihrer gerechten Strafe zugeführt.
Wenn sich der eine oder die andere fragt: Wie können die an der Aufklärung beteiligten Beamten und die Angehörigen mit der Tatsache leben, nicht alles unternommen zu haben, um das Verbrechen an einem unschuldigen Kind aufzuklären, dann sind sie nicht alleine.
Was wirklich passiert ist, wird wahrscheinlich für immer im Dunkeln und das Verbrechen an einem kleinen Mädchen ungesühnt bleiben. Es sei denn ...
Diesen Satz wird am Ende meines Buches jede(r) auf ihre/seine Weise vervollständigen können.

Günter Rohwedel

TEIL 1
Ein Mädchen verschwindet
Der 12. August 1994

M. ist eine idyllische Kleinstadt in Mecklenburg-Vorpommern. Umgeben von prächtigen Wäldern und zahlreichen Seen inmitten der wunderschönen „Mecklenburger Schweiz". Alles schien im August 1994 wie immer zu sein. Das nahende Ende der Schulferien kündigte sich an. Es war ein Freitag. In dem betroffenen Wohngebiet, einem Neubauviertel, hatte sich die Hitze der zurückliegenden Sommertage, in den Wohnungen nahezu unerträglich gespeichert. Am späten Nachmittag zogen sich dunkle Wolken am Himmel zusammen.

In einer der Wohnungen verabschiedete sich gerade die 10-jährige Anne von ihren Großeltern, um bis zum Abendessen mit Freunden hinter dem Haus zu spielen. Es war ihr Zuhause, denn sie wuchs bei ihren Großeltern auf.

Gegen 17:00 Uhr verließ sie die Wohnung, um auf den Spielplatz hinter dem Haus zu gehen. Sie spielte dort oft mit anderen Kindern in unmittelbarer Nachbarschaft und wusste daher, dass sie sich nicht weit vom Wohnhaus der Großeltern entfernen durfte. Die Großeltern würden sie rufen, wenn der Tisch zum Abendbrot gedeckt war. Daher gingen ihre Blicke hin und wieder zum Schlafzimmerfenster der Großeltern, von dem der Spielplatz einsehbar war. Gemeinsam mit zwei Jungen ihres Alters – es waren Brüder, die im gleichen Wohnblock wohnten –, spielte sie ausgelassen mit einem Ball. Ab und an fielen Regentropfen. Gegen 18:00 Uhr nahm der Regen zu. Die Kinder brachen spontan ihr Spielen ab, um ins Trockene zu flüchten. Die Brüder liefen zur einzigen Hintertür des Wohnblockes. Es war der kürzeste Weg, um schnell ins Haus zu gelangen. Anne nahm einen anderen, längeren Weg. Sie lief vom Spielplatz in Richtung Wohnblockgiebel, um so zur Vorderseite des Wohnblocks zu gelangen.

Wäre sie mit den Brüdern gegangen, hätte sie durch den Keller gehen müssen. Das hatten ihr aber die Großeltern strikt verboten. Die Brüder sahen noch, wie sie hinter dem Giebel verschwand. An der Giebelseite führte ein nur wenige Meter langer Weg entlang, der auf der anderen Seite von einer Mauer begrenzt war, die zu einem Firmengrundstück gehörte. An der Mauerseite befanden sich Büsche und Sträucher. Der Weg war dadurch teilweise schwer einsehbar.

Inzwischen war der Regen stärker geworden. Die Großeltern hatten es registriert. Flugs eilte die Großmutter in die Schlafstube, um nach der Enkelin auf dem Spielplatz zu schauen.

Der Spielplatz war verwaist. Keines der vor Kurzem dort noch spielenden Kinder war zu sehen. Die Großmutter nahm an, dass ihre Enkelin nun bald die Wohnung betreten würde. Doch sie erschien nicht. Sie wird sich sicher bei ihrer Freundin aufhalten, deren Familie im gleichen Wohnaufgang wohnt, so der Gedanke der Großmutter. Gemeinsam mit ihrem Mann und ihrer pflegebedürftigen Schwester, die ebenfalls im Haushalt lebte, wurde ohne Anne zu Abend gegessen. Der Platz, den sie sonst am Tisch ausfüllte, blieb leer und es war für keinen der Anwesenden außergewöhnlich. Alles verlief wie an vielen anderen Abenden, an denen das Fernsehgerät im Wohnzimmer der Großeltern das laufende Programm ausstrahlte. Als die Titelmusik der Lieblingsserie ihrer Enkelin, GZSZ begann, fiel den Großeltern auf, dass sie noch immer nicht zurück war und sich auch bisher, was sie sonst immer tat, noch nicht gemeldet hatte. Noch nie hatte sie eine Folge ihrer Lieblingsserie verpasst. Die Großmutter begann sich Sorgen zu machen.

Der Großvater saß im Wohnzimmer, las seine Zeitung und schaute hin und wieder zum Fernseher hinüber. Dort war die Lieblingsserie der Enkelin bereits angelaufen. Seine Frau begab sich zu dieser Zeit abwechselnd auf den Balkon, um auf die Straße vor dem Wohnblock nach der Enkelin zu schauen und von dort wieder in die Schlafstube, um noch einmal den Spielplatz nach ihr abzusuchen.

Es ging auf 20:00 Uhr zu. Nun hielt es die Großmutter nicht mehr in der Wohnung. Sie begab sich zur Wohnung der Familie Dargusch, den Nachbarn, die im gleichen Aufgang wohnten. Dort klingelte sie, um nach Anne zu fragen. Doch niemand öffnete. Es war niemand zu Hause. In ihrer Hilflosigkeit klingelte sie bei weiteren Nachbarn. Doch niemand hatte ihre Enkelin gesehen oder wusste, wo sie war. Als die Großmutter ohne Ergebnis in ihre Wohnung zurückkehrte, dauerte es nicht lange und sie begab sich wieder auf die Straße, um erneut nach Anne zu suchen. Aber auch von dort kam sie bald ohne Ergebnis zurück. Nach nur wenigen Minuten begab sie sich erneut vor das Wohnhaus, um nach der Enkelin zu suchen. Nun beteiligte sich auch der Großvater an der Suche. Er kontrollierte bestimmte Plätze im Wohngebiet, an denen sie sich oftmals aufhielt. Bei beiden hatte sich ernsthafte Sorge breitgemacht. Vor dem Haus befragte die Großmutter vorbeigehende Passanten, ob diese das Mädchen gesehen hätten. Das Kind war bei vielen beliebt und fast jeder aus der erweiterten Nachbarschaft kannte es. Nachbarn, die durch das Nachfragen der Großmutter und deren Verzweiflung von der Suche erfuhren, unterstützten die Großeltern nun bei der Suche nach der Enkelin. Es wurde vor, hinter dem Wohnhaus, im Wohngebiet, in den einzelnen Wohnaufgängen und den Kellern des Wohnblocks gesucht. Als auch diese gemeinsame Suche gegen 21:00 Uhr erfolglos abgebrochen wurde, rief der Großvater auf Drängen einer Nachbarfamilie letztlich die Polizei an.

Die Beamten der Nachtschicht hatten ihren Dienst in der örtlichen Polizeiinspektion schon begonnen. Es war exakt 22:40 Uhr, als sich der Großvater dort telefonisch meldete. Er gab an, dass seine Enkeltochter nicht nach Hause gekommen sei, und die persönliche Suche gemeinsam mit Nachbarn im Wohngebiet ergebnislos geblieben war. Die in einem solchen Fall üblichen Erstmaßnahmen wurden sofort eingeleitet. Die Rufbereitschaft des Kriminalkommissariats wurde informiert und ein Funkstreifenwagen zur Wohnung der Großeltern beordert. Um 23:40 Uhr betraten die Polizisten die Wohnung der Großeltern. Parallel dazu erfolgte der Einsatz von zwei Streifenwagenbesatzungen, um die nähere Umgebung erneut abzusuchen und anschließend die Suchfahrten auf das gesamte Stadtgebiet auszudehnen. Weitere Polizeibeamte begannen mit der Durchsuchung der Keller in den angrenzenden Wohnaufgängen. Auch Krankenhäuser wurden telefonisch abgefragt. Zum gleichen Zeitpunkt hatte eine weitere Streifenwagenbesatzung den Auftrag erhalten, die sich in der Nähe des Wohngebietes befindende Kleingartenanlage und die daran angrenzenden Wiesen nach dem vermissten Kind abzusuchen.

Nach der Schilderung der bisherigen Suche durch die Großeltern, begann Kriminalobermeister L. von der Polizeiinspektion, etwa gegen Mitternacht mit der Aufnahme der Vermisstenanzeige.

In dieser war auf eine der Seiten Folgendes zu lesen: – seit 15:00 Uhr vermisst. Auf der nächsten Seite gab es einen anderen Eintrag. Da wurde die Rubrik: „Wann vermisst" zunächst 17:00 Uhr eingetragen, dann gestrichen und 20:00 Uhr eingesetzt.

In einer anderen Spalte wurde bei: „Wann, wo und von wem zuletzt gesehen" eine Zeitangabe mit 15:00 Uhr überschrieben. Bei: „Wo" hieß es: In der Nähe des Wohnhauses.

Ein weiterer Eintrag: „Kinderspielplatz" wurde gestrichen und eingetragen. „Brief zur Post bringen". Diese Angaben schienen auf den ersten Blick schon verwirrend.

Wie kam es aber zu diesen widersprüchlichen Eintragungen?

Der Eintrag 15:00 Uhr konnte nicht stimmen. Das Mädchen hatte gegen 17:00 Uhr die Wohnung der Großeltern verlassen. Beide, Großmutter und Großvater, waren zu diesem Zeitpunkt in der Wohnung.

Warum war in der Vermisstenanzeige nicht angegeben, wer das Mädchen dann aber um 15:00 Uhr und wo zuletzt gesehen hatte?

Eine genaue Personenbeschreibung sollte immer das A und O einer jeden Vermisstenanzeige sein, denn alle eingeleiteten Suchmaßnahmen erfolgen auf der Grundlage dieser Beschreibung und eines aktuellen Fotos der vermissten Person.

In diesem Fall trug das vermisste Mädchen ein sehr auffälliges Muttermal unter dem rechten Mundwinkel – ein ganz besonderes Merkmal.

Die Beschreibung ihrer Bekleidung war in der Vermisstenanzeige jedoch mit einer bemerkenswerten Exaktheit erfolgt. Die Polizei setzte unterdessen ihre Suchmaßnahmen fort und erweiterte diese bereits auf die nähere Umgebung der Kleinstadt. Selbst Krankenhäuser der nächstgelegenen Städte wurden nun telefonisch abgefragt. Funkstreifenwagen fuhren im Wechsel durch die Straßen von M.. Jede Bewegung von Personen und von Fahrzeugen wurde in dieser Nacht von den Beamten wahrgenommen, erfasst und bei erforderlicher Notwendigkeit Personen- sowie Fahrzeugkontrollen durchgeführt. Doch das vermisste Kind blieb verschwunden. Es gab nicht einmal einen Hinweis.

Maßnahmen der weiteren polizeilichen Suche waren bereits für den Sonnabend festgelegt und vorbereitet.

In den Morgenstunden des 13. August suchten Polizisten verschiedene Wohnaufgänge in den Neubaublöcken auf. Die offensiven Maßnahmen der polizeilichen Suchaktion und die damit einhergehenden, verstärkten Polizeieinsätze waren angelaufen. Gegen 08:00 Uhr hatte man mit der mündlichen und telefonischen Befragung von Bezugspersonen der Vermissten begonnen. Durch Lautsprecherdurchsagen eines Funkstreifenwagens der Polizei im Stadtgebiet und über Rundfunk war bereits die Suchmeldung nach dem zehnjährigen Mädchen weit über die Stadt hinaus bekannt geworden. Mit einem verstärkten Polizeiaufgebot von 26 Beamten wurde die Suche im Wohngebiet in fast allen Kellern der Häuser fortgesetzt. Die nähere Umgebung, Mülldeponien, Wiesen und Gärten wurden erneut durchsucht, da die Suche in der letzten Nacht, durch die Dunkelheit stark beeinträchtigt gewesen war. Am Nachmittag waren in der Stadt immer noch die Lautsprecheransagen zu hören. An Verkaufsstellen, öffentlichen Einrichtungen und an den Eingängen der Wohnblöcke, wurde ein erster Fahndungszettel der Polizei befestigt. Die Angaben darauf waren jedoch recht spärlich. Es hieß, dass die 10-jährige Schülerin seit dem 12. August, 15:00 Uhr vermisst wird. **Warum aber war auch hier mit 15:00 Uhr eine falsche Zeit angegeben?**

In der Personenbeschreibung hieß es nur: Größe 145 cm, blonde, zu einem Pferdeschwanz gebundene Haare, gehalten von einem bunten Haarreif.

Bekleidung: pinkfarbene Radlerhose weißes T-Shirt mit einem Motiv auf der Vorderseite.

Warum wurde hier nicht die präzise Beschreibung der Bekleidung aus der Vermisstenanzeige übernommen?

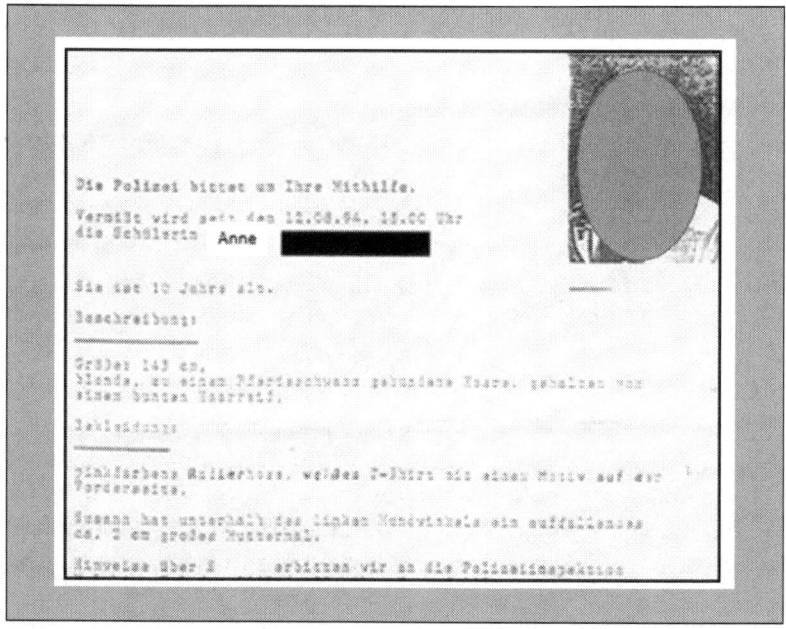

In dieser war zum Beispiel für das Motiv auf dem T-Shirt ein David Hasselhoff-Motiv angegeben.

Am späten Nachmittag um 18:00 Uhr, begann die Polizei mit den Befragungen der Bewohner des Wohngebietes. Die Fahndungsblätter waren verteilt, die Lautsprecheransagen verhallt und die Suchmannschaften hatten große Gebiete abgesucht. Alles konzentrierte sich nun auf die Ergebnisse der angelaufe-

nen Befragungen und auf erste mögliche Hinweise nach Aushang des Fahndungsblattes.
Aber waren die auf dem Fahndungsblatt recht dürftigen Angaben zur Vermissten und die falsche Zeitangabe überhaupt ausreichend und zielführend?

Noch am späten Abend erging ein Fax der Polizei an den regionalen Fernsehsender, um eine Suchmeldung ausstrahlen zu lassen.
Der erste Tag einer intensiven Suche nach dem vermissten Mädchen blieb erfolglos. Am Abend gegen 22:00 Uhr fuhr ein Funkstreifenwagen der Polizei vor den Wohnblock, in dem die Großeltern mit ihrer Enkelin wohnten. Die Wagenbesatzung observierte das Haus sowie Bewegungen im Umfeld bis zum anderen Morgen.
Bereits am gleichen Tag hatte auch der Kriminalhauptkommissar K. von der Polizeiinspektion N. die Leitung aller Maßnahmen übernommen, die im Zusammenhang mit den Ermittlungen zum Vermisstenfall geführt wurden.
Schon an diesem Tag hatte sich eine Bürgerin aus R. telefonisch bei der örtlichen Polizei gemeldet und mitgeteilt, am Abend des Verschwindens ein Mädchen ähnlicher Beschreibung an einer Kreuzung in der Kleinstadt M. gesehen zu haben. Nur an das Muttermal im Gesicht konnte sich diese Frau nicht erinnern. Offiziell hieß es daher später, sie wäre im Laufe der Woche hierzu vernommen und zu ihren Beobachtungen befragt worden.
Da diese Frau aber das Muttermal nicht erkannte, wurde ihre Beobachtung als „nicht zweifelsfrei" eingestuft und nicht weiter verfolgt.
Die angelaufenen Befragungen der Bewohner des Wohngebietes wurden am Sonntag gegen 09:00 Uhr fortgesetzt.
Würden diese Befragungen zu möglichen Hinweisen führen?

Alarm um Anne

Mehr als 48 Stunden waren vergangen und noch immer gab es keinen Hinweis auf den Verbleib des kleinen Mädchens. Natürlich weckte dieser Vermisstenfall mein kriminalistisches Interesse. Daher wollte ich keine der nun zum Fall zu erwartenden Veröffentlichungen verpassen. Niemand konnte wissen, wie das Ganze ausgehen würde. Als Privatermittler in der Region war es zudem denkbar, dass selbst ich bei meinen täglichen Ermittlungen auf Hinweise zum Verbleib des Kindes stoßen konnte. Deshalb war jede neue Information für mich wichtig. Mit Spannung und Interesse nahm ich die Inhalte der am Montag in der Presse erschienenen ersten Veröffentlichungen und alle dann auch später noch folgenden Berichterstattungen zum Fall zur Kenntnis.

Mir war klar, dass diese durchaus inhaltliche Fehlinterpretationen, eigene Aussagen und Spekulationen der Journalisten enthielten. Wesentlich war aber, dass in den Berichten erste Aussagen zum Stand der Ermittlungen erfolgten und hier auch die Angehörigen des Opfers zu Wort kamen. Nur so erfuhr ich, dass es keine Hinweise auf einen PKW gab, der das Mädchen hätte mitnehmen können und eine gewaltsame Entführung mit einem Auto durch einen Fremden im Wohngebiet aufgefallen wäre.

Wenn, so die Veröffentlichung, hätte es sich also nur um einen Bekannten handeln können. Doch das sei bereits ohne Erfolg überprüft worden. Auch ein Einsatz von Fährtenhunden habe keine Spuren gebracht.

Die Polizei vermutete das Mädchen noch im Wohngebiet. Der Freundeskreis des Mädchens sei durch geschulte Leute befragt worden, um zu erfahren, wo sich die Vermisste aufhalten könnte. Auch, dass die Mutter der Vermissten ihr zweites Kind erwartet, wurde mir auf diesem Weg bekannt.

Betroffen und nachdenklich machte mich dann die Aussage, dass die Polizei bereits nach fünf Tagen die Suche nach der Vermissten abgebrochen hatte und es nur noch eine Vermisstensache war. In der Presse wurde verlautbar, dass ein Anwohner zu der Zeit, als das Mädchen verschwand, am Abend mit einem ominösen Müllsack unterwegs war. Der Sack aber nicht an der Stelle aufgefunden worden sei, wo er ihn später abgelegt haben wollte. Die Beamten waren auf der Suche nach Zeugen, die hierzu Feststellungen getroffen hatten.

War das bereits ein erster konkreter Hinweis, dass die Ermittlungsbeamten davon ausgingen, dass in diesem Müllsack, die Leiche oder Teile der Leiche von der Vermissten transportiert wurden? Wichtig war für mich, über die Presse zunächst Informationen zum Opfer zu erhalten. Bisher war nur bekannt gemacht worden, dass das Mädchen von ihren Freunden als fröhlich, von ihren Klassenkameraden als gute Schülerin, von der Klassenleiterin als höflich und nett sowie als zuverlässig von ihren Großeltern beschrieben wurde. Eine „Ausreißerin" war sie keinesfalls.

Aufhorchen ließ mich die Information, dass ihre Mutter drei Tage nach dem Verschwinden ihrer Tochter, ihren bisherigen Lebensgefährten heiraten wollte.

War vielleicht hier ein Zusammenhang zum Verschwinden zu suchen?
Am Sonntag, den 21. August war ein Foto von der Vermissten gemeinsam mit dem Aufruf: „Bitte lasst Anne nach Hause!" in der Presse.

Hier war zu erfahren, dass noch eine bundesweite Fahndung lief. Am Ende dieses Aufrufes hieß es: „Wir sind nur an Anne interessiert, an nichts weiter! Wir wollen nur Anne!".

Die Angehörigen schienen also noch neun Tage nach dem Verschwinden, von einer Entführung auszugehen.

Von zwei Hinweisen war einen Tag später zu lesen. Neben der Sache mit der R.er Zeugin hieß es, dass ein dunkler PKW, wahrscheinlich mit Berliner Kennzeichen, der am Tag des Verschwindens zwischen 18:15 und 18:20 Uhr eine Parktasche im Wohngebiet verlassen haben soll, noch gesucht wird. In einer anderen Zeitung wurde unter der Schlagzeile „Spurlos", ausführlich die Persönlichkeit des vermissten Kindes beschrieben und erläutert, warum die kleine Anne bei den Großeltern lebte und welche Bindung zu den Großeltern bestand. Sie hatten die „Elternrolle" übernommen. Weiter berichtet wurde, dass die Mutter des Mädchens einen Tag vor dem Verschwinden am 11. August mit ihrem zukünftigen Ehegatten bei den Großeltern gewesen sei. Von dort habe sie sich am Nachmittag verabschiedet, um nach N. – zu seiner Mutter – zu fahren. In N. sollten noch Vorbereitungen für die geplante Hochzeit am 16. August getroffen werden. Es hieß zudem, dass der Großvater auf eine bundesweite Fahndung bestanden habe, weil sein Haus nah an der B104 liegen würde.

Bezogen auf das spurlose Verschwinden seiner Enkelin erklärte der Großvater wörtlich: „Man kann von Entführung, Erpressung oder Mord ausgehen".

Selbst wenn man ehrlich und hart zu sich selbst war, konnte man so vor die Presse treten?

Weiter hieß es, dass die Angehörigen aber eine Entführung durch einen Bekannten oder gar Verwandten ausschließen würden. Außerdem habe sich das vermisste Mädchen immer abgemeldet und wieder angemeldet, auch wenn sie nur zur Kaufhalle gegangen sei. Der ominöse blaue Plastiksack war auch wieder ein Thema. Es gab eine Erklärung, warum die Suche sowie das eventuelle Auffinden dieses Gegenstandes den Ermittlern so wichtig erschienen seien.

Alle bis dahin erhaltenen Informationen waren ausreichend, um mir ein grobes Bild zur Persönlichkeit des Opfers, zur Familiensituation und zum Ablauf des Abends, an dem Anne verschwand, machen zu können. Überrascht war ich, wie selbst ein Ermittlungsbeamter, der Leiter des Teams, ein „Profi" in Sachen Mordermittlung, diesen Fall öffentlich beurteilte. Aus seinen Worten war eine gewisse Ratlosigkeit erkennbar.

Gab es wirklich keine Spuren?

Nach den bisher erfolgten Veröffentlichungen taten sich für mich, wenn auch noch sehr verschwommen, durchaus erste Ermittlungsrichtungen auf. **War in all diesen Richtungen wirklich nichts zu finden?**

***

Der 13. Tag nach dem Verschwinden begann. Das Mädchen galt immer noch als vermisst. Es hieß, sie sei weiter unauffindbar und es würde noch keine heiße Spur geben. Das Verschwinden sei selbst für die Polizei rätselhaft. Es lagen zwölf Tage Ermittlungen in einem dicht besiedelten Wohngebiet hinter den Ermittlungsbeamten und nichts Verwertbares war gefunden worden. Eine beklemmende Aussage. Das sah nach Resignation aus.

Meinem kriminalistischen Interesse war es zu verdanken, dass ich bereits versuchte, aus den mir bisher bekannten Informationen, den wenigen Fakten, mögliche Versionen abzuleiten. Immerhin gab es Fakten, die prüfenswert erschienen. Zu nennen war der Besuch der Mutter mit ihrem zukünftigen Ehemann einen Tag vor dem Verschwinden, das Drängen auf bundesweite Fahndung durch die Angehörigen, der von ihnen veröffentlichte Aufruf, die Äußerungen des Großvaters, ... es könne auch von Mord ausgegangen werden ... und die enge, ja fast mütterliche Bindung der Großmutter zu Anne.

In der kriminalistischen Fachliteratur und aus zurückliegenden aktuellen Analysen von Fällen, in denen Kinder missbraucht, vermisst oder an ihnen ein Kapitalverbrechen begangen wurde, war belegt, dass 89 % der Täter aus dem nahen Umfeld, das bedeutet aus der Familie selbst oder aus dem Verwandten- bzw. Bekanntenkreis kommen.

Die bisherigen Veröffentlichungen zum Fall ließen eine ähnliche Situation zunächst keinesfalls ausschließen.

Hatten sich die Ermittler auch intensiv mit den Veröffentlichungen und den dort getätigten Aussagen der Angehörigen befasst? Waren die aus den Veröffentlichungen gewonnenen Erkenntnisse, in deren Ermittlungen überhaupt eingeflossen?

Es gab das mysteriöse Verschwinden eines Kindes, keine heiße Spur und ratlose Ermittler der Polizei. Selbst der September brachte in dem Fall keine Veränderungen. Es drangen keine neuen Informationen an die Öffentlichkeit. in den Medien herrschte „Funkstille". Die Aufmerksamkeit der Medien hatte sich von diesem Vermisstenfall abgewandt. Nur in einigen wenigen „bunten" Illustrierten, gab es „Geschichten", die vom Schicksal des Kindes berichteten; nicht gerade gute journalistische Arbeit. Mir schien es aber, dass sich die Angehörigen in diesen Illustrierten mit ihrem Schicksal stark in der Öffentlichkeit präsentierten.

Warum, was war die Motivation und was das Ziel dieser Darstellungen und Auftritte wirklich?
Warum tat sich die Familie das an?
Warum gaben sie so viel Familiäres in der Öffentlichkeit preis?

Anfang Oktober 1994, wurde dann ein Interview mit dem Chef der Kripo N. in einer Zeitung veröffentlicht. Er sprach von einem rätselhaften Verschwinden und führte eine Palette von Erklärungen an. Er nannte Möglichkeiten wie: „Weglaufen", „Mitgehen" „Zusteigen in ein Auto", bis hin zu einer „strafbaren Handlung" an dem Kind.

Auf eine Frage zu dem Gerücht, das Mädchen sei von Verwandten entführt worden, erklärte er: „Dazu gibt es keine Anhaltspunkte. Wir haben das geprüft, es hat sich nicht bestätigt". Zu diesem Zeitpunkt schien mir diese klare Verneinung von Anhaltspunkten, bei all den Fakten, die mir nur aus den Veröffentlichungen bekannt waren, recht gewagt.

Waren da nicht Anhaltspunkte, die eine intensive Prüfung möglicher Zusammenhänge erfordert hätten?
Gab es vielleicht, aus welchen Gründen auch immer, Spannungen in der Familie?

Mögliches Konfliktpotenzial konnte man aufgrund all dieser Fakten nicht ausschließen. Denn es deuteten sich einschneidende Veränderungen in der Familie an. **War wirklich alles so harmonisch, wie es sich darstellte?**

Drei Tage nach Erscheinen des Interviews, war in der gleichen Zeitung eine „verzweifelte Mutter" abgebildet. Sie hielt ein Foto ihrer vermissten Tochter in den Händen und zu lesen war, dass sich die Mutter Hilfe „kaufe". Ihre wörtlich zitierte Aussage dazu: „10.000 DM für diejenigen, die mir meine Anne wohlbehalten nach Hause zurückbringen. Ich bin mir sicher, dass sie noch lebt ... die Kriminalpolizei ermittelt pausenlos, doch ich will selbst auch etwas tun. Für jeden Hinweis, jedes Lebenszeichen meines Kindes bin ich dankbar. Meine Tochter ist mir mehr wert, als alles Geld auf dieser Welt".

Es waren Worte, die unter die Haut gingen.

Aber war das wirklich so von ihr gemeint?

Hing sie wirklich so sehr an ihrer Tochter?

Allein die Tatsache, dass ihre Tochter bisher nur bei den Großeltern lebte und dort aufwuchs, ließ bei mir erste Zweifel aufkommen. Es kam der Gedanke auf, der Polizei oder den Angehörigen als Privatermittler bei der Suche nach dem vermissten Kind zu helfen! Keineswegs war die ausgesetzte Belohnung dafür der Grund. Es war die kriminalistische Neugierde und die persönliche Herausforderung, die diesen Gedanken in mir weckte. Bedenken, aber auch viele Fragen machten sich sofort breit und führten dazu, dass ich diesen Gedanken sehr schnell wieder ablegte.

***

Am 27. Oktober wurde von einer „ersten Spur auf der Suche nach Anne" berichtet. Die Polizei bat diesbezüglich um Mithilfe. Das Mädchen sei in Berlin in einem dunkelblauen Opel Astra Caravan gesehen worden. Trotz Personenbeschreibung des Fahrers durch einen Zeugen, konnte dieser bisher nicht ermittelt werden. Ein Phantombild sei aber erstellt worden. Die Polizei hoffe, ihn so durch Mithilfe der Bevölkerung zu finden.

Sollte das kleine Mädchen wirklich noch leben? War sie wirklich „nur" entführt worden?

Hatten die Angehörigen dieses vermutet, ahnten sie so etwas oder wussten sie es vielleicht sogar?

Im November war in der Sonntagsausgabe einer großen Zeitung das Phantombild abgebildet. Der Leiter der zwischenzeitlich einberufenen Sonderkommission in N. Kriminalhauptkommissar T., teilte nun die genaue Zeit des Verschwindens mit. Seine Aussage: „Zwischen 18:00 und 18:15 Uhr muss sie am Haus vorbeigekommen sein". Weiter hieß es, dass sie mit der Oma einen Einkaufsbummel gemacht habe. Beide hätten danach gemeinsam die Wohnung betreten. Laut Bericht soll Anne sich etwas später mit den Worten: „Ich gehe jetzt spielen", von ihrem Großvater verabschiedet haben. Er habe seiner Enkelin lächelnd zugenickt. Sein Kopfnicken sei als Erlaubnis von Anne verstanden worden. Er habe gewusst, dass sie spätestens um halb acht wieder in der Wohnung sein würde. Zu diesem Zeitpunkt beginne „Gute Zeiten, schlechte Zeiten" und das Kind hätte bislang noch keine Folge der Vorabendserie ausgelassen.

Bis zum Ende des Jahres folgte dann wieder Stille in der Vermisstensache. Nur im Dezember, am letzten Tag des Jahres 1994, war ein kleiner Beitrag in der Regionalpresse zu lesen. Fahndung bis heute ohne Erfolg.

***

Auch zum Jahresbeginn 1995 hielt die Stille im Fall weiterhin an. Erst am 5. März wurde er wieder in der TV-Sendung „kripo live" ausgestrahlt.

Zu sehen war, wie die Großmutter aus dem Fenster auf den Ort schaute, an dem ihre Enkelin letztmalig gesehen wurde. Dabei äußerte sie, dass sie noch nicht den Gedanken zulassen möchte, dass Anne tot sei. Es folgte der Übergang zu einem Film, der den Weg aufzeigte, den das Mädchen gelaufen war. Von einer Tischtennisplatte auf dem Spielplatz, bis hin zur Giebelseite des Wohnblocks, hinter dem sie verschwand.

Es war unvorstellbar, dass auf diesem kurzen Weg, am helllichten Tag, ein 10-jähriges Mädchen entführt worden sein soll. Eine geplante Entführung schloss ich von Beginn an aus, allein deshalb, weil die Kinder spontan durch den aufkommenden Regen den Spielplatz fluchtartig verlassen hatten und keiner ahnen konnte, welchen Weg sie nehmen würden. Selbst eine spontane Entführung durch einen Gelegenheitstäter, hielt ich unter diesen Gegebenheiten für kaum denkbar.

Warum aber waren die Angehörigen bereits kurz nach dem Verschwinden des Kindes fest von einer Entführung ausgegangen und hatten deshalb auf eine bundesweite Fahndung bestanden?

Der Großvater kam ins Bild. Die Kamera erfasste ihn am Ende der Giebelseite. Dort stand er und erklärte, dass hier hinter dem Giebel seine Enkelin hätte ankommen müssen, um dann die noch verbleibenden 60 Meter bis zu ihrem Aufgang zu gehen. Zu Hause sei sie aber nie angekommen.

Das, was dann über seine Lippen kam, halte ich für sehr bedeutsam. Er behauptete: „Sie kann aber nur gewaltsam vom Nachhauseweg abgebracht worden sein, und da gibt es eben nur zwei Möglichkeiten. Dass sie hier irgendwie mundtot gemacht und in einen PKW gezogen oder in irgendeinen Hauseingang reingezogen wurde".

Emotionen waren bei ihm weder erkennbar noch auch nur ansatzweise zu spüren. Wenn ich nicht genau gewusst hätte, dass es der Großvater ist, dessen Enkelin verschwunden war, hätte ich angenommen, es würde dort ein Kriminalbeamter sprechen, der die erforderliche Distanz zum Geschehen wahrt und nur seiner „normalen" Tätigkeit nachgeht.

Von Angehörigen der Opfer ist in solchen Fällen kaum ein derartig gefasstes Auftreten zu erwarten. Ich fand es schon bemerkenswert, dass der Großvater in einer solchen Situation, noch dazu an dem bewussten Ort des Verschwindens, vor der Kamera, von diesen zwei Möglichkeiten sprach, die seiner Enkelin passiert sein mussten.

Aber gab es wirklich nur diese beiden Möglichkeiten? Konnte da nicht etwas ganz anderes passiert sein?

Die Mutter saß am Tisch im Wohnzimmer der Großeltern. Sie hatte die Hände kraftlos auf dem Tisch liegen. Mit weinerlicher Stimme, oftmals mitten im Satz eine Unterbrechung, oder den angefangenen Satz nicht ganz beendend, sprach sie von der Hoffnung, dass sie den Gedanken hätte, eine Frau oder ein Paar sei durchgedreht, die keine Kinder bekommen können und Anne mitgenommen hätten. Während sie sprach, lagen ihre Hände nicht mehr kraftlos auf dem Tisch. Sie schienen verkrampft, häufig faltete sie diese, rieb sie aneinander oder übte mit der einen Hand Druck auf einzelne Finger der anderen Hand aus. Unmittelbar danach saß der Großvater im Wohnzimmer am gleichen Tisch und blätterte in einer Mappe mit Unterlagen. Die Kamera streifte die vor ihm liegenden Schriftstücke und ein handgeschriebener Brief war zu erkennen. Es war ein Hilfeersuchen, das der Großvater an einen Fernsehsender geschrieben hatte. Er sah in die Kamera und sagte: „Wir haben als Großeltern eine Belohnung von 10.000 Mark ausgesetzt, um ein „Wiederfinden", eine lebende Rückführung der Enkelin in unser Haus zu bekommen".

Ein Mopedfahrer kam ins Bild. Zwischen seinen Beinen hatte er einen blauen Plastiksack. Es ging um den ominösen Müllsack, der bisher nicht gefunden worden war. Seine Fahrstrecke wurde nachgestellt und der Ort gezeigt, an dem der Müllsack nach Aussagen des Mopedfahrers abgelegt worden war.

Vermutete die Kripo wirklich, dass in einem solchen Sack und unter den hier gezeigten Voraussetzungen, die Annes Leiche transportiert worden war?

Alles deutete darauf hin, dass dieser ominöse Sack für die Kripo ein wichtiger Gegenstand und der Mopedfahrer sicher ein möglicher Tatverdächtiger war. Zum Ende der Sendung bat der KHK T. erneut um Mithilfe der Bürger.

Es war das erste Mal, dass ich begonnen hatte, mich intensiv mit Pressemeldungen zu einem Fall zu befassen, zu dem mir der direkte Auftrag fehlte. Durch die Auswertung der Veröffentlichungen erfuhr ich, wie widersprüchlich aber die bisherigen Informationen zum Fall waren und musste zudem erkennen, wie unsauber journalistische Recherchen sein können. Positiv ist jedoch, dass Medien Bürger mobilisieren und sensibilisieren. Sie können daher durchaus auch eine aktive Rolle in der Aufklärung von Verbrechen einnehmen. Das setzt aber voraus, dass eine Abstimmung zwischen den Medien, den Angehörigen des Opfers und der Ermittlungsbehörde erfolgt. Im konkreten Fall hatte ich nicht den Eindruck, dass eine solche Abstimmung oder auch nur Einflussnahme der Behörde auf die Medien und besonders auf die Angehörigen des Opfers erfolgte.

Noch immer vermisst!

Der Tag, an dem Anne verschwand, jährte sich 1995 zum ersten Mal. Es erschienen ausführliche Berichte in den Regionalblättern. Zu lesen war, dass die Suche der Polizei sogar in der Türkei lief und seit einiger Zeit auch Interpol sich des Falles angenommen habe. Ein Zeuge hätte sich gemeldet, der glaubte, das Mädchen in der Türkei gesehen zu haben. Nun würde dort eine Fahndung laufen. Auch, dass die Mutter zwischenzeitlich einen Sohn geboren hat, wurde mitgeteilt.
In einem Bericht unter der Schlagzeile wurde der ermittelnde Hauptkommissar mit: „Nach einem Jahr noch immer kein Hinweis auf Anne ... Wir stehen noch immer vor einem Rätsel", zitiert. Es hieß auch, dass er sich sicher sei, dass von einem Verbrechen auszugehen sei.
Was für eine Erkenntnis nach einem Jahr! Die Angehörigen starteten einen erneuten Hilferuf. Der Großvater teilte mit, sie hätten die Hoffnung noch nicht aufgegeben, das Kind lebend wiederzusehen. Neu war, dass die Großeltern in genau dieser Woche aus M. weggezogen waren und sich künftig das neugebaute Haus in N., mit der Familie ihrer Tochter teilen würden. Die Staatsanwaltschaft hatte am 20.10.1994 in der Presse bekanntgegeben, dass die Verhaftung eines Nachbarn, der im Wohnblock der Großeltern in M. wohnt, mit einer Explosion zusammenhänge. Nun, am 27. Oktober 1995, folgte dazu die Meldung, dass die Gasexplosion im Zusammenhang mit dem Verschwinden des Mädchens und einer möglichen Täterschaft des Verursachers zu sehen sei.

Da stand natürlich die Frage im Raum: **Warum wollte er sich das Leben nehmen?**

Es war von einem Zettel an der Wohnungstür die Rede, auf dem die Polizei beschimpft worden sein soll.

Was hatte dieser Zettel zu bedeuten? Warum beschimpfte er die Polizei?

Dieser Mann sei der Verdächtige in diesem Fall. Wegen Mordes an einer 14-Jährigen sei er bereits früher, noch zu DDR-Zeiten, zu 15 Jahren Haft verurteilt, 1993 aber vorzeitig aus der Haft entlassen worden, da nun bereits das Jugendstrafrecht der BRD gelte. Die Polizei habe ihn bereits als Verdächtigen im Vermisstenfall vernommen, könne ihm aber nichts nachweisen. Gegenüber den Polizeibeamten habe er geäußert: „Ehe ich erneut in den Knast gehe, bringe ich mich um-" Kurz danach sei es zur Gasexplosion gekommen. Für die Herbeiführung dieser Explosion lautete das Urteil des Gerichtes, 1 Jahr und 2 Monate zur Bewährung.

Das alles ließ mich aufhorchen.

War er der Täter?

War es der Druck der Polizei und wurde die Vernehmung für ihn zu einer Schlinge, die sich immer enger zuzog und aus der er meinte, sich nicht mehr befreien zu können?

War ein möglicher Suizid sein einziger Ausweg geworden? Wollte er vielleicht nur auf seine mögliche Unschuld aufmerksam machen? War die Explosion nur ein Hilferuf?

Wurde er vielleicht nur aufgrund seiner Vergangenheit von allen vorverurteilt und daher auch verdächtigt, die Vermisste ermordet zu haben? Was lag an Indizien vor?

Natürlich, was da geschrieben stand, trug auf keinen Fall dazu bei, einen Zusammenhang mit dem Verschwinden des Mädchens zu entkräften.

***

Im Januar 1996 waren in einem aktuellen Vermisstenfall Suchmannschaften im Einsatz. Selbst diese waren auf die Suche nach dem blauen Müllsack ausgerichtet worden. Der Müllsack schien nach wie vor sehr wichtig für die Aufklärung des Verbrechens an Anne zu sein. Die Kripo hielt nach wie vor an ihrem Tatverdächtigen B. fest.

War das „Alles", was die Kripo im Fall der Vermissten noch tat?

Unvorstellbar!

Wieder kam der Wunsch auf, als Privatermittler bei der Suche nach der Vermissten aktiv zu helfen. Die Polizei hatte bereits mehrmals in Aufrufen um Mithilfe gebeten.

Galt das auch für einen Privatermittler?

Ausgehend von der festen Überzeugung, dass jede Mithilfe gewünscht wurde, dachte ich darüber nach, in welcher Weise ich meine Unterstützung anbieten sollte. Bei den Großeltern bzw. Angehörigen an der Wohnungstür klingeln und das Anliegen vortragen? Das würde aussehen, als hätte ich finanzielle Interessen. Auf keinen Fall wollte ich mit dem Leid der Angehörigen Geld verdienen. Also kam das direkte Aufsuchen der Familie nicht in Betracht. Viel zu tief hatte ich mich aber bereits mit dem Fall befasst, um überhaupt ein finanzielles Interesse zu haben. Es waren die Herausforderungen, die mich reizten und die Überzeugung, auch nach Jahren Spuren zu finden, die über das Schicksal des Mädchens Aufschluss geben könnten. Der Gedanke hatte sich festgesetzt und ich war entschlossen, ihn in die Tat umzusetzen.

Aber wie und wo meine Hilfe anbieten?

Ich musste mich irgendwie in das Blickfeld der Angehörigen bringen. Eine Möglichkeit sah ich darin, dieses mithilfe der Regionalpresse zu verwirklichen. So kam es, dass im Februar 1996 ein Interview mit mir in der Lokalpresse veröffentlicht wurde.

Die Schlagzeile allein war schon „kernig".

In dieser hieß es: Detektiv glaubt nicht an spurloses Verschwinden.

Das musste eigentlich die Aufmerksamkeit der Angehörigen auf meine Tätigkeit als Privatermittler lenken. Auf diesem Weg konnte ich erläutern, dass meine Tätigkeit eine normale Dienstleistung ist. Das ich dort beginnen würde, wo Behörden aufhören oder noch nicht eingeschaltet waren. Noch wichtiger war es, meine Auffassung darlegen zu können, dass Menschen nicht spurlos verschwinden. Der Hinweis, dass ich jedoch nur in Fällen ermitteln darf, wenn ein berechtigter Auftrag vorliegen würde, schien mir wichtig.

***

Es vergingen Tage, Wochen, ja sogar Monate. Aber kein Angehöriger des vermissten Mädchens meldete sich. Die Hoffnung, etwas mit dem veröffentlichten Interview ins Rollen zu bringen, verflog, nicht aber mein Interesse am Fall. Die Monate gingen dahin. Niemand sprach mehr von der Vermissten. Den Fall schien es einfach nicht mehr zu geben. Selbst ein am 13. August 1996 erschienener Bericht in der Lokalpresse, zwei Jahre nach dem Verschwinden, brachte kaum Überraschendes.
Da hieß es nur: Auch nach zwei Jahren keine Spur. Das Verschwinden bleibt für die Polizei ein Phänomen. Eine gesonderte Arbeitsgruppe der Kripo würde es auch nicht mehr geben. Verwandten würde ab und zu noch eine Kleinigkeit einfallen, der dann nachgegangen werde. Auch andere Vermisstenfälle würden mit diesem Fall abgeglichen. Selbst zu bereits ermittelten Tätern würden die Alibis für den 12.08.1994 geprüft. Anhaltspunkte für ein Verbrechen gebe es aber noch nicht und somit bliebe der Fall nach wie vor ein Vermisstenfall. Die Aussage des Pressesprechers der Polizeidirektion war, dass man auf einen Zufall warte, auf den berühmten „Kommissar Zufall"
Bedeutete diese Aussage etwa, dass keine direkten und aktiven Ermittlungen zum spurlosen Verschwinden eines zehnjährigen Mädchens mehr geführt wurden?
Nach all diesen Nachrichten hatte ich erwartet, dass die Angehörigen der Vermissten laut aufschreien, ihre Forderungen an die Polizei adressieren und sich auch privat an die Medien

wenden würden, um ein Weitersuchen nach dem Mädchen zu erreichen.

Das aber blieb aus.

Selbst den von mir angebotenen „Strohhalm", das Interview in der Lokalpresse, ein indirektes Hilfsangebot, war bereits ungenutzt geblieben. Ein Verhalten, das ich nicht richtig einordnen konnte.

War es der nach zwei Jahren noch vorhandene Schock oder der Schmerz, der noch nicht verarbeitet war?

War es einfach nur pure Abschottung?

Oder gab es andere Gründe?

TEIL 2
Der Ermittlungsauftrag
Es ist so weit

Die ungemütlichen Monate des Jahres 1996 hatten begonnen. Herbstwinde, Regenschauer, Nebel und mit Laub bedeckte, feuchte Straßen waren die Regel. An so einem Tag, am 9. Oktober 1996, saß ich im Büro und schaute aus dem Fenster. Es begann wieder einmal zu regnen. Nach den ersten Tropfen entwickelte sich daraus ein heftiger Regenschauer. Es war eine Situation, wie ich sie mir im Fall des vermissten Mädchens vorstellte, als die Kinder vor dem Regen flüchteten. Da war er dann wieder, der Gedanke der Initiative, der nicht länger unterdrückt werden wollte.

Ich schrieb an die Großeltern des vermissten Kindes. Mein Hilfsangebot bestand darin, nach neuen Hinweisen zu recherchieren, ohne dass sich für die Großeltern daraus finanzielle Verpflichtungen ergeben würden. Eine kurze Beschreibung meiner Tätigkeit sollte ihnen bei der Einordnung meiner Person behilflich sein. Am Ende versicherte ich erneut, dass sich keinerlei finanzielle Forderungen aus der Annahme meiner Unterstützung ergeben würden. Der erste direkte Schritt zur Aufnahme eines persönlichen Kontaktes war getan. Die Situation war jetzt eine andere, als die mit dem Interview, dem indirekten Hilfsangebot in der Presse. Die Großeltern waren nun direkt und persönlich angeschrieben worden. **Konnten sie sich nun einer Kontaktaufnahme überhaupt noch entziehen?**

Konnten sie meine Hilfe nun noch ablehnen?
Sollte keine Reaktion, keine Antwort kommen, würde es natürlich so aussehen, als hätten sie an Hilfe kein Interesse. Es blieb ihnen kaum eine andere Möglichkeit, als zu mir Kontakt aufzunehmen. Nur so konnten sie ihr Gesicht wahren.

Die erste Woche verging. In der darauffolgenden, an einem

Mittwoch, klingelte das Telefon. Der Großvater meldete sich und erklärte, meine Hilfe durchaus in Anspruch nehmen zu wollen. Daraufhin teilte ich ihm mit, dass ich zunächst zu den Behörden die notwendigen Verbindungen aufnähme, um sie davon in Kenntnis zu setzen.

Für den 25. Oktober 1996 vereinbarten wir einen Termin, an dem ich die Großeltern aufsuchen würde.

Noch am gleichen Tag empfing mich der Leiter der Ermittlungen, KHK T. Nach einer Wartezeit von 20 Minuten wurde ich von ihm abgeholt.

Kurz und knapp stellte er sich vor und bat mich, ihm in die zweite Etage des Gebäudes zu folgen. Im Büro angekommen, durfte ich an einem Tisch vor seinem Schreibtisch Platz nehmen. Er setzte sich in seinen Bürosessel, lehnte sich lässig nach hinten und meinte: „Sie wollen mit mir in der Sache Anne sprechen?"

Ich stellte mich vor und informierte ihn über meine Absicht, als Privatermittler im Auftrag der Angehörigen, nach Hinweisen zum Verbleib der Vermissten zu suchen.

Darauf beugte er sich mit einem „verschmitzten Lächeln" nach vorn und sagte, dass er dagegen selbst keine Einwände hätte und er es mir auch nicht verbieten könne. Er wies darauf hin, dass ich mich aber unbedingt mit der Staatsanwaltschaft N., dem ermittelnden Staatsanwalt B. kurzschließen müsste.

Noch während mich der KHK darüber belehrte, dass ich bei neuen Erkenntnissen, ihm diese unmittelbar mitzuteilen hätte, erhob er sich und begleitete mich wieder zur Wache, um mich erst dort zu verabschieden. Das ganze Gespräch dauerte nicht einmal so lange, wie zuvor meine Wartezeit in der Besucherecke. Ich hakte diese „kühle" Begegnung ab. Wichtig war, die ermittelnde Kripo war über meine Absicht informiert und hatte keine Einwände.

Ob sie wirklich an meiner Mitwirkung interessiert war, blieb offen. Die erste Hürde hatte ich genommen. Die Zweite stand bevor.

Zwei Tage später war der Termin bei der Staatsanwaltschaft. Hier war alles anders. Bereits kurz nach meiner Anmeldung erschien ein breitschultriger, etwas korpulenter Herr. Er war Brillenträger und die dunklen Brillengläser, sein kleiner Schnauzer und dazu seine auffällig bunte Krawatte, ließen ihn wie einen „FBI-Agenten" aus amerikanischen Filmen erscheinen. Er strahlte Freundlichkeit und eine gewisse Gemütlichkeit aus, als er sich vorstellte und mich in sein Büro führte. KHK T. hatte ihn bereits von meinem Anliegen unterrichtet. Für mich unerwartet, bot er mir einen Kaffee an. Das irritierte mich ein wenig. Während er den Kaffee servierte, meinte er, dass dieser Fall seine Besonderheiten habe. Seine Art machte mich etwas nervös. Alles war anders als bei der Kripo!

Was steckte dahinter?

Er schien sich auf dieses Gespräch vorbereitet zu haben. Der fertige Kaffee, die beiden Tassen auf dem Tisch, seine freundliche Art; das machte mich schon misstrauisch. Sofort begann er über die Sache mit der Vermissten zu sprechen. Er gab erste Informationen zum Mopedfahrer, einem in seinen Augen Tatverdächtigen. Er nannte dessen Namen, Wohnanschrift sowie die dessen Eltern und sogar deren Telefonnummer.

Nun verstärkte sich mein Misstrauen noch mehr.

Verstieß er hier nicht bereits gegen Dienstvorschriften und Datenschutz?

Natürlich war ich an jeder Information interessiert. Bedenklich erschien es mir aber trotzdem.

Was wollte der Staatsanwalt? Welches Ziel verfolgte er?

Er berichtete, dass der Tatverdächtige Helge B. am Abend des Verschwindens mit seinem Moped gegen 22:00 Uhr mit einem blauen Plastiksack, in dem sich Mopedersatzteile befunden haben sollen, in Richtung S. gefahren sei.

Als Fahrziel hätte er seine Eltern angegeben, die in einem Dorf in der Nähe der Kleinstadt W. wohnten. Während seiner Fahrt dorthin, wollte er in der Ortschaft R. eine Zigarette rauchen. Dort an einer Bushaltestelle angehalten, habe er erst bemerkt, dass er keine Papiere und kein Geld mitgenommen habe. Daraufhin sei er wieder zurückgefahren.

Auf der Rückfahrt habe er vor dem Wiedereintreffen in M., den blauen Müllsack in der Nähe einer Pumpenstation, an der

Straße, die zur Ortschaft P. führt hinter einem Baum abgelegt bzw. illegal entsorgt.

Dieser Müllsack sei bisher aber nie gefunden worden. Die Überprüfungen bei den bisherigen Ermittlungen zu B. hätten ergeben, dass er für den Abend des Verschwindens der Anne keinen Nachweis für fünfzig fehlende Kilometer erbringen konnte.

Das waren natürlich wichtige Informationen. Es folgten aber noch weitere.

Im Keller des B. war ein rötlicher Fleck festgestellt worden. Nach dessen Angaben habe dieser am Sonntag, dem 14. August 1994, beim Aufräumen seines Kellers, zwei Tage nach dem Verschwinden des Mädchens, eine Flasche Rotwein verschüttet.

Sehr genau erklärte der Staatsanwalt, wie die baulichen Gegebenheiten in den Wohnblöcken waren. Alle Keller seien miteinander verbunden. Der Mopedfahrer und die Vermisste wohnten im gleichen Wohnblock. B. sei am Tag nach seiner Vernehmung auf einer Müllkippe in der Nähe von M. festgestellt worden. Noch immer war der Staatsanwalt in seinem Redefluss nicht zu bremsen.

Er lehnte sich in seinem Sessel weit zurück und verwies auf den zurückliegenden Mord ihres Verdächtigen. Diesen hatte er an einer damals 14-jährigen Schülerin begangen. Die Tat sei am 23. Mai 1986 erfolgt. Also in der damals noch existierenden DDR. Sein Opfer stammte aus dem Nachbardorf, in dem B. mit seinen Eltern wohnte.

Während Staatsanwalt B. in einer Akte blätterte, berichtete er mir im Detail über den Ablauf dieser Tat. Die Beschreibung war schon sehr konkret.

Gegen Ende des Gespräches gab er mir „grünes Licht", trat aber im gleichen Atemzug mit der Bitte an mich heran, ihn über mögliche neue Hinweise, die den Verdacht zu B. bekräftigen könnten, sofort zu informieren.

In diesem Augenblick wurde mir einiges klar.

Dem Staatsanwalt ging es darum, meine spezifischen Möglichkeiten, die ein Detektiv, ein Privatermittler hat und die durchaus etwas anders waren, als die der Kripo, zu nutzen. Er hoffte so, an bisher nicht vorhandene Beweise zu gelangen und den Verdacht zu B. zu untermauern. Nur deshalb hatte er mir über alle diese Dinge berichtet.

War es ein Versuch oder gedachte er, mich nur in diese eine Richtung zu lenken oder zu manipulieren?

Mir blieb noch ein Tag bis zum Termin bei den Großeltern.

Die Spannung stieg am Tag des geplanten Besuches. Noch wusste ich nicht, was mich bei den Großeltern erwarten würde, wie ihr Gemütszustand, ihre seelische Verfassung sein, wie das Gespräch mit ihnen verlaufen würde.

Das Haus in N., in dem die Großeltern wohnten, befand sich in einer typischen Anliegerstraße mit vielen Familienhäusern. Kurz durchgeatmet betätigte ich die Türklingel. Nach dem zweiten Klingeln öffnete sich die Tür. Vor mir stand der Großvater, ein grauhaariger Mann. Stumm schaute er mich an, wollte gerade ansetzen, etwas zu sagen, doch ich war schneller. Ich nannte meinen Namen und bezog mich auf den telefonisch vereinbarten Termin. Mit einer flüchtigen Handbewegung bat er mich einzutreten. Im Obergeschoss warteten die Großmutter und die Mutter der Vermissten. Sie saßen auf dem Sofa und erhoben sich, als ich das Zimmer betrat.

Die Großmutter gab zu verstehen, dass sie alles tun würde, um ihre Enkelin zu finden. Dann rollten erste Tränen über ihr Gesicht. Immer leiser war ihre Stimme geworden. Ich vernahm nur Bruchteile ihrer letzten Sätze: „Meine Anni ist weg ... ich brauche meine Anni ... ohne Anni geht es nicht mehr". Dann brach sie erneut in Tränen aus.

Der Großvater war nun gezwungen das Gespräch fortzuführen. Ohne lange Vorrede stellte er mir die Frage, wie ich mir die Suche nach seiner Enkelin vorstelle und wie sie, als Angehörige, mich dabei unterstützen könnten. Dann folgte aber schon der Hinweis, dass sie mein Vorhaben nicht bezahlen könnten.

Mit der Erläuterung meiner kriminalistischen Auffassung,

dass es immer Spuren geben müsse und ein Mensch nun mal nicht spurlos verschwinden könne, fand ich den Übergang. Ich erläuterte, worin ihre Hilfe und Unterstützung liegen könnte und betonte, dass gegenseitiges Vertrauen dabei das Wichtigste sei und sie alle Fragen, die ich im Laufe weiterer Kontakte haben würde, wahrheitsgemäß beantwortet werden müssten. Selbst für sie unbedeutende Kleinigkeiten, Feststellungen aber auch zurückliegende eigene Aktivitäten, seien von Wichtigkeit. Auch frühere Veränderungen bzw. Geschehnisse in der Familie würden von Interesse sein.

Um keine zu hohen Erwartungen zu wecken, wies ich darauf hin, dass sich die Suche nach Anne durchaus über einen längeren Zeitraum hinziehen könnte.

Nachdem die wesentlichsten Dinge besprochen waren, musste es natürlich zu einer schriftlichen Auftragserteilung kommen. Ich hatte den Großeltern meine Hilfe angeboten, war dann aber doch etwas überrascht, als sich die Mutter als Auftraggeberin meldete und den Dienstleistungsvertrag einschließlich der Vollmacht unterschrieb. Natürlich war das für mich normal. Immerhin war es ihre Tochter, die verschwunden war. Als die formellen Dinge erledigt waren, begann ich mit Einverständnis der Angehörigen, meine ersten Fragen abzuarbeiten. Aus deren Beantwortung und den so gewonnenen Erstinformationen, beabsichtigte ich, meine spätere Ermittlungsstrategie festzulegen.

Die Ermittlungsstrategie

Meine Fragen stellte ich mit einer gewissen Absicht ungeordnet. So wechselten sich Fragen zur Persönlichkeit der Vermissten, zu ihren Hobbys, ihren Lieblingsfächern in der Schule, bis hin zu Namen ihrer besten Freundinnen, mit Zwischenfragen zum Tag ihres Verschwindens ab.

Gemeinsam, sich gegenseitig ergänzend, beantworteten die Großeltern alle diese Fragen. Auf den genauen Tag bezogen, berichtete die Großmutter, dass Anne am Nachmittag des 12. August gegen 14:00 Uhr noch einen Brief zur Poststelle im Wohngebiet gebracht hatte und alle gemeinsam – gegen 15:30 bis ca. 16:00 Uhr Kaffee – getrunken hätten. Danach wären sie beide, sie, die Großmutter und ihre Enkelin, einkaufen gewesen. Um 16:45 Uhr, so die Großmutter, wären sie noch zum Imbiss gegenüber der Kaufhalle gegangen. Dort habe Anne Pommes und Eis gegessen sowie eine Kindercola getrunken. Nach der Rückkehr gegen 17:00 Uhr hätte Anne in der Wohnung der Großeltern noch eine Stange Schokolade gegessen. Erst dann habe ihre Enkelin die Wohnung verlassen, um zum Spielen zu gehen. Als es um 18:00 Uhr zu regnen begann, habe sie, die Großmutter, hinten aus dem Fenster und vorne vom Balkon nach der Enkelin geschaut, das Kind aber nirgendwo gesehen. Daher habe sie angenommen, dass ihre Enkelin noch bei ihrer Freundin sei, um dort ein wenig zu „schnattern".

Gegen 20:00 Uhr sei sie unruhig geworden und deswegen auf die Straße gegangen, um dort nach dem Kind zu schauen. Der Großvater hätte im Umfeld der Wohnblöcke Ausschau gehalten. Sie berichtete, als sie um 20:05 Uhr die Wohnung verließ, sei sie im Treppenflur auf Falk F., den Ex-Mann ihrer Tochter und Annes ehemaligen Stiefvater getroffen.

Von der Großmutter erfuhr ich noch, dass Nachbarn später bei der Suche halfen. Sie und der Großvater hätten den Spielplatz und den Bereich des Gymnasiums abgesucht. Der Herr Sch., einer der Nachbarn, habe von 20:30 bis ca. 20:45 Uhr die Keller beider Wohnblöcke kontrolliert.

Annes Mutter hatte bisher nur zugehört, ohne eine Regung zu zeigen. Zwischendurch unterbrach der Großvater seine Frau in ihrem Redefluss und meinte, dass Anne sehr schnell Nasenbluten bekommen würde.

Was wollte er damit sagen?
Gab es dafür vielleicht einen Grund?
Oder wollte der Großvater, aus welchen Gründen auch immer, nur den Redefluss seiner Frau unterbrechen?
Nach der Aussage, dass es erst gegen 22:00 Uhr zu regnen aufhörte, schwiegen die Großeltern. Es schien, als betrachteten sie

die gestellte Frage nach dem Ablauf des bewussten Tages, als beantwortet. Meine Frage, wann die Polizei verständigt wurde und wann diese vor Ort war, beantwortete der Großvater. Der Streifenwagen mit einem Polizisten sei gegen 22:30 Uhr vor Ort gewesen. Dieser habe bis gegen 01:00 Uhr mit den Großeltern das Gespräch geführt. Um mögliche erste Ansatzpunkte bzw. Quellen für Überprüfungen und Recherchen zu erschließen, stellte ich weitere Fragen. Auf diese Weise erfuhr ich von den Großeltern, dass der Ex-Mann ihrer Tochter, dessen Eltern damals im gleichen Aufgang wohnten, bekleidet mit einem Jogginganzug, zwischen 20:15 und 20:30 Uhr den Wohnblock wieder verließ und mit seinem PKW weggefahren sei.

Weniger genau erhielt ich Antworten auf Fragen zum leiblichen Vater und zum neuen Stiefvater von Anne. Die Großeltern hielten sich zurück und die Aussagen der Mutter waren sehr dürftig.

Als ich der Mutter die Frage nach dem Verhältnis zwischen ihrer Tochter und ihrem Freund, dem damals noch angehenden Stiefvater stellte, holte sie tief Luft, um darauf zu antworten. Doch dazu kam sie nicht. Der Großvater gab eine kurze und auch recht resolute Antwort. Er erklärte, dass das Verhältnis sehr gut gewesen sei und er das Gefühl habe, dass dies auch so zwischen seiner Enkelin und ihrem zukünftigen Stiefvater war. Nur mit einem einfachen „Ja" bestätigte die Mutter das.

Meine allerletzte Frage an die Angehörigen war die, welches nach ihrer Auffassung Spuren oder Hinweise wären, die es zu prüfen gelte.

Eine solche Frage hatten sie anscheinend nicht erwartet. Sie schauten sich nur fragend an, konnten aber keine direkte Antwort geben.

Das verwunderte mich ein wenig, denn in mehr als zwei Jahren dürften viele unbeantwortete Fragen entstanden sein und sich die Familienmitglieder Gedanken über mögliche Zusammenhänge gemacht haben.

Es mussten doch in einer so betroffenen Familie Fragen aufgekommen sein! Hatten sich die Familienmitglieder nie

weitere Gedanken gemacht oder Vermutungen angestellt, die von ihnen gegenüber der Polizei nicht geäußert wurden? Aber alle drei blieben stumm. Eine Situation, die ich nicht erwartet hatte. Zumindest aber war der erste Kontakt erfolgt und ein Anfang war gemacht. Ich hatte einen schriftlichen Auftrag, der mich berechtigte, ganz offiziell nach dem vermissten Mädchen zu suchen. Wenn auch noch nicht alle Antworten auf meine Fragen das enthielten, was ich erwartet hatte. Es gab aber einige Aspekte, die das erste Gespräch wertvoll erscheinen ließen. Nun war es ernst geworden. Ganz offiziell hatte ich den Auftrag, als Privatermittler in dem Fall zu recherchieren. Ab nun würde ich sicher von den Angehörigen und von der Kripo oder der Staatsanwaltschaft in die Pflicht genommen. Einen derartigen Erwartungsdruck hatte ich als Privatermittler zuvor noch nie gespürt. Es war für mich etwas ganz Neues.

**

Als Nächstes galt es, eine zielorientierte Ermittlungsstrategie festzulegen. Das Mädchen war bereits seit mehr als zwei Jahren spurlos vermisst. Ich konnte von einem Verbrechen, einem Tötungsdelikt ausgehen. Wenn ich herausfinden wollte, was mit ihr passiert war, wenn ich nach Hinweisen oder gar Beweisen suchen wollte, musste ich mir ein mögliches Verbrechen in all seinen Zusammenhängen, in seiner ganzen Ausdehnung vorstellen. Irgendeine Tatsache der Vorgeschichte, eine Einzelheit im Tages- bzw. Tatablauf, irgendein zeitgleiches Geschehen, eine mögliche Folge der Tat, konnte weiterhelfen. Die Situation, in der ich als Privatermittler den Auftrag erhalten hatte, war geprägt durch längeres Vermisstsein des Opfers und durch stagnierende, polizeiliche Ermittlungen. Ein großes Zeit- und Informationsdefizit erschwerte die kriminalistische Ausgangslage für mich zusätzlich. Ich ließ mich von einigen kriminalistischen Erkenntnissen leiten:
Bei einem Tötungsdelikt in einem Vermisstenfall, würde es sich immer um ein Verbrechen mit Opferbeseitigung handeln.

Tatspuren werden kaschiert, vernichtet, entstellt oder auch ganz beseitigt. Bis der oder die Vermisste nicht gefunden ist, müssen die Ermittlungen daher in ganzer Breite geführt werden. Das bedeutet, Informationen über Vorbereitungshandlungen und Nachhandlungen des möglichen Täters sind zu erarbeiten. Verdächtig im Fall eines vermissten Kindes kann dabei die allzu „liebevolle" Freundschaft eines Erwachsenen zum Kind, ein fehlendes Alibi oder irreführende erste Angaben sein. Aber auch, wer über einen Vorfall oder Dinge kaum oder keine Auskunft erteilen will.

Die Opferbeseitigung ist durch das Verstecken des Opfers gekennzeichnet. Kommt der Täter aus dem engeren Umfeld oder gar der Familie, so findet ein Transport des Opfers statt; weg vom eigentlichen Tatort, wie z. B. die eigene Wohnung. Eine Beseitigung erfolgt vorrangig durch Versenken, Vergraben, Ablegen an einsamen Orten, Verbergen in Behältern, Brunnen, Schächten oder auch Verbrennen.

Tötungsdelikte dieser Art erfolgen meistens spontan. Die Situation bestimmt dann die Opferbeseitigung. Aus dieser würde man durchaus erste Erkenntnisse zur Opfer-Täter- Beziehung gewinnen. Dabei ist zu beachten, je intensiver die Verschleierung und Opferbeseitigung erfolgt, umso enger ist die Täter-Opfer-Beziehung. Auch das Täterverhalten ist zu beachten. Es kann die aktive Teilnahme des Täters an der Suche nach der Vermissten oder auch die Erstattung einer Vermisstenanzeige als Flucht nach vorn sein.

Diese allgemeinen Erkenntnisse schienen für die von mir festzulegende Ermittlungsstrategie und für die Bewertung der späteren Ergebnisse der beginnenden Ermittlungen von besonderer Bedeutung. Einige Informationen, die ich sowohl aus den Medien, aber auch aus meinem ersten Besuch bei den Angehörigen zur Kenntnis erhielt, versuchte ich einzuordnen. Doch zu viele Fragen waren offen. Zudem wollte ich in dieser Phase keine voreiligen Schlüsse ziehen, die meine Objektivität bei den anstehenden Recherchen bereits beeinflussen konnten. Also ließ ich es.

Als Privatermittler war mir der nun übertragene Vermisstenfall von seiner Dimension und vom Öffentlichkeitsinteresse her neu und ungewohnt. Damit umzugehen, bedeutete in erster Linie gewissenhaft zu ermitteln. Die Ausgangssituation im Vermisstenfall war die, dass Unklarheit über das Geschehen sowie über die Täterschaft bestand und ich über wenige Informationen verfügte. Vonseiten der Ermittlungsbehörden wurde nur noch abgewartet und auf neue Fakten gehofft. Inwieweit sie meine Rolle als Privatermittler einordneten oder Hoffnung auf neue Informationen hatten, war mir nicht bekannt. Es gab für mich zunächst nur eine Frage:

In welche Richtung sollte mein kriminalistisches Denken gehen?

Es konnte ein Verbrechen aus den unterschiedlichsten Gründen sein.

Waren es familiäre Konflikte, die Angst vor Aufdeckung eines sexuellen Missbrauchs, einfach Rache oder für ein Familienmitglied ein „Denkzettel"?

War es ein Unfall mit tödlichem Ausgang und Opferbeseitigung?

Was ich mit hoher Wahrscheinlichkeit ausschloss, war eine Entführung.

Um zielorientiert Informationen zu gewinnen, war zu analysieren, aus welchen Bereichen, zu welchen Personen, mit welchen Fragen und welcher Priorität zu beginnen war. Priorität hatte zunächst die Gewinnung von Informationen zum Opfer. Anschließen würde sich das engere familiäre Umfeld und erst dann alle anderen Bereiche aus dem allgemeinen Umfeld.

Klar ist, dass jedes Verbrechen eine Vorgeschichte, eine Geschichte zum Tattag und eine Nachgeschichte hat.

Da ich noch sehr eingeschränkt über Informationen aus der Vorgeschichte oder dem Tattag verfügte, nahm die Nachgeschichte für mich einen besonderen Stellenwert ein. Es galt darum insbesondere nach Beginn meiner Ermittlungen alle Dinge wahrzunehmen und zu dokumentieren. Meine aktiven Ermittlungen zur Persönlichkeit des Opfers, zu den Familienangehörigen bis hin zu Nachbarn, Bekannten und Anwohnern, würden dem Täter nicht verborgen bleiben. Sollte er aus diesem Personenkreis kommen, würde bzw. müsste er Reaktionen zeigen und somit auch neue Spuren legen.

Jeder Tag würde „Nachwirkungen" bei ihm erzeugen, wenn er Kenntnis von den Ermittlungen erhält, die nach über zwei Jahren wieder aktiv erfolgen. Diese Wirkungen, die sich im Verhalten des Täters widerspiegeln, galt es zu erfassen. Der psychische Druck auf den Täter sollte dazu führen, dass er erneut versuchen würde, die Spuren seiner Tat nun weiter zu verdunkeln. Er muss davon ausgehen, dass mögliche „Nachtatzeugen" bekannt werden, weil ein Detektiv mit anderen Möglichkeiten als die Polizei aktiv wird. Die Zeit spielt daher nicht wie sonst für den Täter, sondern eher gegen ihn. Würde er sich noch an alle Phasen seiner Tatvorbereitung, Tatdurchführung sowie der Opferbeseitigung überhaupt erinnern. Es wird erneut Unsicherheit bei ihm aufkommen, etwas übersehen zu haben. Er wird Zweifel bekommen, vielleicht damals doch nicht alle Spuren gründlich genug beseitigt zu haben. Sich zeigende Unruhe, das Reden von der Tat, ohne danach befragt zu werden, Neugierde über den Stand der Ermittlungen, scheinbar wichtige Hinweise oder der Tipp auf einen möglichen Täter, könnten bereits Indizien sein, die auf eine Täterschaft schließen lassen.

Bei allen meinen Kontakten hieß es daher nicht nur Informationen zu sammeln, sondern auch Reaktionen und Verhaltensweisen der Gesprächspartner unter diesen Aspekten zu betrachten. Strategie und Aufgabenrichtung für die anstehenden Ermittlungen waren fixiert. Meine Richtung war damit klar.

***

Welche Ausgangsinformationen hatte ich?
Da war das Opfer Anne, die seit ihrem ersten Lebensjahr bei den Großeltern aufgewachsen war und bei ihnen gewohnt hatte.
Da waren die Großeltern sowie eine Schwester der Großmut-

ter, die mit im gleichen Haushalt lebte. Die Großeltern hatten einen wesentlichen Anteil an Annes Erziehung. Für schulische Probleme war der Großvater der Ansprechpartner. Alle, die Großeltern und die Schwester der Großmutter, zogen 1995, ein Jahr nach dem Verschwinden in das neuerbaute Eigenheim ihrer Tochter und des Schwiegersohnes. Die Mutter hatte ihren Freund 1993 kennengelernt. Sie heirateten ein Jahr später. Sie war zum Zeitpunkt des Verschwindens ihrer Tochter schwanger und die eigentliche Heirat war drei Tage nach dem Verschwinden ihrer Tochter geplant gewesen. Probleme oder Konflikte in der Familie waren bisher nicht bekannt.

Es gab noch weitere Personen, die in meine Ermittlungen einzubeziehen waren. Der leibliche Vater des Opfers. Er war mir namentlich weder bekannt, noch wusste ich etwas zu seiner Person. Zu ihm erhielt ich von der Mutter nur die Auskunft, dass er eine neue Familie und eine Tochter habe. Seine Familie in einem Dorf in der Nähe von D. wohnt und er von Beruf Maurer war. Zur Trennung sei es gekommen, weil er dem Alkohol stark zugetan gewesen sei.

Dann war da noch der „Ex-Stiefvater", der Falk F. Dieser war 1994 selbst in M. wohnhaft. Seine Eltern wohnten im gleichen Aufgang, in dem die Großeltern mit der Enkelin lebten. Am Abend des Verschwindens wurde er von der Großmutter, als sie mit der Suche begann, im Wohnaufgang gesehen. Er hatte seine Eltern aufgesucht. Weitere Informationen zu seiner Person gab es nicht. Noch andere Informationen zu den unmittelbaren Bezugspersonen lagen nicht vor. Dann gab es noch den Mopedfahrer mit dem blauen, bisher nicht auffindbaren ominösen Müllsack.

Sollte ich diesem aber wirklich in dieser Phase der Erstermittlungen meine Aufmerksamkeit schenken?

Mit Sicherheit lagen zu seiner Person bei den Ermittlungsbehörden ausreichend überprüfte Informationen vor, die ich als Privatermittler kaum besser oder überhaupt nicht erlangen würde. Ein Grund, ihn in der ersten Phase daher nicht vorrangig einzubeziehen. Es war schon ernüchternd, was als Ausgangsbasis für meine Ermittlungen nutzbar war. Da waren nur offene Fragen. Daher musste es mir zunächst gelingen, mehr über die Bezugspersonen des Opfers, über deren Persönlichkeitsstrukturen in Erfahrung zu bringen.

***

Eine erste Chance Informationen zu gewinnen, sah ich im anstehenden Termin am 4. November 1996, mit der Mutter des Opfers in meinem Büro. Sie erschien an diesem Tag pünktlich. Als sie das Büro betrat, vermisste ich Betroffenheit in ihrem Gebaren. Das aber hatte ich zumindest ein wenig erwartet. Immerhin war ihre Tochter seit 27 Monaten vermisst. Ihr angedeutet fröhliches Auftreten überraschte mich da schon etwas. Also begann ich, ohne nach einfühlsamen Worten zu suchen, mit Fragen, die sich auf den unmittelbaren Tag des Verschwindens ihrer Tochter bezogen.

Die erste Frage, die ich stellte, war, wer ihre Tochter zuletzt „lebend" gesehen habe. Das Wort „lebend" wählte ich absichtlich, um eine mögliche Reaktion, eine Veränderung in ihrem Verhalten zu erkennen.

Irgendwie schien sie das „lebend", ob bewusst oder unbewusst, überhört zu haben. Sie begann, diese Frage zu beantworten, ohne dass ich bei ihr eine besondere Regung, Reaktion oder Verhaltensveränderung registrieren konnte.

Ihre Antwort: „Anne hat mit den Kindern der Familie D. gespielt. Damals haben die Eltern ihre Kinder regelrecht abgeschottet vor der Presse. Denn beide Söhne hatten ja Anne zuletzt gesehen".

Durch Fragen zum leiblichen Vater erfuhr ich, dass ihre Tochter zu ihm keinen Kontakt und meine Auftraggeberin bereits während der damaligen Schwangerschaft das Verhältnis gelöst hatte. Er hätte sehr viel als Maurer an den Wochenenden gearbeitet. Der eigentliche Grund für die Trennung sei aber, dass er sich immer mehr dem Alkohol ergeben habe. Als sie mit Anne im fünften Monat schwanger gewesen sei, habe es eine heftige

Auseinandersetzung gegeben. Der Vater sei dagegen gewesen, dass sie nach Ungarn zu einem internationalen Gitarrenfestival habe fahren wollen. Sie sei dennoch trotz Schwangerschaft nach Ungarn gefahren und habe am Festival teilgenommen.

Diesen Fakt registrierte ich sehr aufmerksam, denn es war schon etwas Besonderes, zu DDR-Zeiten zu einem internationalen Festival nach Ungarn fahren zu dürfen.

Das war ohne Zustimmung „ganz bestimmter" Sicherheitsorgane der DDR undenkbar.

Was wollte sie da, als Kindergärtnerin?

War ihre Teilnahme privat, oder?

Wer hatte sie delegiert, in wessen Auftrag nahm sie daran teil?

Die Mutter meinte dann, mir gegenüber begründen zu müssen, warum ihre Tochter bei den Großeltern aufgewachsen sei. Als ihre Tochter geboren sei, habe sie in dem Dorf, in dem sie wohnte und als Kindergärtnerin tätig war, auch nach fünf Monaten noch immer keinen Krippenplatz bekommen. Sie selbst habe dort in einer Einraumwohnung gewohnt. Ihre Wohnbedingungen, aber auch häufigere Erkrankungen ihres Säuglings seien der Grund gewesen, weshalb Anne schon als Baby bei den Großeltern aufgewachsen sei.

Etwas emotionaler wurde sie, als sie darüber berichtete, dass der leibliche Vater nach dem Verschwinden ihrer Tochter die Absicht hegte, die Zahlung des Unterhaltes einzustellen. Sie habe ein Sparbuch anlegen wollen, auf dem der Unterhalt eingezahlt werden sollte, bis ihre Tochter wieder da sein würde. Damit sei er nicht einverstanden gewesen. Seit Juli 1995 habe er keinen Unterhalt mehr gezahlt. Erst nach Einschaltung einer Rechtsanwältin sei eine Lösung gefunden worden.

Aus ihren Schilderungen, wie sie über den leiblichen Vater ihrer Tochter, den sie als „Erzeuger" bezeichnete und über die Zeit ihrer Schwangerschaft sprach, spürte ich eine gewisse Verachtung. Ihre Tochter stand dabei weniger im Mittelpunkt. Sie schilderte mehr und mehr ihr eigenes Schicksal. Eines schien ihr nach dem Verschwinden ihrer Tochter wichtig: Das Problem der Unterhaltszahlung. Als sie darüber sprach, zeigte sie erstmals Emotionen. Ihr Zorn führte für kurze Zeit sogar zu roten Flecken an ihrem Hals.

Zugegeben, die Nichtzahlung von Unterhalt ist für jede alleinerziehende Mutter ein Problem. Wie dieses im konkreten Fall bei meiner Auftraggeberin war, dazu wusste ich zu wenig. Es stand mir daher nicht zu, hier schon eine Wertung zu treffen. Ich hatte das gewollte Erstgespräch mit der Auftraggeberin und viele Kontakte und Gespräche würden noch folgen. Nun verfügte ich aber über erste Informationen zum leiblichen Vater und einen anfänglichen Eindruck von der Persönlichkeit meiner Auftraggeberin. Das aber reichte noch lange nicht. Ich musste mehr zum familiären Umfeld des vermissten Mädchens in Erfahrung bringen. Es war an der Zeit, zu den Angehörigen des Opfers, aus anderen Quellen Informationen zusammenzutragen

Erste Ergebnisse und eigene Erkenntnisse

Zunächst begab ich mich vor Ort, um die örtlichen Gegebenheiten im Wohngebiet in M., persönlich in Augenschein zu nehmen. Nicht nur einmal ging ich den Weg, den die Vermisste eingeschlagen haben soll, als sie den Spielplatz verließ. Erst dann schloss ich für mich definitiv aus, dass es die geplante Tat einer fremden Person gewesen sein konnte. Den spontanen Zugriff einer fremden Person, weil das Mädchen zur falschen Zeit am falschen Ort war, hielt ich wegen der kurzen Wegstrecke, der Uhrzeit des Verschwindens und der örtlichen Gegebenheit für fast ausgeschlossen.

Ein im November 1996 geführtes Gespräch mit dem Ehemann meiner Auftraggeberin verlief anders als erwartet. Zu Beginn erklärte er, dass er nicht sehr viel sagen könne und bereits alles der Polizei erzählt habe.

Dennoch bat ich ihn, aus seiner Sicht zumindest etwas zur Persönlichkeit der Anne zu berichten. Was er sagte, überraschte mich. „Ich glaube nicht mehr, dass Anne noch lebt".

Dann sprach er über einen mir bisher unbekannten Sachverhalt. „Es gab damals einen Brief, den Anne weggebracht haben soll und da hat es Unklarheiten gegeben." Dem wollte ich nachgehen, bin aber von der Kripo „zurückgepfiffen" worden". Weiter äußerte er, dass Anne in letzter Zeit ein starkes Interesse für Altstoffe gehabt habe. Sie habe Geld gebraucht und wollte sich einen Lederrucksack kaufen. Deshalb sei sie bei verschiedenen Leuten gewesen, was auch im Wohngebiet unmittelbar bekannt gewesen sei. Überhaupt sei sie sehr an Geld interessiert gewesen. Wörtlich sagte er: „Für Geld hätte sie sicher mehr gemacht. Das hat mir nicht gefallen".

Hier brach er das Gespräch ab. Es hatte für mich den Anschein, als habe er sich selbst erschrocken, über das, was er gerade gesagt hatte. Nach einer kurzen Pause des Schweigens, meinte er, dass er dazu nicht mehr sagen könne und auch nicht sagen wolle.

Was war mit dem Brief, welche Rolle spielte er?

Welche Unklarheiten gab es in Bezug auf den Brief?

Was wollte er mit der Aussage, sie hätte für Geld sicher mehr gemacht, andeuten?

***

In einem Gespräch mit der Klassenlehrerin von Anne erfuhr ich, dass sie selbstständig, gut erzogen und nicht verwöhnt gewesen sei. Ihr Verhältnis zur Mutter sei gut, aber es sei mehr, wie unter Schwestern gewesen. Anne sei aufgeschlossen, ehrgeizig, kein „Strebertyp" und bei allen beliebt gewesen. Zum leiblichen Vater hätte keine Verbindung bestanden. Von zu Hause sei sie nie weggelaufen. Da müsse was „Schlimmeres" passiert sein, so schlussfolgerte sie. Anne sei auch einmal in Jugoslawien gewesen, wo ihre Mutter eine gewisse Zeit tätig gewesen sei. Von dort habe sie Bücher mit in die Schule gebracht, die ihr dort ein junger Mann übersetzt haben solle.

Von einem Stiefvater habe sie nichts erzählt. Anne sei reif, zuverlässig und habe sich gut bewegt. Sie habe keine extravagante Kleidung getragen, sondern sei immer normal gekleidet gewesen, sich also nicht von anderen Kindern abgehoben. Bekannt war der Klassenlehrerin, dass Anne am bewussten Tag, am 12. August 1994, noch Altstoffe sammeln wollte. Sie wäre auch nie zu Fremden in ein Auto gestiegen.

Am 1. Juni 1994, beim Wandertag habe Anne noch erzählt, sie freue sich auf N. Ihre Mutter habe der Lehrerin einmal mitgeteilt, was ihre Eltern, also Oma und Opa sagen, würde mit ihrem Einverständnis geschehen. Anne habe auch vom Baby erzählt und sich auch darauf gefreut. Jeder der sie kannte, musste sie mögen.

Das waren wertvolle Informationen zur Persönlichkeit des Opfers. Gegen Ende des Gespräches berichtet die Lehrerin mir noch von einem Gerücht, auf das sie selbst aber sehr wenig geben würde. Es hieß, die Familienverhältnisse in denen Anne lebte, sollen nicht gestimmt haben.

War es wirklich nur ein Gerücht?

Lag vielleicht doch ein „Körnchen" Wahrheit in diesem Gerücht?

Das war natürlich bei weiteren Ermittlungen zu beachten. Nach längeren und zielgerichteten Recherchen konnte ich die damalige Lebensgefährtin des ehemaligen Stiefvaters von Anne ausfindig machen. Im ersten Gespräch gab sie mir Informationen, wann er am Abend des Verschwindens bei ihr eintraf und welches Verhalten er zeigte. Ihre Einschätzung zu seiner Person ließ eine nicht uninteressante Persönlichkeit erkennen. Sie sprach von zwei Gesichtern, die er hätte, von sexuell abnormem Verhalten, vielen Fahrten mit dem PKW und seiner auffälligen Neigung zu Kindern. Selbst nach der Trennung von Annes Mutter, hätte er sich noch als Vater von Anne gefühlt. Von Anfang an habe sie das Gefühl gehabt, er würde etwas mit dem Verschwinden des Mädchens zu tun haben. Nach ihrer Auffassung habe er auch ihre eigene kleine

Tochter zu viel gestreichelt, mit ihr gespielt, geschmust und auf seinem Schoß gehabt. Er selbst habe erzählt, dass er sich damals viel mit Anne beschäftigt habe. Sie habe sehr an ihm gehangen. Er sei ihr lieber Papa und sie habe durch die spätere Trennung gelitten. Alle diese Informationen zum ehemaligen Stiefvater des Opfers brachten ihn stärker in meinen Fokus.

Was war er für ein Mensch? Gab es da vielleicht einen Zusammenhang zum Verschwinden der Anne?

Die bisher gewonnenen Informationen machten es erforderlich, über ihn mit den Großeltern zu sprechen.

Es war Anfang Januar 1997, als die Großmutter berichtete, dass der ehemalige Stiefvater während der Ehe mit ihrer Tochter und davor, nicht sehr viel mit ihrer Enkelin zusammen gewesen, sie aber anhänglich bei ihm gewesen sei. Er habe sie öfter auf dem Schoss gehabt und sei auch mit ihr spazieren gegangen. Während der Ehe sei er häufiger zum Essen bei ihnen gewesen. Dann habe er sich auch mit der Enkelin beschäftigt. Es deuteten sich immer mehr Sachverhalte zu F. an, die weiter hinterfragt werden mussten. Ich hielt es daher für angebracht, der Kripo meine bis dahin zu ihm gewonnenen Erstinformationen mitzuteilen. Vielleicht von ihnen hierzu eine Einschätzung bzw. Meinung zu hören.

Als ich gegenüber dem KHK T. den Namen F. erwähnte, sah es für einen kurzen Moment aus, als sei er überrascht, von mir überhaupt diesen Namen zu hören.

Hatte er vielleicht erwartet oder gehofft, nur Neues über dem „Mopedfahrer" zu erfahren?

War er deshalb so schnell zu einem Gespräch bereit gewesen?

KHK T. teilt mir im Gespräch mit, was bei der damaligen Vernehmung des F. an Erkenntnissen gewonnen wurde und wie diese Vernehmung verlaufen war. Er sei zweimal vernommen worden. Interessant war, dass F. für die relevante Zeit, in der das Mädchen verschwand, kein Alibi besaß.

Das Gespräch mit dem KHK empfand ich persönlich als angenehm und hielt es für eine gute Sache, Informationen in dieser Form auszutauschen. Was meine Informationen betraf, darauf reagierte er nicht. Erwartet hatte ich von ihm, Fragen zu meinen Ermittlungsergebnissen gestellt zu bekommen. Die blieben aber aus. Letztendlich war die Erkenntnis, dass der Ex-Stiefvater kein Alibi hatte, für mich Anlass genug, meine Ermittlungen weiter auf ihn auszurichten.

Bei einem weiteren Kontakt zu der damaligen Lebensgefährtin des F. erfuhr ich, dass Anne ihrer kleinen Tochter Inga in den Ferien 1994 erzählt habe, dass F. auch mal ihr Vater gewesen und er jetzt noch „ein guter „Kumpel" sei. Manchmal habe er aber zu ihr gesagt, sie solle weitergehen und habe nicht mit ihr gesprochen. Tage später habe er dann aber wieder mit ihr gesprochen. Das habe Anne traurig gemacht.

An mich gewandt bat sie darum, ob ich nicht mit ihrer Tochter sprechen könne. Sie hege den Verdacht und habe die Befürchtung, dass F. ihre kleine Tochter möglicherweise damals sexuell missbraucht habe. Auf Fragen, die sie ihrer Tochter in diese Richtung gestellt habe, habe diese nie richtig geantwortet.

Ich versuchte zu begründen, dass ein spontanes Gespräch mit ihrer Tochter nicht sinnvoll sei. Ein solches Gespräch setze voraus, behutsam einen Zugang zur Inga zu finden, und das würde nicht nur mit einem Gespräch gelingen. Ich vereinbarte für den übernächsten Tag, den 24. Januar 1997, ein Erstgespräch mit der Tochter zu führen.

Das war eine ganz neue Herausforderung für mich!

Jedes Kind, jeder Sachverhalt, jede Gesprächssituation, hat etwas Individuelles.

Wie aber war mit einem derartig sensiblen Thema, in einem Gespräch mit einem Kind umzugehen, das möglicherweise wirklich Opfer sexueller Übergriffe geworden war?

Als Inga mit F. zusammen war, war sie ungefähr fünf bis sieben Jahre alt. Das Ganze lag aber nun auch schon wieder länger zurück.

Genau das war der eigentliche „Knackpunkt".

Aus der Fachliteratur war mir bekannt, dass Kinder ab fünf Jahre, die einen normalen Entwicklungsstand aufweisen, in der Regel als aussagefähig angesehen werden. Das Kind sollte aber vorab unbedingt über die Absicht des Gespräches informiert werden, da es sonst verunsichert wird. Es ist genau zu überlegen, wie das Gespräch begonnen und wie es beendet werden soll. Auch wenn das Kind selbst bereits deutliche Signale erkennen lässt, braucht es möglicherweise einige Zeit, um sich letztendlich dann ganz zu offenbaren. Auch vage Verdachtsmomente sind ernst zu nehmen, denn missbrauchte Kinder werden ihre Probleme nur selten flüssig schildern.

Diese Hinweise beachtend, führte ich, im Abstand von einigen Tagen, drei persönliche Gespräche mit Inga. Mit Einverständnis der Mutter und Inga selbst, zeichnete ich diese Gespräche auf Video auf.

Im Ergebnis dieser Gespräche tat sich neben dem Verdacht eines möglichen Zusammenhangs mit dem Verschwinden der Anne, ein weiterer Verdacht auf. Inga hatte sich von Gespräch zu Gespräch mehr geöffnet und berichtete von Handlungen des F., die ich eindeutig nur in eine Richtung werten konnte. Sie sprach unter anderem von:

Er hat die Hand auf meinen Schenkel gelegt und ist abgerutscht... Er wollte unbedingt, dass er mich wäscht, auch an Stellen, wo ich das nicht mochte ... Ich mag es nicht, wenn er da rumfummelt, da unten ... Da habe ich bei ihm geschlafen. Er hat mich dann berührt, immer gestreichelt. Ich habe mich vor ihm ausgezogen und da hat er so auf mein .... geguckt ... Hin und wieder hat er mich zwischen die Beine gefasst ... Er wollte mich auch unten abtrocknen, dass wollte ich aber allein machen. Er sagte dann komm, mach dir nichts draus. Dann hat er mich dort abgetrocknet ... Da habe ich ein Video gesehen. Zwei die nackt waren und Kinder gemacht haben ... Da stand auch, halten sie die Kinder fern, oder so ähnlich.

Diese Aussagen waren nach meiner Einschätzung schon sehr eindeutig. Ein anderer bedeutender Sachverhalt war ja noch der, dass Inga davon sprach, sie habe im Sommer 1994 Anne kennengelernt und sich beide über F. unterhalten haben, weil er auch einmal ihr Vater war. Sie hätten Adressen getauscht, weil sie Kindervideos austauschen wollten. Anne sei damit einverstanden gewesen, dass F. die Videos überbringen sollte. Davon habe F. am anderen Tag durch Inga Kenntnis erhalten.

***

Nach diesen vielen Informationen zum ehemaligen Stiefvater, war es mir wichtig, ihn persönlich kennenzulernen. Mitte Februar 1997 gelang es mir mit ihm persönlich zu sprechen. Dieses Gespräch zeichnete ich ohne Wissen des F. auf Video auf. Klar war, dass ich damit seine Persönlichkeitsrechte verletzte. Jedoch sah ich darin die einzige Möglichkeit, um im Nachhinein eine gewissenhafte Auswertung vornehmen zu können. Auffallend war in diesem Gespräch, dass er nur von „Beziehungen" sprach, in die er „eingestiegen" sei.

Was hatte das zu bedeuten, hier von einem „Einstieg" zu sprechen?

Es war ihm immer wichtig, eine „Beziehung" zu haben. Er vermied es, im Gespräch den Namen von Anne oder von Inga auszusprechen. Wenn er von ihnen sprach, dann meinte er nur „das Kind".

War es eine Art Schutz?

Wollte er so seine Gefühle zu beiden Mädchen verbergen?

Als es darum ging, ob er nach der Trennung von Annes Mutter noch Interesse an ihrer Tochter gehabt habe, war seine Antwort besonders aufschlussreich. Meinte er da doch, dass er keinen Grund habe, sich für sie zu interessieren. Er habe ja „eine Beziehung und die hätte ja auch zwei Kinder". Als ich ihm vorhielt, dass bei seinen Kontakten zur kleinen Inga mehr gelaufen sei und ich gewisse sexuelle Handlungen nicht ausschließen könne, sprach er sofort davon, vor ihr einmal ein steifes Glied gehabt zu haben.

Wenn er dem damals keine besondere Bedeutung beigemessen hätte, dann wäre es sicher nicht noch nach Jahren in seinem Gedächtnis und er hätte es im Gespräch mit mir sicher nicht erwähnt.

Interessant war die Einschätzung, die er zur Persönlichkeit von Anne abgab. Er erklärte mir u. a., sie sei fast wie eine Erwachsene. Sie habe eine gute Aussprache gehabt und viel begriffen. Zuvor hatte er aber davon berichtet, dass er nach der Scheidung nie Kontakt zur Anne gehabt habe

Wie kam er aber dann zu einer solchen Einschätzung?
Gab es da nicht einen Widerspruch?

Er kannte sie persönlich doch nur als Kleinkind, keinesfalls noch als Schulkind! Letztendlich zeigte mir sein Verhalten, seine Reaktion bei der Vorlage eines Fotos von Anne, dass er nach wie vor eine gewisse Zuneigung zu ihr hegte. Welchen Charakter diese besaß, blieb offen.

Interessant war seine damals erste falsche Aussage bei der Kripo. Dort hatte er angegeben, am 12. August von 18:00 bis 21:00 Uhr noch gearbeitet zu haben. Nachdem die Polizei dieses überprüft und ihn erneut verhört hatte, gab er für diesen Zeitraum an, sich an einer Tankstelle, einem Shop und einem Netto-Markt aufgehalten zu haben. Die Polizeibeamten hatten an diesen Aufenthaltsorten entsprechende Befragungen durchgeführt. Dort konnte sich keiner an F. erinnern.

Er selbst konnte auch keine Zeugen benennen. Selbst in meinem mit ihm geführten Gespräch gab er diese Aufenthaltsorte genau in der gleichen Reihenfolge an. Mir schien, als habe er diese auswendig gelernt. Fakt blieb, für den Zeitraum 17:00 bis 20:00 Uhr hatte F. kein Alibi. Wenn er, wie von ihm beschrieben, die Aufenthaltsorte in der genannten Reihenfolge aufgesucht haben wollte, so hatte er mindestens zweimal in der Zeit von 17:00 bis 19:00 Uhr, die unmittelbare Nähe des Wohngebietes, in dem Anne verschwand, tangieren müssen,

Um zu den aufgezeichneten Gesprächsvideos, dem Gespräch mit F. und den Gesprächen mit Inga, eine unvoreingenommene Einschätzung zu erhalten, bat ich eine mir bekannte Psychologin, sich diese Aufzeichnungen anzuschauen und mir ein „inoffizielles" Gutachten, quasi ein erstes Feedback zu geben. Zum Video mit den Aufzeichnungen des persönlichen Gespräches mit F. lautete ihre Einschätzung:

Er sei geistig normal, jedoch seien soziale Fehlentwicklungen und fehlende Männlichkeit erkennbar, die ursächlich bereits im Elternhaus lägen. Wenn er vom „Kind" spreche und vermeide, den Namen Anne zu nennen, versuche er, möglicherweise seine doch innerlich vorhandene innige Bindung zu dem Mädel zu vertuschen. Er sei kein aggressiver Typ unter Alkohol, sondern eher ein „Heultrinker", werde sentimental und sensibel, beginne zu weinen. Bei derartigen Personen sei markant, dass sie unter ihresgleichen mit sexuellen Erlebnissen protzen, aber letztendlich nichts mehr mit erwachsenen Frauen beginnen könnten. Dann würden sie sich auf Kinder ausrichten und darin Ersatz suchen. Hier gingen sie sicher, dass sie ihre Schwäche nicht zeigen müssen, da meistens keine Einführung des Gliedes erfolge und sie ihre sexuelle Erregung allein in den Missbrauchshandlungen, dem Anfassen, dem Streicheln, dem sich selbst beschauen lassen abreagieren würden. Weiterhin neige F. mehr zum „kindlichen Typ", der jedoch in bestimmten Stresssituationen einen aggressiven Durchbruch bekommen könne und die Beherrschung verliere. Sein langes Schweigen bei bedeutenden Fragen spreche nicht gerade entlastend.

Zu den Aufzeichnungen der Gespräche mit der kleinen Inga war ihre Einschätzung:

Inga sei ein selbstbewusstes Kind. Die von ihr geschilderten Details lege sie in allen Gesprächen relativ konstant dar. Die damals erlebten Handlungen beschreibe sie entsprechend ihres jetzigen Alters und ihrer Entwicklung aus heutiger Sicht. Es könne davon ausgegangen werden, dass ihre Schilderungen der Wahrheit entsprechen. Bei den geschilderten Handlungen handelt es sich um eindeutige Missbrauchshandlungen. Deutlich werde, dass ihr diese Handlungen unangenehm gewesen seien. Es seien erste Anzeichen von Nötigung erkennbar. Zur Gewaltanwendung sei es zwar nicht gekommen, aber das Stadium erreicht, in dem er die Grenze des Normgefüges Tochter –

Stiefvater überschritten habe. Dabei bestand bei entsprechender Situation durchaus die Gefahr einer Gewaltanwendung. Er sei ein typischer Beziehungstäter, der relativ oberflächlich mit Dingen umgehe und so die Grenze dessen, was angemessen sei, immer mehr überschreitet. Deutlich werde auch, dass er eine sehr lange Phase für seine Annäherungen benötigte. Das sei bezeichnend bei Missbrauch durch Großvater, Vater oder Stiefvater. Erst nach und nach würden die Missbrauchshandlungen eine stärkere Qualität annehmen.

Nach allen Informationen zu F. sowie den inoffiziellen Einschätzungen durch die Psychologin, hielt ich es erneut für angebracht, mit diesen Erkenntnissen die Kripo aufzusuchen. Vorab hatte ich darauf hingewiesen, Videos vorzuführen. Neben KHK T. nahm ein weiterer Kripobeamter, KHK K., an der Videovorführung teil. Nach kurzer Erläuterung führte ich das Gesprächsvideo mit Inga vor. Beide Kripobeamte saßen lässig auf ihren Stühlen. Ohne einen Zwischenkommentar nahmen sie den Inhalt des Videos zur Kenntnis. Im Anschluss gaben sie mir zu verstehen, dass Inga in keiner Form sexuelle Missbrauchshandlungen beschrieben hätte, die eine strafrechtliche Relevanz erkennen lassen würden.
Wenn beider Meinung auch konträr zu der der Psychologin war, so hatte ich doch angenommen, dass die Schilderungen zumindest die Qualität aufweisen, um als Ermittlungsbehörde tätig zu werden und eine erste tiefere Prüfung vorzunehmen. Der Anfangsverdacht sexueller Missbrauchshandlungen war hier nach meiner Auffassung sicher gegeben. Ich hatte mehr Gespür und Sensibilität von erfahrenen Kripobeamten erwartet. Immerhin gab es zudem noch den früheren Kontakt der Inga zur immer noch vermissten Anne und eine sich hier abzeichnenden Schnittstelle zum ehemaligen Stiefvater der Vermissten.
Bevor ich das Video der Gesprächsaufzeichnung mit F. in den Recorder schob, informierte ich die Kommissare darüber, dass ich dieses Gespräch inoffiziell aufgezeichnet hatte. Beide Beamten schauten sich an, nahmen dies zur Kenntnis

und meinten, dass es sicher nicht ganz sauber gewesen sei. Sie würden erst einmal schauen, was da käme. Dann verfolgten sie die Aufzeichnung doch sehr aufmerksam. Nach Ende der Vorführung erhielt ich keinen Kommentar von ihnen. Einig waren sie sich aber, den Inhalt dieses Gespräches in Form eines Gedächtnisprotokolls erhalten zu wollen.
Das war alles?
Ich hatte mehr erwartet. Eventuell einen gemeinsamen Gedankenaustausch zur Person F. oder eine kriminalistische Wertung zu der Gesprächsaufzeichnung. Zu seiner Person lagen ihnen doch sicher mehr Ermittlungsergebnisse aus seiner Vernehmung und der Bürgerbefragung im Wohngebiet von 1994 vor. Außerdem war F. nach seinen Angaben damals selbst als Verdächtiger in den Fokus der Kripo geraten. Da hätte ich schon eine Meinung zu meinen Videoaufzeichnungen erwartet. Aber es kam nichts.
Beide Beamte schienen mit sich und dem Vermisstenfall zufrieden zu sein und weiter auf den „Kommissar Zufall" zu hoffen. Meine Hilfe sowie Erkenntnisse, schienen sie nicht unbedingt zu benötigen.
Waren sie überhaupt an „Hilfe" interessiert?

***

Natürlich ließ ich mich von den Reaktionen, die ich am Tag zuvor bei der Kripo erleben durfte, nicht entmutigen. Ich war der Überzeugung, dass bei F. ein möglicher Zusammenhang zum Fall des vermissten Kindes bisher nicht ausgeschlossen werden durfte.
Während der zurückliegenden Besuche hatte mir Ingas Mutter, seine damalige Lebensgefährtin, eine Vielzahl weiterer Informationen zu seiner Persönlichkeit, zum Kontakt ihrer kleinen Tochter im Sommer kurz vor ihrem Verschwinden und zu F.s Verhalten am 12. August 1994, gegeben.
Diese Informationen dokumentierte ich nun als eine offiziel-

le Befragung auf Video, denn ihre Aussagen schienen mir für den Fall durchaus relevant zu sein. So hatte sie auch die Aussage getroffen, dass Anne noch im Sommer 1994 Kontakt zu den Eltern des F. hatte. Damals habe Anne seinen Eltern Petersilie aus dem Garten ihrer Großeltern gebracht. Am nächsten Tag rief ich den KHK T. an und berichtete von der Videodokumentation, den Aussagen der ehemaligen Lebensgefährtin von F.

Für mich etwas überraschend zeigte er Interesse.

Bereits zwei Stunden später stand er in meinem Büro. Das machte mich sprachlos, denn er war „schneller als die Polizei es erlaubte." Nach kurzer gekünstelt freundlicher Begrüßung, lehnte er aus „Zeitgründen", den ihm zuvor angebotenen Kaffee ab. Das nahm ich als indirekte Aufforderung, nun sofort zur Sache zu kommen.

Ohne Vorrede führte ich das Video vor und staunte, als er einen kleinen Schreibblock hervorzauberte und sich während der Videovorführung Notizen machte. Am Ende bedankte er sich und verschwand genauso schnell, wie er gekommen war.

Auf eine Wertung oder auch nur einen kurzen persönlichen Kommentar hatte ich erneut vergebens gewartet.

Auch mit einem „Dankeschön" war er sparsam.

Irgendwie hatte die Art des Umgangs und des Kontaktes zwischen der Kripo und mir, nach meinem Verständnis, bisher wenig oder nichts mit dem Wort „Hilfe" gemein.

Unter „Mithilfe" verstand ich: Kooperation, Zusammenarbeit, usw., in gewisser Weise eine strategische Partnerschaft.

TEIL 3
Spannungsfelder tun sich auf
Neue Anhaltspunkte

Die Öffentlichkeit wissen zu lassen, dass ein Privatermittler aktiv nach der Vermissten sucht, könnte neue Hinweise bringen. Es würde den Täter noch mehr in Unruhe versetzen. Genau das war mein Gedanke, als ich der Journalistin, die damals das erste Interview mit mir geführt hatte, den Anstoß gab, die Angehörigen des vermissten Mädchens, um ein Interview zu bitten. Sollten sie ihr dann von meiner Beauftragung berichten, würde auch ich ihr ein Interview geben, so war mein Plan. Am 26. Februar 1997 folgte dann die große Überraschung. In der Regionalpresse eine fette Schlagzeile. ‚Detektiv jetzt auf der Suche nach Annes Entführer'.

Der Journalistin war es gelungen. Die Angehörigen hatten ihr gegenüber meine Beauftragung erwähnt. „Diese Ungewissheit und die Hilflosigkeit, die sind kaum zu ertragen. Bei dem Detektiv haben wir wirklich das Gefühl, er bewegt etwas. Wir hoffen immer noch, in unserer alten Heimat, in und um M. irgendwelche Spuren zu finden", so wird die Mutter zitiert.

Die Großmutter: „Es ist, als wäre es gestern gewesen", und der Großvater: „Einen wirklichen Strohhalm der Hoffnung haben wir erst seit drei Monaten".

Zu lesen war in diesem Artikel, dass die ganze Familie einschätzte: „Der ganze Apparat, von der Polizei angefangen, ist viel zu unbeweglich".

Natürlich war auch KHK T. interviewt und so zitiert worden: „Wir ermitteln nicht mehr so intensiv wie am Anfang. Dennoch sind wir überzeugt, dass der Täter irgendwann auffliegt. Wir wissen, dass in den Eltern und Großeltern etwas kaputtgegangen ist, das nie wieder zu heilen sein wird. Deshalb wird die Akte auch nicht geschlossen".

Mutig fand ich von der Journalistin, hier auch Dinge zu benennen, die sicher nicht überall positiv aufgenommen wurden.

So war zu lesen: Als die Angehörigen vor Monaten das Gefühl bekamen, die Polizei schlage die Akte zu, schrieben sie an den Innenminister Rudi G. (CDU). Doch der Brief sei nichtssagend beantwortet worden. Der KHK T., so war weiter zu lesen, wolle den Vorwurf des „Nichtstuns" im Fall nicht auf sich sitzen lassen. Die Akte liege auf seinem Schreibtisch, genau wie die einer Frau aus Dresden, die im Wald bei Burg S. ermordet worden sei. Beides seien ungelöste Fälle dieser Art im Bereich der Kriminalinspektion. Im Fall Anne seien bereits Kontakte zur belgischen Polizei erfolgt. Nach den Enthüllungen über Grausamkeiten der Kinderschänder in Belgien, seien auch Annes Daten dort aufgenommen worden. Vielleicht fänden sich ja zwischen den vielen sichergestellten Kindersachen, die pinkfarbige Pantalons oder ihr weißes T-Shirt mit dem Bild von David Hasselhoff, oder auch ihr Wohnungsschlüssel und der bunte Haarreif den sie trug, als sie entführt worden sei. Kontakte seien auch zur Polizei in Schleswig-Holstein geknüpft worden, wo ein Jahr zuvor die blonde Seike verschwand.

Mit der Information der Journalistin, dass der Detektiv „gestern" leider nicht zu erreichen gewesen sei, gelang ihr eine geschickte Vorankündigung des Interviews.

Es war mir aus bestimmten Gründen schon wichtig, dass nun die Öffentlichkeit vom Einsatz eines Detektivs Kenntnis bekam. Das konnte meine Legitimation nur stärken. Ein ungutes Gefühl hatte ich allerdings trotzdem.

Wie würde das die Ermittlungsbehörde aufnehmen?

Wurde hier schon ein „Grundstein" gelegt, der zu Spannungen zwischen Kripo und Detektiv führen würde?

Welche Ermittlungsbehörde lässt sich schon in der Öffentlichkeit mit einem Privatermittler vergleichen und dazu noch von den Angehörigen des Opfers hinsichtlich des „Nichtstun" kritisieren.

Das Interview mit mir ließ nicht lange auf sich warten. Bereits am 3. März wurde es veröffentlicht. Die Schlagzeile ‚Detektiv konzentriert seine Suche auch auf den M.er Forst', war so nicht abgesprochen.

Natürlich hatte ich diesen Ort erwähnt, aber nur, weil er sehr schnell vom Wohngebiet, mit einem „entführten Kind" im PKW, erreichbar ist und eine Person dort untertauchen konnte. Unter der Schlagzeile stand dann aber etwas, das in meinem Sinne war. Es hieß: ‚Weitere Hinweise zum vermissten Mädchen erhofft'

Natürlich erwartete ich noch mögliche Hinweise aus der Bevölkerung und deutete an, bei meinen Ermittlungen auf Ergebnisse gestoßen zu sein, die anders als die der Polizei seien. Dabei dachte ich an die möglichen Missbrauchshandlungen des F., seine Neigungen sowie an die Hinweise zu ihm, die einen Zusammenhang mit dem Vermisstenfall nicht ausschlossen. Meine Andeutung, dass mir aus dem Wohngebiet sowie aus dem nahen Umfeld der Vermissten, Informationen zu Personen mit bestimmten Charakteren und Lebensweisen bekannt wurden, aber auch einiges über zurückliegende Kontakte des Mädchens erfahren hatte, waren gewollt. Meine Absicht war, sollte der Täter aus dem Wohngebiet oder dem engen Umfeld kommen, würde ihn das vielleicht zu auffälligem Verhalten provozieren. In der zurückliegenden Tätigkeit als Ermittler hatte ich häufiger erfahren müssen, dass es bei Verbrechen nur so von Gerüchten im Umfeld wimmelte.

Warum sollte es in diesem Fall anders sein?

Es galt, jedem Bürger Mut zu machen, sich auch nur beim Hören oder der Kenntnisnahme von einem Gerücht, an mich zu wenden.

***

Im März 1997 suchte ich den Arbeitgeber des F. auf, um mich über mögliche auffällige Verhaltensweisen zu informieren. Hier erfuhr ich von einem Gerücht, das in der Stadt M. in Umlauf war. Überall würde man darüber sprechen, dass in einer Garage eine Leiche bzw. Leichenknochen gefunden worden seien, und in diesem Zusammenhang von zwei Brüdern die Rede sei. Anhand der Zähne sei festgestellt worden, dass es Anne sei. Es gab noch einige andere Varianten, aber immer war von einer Garage die Rede. Eine Frau wollte sogar sechs Polizisten in einer Garage gesehen haben und eine andere Person hatte erzählt, dass sie es schon im Radio gehört habe. Auch F. hatte sich bereits bei einer Kollegin erkundigt, ob sie etwas von dem Gerücht gehört hätte und ob es wahr sei. Sie habe diese Gerüchte bestätigt.

Auch mich hatten diese Gerüchte unruhig gemacht.

War es wirklich so, oder war es nur ein Gerücht?

Was konnte dahinterstecken, wenn ein solches Gerücht in die Welt gesetzt wurde? Ein Gerücht, das im Zusammenhang mit einer Straftat in Umlauf kommt, hat immer eine Ursache, einen Auslöser oder einen Ausgangspunkt. Sehr häufig werden von unterschiedlichen Personen weitere Sachverhalte, dem „Ausgangsgerücht" hinzugefügt. Hier reiht sich dann eine Information an die andere zu einer Informationskette.

Es sind aber Informationen, die durch Kenntnisse anderer Tatsachen, durch Feststellungen oder Beobachtungen sowie durch Empfindungen und Gefühle außenstehender Personen entstehen, und aus unterschiedlichen Gründen mit der Straftat in Verbindung gebracht werden. Gelingt es nicht, den Auslöser oder Ausgangspunkt zu ermitteln, und lassen sich angebliche Fakten – Feststellungen oder Beobachtungen – nicht objektivieren, erst dann ist es ein Gerücht.

Von besonderem Interesse ist immer, wer das Gerücht in Umlauf bringt, wer es weiterverbreitet, zu welchem Zeitpunkt und in welchem Zusammenhang es entstand. Es ist nicht auszuschließen, dass ein Motiv, ein Gerücht in Umlauf zu bringen, das in eine bestimmte Richtung geht, durchaus einen Zusammenhang mit der eigentlichen Straftat haben kann.

Das Interview mit mir war vor Tagen erschienen. Es war nun überall bekannt, dass ich in dem Fall ermittelte. Einige Bürgerhinweise hatten mich daraufhin schon erreicht. Noch ahnte ich nicht, welche Auswirkungen mein Interview noch haben würde. Ich richtete meine Ermittlungsarbeit in dieser Zeit auf die Überprüfung der mir von Bürgern übermittelten Hinweise und Informationen aus. Diese intensiven Rechercheaktivitäten mussten der Kripo bekannt geworden sein und sie nun zu Reaktionen veranlasst haben. Bereits für den 13. März bekam die frühere Lebensgefährtin von F. von der Kripo eine Vorladung zur Zeugenvernehmung. Sie hatte sich daraufhin mit der Kripo in Verbindung gesetzt und die Bitte vorgetragen, gemeinsam mit dem Privatermittler zu erscheinen. Das wurde vonseiten der Kripobeamten jedoch strikt abgelehnt, ohne es näher zu begründen.

Aber warum diese strikte Ablehnung?
Warum wollte die Kripo nicht diese Gelegenheit nutzen, mich gleichfalls als Zeuge in der Vermisstensache zu vernehmen?
Diese Gedanken schien aber nur ich zu haben.

***

Es war der 22. März 1997, als in der Regionalpresse wieder einmal etwas zum Fall veröffentlicht wurde. Die Schlagzeile lautete: Kripo dementiert Gerüchte zum Fall.
Unter der Schlagzeile ‚Keine neuen Erkenntnisse zum Verschwinden des Mädchens' sah sich KHK T. zu einer Stellungnahme genötigt. Er erklärte, dass es in dem Fall keine neuen Erkenntnisse gäbe und auch die Ermittlungen des Neubrandenburger Privatdetektivs hätten bisher keine neuen Anhaltspunkte gebracht. Wenn der etwas herausbekommen sollte, wäre er verpflichtet, das mitzuteilen, so seine öffentliche Aussage.
War ich durch das Interview bereits in „Ungnade" gefallen?
Konnte man vonseiten der Kripo damit nicht umgehen?
Ich sah keinen Grund, dass ein KHK in dieser Form der Öffentlichkeit mitteilen musste, dass auch ich verpflichtet sei, bei neuen Erkenntnissen, diese der Polizei mitzuteilen.
Wollte man durch diese Aktion verhindern, dass sich weitere Bürger mit Hinweisen an mich wenden? Solche Auswirkungen waren nach dieser Veröffentlichung durchaus zu

erwarten. Besonders die Aussage des KHK T., dass der Privatdetektiv bisher keine neuen Anhaltspunkte gebracht habe, machte mich stutzig. Hatte ich doch alle meine bisherigen Erkenntnisse an die Kripobeamten weitergegeben. Da war mein Gespräch mit F., die Hinweise und Aussagen seiner damaligen Lebensgefährtin sowie die ihrer Tochter Inga. Deren Aussagen führten doch zu einem Erstverdacht des sexuellen Missbrauchs durch F. an Inga. Selbst der Kontakt der Inga zur Anne im Sommer 1994 führte zu einem Hinweis, der einen möglichen Kontakt des F. zu Anne noch 1994, vor ihrem Verschwinden, nicht ausschloss.

Waren das keine neuen Anhaltspunkte?

Warum sonst war die damalige Lebensgefährtin zu einer Zeugenvernehmung vorgeladen worden?

Es gab also keinen Grund, mich in dieser Form der Öffentlichkeit „vorzuführen". Es sei denn, die Beamten waren an meiner „Mitarbeit" nicht interessiert.

Was mich fast aus der Bahn brachte, war, dass die erneut in M. kursierenden Gerüchte nun in Zusammenhang mit der Veröffentlichung zur Arbeit des Privatdetektivs gebracht wurden. Ich war mir keiner Schuld bewusst. Die einzige Schuld, die ich auf mich lud, war die, dass der Fall die Bevölkerung wieder wachgerüttelt hatte. Aber das war doch positiv, solange der Fall ungeklärt und das Mädchen noch vermisst wurde.

Warum war dieses der Kripo unangenehm?

Die Aufklärung des Verbrechens musste doch auch in ihrem Interesse liegen, oder nicht?

Zwei Tage später klingelte das Telefon.

KHK T. bestellte mich zu sich. In der Hoffnung, er würde auch mit mir eine Zeugenvernehmung durchführen oder mich zumindest zu einigen Dingen befragen, war ich bereits nach fünfundvierzig Minuten im Polizeigebäude. Sicher war ich an diesem Tag „schneller als die Polizei es erlaubte" und darum musste ich etwas länger warten, bis ich endlich in das Büro des KHK geleitet wurde.

Dort wartete bereits der Leiter der Kriminalpolizeiinspektion auf mich. Er war für mich kein Unbekannter. Ich kannte ihn noch aus früheren Begegnungen, aus Arbeitskontakten, die sich aus unserer Tätigkeit bei den Sicherheitsorganen zu DDR-Zeiten ergaben. Er war einer der „wenigen", die nach der Wende übernommen wurden und die Karriereleiter hinaufgeklettert waren. Mit einem freundlichen Lächeln hatte ich das Büro betreten. Wir hatten uns beide, äußerlich zumindest, verändert. Die grauen Haare machten es besonders deutlich. Die Begrüßung, die von seiner Seite erfolgte, war nicht sonderlich freundlich, eher verhalten. Es schien, als hätte er mich nicht erkannt.

Wollte er mich nicht erkennen?

War ihm die Vergangenheit seiner Tätigkeit, zu der auch der Kontakt zur damaligen Staatssicherheit gehörte, peinlich?

Hielt er es deshalb für besser, mich nicht zu kennen?

Er wies mir einen Stuhl zu. Ich durfte mich setzen und eine Belehrung über mich ergehen lassen. Zuvor wurde mir der Vorwurf gemacht, ich hätte durch meine Tätigkeit, durch meine Befragungen in M. sowie im Umfeld der Familie der Vermissten dazu beigetragen, dass Gerüchte in die Welt gesetzt worden seien. Ich möge mich daher zukünftig sehr zurückhalten.

War das eine Drohung oder sollte es eine Einschüchterung sein?

Nach ungefähr zwölf Minuten war das Gespräch beendet. Ohne dass ich auf diesen Vorwurf reagieren konnte, musste ich das Büro verlassen. Das hätte KHK T. mir auch am Telefon sagen können. Aber sicher war das Treffen an diesem Tag eine „Demonstration der Macht" mir gegenüber. Der Fall schien dabei weniger von Interesse zu sein. Es interessierte nicht, was ich bereits wieder an neuen Erkenntnissen oder Informationen erarbeitet hatte. Dazu gab es keine einzige Frage. Die Beamten hatten es ja öffentlich zu verstehen gegeben, dass ich dann ja in der „Meldepflicht" sei.

Aber hieß es in diesem Vermisstenfall nicht im Aufruf der Kripo, die Polizei bittet um Mithilfe? Mithilfe, hieß das nicht auch, aufeinander zugehen, Vertrauen haben und ko-

operieren? Nach dieser Begegnung mit der Kripo nahm ich für mich in Anspruch, in dieser Richtung umdenken zu müssen.

War es das nun gewesen mit der Mithilfe?

Die Ermittlungsbehörden, speziell die Kripobeamten, die sich mit der Aufklärung des Falles befassten, schienen meine Hilfe nicht haben zu wollen. Aber ohne sie, ohne Kooperation und Abstimmung, würde die Aufklärung des Verschwindens der Anne wohl kaum erfolgreich sein.

Waren sie immer noch von ihrem damaligen Tatverdächtigen als Täter überzeugt? Durfte deshalb kein anderer in Verdacht geraten?

Warum war nicht einmal der Ansatz zu erkennen, dass sie bereit waren, einer anderen Spur oder anderen Hinweisen nachzugehen?

Sollte ich das tatenlos hinnehmen?

Meine Ermittlungen beenden oder aufgeben?

Das kam nicht infrage, denn die Angehörigen schienen ihre Erwartungen und Hoffnungen bereits auf mich gesetzt zu haben.

Am Nachmittag des 1. April 1997 formulierten Ingas Mutter und ich gemeinsam eine schriftliche Anzeige. Es war eine Anzeige gegen F. „wegen Missbrauchs und sexueller Nötigung Schutzbefohlener". In dieser schilderten wir, dass der Sachverhalt durch Recherchen des Privatermittlers in der Vermisstensache bekannt geworden sei, ich einen persönlichen Kontakt zu ihrer Tochter hergestellt hätte und Gespräche zwischen Tochter und mir mit ihrer Zustimmung erfolgt seien. Ihre Tochter habe Vorfälle geschildert, wie das Abspielen eines Videofilmes (Porno) oder das Berühren ihrer Genitalien. Als Mutter fordere sie ein behutsames Vorgehen und nur eine einmalige richterliche Befragung ihrer Tochter. Sie weise darauf hin, dass auch der Privatermittler zum Sachverhalt als Zeuge zur Verfügung stehe. Da die Region, in der sie wohne, zwar nicht in den Zuständigkeitsbereich der Polizeiinspektion fallen würde, die Zusendung dennoch nach N. erfolgt sei, weil die Person F. dort bereits aus der Vermisstensache bekannt sei. Nun waren die Kripobeamten am Zug. Sie mussten, ob sie wollte oder nicht, erneut reagieren.

Wie jedoch würde diese Reaktion aussehen?

Sollte ich erneut derbe Erfahrungen machen müssen?

***

In der TV Sendung „Nordmagazin" wurde am 4. April 1997 zum Fall des vermissten Mädchens berichtet. Im Kommentar hieß es, dass die Mutter den Glauben an die Polizei fast verloren hätte, als vor vier Monaten ein Detektiv kostenlose Hilfe angeboten habe. Dankbar habe sie diese angenommen. **Das mit dem verlorenen Glauben an die Polizei, kam das von den Angehörigen?**

War es nur die Meinung des Sprechers?

Auf keinen Fall war das gut. Dem Sprecher folgte ein Übergang, um meine Auftraggeberin vor der Kamera zu Wort kommen zu lassen, die erklärte: „Ich habe durch diese Arbeit des Privatdetektivs eine ganz andere Ermittlungsform kennengelernt. Ich würde mir wünschen, dass diese beiden Institutionen, also Polizei und Privatdetektiv, viel besser zusammenarbeiten würden".

Natürlich hatte ich bei meinen Kontakten zu den Angehörigen über die Form der Zusammenarbeit mit der Polizei gesprochen.

Aber war es erforderlich, ohne Abstimmung mit mir damit an die Öffentlichkeit zu gehen?

„Denn man muss es doch so sehen, das sind zwei Konkurrenten, die jeder gerne den Fall lösen würden. Aber für mich zählt nur die Sache, meine Tochter ist verschwunden. Und mir ist ganz egal, wer da Konkurrenz gegenüber wem ist. Wichtig ist für mich, dass die Anne wiedergefunden wird. Dass die Sache geklärt werden kann", äußerte sie sich weiter. Das war natürlich sehr ungeschickt, die bereits vorhandenen Unstimmigkeiten in der Zusammenarbeit nun auch noch als „Konkurrenzkampf" zu deklarieren; das war, als würde man „Öl ins Feuer gießen". Dass sich die Medien darauf stürzen würden, war klar. Im Kommentar hieß es dann auch schon, dass die Zusammenarbeit zwischen Polizei und Detektiv nicht funktioniere. Dass es aber allein um die Suche nach dem Mädchen ging, war mir bisher ein wenig zu kurz gekommen. Kernthema schien für das TV-Team nur das Problem der Zusammenarbeit zwischen Polizei und Detektiv zu sein.

Das Firmenschild meiner Detektei wurde eingeblendet. Es folgten Ausschnitte aus dem mit mir geführten Interview. Leider hatte auch ich mich hier zu Aussagen zur Zusammenarbeit mit der Polizei hinreißen lassen.

„Nach meinen ersten Ergebnissen bin ich zur Kripo gegangen, habe ihnen diese mitgeteilt, habe auch weitere Schritte in Aussicht gestellt, wie ich mir das weiter vorstelle. Es waren insgesamt bisher vier Begegnungen mit der Kripo. Immer war es nur ein Geben. Ich habe nie eine Wertung zu meinen übergebenen Hinweisen und Informationen erhalten, was ich so nicht richtig finde. Wenn man schon gemeinsam an einem Verbrechen in einer Vermisstensache ermittelt, muss man auch an einen Tisch kommen". Genau das, was ich zur Zusammenarbeit sagte, wurde natürlich gesendet.

Meine Antworten, die Schilderungen und meine Einschätzung zur bisherigen Zusammenarbeit mit der Polizei waren aber aus dem Zusammenhang gerissen. Nur diese eine Passage, ganze sechsundvierzig Sekunden waren hier von einem längeren Interview mit mir in diesem Beitrag gesendet worden. Ich hatte weitaus mehr zu sagen gehabt.

Die „Kritik" in Bezug auf ein Zusammengehen mit der Kripo hatte ich in einem ganz anderen Zusammenhang erwähnt. Es ging mir lediglich um eine Bewertung meiner Ergebnisse. Diese sollten mit den bisherigen Ermittlungsergebnissen der Kripo nur abgeglichen werden. Ich hatte mich im Interview geäußert, dass mir hier bereits ein: „Haben wir auch oder da gibt es zu unseren Erkenntnissen Widersprüche oder das ist neu, das wäre für uns interessant" oder einfach nur Fragen an mich zu Dingen, die sie eventuell interessieren und die ich noch nicht auf den „Schirm" hatte, gereicht hätten.

Nur und ausschließlich in diese Richtung hatte ich mich im Interview geäußert.

KHK T. wurde eingeblendet und es blieb spannend. Er kam zu Wort. „Wenn der Privatdetektiv Dinge feststellt, die nirgends stehen, es müssen Protokolle gefertigt werden, es müssen entsprechende Vernehmungen von Zeugen erfolgen und das kann der Privatdetektiv nicht", ließ er verlauten.

Was war denn das für ein Blödsinn?

Ein Privatermittler kann durchaus beweiskräftige Dinge erarbeiten. Wenn diese, wie in diesem Fall, schriftlich an die Kripobeamten übergeben werden, können sie doch die entsprechenden Vernehmungen von Zeugen zu genau dieser Sache durchführen und

protokollieren. Selbst ein Privatermittler, der von den Ermittlungsbehörden auch nur als „Bürger" gesehen wird, würde noch als Zeuge zur Verfügung stehen.

Das, was da vom KHK geäußert bzw. ausgestrahlt wurde, war einfach falsch. Aber vielleicht waren ja auch seine Antworten aus irgendeinem Zusammenhang gerissen worden.

Der Kommentar ging weiter: „Der Privatermittler versicherte dem Nordmagazin Hinweise zu haben, um den Fall in Kürze aufklären zu können. Eine neue, hoffentlich berechtigte Aussicht auf Aufklärung, zweieinhalb Jahre nach dem Verschwinden der Anne".

Auch das hatte ich so keinesfalls gesagt. Ich hatte davon gesprochen, dass jedes Verbrechen Spuren hinterlasse und daher letztendlich aufgeklärt werden kann. Dass ich aber auch optimistisch bin, was diesen Fall betreffe, denn erste Hinweise würde es nach meinen Recherchen geben. Dabei dachte ich zum Beispiel an die Person F. Eine solche Aussage war zu diesem Zeitpunkt vertretbar.

Der Beitrag des Nordmagazins war nicht gerade dazu angetan, die Bürger erneut zur „Mithilfe" aufzurufen. Ich war mir aber sicher, dass es noch Personen gab, die durchaus über Informationen verfügen, die von Bedeutung sein könnten. Also musste ein Weg gefunden werden, diese Bürger erneut zu motivieren, sich an die Polizei oder an mich zu wenden. Die Regionalpresse schien dazu geeignet, und so gab ich ein weiteres Interview, das dann am 8. April 1997 erschien. In ihm hatte ich mein Unverständnis darüber zum Ausdruck gebracht, dass KHK T. im März gegenüber der Presse geäußert hatte, auch die Ermittlungen des Privatdetektivs hätten bisher noch keine neuen Anhaltspunkte ergeben. Das wollte ich richtigstellen. Daher auch die Schlagzeile ‚Neue Anhaltspunkte im Fall Anne'. Das sollte und musste die Öffentlichkeit, aber auch der Täter wissen. Mit meinen Aussagen, der Täter müsse das Mädchen gekannt haben und er würde aus dem Territorium stammen, verfolgte ich eine Absicht. Ich wollte so den Fokus der Bürger auf Feststellungen zum ganz nahen Umfeld und weniger auf den „fremden Entführer" oder den „großen Unbekannten" lenken. Eine andere Schlagzeile auf einer weiteren Seite fand ich allerdings nicht so „prickelnd". Da hieß es, ich sei optimistisch, den Fall aufzuklären. Das konnte man natürlich verschieden interpretieren. Der Inhalt selbst rückte dann aber einiges zurecht. Doch letztendlich prägen sich die großen Buchstaben ein und so konnte, wer wollte da durchaus „Überheblichkeit" meiner Person hineininterpretieren. Das fand ich schlimm.

Im Interview konnte ich begründen, warum ich den Angehörigen meine Hilfe angeboten hatte und was meine Ermittlungen, von denen der Polizei unterschied. Ich konnte deutlich machen, dass ich Vertraulichkeit garantieren und niemand Angst haben müsse, wenn er sich mit seinen Feststellungen an mich wenden würde. Von besonderer Bedeutung schien mir, für ein gemeinsames Vorgehen mit der Ermittlungsbehörde zu plädieren. Ich schlug vor, in der Sache kooperativer zusammenzuarbeiten. Nur so sei eine Aufklärung von Erfolg zu krönen. Allein würde ich es nicht schaffen.

Mit dieser Aussage wollte ich klarstellen, dass ich nicht so vermessen war, zu behaupten, nur ich sei in der Lage, das Schicksal der Anne aufklären können. Ein Zusammengehen sei unbedingt erforderlich. Ein Privatdetektiv habe zwar spezifische Mittel und andere Möglichkeiten, die eine Behörde nicht habe, aber die Ermittlungsbehörde wiederum habe sehr viele Mittel, die einem Privatermittler nicht zur Verfügung stünden. Darum könne letztendlich nur die Ermittlungsbehörde die Prozesse in die Hand nehmen, um das Verbrechen beweiskräftig, mit entsprechend juristisch aufgearbeiteter Aktenlage bis zur Aufklärung führen. Der Privatermittler könne „nur" weitere Informationen und Hinweise erarbeiten. Nur das sei meine Absicht gewesen, als ich den Großeltern meine Hilfe angeboten habe.

***

Die letzte Veröffentlichung führte dazu, dass sich unter acht neuen Hinweisen, ein Hinweis von besonderer Bedeutung befand. Es war die Feststellung, die eine Zeugin am 12. August 1994 an einer Kreuzung in M. traf, genau die Stelle, zu der bereits 1994 eine R.er Bürgerin der Polizei ihre Feststellung gemeldet hatte.
Die nun neue Zeugin aus M. schilderte mir zunächst die Gründe, warum sie 1994 ihre Beobachtung nicht sofort der Kripo mitgeteilt hatte. Der Grund war die damalige Veröffentlichung des Artikels, in dem es um die Aussage der R.er Zeugin ging, die die Polizei damals anzweifelte, weil sie das Muttermal nicht gesehen habe. Meine Zeugin berichtete mir dann, dass sie am 12. August gegen 20:30 Uhr an der Bushaltestelle in Nähe der Kreuzung ein Mädchen gesehen habe, das wie das vermisste Mädchen ausgesehen habe und dort mit einer männlichen Person zusammen gewesen sei. Es habe den Anschein gehabt, dass der Mann und das Mädchen vertraut miteinander gewesen seien.
Die Zeugin gab eine Personenbeschreibung sowohl von der männlichen Person als auch vom Mädchen. Es war annähernd die Beschreibung der Kleidung, die Anne am Tag ihres Ver-

schwindens getragen hatte. Eine Feststellung des Muttermals fehlte aber auch hier, sonst hätte es kaum noch Zweifel geben können, dass es das vermisste Mädchen war. So aber blieb diese Frage erneut offen. Natürlich wurde unter diesen Umständen die Feststellung der Zeugin aus R., die von der Polizei als nicht zweifelsfrei angesehen wurde, für mich interessant. **War das von beiden festgestellte Mädchen die gleiche Person? Hatten hier zwei Zeugen unabhängig voneinander die gleichen Feststellungen getroffen?** Um diese Frage beantworten zu können, musste ich die R. Zeugin finden.

Ein Aufruf in einem R.er Lokalblatt schien mir erfolgversprechend. Am 5. Mai 1997 wurde dieser Aufruf, der auf Initiative von mir als Aufruf der Mutter des Opfers initiiert war, in diesem Lokalblatt veröffentlicht. Darin hieß es: ,Zeugen werden dringend um Hilfe gebeten!'

All das, was meine Auftraggeberin, die mit mir zuvor die Redaktion in R. aufgesucht hatte, dort dem Journalisten berichtete, konnte ich nun in dieser Veröffentlichung lesen. Sie hatte erneut Zweifel geäußert, dass die Polizei damals intensiv genug an der Aufklärung des Verschwindens und der daraus resultierenden Suche nach ihrer Tochter gearbeitet habe, und dass allen Hinweisen nachgegangen worden sei. Von der Polizei, so wurde die Mutter weiter zitiert, haben die Familienangehörigen auch nichts mehr gehört. Es sei so, als wäre der Fall zu den Akten gelegt. Weil sie der Meinung gewesen sei, von der Kripo nicht mehr viel Hilfe zu erhalten, habe sie einen Detektiv gebeten, ihre Tochter zu finden. Sie sehe, dass jetzt etwas getan werde. Hinweise würde es genug geben, denen die Polizei damals offensichtlich nicht nachgegangen sei. Nun schien es einen Hoffnungsstrahl zu geben, doch noch einige Mosaiksteine würden noch fehlen. Erst dann kam das, worum es in dieser Veröffentlichung wirklich ging. Der Aufruf der Mutter an die Bürgerin aus R., die sich damals als Zeugin bei der Polizei gemeldet hatte.

Aber würde sich die Zeugin nach diesem Aufruf wirklich melden?

Ich konnte es nur hoffen. Eines aber war klar: Die Äußerungen der Mutter und der Aufruf an die Zeugin, würden sich auf mein Verhältnis zu den Ermittlungsbehörden erneut negativ auswirken. Der Mutter eines vermissten Kindes würden die Kripobeamten es zwar weniger übelnehmen, aber dennoch sicher mir unterstellen, dass diese Aktivität und ihre Äußerungen von mir gelenkt waren. Damit lagen sie ja noch nicht einmal falsch. Nur für die Äußerungen meiner Auftraggeberin, hatte ich insofern keine Verantwortung zu tragen. Natürlich kam es mir schon entgegen, dass einmal klare Worte fielen. Taktisch war es aber vonseiten meiner Auftraggeberin unklug. Waren ihre kritischen Aussagen zur Arbeit der Polizei unbewusst erfolgt oder verbarg sich dahinter vielleicht Absicht? Diese Frage stellte ich mir nun zum ersten Mal sehr bewusst. Das aber würde bedeuten, dass sie vorsätzlich die bereits bestehenden Spannungen zwischen der Kripo und mir weiter verstärken wollte.

Aber warum sollte sie das wollen?

Die Kripo reagiert

Kurz nach dem Besuch der Redaktion in R. erhielt ich eine Einladung zum Interview von einer anderen Lokalredaktion der gleichen Zeitung. Hier wurde ich gefragt, wie ich den Fall persönlich sehen würde und was ich zu meiner Arbeit als Privatermittler sowie zu meinen Ermittlungen sagen könne.
Das Gespräch verlief in einer offenen Atmosphäre, was dazu führte, dass ich mich mehr öffnete, als ich zu Beginn beabsichtigte. Mein Gesprächspartner tätigte kaum Aufzeichnungen, und so ließ ich mich zu Äußerungen hinreißen, die ich mehr als Nebensätze verstand und von denen ich annahm, dass diese kaum vom Gegenüber registriert werden würden.
Das böse Erwachen kam einige Tage später. Die Veröffentlichung belehrte mich eines Besseren. Die Schlagzeile ‚Kein Mensch verschwindet spurlos!' stammte von mir. Genauso

hatte ich mich geäußert, denn es gibt immer Spuren. Ein (Privat-) Ermittler muss nur Ausdauer haben und in allen, nicht nur in einer Richtung suchen. Dass ich mich kritisch zum Verhältnis Kripo/Detektiv äußerte, lag im Umgang der Kripo mit meinen Informationen begründet. Davon sollte die Öffentlichkeit, die Bürger, die mich bisher mit ihren Informationen unterstützt hatten und die ihre Hoffnung auf meine wieder aufgenommenen Ermittlungen setzten, erfahren. Ihnen wollte ich mitteilen, dass das Verschwinden von Anne nur aufgeklärt werden kann, wenn Kripo und Privatermittler gemeinsam vorgehen.

Von der Kripo hatte die Bevölkerung schon lange nichts mehr gehört. Nur, dass auf Kommissar „Zufall" gewartet wird. Ich hatte aber erlebt, dass die Bevölkerung bereit war, nach wie vor bei der Aufklärung zu helfen. Sie meldeten sich weiterhin bei mir, um über ihre Feststellungen von damals zu berichteten. Einen Kontakt zur Kripo hatten sie damals gemieden.

Aber warum?

Hatten sie kein Vertrauen in die Polizei?

Waren sie vielleicht der Auffassung, die machen sowieso nichts mehr?

Daraus erwuchs auch meine Absicht, berichten zu lassen, dass immer noch neue Hinweise aus der Bevölkerung bei mir eingegangen waren und ich nach wie vor ehemalige Zeugen, auch die sich damals bei der Polizei gemeldet hatten, nun öffentlich aufrief, sich noch einmal bei mir zu melden. Die Kripobeamten sollten erfahren, dass ich weitere Informationen erarbeitete und auch ohne ihre Kooperation versuchte zusammenzuführen. Sie sollten das Erfordernis erkennen, meine Informationen mit ihren Ergebnissen abzugleichen.

Konnte eine Ermittlungsbehörde, die tatsächlich noch ernsthaft an der Aufklärung des Falles Interesse hatte, diese Chance wirklich ungenutzt lassen?

Ein derartiges Interesse schien es aber nicht mehr ernsthaft zu geben.

Passte den Beamten meine eingeschlagene Ermittlungsrichtung nicht?

Was war der Grund, meine Informationen unbeachtet zu lassen?

Ich hatte bisher nicht, wie vielleicht von ihnen erwartet, Information zu ihrem Hauptverdächtigen B. erarbeitet. Vielleicht waren sie bereits anhand der ihnen vorliegenden Hinweise zu B. von dessen Täterschaft so überzeugt, dass sie alles andere, auch meine Ermittlungsergebnisse, für wenig bedeutsam und damit wertlos hielten und alle anderen Ermittlungsrichtungen einfach nicht mehr in Betracht zogen. Es sah so aus, als müsste ich meine Richtung allein verfolgen.

***

Noch im Mai 1997 meldete sich durch den veröffentlichten Aufruf tatsächlich die Zeugin aus R. und schilderte mir noch einmal ihre Feststellung.

Die Beobachtung an der Bushaltestelle durch meine Zeugin war gegen 20:30 Uhr und 20:40 Uhr erfolgt. Die Feststellung der Frau aus R. betrafen auch die Zeit von 20:30 Uhr und 20:45 Uhr, jedoch von der gegenüberliegenden Straßenseite, in Nähe der Bushaltestelle. Beide Zeuginnen waren sich sicher, das vermisste Mädchen dort gesehen, aber das Muttermal nicht festgestellt zu haben.

Dass ein solches Muttermal, selbst wenn es sich an auffälliger Stelle im Gesicht befand, bei spontanem Hinschauen und zu einem Zeitpunkt, zu dem die Bedeutung ihrer Feststellung den Zeugen nicht bekannt war, nicht sofort auffiel, war für mich ganz verständlich. Das Muttermal, ob nun von den Zeuginnen gesehen oder nicht, spielte daher für mich nicht die übergeordnete und alles entscheidende Rolle.

Die Übereinstimmung des Feststellungsortes, die Zeitangaben sowie die Bekleidung des Mädchens, ja selbst deren Verhaltensweisen (aufgedreht/abwesend), ließen aber für mich den Schluss zu, dass beide Zeuginnen mit Sicherheit das gleiche Mädchen gesehen hatten. Dass es Anne war, konnte man zu diesem Zeitpunkt aber keinesfalls eindeutig ausschließen. Ein Aufruf der Polizei an das Mädchen, das sich an dem Tag und zu dieser Zeit dort aufgehalten hatte, verbunden mit der Bitte, dass sie oder ihre Eltern sich bei der Polizei melden sollten, hätte sicher unmittelbar nach der Feststellung der R. Zeugin im August 1994 mögliche Gewissheit bringen können. Damals sind jedoch die Polizeibeamten davon ausgegangen, dass, weil das Muttermal nicht erkannt wurde, es auch nicht Anne gewesen sein konnte.

***

Am 25.Mai rief mich Ingas Mutter an. Aufgelöst teilte sie mit, dass sich die Kripo telefonisch gemeldet habe und am 3. Juni 1997 zu ihr käme. Es würde um die Anzeige bezüglich des Verdachtes des sexuellen Missbrauchs gehen.
Man hätte ihr bereits mitgeteilt, dass eine richterliche Befragung ihrer Tochter, wie von ihr gewünscht, aus „organisatorischen Gründen" nicht möglich sei.
Was sollten das für „organisatorische Gründe" sein?
Von der Strafanzeige bis zu diesem Tag waren bereits fast zwei Monate ins Land gegangen. Bei einer Anzeige, in der es um Hinweise auf sexuellen Missbrauch eines Kindes ging, schien mir die bisher verflossene Zeit bis zu einer ersten Reaktion schon bedenklich.
Zwei Tage später klingelte gegen 09:00 Uhr das Telefon. KHK T. rief an. Ich vernahm ein leicht gequältes: „Guten Morgen". Es war mir unmöglich, dieses zu erwidern, denn er teilte mir im gleichen Atemzug mit, dass ein Schreiben eines Rechtsanwaltes vorliegen würde. Der Rechtsanwalt vertrete F. und habe in seinem Schreiben mitgeteilt, dass sich sein Mandant durch den Detektiv belästigt fühle.
Aber warum ging so ein Schreiben überhaupt an die Kripo?
Ein Rechtsanwalt, der einen privaten Mandanten vertritt, hätte doch sein Schreiben an mich persönlich schicken und klar-

stellen können, dass ich die Belästigung zu unterlassen habe.
Was hatte zu diesem Zeitpunkt die Polizei und ganz konkret die Kripo damit zu tun? Es gab keine Strafanzeige gegen mich.
Warum also eine solche Aktion?
KHK T. gab mir indirekt, aber unmissverständlich zu verstehen, dass ich das Schreiben berücksichtigen und meine Aktivitäten unterlassen möge. Das nahm ich zur Kenntnis; aber es war noch nicht alles. Er bat dann mehr fordernd darum, meine neue Information zu den Feststellungen, die meine Zeugin aus M. am 12. August 1994 an der Kreuzung gemacht hatte, ihm zu übergeben. Auch das nahm ich lediglich zur Kenntnis. Die Anzeige gegen F. wegen des Verdachtes sexueller Missbrauchshandlungen hatte die Kripobeamten sicher aufgeschreckt. Sie mussten sich ja nun dieser Anzeige annehmen. Aus der Nummer kamen sie so schnell nicht heraus und daraus resultierte deshalb sicher auch die Verärgerung des KHK. Zumindest musste er nun erkennen, dass sich F. unter Druck gesetzt fühlte. Da hätte auch bei ihm der Gedanke aufkommen müssen, dass nur der sich unter Druck setzen lässt, der Angst haben muss, dass etwas ans Tageslicht kommt. Etwas, das für denjenigen unangenehm ist oder vielleicht sogar strafrechtliche Konsequenzen haben könnte. Immerhin hatte die nun wiederum neue Lebensgefährtin von F. zwei Kinder. Auch diese könnten doch gefährdet sein, denn es gab einen Erstverdacht auf sexuelle Missbrauchshandlungen und eine Anzeige gegen ihn. Meine Auftraggeberin berichtete mir davon, dass der KHK T. in einem Telefonat mit ihr davon gesprochen habe, dass man dem „Mann" (gemeint war F.) nicht nachweisen könne, noch Kontakt zu Anne gehabt zu haben. Alles, was der Privatermittler ermittelt habe, seien nur „Indizien". Da konnte ich ihm allerdings nur zustimmen.
Wozu sind Indizien da?
Indizien machen nur deutlich, dass es gilt, hier intensiver zu ermitteln, oder?
Die Indizien, die ich zu F. erarbeitet hatte, waren ausreichend, um auch einen möglichen Zusammenhang mit dem Ver-

schwinden des Mädchens nicht auszuschließen. Hinzu kam der Verdacht des sexuellen Missbrauchs, die offizielle Anzeige. Alles zusammen war Grund genug, sich vonseiten der Kripobeamten erneut intensiver dem F. zuzuwenden. Doch die Kripoermittler versteckten sich hinter Ausreden, wie die, dass die Behörden langsam arbeiten und gaben dann noch der Mutter des vermutlich missbrauchten Kindes die Schuld, weil diese zum Schutz ihres Kindes auf eine einmalige richterliche Befragung ihrer Tochter bestand.

Da war dann noch die Kritik des KHK, ich sei als Privatermittler zu weit gegangen, als ich die Aussagen des Mädchens auf Video aufgezeichnet hatte. Dies war mit Zustimmung der Mutter und des Mädchens erfolgt und nur dazu gedacht, den Ermittlungsbehörden erstes „Ausgangsmaterial" zu liefern. Außerdem hätten diese Aufzeichnungen im Vorfeld einer richterlichen Befragung, einer psychologischen Bewertung oder einem Gutachten hinzugezogen werden können. Die Videoaufzeichnung sollte für Folgemaßnahmen hilfreich sein. Nur darin lag der Grund, diese Gespräche auf Video festzuhalten.

Warum aber wurde die Kripo, die ja bemüht sein sollte, dass Verbrechen an Anne aufzuklären, in dieser Sache kaum oder nicht aktiv?

Es lagen doch nun Informationen zu F. vor, die die Kripo 1994 noch nicht kannte.

Die Sache mit dem Rechtsanwalt und dessen Schreiben an die Kripo weckte natürlich einerseits mein Interesse und beunruhigte mich andererseits aber auch ein wenig.

Musste ich vielleicht doch mit einer Reaktion gegen meine Person rechnen?

Was war wirklich Inhalt des Schreibens?

Nach einigen „Anstrengungen", die ich nicht weiter beschreiben möchte, gelangte ich in den Besitz einer Kopie dieses Schreibens.

In der Einlassung des Rechtsanwaltes hieß es: Herr F. fühlt sich seit einiger Zeit in höchstem Maße bedrängt und unter psychischen Druck geraten und ersucht mit diesem Schreiben daher um behördlichen Schutz seiner Person. Er wird seit Monaten anlässlich einer im August 1994 stattgefundenen Kindesentführung in M., wobei das Opfer das Kind einer Frau ist, mit der er bis 1989 zusammengelebt hat, von einem Privatdetektiv geradezu verfolgt, der Ermittlungen anstellt, die in ihrer Methodik und rechtlichen Absicherung fragwürdig erscheinen. Ob hier ein Zusammenhang zu den jetzt gegen ihn geführten Ermittlungen wegen behauptetem Missbrauch besteht, wissen wir nicht.

Dem Rechtsanwalt konnte ich eine derartige Darstellung, wie er sie in seinem Schreiben formuliert hatte, durchaus nicht übelnehmen. Er gab nur die Darstellungen seines Mandanten wieder. Dessen Persönlichkeitsbild kannte ich zu gut und daher waren sie für mich unbedenklich. Den Kripobeamten aber schien so ein Schreiben willkommen zu sein. Stärkte es doch ihre Vorurteile, bezogen auf private Ermittler allgemein und speziell auf meine Tätigkeit.

Aber warum verspürte F. diesen Druck?
Letztendlich hatte ich nur ein Gespräch mit F. geführt und ihn in diesem darum gebeten, mir bei meinen Ermittlungen und bei der Suche nach dem Mädchen zu helfen. Alle anderen Maßnahmen beschränkten sich auf periphere Aktivitäten, wie sein Arbeitsumfeld und seine zurückliegenden Beziehungen. Wer nichts zu verbergen hat, kann doch allen Dingen mit Gelassenheit entgegensehen. Wer aber einen Rechtsanwalt einschaltet, muss einen ernsthaften Grund haben. Der muss befürchten, dass Dinge für ihn nicht positiv ausgehen könnten. Das würde in diesem Fall bedeuten, dass zumindest der Verdacht sexueller Missbrauchshandlungen keinesfalls ganz unbegründet sein konnte.

***

Es mussten weitere Aktionen erfolgen, um auch nach mehr

als zwei Jahren Zeugen zu Feststellungen am Tag des 12. August 1994 und möglicherweise vielleicht sogar im Bereich der Kreuzung in M. zu finden. Dazu schien es notwendig, die unabhängig voneinander getätigten Feststellungen beider Zeuginnen der Öffentlichkeit zugänglich zu machen. Ich ließ in der Lokalpresse darüber berichten. Das Wichtigste war aber der Aufruf, dass sich Personen melden sollten, denen in diesem Bereich, am 12. August 1994, zwischen 20:00 Uhr und 21:00 Uhr, etwas aufgefallen oder ungewöhnlich erschienen war. Auch die männliche Person, die an diesem Tag und zu dieser Zeit mit einem Mädchen, was nicht unbedingt die gesuchte Anne gewesen sein muss, zusammen war, wurde gebeten, sich zu melden.

Ich tat also nach mehr als zwei Jahre das, was die Polizei im August 1994 hätte bereits einleiten müssen.

Eine Reaktion auf diesen öffentlichen Aufruf gab es.

Es war aber nicht die, die ich erwartete.

KHK T. rief mich erneut an und forderte nun die Personalien der Zeugin, die mir ihre Feststellung in der Nähe der Kreuzung mitgeteilt hatte. Ich wies darauf hin, dass ich der Zeugin Anonymität zugesichert hätte. Um ihre Personalien an die Kripo zu übergeben, würde ich erst mit der Zeugin persönlich sprechen und ihr Einverständnis einholen wollen. Damit war das Telefonat beendet.

Zwei Tage waren vergangen und der KHK meldete sich erneut. Er forderte wieder die Personalien der Zeugin und sicherte vonseiten der Kripo zu, ihre Anonymität zu wahren.

Was ich später erfuhr, es war auch der Tag, an dem die Kripo in M. war und die Chefin vom Imbiss, der sich im Wohngebiet von Anne und ihren Großeltern befand, befragt wurde. Es ging um ihre Aussage zu F., der sich am Nachmittag des 12. August 1994, an ihrem Imbiss befunden hatte. Diese Information hatte sie mir gegeben und ich hatte sie natürlich an die Kripo weitergeleitet. Später erfuhr ich, dass man ihr bei dieser Befragung den Vorwurf machte, warum sie diese Aussage nicht schon im August 1994, als sie von der Polizei befragt worden war, gemacht hatte. Damals wurde sie jedoch nur nach „fremden Personen" gefragt, die sich an ihrem Imbiss oder in dessen Nähe aufgehalten hätten. F. war für sie keine fremde Person. Das hatte sie nun gegenüber der Kripo unmissverständlich kundgetan, womit der indirekte gegen sie gerichtete Vorwurf der Kripo vom Tisch war.

***

Ende Mai hatte die Kripo, wie bereits erwähnt, telefonisch mit Ingas Mutter einen Termin für Anfang Juni vereinbart. Es ging um ihre Anzeige. Hier hatte man ihr mitgeteilt, dass eine einmalige richterliche Befragung ihrer Tochter nicht möglich sei. Um nun ihre Tochter zu schützen und mehrmalige Befragungen durch unterschiedliche Personen zu verhindern, nahm sie daraufhin ihre schriftliche Anzeige am 7. Juni 1997 zurück.
Ein Tiefschlag für die mögliche Aufklärung des Missbrauchs und vielleicht auch des Verbrechens an Anne.
Aber ihre Entscheidung musste ich akzeptieren. Zwei Tage später, am 9. Juni, rief der Kripobeamte H. bei der Mutter von Inga an und teilte ihr mit, dass eine Rücknahme der Anzeige bei Kindesmissbrauch nicht ohne Weiteres möglich und die Sache nunmehr der Zuständigkeitshalber an die Staatsanwaltschaft R. übergeben worden sei. Von ihm kam aber auch noch die Frage, ob der Detektiv sie zu dieser Anzeige veranlasst habe.
Sie will dieses verneint haben.
Warum war das so bedeutsam für die Kripo?
Ging es um den Detektiv oder ging es um den Verdacht sexueller Missbrauchshandlungen einer Person, die zum Umfeld der vermissten Anne gehörte?
Warum war es wichtig, zu wissen, ob die Initiative auf Anzeigenerstattung auf mich zurückzuführen war?
Selbst wenn es so war, dann hätte ich nur meine Pflicht als Bürger dieses Landes getan, der von möglichen Missbrauchs-

handlungen Kenntnis erlangt hatte. Dass ich der Mutter des missbrauchten Kindes empfahl, eine Anzeige zu tätigen, war für mich die normalste Sache der Welt.

Allerdings hatten die Kripobeamten die Angelegenheit mit dem Verdacht auf sexuelle Missbrauchshandlungen einer Person aus dem Umfeld des vermissten Mädchens nun recht galant von sich geschoben. Der Sachverhalt war an die Staatsanwaltschaft R. abgegeben worden und stand somit nicht mehr mit dem Vermisstenfall in einem Zusammenhang.

Aber gerade dieser Verdacht, der zudem damit verbunden war, dass der Verdächtige noch 1994 Kontakt zu Anne gehabt haben kann, war doch eine gute Ausgangsbasis, genau hier noch einmal die Ermittlungen im Vermisstenfall neu aufzurollen. **Vielleicht waren zurückliegende Missbrauchshandlungen des F. an Anne ja ein mögliches Motiv für ihr Verschwinden?**

Aber das sah – außer mir – wohl anscheinend niemand so!

***

Meine Ermittlungen hatten mich natürlich auch zu den Mitschülerinnen und Freundinnen von Anne geführt. Von ihnen erfuhr ich, dass Anne zwei- bis dreimal im Monat in den Schulpausen sehr ruhig, fast traurig war. Wenn sie von ihren Mitschülerinnen gefragt wurde, warum, habe sie nicht geantwortet. Sie seien dann nicht an Anne herangekommen. Sie habe manchmal sogar geweint. Von acht befragten Schülerinnen hatten sechs unabhängig voneinander davon berichtet.

Hinzu kam, dass Anne nie über persönliche Dinge gesprochen hätte und wie die Mädchen meinten, auch Geheimnisse hatte. **Waren das vielleicht schon Signale von ihr, die auf einen möglichen sexuellen Missbrauch hindeuten konnten?**

Ich erinnerte mich an eine Internetseite, auf der es um Signale und Folgen sexuellen Missbrauchs ging. Da hieß es sinngemäß:

Untrennbar mit der Erfahrung sexuellen Missbrauchs ist das „Nicht-darüber-reden-können" (und dürfen) verknüpft. Vor allem beim Missbrauch innerhalb der Familie ist Schweigen das oberste Gebot. So sehr sich Kinder das auch wünschen, sie können nicht darüber sprechen. Das Kind sei gewohnt, aufgrund der Autorität des Erwachsenen zu gehorchen. Das Netz, das die Kinder umspinnt und deren Schweigen sichert, sei engmaschig. Ein verbales Signal sei zum Beispiel das Erzählen von unwahrscheinlichen Geschichten über zu Hause.

Ich musste an eine Geschichte denken, die Anne 1993 als Hausaufgabe geschrieben hatte. In dieser schilderte sie Ängste, weil sie einen Mann gesehen hatte, der einen „Wudobudotanz" oder Ähnliches getanzt hätte.

Sie schrieb 1993:

Es geschah an einem sehr sehr bunten Tag im Buntikuntiland, als ich gerade auf den Händen spazieren ging.

Da sah ich einen komischen Mann, der den Wudobudotanz tanzte.

Ich lief schnell nach Hause, weil ich Zitterbitterangst hatte.

Mein Vater sagte mir, dass der Mann den Axelbraxelgott anbete.

Als ich ins Bett ging, tanzte ich vorher den Wudobudotanz.

Gab es diesen komischen Mann vielleicht wirklich?

Welche Handlung, welches Erlebnis hatte Anne tatsächlich beschrieben?

Verbarg sich hinter dieser Geschichte mehr?

Was bedeutete die gemalte Hand?

Hatte sie eine besondere Bedeutung?

Ich bin der Gnom!
Hallo ich heiße Gnom.
Mein Spitzname ist: grünikühni,
und ich wohne im Bunktbunktland.
Meine Eltern heißen: Mutter rosarotbrot,
und mein Vater heißt braunigrauni.
Meine Freunde heißen: ... und
... . Ich erzähle euch jetzt eine
Geschichte: Es geschah an einem sehr sehr
bunten Tag in Bunktbunktland, als ich
grade auf den Händen spazieren ging.
Da sah ich einen komischen Mann oder
den ... . Ich lief schnell
nach Hause weil ich Zitterbibberangst hatte.
Mein Vater sagte mir, das der Mann den
... anhatte. Als ich ins Bett
ging tanzte ich vorher den ...

Eine Akteneinsicht zum Vermisstenfall hielt ich zu diesem
Zeitpunkt für dringend notwendig. Das würde sicher eine
Vielzahl von Informationen bringen, die für einen Abgleich
mit meinen Ermittlungen bedeutsam sein würden. Es gelang
mir, meine Auftraggeberin dahingehend zu beeinflussen, einen mir bekannten Rechtsanwalt in B. einzuschalten. Bei
ihm war ich mir sicher, dass eine gewisse „Neutralität" und
„Unabhängigkeit" gegeben war. In einer Region wie N. hatten
sich mit Bestimmtheit enge Arbeitskontakte zwischen Rechtsanwälten und Strafverfolgungsbehörden entwickelt. Mit der
Einschaltung des B.er Rechtsanwaltes schien mir ein wichtiger

Schritt gelungen zu sein. Durch eine von ihm beantragte Akteneinsicht versprach ich mir weitere Erkenntnisse. Natürlich hatte ich starke Bedenken, dass es überhaupt zu einer solchen Akteneinsicht kommen würde. So war ich gespannt, welche Taktik von der Ermittlungsbehörde angewandt würde, um eine Akteneinsicht zu vereiteln oder zumindest zu verzögern. Immerhin konnten sich die Ermittler denken, wer im Hintergrund die Fäden zog.

In der Einschaltung eines Rechtanwaltes sah ich aber auch eine Chance, die Kommunikation und Zusammenarbeit mit den Ermittlungsbehörden vielleicht wieder auf eine neutrale Basis zu bringen. Es galt abzuwarten, was sich tun würde. Nach beantragter Akteneinsicht dauerte es nur wenige Tage, als von der Kriminalpolizeiinspektion ein Schreiben beim Rechtsanwalt einging. Der Leiter der Inspektion teilte in diesem nur mit, dass eine Weiterleitung zur Akteneinsicht an die Staatsanwaltschaft erfolgt sei.

***

Ingas Mutter erhielt im Juli eine Vorladung; gemeinsam mit ihrer Tochter sollte sie am 6. August 1997 bei der Staatsanwaltschaft R. erscheinen. Sie hatte mich gebeten, sie zu begleiten. **Sollte ich mich wirklich wieder in den Fokus der dortigen Behörde begeben?**

Mit hoher Wahrscheinlichkeit hatten die Kripo oder die Staatsanwaltschaft ihre Informationen und somit auch die Meinung zu meiner Person der R. Staatsanwaltschaft bereits übermittelt. Trotz dieser Bedenken sagte ich zu, beide zu begleiten.

In Vorbereitung dieses Termins hatte ich die Videoaufzeichnungen mit den Gesprächen und Aussagen der Inga kopiert, um sie dann dieser Staatsanwaltschaft zu übergeben. So würde sich der mit der Sache beauftragte Staatsanwalt ein erstes Bild machen können. Im Gebäude der R. Staatsanwaltschaft angekommen, wurden wir nach ungefähr fünfzehn Minuten in das Büro einer Staatsanwältin gerufen. Sie gab zu verstehen, dass sie sich der Sache „Inga" annehmen würde. Ihr Anliegen würde aber heute nur darin bestehen, das vermutliche Opfer des sexuellen Missbrauchs sowie die Mutter persönlich kennenzulernen. Dieser erste Kontakt habe daher nur das Ziel, eine mögliche Hemmschwelle, die bei Inga hätte vorliegen können, abzubauen. So könnten die zukünftigen Gespräche zwischen ihr und Inga in einer vertrauteren Situation geführt werden. Ich stellte mich der Staatsanwältin persönlich vor und übergab die Videoaufzeichnungen mit der Bemerkung, dass diese einen Überblick gäben, welche Handlungen Inga bereits geschildert hatte. Welche von ihr bereits angedeutet worden waren und zu welchen Dingen sich Inga weiter öffnen müsste.

Die Aufzeichnungen, so ergänzte ich, seien noch keine Beweise, sondern erste Ausgangshinweise, die einen Erstverdacht sexueller Handlungen durchaus begründen würden.

Ingas Mutter bat erneut darum, sicherzustellen, dass mehrmalige Befragungen ihrer Tochter durch verschiedene Personen im Rahmen der weiteren Ermittlungen nicht erfolgen. Die Staatsanwältin versprach, dass ihre Tochter nur einer einzigen, richterlichen Befragung unterzogen werde.

Nach fünfzehn Minuten war das Gespräch beendet. In effektiv dreißig Minuten, vom Betreten bis zum Verlassen des Gebäudes, war die Sache erledigt. Da sich nun eine andere Behörde der Sache und somit der Person F. angenommen hatte, verließen wir voller Hoffnung. Während ich glaubte, eine gewisse Erleichterung bei der Mutter erkannt zu haben, hielt sich meine Euphorie dagegen in Grenzen. Ich hatte mir vom ersten Kontakt mit der Staatsanwältin etwas mehr versprochen. Sie hatte weder Fragen noch weitere Termine oder Maßnahmen in Aussicht gestellt. Aber vielleicht sah ich die ganze Sache auch schon wieder zu pessimistisch. Vielleicht arbeitet eine Staatsanwaltschaft ja auch so. Die Zeit würde es schon zeigen. Immer häufiger musste ich über das kurze Gespräch mit der Staatsanwältin nachdenken, jedes Mal befiel mich ein diffuses Unwohlsein. **War es überhaupt richtig gewesen, die Video-**

aufzeichnungen der Staatsanwaltschaft zu übergeben? Daran konnte ich nichts mehr ändern. Es war geschehen, und schaden konnte es sicher nicht, der Staatsanwaltschaft in dieser Form erste Hinweise zu übergeben.

Ein Erstbericht

Der Tag an dem Anne verschwand, jährte sich in wenigen Tagen bereits zum dritten Mal. Er schien noch nicht ganz vergessen zu sein. Am 9. August 1997 waren in der Lokalpresse zwei Fotos abgebildet und die Schlagzeile war zu lesen: Annes Mutter gibt Hoffnung nicht auf.

Der Inhalt selbst war aus einem Interview mit der Mutter heraus entstanden. Was sie berichtete, war zuvor wieder nicht mit mir abgesprochen. Das überhaupt so ein Interview veröffentlicht wurde, war schon eine Überraschung. Selbst darüber hatte meine Auftraggeberin mich nicht informiert. Das Wissen, das sie der Journalistin gegenüber dann preisgab, hatte sie durch die in der letzten Zeit häufiger gewordenen Kontakte zu mir erworben. Hier hatte ich unvorsichtig gehandelt. Sie hätte derartige Fakten nicht kennen dürfen. Aber bei jeder Zusammenkunft musste ich ihre Fragen nach neuen Erkenntnissen beantworten. Ich sah mich dazu veranlasst, Antworten zu geben, da ich in ihr die Mutter eines vermissten Kindes und meine Auftraggeberin sah. Ihr etwas Hoffnung auf Aufklärung zu geben, war mein Ansinnen. Dass das definitiv aber ein Fehler war, stellte sich nun heraus.

Wie kam sie dazu, davon zu sprechen, dass der von der Polizei verdächtigte Vorbestrafte ein Alibi habe?

Was wollte sie damit erreichen?

Das alles war durch mich noch nicht einmal ansatzweise erarbeitet worden. Ihre diesbezüglichen Äußerungen waren für mich nicht nachvollziehbar. Für mich war klar: Diese Veröffentlichung hatte endgültig das „Kriegsbeil" ausgegraben, die Spannungen zu den Ermittlungsbehörden weiter verschärft und war so zu einem Umstand geworden, den ich wahrlich nicht brauchte. In diesem Artikel wurde aber auch der KHK T. zitiert, der erklärt haben sollte, er kenne die Spur an der der Detektiv arbeite. Das Problem sei, dass man noch keine Beweise, sondern nur Indizien gegen den Mann habe, und dass nicht alle Zeugenaussagen von damals mit den heutigen übereinstimmen würden.

Sollte das wirklich so sein, dann mussten die Widersprüche schleunigst auf den Tisch, und alle mit dem Verschwinden der kleinen Anne Befassten, sollten schleunigst gemeinsam nach der Wahrheit suchen.

Warum taten die Ermittler das aber nicht?

Wollten sie die Widersprüche überhaupt klären?

Mit Spannung wartete ich auf den dritten Jahrestag seit dem Verschwinden des Mädchens.

Würden vielleicht kritische Beiträge kommen?

Der 12. August 1997 bewies, dass der Fall für die Medien nicht vergessen war. In einer Regionalzeitung hieß die Schlagzeile ‚Nach drei Jahren noch immer keine Spur‘. Es wurde der KHK T. zitiert, der unter anderem geäußert haben soll, dass es im vergangenen Jahr keine neuen Hinweise gegeben habe, die die Polizei in ihren Ermittlungen weitergebracht hätten.

Wie und wo hatten die Beamten denn meine Ergebnisse eingeordnet?

Die Ergebnisse, dass der Ex-Stiefvater der Vermissten im Verdacht des sexuellen Missbrauchs stand und es eine Vielzahl von Indizien gab, die einen möglichen Zusammenhang mit dem Verschwinden Annes nicht ausschlossen, konnten doch nicht unbeachtet geblieben sein.

In einem anderen Artikel äußerte sich KHK T. ähnlich wie in der Veröffentlichung vom 9. August. Er sprach nun nicht mehr nur von Indizien, sondern er gab zu, dass dieser Mann, wie viele andere auch infrage kommen würde, aber die Beweise fehlen würden.

Wenn sich aber der Stand der Ermittlungen so zeigte, wie er es nun darstellte, warum waren seit drei Jahren keine Aktivitäten in Richtung dieses Mannes erfolgt, um Beweise

zu erarbeiten? Wer, wenn nicht die Kripobeamten, sollte die Beweise erarbeiten. Sie waren es doch, die durchaus mehr Befugnisse und Möglichkeiten hatten als ich. Für sie war es ein Leichtes, Klarheit zu schaffen, ob es einen Zusammenhang mit dem Verschwinden Annes gab. **Aber wollten sie zu diesem Zeitpunkt überhaupt noch anderen Spuren nachgehen? War für sie immer noch der Nachbar ihr Verdächtiger?**

***

Allein diese Veröffentlichungen motivierten mich, bis Ende des Monats einen ersten Ergebnisbericht, einen sogenannten Zwischenbericht für meine Auftraggeberin fertigzustellen. Dieser umfasste sechsundzwanzig Seiten. Ich thematisierte in diesem in wenigen Sätzen das Problem der Zusammenarbeit mit der Kripo und formulierte es so:
»Ein von mir beabsichtigtes Zusammengehen und Koordinieren der Ermittlungen mit der Kripo scheiterte. Nach persönlicher Einschätzung wurde hier kaum oder wenig Interesse gezeigt, und meinerseits übermittelte Ergebnisse ohne gemeinsame tiefgründige Erörterung als unbedeutend abgetan. Dieses führte letztendlich zu meinem Entschluss, den selbstständigen Kontakt zu den Ermittlungsbehörden in dieser Sache abzubrechen und Ihnen als Auftraggeberin, die Entscheidung der Weiterleitung der Ergebnisse bzw. des Berichtes zu überlassen.«
Der Bericht enthielt weiter Rechercheergebnisse zum Persönlichkeitsbild des vermissten Kindes. Ich machte deutlich, dass Anne ein Kind war, das viele positive Charaktereigenschaften besaß. Sie aber, wie jedes Kind in diesem Alter, auch Schwächen hatte und Geheimnisse besaß, die sie niemanden anvertraute, nie mit einer fremden Person freiwillig mitgegangen wäre und es nur einer Vertrauensperson oder einem guten Bekannten gelingen konnte, Anne – möglicherweise unter Aus-

nutzung ihrer Hilfsbereitschaft – zu bewegen, ihr vertrautes Umfeld zu verlassen. Das aber würde mit hoher Wahrscheinlichkeit ausschließen, dass eine fremde Person Anne mit Gewalt verschleppt hat. Zu beachten sei, dass sie noch bis 1994 einen Kontakt zum ersten Stiefvater gehabt haben kann, der nach außen jedoch niemandem aufgefallen war. Anne habe 1994 verstärkt dazu geneigt, traurig zu sein, über Probleme aber nicht sprechen wollen. Eine mögliche Konfliktsituation, eine eventuelle Annäherung oder mögliche Missbrauchshandlung von F. oder aber auch einer bisher nicht bekannten Person, sei daher nicht ganz auszuschließen. Die Tatsache, dass sie sich trotz ihrer Intelligenz und Persönlichkeit nicht zu einem solch möglichen Konflikt äußerte und sich jemandem anvertraute, könnte darin begründet sein, dass das Vertrauen und die Nähe zu dieser Person, aber auch der Respekt gegenüber den Großeltern, der Mutter und der Klassenlehrerin, die vorhandenen Schutzmechanismen in ihr blockierten. Ein anderer Grund wäre der, dass sie vielleicht im damals anstehenden Wohnungswechsel nach N. eine kurz bevorstehende Lösung sah.

Dann folgten im Bericht Informationen und Hinweise zu Feststellungen und Vorgängen, die den Tattag und den möglichen Tatablauf berühren bzw. berühren konnten. Diese umfassten vorrangig alle Bewegungen des F. sowie die mir bekannten Bewegungen des von der Polizei verdächtigten B. und natürlich auch andere Zeugenaussagen, wie die Feststellungen an der Kreuzung in M. Bezüglich des Tatverdächtigen B. führte ich an, dass die zwei unabhängig voneinander getroffenen Zeugenfeststellungen im Bereich der Kreuzung nicht ausschlossen, dass es sich hier um Anne handeln konnte, was zunächst als entlastendes Moment für B. zu werten sei. Weiterhin habe die Spurensicherung der Kripo damals keinerlei Ergebnisse gebracht, was bei einer spontanen Handlung und der angenommenen Variante mit dem Müllsack fast unmöglich erscheine. Was die Motivlage des B. betraf, so sei diese von der Kripo so begründet worden, dass es nur der wieder aufkommende Drang zum Töten gewesen sei. Dieses Motiv würde von mir aber als sehr dünn angesehen. Eine Opferbeziehung bestehe nicht und über auffällige oder abnorme sexuelle Veranlagungen zu B. gäbe es keine Hinweise. Ausgehend von diesen Betrachtungen, begründete ich im Bericht, dass B. für mich als Hauptverdächtiger ausscheide.

Wesentlich bedeutsamer schien es mir, im Bericht intensiver auf F. einzugehen und ausführlicher alle Fakten zu benennen. Es gab eine Reihe von Tatsachen und Indizien, die für eine mögliche Täterschaft des F. sprachen. Ich thematisierte das Vorhandensein eines möglichen Motivs, eine Opferbeziehung, das fehlende Alibi, bereits getätigte unwahre und widersprüchliche Aussagen sowie außergewöhnliche Reaktionen nach der ersten Kontaktphase zu ihm. Ich lenkte das Augenmerk darauf, dass durch meine detektivischen Ermittlungen, Handlungen des sexuellen Missbrauchs durch F. an der Tochter seiner damaligen Lebensgefährtin nachgewiesen wurden. Zur Abrundung seines Persönlichkeitsbildes merkte ich an, dass er sexuelle abnorme Eigenschaften zeige und pädophile Neigungen erkennbar seien. In einem gesonderten Unterpunkt hatte ich 13 Fakten/Indizien aufgeführt, die einen möglichen Zusammenhang des F. mit dem Verschwinden Annes vermuten ließen, es aber keinesfalls ausschlossen. Für den Fall, dass dieser Bericht von meiner Auftraggeberin an die Ermittlungsbehörde weitergegeben würde, befand ich es für wichtig, diese Fakten/Indizien klar und eindeutig zu dokumentieren. Waren sie einzeln vielleicht unbedeutend, gewannen sie aber im Zusammenhang mit vielen anderen an Bedeutung. Darum durfte auch nicht einer, auch nicht der kleinste Fakt, nicht eine Äußerung oder Ähnliches untergehen. Den Bericht sah ich als Grundlage für weitere Ermittlungen an und er sollte der Ermittlungsbehörde aufzeigen, wo noch Handlungsbedarf bestand bzw. offene Fragen zu beantworten waren. Auf eine eigene Wertung der aufgezählten Fakten/Indizien verzichtete ich, um Subjektivität zu vermeiden. Mir war wichtig, nochmals darauf hinzuweisen, dass die dargelegten

Ergebnisse, dem aktuellen Erkenntnisstand entsprachen und erhaltene Hinweise, die noch nicht eindeutig überprüft waren, nicht benannt wurden.

Die Schwerpunkte, auf die ich meine weiteren Ermittlungen ausrichten würde, skizzierte ich allgemein. Im Vordergrund stand die Klärung der noch offenen Fragen zu F. und weitere Ermittlungen zu seinem Umfeld sowie seinen Verbindungen und Kontakten. Auf der letzten Seite des Berichtes wies ich erneut auf Differenzen mit den Ermittlungsbehörden hin, tat aber meine Bereitschaft kund, mit der Behörde eine gemeinsame Wertung meiner Ermittlungsergebnisse vorzunehmen.

Was würde nach Übergabe an meine Auftraggeberin, passieren?

Wie würde sie bei der Kenntnisnahme dieses Inhaltes reagieren?

Was würden die Ermittlungsbehörden, bei eventueller Übergabe des Berichtes durch die Auftraggeberin und der Kenntnis meiner Ermittlungsergebnisse insbesondere zu F. unternehmen?

***

Der Tag der Übergabe des Berichtes an die Auftraggeberin war gekommen. Gemeinsam mit ihrem Ehemann, jedoch in Abwesenheit der Großeltern, erfolgte die Übergabe in ihrer Wohnung und nicht im Wohnbereich der Großeltern.

Warum waren die Großeltern nicht dabei?

Wollten sie es selbst nicht?

Durften sie nicht? Wurden sie aus einem bestimmten Grund ferngehalten?

Ich begann mit dem Vortragen und der Erläuterung meines Berichtes. Beide schienen sehr angespannt und lauschten aufmerksam meinen Ausführungen. Als ich den B. als möglichen Täter ausschloss und mitteilte, dass ich die Ermittlungen hier zunächst eingestellt hatte, war der Blickkontakt, den ich zuvor bereits immer registriert hatte, zwischen beiden besonders intensiv.

War es Enttäuschung, aufkommende Hoffnungslosigkeit, dass die Suche nach Anne erfolglos sein könnte?

Hatte dieser intensive Blickkontakt vielleicht eine andere Ursache?

Als ich aber dann davon sprach, einen anderen als möglichen Tatverdächtigen herausgearbeitet zu haben, bemerkte ich bei beiden eine gewisse Unruhe und erneute Anspannung. Besonders intensiv verfolgten sie nun die von mir aufgezählten Indizien zu F.

Fragen gab es von beiden nicht. Nur hin und wieder sahen sie sich kurz an. Bemerkten sie, dass ich diese Blicke wahrnahm, unterbrachen sie sofort ihre Blickkontakte. Gegen Ende brach meine Auftraggeberin in Tränen aus. Das war für mich neu, bei ihr überhaupt Emotionen zu erleben. Der Ehemann saß schweigend auf seinem Platz. Von ihm kamen keine tröstenden Worte oder Gesten anderer Art seiner Frau gegenüber.

Mit weinerlicher Stimme äußerte meine Auftraggeberin: „So ein Schwein, das habe ich mir fast gedacht."

Nach dieser Reaktion wies ich darauf hin, dass es nur Indizien seien, die zwar einen Zusammenhang des F. mit dem Verschwinden ihrer Tochter möglich erscheinen ließen, es aber noch keine Beweise waren, die einen begründeten Verdacht zuließen. Um letztendlich Beweise zu erarbeiten, sei die Polizei gefragt und dabei sollte und könnte auch der Rechtsanwalt aus B. hilfreich sein. Als meine Gegenüber zum Ende des Gespräches keinerlei Fragen stellten, verabschiedete ich mich mit dem Hinweis, sie mögen den Bericht noch einmal in Ruhe lesen, um dann zu entscheiden, wie sie weiter verfahren wollen. Sie sollten selbst entscheiden, wie sie mit diesem Bericht umgehen. Ihre Entscheidung würde mir natürlich weitere Erkenntnisse bringen. Der Umgang mit dem Bericht war für mich als Ermittler schon von besonderer Bedeutung. Interessant waren die Reaktionen vom Ehemann und meiner Auftraggeberin bei der Übergabe schon. Sie ließen vieles vermuten.

Was die Worte meiner Auftraggeberin betraf, so empfand ich diese kaum als echte Gefühlsausbrüche. Zudem hatte sie geäußert, dass sie sich so etwas schon fast gedacht habe. Aber eine Vermutung in diese Richtung hatte sie mir gegenüber zuvor nie geäußert.

Anmerken muss ich noch, dass mich zu keiner Zeit eine Reaktion auf diesen Bericht erreichte. Weder von der Auftraggeberin noch von den Kripobeamten.

Stattdessen wandte sich Annes Mutter als Vorsitzende des von uns gemeinsam ins Leben gerufenen Vereins Eltern vermisster und gefährdeter Kinder am 3. September 1997 unter Zuhilfenahme der Presse an die Öffentlichkeit. In dem erscheinenden Artikel war zu lesen, dass sie immer neue Wege gehe, um das Schicksal ihrer Tochter zu erforschen. Ein Computerprogramm wurde beschrieben. Es folgte ihr Aufruf Kinderfotos einzuschicken, um dieses Programm mit Leben zu erfüllen. Sie stellte den Verein als Anlaufpunkt für Eltern vermisster Kinder vor, aber auch als Beratungsstelle für Mütter und Väter, die meinen, ihre Kinder seien sexuell belästigt worden.

Danach kam ein Satz, der, sollte er so von ihr gesagt worden sein, wieder nicht unpassender hätte sein können. Es hieß: „Wir wollen unsere Probleme an die Öffentlichkeit bringen und auf Ermittlungsorgane und Behörden einen gewissen Druck ausüben".

Das konnte wahrlich nicht förderlich sein, um die Spannungen zwischen Ermittlungsbehörde und Privatermittler abzubauen. Der Zeitpunkt für derartige Äußerungen war erneut ungünstig gewählt. Ich war davon ausgegangen, dass die Auftraggeberin den Ermittlungsbehörden meinen Bericht zugänglich gemacht hatte.

Mein Vorhaben, einen weiteren Versuch zu unternehmen, auf dieser Basis die verhärteten Fronten zwischen Behörde und Privatermittler etwas aufzuweichen, konnte ich mir damit, nach ihren öffentlichen Äußerungen, die wieder einmal nicht mit mir abgestimmt waren, „abschminken".

***

Eine Überraschung ganz anderer Art wartete einige Tage später auf mich.

Meine Auftraggeberin gab mir ein Schreiben zur Kenntnis, das sie vom Innenministerium Mecklenburg-Vorpommern erhalten hatte. Es war eine Antwort auf ein Schreiben, das sie an das Bundesministerium für Familie, Senioren, Frauen und Jugend gesandt hatte. Auch von dieser Aktion meiner Auftraggeberin hatte ich zuvor keine Kenntnis erlangt. Deshalb war ich mehr als verwundert über ihre Eigenmächtigkeit.

Was würde wohl von ihr als Nächstes kommen?

War da eine mögliche Strategie zu vermuten?

Auf Nachfrage erfuhr ich von ihr, dass sie in ihrem, an das Bundesministerium gerichteten Schreiben, über den gegründeten Verein informiert und um Unterstützung gebeten habe. Zugleich habe sie auf die „zähen" Ermittlungen der Polizei aufmerksam gemacht, die auch nach mehr als drei Jahren noch keinen Hinweis zum Verbleib ihrer Tochter hätten erarbeiten können.

Das Schreiben des Innenministeriums war vom 17. September 1997 und bezog sich tatsächlich auf das Schreiben, das von ihr am 29. Juli an das Bundesministerium gerichtet worden war. Beim Lesen des Inhalts ereilte mich dann die nächste Überraschung: Meine Auftraggeberin hatte meinen Ergebnisbericht bereits an die Polizei übergeben.

Warum bekam ich von meiner Auftraggeberin hierzu keine Information?

Warum erhielt ich von ihr kein Feedback, wie die Kripo auf diesen Bericht reagiert hatte? Verfolgte sie damit eine bestimmte Absicht?

Das Schreiben des Innenministeriums enthielt eine Stellungnahme zu ihren Vorwürfen gegen die Polizei, wegen der Ermittlungen im Fall ihrer vermissten Tochter. Der Inspekteur der Polizei gab in diesem Schreiben folgende inhaltliche Stellungnahme:

»Ich habe mir über den aktuellen Ermittlungsstand in dieser Angelegenheit berichten lassen. Den mir vorliegenden Unterlagen ist zu entnehmen, dass die polizeilichen Ermittlungen und Untersuchungen korrekt und gewissenhaft geführt wurden. Keineswegs wurde mit verringerter Intensität oder schleppend gearbeitet. Der Leiter des zuständigen Fachkommissariats hat von Beginn der Ermittlungen an Kontakt zu Ihrer Familie. Ich bedaure sehr, dass die Ermittlungen bisher nicht erfolgreich waren. Jedoch habe ich keine Zweifel, dass alle mit den Ermittlungen befassten Polizeibeamten alles Erforderliche getan haben und auch weiter unternehmen, um Ihre Tochter zu finden und das Geschehen aufzuklären. Insofern wird sicher auch der von Ihnen kürzlich übergebene Ergebnisbericht des Privatdetektivs hilfreich sein. Mit freundlichen Grüßen.«

Tage später erhielt ich die Kopie eines Schreibens des B.er Rechtsanwalts an die Mutter, zur Kenntnis. Er hatte bereits zuvor den Ergebnisbericht und das Gedächtnisprotokoll zum Gespräch mit F. von mir erhalten. Diese Dokumente hatte er nun mit den ihm vorliegenden Ermittlungsergebnissen aus den Akten der Staatsanwaltschaft verglichen und war zu der Auffassung gelangt, dass ich erhebliche Widersprüche aufgedeckt und Tatsachen dargestellt hätte, die von dem Ergebnis staatsanwaltschaftlicher Ermittlungen abweichen würden. Er wies darauf hin, dass es einen Versuch wert sei, mithilfe dieses Ermittlungsberichtes, die Staatsanwaltschaft zu bewegen, erneut die Ermittlungen aufzunehmen. Dann informierte er darüber, dass er ganz offensichtlich fehlende Vernehmungsprotokolle in den Akten der Staatsanwaltschaft festgestellt hatte und diese, mit einem Schreiben an die Staatsanwaltschaft, angefordert habe. Auch dieses Schreiben gelangte mir zur Kenntnis. In diesen wies der Rechtsanwalt darauf hin, dass einige Vernehmungsprotokolle – die er auch benannte – fehlen würden.
Nach all diesen für mich guten Nachrichten sollten eigentlich

nunmehr zwei Seiten reagieren. Zum einen die Staatsanwaltschaft in N., aber auch meine Auftraggeberin.

Wird die Staatsanwaltschaft dem Rechtsanwalt die „Beiakten" oder fehlenden Vernehmungsprotokolle zusenden oder ihm Einsicht gewähren?

Wird meine Auftraggeberin eine Anzeige gegen F. erstatten?

Zwei Fragen, die sich in nächster Zeit beantworten sollten!

Dann, gegen Ende Oktober 1997 erhielt ich einen Brief des B.er Rechtsanwaltes. In diesem war die Kopie eines Schreibens der Staatsanwaltschaft an seine Kanzlei beigefügt. Darin teilte die Staatsanwaltschaft mit, dass es eine Ermittlungsakte in Bezug auf den Verdacht eines Tötungsdeliktes gäbe, die ihm, dem Rechtsanwalt, zur Einsicht gegeben worden sei. Was darüber hinaus die Polizei an Ermittlungen im Zusammenhang mit der Vermisstensache angestellt habe, unterliege bezüglich einer Einsichtnahme in diese Unterlagen, der Entscheidung der Polizei. Der Rechtsanwalt möge sich daher an die zuständige Polizeidienststelle wenden.

Ich hatte nicht gleich begriffen, was da geschrieben stand.

Auf der einen Seite wird wegen des Verdachts der Tötung Annes ermittelt und auf der anderen Seite ermittelt man in der Sache der vermissten Anne.

Gehörten denn die Erkenntnisse beider Ermittlungen nicht zusammen?

Aus den Ermittlungen zur Vermisstensache ergaben sich doch sicher auch Fakten, die entlastend für den B. wirken, der der Tötung von Anne verdächtigt wird.

Ich ging zu dieser Zeit aber davon aus, dass dem Rechtsanwalt des Verdächtigen dann Einsicht in alle diese Ermittlungsergebnisse, die in der Vermisstensache erarbeitet worden waren, gewährt wird und er so Fakten, die entlastend waren, zur Verteidigung seines Mandanten nutzen kann.

Aber war oder wird das wirklich so sein?

***

Mir gelang es im November 1997 Kontakt zu einem ehemaligen Polizisten der örtlichen Kripo aufzunehmen. Dieser war in den ersten Wochen unmittelbar in dem Fall eingesetzt. Dass er nicht mehr als Polizist tätig war, hatte ich durch Zufall erfahren. Ich schöpfte Hoffnung, durch Kontakte zu ihm mehr zu den eigentlichen Ermittlungen der ersten Wochen zu erfahren. Mir war klar, dass damals nicht alles genau so gelaufen war, wie es nach außen erschien. Weiterhin hatte ich ja erfahren, dass es „Beiakten" gab, in denen sicher noch viele wertvolle Informationen waren. Erstaunt war ich, als der ehemalige Kripomitarbeiter sofort bereit war, sich mit mir in der Nähe von M. zu treffen.

So kam es, dass wir in einer kleinen rustikalen Gaststube saßen und uns im Gespräch näherkamen. Er sprach über seine persönliche Auffassung zu dem Fall und sagte: „Es gab Informationen, dass die Mutter und der Stiefvater Anne oder die Großeltern erst gar nicht in N. haben wollten. Wenn also Anne nicht mehr da sei, wäre das Problem gelöst. Das würde durchaus ein Motiv begründen." Weiter berichtete er, dass es zwischen Mutter und Tochter kein inniges Verhältnis gegeben habe. Die Mutter würde als berechnend gelten.

Das „berechnend" vernahm ich nun bereits zum zweiten Mal. Dann machte er mich auf einen weiteren Widerspruch aufmerksam: Das eigentliche Verhältnis der Mutter zur Tochter und die bisherigen Auftritte der Mutter in den Medien, das passe einfach nicht. Dem sei man aber nicht mehr so nachgegangen, da der B. in den Mittelpunkt der Ermittlungen geraten sei. Seine früheren Kollegen seien davon ausgegangen, dass B. bereits in seiner Haftzeit, die er wegen des Mordes an der 14-Jährigen absitzen musste, ein perfektes Verbrechen geplant habe. Er sei bei der Befragung, mit seinen Aussagen sofort in die Offensive gegangen, jedoch bestätigten sich seine Aussagen durch die Überprüfungen nicht. B. gelte als sehr gerissen, schlau und als guter Schauspieler. Interessant sei damals erschienen, dass B. indirekt zu verstehen gegeben habe, dass kriminaltechnische Fehler bzw. Unterlassungen erfolgt seien, die eine weitere Aufklärung der Tat nicht mehr möglich machten. Er (der ehemalige Kripobeamte) selbst aber sei auch von der Täterschaft des B. überzeugt und sehe den damaligen Ablauf so: ... B. habe sich im Keller aufgehalten, als es zu regnen anfing. Da der Regen stärker wurde, sei Anne in den ersten Aufgang gegangen, um durch die Keller zu ihrem Aufgang zu gelangen. Dort sei sie dem B. begegnet. Die Handlungen an Anne erfolgten von B. dann ganz spontan. Er habe sie aber nicht bis in seine Wohnung gebracht, sondern im Keller belassen, um ihre Leiche an diesem Tag zu einem anderen Zeitpunkt zu entsorgen ...

Bei diesen Schilderungen konnte und wollte ich meine Skepsis nicht verbergen und gab ihm zu verstehen, dass es sicher so gewesen sein könne, jedoch eine solche Tathandlung mit hoher Sicherheit Spuren hinterlassen würde. Hier gab er mir recht, setzte aber hinzu, dass die Aussagen des B. von ihm und seinen damaligen Kollegen, als eine offene Verteidigung der Tat bewertet wurden.

Ich beließ es bei seiner Meinung. Immer mehr Hinweise und auch das Gespräch mit ihm zeigten mir, dass nicht nur B. oder F. meiner weiteren Aufmerksamkeit bedurften. Schon damals und ganz besonders nach Beginn meiner Ermittlungen, festigte sich die Auffassung, auch einen Blick in Richtung des ganz nahen Umfeldes der Vermissten, also auf die Familienangehörigen, zu richten.

TEIL 4
Enges Umfeld im Fokus
Die Großeltern

Zur Persönlichkeit des Opfers hatte ich im zurückliegenden Jahr wesentliche Erkenntnisse zusammengetragen. Hierzu zählten Aussagen von den Großeltern, der Klassenlehrerin, ausgewählten Mitschülerinnen sowie Spielfreundinnen. Hinzu kamen Informationen aus dem Umfeld der Familie. Aus all diesen Informationen und dem Persönlichkeitsbild des Opfers, konnte ich ihr mögliches Verhalten und daraus resultierend Rückschlüsse auf ein mögliches Tatgeschehen oder einen möglichen Täterkreis ableiten.

Auffallend waren dabei erkennbare Gegensätze, bei der Einschätzung der Persönlichkeit des Opfers.

Von ihren Großeltern wurde sie als noch zu unreif und mehr kindlich eingeschätzt. Von der Klassenlehrerin dagegen als reif, verlässlich und selbstständig. Selbst das Umfeld beurteilte sie als reif und aufgeschlossen. Andere Aussagen aus dem Umfeld wie: sie wurde (schon fast übertrieben) sehr behütet, sei an Geld interessiert, habe nie über persönliche Dinge gesprochen, sei oft sehr traurig und habe geweint, sei wegen ihres auffälligen Muttermals gehänselt worden, beschrieben.

Alle Aussagen ließen mich aufhorchen.

Was verbarg sich hinter diesen Aussagen?

Warum wurde sie fast übertrieben behütet?

Warum war sie traurig?

Warum hatte sie nie über persönliche Dinge gesprochen?

Zu den Familienverhältnissen und zum Verhältnis der Großeltern zu Anne lagen mir nur wenig Informationen vor. Vom Umfeld erfuhr ich: Die Großeltern wurden von Anne akzeptiert. Sie war nicht viel oder fast kaum von ihnen getrennt. Der Großvater war immer zu den Elternversammlungen erschienen. Die Großmutter hing sehr an Anne. Aber sie wurde immer mit dem Großvater gesehen.

Diese Aussagen ließen darauf schließen, dass sie einen recht engen Kontakt zu den Großeltern hatte und diese als ihre „Eltern" betrachtete. Das starke Behüten der Enkelin durch die Großeltern konnte verschiedene Gründe haben.

War es tatsächlich nur Sorge um das Wohl ihrer Enkelin?

Wurde Anne vielleicht so übertrieben behütet, weil die Großeltern vor „etwas" Angst hatten?

Dass Anne nie über familiäre Dinge gesprochen hatte, sie hin und wieder traurig war und sogar geweint hat, den Grund dafür aber nie sagte, erinnerte mich an die Kurzgeschichte, die sie geschrieben hatte. Das war schon eine komische Geschichte, die da in ihrem Kopf entstanden war.

Und wieder die Fragen:

Was konnte sich hinter der Geschichte verbergen?

War das ein wirkliches Erlebnis, das sie da aufgeschrieben hatte?

Hatte diese Kurzgeschichte einen wahren Hintergrund?

Wen meinte sie, als sie schrieb, sie habe es dem „Vater" erzählt?

Erzählte sie es dem Großvater?

Oder war es der ehemalige oder sogar der zukünftige Stiefvater?

Wer war der „komische Mann", war es ein Fremder oder jemand aus dem engsten Umfeld?

Meine Gedanken mögen in diesem Moment mit mir durchgegangen sein. Ein Ermittler sollte aber um viele Ecken denken und etwas „spinnen" dürfen.

Wozu ist der Kopf rund, doch um in alle Richtungen zu denken, oder?

Wenn Kinder Opfer eines Verbrechens werden, so ist der Täter sehr häufig im nahen, ja im familiären Bereich zu suchen. Unter diesem Aspekt betrachtete ich natürlich neben den vorliegenden Informationen, sehr kritisch die mir zur Kenntnis gelangten polizeilichen Zeugenvernehmungen der Großeltern und der Mutter. Dabei fiel mir auf, dass alle Familienangehörigen an unterschiedlichen Tagen als Zeugen vernommen wurden. Es bestand also die Möglichkeit, sich untereinander abzusprechen. Das war eine Tatsache, die es zu beachten galt.

Zudem waren es keine typischen Zeugenvernehmungen, wo eindeutig Frage und Antwort protokolliert werden. Die Vernehmungen waren als fortlaufende Berichte dokumentiert. So waren die Aussagen des Vernommenen für eine spätere Auswertung allerdings weniger wertvoll.

Warum wählte man gerade diese Form der Zeugenprotokollierung?

Denn nur aus einer eindeutigen Dokumentation von Frage und Antwort hätte man erkennen können, welche konkrete Frage wurde dem Vernommenen gestellt und wie hat er diese beantwortet. Hat er sie korrekt und umfassend beantwortet, wich er der Frage aus oder wurde sie nur teilweise beantwortet. Natürlich wäre auch im Nachhinein eindeutig zu erkennen, was berichtete der Vernommene von sich aus, ohne dass eine direkte Frage gestellt wurde.

Alle diese Aspekte, die für eine wirklich objektive Wertung der Vernehmung standen, fehlten.

War das nicht gefordert?

Hat man sich darüber hinweggesetzt oder war es nur Bequemlichkeit?

War es vielleicht sogar vorsätzlich geschehen?

Beide, Großvater und Großmutter, betonten in ihren Aussagen auffallend, dass ihre Enkelin am Abend des 12. August 1994 keine Zeitvorgabe erhalten habe. Im Vergleich zu den erarbeiteten Informationen und den bekannt gewordenen Verhältnissen in der Familie, klangen diese Aussagen für mich etwas unglaubwürdig. Anne soll nie ohne Zeitvorgabe die großelterliche Wohnung verlassen haben, so mehrfache Informationen aus dem Umfeld.

***

Die Zeugenvernehmung des Großvaters war am 14. August 1994, zwei Tage nach dem Verschwinden seiner Enkelin erfolgt. In ihr schilderte er den Tagesablauf seiner Enkelin am

12. des Monats. Interessant war dabei, dass sie zwischen 14:00 und 15:00 Uhr einen Brief zur Post gebracht haben soll und er seine Enkelin um 15:15 Uhr, als sie das Haus zum Spielen verlassen habe, letztmalig gesehen haben will. Weiter begründete er, warum die Enkelin von den Großeltern großgezogen wurde. Bedeutung erlangte in seiner Vernehmung sein Hinweis zum ehemaligen Stiefvater Annes. Er schloss hier einen möglichen Zusammenhang mit dem Verschwinden seiner Enkelin nicht aus.

Warum brachte er da bereits den Ex-Stiefvater Annes ins Spiel?

Hatte er von noch möglichen Kontakten zu seiner Enkelin Kenntnis?

Wollte er von anderen Dingen ablenken?

Auch später bei meinen ersten Kontakten brachten die Großeltern den früheren Stiefvater sofort ins Spiel. Da wiesen sie daraufhin, dass er am 12. August 1994 ein sonderbares Verhalten gezeigt habe, als er im Treppenhaus der Großmutter begegnet sei.

Der Großvater gab in seiner Zeugenvernehmung an, dass sowohl seine Frau als auch er, von 18:00 bis gegen 20:30 Uhr sich nicht persönlich um Anne gekümmert hätten. Sie seien nur etwas verwundert gewesen, als sie nicht zu ihrer Lieblingssendung „GZSZ" um 19:30 Uhr erschienen sei. Gegen 20:30 Uhr habe zuerst seine Frau gesucht und später auch er. Als die Suche gegen
21:00 Uhr keinen Erfolg hatte, habe er sich gegen 21:00 Uhr bei der Polizei gemeldet.

In seinen Aussagen offenbarte sich mir irgendwie ein Widerspruch, zu zurückliegenden Aussagen von Personen aus dem Wohnumfeld. Diese hatten berichtet, dass die Großeltern immer besorgt um Anne waren und sie kaum ohne Aufsicht längere Zeit allein gelassen hätten. Das wurde mir häufiger von mehreren Seiten unabhängig voneinander berichtet. Nun gut, es war an diesem bewussten Tag nach Aussagen des Großvaters nun einmal nicht so. Daraus konnte ich aber keinesfalls etwas ableiten. Aber nachdenklich machte es natürlich schon.

Sehr detailliert gab der Großvater eine Personenbeschreibung und eine auffallend genaue Beschreibung der Bekleidung, die seine Enkelin am Tag des Verschwindens trug. Es war außergewöhnlich, wie sehr er sich genau an kleinste Merkmale der Kleidung, ja sogar an Gegenstände erinnern konnte, die Anne an diesem Abend trug oder bei sich hatte.

War das nicht eher eine Domäne, die der Großmutter hätte zugeschrieben werden müssen?

In seiner Vernehmung hatte der Großvater zudem angegeben, dass er außer einem Gartenhaus am Gewerbegebiet, keine Räumlichkeiten besitze, wo seine Enkelin sich möglicherweise verstecken oder unterschlüpfen könnte.

Weil es in der Formulierung hieß: Sagen muss ich noch ..., bestand für mich die Frage, ob er dazu befragt worden war oder er diese Aussage von sich aus gemacht hatte. Eine in unmittelbarer Nähe seines Gartens vorhandene Garage erwähnte er nämlich nicht.

Hatte er diese nur vergessen?

Gab es dafür vielleicht einen Grund?

Warum sich ausschließlich die Großeltern um Anne kümmerten, begründete er damit, dass die Mutter 1988/1989 für längere Zeit im Ausland, dem damaligen Jugoslawien, tätig gewesen sei. Später, nachdem sie wieder nach Deutschland zurückgekehrt sei, habe sie ihren Eltern die weitere Erziehung ihres Kindes überlassen.

Wollte die Mutter nicht teilhaben am Aufwachsen und der Entwicklung ihrer Tochter?

Es waren doch die Jahre eines Kindes, in denen es beginnt, die Welt bewusst zu entdecken und besondere Mutterliebe braucht.

Von der Aussage des Großvaters: „Aufgrund der sexuellen Veranlagung des F. kann ich aus der jetzigen Situation heraus jedoch nicht ausschließen, dass er mit dem Verschwinden meiner Enkeltochter etwas zu tun hat", war ich für kurze Zeit wie gefesselt. Um seine Vermutung noch zu untermauern, hatte er hinzugefügt: „Zu F. möchte ich ergänzend noch sagen, dass ich ihn am Freitag (12.08.) um 20:30 Uhr aus dem Haus kommen gesehen habe. Er stieg in seinen braunen PKW Golf und entfernte sich damit. Als ich ihn wahrnahm, war er allein. Wann er gekommen ist, habe ich nicht gesehen".

Das war sicher der erste Hinweis, den die Polizei damals zwei Tage nach Annes Verschwinden zu F. erhielt. Am Sonntag, dem Tag der Vernehmung des Großvaters, konnte man sich eigentlich noch nicht voll auf B. eingeschossen haben. Darum hätte ich zum Hinweis des Großvaters auf F. zu diesem Zeitpunkt ein tieferes Hinterfragen der Polizei erwartet. Wenn schon ein Familienmitglied einen solchen Verdacht äußert oder diesen auf keinen Fall ausschließt, muss man doch wach werden!

Ich vermisste auch Fragen vom Vernehmenden zum aktuellen Verhältnis des F. zur Vermissten. Diese wurden aber anscheinend nicht gestellt.

In seinen weiteren Ausführungen ging der Großvater auf den damals noch zukünftigen Stiefvater, den Freund seiner Tochter ein. Nicht uninteressant für die Polizei durften die Informationen gewesen sein, dass seine Tochter und ihr Freund am darauffolgenden Dienstag, den 16. August, heiraten wollten. Genau vier Tage nach dem Verschwinden. Etwas unglücklich formuliert, fand ich die Aussage, sofern sie wirklich so vom Großvater gekommen und nicht nur vom Vernehmer so notiert worden war. „Soweit mir bekannt war, haben sich meine Tochter und ihr Freund in N. aufgehalten".

Der Großvater hatte doch aber am Tag nach dem Verschwinden seine Tochter in N. angerufen und sie aufgefordert, sofort nach M. zu kommen, da etwas „Schlimmes" passiert sei. Also wusste er von deren Aufenthalt in N.

War es eine unbedarfte falsche Wortwahl, dieses „soweit mir bekannt war"?

Zweifelte er gar den Aufenthalt beider an diesem Tag in N. an?

Oder war da noch etwas anderes?

Der Großvater äußerte in seiner Vernehmung, dass seine Enkelin noch ein richtiges Kind und fraulich noch nicht so weit entwickelt sei. Das war eine Einschätzung, worüber vielleicht nachzudenken war. Ein Nachsatz zur Vernehmung war noch dokumentiert. Durch diesen bekam ich einen Einblick in die damaligen Wohnverhältnisse der Großeltern. Es handelte sich um eine Dreiraumwohnung. Ich konnte also davon ausgehen, dass sich Anne sicher mit der pflegebedürftigen Schwester ihrer Großmutter ein Zimmer teilen musste.

In seiner Antwort auf die Frage, ob seine Enkelin mit fremden Personen mitgehen würde, schloss der Großvater dieses grundlegend aus. Anscheinend hatte der Vernehmer nach der Beendigung der eigentlichen Hauptvernehmung mehr Fragen, als zuvor in dieser selbst, denn er stellte danach eine weitere Frage an ihn. Es ging um die bestandenen oder angewandten Möglichkeiten, um Anne dazu zu bewegen, mit jemanden mitzugehen.

So eindeutig wollte sich der Großvater dazu dann doch nicht festlegen. Zumindest war er der Meinung, mit Geld oder Süßigkeiten sei bei ihr nichts zu machen. Ihre Hilfsbereitschaft oder ihre Tierliebe auszunutzen, um sie zum Mitgehen zu bewegen, sei vielleicht eine Möglichkeit. Hier könne er aber nicht einschätzen, wie seine Enkelin wirklich reagieren würde.

Sicher sei er sich aber wieder, dass sie aufgrund ihrer körperlichen und geistigen Entwicklung nicht erkennen würde, wenn sich ihr jemand sexuell nähern würde.

Diese Einschätzung ließ mich nun doch wachsam werden. Das war schon eine kühne Aussage des Großvaters.

Er war sich da sehr sicher; aber warum?

Zur Begründung führte er an, dass seine Enkelin einfach noch zu unreif sei, diese Möglichkeit zu erkennen und sie richtig einschätzen zu können. Persönlich sei er aber immer noch der Meinung, dass sie nur mit besonderen Tricks oder mit Gewalt zum Mitgehen bewegt wurde.

Letztendlich warf seine Zeugenvernehmung für mich viele Fragen auf.

Warum ging er selbst nicht auf seinen Tagesablauf und seine Anwesenheit zu Hause ein?

Warum wurde er dazu nicht befragt? Was war mit der Garage?

In der unmittelbaren Nähe befand sich der Garten mit dem Gartenhaus, das er gegenüber der Polizei als mögliches Versteck benannt hatte. Von der Wohnung bis zum Garten bzw. zur Garage waren es ca. 2,5 Kilometer. Diese Strecke konnte man mit dem PKW in ca. vier bis fünf Minuten zurücklegen. Zu Fuß waren es ca. dreißig Minuten.

Gab es da vielleicht einen Zusammenhang mit dem Verschwinden seiner Enkelin, der Garage und dem darin abgestellten PKW?

***

Drei Tage waren nach der Vernehmung des Großvaters vergangen, als die Zeugenvernehmung der Großmutter am 17. August 1994 stattfand.

Geht man von der Möglichkeit aus, dass bei einem Vermisstenfall wie diesem, ein Verbrechen nicht auszuschließen sei und der Täter durchaus auch aus dem engen Umfeld kommen konnte, war diese Art der Zeugenvernehmung mit den versetzten Terminen, nach meiner Auffassung recht bedenklich, denn dieses Vorgehen ermöglichte Absprachen bzw. Abstimmungen untereinander.

Wie wollten die Beamten auf solche Weise zu realistischen Aussagen gelangen?

Die Großmutter berichtete, seit wann ihre Enkelin bei ihnen lebte und machte Angaben zu ihrem Verhältnis zur Enkelin und zum Verhältnis ihrer Tochter zu Anne.

Mir schien es, als würde die Familiensituation etwas anders sein, als in vielen anderen Familien.

Waren da vielleicht aus dem innigen Verhältnis der Großeltern zur Enkelin Motive entstanden, die mit ihrem Verschwinden zu tun hatten?

Deutlich wurde, dass die Großeltern „die Rolle" der Erziehung der Enkelin übernommen hatten, die in normalen Fällen der Mutter oder den Eltern eines Kindes zufällt. Ich kam nicht umhin anzunehmen, dass es der Mutter in gewisser Weise gefallen haben muss, die Verantwortung für die eigene Tochter an ihre Eltern abgegeben zu haben. Das entnahm ich zumindest so den Schilderungen der Großmutter, die sonst sicher anders berichtet hätte. Sie machte Aussagen zur Beziehung ihrer Tochter und zu deren damaligen Freund und beteuerte, dass sie als Großeltern keine Einwände gehabt hätten.

Es schien alles in „Butter". Die Aussage der Großmutter, dass alle Familienangehörigen, auch ihre pflegebedürftige Schwester, gemeinsam in das noch zu bauende Haus einziehen wollten, sollte sicher das gute Verhältnis aller untereinander, mit welcher Absicht auch immer, deutlicher machen. Es hatte den Anschein, als sei mit dem Hausbau und dem späteren Einzug in der Familie alles geordnet.

Im Gegensatz zum Großvater, wurde sie auch nach ihrem Tagesablauf am 12. August 1994, befragt. Eine Möglichkeit, ihren dann geschilderten Tagesablauf mit den Schilderungen des Tagesablaufes des Großvaters zu vergleichen, gab es aber nicht. Aus kriminalistischer Sicht war es nicht nachzuvollziehen. Aber es schien nun mal Tatsache.

Das war beim Großvater ja nicht hinterfragt worden oder vielleicht doch?

Warum aber dann nicht in seinem Zeugenprotokoll dokumentiert?

Der von der Großmutter geschildert Tagesablauf, stellte sich wie folgt dar:

07:45 Uhr Frühstück gemeinsam mit Mann – 09:15 Uhr zur Arbeit – 10:00 Uhr wieder zu Hause (Anne war zu diesem Zeitpunkt noch im Nachthemd) – am Vormittag war der Großvater Fisch kaufen – 12:00 Uhr Mittagessen – Anne war vor dem Mittag nicht außer Haus – bis 15:00 Uhr alle Mittagsschlaf – 15:00 Uhr alle Kaffee getrunken – davor oder kurz danach hat Anne einen Brief weggebracht – 15:30 Uhr zur Kaufhalle gemeinsam mit Anne – 16:10 Uhr beide Kaufhalle gemeinsam verlassen – 16:10 Uhr bis 16:55 Uhr gemeinsamer Aufenthalt mit Anne beim Imbiss – 17:05 Uhr in der Wohnung eingetroffen – Anne noch kurz Fernsehen geschaut und

dann nach draußen zum Spielen gegangen – bis 20:00 Uhr auf Anne gewartet – dann bei einer Familie nach Anne fragen gegangen.
Auffallend war, dass die Großmutter während der Schilderungen der Abläufe dieses Tages Folgendes mehrmals betonte bzw. hervorhob: „Als wir dann zu Hause waren, war mein Mann auch zu Hause" oder „mein Mann war zu diesem Zeitpunkt auch zu Hause".
Zu gern hätte ich gewusst, ob das von ihr eigenständig gesagt wurde oder ob sie durch den Vernehmer konkret danach gefragt worden war.
Da aber auch dieses Vernehmungsprotokoll, kein „Frage – Antwort – Protokoll" ist, konnte auch dazu keine Wertung erfolgen. Erste Widersprüche zwischen der Aussage des Großvaters und der Aussage der Großmutter waren zu erkennen. Eine viel größere Bedeutung hatten für mich aber ihre Äußerungen zu der Anwesenheit ihres Mannes.
Warum war es ihr wichtig, dass besonders hervorzuheben und zu bestätigen? War sie von ihrem Mann dazu veranlasst worden?
Wollte sie ihm ein Alibi geben?

Mutter und Stiefvater

Zusammen mit den Informationen, die mir zum Auslandseinsatz in Jugoslawien vorlagen und den bisher erfolgten Aussagen der Großeltern sowie Informationen aus dem Umfeld und meinen persönlichen Kontakten zu ihr, hatte ich mir ein erstes, aber noch nicht vollständiges Bild zur Persönlichkeit von Annes Mutter machen können. Hilfreich war mir hier zudem die Analyse ihrer bisherigen Auftritte im TV. Von ihrer Zeugenvernehmung versprach ich mir weitere Erkenntnisse zu ihrer Person.
Ihre Zeugenvernehmung, die am 16. August 1994 erfolgte, war für mich eine Überraschung. Auch hier vermisste ich eine

Schilderung zum Tagesablauf für den Tag an dem ihre Tochter verschwand. Ein Vermerk im Protokoll der Zeugenvernehmung wies darauf hin, dass die Mutter vor der eigentlichen Vernehmung, ein längeres Gespräch mit dem vernehmenden Beamten geführt habe und in diesem über ihren „jetzigen" Lebenslauf berichtete. Ihre Zeugenvernehmung beinhaltete nach meiner Feststellung aber nur diesen, ihren Lebenslauf, nichts anderes.

Konnte das alles sein?

Gab es wirklich keine andere Zeugenvernehmung, die sich auch auf den Tag bezog, an dem ihre Tochter verschwand?

Gab es sie vielleicht doch und sie war in einer anderen „Akte"?

Natürlich fand ich es gut, mehr zu ihrem Lebenslauf zu erfahren. Bei ihren Schilderungen zeigte sie eine für mich auffällig einfältige Rhetorik. Diese kam durch folgende Worte zum Ausdruck: Dazu muss ich sagen; Dazu muss ich Folgendes sagen; Von seiner Familie muss ich sagen; Ich möchte sagen; Mehr kann ich zu dieser Beziehung nicht sagen; Zum F. ist zu sagen: Weiter möchte ich sagen; Ich muss noch sagen; Zu meinem jetzigen Partner ist zu sagen; Mehr kann ich erst einmal nicht sagen.

Solche Formulierungen waren mir aus den bisherigen persönlichen Gesprächen mit ihr fremd. Eine derartige Häufung „was sie alles sagen will, möchte und muss", fand ich schon merkwürdig.

Was wollte sie damit beabsichtigen oder deutlich machen?

Wollte sie eine gewisse Form von Mitteilungsbedürfnis offenbaren und durch solche Formulierungen dieses noch deutlicher unterstreichen?

Etwas erstaunt war ich, was meine Auftraggeberin damals der Polizei über den leiblichen Vater Annes erzählte. Es war mehr als ich später von ihr je erfahren hatte.

Warum hatte sie mir diese Dinge nicht berichtet, als ich nach dem leiblichen Vater gefragt hatte?

Interessant waren auch die Gründe, die aus ihrer Sicht zur Scheidung der Ehe mit F. führten. Sie nannte als Grund psy-

chische Probleme und sprach von „Selbstmordgedanken"
die er habe, sobald sich vor ihm ein Problem auftue. Weitere Gründe seien seine Schulden gewesen. Von einem Selbstmordversuch des F., dem Aufschneiden der Pulsadern, war etwas protokolliert. Die von ihr beschriebenen Gründe, die zur
Scheidung führten, zeigten, dass die Beziehung, als auch die
erfolgte Trennung, nicht problemlos verlaufen sein konnte.
**War hier eventuell eine Ursache für ein sich entwickelndes
Motiv bei F. zu finden, das dazu führte, was mit Anne am
12. August passierte?**
**Hatte ich hier vielleicht schon ein Puzzleteil gefunden, das
meine Vermutung, dass es einen möglichen Zusammenhang zum Verschwinden Annes gab, untermauern könnte?**
Die Aussage, dass ihre Tochter nach der Scheidung nicht mit
F. mitgehen oder mit ihm reden würde, konnte sie eigentlich
nicht so eindeutig bewerten, wie sie es dennoch tat. Sie hatte
doch den wenigsten Kontakt zu ihrer Tochter, deren Tagesabläufe, Gewohnheiten und die Spielkameraden, die sie keinesfalls so genau wie die Großeltern kannte. Dass sie keinen Kontakt mehr zu F. hatte, war sicher ihre Auffassung. Die Aussage
der kleinen Inga brachte da ganz andere Erkenntnisse.
**Warum schloss sie trotzdem in der Vernehmung eindeutig
aus, dass ihre Tochter mit dem F. nach der Scheidung noch
mitgehen würde?**
Ich erinnerte mich wie sie reagierte, als ich bei der Übergabe
meines Berichtes an sie, den F. als möglichen Verdächtigen benannt hatte. In diesem Augenblick war ihr spontan entfahren,
dass sie das schon länger geahnt habe.
Was also wusste sie wirklich?
Warum ahnte sie das bereits seit längerer Zeit?
Annes Mutter äußerte sich auch zu ihrem Auslandseinsatz
in Jugoslawien und zu einer dortigen Beziehung, die mich in
verschiedene Richtungen denken und zu besonderen Schlussfolgerungen kommen ließ. Ich erfuhr, dass Anne, die damals
vier Jahre alt war, als sie für einige Wochen bei ihrer Mutter
in Jugoslawien weilte. Dann gab es einen Zeitsprung von drei
Jahren in ihren Schilderungen. Bisher hatte sie ihre gesamte

Entwicklung, ihre Tätigkeit, Wohnanschriften und ihre engeren Beziehungen recht chronologisch vorgetragen.

Sollte es drei Jahre im Leben meiner Auftraggeberin geben, in der sie nicht einmal eine enge oder feste Beziehung hatte? Das war von ihrer Persönlichkeit her fast unvorstellbar und gerade das machte mich neugierig.

Was war in dieser Zeit?

Welche Kontakte hatte sie, die sie bei der Vernehmung nicht nannte?

In einem knappen Satz schilderte sie die Entstehung der Beziehung und das Kennenlernen ihres jetzigen Ehemannes. Beide hatten sich im Februar 1993 über eine Partnervermittlung kennengelernt und bereits nach etwas über einem Jahr den Entschluss getroffen zu heiraten. Der

Heiratstermin war vier Tage nach dem Verschwinden Annes geplant und nun auch zufällig gerade der Tag, an dem sie als Zeugin vernommen wurde. Beide, ihr Freund und sie, planten seit 1994 ein Haus in N. zu bauen, in dem sie dann mit Anne, den Großeltern und der Mutter ihres Partners wohnen wollten. Das dafür notwendige Bauland sei schon gekauft und selbst mit dem Hausbau sei man bereits erste Schritte gegangen.

Was war mit der pflegebedürftigen Schwägerin des Großvaters, die sich mit Anne ein Zimmer in M. teilte?

Hatte meine Auftraggeberin diese nur schlichtweg vergessen oder gab es andere Pläne in der Familie?

Zeugen und Hinweise

Es gab viele Informationen aus dem Umfeld zur Familie. Die drei Zeugenvernehmungen der Angehörigen hatten meinen bis dahin kriminalistischen Blick verändert. Ich zog nun nicht mehr nur F. als möglichen Tatverdächtigen, sondern auch das engere Umfeld in Betracht. Aus unterschiedlichsten Publikationen und kriminalistischen Fachbüchern war mir bekannt:

„Der Täter kommt oftmals aus dem nahen Umfeld oder sogar aus der eigenen Familie".

Natürlich konnte ich aus den Zeugenvernehmungen allein einen derartigen Anfangsverdacht keineswegs ableiten. Dennoch in Verbindung mit den bisherigen Informationen zu den Familienmitgliedern und ersten Schlussfolgerungen, dass das Zusammenleben der Familie nicht so harmonisch war wie von ihnen dargestellt, rückte deshalb das engere Umfeld bei mir stärker in den Fokus. Viele Entscheidungen mit weitreichenden Auswirkungen für jedes Familienmitglied, waren Monate vor dem Verschwinden Annes in dieser Familie zu treffen gewesen bzw. bereits getroffen worden. Da blieben unterschiedliche Meinungen und Auffassungen, aber auch Spannungen und mögliche Konflikte nicht aus.

Gab es Konflikte in der Familie, die möglicherweise mit dem Verschwinden in Zusammenhang stehen konnten?

Sicher und vielleicht auch verständlich war, dass die Ermittlungsbehörden in den ersten Tagen nicht unbedingt davon ausgingen, dass ein Motiv für das Verschwinden des Kindes in der Familie zu suchen war.

Aber sollten allgemeine Grundsätze nicht immer und auch sofort in Fällen wie diesen Berücksichtigung finden?

Von einer gewissen Professionalität in diese Richtung zeugten weder die Vorladungen zu den Zeugenvernehmungen, die Form der einzelnen Protokolle, noch die Qualität der dort dokumentierten Aussagen!

Da blieben einfach zu viele Fragen offen und Widersprüche ungeklärt.

Drei Zeugenvernehmungen gelangten mir nur durch „Zufall" zur Kenntnis.

Aber wo war die Zeugenvernehmung des späteren Ehemannes der Mutter?

Wo war die Vernehmung oder Befragung der pflegebedürftigen Schwägerin des Großvaters, die sich mit Anne ein Zimmer teilte?

Sie gehörten doch damals zur Familie! Zum Ehemann gab es nur ein Ermittlungsprotokoll, das sich auf die Überprüfungen seiner Aussagen und eines Alibis beschränkte. Er musste also anscheinend Aussagen getätigt haben.

Wo aber war sein Vernehmungsprotokoll?

Ich ging davon aus, dass sich seine Zeugenvernehmung sicher in einer gesonderten Akte befand und mir deshalb nicht zur Kenntnis gelangte.

Wenn das so war, wurde er als Zeuge vernommen, oder?

Um sein Alibi und seine Aussagen zu überprüfen, hatten Beamte seine Mutter und einen Arbeitskollegen am 19. August 1994 in N. aufgesucht.

Seine Mutter gab gegenüber den Ermittlungsbeamten der Polizei an, dass beide, ihr Sohn und seine zukünftige Ehefrau, am 12. August kurz nach 10:00 Uhr bei ihr in N. eingetroffen seien.

Der Grund ihres Besuches war wohl weniger, wie von Annes Mutter angegeben, um weitere Vorbereitungen zur Hochzeit zu treffen, als vielmehr am Geburtstag des Arbeitskollegen ihres zukünftigen Mannes teilzunehmen.

Nach Aussagen der künftigen Schwiegermutter von Annes Mutter, seien beide nach dem Kaffee noch von 15:00 bis 17:00 Uhr in die Stadt N. zum Einkaufen gefahren, um sich sodann um 17:45 Uhr mit dem PKW auf den Weg zum Geburtstag des Arbeitskollegen, der in einem anderen Wohngebiet von N. wohne, aufzumachen. Beide seien erst am Sonnabend früh gegen 03:30 Uhr wieder da gewesen. Ihre zukünftige Schwiegertochter habe den PKW zurückgefahren, da ihr Sohn, so scheine es ihr, ziemlich betrunken war.

Die Aussage mit der Rückfahrt und der Ankunft um 03:30 Uhr ließen bei mir doch irgendwie Fragen offen.

War sie zu dieser Zeit wirklich noch wach?

Hatte sie die Ankunft beider persönlich erlebt oder wurde ihr das später von ihrem Sohn und ihrer zukünftigen Schwiegertochter nur erzählt?

Eine Nachfrage in dieser Richtung schien aber von dem vernehmenden Beamten damals nicht erfolgt zu sein.

Allerdings konnte ich aus der Aussage der Mutter weitere Informationen zur Persönlichkeit ihres Sohnes gewinnen. Es schien, als sei er ein ruhiger Einzelgänger ohne großen Freundeskreis, ein Mann, dessen Begabung keinesfalls darin bestand, Kontakte zu Frauen zu knüpfen und der deshalb Kontakte über eine Partnervermittlung gesucht hatte.

In einem zweiten Teilabschnitt des Protokolls war das Ergebnis der Befragung des Arbeitskollegen dokumentiert. Er gab an, dass sein Kollege am 12. August gegen 14:00 Uhr angerufen und nachgefragt habe, welche Uhrzeit für den Besuch am Abend ausgemacht worden sei. Seine Lebensgefährtin habe diesen Anruf entgegengenommen und die Uhrzeit mit 19:00 Uhr angegeben. Kurz vor 19:00 Uhr seien beide zur Geburtstagsfeier erschienen. Sie seien bis Sonnabend früh um 03:30 Uhr geblieben und hätten sich als letzte Gäste nach Hause in die Wohnung der Mutter seines Arbeitskollegen begeben. Mir ist die Stadt N. bekannt. Für die Fahrt von der Wohnung der Mutter bis zur Wohnung des Arbeitskollegen benötigte man laut Weg-Zeit-Diagramm ca. zwölf, bei stärkerem Verkehrsaufkommen im Höchstfall fünfzehn Minuten. Daher machte mich die Aussage seiner Mutter stutzig. Sie hatte berichtet, beide seien um 17:45 Uhr zum Geburtstag gefahren. Nach Aussage des Gastgebers trafen beide aber erst kurz vor 19:00 Uhr dort ein. Das passte nach meiner Meinung nicht so richtig. Über eine Stunde Fahrtzeit für eine Stadtstrecke von nicht mal vier Kilometer.
Wo waren sie oder was haben sie in der verbliebenen guten Stunde unternommen?
Auch dieser Widerspruch blieb ungeklärt.
Vielleicht war oder wurde dieser Widerspruch ja in seinem Vernehmungsprotokoll geklärt. Es kam mir auch der Gedanke, dass es vielleicht zu ihm eine eigene Akte gab, eine sogenannte „Beiakte" und er eventuell sogar als Tatverdächtiger zwischenzeitlich im Fokus der Polizei stand. In einer TV-Sendung im Dezember 1997, hatte KHK T. erklärt: „Wir haben insgesamt sechs Personen näher überprüft als eventuelle tatverdächtige Personen. Konnten aber weder dem einen noch dem anderen

etwas beweisen." **Gehört vielleicht er oder andere Familienangehörige zu diesen Tatverdächtigen?**

***

Nach Kenntnisnahme der Inhalte dieser für mich schon sonderbaren Protokolle, mit den Aussagen der Angehörigen und auch deren mir gegenüber getätigten Aussagen und Verhaltensweisen, konnte ich durchaus viele Dinge anders deuten. Eine in dieser Richtung ständige analytische Arbeit, das Vergleichen von bisherigen mit neu gewonnenen Informationen sowie Aussagen und das Herausarbeiten von Widersprüchen, wurde ein Bestandteil meiner weiteren Ermittlungsarbeit.
Wie war die Familiensituation wirklich und welche Widersprüche wurden deutlich?
Es gab Widersprüche zwischen den Einschätzungen der Großeltern und anderen Personen aus Annes Umfeld in den Aussagen zu ihrer Entwicklung. Auch die privaten Videoaufzeichnungen, ein Video von Weihnachten 1993 und das Video von einem Klassenabschluss 1994, zeigten ein auffallend unterschiedliches Auftreten des Kindes.
Im Weihnachtsvideo, das in der Wohnung der Großeltern entstand, zeigte sie eine gewisse Nähe zum Großvater, kokettierte aber auch auffallend mit dem Kameramann, ihrem zukünftigen Stiefvater. Beim Klassenabschluss war sie dagegen zurückhaltend und nicht so lustig wie ihre Mitschüler. Sie suchte mehr die Nähe der Klassenlehrerin. Andere Kinder winkten ihren Eltern zu, als sie mit einer Pferdekutsche einen kurzen Ausflug machten. Sie jedoch auffällig als Einzige nicht.
Der deutlichste Widerspruch zeigte sich aber im Umgang der Großeltern mit ihrer Enkelin. Von Quellen aus dem Umfeld wurde berichtet, dass sie kaum allein gewesen sei, fast immer unter Kontrolle der Großeltern stand und von ihnen konkrete Vorgaben erhielt.
Ganz anders schilderten die Großeltern den Tag des Ver-

schwindens. Sie wollten ihr keine Zeitvorgabe gemacht haben, wann sie vom Spielen wieder in die Wohnung kommen sollte, und waren auch nicht verwundert, dass sie zum Abendessen nicht anwesend war.

Hatten die Nachbarn eine falsche Einschätzung abgegeben oder hatten die Großeltern die eigentliche Lage an diesem Tag falsch dargestellt?

Aus dem Umfeld kamen, unabhängig voneinander, die gleichen Meinungen und Einschätzungen. Sie schienen mir also doch etwas objektiver.

Anne wuchs bei den Großeltern auf. Zwischen der Mutter und Anne gab es kein richtiges Mutter- Tochter-Verhältnis.

Wie verhielt es sich da mit dem Sorgerecht?

Die Großeltern betrachteten Anne als ihr eigenes Kind.

Erwuchs daraus vielleicht ein Gewohnheitsrecht für die Großeltern?

Bestand die Gefahr für die Großeltern, dass durch den Hausbau, den späteren Umzug nach N. und die anstehende Heirat, dieses Gewohnheitsrecht verloren gehen würde?

Es gab da noch die Schwangerschaft der Mutter und die Schwester der Großmutter, die pflegebedürftig war und seit einiger Zeit mit zum Haushalt und zur Familie gehörte. Alle diese Tatsachen blieben seit 1993 sicher in der Familie nicht ohne unterschiedliche Auffassungen oder Spannungen. Spätestens 1994 gab es hier ausreichend Konfliktpotenzial in der Familie. Davon auszugehen, dass es 1993/1994 keine Probleme, Spannungen oder auch Meinungsverschiedenheiten, ja vielleicht sogar ernsthafte Konflikte in der Familie gegeben hätte, ginge sicher an der Realität vorbei.

Umso erstaunlicher war es, dass den Familienangehörigen, den Ermittlungsbehörden und auch mir gegenüber niemand auch nur vage derartige Probleme ansprach oder benannte. Sie erweckten eher den Eindruck, besonders betonen zu müssen, dass es genau anders war.

So sagte zum Beispiel die Großmutter in ihrer Zeugenvernehmung: „Dies zeigt auch, meine Tochter wollte ja mit ihrem zukünftigen Mann ein Haus bauen, in dem ich und mein Mann auch mit eingezogen wären. Es stand auch fest, dass meine Tochter mit ihrem Mann die untere Etage bewohnen sollte und ich mit meinem Mann und Anne die obere Etage. Dies wurde im Familienkreis so abgesprochen, da hatte keiner was dagegen".

Als sie vom zukünftigen Mann ihrer Tochter sprach, unterstrich sie diese Harmonie mit den Worten: „Ich hatte ein gutes Verhältnis zu ihm, wie auch mein Mann. Dies zeigt ja auch, dass wir gemeinsam in ein Haus ziehen wollten, wo ja auch keiner was dagegen hatte."

Das „keiner was dagegen hatte" schien mir doch etwas auffällig. Wer es so deutlich betont, hatte einen Grund, wie immer der auch aussah. Ich fand es schon merkwürdig, dass sich der Großvater zum Thema Hausbau in seiner Zeugenvernehmung nicht geäußert hatte.

War er der gleichen Meinung wie seine Frau, oder vermied er eine diesbezügliche Aussage aus bestimmten Gründen?

Alle bisherigen Informationen und die Familiensituation 1994, wirkten auf mich beunruhigend. Wie schnell konnten hier bei Meinungsverschiedenheiten entstehen und Konflikte eskalieren! Annes enge Beziehung zu den Großeltern, ihr gewohntes Schulumfeld, ihre Freundinnen; das alles unterlag durch den Bau des Hauses und einem bevorstehenden Umzug nach N. bald Veränderungen.

Welche Meinung hatte Anne hierzu?

Hatte sie sich bereits entschieden und wenn ja, wie?

War sie eventuell das Problem, das die gesamte Planung infrage stellte?

Die Großeltern wollten sie nicht weggeben.

Waren da Ängste der Großeltern im Spiel?

Was hat sich wirklich in der Vorgeschichte 1993 bis August 1994, unmittelbar vor dem Verschwinden in der Familie abgespielt? Das waren Fragen, auf die Antworten zu finden waren.

***

Drei Familienangehörige gerieten bei mir mehr und mehr in den Kreis möglicher Tatverdächtiger. Bei ihnen schloss ich einen möglichen Zusammenhang zum Verschwinden zunächst nicht aus. Begründet lag dieses in den Aussagen der Großeltern. Diese waren sowohl gegenüber der Ermittlungsbehörde und mir gegenüber teils widersprüchlich. In ihren Aussagen waren sowohl unvollständige als auch falsche Angaben. Der Großvater gab selbst nicht an, wo er am Nachmittag und in der fraglichen Zeit des Verschwindens Annes war. Ein Alibi erhielt er nur durch seine Frau. Selbst die bisher bekannten Bewegungsabläufe meiner Auftraggeberin und deren damals noch zukünftigem Ehemann am 12. August, warfen Fragen auf. **Wo waren sie, als sie gegen 17:45 Uhr zum Geburtstag eines Arbeitskollegen in N. gefahren sein wollen, aber bei diesem erst gegen 19:00 Uhr eintrafen?** Auffällig ist, dass beide nur von der Mutter des Freundes ein Alibi erhielten. Aus der Sicht der Alibis betrachtet hatten damit alle drei kein Alibi. Alibis, gegeben von Familienangehörigen, stellen „keine wirklichen Alibis" dar. Allein deshalb konnten der Großvater sowie die Mutter und ihr zukünftiger Ehemann keinesfalls aus dem Kreis der Tatverdächtigen ausgeschlossen werden. Der Schlüssel zur Klärung dieses Verbrechens konnte nach meinen persönlichen Empfindungen durchaus im damaligen Verhältnis dieses Personenkreises zueinander und zur Vermissten liegen. Das „wirkliche" Verhältnis von Anne zu ihren Großeltern war kaum richtig ermittelt. Aus dem Umfeld gab es erste Hinweise, dass „die Liebe" des Großvaters zur Enkelin zu groß schien, er sich als Vater fühlte und sich mit ihr häufig im Schwimmbad oder im Garten aufhielt. Daraus aber etwas abzuleiten zu wollen, wäre vermessen. Hier fehlten Fakten. Auch das Verhältnis Annes zu ihrem zukünftigen Stiefvater konnte noch nicht eindeutig beurteilt werden. Er schien sehr viel von ihr zu halten, was die Aufzeichnungen des Weihnachtsvideos erkennen ließen. Das Verhältnis der Großmutter zu Anne, war durch innige „Mutter-"Liebe gekennzeichnet. Dagegen war von „Mutterliebe" im Verhältnis Mutter-Tochter kaum eine Spur zu erkennen.

TEIL 5
Andere Verdachtsrichtungen
Kein Missbrauch?

Im Januar 1998 ging ein Schreiben des Rechtsanwaltes von F. an die Staatsanwaltschaft R. ein und gelangte mir auf „Umwegen" zur Kenntnis. In diesem hieß es:»Es wird für äußerst bedenklich gehalten, Aufgaben, die ausschließlich der staatlichen Ermittlungsbehörde zustehen, einem Privatdetektiv zu überlassen. Da offensichtlich Befragungen des Kindes durch Herrn Rohwedel geführt wurden und diese in die Ermittlungsakte Eingang gefunden haben, ist eine Beeinflussung des Kindes in Hinblick auf eine Belastung des Angeschuldigten nicht auszuschließen. Eine beweiserhebliche Bewertung der nach Tonband und Videoaufzeichnung hergestellten Äußerungen erscheint m. E. nicht gegeben. Dem stehen die Bestimmungen der Strafprozessordnung entgegen, wonach eine gesetzliche Form der Vernehmung gerade von minderjährigen Zeugen vorgesehen ist, die mit der angestellten Befragung durch Herrn Rohwedel zweifellos nicht erfüllt ist.«
Was war das denn?
Natürlich war der Rechtsanwalt im Recht. So wie es schien, hatte die Staatsanwaltschaft R. die Videoaufzeichnungen meiner Gespräche mit Inga als Tonbandabschrift in die Ermittlungsakte gegeben, ohne auch nur zuvor ein einziges Mal mit dem Kind gesprochen zu haben oder eine richterliche Befragung, wie sie vereinbart worden war, durchzuführen. Das war schon ein „starkes Stück". Der Rechtsanwalt konnte unter diesen Umständen natürlich die Staatsanwaltschaft in die Pflicht nehmen. Es war einfach nicht zu fassen, was da bei der Staatsanwaltschaft abgegangen sein musste bzw. war.
Wie „lax" ging man hier mit Hinweisen um, in denen es um den Verdacht sexuellen Missbrauch an einem Kind ging?
Wie würde aber nun die Staatsanwaltschaft auf das Schreiben des Rechtsanwalts reagieren?

Der erste Monat des Jahres 1998 war dabei sich zu verabschieden. Ich hatte ihn bereits abgestrichen, musste aber feststellen, dass ich zu voreilig war. Das Telefon klingelte und Ingas Mutter meldete sich. Sie hatte Post von der Staatsanwaltschaft R. bekommen und informierte mich darüber, dass das Ermittlungsverfahren gegen F. eingestellt worden sei. Das war für mich ein nicht erwarteter „Schlag in die Magengrube", etwas Unbegreifliches. Ich bat sie, mir eine Kopie dieses Schreibens zukommen zu lassen. Das musste ich persönlich sehen, um es begreifen zu können. Als ich dann das „Wunderschreiben" in meinen Händen hielt, war alles klar.

Die Strafanzeige war am 3. April 1997 erstattet worden und nun, nach fast zehn Monaten dieses Ergebnis: Einstellung des Ermittlungsverfahrens gegen F. wegen des Verdachtes des sexuellen Missbrauchs von Kindern.

Die Begründung lautete: Die angegebenen sexuellen Handlungen Ingas hätten die geforderte Erheblichkeitsschwelle allesamt nicht überschritten. Darüber hinaus sei auch berücksichtigt worden, dass der Beschuldigte von März 1989 bis 1994 mit der Mutter von Inga zusammenlebte und insofern zumindest vonseiten der Staatsanwaltschaft davon ausgegangen werde, dass Inga durch den Beschuldigten als bzw. wie ein eigenes Kind behandelt worden war.

Ich bekam „Schnappatmung", die sich noch verstärkte, als ich sah, wer dieses Schreiben unterzeichnet hatte. Das Schreiben war von der Staatsanwältin unterzeichnet worden, mit der wir gesprochen hatten, der ich die Videoaufzeichnungen übergeben hatte und mit der vereinbart worden war, dass Inga nur einer richterlichen Befragung unterzogen werden sollte.

Lag ich mit meinem Verdacht sexueller Missbrauchshandlungen tatsächlich so falsch?

Um diese Frage zumindest für mich beantworten zu können, griff ich zur Fachliteratur, die sich mit dem Problem „sexuelle Gewalt an Kindern" befasste. Es ging um Handlungen, die das Kind zu einem Sexualobjekt machen würden, von leichten Ausführungshandlungen, bei denen es zu keinem Körperkontakt kommt, von mittelschweren Formen des Körperkontaktes und schweren Ausführungshandlungen. Benannt wurden unter anderem das Zeigen oder Betrachten pornografischer Bilder (Videos), das Entblößen der Genitalien des Täters oder des Kindes. Masturbation vor dem Kind, bis hin zu Handlungen mit Körperkontakt. Darunter war auch, das Streicheln und Betasten der Genitalien des Kindes zu verstehen.

Hatte die Staatsanwältin sich überhaupt die Mühe gemacht, die ihr übergebenen Videoaufzeichnungen anzuschauen?

Das musste ich ernsthaft anzweifeln. Inga hatte erzählt, dass sie nicht nur seinen Rücken waschen, sondern auch abtrocknen musste.

Und ihre in diesem Zusammenhang gemachte Bemerkung „weiter unten", wurde diese und andere Aussagen einfach so ignoriert?

Auch das Umarmen und es war sicher nicht nur ein „normales Umarmen" im Bett war Inga unangenehm gewesen. Ihre Aussage, dass F. ihr hin und wieder zwischen ihre Beine fasste, schien völlig unbeachtet geblieben zu sein. Doch das waren alles Signale eines Kindes, die jeden Erwachsenen aufhorchen lassen mussten. Aber es gab ja noch weitere, viel deutlichere Aussagen von Inga, die die Staatsanwältin noch nicht einmal erreicht hatten. Ich dachte dabei an das, was Inga erzählt hatte, als wir damals auf der Rückfahrt von der Staatsanwaltschaft waren. Da erzählte sie, dass sich F. beim Baden ausgezogen und dann beim „Pullermatz" die Haut hin- und hergeschoben habe.

Das sollte wohl unmissverständlich als kindliche Beschreibung einer Masturbationshandlung verstanden werden. Dieses stellt eindeutig eine „sexuelle Handlung" mit entsprechender „Erheblichkeit" dar. Das und sicher noch einiges mehr wäre bei einer, nun aber nicht erfolgten richterlichen Befragung Ingas, zur Sprache gekommen.

Aber nun?

Selbst wenn in der Begründung angeführt wurde, dass F. Inga als eigenes Kind behandelt habe, konnten doch aber ihre dokumentierten Aussagen nicht über die Tatsache hinwegtäuschen, dass F.s Handlungen den Straftatbestand des sexuellen

Missbrauchs erfüllten. In der Begründung hieß es weiter: »Der Beschuldigte habe den Tatvorwurf entschieden zurückgewiesen.«

Nun gut, wer gibt schon so etwas zu oder gesteht seine pädophile Neigung ein.

Wie reagieren gerade diese Täter?

In einer Zeitschrift der Polizei, die sich mit dem Verhalten von Tätern befasste, die sich sexuell deviant verhalten, wurden Ausreden, Irreführungen oder Lügen der Täter näher beleuchtet. Das Leugnen der vorgeworfenen Tathandlungen durch die Täter stand dabei an erster Stelle.

Ein anderer Aspekt war der des Umdeutens der Handlung als nicht negativ. Das bedeutete, die Täter räumten Übergriffe ein, aber bewerteten diese positiv und erkannten dabei schuldhaftes Verhalten nicht. Auch die Schuld ablehnen und behaupten, ein anderes Handeln wäre nicht möglich gewesen, gehörte dazu.

Ähnliches zeigte sich ja auch in der Vernehmung des F. durch die Polizei N., die am

1. Dezember 1997 erfolgte. Hier stritt er den ihm gemachten Vorwurf ab, gab aber zu, Inga gewaschen zu haben. Auch ihren Genitalbereich. Sie dort jedoch nicht mehr als notwendig angefasst zu haben. Keinesfalls hätte er sich sexuell dabei erregen wollen. Auch den Vorwurf mit ihr einen Pornofilm geguckt zu haben, bestritt er. Gab aber zu, dass es vorkam, dass er sich derartige Filme anschaute.

Es war mir einfach rätselhaft, warum eine Einstellung des Ermittlungsverfahrens erfolgte.

Lag der Grund dafür vielleicht darin, dass man die Glaubwürdigkeit der kindlichen Aussage angezweifelt hatte?

In einer Fachzeitschrift der Polizei, gab es auch dazu eine Abhandlung.

Hier hieß es:

»Kinder als Opfer von Sexualstraftaten sind sehr glaubhafte Zeugen. Es ist für kleine Kinder jedoch schwierig, Vorfälle nach Zeit, Ort oder sonstigen Umständen zu individualisieren. Kinder haben eigene Erfahrungen, ihr Verständnis von

Dingen und Ereignissen ist eingeschränkt. Nicht zuletzt auch aufgrund eines nicht ausreichenden sprachlichen Ausdrucksvermögens. Sie erinnern sich daher weniger an Details, dafür ist aber ihre Wahrnehmung und Erinnerung weniger von Vorurteilen beeinflusst.«

Im Juli 1997 hatte ich bereits einer Gutachterin alle drei Gespräche, die ich mit Inga geführt hatte, als Videoaufnahme übergeben. Ihre inoffizielle Analyse ergab, dass Inga ein selbstbewusstes Kind sei, dass die geschilderten Details in allen Gesprächen relativ konstant dargelegt worden seien und sie damals erlebte Handlungen entsprechend ihres Alters und ihrer Entwicklung aus jetziger Sicht beschrieben habe. Es könne davon ausgegangen werden, dass ihre Schilderungen der Wahrheit entsprechen würden. Alle geschilderten Handlungen würden eindeutige Missbrauchshandlungen darstellen. Die damalige Einschätzung der Gutachterin ließ also eigentlich keine Zweifel zu. Sie erkannte in den Aussagen Ingas eindeutige Hinweise auf Missbrauchshandlungen. Selbst an der Glaubhaftigkeit der Aussagen zweifelte sie nicht. Herrn F. ordnete sie sehr deutlich in die Kategorie eines „typischen Beziehungstäters" ein.

Was aber war dann der Grund, der zur Einstellung des EV geführt hatte?

War es vielleicht sogar das Schreiben des Rechtsanwaltes von F. an die Staatsanwaltschaft?

Für mich war klar, dass eigentlich nur hier der Grund zu suchen war. Die Staatsanwaltschaft hatte mit der Tonbandabschrift der Videos, die Eingang in die Ermittlungsakte fanden, grob gegen Bestimmungen der Strafprozessordnung verstoßen. In seinem Schreiben hatte der Rechtsanwalt klar darauf hingewiesen, dass eine beweiserhebliche Bewertung nicht mehr gegeben sei.

Es hatte keine gesetzliche Form der Vernehmung einer minderjährigen Zeugin stattgefunden. Meine Gespräche mit Inga als Bestandteil der Ermittlungsakte zu führen, das war mit Sicherheit der inkompetenteste Behördenfehler, den ich je erlebt habe.

Was war hier gelaufen? Die Entscheidung der Staatsanwalt-schaft R. bewegte mich schon sehr. Nichts von dem, was ein-mal mit der Staatsanwältin abgesprochen wurde, war um-gesetzt worden. Eine Befragung des Mädchens, auch eine richterliche war nicht erfolgt.

Um den groben Fehler, das Versagen der Staatsanwältin, zu vertuschen, blieb der Staatsanwaltschaft keine andere Wahl, als das Ermittlungsverfahren gegen F. einzustellen.

Bei sorgfältiger Befragung des Kindes und einer offiziellen zeugenschaftlichen Vernehmung selbst meiner Person und der Mutter, wäre es sicher möglich gewesen, den Sachverhalt im Rahmen eines sorgfältig geführten Ermittlungsverfahrens eindeutig zu klären.

Hatte sich aber die R. Staatsanwaltschaft überhaupt die Mühe gemacht, sich mit dem Fall sexuellen Missbrauchs an Inga zu beschäftigen?

Wie korrekt und in welcher Form waren die Videoaufzeich-nungen der Gespräche als Tonbandaufzeichnung über-haupt dokumentiert worden?

Das wollte ich nun genau wissen.

Ich übergab einer Vertrauensperson, einer ehemaligen Chef-sekretärin, die Videoaufzeichnungen und bat sie, diese als Tonbandabschrift zu dokumentieren. Sie verfügte in Bezug auf das Abschreiben von Tonaufzeichnungen über die gleichen Voraussetzungen, wie ich es von einer Protokollantin einer Staatanwaltschaft erwartete. Parallel dazu „beschaffte" ich mir die Videoabschrift der Staatsanwaltschaft. Beide Dokumente, die Abschrift der Staatsanwaltschaft und die der ehemaligen Chefsekretärin konnte ich so miteinander abgleichen. Mein Ziel war, herauszufinden, warum das Ermittlungsverfahren gegen F., eingestellt wurde, obwohl in den Videodokumen-tationen, durchaus erste „kindlich" angedeutete Hinweise für einen sexuellen Missbrauch vorhanden waren.

Was würde der Abgleich der Abschriften ergeben?

Bei einer ersten flüchtigen Betrachtung beider Videoabschrif-ten war festzustellen, wie katastrophal die Tonbandabschrift durch die Staatsanwaltschaft R. erfolgt war, ja regelrecht „versaut" worden war.

So wie es sich darstellte, konnte ich nur noch davon ausgehen, dass hier wissentlich bzw. vorsätzlich vorgegangen worden sein musste. Da tauchten in der Übertragung der Staatsanwaltschaft Namen auf wie „Melanie" oder auch „Boris", Namen, die nie erwähnt wurden und erst recht keine Rolle in den Aussagen Ingas gespielt hatten.

Was fehlte, waren klare zusammenhängende Inhalte ihrer Aussagen. An sehr vielen Stellen waren nur Auslassungszeichen vorgenommen, so als sei an diesen Stellen die Aussagen des Kindes phonetisch nicht verstanden worden.

Merkwürdig fand ich, dass es oftmals gerade die Passagen waren, in denen Inga erste Andeutungen zu F.s Handlungen gemacht hatte. Im Gegensatz dazu tauchten in der Abschrift, die von der ehemaligen Chefsekretärin angefertigt wurde, keine Auslassungszeichen auf. Alle Aussagen waren verständlich und klar dokumentiert.

Wie konnte man als Staatsanwaltschaft in einem Ermittlungsverfahren wegen des Verdachtes sexuellen Missbrauchs eines Kindes, ein solches „inhaltsloses Dokument" als Zeugenvernehmung, die noch nicht einmal auf gesetzlicher Grundlage erfolgt war, vorlegen?

Man versah das Dokument dann einfach mit dem Datum 1. September 1997 und das war es. Viele Fakten deuteten ja aber auch noch auf F. als möglichen Tatverdächtigen im Vermisstenfall hin. So lange dieser Verdacht nicht durch die Ermittlungsbehörde erneut geprüft wird, würde er auch für mich bestehen bleiben.

Ein „Wermutstropfen" war jedoch, dass ich in der Ermittlungsrichtung F. alle meine persönlichen Mittel und Möglichkeiten ausgeschöpft hatte. Für meine Ermittlungen war das Ende der Fahnenstange erreicht. Wenn die Kripobeamten und die Staatsanwaltschaft N. keine Aktivitäten mehr zeigen und meine Auftraggeberin sowie die Großeltern keinen Druck in diese Richtung ausüben würden, war die Sache mit F. ein für alle Male erledigt.

Quellen und Informationen

Im Rahmen meiner Ermittlungen, den damit verbundenen Kontakten sowie Gesprächen mit Bekannten und Nachbarn der Familie der Vermissten, erhielt ich eine Vielzahl von Informationen. Darunter waren solche, die in aller Vertraulichkeit mitgeteilt und für die Ermittlungen von Bedeutung waren. So berichtete eine Quelle, sie habe von den Leuten aus dem Aufgang, in dem damals die Großeltern wohnten, gehört, dass sich die Großeltern nicht gut verstanden haben sollen. Die Liebe des Großvaters zu Anne „sei zu groß", so die Meinung. Es sei auch allgemein bekannt gewesen, dass die Großmutter schon vor dem Verschwinden ihrer Enkelin etwas dem Alkohol zugetan war.

„Die Liebe des Großvaters war zu groß". Was immer auch in diesem Satz lag. Hier war für mich ein Achtungszeichen gesetzt.

War die „große Liebe" des Großvaters zu Anne vielleicht ein Grund für den nach außen bekannt gewordenen Alkoholkonsum der Großmutter?

Gab es da einen möglichen Zusammenhang?

Bei einem Kontakt zum Trainer der Arbeitsgemeinschaft „Tennis" überraschte dieser mich mit den Worten: „Sie gehen ja ganz gründlich an die Sache mit Anne heran. Auf den Gedanken, mit mir zu sprechen, ist ja nicht einmal 1994 die Polizei gekommen. Da habe ich mich schon etwas gewundert. "

Lässt das nicht auch erkennen wie oberflächlich damals die Ermittlungen im Vermisstenfall geführt wurden?

Vom Trainer erfuhr ich, dass Anne am 20. April 1993 mit dem Tennistraining begonnen hatte. Er zog ein kleines Notizbuch aus seiner Hosentasche und konnte genau Auskunft geben, wann sie 1994 nicht zum Training erschienen war. So fehlte sie am 23.06. und 30.06.1994 unentschuldigt und nahm am 12.07.1994 zum letzten Mal am Training teil. Im März oder April 1994 habe sie mitgeteilt, dass sie im nächsten Schuljahr nicht mehr zum Training kommen würde, da sie „wegziehe".

Das habe sie sehr gefasst mitgeteilt und es sei keinesfalls erkennbar, dass es ihr leidgetan habe.

Auf die Frage, wie er Anne einschätzen würde, erwiderte er: „Sie war in gewisser Weise etwas sensibel. Sie hätte aber auf Umstände, die ihr vielleicht unangenehm waren, nie unverhältnismäßig stark reagiert. Sie war ein reifes, adrettes, auffälliges Mädchen". Nach kurzem Zögern ergänzte er: „Auffällig war eigentlich nur, dass die Oma immer da war und sie abgeholt hat, was bei anderen Kindern nicht so war. Das sieht für mich im Nachhinein so aus, als wenn die Oma so einen Vorfall bereits vermutet hatte."

Durch eine andere Quelle wurde mir bekannt, dass F. bei der Heirat mit der Mutter von Anne deren Familienname angenommen hatte. In seiner Personalakte soll der Familienname 1987 eingetragen worden sein. Während Anne von ihm auch als „Tochter" eingetragen worden sei, obwohl sie nur seine Stieftochter war, habe er seinen leiblichen Sohn aus erster Ehe nicht angegeben.

In einem Gespräch mit den Eltern des F. erhielt ich interessante Informationen zur Familie der Vermissten. Sie bestätigten mir, dass Anne zu ihren Großeltern ein gutes Verhältnis hatte. Ihr sei jeder Wunsch erfüllt worden. Sie sei regelrecht „vergöttert" worden. Anne sei ein freundliches Mädchen gewesen und habe immer gegrüßt. Weitere Beziehungen zu ihrer Familie habe es aber nicht gegeben. Sie selbst hätten Anne in der kurzen Zeit der Ehe ihres Sohnes mit der Mutter nicht richtig kennenlernen können. Sie sei intelligent und sehr aufgeschlossen. Im Sommer 1994 habe sie Petersilie aus dem Garten zu ihnen gebracht, weil die Großeltern davon sehr viel hatten. Das sei aber auch nur ein einziges Mal gewesen.

Es gab also im Sommer 1994 zumindest diesen einen Kontakt Annes zu den Eltern von F.

Warum sollte es dann nicht auch zu F. selbst bis 1994 Kontakte gegeben haben? Durch die Schilderung Annes Besuchs mit der Petersilie war die Aussage von Ingas Mutter, die mir davon bereits berichtet hatte und hierzu den Zeitraum Sommer 1994 mitgeteilt hatte, bestätigt. Etwas zögerlich berichtete die Mutter einer Schulfreundin von Anne, dass es mal ein Gerücht in M. gegeben habe: Der Großvater solle komisch sein. Überall wo seine Enkelin sei, müsse auch er sein oder sie mit ihm. Damals als sie verschwunden sei, seien seine Blicke und seine Art und Weise anders als sonst gewesen. Auch andere Personen hätten den Opa als komisch eingeschätzt. Sogar beim Fleischer habe man erzählt, »wenn der das mal nicht gewesen sei. Er sei ja immer bei dem Mädchen gewesen, im Schwimmbad und überall.« Gerüchte zum Verschwinden habe es in der Zwischenzeit sehr viele gegeben. Daran, dass es der B. sei, das habe eigentlich niemand geglaubt. Kurze Zeit sei von einem Sohn der Familie F. die Rede gewesen.

Bei einer anderen Familie, die über Jahre einen engen Kontakt zu den Großeltern unterhielt, erfuhr ich mehr zur Persönlichkeit meiner Auftraggeberin und zur Situation in der Familie selbst.

Seit dem 12. August 1994 habe man sich allerdings nicht mehr getroffen. Bis dahin sei es im Jahr immer zu ein oder zwei Besuchen gekommen der letzte Besuch sei am Karfreitag, Ostern 1994 gewesen. Anne sei gut erzogen und gut behütet worden. Sie habe immer das gemacht, was die Großeltern von ihr gewollt hätten. Annes Mutter sei sehr resolut, genauso wie sie auch im Fernsehen auftrete. Ihre Eltern habe sie wie das „Letzte" behandelt. Der jetzige Mann scheine ihnen „nicht sauber". Das untermauerten sie mit den Worten: „Der kann ja nicht einmal in die Fernsehkamera schauen". Die Großmutter sei für Anne die wirkliche Mutter gewesen. Ihre Mutter selbst sei eifersüchtig auf ihre Tochter gewesen. Zudem sei sie immer hinter Geld her. In Jugoslawien, da habe sie Geld machen können. Dort habe sie auch einen Mann gehabt. Anne habe von den Großeltern Geld, Gold und Liebe erhalten. So habe sie zum Beispiel ihr eigenes Sparbuch und goldene Ohrringe von den Großeltern bekommen. Sollte die eigene Mutter etwas mit dem Verschwinden zu tun haben, so ihre Meinung, dann könne es nur wegen Geld gewesen sein.

Dieses Gespräch gab mir weitere, tiefere Einblicke in die Familiensituation. Da wurde von der Eifersucht der Mutter auf ihre

Tochter gesprochen. Noch deutlicher wurde ihre „materielle Interessiertheit" beschrieben, die so ausgeprägt zu sein schien, dass die Gesprächsfamilie so weit ging, selbst das Verschwinden Annes mit der „Gier" der Mutter nach Geld in einen möglichen Zusammenhang zu bringen. Hinter der harmonischen Fassade der Familie schienen sich viele Probleme aufzutun.

Der Kontakt zu einer Frau, die aktiv in der Initiative „Suche ohne Grenzen" war, gab mir weitere Denkanstöße. Sie hatte diesen Fall über die gesamte Zeit in den Medien verfolgt und kannte Annes Mutter persönlich. Daher war mir ihre Meinung zum Vermisstenfall wichtig, die sie sehr offen abgab. Ihre Einschätzung, die sie auf der Grundlage der Medienauftritte und der Kontakte zur Mutter traf, lautete:

Die Mutter habe einen „Anteil" am Verschwinden ihrer Tochter. Der Einsatz des Detektivs sei der Grund gewesen, warum die Mutter nach Monaten bzw. Jahren wieder aktiv in der Suche nach ihrer Tochter geworden sei. Das könne eine Alibifunktion sein oder um auch nur aus erster Hand neue Erkenntnisse zu erfahren. Auch eine Wiedergutmachung sei möglich, um ihr Gewissen beruhigen können. Ihre Aktivitäten sei aber auch zur Vertuschung einer Beteiligung in der Sache mit der Tochter geeignet. Ihre Auftritte in den Medien seien geschauspielert und das zur Schau getragene Leid unecht.

Die Klarheit und die Gedanken dieser Frau beeindruckten schon, denn sie war in Sachen vermisster Kinder eine gestandene Person. Zudem hatte sie sich intensiv mit diesem Thema befasst und durch den Verein viele Kontakte zu Eltern vermisster Kinder und zu Polizeibehörden. Sie schien also zu wissen, wovon sie sprach. Am Ende eines Gespräches meinte sie, mir nachfolgende Fragen, sozusagen als Hausaufgabe, mit auf den Weg geben zu müssen.

Warum hat sich die Mutter nach dem Auslandseinsatz nicht selbst um ihr Kind gekümmert? Warum haben die Großeltern nicht sofort die Mutter angerufen, als das Kind verschwunden war?

Warum erst am anderen Morgen?

Warum ist das Kind gerade kurz vor der Hochzeit ver-

schwunden? Hat die Mutter beleidigendes oder verletzendes Verhalten gegenüber anderen Männern verursacht? Was ist mit dem neuen Vater? Wie kann die Mutter direkt oder indirekt am Verschwinden beteiligt sein? Die alles entscheidende Frage sei aber: Wer hat vom Verschwinden des Kindes profitiert? Viele Fragen, auf die ich zu diesem Zeitpunkt bereits nach Antworten suchte.

Es folgten weitere Gespräche mit Quellen, die mir Informationen zum Auslandseinsatz der Mutter gaben. So wurde mir bekannt, dass die Mutter in Jugoslawien „kontaktfreudig" gewesen sei, sich aber um ihre Tochter, die mehrere Wochen in Jugoslawien weilte, kaum gekümmert habe. Schon nach kurzer Zeit sei Anne mehr bei anderen Erziehern, als bei der eigenen Mutter gewesen. Eine Kollegin habe sich dann besonders um sie gekümmert. Die eigene Mutter habe wenig Bindung zur Tochter. Es sei keine Mutter-Kind-Beziehung. Zum Inhalt ihrer zurückliegenden Ehe mit F. habe sie nur wirres Zeug geredet. Sie sei nur ein halbes Jahr verheiratet, die Heirat eine „Kurzschlussreaktion" gewesen, um den leiblichen Vater Annes zu ärgern.
In Jugoslawien habe sie sporadisch Kontakte zu männlichen Personen gehabt. Bekannt sei eine Romanze mit einem damals im Konsulat der DDR tätigen, verheirateten Mann. Sie selbst habe es damit aber nicht ernst gemeint, denn sie habe immer nur mit ihren Partnern gespielt und sie dann im Regen stehen gelassen. Für Anne sei es merklich schwer gewesen. Sie habe ihre Mutter gern, aber diese ließe sie nicht an sich rankommen. Dadurch, dass dann später ein neuer Mann in ihr Leben getreten und sie schwanger geworden sei, sei der Abstand zur eigenen Tochter noch größer geworden. Was ihre Auftritte in der Öffentlichkeit anginge, so seien diese sehr zwiespältig. Man könne ihr nicht abnehmen, was sie sage. Die Sorge um ihr Kind spüre man nicht. Sie habe nicht einmal ein „Schwestern-

verhältnis" zu ihrer Tochter. Es verbinde sie mit Anne nichts. Nach dem Einsatz in Jugoslawien habe sie ihre Tochter nicht zu sich geholt. Ihr Argument sei gewesen, keine Schlafgelegenheit für sie im Ort zu haben, in dem sie als Kindergärtnerin gearbeitet habe. Den jetzigen Mann würde sie wie alle anderen behandeln. Sie habe auch sehr viele Kontakte über AMC gehabt. Hier sei sie im Verkauf schon äußerst clever, kraftvoll, ja sogar skrupellos gewesen. Geld sei für sie das „Bestimmende". Im Gespräch mit einer Quelle aus der Kindereinrichtung, in der Annes Mutter tätig war, ließ mich so manche Information aufhorchen. Da hieß es, dass sie persönliche Dinge in den Vordergrund stelle. So unter anderem ihre Vertretertätigkeit für das Unternehmen AMC. Kindergärtnerin sei sie nur geworden, weil sie keine Musiklehrerin habe werden können. Ihre Beziehung zu den Kindern sei daher auch immer wie die einer Lehrerin; auch ihr Umgang mit den Kindern sei häufig mit kleineren Schwierigkeiten verbunden gewesen. Es habe auch immer Gründe oder Dinge gegeben, warum sie ihre Tochter nicht zu sich genommen habe. Diese Gründe seien aber meistens nur vorgeschoben worden. Sie habe ihr eigenes Leben leben wollen, ihre Freiräume gebraucht. Eine Mutter mit allen dazugehörenden Konsequenzen sei sie nie gewesen. Als Einzelkind habe sie selbst in ihrer Herkunftsfamilie immer im Mittelpunkt gestanden, bis zu dem Zeitpunkt zu dem Anne da gewesen sei. In Jugoslawien habe es etwas mit einem verheirateten Mann gegeben. Von ihm habe sie eine goldene Kette geschenkt bekommen. Nach eigener Aussage habe sie mit ihm nur so weit etwas, wie sie es gewollt habe. Er hingegen habe sich mehr versprochen und sich noch einmal im Nachhinein im Kindergarten gemeldet. Sie habe schon viele männliche Kontakte gehabt. Der jetzige Mann passe, denn er ordne sich ihr unter. Als das Haus gebaut worden sei, und es hieß, beide ziehen mit Schwiegermutter zusammen und ihr Mann habe bisher immer bei seiner Mutter gelebt, da war klar, das könne nicht gut gehen. Aber Geld spiele da wohl eine Rolle. Ihre erste Reaktion, nachdem ihre Tochter verschwand, war die, dass es F. gewesen sein müsse. Anne wäre mit ihm mitgegangen.

Aber hatte Annes Mutter genau das mir gegenüber nicht eindeutig ausgeschlossen? Warum hatte sie zwei unterschiedliche Meinungen?

Zu ihren Medienauftritten hieß es, dass sie es liebe, in der Öffentlichkeit aufzutreten und im Mittelpunkt zu stehen. Das waren natürlich Informationen, die aufschlussreich für eine weitere Einschätzung ihrer Persönlichkeit waren. Mir wurden Dinge bekannt, die meine angedachten Vermutungen im Zusammenhang mit dem Verschwinden ihrer Tochter stützten. Da war zum Beispiel die Sache, dass sie als Einzelkind nach der Geburt ihrer Tochter nicht mehr selbst im Mittelpunkt der Familie stand. Es war Eifersucht entstanden.

War Eifersucht nicht schon immer ein klassisches Motiv für ein Verbrechen?

Dann war da der Hausbau. Hier meinten bereits die Kolleginnen, dass es da wohl um Geld ging. Nur unter diesen Umständen wäre sie mit der Schwiegermutter in ein Haus gezogen.

Zu welchen Konflikten hatte dieser Hausbau eventuell doch in der Familie geführt?

Weitere Fakten zum Hausbau schienen mir daher besonders wichtig.

Es gelang, Einsicht in die Dokumente der Beantragung von Fördermitteln für den Hausbau zu nehmen. So war es mir möglich, etwas Licht in das für mich noch „dunkle" Kapitel Eigenheimbau zu bringen, denn diese Dokumente bargen Erstaunliches.

Die Auszüge aus dem Grundbuchamt offenbarten, dass es bereits im März 1994 die ersten ernsthaften, nicht mehr rückgängig zu machenden Schritte bezüglich „Hausbau" gegeben hatte. Die Zahlung des Kaufpreises für das Grundstück – es ging immerhin um eine fünfstellige Summe – war Mitte Juli 1994 fällig und wurde in bar geleistet, also ungefähr einen Monat vor Annes Verschwinden.

Konnten die Mutter oder ihr Freund zu diesem Zeitpunkt überhaupt eine solche Summe aufbringen und in bar bezah-

len? **Waren es vielleicht die Großeltern? War diese Summe ein Geschenk der Großeltern oder waren damit bestimmte Forderungen vonseiten der Großeltern verknüpft?**

Sollte hier vielleicht ein Ausgangspunkt für einen sich zuspitzenden Konflikt gewesen sein, in dem es eventuell sogar um Anne ging?

Anfang Mai 1994 ging der Fördermittelantrag für den Hausbau an die Fördermittelstelle. Antragsteller war der noch damalige Freund der Mutter.

Auf einer amtlichen Heiratsurkunde, ausgestellt vom Standesamt N., war das Heiratsdatum 16. August 1994 eingetragen. Diesem Dokument nach zu urteilen, haben beide vier Tage nach dem Verschwinden Annes vor dem Standesamt N. die Ehe geschlossen.

Wie ich später nach Aufsuchen des Standesamtes klären konnte, war diese Urkunde aber eine Fälschung. Auf Bitten der Mutter hatte eine Standesbeamtin diese Urkundenfälschung vorgenommen. Es ist nun mal ein unabänderlicher Fakt, dass die Mutter nur wenige Tage nach dem Verschwinden ihrer Tochter mit erkennbarer „krimineller" Energie eine Beamtin zu einer Urkundenfälschung überredet hatte.

Was hatte ich davon zu halten?

Aus einer Meldebescheinigung vom zuständigen Einwohneramt vom 14.09.1994 ging hervor, dass Anne zuletzt in dem Ort gemeldet war, in dem ihre Mutter wohnte und arbeitete. Dort hatte sie aber nie tatsächlich gewohnt. Sie war immer in M. bei den Großeltern und dort auch gemeldet.

Welchen Grund gab es, kurz nach dem Verschwinden Annes, sich eine solche „falsche" Meldebescheinigung einzuholen?

Hatte Annes Mutter hier vielleicht auch wieder „bestimmte" Energien gezeigt oder Einfluss darauf genommen?

Ein vorhandener Aktenvermerk über ein zwischen der Mutter und der Landestreuhandstelle für das Wohnungswesen geführtes Telefonat bezüglich ihres Förderantrages, enthielt weitere für mich interessante Informationen. Das Telefonat hatte Annes Mutter am 12.09.1994 geführt. Genau einen Monat nach dem spurlosen Verschwinden ihrer Tochter. **Was bewog „diese" Mutter, nur wenige Tage nach dem Verschwinden ihrer Tochter, sich wirklich so intensiv um die Angelegenheiten des Hausbaus zu kümmern? Gab es keine anderen Probleme? Was war ihr zu dieser Zeit wirklich wichtig?**

Nach außen hin und besonders in den Medien, präsentierte sie sich, als sei sie in den darauffolgenden Tagen nach dem Verschwinden Annes, in ein „tiefes Loch" gefallen und zu keiner anderen Sache fähig gewesen. Dieser Aktenvermerk bewies jedoch das Gegenteil.

Aus ihm war weiter zu entnehmen, dass es noch um den Inhalt eines anderen Schreibens ging, das aber, weil es zu diesem Telefonat kam, nicht mehr an die Familie abgeschickt worden war und sich nur noch in der Akte befand. Dessen Inhalt war für mich sehr aufschlussreich, weil in diesem nochmals auf die Notwendigkeit der Übersendung und Vorlage der Heiratsurkunde hingewiesen und um Mitteilung gebeten wurde, ob Annes Mutter ihre Tätigkeit nach der Schwangerschaft und dem Erziehungsurlaub wieder aufnehmen wolle. Auch Anne selbst kam hier ins Spiel.

Es hieß: »Laut ihrer Selbstauskunft vom 24.04.1994 gehört ihre Tochter zum Familienhaushalt. Da jedoch ihre Meldebescheinigung den Antragsunterlagen nicht beiliegt, bitten wir um Mitteilung, ob es überhaupt beabsichtigt ist, dass ihre Tochter nach Bezugsfertigkeit mit in das o. a. Objekt einzieht.« Einen Satz weiter hieß es dann: »Wir weisen schon jetzt darauf hin, dass mit den uns vorliegenden Unterlagen, zum gegenwärtigen Zeitpunkt eine Tragbarkeit der Belastungen nicht gegeben ist. Dieser Sachverhalt könnte unter Umständen auch dadurch eine andere Beurteilung erfahren, wenn in der Lastenberechnung unter Punkt IV.4 eine Miete aus der Einliegerwohnung angesetzt wird. Nachweis der Mieteinnahmen z. B. Mietvertrag.«

In einem persönlichen Schreiben vom 17.09.1994 bestätigte Annes Mutter, dass sie nach ihrem Schwangerenurlaub und dem Babyjahr wieder ihre alte Tätigkeit im Kindergarten aufnehmen werde. Aus dem schriftlichen Aktenvermerk, der sich auf das nicht zugesandte Schreiben bezog, ging weiterhin hervor, dass es am 27.09.1994 eine telefonische Rücksprache mit der Mutter erfolgt sei, um ihr mitzuteilen, die Nachweise für das Grundstück ebenfalls noch nachzureichen. Weitere Dokumente machten ersichtlich, dass es sich bei dem Haus um ein Einfamilienhaus mit Einliegerwohnung handelte. Die Gesamtkosten beliefen sich auf eine größere sechsstellige Summe. Zur Tilgung dieser Summe stünden Fördergelder sowie ein Darlehen zur Verfügung und dass es nur eine Zustimmung gäbe, wenn – als Mieter die Eltern – mit in das Haus ziehen. Es gab zudem die Auflage, dass die Eltern als Mieter mindestens zehn Jahre im Haus wohnen bleiben. Die Miete der Eltern wurde bereits in die Kalkulation mit einbezogen, da es sonst nicht zu einem Darlehensvertrag gekommen wäre.

Der Grund: Beide Bauherren hatten ein geringes gemeinsames Nettoeinkommen. Die Miete der Eltern wurde auf 10 DM pro qm monatlich festgelegt.

War das Mietverhältnis, das die Großeltern nun eingehen mussten, auch schon damals, im März 1994, als sie das Geld für den Kauf des Grundstückes gaben, schon bekannt oder gab es da noch ganz andere Planungen?

Interessant war für mich, wann die Fördergelder ausgezahlt wurden und welche Festlegungen es dazu gab. Ich erfuhr, dass die Fördermittel in drei Raten gezahlt wurden. Die letzte Rate von 30 % wurde nach Fertigstellung des Hauses und dem Einzug aller Bewohner gezahlt. Die Akte beinhaltete die Anmeldungen aus der Meldestelle N. Aus ihnen ging hervor, welche Personen, wann in das neuerbaute Haus eingezogen waren.

In das Haus zogen am 24. August 1995 nicht nur die Eheleute und ihr Sohn ein, nein, auch die seit einem Jahr vermisste Anne!

Ob das nun so richtig war, sei erst einmal dahingestellt. Fakt war aber, dass Anne verschwunden war und alle von einem Verbrechen ausgehen mussten. Eine offizielle Meldung von den Angehörigen an die Fördermittelstelle, dass das Kind seit 1994 vermisst wurde, war nie erfolgt. In diesem Zusammenhang machte mich der Angestellte der Fördermittelstelle auf eine Sache aufmerksam: Wäre eine solche Meldung erfolgt, dann hätte es mit den Fördermitteln in dieser Konstellation keinesfalls funktioniert. Bedingung waren zwei Kinder, und das bedeutete, auch bei Einzug in das neue Haus. Da gingen mir natürlich ganz banale Fragen durch den Kopf.

Hatte das „Nichtauffinden" von Anne oder ihrer Leiche mit diesem Hintergrund zu tun? Hatten die immer wieder deutlich von ihrer Mutter zur Schau getragene Hoffnung und das Gerede, dass sie noch lebt, vielleicht auch nur den einen Grund, die eingeplanten Fördermittel nicht zu verlieren? Hatte der Täter deshalb sein Opfer bzw. ihre Leiche so gut versteckt?

Sollte sich die Sache so verhalten, konnte der Täter nur aus dem Kreis der Familie kommen. Nur dieser Personenkreis, insbesondere die Mutter, die sich mit dem Eigenheim ihren Lebenstraum erfüllen wollte, konnte davon profitieren, dass Annes Leiche zu dieser Zeit nicht gefunden wurde. Daher unterließen es die Antragsteller zwar eine Meldung, dass Anne vermisst werde, an die Fördermittelstelle zu übermitteln, wohl aber nicht eine solche, über ihren Einzug in das neue Haus. Mit dieser Anmeldung war schließlich die Bedingung für die Zahlung der dritten Rate erfüllt. Für Annes Einzug gab es immerhin 15.000 DM.

Dokumente mit Datum 29.08.1995 belegten die Anmeldung des Einzugs weiterer Angehöriger, wie die der Großeltern und deren pflegebedürftigen Schwester, in das neue Haus. Eine Mitteilung über den Einzug der Mutter des Ehemannes existierte nicht in den Unterlagen.

Nur vergessen, oder?

Und noch etwas anderes war für mich sehr irritierend. Die Meldebescheinigungen, die mir zu Anne vorlagen, waren verwirrend. Eine Meldebescheinigung schien, wie bereits bekannt, am 14. September 1994, also nach ihrem Verschwinden, für das Fördermittelamt ausgestellt worden zu sein. Anscheinend waren alle Dinge in Bezug auf den Hausbau und Fördermittel sehr genau durchdacht worden. Da wurde ihr

„Nebenwohnsitz" in M. am 6. Januar 1994 abgemeldet, obwohl sie weiterhin dort wohnhaft war.

Das konnte bedeuten, dass eventuell bereits im Januar 1994 mit den ersten Vorbereitungen in Bezug auf den späteren Hausbau begonnen worden war. **Gab es zu diesem Zeitpunkt vielleicht auch einen anderen Grund?** Annes eigentlicher „Hauptwohnsitz" in M. wurde dort erst am 25. August 1995 zur Abmeldung gebracht.

Der neue Verdacht

Die Familienangehörigen gerieten immer mehr in den Fokus meiner Betrachtungen.

Die vorhandenen Informationen, die Hinweise aus dem Wohnumfeld und nicht zuletzt die eigenen Aussagen in ihren Zeugenvernehmungen, selbst die Dinge um den Hausbau herum, erhärteten bei mir diesen neuen Verdacht mehr und mehr.

Es gab viele Dinge, die einzeln wenig bedeutsam erschienen. Betrachtete man sie aber in Zusammenhang mit dem Verschwinden des Kindes, so konnte schon ein möglicher leichter Anfangsverdacht daraus abgeleitet werden. Auffällig war, dass während Mutter und Oma immer ein gewisses Interesse an meinen Ermittlungen zeigten, den Großvater und Schwiegersohn meine Ermittlungen kaum noch zu interessieren schienen. Sie hielten sich auffallend fern. Das war beim Großvater unmittelbar nach Annes Verschwinden deutlich anders. Er schrieb an Fernsehsender, trat selbst vor die Kamera und suchte gemeinsam mit dem damals zukünftigen Schwiegersohn im Umfeld seines Wohngebietes. **Welche Gründe gab es für beide, nun bereits über einen sehr langen Zeitraum nur als „stiller Beobachter" alle Aktivitäten der Suche zu registrieren und mehr nicht?** Die Familie verheimlichte gegenüber der Polizei und mir den Aufenthalt der Mutter mit ihrem Freund am Tag des Verschwindens in M. Eine Zeugin hatte am 12. August 1994 zwischen 09:00 und 10:00 Uhr festgestellt, dass die Mutter und ihr Freund zu Fuß in Richtung Aufgang des Wohnblocks der Großeltern gingen. Noch interessanter war für mich, was andere Zeugen gesehen haben wollen. Sie sagten aus, dass sich die Mutter mit ihrem zukünftigen Mann an jenem Tag gegen 17:00 Uhr in M. vor den Wohnblöcken von der Großmutter verabschiedeten und mit einem roten PKW wegfuhren. Diese Zeugen wollen dann auch den Großvater gegen 17:15 Uhr mit seiner Enkelin aus dem Haus in Richtung Giebelseite des Wohnblocks gehend gesehen und das damals sogar der Polizei bei deren Befragungsaktion mitgeteilt haben.

Weitere Auffälligkeiten ergaben sich aus den Zeugenvernehmungen der Großeltern.

Die Großmutter konnte nur fünf Tage nach dem Verschwinden ihrer Enkelin keine genauen Uhrzeiten benennen. Sie erklärte, sich nicht mehr erinnern zu können, wie lange sie sich mit Anne am bewussten Tag, beim Einkauf und im Anschluss in der „Pommesbude" aufgehalten habe. Da aber auf dem Kassenzettel eine Uhrzeit von kurz nach 16:00 Uhr stand, war ihr Aufenthalt beim Einkauf zu dieser Zeit nachweislich beendet. Zum Aufenthalt im Imbiss berichtete sie, was ihre Enkelin gegessen und getrunken hatte. Weiterhin gab sie bei der Polizei an, dass sich die Inhaberin und noch eine Frau im Imbiss aufgehalten hätten, sie diese Frau aber nicht kennen würde. Wie lange sie dort gewesen seien, auch daran würde sie sich nicht erinnern können.

Da die Imbissinhaberin gegenüber der Polizei den Zeitpunkt des Verlassens des Gastraumes der beiden mit 16:55 Uhr angegeben hatte, räumte die Großmutter – mit dieser Aussage konfrontiert – dieses ein. **Konnte oder wollte sie sich nicht an genaue Uhrzeiten erinnern?**

Den Rückweg vom Imbiss beschrieb die Großmutter als den gleichen, den sie für den Hinweg nutzten. Nach ihren Beschreibungen erfolgte er von der Giebelseite, am Spielplatz und Kindergarten vorbei. Für den Rückweg will sie nach ihren Angaben ca. 15 Minuten benötigt haben. Die Aussage der

Imbissbesitzerin dazu war aber eine andere. Sie hatte bemerkt, dass die Großmutter und Anne den Rückweg in eine andere Richtung eingeschlagen hatten. Sie erinnerte sich daran, weil Anne ihr vom Nachhauseweg noch lange zugewinkt habe, was beim Rückweg, wie von der Großmutter beschrieben, so nicht möglich gewesen wäre.

Was aber wollte die Großmutter mit ihrer Aussage umgehen?

Eventuell die von Zeugen festgestellte Verabschiedung ihrer Tochter und deren Freund auf dem Parkplatz oder gab es noch andere Gründe?

Von der Imbissbesitzerin erfuhr ich aber noch Bedeutsameres zum Aufenthalt der Großmutter und Anne. Beide waren kurz nach 16:00 Uhr in ihrem Imbiss erschienen und hielten sich im hinteren Raum des Imbisses auf, in dem sich zu dieser Zeit, neben der von der Großmutter erwähnten Frau, auch noch drei männliche Personen befanden. Diese waren der Imbissbesitzerin namentlich bekannt.

Warum berichtete die Großmutter weder der Polizei noch mir von den drei Männern im Imbiss?

Sie zählten doch zu den wenigen Personen, die Anne noch kurz vor dem Verschwinden sahen und einen Kontakt zur Vermissten hatten. Nach Aussagen der Imbissbesitzerin war es zudem das erste Mal, dass sich die Großmutter mit ihrer Enkelin überhaupt so lange bei ihr im hinteren Raum aufgehalten hatte. In ihrer Zeugenvernehmung gab die Großmutter diesbezüglich nur an, sie sei dann noch „kurz" zur „Pommesbude" gegangen.

Würde man einen Aufenthalt von ca. 50 Minuten eigentlich noch mit „kurz" bezeichnen?

Das Verhalten der Großmutter gerade an diesem Tag und die dann von ihr dazu erfolgten Aussagen, die im Widerspruch zu Feststellungen von Zeugen stehen, warfen meine weiteren Fragen auf.

Gab es bestimmte Beweggründe für ihre Aussagen, wenn ja, welche?

Wusste sie, dass sich ihre Tochter und der zukünftige

Schwiegersohn zu dieser Zeit vielleicht in der Wohnung beim Großvater aufhielten?

War sie deshalb so lange mit ihrer Enkelin im Imbiss?

Sollte Anne vielleicht von der Begegnung Tochter, Freund und Großvater keine Kenntnis erhalten?

Viele, viele Fragen. Anne kam mit der Großmutter gegen 17:00 Uhr vom Imbiss zurück in die Wohnung.

War das vielleicht der Zeitpunkt, an dem sich die Oma ohne Anne von ihrer Tochter und deren Freund auf dem Parkplatz verabschiedete?

Warum hatte sich dann aber Anne nicht von den beiden verabschiedet?

Nachdem beide wieder in der Wohnung waren, sei Anne erst etwas später zum Spielen nach draußen gegangen, lautete die Aussage der Großmutter. Der Großvater hingegen gab aber in seiner Zeugenvernehmung an, seine Enkelin um 15:15 Uhr das letzte Mal gesehen zu haben.

Die Wohnung der Großeltern war aber nicht so groß, dass der Großvater, wenn er anwesend war, Anne in der Wohnung nicht bemerkt hätte.

Wie und warum kam der Großvater zu der Aussage 15:15 Uhr?

War er vielleicht am Nachmittag nach 15:15 Uhr bis zum Eintreffen seiner Tochter mit ihrem Freund, nicht zu Hause? Wo war er aber dann?

Wollte er das gemeinsame Verlassen des Hauses mit der Enkelin gegen 17:15 Uhr nicht erwähnen?

Wollte er den Aufenthalt von seiner Tochter und ihrem Freund in der Wohnung damit umgehen?

Wollte er das spätere gemeinsame Verlassen des Hauses mit der Enkelin verheimlichen? Eine Mitbewohnerin des Hauses will Anne nach 17:00 Uhr mit einem Jungen aus Richtung Kindergarten kommend, zum Spielplatz gehend, gesehen haben.

Hatte sie vielleicht zuvor den Großvater nur noch ein Stück begleitet und war dann erst zum Spielen auf den Spielplatz zurückgegangen?

Wohin begab sich der Großvater nach 17:00 Uhr? Hatte er sich vielleicht für später mit seiner Enkelin verabredet?
In seiner Vernehmung hatte er seine Garage unerwähnt gelassen und nur das Gartenhaus, das sich in der Nähe der Garage befand, mitgeteilt.
Verschwieg er vielleicht bewusst den Standort der Garage, um seinen PKW nicht ins Spiel zu bringen?
Hatte er sich nach 17:15 Uhr eventuell auf den Weg zur Garage begeben, um seinen PKW zu holen?
War möglicherweise noch eine Fahrt mit der Enkelin geplant? Hatte sie deshalb einen anderen Weg genommen, als es zu regnen begann?
Der Großvater hatte in seiner Vernehmung keine Angaben zu seinem Tagesablauf am 12.08. gemacht und nur durch seine Frau ein Alibi erhalten. Anne wurde bei Eintritt des Regens (18:00 Uhr) von den Großeltern in der Wohnung erwartet. Sie traf aber nicht ein. Bei der Polizei gaben die Großeltern an, erst gegen 20:00 Uhr unruhig geworden zu sein und: Sie hätten ihrer Enkelin auch keine Zeit vorgegeben, wann sie an diesem Tag nach Hause kommen sollte.
Das wurde vom Umfeld als ungewöhnlich eingeschätzt. Anne habe immer Vorgaben bekommen und sich auch immer abgemeldet, wenn sie woanders hingehen wollte.
War es Zufall, dass Anne gerade an diesem Tag keine Zeitvorgabe erhalten hatte?
Warum wollen die Großeltern erst gegen 20:00 Uhr unruhig geworden sein, obwohl sie ihre Enkelin kaum allein ließen und sie immer umsorgten?
Der Großvater hatte seine Tochter, Annes Mutter, über das „Vermisstsein" ihrer Tochter erst am Morgen des nächsten Tages benachrichtigt. Anzunehmen war aber, dass die Großeltern davon Kenntnis hatten, dass sich ihre Tochter bei ihrem Freund in N. aufhielt.
Warum rief der Großvater aber am nächsten Morgen erst im Ort, wo seine Tochter wohnte, bei der Wohnnachbarin an und danach in N.?
Warum nicht gleich der Anruf in N.?

***

Aber es gab weitere Dinge, die für mich bedeutsam waren. Da waren die Reaktionen der Angehörigen bezüglich der Arbeitsweise der Staatsanwaltschaft R. sowie der Kripo im Ermittlungsverfahren gegen F.. Auch sie waren von mir über all diese Dinge unterrichtet worden. Empörung war bei ihnen zu erkennen, mehr aber nicht. Eine eigene Strafanzeige gegen F., weil es ja neue Hinweise, neue Erkenntnisse auf einen möglichen Kontakt auch im Jahr 1994 zwischen Anne und F. gab, wäre eine zu erwartende Reaktion und für mich eine Hilfe gewesen. Das aber gab es von ihnen nicht. Selbst die Einschaltung der Medien oder ein Auftritt in der Öffentlichkeit unterblieb durch die Angehörigen. **Warum blieb all das aus?** **Warum hielten sie sich so zurück?** Annes Mutter war doch bereits zuvor in der Öffentlichkeit, in den Medien, was die Polizei betraf sehr kritisch aufgetreten. Im Verhalten der Angehörigen, insbesondere der Mutter, sah ich einen echten Widerspruch zwischen dem, wie sie sich nach außen hin darstellten und dem, wie sie in dieser konkreten Sache reagierten. Selbst der Großvater hatte damals der Polizei und später die Großeltern mir, den F. doch als möglichen Verdächtigen präsentiert. Eine von mir in Annes Sachen gefundene und beschriebene Seite konnte darauf hindeuten, dass sie vielleicht ein Tagebuch geführt hat. Es wurde aber von den Angehörigen nie über ein Tagebuch oder über den Versuch von ihr, ein solches zu führen, gesprochen. **Gab es wirklich kein Tagebuch oder wurde dessen Existenz verschwiegen?**

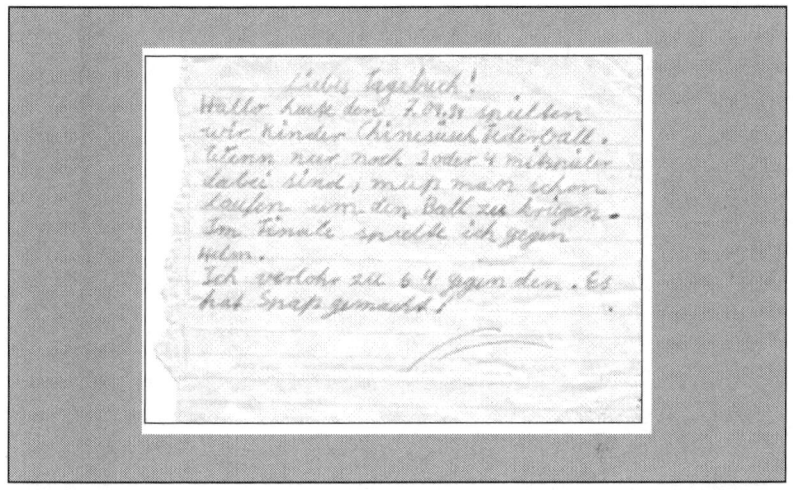

Da war auch noch die von ihr geschriebene Geschichte, mit dem „Wudobudotanz" eines Mannes, in der sie zum Großvater gelaufen war, der ihr erklärte, was der Mann gemacht hatte. **Warum berichteten die Großeltern nach dem Verschwinden Annes der Polizei nicht von so einer Geschichte? Hatte Anne das vielleicht allen Angehörigen verschwiegen? Gab es dafür vielleicht einen Grund?**
Ein ehemaliger Polizist, der in der ersten Phase in die Ermittlungen nach dem Verschwinden eingebunden war, berichtete mir, dass es damals eine Information gegeben habe, dass die Mutter und der Stiefvater Anne und die Großeltern nicht nach N. in das neue Haus haben wollten. **Führte der Hausbau vielleicht zu einem Konflikt in dem Anne eine Schlüsselrolle spielte? Welche Rolle spielten die Großeltern, die bereits finanzielle Dinge übernommen hatten, bei möglichen Entscheidungen, was die Enkelin und den Hausbau sowie den Zuzug in das neue Haus betraf?**
Mein Verdacht in Richtung Familie festigte sich bei all diesen Dingen und offenen Fragen zunehmend. Hinzu kam noch, dass Anne kaum von den Großeltern getrennt gewesen war. Sie wurde von ihnen sehr behütet. Es wurde von der Nachbarschaft als fast übertrieben gesehen. **Gab es vielleicht Gründe dafür?**

Anne sprach nie über familiäre Dinge. **War es ihr Wesen oder wurde es ihr von den Großeltern untersagt?**

Wenn ja, warum, wenn es nichts zu verheimlichen gab?

Das Umfeld beurteilte die Liebe des Großvaters zu Anne als sehr groß. Sie schien ihnen schon fast „zu groß". Das Verhältnis der Mutter zu ihrer Tochter war kein inniges Verhältnis. Es verband sie „Nichts" mit ihrer Tochter.

So wie sie sich als Mutter in den Medien darstellte, war sie nicht. Besonders zutage trat ihr starkes finanzielles Interesse. Zudem wurde sie als resolut und berechnend, geschäftstüchtig, clever, kraftvoll ins skrupellose gehend und als karriereüchtig eingeschätzt. Im Umfeld war bekannt, dass es häufig Spannungen zwischen der Mutter und der Großmutter gab. Die Medienauftritte der Mutter wurden als unehrlich betrachtet.

Waren ihre Medienauftritte Ausdruck dieser ihr nachgesagten Charaktereigenschaften oder verbarg sich dahinter etwas anderes?

Das Hauptinteresse Annes Mutter galt, selbst Tage und Wochen nach dem Verschwinden ihrer Tochter, vorrangig dem Hausbau. Hier hielt sie alle Fäden in der Hand und zog das Projekt „gnadenlos" durch. Dabei zeigte sie sogar kriminelle Energie und instrumentalisierte eine Standesbeamtin, die ihr eine gefälschte Heiratsurkunde ausstellte, um eine Genehmigung für Fördergelder zu erhalten. Sie übergab der Fördermittelstelle ein gefälschtes Dokument und machte sich der Beihilfe zu einer Urkundenfälschung schuldig.

Natürlich blieben auch die von ihr und ihrem damaligen Freund verheimlichten Aufenthalte am Tag des Verschwindens in M. nicht unbeachtet.

Betrachtet man den Bewegungsablauf beider an diesem Tag und wer ihnen für die relevanten Zeiten ein Alibi gab, so blieben Fragen offen.

War es Zufall, dass die Mutter des Freundes, genau für die Zeiten des festgestellten Aufenthaltes in M., beiden ein Alibi gab?

Gegenüber der Polizei gab sie an, dass beide gegen 10:00 Uhr in N. eintrafen. Den Aufenthalt beider bis 17:45 Uhr in der Wohnung der Mutter des Freundes bestätigte wieder nur dessen Mutter. Für die dann um 17:45 Uhr angetretene Fahrt zum Geburtstag des Arbeitskollegen benötigten sie eine Stunde und fünfzehn Minuten. Sie trafen dort erst gegen 19:00 Uhr ein. Die Fahrzeit war unrealistisch für die nur zu fahrende kurze Strecke zur Wohnung des Arbeitskollegen, der auch in N. wohnte.

Wo waren sie also in der Zeit bis 17:45 Uhr und dann in der Fahrzeit zum Arbeitskollegen bis 19:00 Uhr?

Es war die Zeit, in der Anne verschwand, und für diese Zeit hatten sie kein Alibi.

Zur Persönlichkeit des Freundes wurde bekannt, dass er als bedächtig und ruhig galt. Er habe immer mit seiner Mutter zusammengelebt und zuvor nie eine Frau oder Freundin gehabt. Sein Umfeld schätzte ihn als sehr kinderfreundlich ein. Es hieß, dass er Anne mochte, ein gutes Verhältnis zu ihr hatte und von ihr schwärmte. Selbst hätte er einmal erzählt, er sei mit ihr gut klargekommen. Beide seien auch in der Wohnung ihrer Mutter zusammen in der Badewanne gewesen.

Da klingelten natürlich „alle Alarmglocken" bei mir.

Hatte er vielleicht auch pädophile Neigungen?

Ich musste an das Weihnachtsvideo denken, in dem er die Kamera sehr intensiv nur auf Anne richtete. Als sie verschwunden war, so wurde berichtet, hatte er starke Betroffenheit gezeigt und sogar am Telefon bei der Absage der Einladung des Arbeitskollegen zur Hochzeit geweint.

***

Es gab viele offene Fragen, die auf eine Antwort warteten. Also sehr viel Ermittlungsbedarf in Richtung „engeren Umfeldes". Jedoch würde es ohne weitere Befragungen der Angehörigen in diesem Fall kein Gesamtbild geben. Die Aussagen des Umfeldes und der Angehörigen mussten kritisch hinterfragt und geprüft werden.

Warum?

Aussagen aus dem Umfeld konnten jemanden aus Gehässigkeit belasten, aus tiefem Leid, aus Rache oder aus verständlicher Frustration. Aussagen der Angehörigen konnten aber auch etwas verschweigen, nach dem Grundsatz: Schmutzige Wäsche wird nur zu Hause gewaschen. Da geht es dann vorrangig um den Schutz der Familie vor Gerede, Peinlichkeiten oder gar Abhängigkeiten. Aussagen von Angehörigen können daher nur selten ganz verlässlich sein. Meistens sind sie in irgendeiner Form gefärbt bzw. geprägt. Klar war, dass gezielte Ermittlungen zum engen Umfeld mit äußerster Präzision zu führen waren. Es galt keine Fehltritte zu begehen. Jeder Anlauf einer Quelle, jeder Kontakt zu einer Person aus ihrem Umfeld, jede Befragung eines Verwandten, würde eine Rückkopplung zu den Angehörigen haben. Das war unvermeidbar und einzukalkulieren. Positiv war dennoch, dass diese Rückkopplung zu den Angehörigen natürlich auch Reaktionen bei ihnen hervorrufen würden. Das bedeutete im Umkehrschluss bei Kontakten zu den Angehörigen, jede ihrer Reaktionen, jede Aussage unter Beachtung der zuvor genannten Tatsache zu erfassen, zu dokumentieren und zu analysieren.

Eine analytische Aufbereitung aller Informationen, Aktivitäten und Bewegungsabläufe der Angehörigen zum Tag des Verschwindens, ließen mich erkennen, dass dieser Tag ein recht bewegter gewesen sein musste. Unter Berücksichtigung kleiner Differenzen in den Zeitangaben, die nach Jahren durchaus natürlich erscheinen, waren die Bewegungsbilder schon in gewisser Weise stimmig. Da galt es anzuknüpfen.

Wer also war wann, mit welchem Fahrzeug und mit wem, wirklich wo?

Leichenfund

War für die Mutter eine häufige Fahrstrecke, die von ihrem Wohnort nach M. zu ihren Eltern, so kam sicher – nach dem Kennenlernen ihres Freundes 1993 und dem Vorhaben „Hausbau" – auch die Strecke nach N. dazu. Die Planungen für den Hausbau 1994, der Grundstückskauf sowie Bauabsprachen, aber auch die Vorbereitung der Hochzeit, alles rückte zu dieser Zeit näher.

Ich ging davon aus, dass Fahrten von M. nach N. spätestens Mitte 1994 an Intensität und Bedeutung zugenommen hatten. Die Zeugenfeststellungen, dass die Mutter und ihr Freund sich am 12. August 1994, dem Tag des Verschwindens, mehrmals im Wohngebiet in M. aufgehalten hatten, gleichfalls aber in N. gewesen sein sollen, ließen meine Vermutung zu, dass es an diesem Tag mehr als eine Fahrt mit einem PKW auf der Strecke M.-N. gegeben haben muss. Da sie selbst und auch die Großeltern ihre Aufenthalte bisher verschwiegen hatten, deutete vieles darauf hin, dass diese Strecke in einem möglichen Zusammenhang mit dem Verschwinden stehen konnte. In seiner Vernehmung gab der Großvater an, Anne letztmalig um 15:15 Uhr gesehen zu haben. Es gab aber die Aussage einer Zeugin, die ihn gemeinsam mit Anne gegen 17:15 Uhr aus dem Haus kommen und in Richtung Giebel gehen sah.

Auch das ließ vieles offen und war für mich der Anlass, hier nach einem möglichen Zusammenhang zu suchen. Nach all den Fakten, Hinweisen und anderen Informationen zu den Familienangehörigen, kam ich nicht umhin, verschiedene Versionen aufzustellen und von Annahmen auszugehen, was sich möglicherweise am Nachmittag bzw. frühen Abend des 12. August zugetragen haben konnte. Von mehreren Annahmen favorisierte ich folgende:

War es vielleicht so, dass sich die Mutter und ihr Freund am 12. August am Nachmittag mit dem PKW auf den Weg von N. nach M. begaben, dort gegen 16:00 Uhr eintrafen, um vielleicht ein ernsthaftes Problem mit dem Großvater erneut zu klären oder zu besprechen und die Großmutter deshalb so lange mit Anne im Imbiss verweilte?

Wenn das Problem zwischen Großvater, Tochter und Freund aber nicht einvernehmlich mit dem Großvater geklärt werden konnte, verabschiedete sich die Großmutter darum gegen 17:00 Uhr allein von ihrer Tochter und dem Freund auf dem Parkplatz, weil Anne vielleicht mit ihrer Mutter und deren Freund zerstritten war und sich daher nicht von diesem verabschiedet hat?

Bei dem zu klärenden Problem könnte es sogar um Anne oder deren Entscheidung in Zusammenhang mit den kommenden Veränderungen in der Familie gegangen sein. Vielleicht hatte sich daraufhin der Großvater, der kurz danach gemeinsam mit Anne das Haus verließ, entschlossen, mit ihr wegzufahren; vielleicht in Richtung N. oder anderswohin?

Dann hätte er aber zunächst sein Auto aus der Garage holen müssen, während seine Enkelin bis dahin auf dem Spielplatz verweilte, bis er sie später vor dem Haus oder in dessen Nähe mit dem PKW abholte. Beide konnten sich gegen 18:00 Uhr auf den Weg gemacht haben.

Vielleicht wollten sich beide auf halber Strecke auch noch einmal mit seiner Tochter bzw. ihrer Mutter und deren Freund treffen, um etwas klarzustellen und Anne entscheiden zu lassen?

Es kann aber auch andere Gründe gegeben haben für die Fahrt des Großvaters mit Anne.

Bereits schon unterwegs oder während des Treffens mit den anderen, kann es zu einem Streit gekommen sein. Durch irgendeine Handlung des Großvaters oder der Mutter bzw. des Freundes oder auch Annes, könnte die Situation eskaliert haben lassen und sie dabei getötet worden sein. Auch einen Unfall mit tödlichem Ausgang wollte ich nicht ausschließen.

Die Großmutter hatte ihrem Mann ein Alibi für die Zeit seines Fernbleibens gegeben. Das würde auch die für die Nachbarn nicht nachvollziehbare Aussage der Großeltern, ihrer Enkelin genau an diesem Tag keine Zeitvorgaben gemacht zu haben und erst gegen 19:30 Uhr unruhig geworden zu sein, weil sie noch nicht erschienen war, erklären.

Annes Mutter und ihr Freund erhielten für diese Zeit von dessen Mutter ein Alibi für den Nachmittag des bewussten Tages. Beide waren, obwohl sie sich nach Aussage der Mutter des Freundes um 17:45 Uhr zum Arbeitskollegen begeben haben sollen, erst gegen 19:00 Uhr zur Geburtstagsfeier dort einge-troffen.

Nachbarn hatten ausgesagt, dass Annes Großmutter gegen 19:30 Uhr vor dem Wohnblock gestanden, zum Balkon hochgeschaut und gefragt habe: „Wo bleiben „die" denn?"

Das hatte sie möglicherweise zu ihrer pflegebedürftigen Schwester gesagt, die auf dem Balkon gestanden hatte. Mit „die" konnte sie ihren Mann und Anne gemeint haben. Vielleicht war die Großmutter unruhig geworden, weil sie ihren Mann und Anne schon lange zurückerwartete.

Der Großvater war erst kurz nach 20:00 Uhr erstmalig von anderen Zeugen gesehen worden. Er selbst will F. gesehen haben, als dieser am Abend gegen 20:25 Uhr zu seinem Fahrzeug ging und das Wohngebiet verließ. Vielleicht war der Großvater zu diesem Zeitpunkt erst von der Garage, wo er sein Fahr-zeug wieder abgestellt hatte, zu Fuß zurück. Der Fußweg betrug ca. 2,4 Ki-lometer. Seine Garage verschwieg er gegenüber der Polizei, um seinen PKW wegen möglicher Spuren nicht ins Spiel zu bringen.

Natürlich war es eine kühne Annahme, die noch Lücken auf-
wies. Sollte Anne aber in dieser oder einer ähnlichen Situation getötet worden sein, so war die „Entsorgung" ihrer Leiche
aufgrund des eng verbliebenen Zeitrahmens eigentlich nur auf
der Strecke von M. nach N. möglich.
Als ich diese Strecke auf einer Karte markieren wollte, deutete
sich ein Problem an, denn
„Viele Wege führen nach Rom", tönt es aus dem Volksmund.
Das war in diesem Fall so.
**Woher sollte ich wissen, welche Fahrstrecke von welchem
Angehörigen bevorzugt genutzt wurde. Welche Strecke
sollte ich auswählen?**
Mir kam noch ein anderer Gedanke: Wenn ich von der Annahme ausginge, dass ein Familienmitglied in Zusammenhang mit dem Verschwinden des Kindes in Verbindung stand,
konnte doch die Möglichkeit bestehen, dass sich der Täter
oder auch ein Mitwisser vielleicht jemandem anvertraut.
Kaum einer handelt und agiert in einer solchen Situation völlig eigenständig, ohne dass es ein anderer aus seinem engen
Umfeld weiß oder zumindest ahnt. Ein Mittäter oder Mitwisser konnte nur aus der Familie kommen.
**Diese Person oder den „geistigen Komplizen" finden und
ihn dazu zu bringen, Wissen preiszugeben, würde das auch
in diesem Fall möglich sein?**
War der Schwachpunkt vielleicht die Großmutter?
**Aber wer verrät schon den eigenen Mann, die eigene Frau,
den Schwiegersohn, die eigene Tochter?**
Es macht sich niemand strafbar, der einen engen Verwandten
nicht anzeigt!
Es gab in der Vergangenheit Fälle, bei denen Menschen ihr
Wissen jahrzehntelang mit sich herumtrugen, um sich aus
den unterschiedlichsten Gründen dann doch irgendwann zu
offenbaren. Oft nach dem Tod des Täters oder weil sich die
Lebenslage anderweitig geändert hatte. In vielen Fällen aber
ist es tatsächlich das späte schlechte Gewissen, warum jemand
nach langer Zeit sein Schweigen bricht. Diese Erkenntnis ließ
mich hoffen, aber sie befriedigte mich nicht.

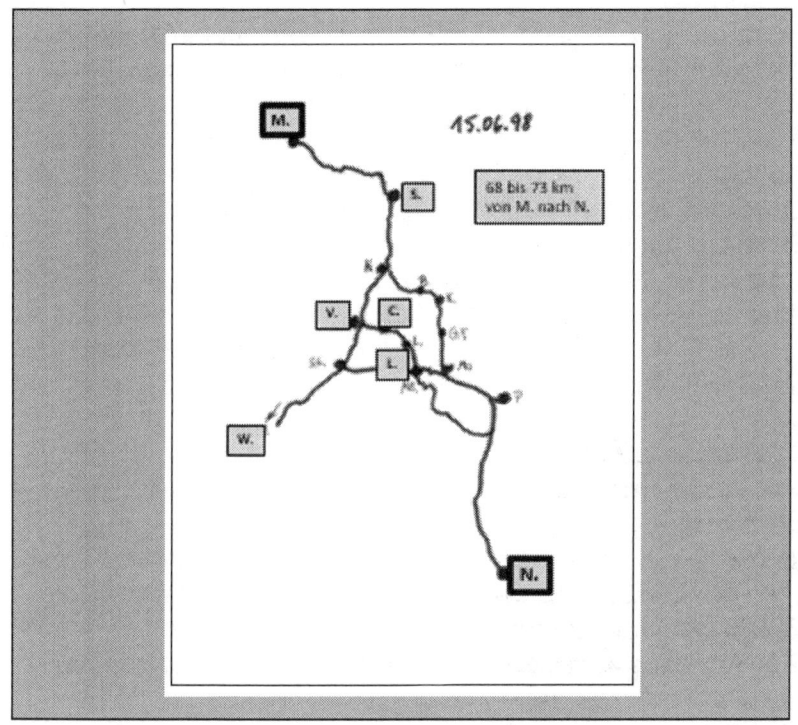

Die Strecke M.–N. ließ mich seit meiner favorisierten Annahme nicht mehr los.

Anfang Juni 1998 versuchte ich herauszufinden, welche Fahrstrecken die effektivsten und kürzesten sein konnten. Ich entschied mich am Ende für eine Wegstrecke. Es war die kürzeste und die am wenigsten befahrene Strecke. An dieser oder in unmittelbarer Nähe, würde es vielleicht noch Spuren geben oder aber es ließen sich noch Hinweise von Anwohnern oder Personen, die diese Strecke häufiger oder sogar täglich fahren würden, erarbeiten, die im Zusammenhang mit dem Verschwinden des Kindes stehen konnten. Ich ging mit einer gewissen Überzeugung davon aus, dass sich auf der Strecke durchaus etwas abgespielt haben konnte.

Gab es doch gerade im August 1994, zum Zeitpunkt des Verschwindens, in der Familie „vieles" mit einem Bezug zu N. Da war, der neue Freund und zukünftige Stiefvater, der aus N.

kam und nun in das gewohnte Leben der Großeltern und das Annes trat. Da war das Projekt Hausbau in N., das Entscheidungen in der Familie mit sich brachte. Erste Planungen zum Hausbau waren zu treffen.

Da war die bevorstehende Hochzeit der Mutter, die in N. geplant war, die mit möglichen neuen Strukturen in der Familie, auch Anne betreffend, verbunden war. Da war der mögliche zukünftige Umzug der Großeltern nach N. und das bevorstehende Verlassen ihres gewohnten Umfeldes in M. Das alles ließ erkennen, dass es sehr intensive Bezüge, und damit verbunden sicher häufige Fahrten von Familienangehörigen zwischen den Orten M. und N. im Jahr 1994 gab.

Die Möglichkeit bestand, dass auf diesen Fahrten Konflikte unter Familienangehörigen eskalierten oder während solcher „Problemlösungen" gesucht oder sogar gefunden wurden.

Viele kleine Ortschaften, die auf der favorisierten Wegstrecke lagen, waren mir bekannt. Aber noch nie hatte ich diese Strecken, die Umgebung und auch vorhandene Besonderheiten, unter dem Aspekt der Verbringung oder Entsorgung einer Leiche betrachtet. Ich entschloss mich, das zu ändern.

Soweit es andere Aufträge und meine Zeit zuließen, begann ich, die Strecke Stück für Stück abzufahren und nach bestimmten Kriterien abzusuchen. Ich wusste, dass es kaum dazu führen würde, wirklich eine Spur von der Vermissten zu entdecken. Eines wusste ich aber genau: Wenn ich es nicht tun würde, dann würde ich immer wieder daran denken und mir vielleicht Vorwürfe machen müssen, es nicht getan zu haben. Selbst wenn ich keinen Hinweis finden würde, so konnte ich durch diese „Aufklärungsfahrten" meinen Blick in diese Richtung erweitern.

Meine Fahrten begannen immer von M. aus. Dafür gab es einen ganz konkreten Grund. Ich konnte die Fahrzeiten genau dokumentieren, aber auch die landschaftliche Umgebung, die Verkehrsdichte und die bewohnten Bereiche an den Strecken genauer registrieren. Dabei versuchte ich, mich in die Lage des „Täters" zu versetzen.

Wollte er mit seinem PKW unentdeckt bleiben?

Wo kann man ein Kind verstecken, übergeben oder eine Kinderleiche ablegen?
Wie viel Zeit würde er benötigen, um dann von diesem Ort wieder nach M. oder nach N. zu fahren?
Diese und noch viele andere Fragen gingen mir bei meinen „Aufklärungsfahrten" durch den Kopf. Häufig hielt ich an, stoppte meine Zeitmessung und bewegte mich zu Fuß, um an der Fahrstrecke intensiver Trafohäuschen, leerstehende Häuser an Ortsrändern oder alleinstehende Gebäude näher in Augenschein zu nehmen. Auch Streifzüge abseits eines Waldweges waren darunter. Ich erklomm einige Jagdhochstände und kontrollierte diese. Der kräftige Bewuchs der Felder versteckte natürlich so manche Erderhebung, manchen Tümpel oder zerfallenen Viehstall. An den Straßenrändern war das Gras hochgewachsen. Es war kaum festzustellen, ob es dort einen Graben gab und wie tief dieser war. Verkehrsschilder am Straßenrand schienen fast in der Höhe des Grasbewuchses zu verschwinden.

***

Am 22. Juli 1998 las ich nach einigen Monaten wieder etwas zu dem Fall in der Regionalpresse. Die wenige Zeilen verrieten mir, dass die Ermittlungsbehörde wohl doch noch nicht ganz die „Vermisstenakte" beiseitegelegt hatte. Es hieß, dass die Polizei nunmehr auch eine Spur nach Holland prüfe. Bei näherer Betrachtung war klar, eine konkrete Spur nach Holland wurde nicht geprüft. Es gab nur einen Grund und das war das Auffliegen der Kinderpornobande in Holland. Hier hatte das BKA und LKA angewiesen, sämtliche Fälle von vermissten Kindern in dieser Richtung zu überprüfen. Mehr war nicht, und schon gar nicht im Fall Anne.
Es war eine „Beruhigungspille" für die Öffentlichkeit, um zu zeigen, da tut sich noch was. Zwei Tage später erschien ein erneuter Artikel, in dem zu lesen war: »Ermittlungen zu Anne;

Kripoarbeitsgruppe recherchiert wieder.« Es gab also doch noch eine Arbeitsgruppe. Diese überprüfte, ob Annes Verschwinden in einem Zusammenhang mit dem mutmaßlichen Kindermörder Ronny Riecken stünde. Schwerpunkt dieser Recherche sei es, das Bewegungsprofil dieses mutmaßlichen Kindermörders dahingehend zu prüfen, wo genau er sich am 12. August 1994 aufgehalten hatte.

Also wieder nur eine Standardmaßnahme, wie sie in einem „Vermisstenfall" üblich war. Eine ernsthafte Ermittlung oder eine Maßnahme, um aktiv das Schicksal der Vermissten aufzuklären, war es nicht. Dass das alles nicht so ernst zu nehmen war, wurde im letzten Satz, in der Aussage des Pressesprechers der Polizeidirektion deutlich: „Wir stehen aber nicht an erster Stelle des Fragenkatalogs, es gibt noch Dutzende andere ungeklärte Fälle, die jetzt überprüft werden".

Am 7. August 1998 war in einer Regionalzeitung zu lesen: »Erstelltes Bewegungsbild bringt nichts Neues.«

Dass es sich hier um einen Artikel zur vermissten Anne handelte, war von der Schlagzeile her nicht zu erkennen. Nur ihr kleines Foto, das abgebildet war, machte darauf aufmerksam.

Die ersten Zeilen brachten mir Aufschluss, denn da hieß es doch tatsächlich:

Die Geschichte ist heute noch genauso verworren, beängstigend und undurchschaubar wie vor fast genau vier Jahren, und dass das Ergebnis der bisherigen Ermittlungen selbst den Leiter des damaligen Einsatzstabes der Polizei, das Eingeständnis abgerungen hatte, so etwas in seiner langen Dienstzeit noch nicht erlebt zu haben. Weiter hieß es, dass die Polizeibeamten, egal ob beim gefassten Kindermörder Duitroix in Belgien, den Vorkommnissen in der holländischen Kinderpornoszene oder dem jetzt in Untersuchungshaft sitzenden dreifachen Familienvater Rieken aus Niedersachsen, dem die Vergewaltigung und der Mord an zwei Mädchen zum Vorwurf gemacht werde, immer prüfen würden, ob es einen Zusammenhang zum Fall Anne geben würde. Der Chef der Kriminalpolizei hatte gegenüber der Presse erklärt, dass alle Daten der Vermisstensache an die niedersächsischen Kollegen für die Erstellung eines sogenannten Bewegungsbildes übermittelt worden seien, um zu prüfen was Rieken wo getan habe, als Anne verschwand? Er wurde mit den Worten zitiert: „Wenn es da Zusammenhänge geben würde, hätten die sich längst gemeldet".

Im nächsten Abschnitt hieß es, dass die Vermisstensache im Bereich der Polizeidirektion der einzige Fall sei, bei dem ein starker „Verbrechensverdacht" bestehe. In keinem Fall sei der Verdacht auf ein verübtes Verbrechen, sei es nun Mord oder Entführung, so stark wie in diesem Fall in M..

Wenn genau diese Einschätzung so in der Öffentlichkeit kommunizierte, dann stellte sich für mich aber ernsthaft eine Frage.

Warum gab es im Fall seit Jahren keine eigene Soko, sondern nur eine Arbeitsgruppe, die nur hin und wieder bei neuen Vorkommnissen zusammenkommt, um einen Zusammenhang mit dem Fall zu prüfen?

Beim Lesen eines weiteren Abschnittes wurde mir unwohl. Da hieß es:»Die Mutter habe in ihrer Verzweiflung seinerzeit einen Privatdetektiv eingeschaltet, der vollmundig die Aufklärung des Falles versprach und gleichzeitig Vorwürfe gegen die Ermittlungstätigkeit der Polizei erhob. Aber auch dessen Versprechen sind bisher nicht eingelöst worden«.

So etwas lesen zu müssen, war schon „bitter" für mich. Aber als ich nach der ersten „Schockwelle" die Sache einmal selbstkritisch betrachtete, musste ich eingestehen, dass ich mit meinen Äußerungen gegenüber den Medien meinen Anteil dazu beigetragen hatte. Nicht unbeteiligt an der Meinung dieses Journalisten, waren mit Sicherheit die zurückliegenden noch krasseren Aussagen und Auftritte meiner Auftraggeberin in den Medien. Hilfreich für den Fortgang in Sachen Aufklärung war diese Veröffentlichung jedenfalls mal wieder nicht.

Aber Fehler müssen erst einmal gemacht werden, um aus ihnen lernen zu können. Das Spannungsfeld zwischen Ermittlungsbehörde und meiner Person, hatte sich bisher nicht wesentlich entkrampft. Ich erwartete es auch nicht für die Zukunft. So galt es für mich, mit dieser Situation so gut wie möglich umzugehen. Dennoch ärgerte ich mich maßlos über diese

Darstellung. **Wie würden mich nun die Personen betrachten, mit denen ich noch sprechen würde?**
Immerhin stand vor ihnen einer, der etwas „vollmundig versprochen" aber bis jetzt sein Versprechen nicht gehalten hatte.
Würde man mich nun auch so abstempeln?
Immer wieder kamen Tage, an denen mich diese Gedanken quälten.

***

Es war der 12. August 1998, der Tag, an dem Anne vor genau vier Jahren verschwand. Eine der ersten Handlungen an diesem Tag war der Blick in die Regionalpresse. Ein kleiner Bericht war veröffentlicht. Er war das Ergebnis aus einem Gespräch, das ich im Vorfeld mit dem Journalisten geführt hatte. Die Überschrift: ‚Noch immer keine Spur von Anne' Eine solche Schlagzeile war nicht dazu angetan, die Neugier der Leser wirklich zu wecken. Meine Enttäuschung wich aber sofort, als ich den ersten Satz las. Da hieß es: »Noch nicht aufgegeben hat der Privatermittler Günter Rohwedel die Hoffnung, den Fall des vermissten Mädchens aufzuklären.«
Der Journalist hatte sich an unsere Absprache gehalten. Ich wollte dieses „vollmundige" aus dem letzten Bericht etwas entschärfen, aber mit der Veröffentlichung weiterhin und genau an diesen Tag den oder die Täter verunsichern. Es folgte eine Ankündigung.
Zu lesen war: »Noch in diesem Jahr will Rohwedel eine Dokumentensammlung übergeben, mit der möglicherweise ein Ermittlungsverfahren gegen einen Verdächtigen eingeleitet werden kann, der mit dem Verschwinden zu tun haben soll, kündigte der Privatdetektiv gestern an.«
Eine wörtliche Aussage von mir war zitiert worden: „Ich arbeite weiter zielstrebig an dem Fall und merke immer wieder, dass das Interesse der Bürger von M. vorhanden ist, mitzuhelfen, die Sache aufzuklären".

War es auf der einen Seite die Verunsicherung des Täters, um mögliche Reaktionen aus dem Kreis der Verdächtigen zu erhalten, so sollte diese Veröffentlichung auf der anderen Seite die Bürger weiter zur Mithilfe motivieren. Die Polizei unterdessen gab der Öffentlichkeit bekannt, dass ein Zusammenhang des Falles mit dem Kindermörder Rieken noch nicht endgültig ausgeschlossen werde. Das Bewegungsbild würde immer noch erstellt und ein endgütiges Ergebnis liege daher noch nicht vor.

Das war nach vier Jahren wirklich nicht mehr viel, was da vonseiten der Ermittlungsbehörde im Annes Fall kam.

***

Am 20. August 1998 klingelte das Handy. Die Imbissinhaberin rief an und teilte mir aufgeregt mit, dass ihr vor wenigen Minuten ein Kunde erzählt habe, in der Nähe der Ortschaft W. eine Kinderleiche entdeckt worden sei. Weitere Einzelheiten habe ihr Kunde nicht berichten können. Es würde bereits gemunkelt, dass es die seit vier Jahren vermisste Anne sein könne. Genaues wisse man aber nicht.

Das war eine Nachricht, die mich bis zum nächsten Tag nicht losließ und mich sogar um meinen eigentlich festen Schlaf brachte. Am nächsten Tag saß ich, die Gedanken immer noch beim gestrigen Anruf, im Büro und war irgendwie blockiert. Ich begann zu überlegen, wie ich an weitere Informationen hinsichtlich des Leichenfundes gelangen konnte. Zunächst dachte ich darüber nach, ob es in den letzten Jahren in Mecklenburg überhaupt vermisste Kinder gab. Aber außer Anne war mir kein Kind bekannt.

Vielleicht war es aber auch nur wieder ein Gerücht, das in die Welt gesetzt worden war?
Nur dieser Gedanke beruhigte mich wahrlich nicht.
Sollte ich vielleicht meine Auftraggeberin anrufen?
Vielleicht hatten die Angehörigen schon etwas erfahren?

Ich musste ja nicht konkret die Frage danach stellen, sondern einfach nur telefonischen Kontakt aufnehmen und dann sehen, was passiert. Ohne lange zu überlegen, griff ich zum Telefon und wählte die Nummer der Großeltern. Es meldete sich die Großmutter. Ihre Stimme klang wie immer. Es schien so, als hätte die Nachricht vom Fund einer Kinderleiche weder die Stadt N. noch die Angehörigen erreicht. Als Vorwand für meinen Anruf wählte ich einen Termin für einen weiteren Besuch vereinbaren zu wollen. Im Gespräch mit der Großmutter erfuhr ich, dass sich Annes Mutter in München aufhielt. Sie sei zu einer dreitägigen Schulung einer Kosmetikfirma gefahren. Diese wäre vom 21. bis zum 23. August und sie würde frühestens am 24. August wieder zurückerwartet.

Es waren vielleicht zehn oder fünfzehn Minuten vergangen, als ich erneut zum Telefonhörer griff und im Imbiss anrief. Aber auch dort gab es keine neuen Informationen. Mein weiterer Gedanke war, die Kripobeamten anzurufen, aber diesen verwarf ich zunächst.

Am 24. August, dem 4. Tag, nach dem ich vom Leichenfund gehört hatte, aber bisher keine weiteren Informationen dazu erhielt, wurde es für mich unerträglich.

Ich rief beim KHK T. an, berichtete ihm von dem Gerücht, das ich in M. gehört hatte und stellte die Frage, ob es der Tatsache entspreche, dass man in der Nähe von W. eine Kinderleiche gefunden habe.

Zu meiner großen Überraschung bestätigte er es, wies aber zugleich darauf hin, dass es noch nicht eindeutig sei, ob es sich dabei um die Leiche der seit vier Jahren Vermissten handeln würde. Er bat mich, über den Leichenfund mit keiner Person zu sprechen. Eigentlich war da für mich klar, dass es sich um die Leiche der kleinen Anne handeln musste. Allein wie der KHK T. mir diesen Leichenfund bestätigte und wie er darum bat, dieses zunächst für mich zu behalten, das war nicht der KHK, den ich bisher aus Telefonaten oder von Kontakten her kannte. Dass mich diese Auskunft nunmehr aber beruhigte, konnte ich nicht sagen.

Würde der Leichenfund mehr Klarheit bringen und viel-

leicht über das Schicksal der Anne Auskunft geben? Würde der Leichenfund eine konkrete Verdachtsrichtung aufzeigen?

Was würde wohl nun alles passieren?

TEIL 6
Es ist Mord
Schreckliche Gewissheit

Der 27. August 1998 war ein Donnerstag, den ich nie vergessen werde. Ich hatte Annes Mutter an diesem Tag auf 16:00 Uhr in mein Büro bestellt, um sie zur Sache mit der gefälschten Heiratsurkunde zu befragen. Gegen 15:25 Uhr klingelte das Telefon.

KHK T. berichtete, dass er bereits in N. angerufen und man ihm dort mitgeteilt habe, dass Annes Mutter auf den Weg zu mir sei. Er bat darum, ihr bei Eintreffen mitzuteilen, sie möge umgehend die Dienststelle der Kripo aufsuchen. Er erwarte sie dringend. Dann informierte er mich darüber, dass es sich bei der im Landkreis W. aufgefundenen Kinderleiche, um die vermisste Anne handele. Dieses wolle man der Mutter nun offiziell mitteilen und bat sie daher, auf der Dienststelle persönlich zu erscheinen. Ich schaute auf die Uhr. Es verblieben nur noch wenige Minuten. Dann würde meine Auftraggeberin im Büro stehen.

Wie sollte ich mich verhalten?

Sollte ich ihr die Zusammenhänge mit dem Anruf des KHK mitteilen oder würde sie bei der Übermittlung der Nachricht umgehend die Dienststelle der Kripo aufzusuchen, ahnend, welche „Botschaft" sie dort erwarten würde?

Dann war es so weit. Es klopfte an der Tür und Annes Mutter betrat das Büro. Nach einer kurzen Begrüßung informierte ich sie sofort über den Anruf des KHK T. und dessen Ansinnen. Dieses hatte ich in einer sehr ernsten Form übermittelt, die auf keinen Fall eine gute Nachricht vermuten ließ.

Als habe sie das nicht richtig wahrgenommen oder aber bewusst zur Seite geschoben, erwiderte sie, erst mit mir über die Sache mit der Heiratsurkunde sprechen zu müssen. Nochmals machte ich ihr deutlich, dass mir der Anruf sehr wichtig schien und sie sich nun sofort zur Dienststelle der Kripo begeben möge. Aber auch das half nicht. Sie setzte sich auf einen

Stuhl vor meinem Schreibtisch und erzählte mir, dass sie die Standesbeamtin überredet habe, eine Heiratsurkunde mit einem falschen Heiratsdatum anzufertigen. Da habe sie einen großen Fehler gemacht und bäte darum, der Standesbeamtin keine Schwierigkeiten zu machen. Sie sei die Anstifterin für diese Urkundenfälschung, Täterin bliebe aber dennoch die Standesbeamtin. Das machte ich ihr in einem Satz klar, ließ aber offen, was mit der Standesbeamtin erfolgen könnte oder würde. Nach dem Telefonat mit dem KHK, hatte ich nicht die Absicht, mich in dieser Situation mit meiner Auftraggeberin auf längere Gespräche oder Diskussionen einzulassen. Sie hätte sich schon lange auf den Weg zur Kripo machen sollen. Ihr Verhalten, nach der Übermittlung der Nachricht, umgehend bei der Kripo zu erscheinen, war für mich nicht nachzuvollziehen.

Eine Mutter, die seit Jahren ihr Kind vermisst, würde doch bei einer solchen Aufforderung durch die Polizei alles andere vergessen und sich ohne langes Zögern dorthin begeben. **Warum war es aber bei ihr anders?**

War es vielleicht die Angst, nun doch etwas Schreckliches erfahren zu müssen und alle bisherigen Hoffnungen hinter sich zu lassen?

Wollte sie diese Gewissheit so lange wie möglich verdrängen?

Noch einmal, nun energischer forderte ich sie auf, sich zur Kripo zu begeben. Ich bot an, sie mit meinem PKW hinzufahren. Spätestens da hätte sie ahnen müssen, dass da mehr sein musste, als nur ein Gespräch mit dem KHK. Mein Angebot lehnte sie zwar ab, schien aber zu merken, dass ich mich auf kein weiteres Gespräch einlassen würde. Nur so konnte ich sie letztendlich

zwingen, sich auf den Weg zur Kripo zu begeben.

Als sie das Büro verlassen hatte, war mir klar, dass was nun passieren würde, sollte und durfte ich nicht ganz aus den Augen verlieren.

Was würde diese schreckliche Nachricht bei den Angehörigen auslösen?

Welche Reaktionen würde jeder Familienangehörige zeigen?

Angesichts der Informationen, die bereits zu den Angehörigen vorlagen und der nun eingetretenen Situation, waren das für mich äußerst interessante Fragen.

Wie aber hierzu Feststellungen treffen?

Kurz entschlossen fuhr ich nach N. Auf der Fahrt dorthin malte ich mir aus, was wohl alles passiert, wenn Annes Mutter ihren Eltern die Nachricht über das Auffinden der Leiche ihrer Tochter überbringt. Auch für mich würde es keine angenehme Situation werden.

Ganz überrascht empfingen mich die Großeltern, da sie der Annahme waren, dass ihre Tochter zu mir ins Büro nach N. gefahren war. Ich teilte ihnen mit, dass sie durch den KHK T. dringendst zur Dienstelle gebeten worden war. Mein Erscheinen begründete ich damit, bei Rückkehr ihrer Tochter auch erfahren zu wollen, welche neuen Hinweise es vonseiten der Kripo zur vermissten Enkelin geben würde. Die Zeit bis zum Eintreffen meiner Auftraggeberin schien unendlich lang. So richtig wollte auch ein Gespräch mit den Großeltern nicht in Gang kommen. Alles wartete auf Annes Mutter und jeder hing seinen Gedanken nach. Eine kaum zu beschreibende Atmosphäre.

Die Großmutter hörte die ersten Geräusche auf der Treppe, die in die obere Etage zur Wohnung der Großeltern führte, in der wir uns aufhielten. Dann stand ihre Tochter in der Tür. Ihr Gesicht schien blass. Auch ihr starkes Makeup konnte diese Blässe nicht verbergen. Sie sah nicht zu ihren Eltern, sondern schien zunächst nur mich wahrgenommen zu haben. Erst erschrocken, dann verwundert und mit einem ernsten, durchdringenden Blick, schaute sie mich an. Immer wieder, auch heute noch, klingen ihre ersten Worte in meinen Ohren. In einem fordernden Ton, der kaum einen Widerspruch zuließ, sagte sie:

„Herr Rohwedel, verlassen Sie bitte die Wohnung."

Alles hatte ich erwartet, und auf vieles war ich vorbereitet, nur nicht auf eine solche Reaktion. Ich war sprachlos und konnte nicht fassen, was ich gerade gehört hatte. Bereits im Begriff, dieser Bitte nachzukommen, wollte ich mich aus dem Sessel erheben. Doch die Großmutter bestand darauf, dass ich bleibe. Für einen kurzen Moment war bitteres Schweigen im Raum. Erst dann schaute meine Auftraggeberin zu ihren Eltern. Ihr Gesicht war fahl und ausdruckslos. Tränen habe ich vergebens gesucht. Etwas gedämpft, aber so, dass es alle hören konnten sagte sie: „Man hat Anne gefunden. Anne ist tot. Sie wurde in einem Schacht auf der Strecke zwischen C. und L. gefunden". Dann ging sie auf ihre Mutter zu. Beide umarmten sich und brachen nun in Tränen aus.

Der Großvater versuchte krampfhaft, seine Tränen zu verdrängen, doch die feuchten Augen verrieten ihn. So richtig wohl fühlte ich mich in dieser Situation nicht. Nachdem die Großmutter sich etwas gefangen und mit einem Taschentuch die Tränen aus ihrem Gesicht gewischt hatte, stellte sie etwas stockend die Frage, wo das denn eigentlich sei. Sofort, und das überraschte mich ein wenig, antwortete der Großvater, der gerade dabei war, die Wohnstube in Richtung Küche zu verlassen, mit den Worten: „Es liegt an der Kreisgrenze W. bei V.". Dann verschwand er in der Küche.

Alle anderen folgten ihm etwas später. In der Küche saß auf einer Eckbank die pflegebedürftige Schwester der Großmutter. Sie hatte von dort mithören können, welche Nachricht Annes Mutter überbracht hatte und zitterte bereits am ganzen Körper. Ihr Zittern wurde immer heftiger. Doch keiner der Angehörigen schien es bemerkt zu haben. So ergriff ich ihre Hand, hielt sie längere Zeit und spürte, wie sie sich langsam beruhigte. Erst als sich ihr Zustand etwas normalisiert hatte, ließ ich ihre Hand behutsam los. Die Großmutter stand in der Küche und weinte vor sich hin. Ein Taschentuch verdeckte dabei den größten Teil ihres Gesichtes. Sie schien am Boden zerstört. Der Großvater lief zwischen Küche und Wohnstube hin und her. Nach ungefähr einer Viertelstunde verabschiedete ich mich leise, bot zuvor aber weiterhin meine Hilfe an. Nun wollte ich sie mit ihrer Trauer allein lassen.

Auf der Fahrt zurück ins Büro dachte ich über das gerade Erlebte noch einmal nach. Einordnen konnte ich die Erstreaktion meiner Auftraggeberin nicht.

War das normal?

Verbarg sich da was hinter dieser für mich ungewöhnlichen Reaktion?

Hätte sie nicht froh sein müssen, dass in diesem Moment jemand da war, der an ihrer Seite war, als sie diese Nachricht ihren Eltern mitteilen musste?

Eine Erklärung oder Antwort auf diese Frage fand ich später und auch bis heute nie.

Was war meine Auftraggeberin, die Mutter des Opfers nur für eine Frau?

War es ihre starke Persönlichkeit, die fehlende Nähe, die nicht vorhandene Bindung zu ihrer Tochter, die ihr Verhalten bestimmte?

Mir kam die Aussage zum Fundort der Leiche noch einmal ins Gedächtnis. Da war die Rede von C. und L. Diese Dörfer sagten mir etwas. Es waren Ortschaften, die sich auf der von mir knapp zwei Monate zuvor herausgearbeiteten Wegstrecke befanden, auf der ich mehrere Tage nach Versteckmöglichkeiten, nach Spuren im Zusammenhang mit dem Verschwinden gesucht hatte. Also lag ich mit meinen Ermittlungen, meiner Annahme ja nicht einmal so verkehrt. Den Fundort hatte ich vielleicht sogar bei meiner „Streckenkontrolle" unbewusst wahrgenommen. Die geografische Richtung, auch die Strecke stimmte, da war ich mir ganz sicher. Erstaunlich war, wie schnell der Großvater die genaue Auskunft geben konnte, wo sich die Ortschaften C. und L. befanden und dass diese an der Kreisgrenze zum Landkreis W. liegen.

Wenn der Tag auch mit sehr traurigen Nachrichten endete, ein gewisses Gefühl der Bestätigung gab er mir schon. Meine „detektivisch-kriminalistisch" geprägten Gedankengänge, meine Analyseergebnisse und die eingeschlagene Ermittlungsrichtung schienen sich zu bestätigen. Nun war ich wirklich gespannt, was die nächsten Tage bringen würden. Viele, zumindest aber einige Fragen, würden sich nun vielleicht beantworten lassen. **Wie hatte man die Leiche finden können? Was würde der Fundort über das mögliche Verbrechen und über den Täter aussagen? Was war die Todesursache, wie war Anne gestorben?** Natürlich war zu erwarten, dass sich in den kommenden Tagen die Medien wieder überschlagen. Es würden wieder ausreichend Presseberichte erscheinen, die es zu analysieren galt. Spannender war aber, was sich nun bei den Ermittlungen der Kripobeamten tun würde und welche Verhaltensweisen sowie Reaktionen die Angehörigen sowohl in der Öffentlichkeit als auch mir gegenüber zeigen würden. Aber es gab auch andere Fragen: **Würden nun noch die Angehörigen meine weitere Hilfe wollen oder war mein Auftrag mit dem Auffinden der Leiche beendet?** Zu tief war ich bereits in den Fall involviert. Er bestimmte seit Längerem zum großen Teil meine Tätigkeit als Privatermittler.

***

Am nächsten Tag, dem 28. August 1998, ein erster Blick in die Presse. In der Zeitung mit den vier großen Buchstaben gab es zu meinem Erstaunen nur eine kleine Meldung. Hier hieß es, dass die Vermisste tot und bereits vor einer Woche auf einem Feld in der Nähe von M. entdeckt worden sei. In der Regionalpresse war zu lesen, dass eine skelettierte Kinderleiche zwischen den Ortschaften C. und V. gefunden wurde. Nach Recherchen hätten Arbeiter die Kinderleiche vor wenigen Tagen auf einem Feld in einem fünf Meter tiefen Abwasserschacht entdeckt. Diese Einzelheiten waren für mich neu. Das mit dem Abwasserschacht, das war schon etwas Besonderes. Wieder erinnerte ich mich an meine Kontrollfahrten auf dieser Strecke. **Hatte ich da einen Abwasserschacht gesehen?** Es konnte nur ein Abwasserschacht sein, der sich auf einem

Feld befand. Darauf hatte ich nicht geachtet. Wer kommt denn auch auf den Gedanken, mitten auf einem Feld in einem Schacht nach einer Kinderleiche zu suchen? Eine offizielle Bestätigung, dass es sich bei der Kinderleiche um die von Anne handelte, gab die Polizei zu diesem Zeitpunkt aber noch nicht. Gegenüber der Presse war nur mitgeteilt worden, dass man sich erneut mit der Sonderkommission, die sich mit den Taten des mutmaßlichen Kindermörders Rieken beschäftigte, in Verbindung gesetzt habe, eine Verbindung zum Fall Anne sei noch nicht ausgeschlossen.

Mit dem Auffinden der Leiche, war der Fall nun aber kein „Vermisstenfall" mehr. Es war ein Mordfall, ein Kapitalverbrechen.

Würde sich jetzt an den Ermittlungen etwas ändern?

In einem war ich mir sicher: Ab nun würde der Fall wieder ein starkes Interesse bei den Medien wecken und die ermittelnden Beamten so einem größeren Druck ausgesetzt sein, endlich den Mörder zu finden. Ich schöpfte durch das Auffinden der Leiche die Hoffnung, dass die Ermittlungen zu dem Fall nun neu aufgenommen werden würden. Nach meiner Auffassung müsste spätestens jetzt die „Vermisstenakte" in die bereits bestehende „Mordakte" einfließen, also auch alle in der „Vermisstenakte" dokumentierten Ergebnisse nun unter neuen Aspekten bewertet werden. Dann müssten auch alle meine Ermittlungsergebnisse, die ich den Behörden übergeben hatte, dazugehören. Sicher war ich mir auch, dass nun erneut alle Angehörigen, Zeugen, Personen aus dem Umfeld und vielleicht sogar andere Beteiligte, wie zum Beispiel auch ich, durch die Kripobeamten vernommen werden mussten. Immerhin gab es eine neue Ausgangslage. Die Leiche war gefunden und der Fundort bekannt. Bei vorliegenden Zeugenvernehmungen und erfolgten Hinweisen waren nun mögliche Bezüge zum Fundort zu prüfen. Das hieße zumindest: neue Vernehmungen der Angehörigen.

Ich war noch mit diesen Gedanken beschäftigt, als das Telefon klingelte. Annes Mutter bat um Unterstützung. Die Polizei habe den Angehörigen angeboten, sie zum Fundort zu begleiten. Hierzu sollten sie sich bei der Kripo melden. Von dort würde sie dann ein Mitarbeiter der Kripo mit seinem Fahrzeug zum Fundort lotsen.

Nun bat sie mich, ihre Eltern und sie mit meinem Fahrzeug aus N. abzuholen, mit ihnen nach N. und anschließend zum Fundort zu fahren. Das war natürlich selbstverständlich. Ihre Bitte kam mir als Ermittler auch nicht ganz ungelegen. In N. angekommen, warteten sie bereits auf mich. Die Mutter hatte ein großes Blumengebinde bei sich. Nach kurzer Begrüßung stiegen alle schweigend in den PKW. Angekommen in N. betraten sie das Gebäude der Polizei. Ich blieb im PKW und wartete. Nach ungefähr fünfundzwanzig Minuten verließen alle wieder das Gebäude. Annes Mutter informierte mich darüber, dass jeden Moment ein Kripobeamter mit seinem PKW kommen würde und ich diesem dann nur folgen müsse. Kurz darauf fuhr bereits ein PKW, in dem der mir bereits bekannte Kripomitarbeiter H. saß, vor mein Fahrzeug. Er gab mir ein Zeichen, ihm zu folgen.

Nach einer Fahrt von weniger als dreißig Minuten erreichten wir den Fundort.

Der Abwasserschacht befand sich nicht, wie in der Presse geschrieben stand, auf einem Feld, sondern in unmittelbarer Nähe zur Straße. Das Gras um den Schacht herum war frisch gemäht. Sicher war dieses nach Auffinden der Leiche und der Spurensicherung erfolgt.

Gemeinsam stiegen wir aus und begaben uns in die Nähe des Schachtes. In einem Abstand von ca. zwei bis drei Metern zum Schacht blieben wir zunächst stehen und schwiegen. Der Kripobeamte hielt sich im Hintergrund. Großmutter und Tochter weinten bitterlich, der Großvater stand wie versteinert da. Sein Blick war starr auf den Schacht gerichtet. Der war mit einem Betondeckel verschlossen. Nachdem der Großvater bereits einen Moment auf der Stelle verharrt hatte, ging er auf den Schacht zu und versuchte, den Deckel beiseitezuschieben, um in den Schacht schauen zu können. Dieses gelang ihm nicht auf Anhieb. Ich half ihm dabei und wir schauten gemeinsam in das Innere. Selbst für mich war es ein schwer zu beschreibendes Gefühl, in die Tiefe zu schauen und zu wissen, dass hier die kleine Anne mehrere Jahre gelegen hatte.

Was muss wohl erst in dem Großvater vorgegangen sein, der den gleichen Anblick ertragen musste?

Bevor wir diesen schrecklichen Ort verließen, legten die Angehörigen noch das Blumengebinde auf den Abwasserschacht. Schweigend stiegen sie wieder ins Auto und ich fuhr sie nach Hause. Dort angekommen gab ich den Angehörigen zu verstehen, dass ich für sie jederzeit erreichbar sei.

Noch unter dem Eindruck des Kontaktes mit den Angehörigen und des Aufsuchens des Leichenfundortes stehend, wollte mir für den Rest des Tages recht wenig gelingen.

Auf der Heimfahrt vom Büro rief mich der Vater der vermissten Ulla aus W. an. Im Fall der Ulla hatte ich auch ermittelt und der Kontakt zu ihm blieb bestehen.

Er informierte darüber, dass Annes Mutter am gestrigen Abend, am 27. August, gegen 21:00 Uhr bei ihm angerufen und ihm mitgeteilt habe, dass man ihre Tochter gefunden habe; er selbst könne diesen Anruf nicht so recht einordnen. Sie habe von „Pressefuzzis" gesprochen, und dass sie nur mit dem ZDF etwas mache. Das sei seltsam für ihn gewesen. Sie habe am Telefon nicht geweint und für sein Empfinden auch sehr komisch gesprochen. So, als wenn ihr gestohlenes Auto aufgefunden worden sei. Dieser Anruf sei ihm daher schon sehr merkwürdig vorgekommen.

Wie aber sollte ich einen solchen Anruf von Annes Mutter einordnen?

Neue Lage – neue Ermittlungen?

Zu Hause angekommen klingelte das Handy. B.s Rechtsanwalt rief an, um mir mitzuteilen, dass sein Mandant bereits am gestrigen Tag, dem 27. August 1998, von der Polizei im Zusammenhang mit dem Fund der Leiche, erneut in Haft genommen worden sei.

Ich ging davon aus, dass die Kripo durch das Auffinden der Leiche und der kriminaltechnischen Sicherung des Fundortes, sicher auf Spuren gestoßen war, die einen erneuten Verdacht gegen B. begründeten.

Bereits am Sonnabend dem 29. August war auf der Titelseite der „großen Zeitung" zu lesen: »Es war der Nachbar« Eine andere Schlagzeile in einem Regionalblatt »Haftbefehl gegen 31-Jährigen im Mordfall Anne erlassen«, waren eindeutige Aussagen.

War der Fall nun tatsächlich aufgeklärt?

Der Nachbar, damit war B. gemeint, ist der Mörder. Auf Seite 3 der „großen Zeitung" ein überdimensionales Foto vom Opfer, dazu die Schlagzeile: Kindermord.

Neben einigen falschen bzw. schlecht recherchierten Informationen, war da noch etwas: Im Frühjahr des Jahres soll B. zwei Mädchen (10) in seinem Auto betatscht haben. Anzeige sei erfolgt, doch die Ermittlungen seien im Sande verlaufen.

Das war für mich neu. Auch ein Foto, auf dem B. zum Haftrichter geführt wurde, wurde veröffentlicht.

Wie konnte so ein Foto überhaupt entstehen?

Über diesen Haftprüfungstermin musste doch die „große Zeitung" eine Information erhalten haben?

Als Beamter, der B. vorführte, war KHK T. zu erkennen. Das veröffentlichte Foto deutete für mich darauf hin, dass es eigentlich nur so von den Ermittlungsbehörden gewollt sein konnte, denn jeder andere Straffällige wird vor der Öffentlichkeit geschützt, bis seine Schuld bewiesen ist.

Für mich unverständlich, wie so ein Foto entstehen konnte, wurde in diesem Fall ein des Kindermordes Verdächtiger am helllichten Tag in aller Öffentlichkeit auf einer belebten Straße in Handschellen im Beisein eines Zeitungsreporters dem Haftrichter vorgeführt.

Das gab mir schon zu denken!

In der Regionalpresse war unter »Angemerkt« der Kommentar eines Journalisten erschienen, der den „Zufall" schilderte, auf den die Ermittler immer gewartet hatten.

Es sei die Routinekontrolle eines Entwässerungsschachtes auf einem Feld gewesen, aber ob der Fall nun aber wirklich vor der Aufklärung stehe, das bleibe noch abzuwarten. Den verhafteten Tatverdächtigen habe die Polizei schon vom ersten Tag an im Visier gehabt. Er sei mehrmals verhört worden, habe sich sogar in Widersprüche verwickelt, nur beweisen habe man ihm nichts können.

Ein weiterer Artikel mit der Überschrift »Es gibt noch viele vermisste Kinder« ging auf die Reaktion von Annes Mutter ein. Sie wurde mit nur wenigen eigenen Worten zitiert: „Es ist sehr schlimm, mit einem solchen Ende habe ich nicht gerechnet". Auf die Frage, warum sie am gestrigen Tag die Fundstelle aufgesucht habe, war sie wörtlich so zitiert worden: „Ich musste mir das einfach angucken, wo dieses Schwein meine Tochter einfach hineingeworfen hat und wo sie vier Jahre lang gelegen hat."

Dann war da noch eine Aussage, die aber vom Journalisten stammte. Über den am Donnerstag inhaftierten Mann, der Anne umgebracht haben soll, wolle sie erst etwas wissen, wenn mit Gewissheit feststehe, dass er der Täter sei.

In einem anderen Beitrag war eine Abbildung der geografischen Lage des Fundortes der Leiche. Diese Abbildung zeigte deutlich die Ortschaften in der Nähe des Fundortes. Den Ort an dem Anne am 12. August 1994 verschwand und die Stelle, an der sich der Schacht befindet, in dem ihre Leiche vier Jahre später gefunden wurde.

Interessant fand ich an in diesem Beitrag, was der Chef der Kriminalinspektion gesagt hatte. Dessen Aussage wurde so kolportiert, dass die Ermittler von Beginn an vom Verdacht ausgegangen seien, dass das Kind in der näheren Umgebung getötet worden sei. Die Spekulation über eine Entführung habe sich nicht bestätigt, weil es keine Forderung gegeben habe.

Warum aber hielten die Angehörigen so intensiv, fast hartnäckig, bis zum Auffinden der Leiche an Annes Entführung fest?

Zur Todesursache gab es bisher keine Informationen. Auf einer Pressekonferenz wurde lediglich mitgeteilt, dass es sich bei der Leiche zweifelsfrei um die von Anne handelte, wodurch man durch Röntgenaufnahmen und dem Zahnstatus Gewissheit erlangt habe.

Ein anderer Artikel weckte meine Neugierde. Überschrieben war dieser mit »Trauriges Ende einer jahrelangen Suche«. In diesem war zu lesen, dass den beiden Kriminalpolizisten L. und T. deshalb die Genugtuung anzusehen gewesen sei, als sie gestern den Staatsanwalt B. offiziell verkünden lassen konnten, ein 31-jähriger Mann sei am Tag zuvor unter dringendem Tatverdacht auf seiner Arbeitsstelle verhaftet worden. Es hieß, man habe genug Indizien. Allerdings würde der Mann noch schweigen. Das war nach meiner Meinung aber eher Ausdruck dafür, dass sie kaum neue Tatsachen, neue Beweise nach dem Fund der Leiche gegen Herrn B. haben konnten. Es hieß, man wolle nicht sagen wer der Verdächtige sei und wie man letztendlich auf seine Spur gekommen sei. Dies sei aus ermittlungstaktischen Gründen so. Zu vieles sei Täterwissen und dieses wollten sie von ihm selbst hören.

Doch dann kam etwas, was mich stutzig machte.

Es erschien eine Mitteilung darüber, dass er damals im gleichen Neubaublock wie Annes Großeltern gewohnt habe und bereits zu DDR-Zeiten wegen Mordes verurteilt worden sei. Vor vier Jahren sei er bereits für die Ermittler interessant gewesen, weil er sich am 12. August mit einem Moped und einem blauen Müllsack, der später nicht gefunden wurde, fortbewegt habe. Die dann geschilderten Handlungen zum Verdächtigen, das Ablegen des Müllsackes am Waldrand, das wieder nach Hause fahren, weil er etwas vergessen hatte und dann das wieder zurück zum Ablageort des Müllsackes, stimmten so aber keinesfalls. Mir waren die früheren Aussagen von Herrn B. aus sicherer Quelle bekannt und das nunmehr hier Geschriebene stimmte keinesfalls.

Aber warum wurde vorgegeben, aus ermittlungstaktischen Gründen nicht sagen zu wollen, wer der Verdächtige ist, obwohl sie kurz darauf eindeutig beschrieben, dass es der von

1994 war? Weiter war zu lesen, was die Ermittler alles unternommen hatten, um den Fall zu klären. Dann kam der Satz »Am Ende hat dann aber doch die Ursprungsversion gesiegt, die die Ermittler hegten: Der Täter ist im Umfeld zu suchen.« Davon war ich bereits zu Beginn meiner Ermittlungen ausgegangen.

Nur hatten die Kripobeamten vom „Umfeld" eine andere Auffassung. Sie meinten damit Personen aus der Nachbarschaft, ich dagegen das ganz nahe „Umfeld", die Familie.

Aber suchten die Polizeibeamten damals überhaupt intensiv im nahen Umfeld?

Sie gingen doch bereits am dritten Tag nach dem Verschwinden davon aus, dass es Herr B. ist. Er war vorbelastet und für sie war er der Verdächtige, dem die Tat nur noch nachgewiesen werden müsse. Allen anderen Personen aus dem engen Umfeld galt ein solches zielgerichtetes Interesse weniger.

***

Es war Sonntag, der 30. August 1998. In der Sonntagsausgabe eines Regionalblattes war eine Veröffentlichung zu Annes Fall zu lesen. »Anne tot gefunden« hieß es und in etwas kräftigeren Buchstaben »Tatverdächtiger in Haft«. Dass die Beamten bereits am Donnerstag den 27. August, am Tag, an dem ich mit den Angehörigen zum Fundort gefahren war, gegen 06:00 Uhr den 31-jährigen Tatverdächtigen vorläufig festgenommen hatten, konnte die interessierte Leserschaft ebenso erfahren, wie: Nach Konsultation mit seinem Rechtsanwalt habe er aber von seinem Aussageverweigerungsrecht Gebrauch gemacht, was auch der Grund sei, warum man sich gegenüber den Medien so zurückhalten würde. Auf einer Pressekonferenz habe es vom Ermittlungsleiter auf Anfrage geheißen, der Fund der Leiche nach vier Jahren sei ein Zufall gewesen. Der Täter habe also „bewusst" das Opfer hier versteckt.

Etwas anderes ließ mich dann aufhorchen. Eine Anfrage, ob

Spuren von Rauschmitteln bei der Obduktion gefunden wurden, mit denen – laut Gerüchten – das Mädchen betäubt worden wäre, verneinte der Leiter der Kriminalinspektion.

Nähere Angaben zur genauen Todesursache des Opfers wurden nicht mitgeteilt.

In einer anderen Veröffentlichung mit der Schlagzeile »Todesschacht schon öfter kontrolliert« erfuhr ich den Namen der Person, die gemeinsam mit einem Kollegen, die Leiche entdeckt hatte. Mit: Es sei ein fünf Meter tiefer Schacht, der keine Abdeckung besaß, wurden weitere Details zum Fundort der Leiche beschrieben. Ein Deckel sei nicht gefunden worden. Solche Meliorationskanäle würden nach einigen Jahren gesäubert und durch diese Arbeit sei erst die Leiche entdeckt worden. In unmittelbarer Nähe des Schachtes seien in der zurückliegenden Zeit etliche Aktivitäten erfolgt. Zum Beispiel sei ein gerade eingesetzter Baum wieder entfernt worden, da er sonst die Zuleitung zum Schacht zerstört hätte. Es sei auch noch nicht lange her, dass die Straße neben dem Schacht einen neuen Belag bekommen habe.

Ich war mir sicher: Bei all diesen Arbeiten in der Nähe des Schachtes hatte der eine oder andere ganz gewiss auch einmal in den Schacht geschaut, doch niemand schien da etwas entdeckt zu haben.

Dennoch eröffnete mir dieser Artikel einige Quellen sowie neue Anhaltspunkte für weitere Ermittlungen zum und um den Fundort herum.

Natürlich war an diesem Montag nicht nur etwas in der Regionalpresse erschienen. Auch in der Zeitung mit den großen Buchstaben war ein Beitrag erschienen, dessen Inhalt jedoch „abenteuerlich" war. Der Journalist bemühte sich, Indizien darzustellen, wie die Polizei den Verdächtigen überführen könnte. Da wurde der blaue Plastiksack genannt und es wurde von Bodenproben an Mopedreifen und Schuhen geschrieben. Angeführt wurde, dass B. aus der Landwirtschaft komme und daher wusste, dass solche Schächte sehr selten kontrolliert werden würden. Weiterhin hätte B. ein neunjähriges Mädchen missbraucht und erwürgt. Das Skelett von Anne zeige zwar keine Gewalteinwirkung, aber auch sie könnte erwürgt worden sein. Als letztes Indiz führte er das Gutachten eines Kriminologie-Professors an. Der habe ein Profil des Mörders von Anne angefertigt, in dem es hieß: „Der Täter muss das Kind gekannt haben. Er muss psychisch anfällig und labil sein. Möglich, dass er sich wieder an ein Kind heranmacht.

***

Für mich war wichtig, mich nun intensiver mit dem Fundort zu befassen. Immerhin war Annes Leiche gefunden und der Fundort bekannt. Daraus ließe sich sicher einiges ableiten, so meine Hoffnung, denn der Fundort kann ein Schlüssel zum Täter sein.

Ich betrachtete nun den Ort, an dem Annes Leiche gefunden wurde auf der Karte in meinem Büro und musste mir eingestehen, mehrmals bei meinen Kontrollfahrten am Schacht vorübergefahren zu sein; ihn zwar flüchtig wahrgenommen zu haben, jedoch ohne ihn in zurückliegende Überlegungen einzubeziehen.

Ein Fehler, den ich mir nicht verzeihen konnte. Nichts hielt mich mehr im Büro. Ich musste noch einmal den Fundort aufsuchen, um aus der erneuten Betrachtung des Ortes, seiner Beschaffenheit und der näheren Umgebung, eigene Rückschlüsse auf die Tat und einen möglichen Täter ziehen zu können. Das war mir am Tag, als ich mit den Angehörigen vor Ort war, nicht möglich gewesen.

Am Fundort angekommen, stellte ich fest, dass es tatsächlich so gewesen war, wie es in einer Zeitung gestanden hatte. Am Wochenende mussten Schaulustige, aber auch Personen, die in Verbindung zur getöteten Anne standen, zum Fundort gekommen sein.

Schon von Weitem konnte ich auf der Abdeckung des Schachtes und davor Blumengebinde und Blumensträuße erkennen.

Vorsichtig näherte ich mich dem Schacht, um die Blumensträuße näher in Augenschein zu nehmen.
So intensiv ich auch alle Sträuße und Gebinde kontrollierte, nirgendwo ein Zettel oder
eine Karte, die auf eine Person oder eine Familie hinwies. Gerne hätte ich gewusst, wer sich alles zum Fundort begeben hatte.

Alles am und um den Fundort herum registrierte ich sehr genau. Ein Tatort oder, wie in diesem Fall, ein Fundort, steht immer in irgendeiner Form in Beziehung zum Täter. Allein deshalb war wichtig, sich intensiv mit allen Fakten zu beschäftigen, die den Fundort charakterisierten. Ich fertigte eine Handskizze an, um die konkrete Lage des Fundortes und dessen Erreichbarkeit festzuhalten. Der Schacht befand sich ca. einen Kilometer von einer Bundesstraße entfernt und lag auf der Hälfte der Landstraße, die von V. nach C. führte. Die Entfernung des Schachtes von der Landstraße, betrug kaum mehr als drei Meter. Bei Betrachten des Schachtes stellte ich fest, dass die Kripobeamten zur Bergung der Leiche sicher den oberen Betonring des Schachtes entfernt hatten. Die Fuge, die den oberen Ring mit dem nächsten darunterliegenden Ring verband, war recht frisch. Mit aller Anstrengung versuchte ich, den aus Beton bestehenden Deckel, eine ungefähr zehn Zentimeter dicke Betonplatte, etwas zur Seite zu schieben, um noch einmal in diesen Schacht zu schauen.
Auf Anhieb gelang mir das nicht. Da wurde mir klar, dass die

Abdeckung sicher erst nach Bergung der Leiche herbeige-
schafft worden war, denn wäre so eine Platte zum Zeitpunkt
des Verbringens der Leiche schon auf dem Schacht gewesen,
hätte man sie nie so weit beiseiteschieben können, um die Leiche in den Schacht zu werfen.
Ich blickte lange Zeit in den Schacht.
Die Vorstellung, dass ein Mensch in der Lage ist, hier die Leiche eines zehnjährigen Mädchens zu verstecken, war schon
beklemmend.
Eine nassfeuchte Kühle kam mir beim Hineinschauen aus
dem Inneren entgegen. Der Boden war mit Wasser bedeckt.
Das Tageslicht, das durch das Beiseiteschieben der Abdeckung
in den Schacht gelangte, spiegelte sich im Wasser des Schachtes. Ich kann nicht sagen, wie lange ich mich dort aufgehalten
habe, einfach nur dastand und meinen Gedanken nachhing.
Dabei zog ich, was die territoriale Lage des Fundortes sowie
seine Beschaffenheit betraf, erste „kühne" Rückschlüsse.

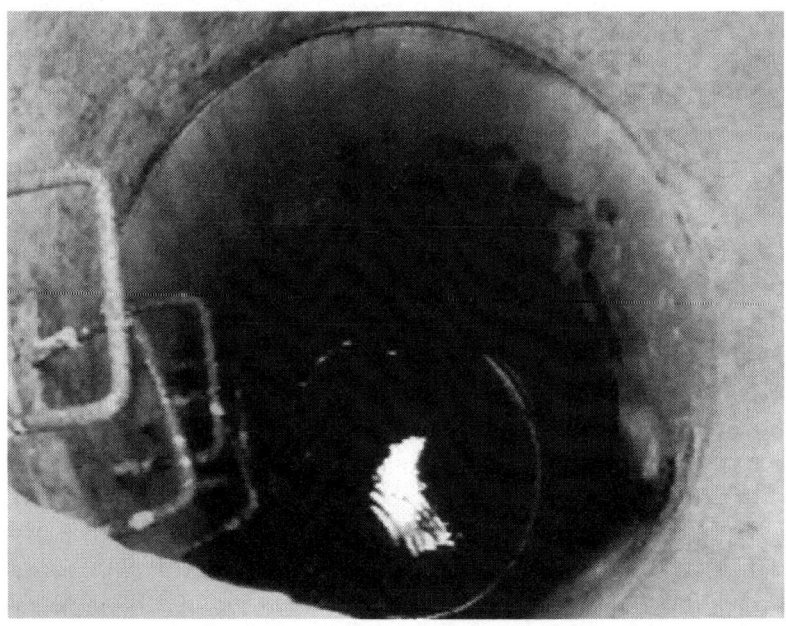

Der Fundort konnte kaum der Tatort gewesen ein. Der Täter musste diese Örtlichkeiten bzw. diese Strecke kennen, denn der Ablageort war nicht spontan gewählt worden. Der Täter musste den Schacht gekannt und diesen zumindest als einen möglichen Ablageort schon zuvor in Betracht gezogen haben. Die Verbringung und Ablage des Opfers musste in den Nachtstunden erfolgt sein. Der Täter hatte Gründe, ein schnelles Auffinden des Opfers zu verhindern. Die Verbringung des Opfers, ca. 26 Kilometer vom Ort des eigentlichen Verschwindens, in den Landkreis (M.), der weder zum Wohnort des Opfers (Landkreis D.) noch zum Aufenthaltsort unmittelbarer Bezugspersonen (Landkreis M.) gehörte, ließ auf eine engere Opfer-Täter-Beziehung schließen. Nur ein Beziehungstäter versucht in den meisten Fällen, das Opfer vom Tatort so wegzubringen, dass kein direkter Bezug zu seiner Person herzustellen ist.

Natürlich war klar, dass die von mir gezogenen Rückschlüsse nicht alle zutreffen würden. Dennoch waren meine Rückschlüsse erste Ansatzpunkte für einen Vergleich mit den vorliegenden Ermittlungsergebnissen und den möglichen Tatverdächtigen.

Wer von diesen hatte einen möglichen Bezug zum Fundort?
Das waren der Haupttatverdächtige der Polizei, der ehemalige Stiefvater, die Mutter, ihr damals zukünftiger Ehemann und der Großvater.

Sie alle konnte ich irgendwie schnell in Bezug zum Fundort bringen. Das fand ich allerdings nicht prickelnd, denn ich konnte keinen ausschließen. Es war an der Zeit, sich noch intensiver mit der Problematik Fundort und Tatverdächtige zu befassen.

Der B. benutzte oder konnte diesen Weg mit seinem Moped gefahren sein, um damals von M. zu seinem Kirchenkreis in der Nähe von M. zu fahren. Er hatte 1986, nach seiner Haftentlassung (Tötungsdelikt), einen Bezug zum Fundort. Hinsichtlich seiner Wiedereingliederung nach der Haftentlassung, suchte er den Kontakt zu einer religiösen-kirchlichen Einrichtung. Mehrfach fuhr er mit seinem Moped daher von

M. zu dieser Organisation. Dabei benutzte er unterschiedliche Fahrstrecken. Unter anderem – und es wurde durch ihn im Gespräch nicht bestritten – auch die Strecke von M. über V.–C.–L.–M., bis zum Ort der Einrichtung.

Unter diesem Gesichtspunkt blieb er natürlich ein möglicher Tatverdächtiger. Sicher waren das auch die Beweggründe der Kripo, ihn sofort nach Auffinden der Leiche erneut in U-Haft zu nehmen.

Gegen einen Verdacht sprach aber nach meiner Auffassung die Ablage des Opfers. Bisher war nicht bekannt, dass sich die Leiche in einem blauen Müllsack befand, als sie von den Arbeitern entdeckt worden war. Zudem muss der Täter eine engere Opferbeziehung gehabt haben. Diese hatte B. nicht.

Zu F. war bekannt, dass er damals in S. gearbeitet hatte; hin und wieder über P. und somit also auch über V. nach M. gefahren war. Er arbeitete 1994 in S. und verfügte über einen PKW. Darüber hinaus war in den Recherchen zur Person bekannt geworden, dass er häufiger mit seinem PKW im Territorium M., T., S. und W. unterwegs war. Das herausgearbeitete Bewegungsbild für den

12. August 1994 sowie sein Fernbleiben in den Morgenstunden des 14. August, ließen eine mögliche Verbringung des Opfers zum Fundort durchaus realisierbar erscheinen. Nach Annes Verschwinden, konkret 1997, als er bereits in M. tätig und zu seiner neuen Partnerin nach W. gezogen war, gab es einen Hinweis. Wenn er von W. nach M. zur Arbeit gefahren ist, sei er unter anderem auch die Strecke über S. gefahren. Diese führte über V.

Es konnten mögliche Kontrollfahrten gewesen sein, um zu sehen, was sich in der Nähe des Ablageortes des Opfers verändert hatte.

Von Annes Mutter und ihrem damals zukünftigen Ehemann war diese Strecke möglicherweise benutzt worden, wenn sie von M. nach N. fuhren. Es war unbestritten, dass sich der Fundort auf der kürzesten Strecke von M. nach N. befand.

Seit 1993 unterhielt die Mutter eine Beziehung zu ihrem damaligen Freund, der in N. wohnhaft war. Häufig erfolgten von beiden auch Fahrten von M. nach N., wo sie durchaus diese Strecke hätten fahren können. Am Tag des Verschwindens haben sich beide ihren Angaben nach in N. aufgehalten. Beide verfügten zu diesem Zeitpunkt über einen PKW. Für den tatrelevanten Zeitraum von ca. 17:00 bis 19:00 Uhr bestand für beide oder aber zumindest für eine Person durchaus die Möglichkeit, diese Strecke für eine Fahrt von N. nach M. und zurück zu nutzen. Bei näherer Betrachtung ihres Bewegungsprofils konnte ich diese Vermutung keinesfalls entkräften.

Was wusste ich bis dahin?

Wie war aber das Bewegungsprofil beider für die tatrelevante Zeit?

Meine Auftraggeberin hatte mir in einem Gespräch berichtet, dass sie um 17:00 Uhr einen Friseurtermin hatte. Nach Aussagen der Mutter ihres Freundes waren beide jedoch von 15:30 bis 17:00 Uhr in N. einkaufen, hätten sich dann von 17:00 bis 17:45 Uhr in der Wohnung aufgehalten und seien um 17:45 Uhr zum Geburtstag des Arbeitskollegen gefahren.

Auffallend war schon, dass es gerade in der tatrelevanten Zeit Widersprüche gab. Wenn beide bis 17:00 Uhr einkaufen waren, dann musste Annes Mutter von dort gleich zum Friseur gegangen sein. Sie konnte sich dann aber eigentlich nicht von 17:00 bis 17:45 Uhr für die Geburtstagsfeier in der Wohnung vorbereitet haben. Auch kannte ich keinen Damenfriseurtermin, der weniger als

45 Minuten für das Vorfrisieren einer Hochzeitsfrisur in Anspruch nahm.

War also der Friseurtermin eine falsche Aussage mir gegenüber oder hatte die Mutter des Freundes eine Falschaussage gegenüber der Polizei getätigt?

Nach Aussage der Mutter des damaligen Freundes, haben sich beide mit dem PKW gegen

17:45 Uhr zur Geburtstagsfeier des Arbeitskollegen ihres Sohnes begeben. Dort waren sie nach Aussagen des Arbeitskollegen aber erst gegen 19:00 Uhr eingetroffen.

Warum benötigten beide für eine Strecke von knapp drei Kilometern über eine Stunde?

Selbst bei starkem Verkehrsaufkommen in der Stadt N., hätte diese Strecke in knappen fünfzehn Minuten bewältigt werden können.

Wo aber waren sie in der dann verbleibenden Stunde, und was haben beide in dieser Zeit gemacht?

Da war auch noch die Feststellung eines Zeugen, der gegen 17:00 Uhr beide in M. auf dem Parkplatz gesehen haben will, als sie sich von der Großmutter verabschiedeten. Irgendwie „schmeckten" mir alle dieses Aussagen nicht. Sie waren zu ungenau und konnten angezweifelt werden. Ein richtiges sowie hieb- und stichfestes Alibi für beide gab es für die tatrelevante Zeit nicht. Zum Verlassen der Geburtstagsfeier war bekannt, dass beide um 03:30 Uhr als letzte Gäste die Feier verlassen hatten. Der Arbeitskollege hatte im Gespräch mir gegenüber berichtet, noch ein Taxi für die Rückfahrt bestellt zu haben. Dass sie die letzten Gäste waren, musste nicht unbedingt relevant sein. Dennoch blieb da ein Gedanke.

Wollte man sich eventuell irgendwie stärker in Erinnerung bringen oder gab es vielleicht noch einen ganz anderen Grund?

Wieso machte die Mutter des Freundes gegenüber der Polizei die Aussage, sie wären mit dem Auto gekommen und ihre zukünftige Schwiegertochter habe den PKW gefahren, da ihr Sohn stark angetrunken gewesen sei?

Sind sie nicht mit dem bestellten Taxi nach Hause gefahren?

Hat die Mutter des Freundes das Eintreffen beider mit dem PKW in der Nacht bzw. am Morgen gegen 03:30 Uhr überhaupt persönlich festgestellt?

Wurde ihr dieses vielleicht im Nachhinein nur von den beiden so erzählt?

Hinsichtlich der Rückfahrt von der Feier tat sich ein Widerspruch auf.

Zum Großvater gab es bisher keine Hinweise, dass er sich in diesem Territorium vielleicht einmal aufgehalten haben konnte.

Aber entlastete ihn das?

Er war früher LPG-Vorsitzender einer Pflanzenproduktion,

verfügte über Landwirtschaftskenntnisse wie Ackerbau und Meliorationstechniken, was durchaus in Verbindung mit derartigen Schächten stand.

Wer hatte aber nun einen wirklichen und konkreten Bezug zum Fundort?

Der Fundort brachte nach allen vorgenommenen Vergleichen insofern nicht die erhoffte „Reduzierung" der Anzahl möglicher Tatverdächtiger. Was mit dem Großvater war, dazu hatte ich wenig, ja fast keine Angaben zu seinem Bewegungsprofil am 12. August 1994. Eine ganz andere Frage blieb nach Auffinden der Leiche aber offen:

Warum gab es keine neuen Ermittlungen zum engen Umfeld oder zumindest neue Vernehmungen der Familienangehörigen?

Warum wurde nicht überprüft, ob es hier einen Bezug zum Fundort gab?

Das wäre nach Auffinden der Leiche, aber durch die Kripo, zu klären gewesen.

Alter Täter wieder neu

Am 4. September 1998 erschienen wieder zwei Artikel in der Regionalpresse mit eindeutigen Schlagzeilen »Noch keine Erkenntnisse zur Todesursache« und »Anwalt erhebt Vorwürfe«. Dass die Todesursache noch unklar sei und der Tatverdächtige weiterhin die Aussage verweigerte, das war nicht neu. Neu war, dass die Staatsanwaltschaft zum Verdächtigen B. öffentlich die Aussage traf: „Wir sind aber dennoch davon überzeugt, dass er der Täter ist" und sie sammle weiter Indizien.

Damit war klar, die Staatsanwaltschaft hatte zuvor keine Beweise und legte auch nach dem Auffinden der Leiche keine vor. Ihre ganze Kraft konzentrierte sie immer noch darauf, dem B. diese Tat nachzuweisen. Es schien für die Staatsanwaltschaft auch nach dem Auffinden der Leiche keine anderen Ermittlungsrichtungen zu geben, denen nachzugehen es sich lohnte.

Es hieß, der Verteidiger habe geäußert, dass sein Mandant mit allem Nachdruck bestreite, das Mädchen im Jahr 1994 getötet zu haben. Er hätte schwere Vorwürfe dahingehend erhoben, dass der Kripo „gewisse schwere Ermittlungsfehler" im Fall unterlaufen seien und aus diesem Grund würde die ernsthafte Befürchtung bestehen, dass der wirkliche Täter nicht mehr ermittelt werden könne.

Was der Verteidiger meinte, dass wusste ich sehr genau. Ich hatte ihm Informationen zukommen lassen, die Ergebnisse meiner Ermittlungen waren. Er meinte weiter, dass durch das jetzige Auffinden der Leiche des Mädchens keine Tatsachen hervorgetreten seien, die für eine Täterschaft seines Mandanten sprechen würden. Bisher habe er nur einen Teil der Ermittlungsakte einsehen können, obwohl er einen Anspruch auf vollständige Akteneinsicht habe.

Zwei Tage später, am 6. September, war in der Sonntagsausgabe der Zeitung mit den großen Buchstaben ein Bericht erschienen. Die Schlagzeile in unverkennbaren fetten Buchstaben »Mädchenmörder von M.: Das war sein erstes Opfer«; »Verhafteter im Fall brachte schon 1986 eine 14-Jährige um«, so der Untertitel.

Der Oberstaatsanwalt wurde mit den Worten zitiert: „Der Mann steht in dringendem Tatverdacht, Anne ermordet zu haben." Erneut wurde die Aussage getroffen, dass B. nach wie vor schweige und sein Anwalt die Aussage getroffen habe, dass sein Mandant die Tat weiterhin bestreite. Im nächsten Satz war zu lesen, dass ein Beamter der Mordkommission ausgesagt haben soll, dass möglicherweise bald ein „genetischer Fingerabdruck" den Mörder überführen würde. Es seien Haare am Leichnam gefunden worden, die nicht von Anne stammten. Mithilfe einer DNA-Analyse werde geprüft, ob sie von dem Verdächtigen stammen.

Am nächsten Tag erfolgte erst einmal keine Veröffentlichung. Sicher lag es daran, dass keine Einzelheiten und Ergebnisse der weiteren Untersuchungen an die Öffentlichkeit gelangen sollten. Es galt für mich abzuwarten, was aus der DNA-Analyse werden würde und welche Rolle der „Haarfund" an der

Leiche spielen würde. Am Dienstag, den 8. September konnte ich der Presse entnehmen, dass für den nächsten Tag ein Haftprüfungstermin angesetzt worden war. Für so einen Haftprüfungstermin sei es aber nicht unbedingt erforderlich, dass neue Beweise vorliegen müssten. Der Journalist klärte seiner Leser des Weiteren darüber auf, dass die Kriminalpolizei weiterhin die Vorwürfe der Verteidigung des mutmaßlichen Täters unkommentiert lasse. Dieser habe ihnen bereits öffentlich vorgeworfen, dass bei den Ermittlungen nach dem Verschwinden des Mädchens 1994 schwere Fehler begangen worden seien. Dann der für mich enttäuschende Satz, dass sich auch auf Nachfrage niemand über den aktuellen Stand der Auswertung der Spuren, die beim Auffinden der Leiche gefunden und gesichert worden seien, äußern würde.

Erst am Freitag, den 11. September 1998 erfuhr ich aus der Presse, dass die Haftprüfung abgesetzt worden war. Es war eine kleine Meldung, aus der hervorging, dass der Antrag auf Haftprüfung, den der Verteidiger des Verdächtigen gestellt hatte, abgesetzt worden war. Als Grund nannte der Verteidiger, dass ihm bis zum heutigen Tag keine vollständige Akteneinsicht seitens der Staatsanwaltschaft gewährt worden und damit auch keine objektive Haftprüfung seines Mandanten möglich sei.

***

Ich erhielt ein Schreiben des Rechtsanwaltes aus B., in dem er mir mitteilte: »... Nachdem ich die Berichte in den Zeitungen verfolgt habe, glaube ich nicht, dass ich derzeit an die Staatsanwaltschaft wegen weiterer Akteneinsicht herantreten kann. Ich habe ihre Zusammenfassung nach dem Urlaub gelesen und glaube, dass es jetzt sinnvoller ist, abzuwarten, was die Polizei ermittelt. Mit ihrer Auftraggeberin habe ich kurz telefoniert. Danach werden wir einfach abwarten, wie die nächste Entscheidung sein wird«. Irgendwie war ich enttäuscht.

Wieso abwarten? Sicher hatte der Anwalt recht, dass er so schnell keine Akteneinsicht erhalten würde. Seine Information, er habe kurz mit der Mutter telefoniert, war ungewöhnlich. Bisher gab es nur schriftlichen Kontakt und von diesen Schreiben erhielt ich immer eine Kopie. Gerne hätte ich mehr über den Inhalt dieses Telefonats erfahren, wie Annes Mutter sich zu diesem Zeitpunkt geäußert hatte. Vielleicht war ja der Vorschlag, abzuwarten und zu sehen, was die Polizei ermittelt, von ihr gekommen. Möglich schien es mir schon, denn, dass ihr ehemaliger Mann, der Stiefvater ihrer Tochter, für mich zu einem der Hauptverdächtigen geworden war, behagte ihr nicht sonderlich. Sonst hätte sie sicher schon viel früher auf der Grundlage meiner damaligen Ermittlungen, eine Strafanzeige gegen ihn stellen können.

Am 12. September 1998 stand in der Regionalpresse, in recht unüblichen großen Buchstaben, die Schlagzeile »Die vielen Zufälle passten nicht in das Täterbild.«

Der ehemalige Chefermittler in dem Fall hatte einem Journalisten ein Interview gegeben. Im ersten Abschnitt wurde der genaue Zeitraum benannt, in dem der Chefermittler M. die Ermittlungen in diesem Fall leitete. Dieses war die Zeit vom 13. August 1994 bis Ende Oktober 1994.

Der Chefermittler bestätigte, dass er als leitender Ermittler vom ersten Tag an davon ausgegangen sei, dass das Mädchen einem Tötungsverbrechen zum Opfer gefallen war. Das dieser Ansatz richtig gewesen sei, untermauerte er mit dem aktuellen Auffinden ihrer Leiche.

Eine andere Frage an ihn bezog sich auf den vermutlichen Tatverdächtigen B., gegen den er damals nie einen Haftbefehl beantragt hatte. Er wurde gefragt, was denn an „Entlastendem" zu diesem Mann vorgelegen habe.

Seine Antwort lautete: „Durch lange Verhöre wurden keine weiteren Anhaltspunkte bekannt, die den Tatverdacht erhärteten. Ihn zu inhaftieren, weil er bereits schon einmal ein Verbrechen verübt hatte, darin sah ich keinen Grund. Die vielen Zufälle, die es beim Verschwinden des Mädchens gab, passten einfach nicht in das Täterbild. Das Mädchen war spontan vom

Hof gelaufen, als es anfing zu regnen. Unwahrscheinlich, dass der Täter auf diesen Moment gewartet hat."

Der Journalist hakte mit einer Frage nach. Ob er den Beschuldigten B. nicht für den Täter halten würde? Die Antwort darauf schien mir etwas zurückhaltend und lautete: „Mit meinem damaligen Wissensstand war er schon dringend tatverdächtig. Die vielen Zufälle hätten für ihn natürlich auch eine Glücksache gewesen sein können."

Der Journalist kam auf die Explosion zu sprechen, von der es hieß, dass B. damit Spuren in seiner Wohnung verwischen wolle. Das sei „Unsinn", so die Antwort des ehemaligen Chefermittlers. Er begründete seine Aussage mit den damals vorgenommenen Maßnahmen vor Ort.

Die Frage an ihn: „Sie hatten damals noch andere Tatverdächtige?", bestätigte er und erklärte: „Es waren einmal Beziehungspersonen, bei denen sich Anne nicht sträuben würde, mit ihnen mitzugehen".

Als ich das las, war mein Gedanke, dass in die von ihm genannte Kategorie meine Verdächtigen, der F. als auch die Mutter mit ihrem damaligen Freund und der Großvater passten.

Der ehemalige Chefermittler wies aber zugleich darauf hin, dass es auch eine andere Person sein könnte, die nicht in das Raster passte; der „große Unbekannte".

Die letzte Frage, ob damals bei den Untersuchungen Fehler gemacht worden seien, verneinte er. Unter anderem führte er zur Begründung an, dass die Entfernung zum Ort des Verschwindens zu groß war. Sie seien niemals im Stande gewesen, bis zum nun bekannten Fundort intensiv suchen zu können.

Das bekräftigte meine Auffassung, dass der Täter bewusst ein frühzeitiges Auffinden der Leiche des Kindes vermeiden wollte und dass er eine engere Beziehung zum Opfer gehabt haben muss. Das Verbringen weg vom eigentlichen Lebensmittelpunkt des Opfers untermauerte, dass der Täter aus dem nahen Umfeld kommen musste und das waren nun mal die Beziehungspersonen, die auch der ehemalige Chefermittler meinte, als er von Beziehungspersonen sprach, die für ihn damals als weitere Verdächtige galten.

***

Am Dienstag, den 15. September 1998, erschien eine weitere kleine Notiz in der Presse mit der Überschrift »Verdächtiger schweigt weiter«.

Interessant war aber die Begründung des Staatsanwaltes, warum es bisher keine vollständige Akteneinsicht des Verteidigers von B. gegeben habe. Es hieß, weil der Verdächtige schweige, werde dem Verteidiger erst nach Abschluss der Ermittlungen Einsicht in die entsprechenden Unterlagen gewährt werden. Er wurde mit: „Was der Verteidiger weiß, weiß der Mandant auch und nur deshalb halte sich die Staatsanwaltschaft während der Ermittlungen mit neuen Informationen zurück. Auch deshalb würde es keine Auskünfte über die genaue Ursache für den Tod Annes geben", zitiert.

Die Schlagzeile einen Tag später beinhaltete: »Beschuldigter schweigt noch«.

Aus einer kurzen Notiz ging hervor, dass noch kriminaltechnische und rechtsmedizinische Untersuchungen laufen, mit deren Ergebnissen man in etwa vier Wochen rechnen würde. Weiterhin sei für den nächsten Tag ein mündlicher Haftprüfungstermin angesetzt worden.

Aber es kamen erst einmal Tage, in denen keine Nachricht oder Meldung mehr zu lesen waren. Die Staatsanwaltschaft hielt sich gegenüber den Medien recht bedeckt.

Erst am 14. Oktober 1998 ein Lichtblick und eine erste sich andeutende Richtung in dem Fall. Da hieß es in den Schlagzeilen »Haare sollen Mordfall klären« und »Staatsanwalt will Mordklage auf ein paar Haare stützen«.

Das waren Nachrichten, die mich neugierig machten.

Hatte die kriminaltechnische und rechtsmedizinische Untersuchung ein Ergebnis gebracht? War das Ergebnis dazu angetan, gegen B. eine Mordanklage zu starten? Zu erfahren war, dass es sich um Haare handelte, die bereits kurz nach Annes Verschwinden, am Moped des B. gefunden worden waren. Also doch keine neue Spur, die erst durch das Auffinden der

Leiche bekannt wurde. Es hieß, dass die Staatsanwaltschaft davon ausgehe, dass die sichergestellten Haare an der Satteltasche des Mopeds vom Opfer stammen. Erst jetzt sei eine DNA-Analyse möglich geworden, 1994 sei der kriminaltechnische Fortschritt noch nicht so weit gewesen. Das Gutachten werde von Gerichtsmedizinern in Münster erstellt, da sie zu den Besten auf diesem Gebiet gehören würden. Die Begründung, warum erst jetzt ein solches Gutachten erstellt werden konnte, schien mir auffallend umfangreich und nährte meinen Verdacht, dass mit dieser umfassenden Begründung vielleicht nur ein früheres Versäumnis verdeckt werden soll.

Es stand die Aussage im Raum, dass 1994 die Haare allenfalls unter dem Mikroskop hätten untersucht werden können. Selbst wenn man dabei Anhaltspunkte für die Herkunft der Haare gefunden hätte, wären diese vor Gericht als Beweis nicht anerkannt worden. Vor vier Jahren, so hieß es weiter, habe es nichts gegeben, womit die DNA der Haare hätte verglichen werden können. Das sei nun erst mit dem Fund der Leiche möglich gewesen.

Diese Aussage verwirrte mich schon wieder. Es war 1994 doch schon möglich, eine DNA-Analyse in Auftrag zu geben. Nach der Aussage fehlte also nur die Vergleichs-DNA von Anne.

Offenbarte sich hier indirekt vielleicht ein weiterer Fehler in der damals 1994 noch bestehenden Vermisstensache?

In einem Vermisstenfall ist immer die DNA des Vermissten an Gegenständen wie Zahnbürsten, Kämmen oder Haarbürsten zu sichern, um eine spätere eindeutige Identifizierung von Fundsachen oder der aufgefundenen Leiche der vermissten Person vornehmen zu können.

War das in Annes Fall 1994 nicht erfolgt?

Noch bedeutsamer war die Aussage, dass die Staatsanwaltschaft noch viereinhalb Monate Zeit habe, um genügend Beweise für eine Anklage zusammenzutragen. Spätestens ein halbes Jahr nach der Festnahme muss eine Anklage erhoben werden.

Die Staatsanwaltschaft stand also unter Druck, denn das bedeutete, dass spätestens im Februar oder März 1999 die An-

klage gegen B. stehen musste. **Aber gab es wirklich kein Vergleichsmaterial?**
Was das Fehlen von Vergleichsspuren 1994 betraf, war mir bekannt, dass damals über zwanzig Spuren gesichert und aufgelistet wurden. Weiterhin gab es vier Vergleichsspuren. Das waren Haare von Anne aus dem Haarband und Haare aus der Haarbürste. Die Sicherung dieser Spuren war am 18. August 1994 in der Wohnung der Großeltern erfolgt und damit, wenn auch mit sechstägiger Verspätung, nachweislich Vergleichsmaterial vorhanden. Welche Qualität dieses Material wirklich für eine DNA-Analyse hatte, war sicher zunächst offen.

Am 12. November 1998 war zu lesen »Landgericht hebt Haftbefehl auf«. Die Richter des Landgerichtes vertraten die Auffassung, gegen B. bestünde kein dringender Tatverdacht. Am Schluss hieß es, dass dieser Entscheidung der Richter eine Haftbeschwerde der Verteidigung vorausgegangen war.
Der Rechtsanwalt des B. hatte in diese sicherlich auch meine ihm mitgeteilten Erkenntnisse, die für seinen Mandanten entlastend wirkten, mit eingebracht. Eine andere auffallende Schlagzeile »Verdächtiger im Mordfall Anne wieder auf freiem Fuß«. Darunter »Landgericht N. hat den für einen Haftbefehl erforderlichen dringenden Tatverdacht verneint«.
Für mich war er von Beginn an niemals der Hauptverdächtige in der Vermisstensache.
Im ersten Satz heiß es: »Eine schwere Schlappe für die Staatsanwaltschaft. Die Freilassung des B. war auf eine Haftbeschwerde des Verteidigers zurückzuführen. Dieser habe sich gegenüber der Presse geäußert, dass es für ihn zu keinem Zeitpunkt stichhaltige Beweise gegeben habe, die seinem Mandanten eindeutig die Schuld an Annes Tod anlasten konnten. Dennoch behaupteten, so stand geschrieben, Polizei und Staatsanwaltschaft, man verfüge über genügend Indizien, um dem ehemaligen Nachbarn des Mädchens, der zudem einschlägig vorbestraft war, den Prozess machen zu können.
Es wurde von einem entscheidenden Beweis geschrieben, eine

Sache, die meine Neugierde weckte. Es war die Rede von einer DNA-Analyse aufgefundener Spuren, wobei aber noch auf eine endgültige Expertise gewartet werde. Über B.s Verteidiger erhielt die Redaktion bereits die Information, dass die Anklagebehörde jedoch schon seit Ende Oktober 1998 in Besitz einer mündlichen Mitteilung aus Münster gewesen sei.

Warum erfolgte B.s Haftentlassung aber fast einen halben Monat später?

Wäre keine Beschwerde durch den Verteidiger erfolgt, hätte man davon ausgehen können, dass B. auch am 12. November noch in Haft geblieben wäre.

Der Inhalt des letzten Abschnitts ließ mich dann aufhorchen. Da hieß es, ein in der Wohnung des Beschuldigten gefundenes Haar habe keine Übereinstimmung mit den Haaren des Opfers ergeben. Meines Erachtens konnte es sich bei diesem Haar nur um eines handeln, das im August 1994 auf der Bettdecke, dem Kopfkissen oder dem Laken in der Wohnung von Herrn B. gefunden wurde.

Am gleichen Tag stand in der Presse: »Wende im Mordfall Anne«. Schon zu Beginn wurde deutlich gemacht, dass B. bereits siebenundsiebzig Tage in Haft gewesen sei, bis er nunmehr entlassen worden war. Eine Zeit, die für einen „Unschuldigen" sehr lang sein konnte. Auch die Sache mit der „Haarspur" war hier eindeutiger beschrieben. Es war von einigen Haaren die Rede, die in der Wohnung des Beschuldigten gefunden wurden. Es ging also nicht um „ein" Haar, sondern man hatte alle Haare zur Analyse geschickt. Jedoch bei keinem handelte es sich dabei um ein Haar von Anne. Auch die Todesursache habe noch nicht ermittelt werden können und es gäbe keine Beweise, dass B. an dem Tag Kontakt zum Opfer hatte. Selbst der Umstand, dass der Beschuldigte seinen Tagesablauf nicht überzeugend schildern konnte, sei keine Begründung für einen dringenden Tatverdacht. Es wurden genau die Dinge benannt, die auch mich bereits viel, viel früher veranlassten, Herrn B. als Hauptverdächtigen auszuschließen und den Täter in einem ganz anderen Umfeld zu suchen.

Der Verteidiger hatte sich gegenüber dem Journalisten geäu-

ßert und wurde nun von der Redaktion wörtlich wiedergegeben: „Ermittlungsansätze gibt es, die zu anderen Tatverdächtigen führen; diese Ermittlungen führe allerdings nicht die
Polizei.“

In der zurückliegenden Zeit hatte ich häufig kurzen, wenn
auch nur telefonischen Kontakt zum Verteidiger. Daher kannte er die unterschiedlichen Richtungen, in die ich ermittelte.
Insbesondere, was die Richtung F. betraf. Untermauert wurde
die Aussage des Rechtsanwaltes durch den Journalisten, der
noch einmal darauf hinwies, dass der ehemalige Chefermittler
in Annes Fall, in einem Gespräch mit der Zeitung geäußert
habe: »Diese vielen Zufallssituationen, die es beim Verschwinden des Mädchens gegeben hat, die passten einfach nicht in
das Täterbild«.

Dieser Tag brachte aber noch eine Überraschung.

Im Rundfunk, in den Acht-Uhr-Regionalnachrichten", wurde
die Nachricht von der Haftentlassung des vermutlichen Tatverdächtigen verkündet. Erstaunt vernahm ich die Stimme
des Oberstaatsanwaltes. Eine Reporterin stellte ihm die Frage,
welche Vermutungen dazu geführt hatten, den B. zu verdächtigen und in Haft zu nehmen.

Der Oberstaatsanwalt rechtfertigte sich mit den Worten: Es
handele sich nicht um Vermutungen, sondern um vorliegende
Indizien, auf deren Grundlage die Schlussfolgerung abgeleitet worden seien, dass B. der Hauptverdächtige sei. Derartige
Schlussfolgerungen könne man nicht als Vermutung abtun.

Staatsanwaltschaft kontra Gerichte

Am Freitag, den 13. November 1998, war so dann zu lesen
»Verdächtiger frei – wie geht's weiter?« Es wurde berichtet,
dass der Oberstaatsanwalt eine Prüfung der Begründung des
Gerichtes ankündigte, die zur Aufhebung des Haftbefehls beigetragen hätte. Dem Kripo-Chef L. war die Frage gestellt worden, was die Ermittler nun machen, insbesondere, ob sie auch

andere Spuren verfolgen würden. „Kein Kommentar. Aus ermittlungstaktischen Gründen", lautete dessen Antwort. Natürlich war seine Antwort korrekt. Er hätte aber auch sagen können: Ja, es gibt noch andere Richtungen. Anscheinend hat er das aber nicht getan, denn eine Lokalzeitung berichtete, dass die Staatsanwaltschaft noch immer die Hoffnung hätte, dass die bei B. gefundenen Haare dem Opfer zugeordnet werden können. Das schriftliche Gutachten läge aber bis zum heutigen Tag noch nicht vor. Es wurde mitgeteilt, dass die Staatsanwaltschaft noch am gleichen Tag eine Beschwerde zur Haftentlassung von B. einlegen werde.

Am 14. November gab die Staatsanwaltschaft der Öffentlichkeit bekannt, dass sie erst am Montag den 16. November darüber entscheiden werde, ob sie eine Beschwerde einreichen. Die Staatsanwaltschaft schien mir, mit der nun eingetretenen Situation überfordert zu sein. Immerhin hatte das Gericht nur einen „hinreichenden Verdacht" zu B. feststellen können. Für die weitere Untersuchungshaft wäre aber ein „dringender Tatverdacht" erforderlich gewesen.

Eine regionale Sonntagszeitung ließ sich dieses Thema natürlich auch nicht entgehen. In ihrer Ausgabe vom 15. November hieß es, dass es bei der Haaranalyse, um ein Haar ging, das von der Übergardine aus der Wohnung des Beschuldigten stamme und es bei der DNA-Analyse keine Übereinstimmung gegeben habe.

Eindeutig war die Aussage, dass es keine konkreten Beweismittel geben würde, die einen Kontakt des Beschuldigten mit dem Opfer am Tattag belegen. Das war das eigentliche „Dilemma", in dem sich die Staatsanwaltschaft nun befand.

Erst am 17. November erfuhr die Öffentlichkeit, dass die Staatsanwaltschaft am Tag zuvor, eine Beschwerde wegen der Aufhebung des Haftbefehls gegen den Hauptverdächtigen im Mordfall Anne eingelegt hatte. **Warum aber ging die Staatsanwaltschaft so konsequent gegen das Urteil des Gerichtes vor?**

Selbst bei längerer Untersuchungshaft wäre keine andere Situation entstanden. Es sei denn, die Staatsanwaltschaft hatte noch ein „Eisen im Feuer". B. hätte weiter geschwiegen und das Ergebnis der Haaranalyse wäre durch eine weitere Untersuchungshaft des Beschuldigten auch nicht anders ausgefallen. Am 19. November wurde dann die Meldung veröffentlicht, dass die Beschwerde der Staatsanwaltschaft abgelehnt worden war.

Es war eingetreten, was ich erwartet hatte.

Erst am 30. November titelte die Zeitung mit den vier Buchstaben: »Mordfall Anne – Der Verdächtige bricht sein Schweigen«.

Eine Schlagzeile, die vieles vermuten ließ.

Hatte B. vielleicht doch gestanden?

Der Artikel enthielt nur die Information, dass B. angedeutet hätte, viele Fehler seien in den Ermittlungen passiert. Er selbst habe mit der Sache „nichts zu tun und nie mit dem Mädchen Kontakt gehabt".

In einer zuvor angekündigten TV-Sendung wurde B. eingeblendet. Sein Gesicht war verpixelt und auf die Frage, was er zu den gegen ihn erhobenen Vorwürfen sagt, erklärte er: „Jeder hat das Recht auf seine Meinung. Jeder kann auch sagen, okay, der war es; na, wer weiß was da gelaufen ist. Das ist Entscheidung des Gerichts. Sollte es wieder zu einem Haftbefehl kommen, gut dann geh ich erst einmal wieder in Haft. Das muss dann die Verhandlung erbringen".

Die Sprecherin verkündete: „Der Staatsanwalt hält B. für gestört. Für ihn ist er Annes Mörder."

Danach kam der Sprecher der Staatsanwaltschaft ins Bild und zu Wort. Sein Statement lautete: „Er ist für uns der einzige Verdächtige. Im Mordfall besteht für die Staatsanwaltschaft nach wie vor der dringende Tatverdacht gegen den Beschuldigten".

„Ganz anders sieht es die Richterin", kommentierte darauf die Sprecherin. Sie kam nun ins Bild und erläuterte ihre Auffassung zum Fall: „Wir können keinen wegsperren, dem wir nicht nachgewiesen haben, dass er eine bestimmte Tat begangen hat."

So standen nun zwei Auffassungen von zwei Behörden im Raum. Das war schon eine bemerkenswerte „Schau" von unterschiedlicher Rechtsauffassung. Der Richterin konnte ich nur zustimmen. Es standen ihr alle Akten zur Verfügung, um sich ein Bild zu machen. Es war kein einziger Beweis vorhanden, um B. des Mordes an Anne überhaupt zu beschuldigen und insofern eine weitere Bestätigung für meine Annahme, dass der Täter woanders zu suchen war.

Noch einmal kam der Oberstaatsanwalt ins Bild. Er neigte den Kopf und in einer für mich etwas trotzig wirkenden Art äußerte er: „Es gibt eine Reihe von Indizien. Ich will die jetzt im Einzelnen nicht aufführen. Das Landgericht hat gesagt, uns reicht das nicht. Uns reicht es doch und darum haben wir erneut eine Beschwerde eingelegt."

Am 1. Dezember 1998 wurde die nächste „Hiobsbotschaft" für die Staatsanwaltschaft bekannt. Das Oberlandesgericht hatte als höhere Instanz die erneute Beschwerde der Staatsanwaltschaft abgelehnt. Es bestünde kein dringender Tatverdacht, B. bleibe auf freiem Fuß.

Das Oberlandesgericht begründete seine Ablehnung der Beschwerde so: „Weder der Tatzeitpunkt noch der Tatort und die Tatausführung ließen sich mit ausreichender Sicherheit genau erklären. Ein Identitätsnachweis von möglichen Haarspuren des Mädchens an Gegenständen des bisher Beschuldigten sei auch nach einer DNA-Analyse nicht gelungen."

Der Sprecher der Staatsanwaltschaft räumte ein, dass die beim Tatverdächtigen gefundenen Haare kein Beweismittel seien. Es seien aber noch einige Indizien vorhanden, die gegen den Beschuldigten sprächen, aber es nur auf deren Bewertung ankommen würde.

***

Für mich war klar: In dieser Situation musste ich jetzt erst recht meine Ermittlungen fortführen, obwohl es nach dem Auffinden der Leiche von Annes Mutter nicht noch einmal gesondert gewünscht worden war. Die Gerichtsentscheidungen, die in der letzten Zeit getroffen worden waren, hätten ihr aber die Augen öffnen müssen, denn B. war mit großer Wahrscheinlichkeit nicht der Täter. Dieses hatte ich ihr bereits viel früher mehrmals versucht zu erklären. Dennoch, in ihr schien der Wunsch nach Aufklärung des Schicksals ihrer Tochter und Ermittlung ihres Mörders kaum noch vorhanden zu sein. Eine direkte Aufforderung von ihr, meine Ermittlungen einzustellen und den Auftrag als beendet zu betrachten, erfolgte aber auch nicht. Das gab mir ein wenig zu denken. Mir war die kleine Anne im Zuge meiner Ermittlungen bereits ans Herz gewachsen. Sicher war ich mir auch, dass meine Ermittlungsrichtung „ganz nahes Umfeld" richtig ist. Beides motivierte mich, meine Ermittlungen fortzuführen!

Einen Tag vorm „Heiligen Abend" rief die Polizei in der Lokalpresse zur Zeugensuche auf. Es ging aber nicht um neue Zeugen.

Mussten tatsächlich mehr als vier Jahre vergehen, bis die Kripo etwas tat, was sie hätte bereits tun müssen?

Die Zeugin aus R., die sich 1994 gemeldet hatte, hatte am 12. August gegen 19:00 Uhr, ein damals ähnlich wie Anne aussehendes Mädchen festgestellt, das am Straßenrand stand und einen Brief oder Zettel las.

Damals, als die Zeugin davon überzeugt war, die Vermisste dort festgestellt zu haben und sich sofort bei der Polizei gemeldet hatte, hatte es von deren Seite nur geheißen: »Zeugin aus R. verhört. Aussage nicht zweifelsfrei«.

Nur weil sie sich an das auffällige Muttermal im Gesicht des Mädchens nicht erinnern konnte!

Was sollte aber nun, nachdem die Leiche gefunden worden war, mit diesem Aufruf erreicht werden?

Im Aufruf hieß es: Da die Kriminalpolizei davon ausgeht, dass es sich nicht um Anne gehandelt hatte, müsste dieses Mädchen zu finden sein. Es wird dringend gebeten, sich bei der Polizei in M. oder direkt bei der Kriminalpolizei in N. zu melden.

Suchte man hier vielleicht nur verstärkt nach neuen Indizien gegen B.?

Sollte sich dieses Mädchen melden, würde es B. natürlich wieder mehr belasten. Dann könnte man ausschließen, dass es damals Anne war, die ja nach Version der Polizei bereits gegen 18:00 Uhr von B. im Keller abgefangen worden sein soll. Damals war die Feststellung der Zeugin aus R., nur angezweifelt und keine weiteren Überprüfungen vorgenommen worden, denn ein derartiger Sachverhalt passte ja auch zu dieser Zeit nicht in das Konzept der Ermittlungsbehörde. Nun hoffte man offensichtlich mit einem Aufruf vier Jahre später noch beweisen zu können, dass es keinesfalls die damals noch Vermisste gewesen sein konnte.

So wollte man die Tatversion, wie „verrückt" sie mir auch erschien, in Richtung B. wieder etwas stärken.

Ein verzweifelter Versuch der Staatsanwaltschaft und der Kripo.

***

Mit dem buchstäblichen „Schweigen im Walde" war es im Februar 1999 vorbei. Am 10. Februar erfolgte ein erneuter Aufruf der Kriminalpolizei. Sie bat um Mithilfe der Bevölkerung. Es ging immer noch um die Feststellung des Mädchens, das die Zeugin aus R. am 12. August 1994 gegen 19:00 Uhr an einer Kreuzung in M. festgestellt hatte.

Der erneute Aufruf ließ aber nur erkennen, dass sich wohl seit dem ersten Aufruf im Dezember 1998 niemand gemeldet hatte oder dieses Mädchen gefunden worden war. Neben einer ausführlichen Personenbeschreibung des gesuchten Mädchens war die ausführliche Erläuterung der Polizei schon „amüsant". In dieser hieß es: „Da wir aufgrund verschiedener Feststellungen davon ausgehen, dass es sich bei dem Mädchen nicht um Anne gehandelt hat, hoffen wir auf diesem Weg, dass damals von der Zeugin tatsächlich beobachtete Mädchen zu finden. Wir sind aber nicht in der Lage, mit allen Mädchen des entsprechenden Alters persönlich zu sprechen und deshalb auf ihre Mithilfe angewiesen. Es könnte sich um ein Mädchen aus M., einer Ortschaft um M. oder um ein Mädchen handeln, das in den Ferien bei Bekannten zu Besuch war. Wer kennt ein Mädchen, das damals so ausgesehen hat?"

Es waren also fast zwei Monate nach dem ersten Aufruf vergangen, und bisher hatte die Kripo weder das Mädchen gefunden noch sich ein Zeuge gemeldet.

War es damals vielleicht doch Anne gewesen?

Am 17. Februar 1999 wurden zum fünfjährigen Jubiläum eines Lokalblattes die markantesten Berichterstattungen aufgezählt, unter ihnen die zum Fall „Anne".

Dazu muss ich anmerken, dass ich vor dieser Veröffentlichung den Inhalt mit dem Journalisten abgesprochen hatte. Wir kannten uns bereits seit Anfang 1998. Seit dieser Zeit bestand ein lockerer Kontakt zu ihm. Er hatte mir seine Hilfe unter der Bedingung angeboten, von mir im Gegenzug interessante Neuigkeiten in dem Fall als Erster zu erfahren.

Einen solchen Kontakt zu pflegen, war als Privatermittler oftmals hilfreich.

Alles war wie abgesprochen veröffentlicht worden. Die Persönlichkeit des Opfers wurde so beschrieben, wie ich sie durch meine Ermittlungen herausgearbeitet hatte. Anne wurde als klug und als überall beliebt dargestellt. Damit sollte indirekt deutlich gemacht werden, dass sie keinesfalls so naiv gewesen war, einfach mit einer fremden Person mitzugehen und sich im Falle einer Belästigung sicher zu wehren verstand.

Auch die Aussage, dass die Vermutung naheliege, dass sie bereits vor den Suchaktionen der Polizei auf heimtückische Art getötet worden sei, war gewollt.

Das ließ nach meiner Meinung viele Varianten eines möglichen Tatgeschehens offen. So auch eine mögliche Täterschaft aus dem ganz nahen Umfeld.

Selbst der Satz, ob ein Mann, der vielen Kindern bekannt war, Anne in sein Auto gelockt habe, sollte so formuliert werden. Es war meine Absicht, zum Täter weiterhin alles offen zu lassen. In einer derartigen Formulierung konnte sich F. wiederfinden, aber auch andere im Wohngebiet lebende Männer, die sich zu

Kindern hingezogen fühlten. Wenn Drogen, eine überhöhte Dosierung oder eine nicht gewollte Tötungsabsicht hier als Vermutung genannt wurden, so hatte auch das seinen Grund. Der letzte Satz war so geschrieben, wie ich es mir gewünscht hatte. Es wurde die Frage aufgeworfen, ob sich der wirkliche Täter noch auf freiem Fuß befände.

Diese Frage sollten sich zu diesem Zeitpunkt wirklich alle Beteiligten stellen. Das galt sowohl für die Staatsanwaltschaft, die Kripo, als auch für die Angehörigen. Aber auch an jeden Einwohner, jeden Bürger der Stadt war diese Frage gerichtet. Auf deren Mitwirken baute ich nach wie vor. Diese Frage sollte alle wachrütteln.

Genau drei Tage später, am 20. Februar, wurde das öffentliche Eingeständnis der Staatsanwaltschaft bekannt. Sie erwog den Verzicht auf Anklage im Mordfall, da sie keine neuen Indizien gegen den Verdächtigen fand.

Das musste die Ermittlungsbehörde sicher Überwindung gekostet haben, dies öffentlich einzugestehen. Der Leitende Oberstaatsanwalt äußerte sich dahingehend, dass möglicherweise auf die Erhebung einer Anklage gegen den Hauptverdächtigen verzichtet werde. Dazu würde in der nächsten Woche eine Entscheidung fallen. Das sei man sowohl dem Beschuldigten als auch der Öffentlichkeit schuldig. Er erklärte, dass, wenn in den nächsten Wochen keine neuen Indizien, die den Tatverdacht gegen B. erhärten, gefunden worden seien, man keine Anklage erheben würde.

Sicher spielte die zurückliegende Entscheidung des Oberlandesgerichtes eine entscheidende Rolle. Das Gericht hatte ja die Beschwerde der Staatsanwaltschaft im November 1998 mit der Begründung abgelehnt, dass der Beschuldigte bei Zugrundelegung der Aktenlage und umfassender Würdigung aller darin enthaltenen Beweismittel, der ihm zur Last gelegten Straftat nicht dringend verdächtig ist.

Laut Aussage des Leitenden Oberstaatsanwalts berge eine Anklage mit den bisher bekannten Beweismitteln die Gefahr, dass vom Landgericht die Eröffnung eines Strafprozesses abgelehnt werden könnte.

Da war es schon bedrückend, in der Lokalpresse nun in fetten Buchstaben lesen zu müssen: »Mordfall Anne vielleicht nie gesühnt«.

Wie aber musste es erst den Angehörigen, den Großeltern und der Mutter des Opfers ergangen sein?

In der Presse war noch einmal die „Schlappe" der Staatsanwaltschaft beschrieben, die sie durch die Ablehnung ihrer Beschwerde erfahren musste.

In knappen Aussagen war zu erfahren, wie vonseiten der Staatsanwaltschaft auf Nachfragen von B.s Rechtsanwalt zurückliegend reagiert worden war.

Für mich war es ein „innerer Vorbeimarsch" nun zu lesen, wie der Oberstaatsanwalt eingestehen musste, zum Zeitpunkt der Verhaftung des B. wohl etwas zu euphorisch gewesen zu sein. Auch auf das nicht eindeutige Ergebnis der Haaranalyse, auf die von der Staatsanwaltschaft alle Hoffnungen gesetzt worden war, musste er eingehen. Dazu führte er aus, dass selbst wenn es sich hier eindeutig um Haare vom Opfer gehandelt hätte, dieses noch kein Beweis gewesen wäre. Die wenigen Haare konnten auf allerlei Wege in den Keller oder an das Moped des Beschuldigten gelangt sein. Insbesondere aber hätten die Richter auf die Zeugin verwiesen, die ein Mädchen an einer Kreuzung gesehen habe, in der sie Anne erkannt haben will. Wenn sie das aber wirklich gewesen wäre, so die Richter, hätten weder vermuteter Tatort noch die Tatzeit und somit auch nicht der Tatverdächtige gestimmt.

Dadurch wurde mir noch klarer, warum die Polizei seit Dezember 1998 fieberhaft um Mithilfe aufgerufen hatte, dieses Mädchen doch noch zu finden. Den Satz: Möglicherweise, so die vage Auskunft, habe man immerhin viereinhalb Jahre später, jetzt eine „heiße Spur" und die Betreffende gefunden, las ich mehrmals.

Ich war schon überrascht und war neugierig, was dazu noch kommen würde. Dieses krampfhafte Bemühen der Kripo, das Mädchen zu finden, war erneut nur ein Beweis dafür, dass man weiterhin immer noch versuchte, B. den Mord an Anne nachzuweisen, aber keiner anderen Spur so fieberhaft nachgegangen war, wie sie es bei der Suche nach dem Mädchen taten. Wie die ganze Sache einmal ausgehen würde, war unklar. Wenn alles so weitergehen würde, konnte man getrost davon ausgehen, dass der Fall so nie aufgeklärt werden wird.

In den darauffolgenden Tagen hatte ich mehrere Gespräche mit dem Journalisten des Lokalblattes. Ihm ging es darum, etwas mehr zu dem Fall zu veröffentlichen, um mich durch eine gezielte Darstellung in meinen Ermittlungen zu unterstützen. Nach den Gesprächen kam es am Sonntag, dem 28. Februar 1999, zu einer Veröffentlichung.

Die Schlagzeile »Kein Totschlag, aber ...« war „genial“. Sie weckte Aufmerksamkeit und warf gleichzeitig eine Frage auf, die neugierig machen sollte. Der Inhalt selbst machte deutlich, dass die Staatsanwaltschaft dreimal eine „Abfuhr“ von Gerichten erhalten hatte, aber noch immer auf B. als Tatverdächtigen setzte.

Geschickt hatte der Journalist einige Informationen aus anderen Presseveröffentlichungen zusammengefasst, zum Ende hin erschien aber das Entscheidende. Er informierte die Öffentlichkeit und Angehörigen, dass es da „jemanden“ gab, der in eine ganz andere Richtung ermitteln würde und dessen Ermittlungsrichtung nicht so falsch zu sein schien.

Auch die Darlegung der Sache mit meiner näheren Bestimmung des Fundortes, noch vor dem eigentlichen Auffinden der Leiche, war gewollt. Es war der Einstieg, um deutlich zu machen, dass es neue, ganz andere Aspekte in dem Fall gab.

Mit dazu aufgeworfenen Fragen, auf die ich eine Antwort suchte, sollte der Täter oder auch mögliche Mitwissende weiter verunsichert werden. Gleichzeitig wollte ich die Bevölkerung dazu bewegen, mehr in Richtung des engen Umfeldes zu denken.

Annes Mutter und den Großeltern wollte ich auf diesen Weg mitteilen, dass ich neue Ermittlungsergebnisse, also neue Erkenntnisse hatte, damit sie diese möglicherweise als Grund für eine Kontaktaufnahme sehen würden. Natürlich sollte auch die Staatsanwaltschaft so erfahren, dass ich neue Erkenntnisse besaß und sie sich nun veranlasst fühlen würden, mich als

Zeugen zu hören. Aber von allen Seiten kam keine Reaktion. Es gab nur „stumpfes Ignorieren" und das war schon wieder bitter.

***

Am 24. Juni 1999 war zu erfahren, dass die Staatsanwaltschaft im August über eine Anklageerhebung im Fall entscheiden will.

Der Oberstaatsanwalt fühlte sich bemüßigt zu erklären, warum die Entscheidung erst im August erfolgen werde. Erst dann, so wurde er zitiert, habe man alles beieinander, um noch einmal den ganzen Fall „peinlich genau zu prüfen".

Seine Aussage bedeutete für mich, dass sich in den nächsten Wochen wieder einmal nichts tun würde und ich bis dahin sicher auf eine Entscheidung oder auch nur auf eine Reaktion der Familienangehörigen hinsichtlich der Fortführung meines Auftrages warten konnte.

Am 13. August erschien eine Veröffentlichung, die wieder nicht ganz ohne meinen Anstoß und mein Zutun erfolgte.

Ich wusste, dass der Journalist interessiert war, Aktuelles zu erfahren. Als er versprach, dieses in eine Veröffentlichung einzuarbeiten, erhielt er von mir eine Einschätzung zum Fall. Die Schlagzeile und deren Untertitel versprachen aber auf den ersten Blick nichts Gutes. Sie ließen der Öffentlichkeit erkennen, dass sich in dem Fall immer noch keine Aufklärung durch die Ermittlungsbehörden abzeichnete. Es hieß, dass die Umstände des Todes der kleinen Anne im Dunkeln bleiben würden. Eine Anklage gegen den Tatverdächtigen sei weiter ungewiss.

Im Bericht selbst war zu lesen, dass die Staatsanwaltschaft erst im September entscheiden werde, ob der Tatverdacht überhaupt für eine Anklage ausreiche. Der Sprecher der Staatsanwaltschaft versuchte, die erneute Verzögerung der Entscheidung für eine Anklage mit vielen weiteren Mordfällen, die es zwischenzeitlich gegeben hätte, zu begründen. In einem

Abschnitt, der mit „Motiv" überschrieben war, hatte der Journalist meine persönliche Einschätzung zum Fall dargelegt. Sie beinhaltete die Aussage, dass der Privatdetektiv kurz nach dem Auffinden der Leiche, den von der Polizei präsentierten Täter von Anfang an für unschuldig hielt, er weder ein Motiv noch eine Opferbeziehung bzw. eine wie bisher dargestellte Opferbeseitigung bei dem Beschuldigten sehe. Dann ging er auf meine Bemerkungen ein, die ich zum Fundort gemacht hatte und die er nun wörtlich zitiert hatte: „Der Schacht ist in dieser Jahreszeit völlig zugewachsen und fast nicht zu sehen. Der Täter muss diesen Ort also gekannt haben. Die Beziehung des Täters zum Opfer und der Fundort – da kommen nicht viele Personen infrage."
Diese Aussage sollte die Angehörigen des Opfers, die Familie und den Täter unruhig und unsicher machen. Ich erhoffte mir dadurch weitere Reaktionen aus dem Umfeld. Nach der wörtlichen Wiedergabe meiner Einschätzung, folgte die Bemerkung, dass ich aber angedeutet hätte, einem anderen konkreten Verdacht nachzugehen. Diesen aber nicht verraten wolle. Damit beabsichtigte ich die Wirkung auf die Angehörigen noch zu verstärken.
Auch der Rechtsanwalt des B., war am Ende des Berichtes wörtlich zitiert worden. „Zu Beginn der Ermittlungen ist nicht breitgefächert genug ermittelt worden. Sollte sich nun die Unschuld meines Mandanten herausstellen, wird es schwer sein, den tatsächlichen Täter noch zu finden."
Das war ganz nach meinem Geschmack. Immerhin hatte ich schon viel früher diese Meinung gegenüber den Angehörigen des Opfers und dem Rechtsanwalt vertreten. Der hatte es jetzt nur öffentlich gemacht. Spätestens nun mussten bei den Angehörigen doch erste Zweifel aufkommen, ob die Tat überhaupt aufgeklärt wird.
Doch auf eine Reaktion, auf eine Entscheidung ihrerseits, wartete ich weiterhin vergebens.

***

Am 4. November 1999 erschien dann die Veröffentlichung in der Presse, dass eine Anklage im Fall Anne erfolgt war. Die Staatsanwaltschaft hatte sich dazu durchgerungen und sei das Wagnis eingegangen, eine Anklage gegen den Tatverdächtigen zu erheben. Diese, so hieß es, sei dem mutmaßlichen Täter bereits zugestellt worden.

Der Oberstaatsanwalt sprach in diesem Zusammenhang von einer Vielzahl von Indizien, die den Schluss zulassen würden, dass der Dreiunddreißigjährige, die damals Zehnjährige, umgebracht habe.

Es wurde von etwa fünfzehn Indizien gesprochen, die zusammengenommen die Staatsanwaltschaft davon überzeugten, dass er das Mädchen umgebracht habe.

Das Interessante war, dass der Oberstaatsanwalt davon ausging, dass bei der Eröffnung eines Hauptverfahrens andere Kriterien gelten. Er meinte, hier könnte ein hinreichender Tatverdacht bereits entscheidend sein.

B.s Rechtsanwalt sah in der Ablehnung des Haftbefehls bereits eine Vorentscheidung des Gerichts und untermauerte das damit, dass auch im vergangenen Jahr nichts weiter ermittelt worden sei.

Meine Meinung, was eine Hauptverhandlung betraf, hatte ich gegenüber dem Journalisten zuvor einmal geäußert. Das hatte er nun öffentlich gemacht.

Er meinte, dass es dennoch zur Hauptverhandlung kommt, wünsche sich auch der von der Mutter beauftragte Privatdetektiv. Zitiert wurde ich mit den Worten: „Hier müsste dann zur Sprache kommen, dass es eine Reihe von Indizien auch gegen andere Personen gibt."

Für mich galt es nun, nach der Beantragung eines Hauptverfahrens gegen B. abzuwarten, was weiter passieren würde.

Wie würde das Gericht entscheiden?

Es wurde eine spannende Zeit. Zwölf Tage mussten vergehen, bis es Klarheit gab.

Am 16. November 1999 wurde die Entscheidung des Gerichtes veröffentlicht.

Meine Vermutungen bestätigten sich. Die Eröffnung des Hauptverfahrens war abgelehnt worden. Es sei kein hinreichender Tatverdacht gegen den Beschuldigten gegeben.

Diese Veröffentlichung passte wie „die Faust auf's Auge".

Der Journalist wusste von mir, dass ich vonseiten der Angehörigen seit einiger Zeit nicht mehr die Unterstützung wie zuvor erhielt. Auf diese Tatsache hatte er im letzten Satz hingewiesen. Er war einfach „spitze" und setzte wirklich das um, was wir gemeinsam absprachen, denn er war der Spezialist, der wusste, bzw. oft auch ahnte, wann und in welchem Zusammenhang er meine Informationen und auch Worte wiedergeben musste. Es war ein sehr wertvoller Kontakt.

Einen Tag später berichtete die Presse über die Reaktion der Staatsanwaltschaft auf die Ablehnung der Eröffnung des Hauptverfahrens durch das Gericht. Es hieß, die Staatsanwaltschaft prüfe wieder eine Beschwerde.

Für mich wurden die Haltung der Staatsanwaltschaft und die Äußerungen des Leitenden Oberstaatsanwaltes immer unverständlicher. Der hatte sich gegenüber der Presse so geäußert, dass sie noch einmal sehr genau prüfen werden, ob sie Argumente haben, um bei einer Beschwerde beim Oberlandesgericht auch Erfolg zu haben. Sie würden sich dabei aber nicht unter Zeitdruck setzen. Es gäbe immer noch eine Vielzahl belastender Indizien gegen ihren Tatverdächtigen. Ich konnte mir nicht vorstellen, warum er von einer Vielzahl von Indizien sprach.

Von welchen Indizien sprach er denn?

In einem anderen Bericht mit der Schlagzeile, dass die Staatsanwaltschaft im Mordfall Beschwerde einlegen werde, wurde der Leitende Oberstaatsanwalt erneut wörtlich zitiert: „Wir sehen den Rechtsbegriff des hinreichenden Tatverdachts anders. Auch das Landgericht gebe zu, dass Indizien für einen Tatverdacht sprechen. Es gibt Fälle, die müssen verhandelt werden." Mit dieser Einstellung ging ich voll mit. Natürlich gab es Fälle, die einfach verhandelt werden müssen. In diesem Fall würde

es dem Strafverteidiger des B. die Möglichkeit geben, die früheren Fehler der Ermittlungsbehörden endlich öffentlich zu
machen oder vielleicht sogar auch mich, als Zeugen ins Spiel
zu bringen. Dann hätte auch ich eine Plattform, um meine
bisherigen Ermittlungsergebnisse vorlegen zu können und
endlich meine Verdachtsrichtungen anhand von Fakten und
Indizien offiziell zu begründen.
Mit Sicherheit bliebe dann eine öffentliche Kritik, gerichtet an
die Kripo und damit eine Blamage der Staatsanwaltschaft un-
ausweichlich.
**Würde es nun im Fall vonseiten der Staatsanwaltschaft und
den Angehörigen einen Sturm der Entrüstung geben oder
weiteres Abwarten von beiden Seiten dominieren?**
**Wie würde man gedenken, das Verbrechen an der kleinen
Anne dennoch aufzuklären?**

TEIL 7
Behördenkämpfe
Kripo Intern

Drei Tage nach dem Verschwinden von Anne war B. ja bereits als Beschuldigter vernommen worden. Zu diesem Zeitpunkt gab es nach vorliegenden Kenntnissen aber keine konkreten Hinweise.

Was führte eigentlich dann aber zu dieser schnellen „Vorverurteilung"?

Wie kam diese überhaupt zustande?

Um diese Fragen beantworten zu können, befasste ich mich näher mit den damaligen Ereignissen und der Rolle der Ermittler in dem Fall.

Fakt war, dass B. bereits am 15. August 1994, als im Wohngebiet viele Nachbarn aufgesucht und von der Polizei befragt wurden, auch er in seiner Wohnung aufgesucht worden war. Das war gegen 12:30 Uhr. Noch am gleichen Tag, bereits um 15:30 Uhr, wurde er als Beschuldigter vernommen.

Es liegt nahe, dass hier der langjährige, erfahrene und von allen mit Respekt angesehene KHK K., dabei eine entscheidende Rolle gespielt hat.

Er hatte seine Polizeilaufbahn, als Schutzpolizist in einer mecklenburgischen Kreisstadt begonnen und war seit 1968 Mitglied der Morduntersuchungskommission (MUK), eine Bezeichnung der Abteilung der Kriminalpolizei, die sich in der ehemaligen DDR mit Tötungsdelikten befasste. Bis 1994 war er deren Leiter. Seine Erfahrungen und seine Meinung, hatten in den Kreisen der Kriminalpolizei Mecklenburg-Vorpommern einen hohen Stellenwert.

Genau dieser KHK K. war 1986 der Fallbearbeiter im Mordfall einer damals 14-jährigen Schülerin. Das Opfer war in der Nähe der Stadt W. wohnhaft gewesen, in deren Nähe wohnte damals B. mit seinen Eltern in einem Nachbardorf. Er hatte die 14-jährige Schülerin im Mai 1986 mit seinem Moped von der Schule aus W. abgeholt, war mit ihr auf einen Landweg gefahren und dann in ein Waldstück abgebogen. Das Mädchen wurde später vermisst, die Suche nach ihr begann. Da B. zuvor von anderen Schülern gesehen worden war, wie er mit dem späteren Opfer auf seinem Moped von der Schule wegfuhr, geriet er sofort unter Verdacht. Bei der Konfrontation mit der Polizei stritt er zunächst alles ab und gestand die Tat erst, als die Leiche des Mädchens gefunden worden war. KHK K. hatte B. damals als Mörder des 14-jährigen Mädchens überführt.

Wichtig ist nun zu wissen, dass 1994 im Fall Anne, die Ergebnisse der angelaufenen Befragung der Bürger des Wohngebietes, bei KHK K. „zusammenliefen". So erhielt er sicherlich auch von der Erstbefragung des B. Kenntnis.

Viel später hatte ich in einem persönlichen Gespräch mit B. erfahren, dass KHK K. beim Zusammentreffen mit B. gesagt haben soll: „Als ich deinen Namen hörte, war mir alles klar."

Es war anzunehmen, dass die am Nachmittag erfolgte Beschuldigtenvernehmung des B. daher von KHK K. angeregt oder vielleicht sogar angewiesen wurde.

Im Fall der vermissten Anne übernahm in der ersten Phase, wie bekannt, der KHK M. als Ermittlungsleiter die Fallbearbeitung. Seine Ermittlungen richtete er jedoch nicht nur auf B. aus, sondern ermittelte von Beginn an auch in andere Richtungen, denn er war von B. als Täter nicht voll überzeugt.

KHK M. gab den Fall jedoch nach knappen zwei Monaten, bereits im Oktober 1994 ab.

Die tatsächlichen Gründe, die dazu führten, sind mir nicht bekannt. Darüber kann nur spekuliert werden.

Immerhin gab es bei der Kripo zu dieser Zeit im Vermisstenfall zwei unterschiedliche Auffassungen. KHK K. schien von B. als Täter und nur von Ermittlungen in diese Richtung überzeugt. KHK M. schloss dagegen andere Ermittlungsrichtungen nicht aus und wollte diesen nachgehen. Diese unterschiedlichen Auffassungen führten sicherlich zu dienstlichen Spannungen. Vor diesem Hintergrund und der dann erfolgten Entscheidung des KHK M., den Fall abzugeben, setzte sich die Ermittlungsrichtung des KHK K. letztendlich durch.

Warum gab KHK M. den Fall wirklich ab?

Waren seine Ermittlungen, die nicht nur in Richtung B. gingen, unerwünscht?
War die Fallabgabe seine persönliche Entscheidung oder war es eine dienstliche Order? Was war da wirklich gelaufen?
Neuer Fallbearbeiter wurde KHK T., der dann gemeinsam mit dem Leiter der Kriminalinspektion, dem Staatsanwalt und dem KHK K. die weiteren Ermittlungen dann nur noch mit einem Ziel führte: Dem B. die Tat nachzuweisen. Für sie war er der Täter und kein anderer.

***

Wenige Tage nach Auffinden der Leiche, genau am 12. September 1998, erschien in der Regionalpresse das bekannte Interview mit dem ehemaligen Chefermittler KHK M.
Es war die Veröffentlichung mit der Schlagzeile: »Die vielen Zufälle passten nicht in das Täterbild«.
Im Zusammenhang mit diesem Interview wurde mir ein sonderbarer Vermerk eines leitenden Mitarbeiters der Kriminalpolizeiinspektion N. mit dem Datum vom 23. September 1998, bekannt. In diesem hieß es: »Am 09.09.1998 informierte Herr KHK M. den Unterzeichnenden über die Absicht des Journalisten von der Regionalzeitung, mit ihm ein Gespräch/Interview zur Todesermittlungssache Anne zu führen.« Der inhaltliche Bezug sollte abgestellt sein auf die Verantwortlichkeit des KHK M. in den ersten Wochen der Ermittlungsführung im August 1994. Durch den Unterzeichnenden wurde mit Deutlichkeit vom KHK M. gefordert, sich sehr gut zu überlegen, was an Antworten gegeben werden kann. Deutlich wurde unterstrichen, dass er mit der gegenwärtig laufenden Untersuchung nichts zu tun hat und sich somit auch nicht zu aktuellen Problemen äußern darf.
War dieser Vermerk ein „Maulkorb"?
Wovor hatte man Angst?

Aber warum erfolgte dieser Vermerk erst 11 Tage nach dem Interview, mit Datum 23. September?
Musste sich der Leiter eventuell nach Erscheinen des Interviews gegenüber einer vorgesetzten Stelle erklären?

Im Juni 1999 kam es auf meine Initiative hin zu einem persönlichen Zusammentreffen mit KHK M. Er war bereits seit Längerem einem anderen Bereich der Kripo zugeteilt worden. Voller Erwartungen saß ich in seinem Büro. Sein Gesicht verriet, dass dieser Mann in seiner Tätigkeit sicher nicht mehr so motiviert war wie damals, als er Leiter der Ermittlungen im Vermisstenfall war. Er zeigte sich aufgeschlossen und wir sprachen offen über den Fall.

Von besonderer Bedeutung war für mich, wie er diesen Fall aus persönlicher Sicht betrachtete. Hier teilte er mit, dass er damals unter anderem auch eine Ermittlungsrichtung B. nicht ausgeklammert habe, aber es seien keine Beweise bzw. Spuren vorhanden gewesen, die auf B. zutrafen. Aus diesem Grund habe er sich dagegen gewehrt, nur B. als Täter in Betracht zu ziehen. Damit sei man aber nicht einverstanden gewesen.

Wen er mit „man" meinte, darauf ging er nicht näher ein.

Trotz des Widerstandes habe er verlangt, seine Ermittlungsrichtungen fortführen zu können oder er würde nicht mehr in dem Fall ermitteln. Für ihn waren schon damals noch zu viele Fragen offen, insbesondere zum engen Umfeld des Opfers, zur Familie an sich.

Auch ich hatte ja immer noch viele Fragen, die sich auf die Familienangehörigen bezogen.

Er erzählte weiter, dass auch solche Leute wie der B. kein Kamikaze-Verhalten an den Tag legten. Es seien einfach zu viele Zufälle. Drei Kinder spielen auf dem Hof, dann der plötzliche Regen. Zwei Kinder laufen zur Tür. Anne habe einen anderen Weg genommen, was für ihn damals der Knackpunkt gewesen sei. Nach seiner Auffassung habe man sich zu sehr in die Person B. als Täter verrannt und dabei alles andere vernachlässigt. Als ich ihm meine Ermittlungsrichtung offerierte, meinte er:

„Den Gedanken eines möglichen Tatzusammenhangs der Mutter oder des damals zukünftigen Ehemannes kann ich nicht verneinen. Auch eine mögliche gemeinsame Tatbeteiligung beider schließe ich nicht ganz aus. Da gab es irgendwie auch ein Alibiproblem."

Trotz meines Drängens wollte er auf diese Thematik nicht weiter eingehen und bat um Verständnis. Immerhin sei er noch in einer Polizeibehörde tätig.

Als ich das Gespräch auf F. lenkte und ihn über die von mir ermittelten Missbrauchshandlungen in Kenntnis setzte, brachte er sein Unverständnis zum Ausdruck und war überrascht, dass man hier nicht weitere Überprüfungen vorgenommen hatte. Seiner Meinung nach sei es völlig falsch gewesen, gleich nach Auffinden der Leiche von Anne, den B. erneut zu verhaften und ihn öffentlich in den Medien vorzuführen; zumal auch da noch keine erdrückenden Beweise vorlagen. Die eigentlichen Untersuchungen stünden nach dem Auffinden der Leiche doch eigentlich noch aus.

Der Fundort – die Spurensicherung

Die Kripo N. hatte am 20. August um 14:55 Uhr von der Dienststelle W. die Meldung vom Auffinden einer skelettierten Leiche erhalten.

Eine Stunde nach Eingang der Meldung war die Kripo am Fundort. Eine Fundortbeschreibung beinhaltete u. a. Witterungsbedingungen, als auch die allgemeine Lage des Fundortes. Zum Zeitpunkt des Auffindens der Leiche war der Schacht von Unkraut und Gräsern umwachsen, die nahezu eine Höhe bis zu einem Meter erreichten. Der Schacht selbst ragte etwas mehr als einen Meter aus dem Erdreich heraus und war nicht abgedeckt. Der obere Rand des Schachtes war mit Moos bewachsen. Das deutete darauf hin, dass der Schacht bereits sehr lange ohne Abdeckung offenstand. Auf dem Grund des Schachtes waren Wasser, Steine und offensichtlich auch die

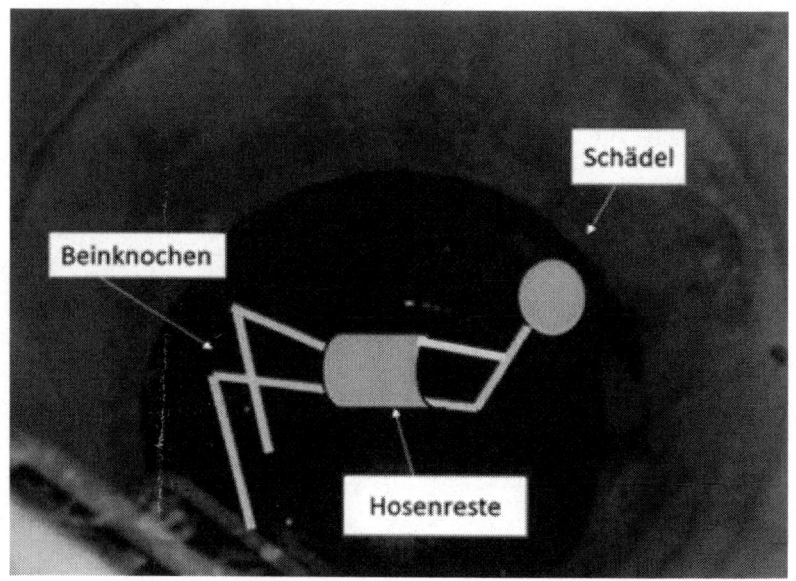

Decke eines Fahrradrades. Zwischen den Steinen war ein menschliches Skelett erkennbar, dessen Lage ungeordnet erschien. Erkennbar waren Beinknochen mit der gut erhaltenen Hose mit dem Mickymausmuster. Auch der Schädel mit Unterkiefer und ein Schlüsselbund waren feststellbar. Zu erkennen war, dass die Leiche mit angewinkelten Beinen auf dem Boden lag. Um die Leiche herum, wie auch auf den Knochen, lagen Steine unterschiedlicher Größe.

Die angewinkelten Beine, die gesamte Lage der Leiche, könnte ursächlich vom Durchmesser des Schachtes, der nur einen Meter beträgt, hervorgerufen worden sein. Das Opfer selbst hatte eine Körpergröße von einem Meter und fünfundvierzig Zentimeter.

Aber würde eine Leiche so gebettet, aus dieser Höhe in den doch recht engen Schacht fallen?

Ich versuchte mir vorzustellen, wie eine Leiche aus einer Höhe von fünf Metern auf den Boden eines Schachtes mit einem Durchmesser von einem Meter fallen würde. Zu einem schlüssigen Ergebnis kam ich nicht.

Was war mit den Gegenständen, die neben bzw. auf der

Leiche und auf dem Boden des Schachtes lagen? Im Fundortbericht hieß es, dass Steine teilweise auf den Knochen der Leiche oder neben dem Skelett gelegen haben. Mir fehlten Dokumente, die eine Aufzählung, eine Beschreibung und das Gewicht der Steine beinhalteten. Die Größe, das Gewicht und die genaue Lage dieser Steine waren für mich durchaus ermittlungsrelevant.

Welche Art Steine war es, woher konnten sie kommen? Hatte sie eventuell der Täter mitgebracht?

Waren es Feldsteine, die aus der näheren Umgebung des Schachtes stammten oder waren es Steine, die man dort nicht unmittelbar vorfand?

Waren es Steine, die spielende Kinder in den Schacht geworfen hatten oder Steine größeren Gewichtes?

Waren es Steine, die der Täter vorsätzlich in den Schacht geworfen hatte, mit eventuell der Absicht, die Leiche etwas zu bedecken?

Fragen, die sich jeder Kriminalist stellen würde. Informationen oder Beschreibungen bzw. Untersuchungsergebnisse fehlten. Für mich deutete einiges wirklich darauf hin, dass die Steine erst in den Schacht geworfen wurden, als die Leiche bereits am Boden lag.

Bei meinem späteren Besuch am 19. Oktober 1998, berichtete die Großmutter, dass die Polizei bei Annes Auffinden ein Loch im Schädel, an ihrem Hinterkopf festgestellt habe und zwei große Vorderzähne fehlen würden. Die Aufnahmen des Schädels ließen nicht erkennen, dass sich am Hinterkopf ein Loch befand. Diese Aufnahmen stammten aber auch nicht aus der Gerichtsmedizin, sondern waren am Fundort erfolgt. Aufgefallen waren mir aber fehlende Zähne. Ich stellte das Fehlen von mehr als nur zwei Vorderzähnen fest. Insgesamt waren es vier sichtbar fehlende Vorderzähne. Das Fehlen dieser Zähne konnte viele Ursachen haben. Keinesfalls war es nur ein möglicher Hinweis auf eine Gewalteinwirkung. Es bestand die Möglichkeit, dass die Zähne herausbrachen, als die Leiche in den Schacht geworfen wurde. Auch ein natürlicher Ausfall der Zähne durch die dort jahrelange Lagerung bei den vorherrschenden Bedingungen auf dem Boden des Schachtes, kann in Betracht gezogen werden.

Einen Tag nach dem Auffinden der Leiche suchten Mitarbeiter der Kripo und einer Entsorgungsfirma den Fundort auf. Mit entsprechender Technik wurde der Schacht nun ausgesaugt, nachdem Steine „größeren Gewichtes" aus dem Schacht entfernt worden waren. Eine Schicht von 50 Zentimeter, die aus Steinen, Wasser, Erdreich sowie anderen Gegenständen bestand, wurde abgetragen und auf dem Gelände der Firma von den Mitarbeitern der Kripo untersucht. So wurden „diverse" Knochen, ein Zahn, zwei Ohrringe sowie ein Ohrstecker gefunden. Für einen Kriminalisten ließ das in diesem Zusammenhang erstellte Protokoll, das mir bekannt wurde, doch einige Fragen offen. So wurde zum Beispiel nur von Steinen mit größerem Gewicht geschrieben.

Warum aber gab es keine Angaben zur Anzahl und zum Gewicht eines jeden Steines?

Auch wurde nur von „diversen" Knochen berichtet.

Warum gab es auch hier keine genauen Angaben zur Anzahl der Knochen?

Die Zuordnung der Knochen zur skelettierten Leiche, wäre dann eine spätere Sache des Rechtsmediziners gewesen. In einer Bildanlage hatte man die aufgefundenen Gegenstände dokumentiert. Es war ein Zahn, ein Ohrstecker mit der Gravur „Made in England" und zwei Ohrringe, auf denen die Zahl 50 geprägt war.

Den gefundenen Ohrschmuck verglich ich mit den Angaben in der Vermisstenanzeige, in der es hieß: »Rechtes Ohr zwei Ohrringe -- linkes Ohr drei Ohrringe". Das waren fünf Ohrringe. Demnach fehlten nach dem Auffinden der Leiche noch zwei Ohrringe.

Was war mit den fehlenden Ohrringen?

Es gab auch zwei Reste einer Haarspange, die im Schacht aufgefunden wurden. Sie waren dreizehn Zentimeter lang und nahezu zwei Zentimeter breit. Das konnte eigentlich keine Haarspange eines Kindes oder gar der von Anne gewesen sein. Sie wurde nie mit einer Haarspange im Haar gesehen und auch die Großeltern bestätigten in ihrer Vernehmung, dass sie immer nur Haarreifen und Haargummi trug.

War es vielleicht eine Haarspange, die von erwachsenen Frauen getragen wird?

Ist diese Haarspange kriminaltechnisch untersucht worden, um diese Frage zumindest zu beantworten oder das Modell konkret zu ermitteln?

Aus der Beantwortung dieser Fragen hätten möglicherweise ermittlungsrelevante Schlussfolgerungen gezogen werden können.

Weiterhin wurde ein Schlüsselbund mit vier Schlüsseln gefunden.

In der Vermisstenanzeige war jedoch nur aufgeführt, dass Anne am Tag des Verschwindens den Haustürschlüssel an einem Band trug.

Hatten die Großeltern von den anderen Schlüsseln keine Kenntnis?

Wie waren die anderen Schlüssel einzuordnen?

War eventuell ein sich am Band befundener kleiner Schlüssel von einem Poesiealbum oder gar von einem Tagebuch, das Anne führte?

Es fehlten aber noch andere Gegenstände, die Anne am Tag des Verschwindens trug; die in der Vermisstenanzeige aufgenommen und zu denen der Großvater in seiner Zeugenvernehmung Angaben gemacht hatte.

Was war zum Beispiel mit dem Haarreif?

Hatte man den nicht bei der Leiche gefunden?

Es gab nur eine noch gut erhaltene Hose mit Mickymausmuster die aufgeführt war. Sie trug aber wesentlich mehr Kleidung. Wurde die nur nicht aufgeführt oder fand man sie nicht?

Anne war jedoch unter anderem noch mit Schuhen und einem weißen T-Shirt bekleidet gewesen. In seiner Zeugenvernehmung gab der Großvater dazu an: »Bekleidet war sie mit einer pinkfarbenen Radlerhose und einem weißen T-Shirt, mit dem Aufdruck ‚David Hasselhoff‘ und hatte ergänzend hinzugefügt, dass seine Enkelin am Nachmittag des 12. August leichte Schuhe (Slipper mit Pünktchen) und weiße Söckchen mit pinkfarbenen Ringen getragen habe. Zudem war das Tragen einer einfachen Kinderuhr, mit blauem Kunststoffarmband bereits in der Vermisstenanzeige angegeben worden.

Auffällig war, dass gerade diese drei Gegenstände, wie der Haarreif, die Uhr und die Schuhe nicht aufgefunden wurden.

Warum befanden sich diese Dinge nicht bei der Leiche im Schacht?

Konnte man daraus eventuell Rückschlüsse auf mögliche Geschehnisse auf das eigentliche Verbrechen am Tag des Verschwindens ziehen?

Eine Armbanduhr, konnte schließlich nicht so einfach abhandenkommen?

***

Am 24. August 1998 erließ die Staatsanwaltschaft eine Verfügung. In dieser hieß es: »Die Ermittlungen in der Sache sind daher wieder aufzunehmen«. Das war natürlich sehr geschickt formuliert.

Hätte es nicht heißen müssen, „die Ermittlungen in der Sache sind ‚neu' aufzunehmen?

Die Aufforderung an die Kripo, die Ermittlungen „wieder" aufzunehmen, dass konnte doch nur bedeuten, wieder Herrn B. ins Fadenkreuz ihrer Ermittlungen zu nehmen.

Wäre aber gefordert worden, die Ermittlungen völlig neu aufzunehmen, dann hätte man allerdings auch im nahen Umfeld damit neu beginnen müssen.

So aber erfolgte am 28. August 1998 – wie von mir erwartet – die Anzeige eines nichtnatürlichen Todesfalles durch die Polizeiinspektion. Wenige Tage danach, Anfang September, war bereits die Einäscherung der sterblichen Überreste von Anne erfolgt.

Es hatte tatsächlich eine Feuerbestattung gegeben, obwohl die Todesursache und der Mord noch nicht geklärt waren.

Ich war fassungslos, denn in einem solchen Fall war, nach mir bekannten gesetzlichen Bestimmungen, nur eine Erdbestattung erlaubt und eine Feuerbestattung für mich daher schon sehr ungewöhnlich. Es waren weder die Todesursache, die genauen Umstände, der Todeszeitpunkt, der Todesort und noch nicht einmal der Täter ermittelt.

Staatsanwalt B. hatte es unterlassen, bei der Freigabe, in der Anzeige die Feuerbestattung zu streichen.

Hatte er es nur übersehen oder war es seine gewollte Entscheidung?

Die Todesbescheinigung, die von der Rechtsmedizin erfolgt war, sagte aus, dass Anne am 20.08.1998 um 20:00 Uhr tot aufgefunden wurde. Das Standesamt W. hatte sich im Zuge der Ausstellung einer Sterbeurkunde telefonisch bei der Rechtsmedizin zum Todeszeitpunkt erkundigt. Dr. P. von der Rechtsmedizin gab den Todeszeitpunkt 12. August 1994 zwischen 18:00 und 19:00 Uhr an.

Konnte die Rechtsmedizin bei der Beschaffenheit der noch vorhandenen sterblichen Überreste, diesen Sterbezeitpunkt so genau bestimmen?

Die Angabe des Sterbezeitpunktes schien für die Rechtsmedizin sicher nur eine Formsache gewesen zu sein.

Aber wurde sie wirklich an diesem Tag zwischen 18:00 und 19:00 Uhr getötet?

Das war schon befremdlich, wie leger man mit der Festlegung und der Angabe des Todeszeitpunktes umgegangen war. Gerade hier eine annähernd gesicherte Aussage zu haben, wäre für alle weiteren Ermittlungen von immenser Bedeutung gewesen. Das hätte dazu führen können, den Täterkreis genauer herauszuarbeiten und vielleicht auch Aufschluss über den eigentlichen Tatablauf zu erhalten. Der Untersuchungsprozess wäre natürlich kompliziert gewesen, da viele Einflussfaktoren in den Jahren auf die Leiche eingewirkt hatten. Die entsprechenden wissenschaftlichen Möglichkeiten, die gab es zu dieser Zeit aber sicher.

War es zu kompliziert oder zu aufwendig, einen solchen Versuch zu unternehmen?

Bekannt wurde mir, dass der Staatsanwalt B. im November 1998 – in einer Verhandlungspause in einer anderen Strafsache von einem Richter – nach dem Gutachten der DNA-Analyse im Fall Anne gefragt worden war und dem Richter mitgeteilt habe soll, dass die Untersuchungen nicht zu einer Feststellung der Identität der Haare der Geschädigten mit dem aufgeführten Spurenmaterial geführt hätten. Vom Richter auch nach der Todesursache gefragt worden habe er die Auskunft gegeben, dass die Todesursache anhand der Knochen nicht zweifelsfrei habe festgestellt werden können, zumal die Knochen jedoch keine Zeichen von Gewalteinwirkung aufgewiesen hätten. Das Zungenbein und die Schildknorpel, die u. a. einen Hinweis auf einen Drossel- bzw. Würgevorgang geben könnten, seien nicht mehr gefunden worden.

Was die Beschaffenheit des Zungenbeines eines Kindes betraf, konnte ich mir sehr gut vorstellen, dass dieses nach vier Jahren Lagerung in einem feuchten Schacht, der von Ratten und anderem Getier besucht wurde, nicht mehr vorhanden war.

Dieses ist bei einem zehnjährigen Kind winzig und von so leichtem Gewicht, dass es auch bei höherem Wasserstand im Schacht über die Rohrverbindungen aus dem eigentlichen Schacht gespült worden sein kann.

Annes Leiche war über Jahre extremen Einflüssen ausgesetzt.

Was war nun aber die Todesursache?

Hatte man überhaupt alle Knochen des menschlichen Skeletts von Anne auffinden können, um eindeutig die Aussage treffen zu können, dass diese keine Anzeichen von Gewalteinwirkung aufwiesen?

Welche Knochenteile fehlten?

Gab es überhaupt ein Obduktionsprotokoll?

Der Fall der Leiche in einen fünf Meter tiefen Schacht hätte doch vielleicht auch zu Knochenbrüchen, angebrochenen Knochenteilen oder anderen Verletzungen führen müssen?

Das Ringen um Verdachtsgründe/Beweise

In der Verfügung der Staatsanwaltschaft vom August 1998 hieß es: »Die Ermittlungen in der Sache sind daher wieder aufzunehmen«.

Buchstäblich genau daran hielt man sich bei der Wiederaufnahme der notwendigen Ermittlungen. Völlig „neue" Ermittlungen waren ja nicht gefordert. So wurden natürlich die Angehörigen und das nahe Umfeld des Opfers ebenso wenig erneut vernommen, wie zu ihnen neue Ermittlungen aufgenommen wurden.

Das aber wäre notwendig gewesen, denn die Leiche war gefunden und es gab einen Fundort. Die Angehörigen sowie das nahe Umfeld hätten zumindest dahingehend überprüft werden müssen, ob es einen Bezug zum Fundort gab.

Stattdessen gab es für die Kripobeamten und Staatsanwaltschaft nur wieder den einen Verdächtigen und das war B. Auf ihn hatte man sich sofort wieder gemeinsam eingeschossen.

Die Verfügung der Staatsanwaltschaft schien wohl nur eine reine Formalität gewesen zu sein. Echte umfassende und neue Ermittlungen wurden nicht gefordert und waren wohl kaum beabsichtigt, denn noch am gleichen Tag hatte die Kripo ein Schreiben gefertigt, aus dem hervorging, dass es nur einen Täter, nur einen Verdächtigen geben konnte, das sei B.

Bereits im ersten Abschnitt wurde der Verdacht gegen B. erneut begründet.

Was bewegte die Kripo und Staatsanwaltschaft, fest und unerschütterlich sofort wieder an ihm als Täter festzuhalten?

In den verflossenen vier Tagen nach Auffinden der Leiche hatte man wohl nur eine erneute Durchsicht der Ermittlungsergebnisse von 1994 vorgenommen und sich anscheinend nur auf Ermittlungsergebnisse zum damaligen Tatverdächtigen ausgerichtet.

Am gleichen Tag wurden die im August 1994 gesicherten Spuren an das LKA Mecklenburg- Vorpommern zur kriminalistischen Untersuchung übersandt. Es handelte sich um Haare, die 1994 auf dem Fußboden des Kellers von B. gesichert worden waren. Ein Stück der Übergardine, das gegenständlich aus dem Keller des B. gesichert worden war und Fingernägel von seiner Hand. Bei einer neuen Spur konnte es sich eigentlich nur um die Radlerhose handeln, die Anne trug, als ihre skelettierte Leiche gefunden wurde.

Damit war das Ziel der anstehenden kriminaltechnischen Untersuchung klar. Man versprach sich sicher, hier Fasern der Radlerhose auf den anderen Spuren oder Spuren von diesen auf der Radlerhose zu finden. Das Ergebnis dieser Untersuchung: Drei Haare aus dem Innenboden der Gepäcktasche und fünf Haare vom Fußtritt des Mopeds würden übereinstimmende Merkmale mit den Eigenschaften der Haare der Anne haben. Sie würde als Spurenleger für diese Haare in Betracht kommen. Dennoch, so hieß es weiter, sollte zur Objektivierung eine DNA-Analyse der Haare angeordnet werden.

Im September lag dann auch das endgültige rechtsmedizinische Spurengutachten der Rechtsmedizin vor.

Dieses Ergebnis unterschied sich im Wesentlichen nicht von dem des Zwischenberichtes.

Es erfolgte lediglich die klare Aussage, dass sich bei denen aus der Hose des Opfers gesicherten Haare, keine Fremdhaare befanden, es würde sich bei diesen Haaren um Körperhaare, z. B. Schambehaarung des Mädchens selbst handeln. Ansonsten erfolgte auch hier der Hinweis, dieses Untersuchungsergebnis einer DNA-Analyse zu unterziehen.

Es gab ein Textilgutachten durch das LKA Mecklenburg-Vorpommern vom 5. Oktober 1998, dessen Inhalt zunächst in einer Auflistung der dem LKA übersandten Untersuchungsmaterialien bestand. Als neues Spurenmaterial wurde die Radlerhose Annes, ein Paar Socken und ein Slipgummi aufgeführt, alles Textilien, die von der Leiche Annes stammten. Schon im Gutachten wurde darauf hingewiesen, dass allein die Feststellung einer möglichen Faserübertragung keinesfalls schon einen klaren Beweis für einen Zusammenhang mit einem Verbrechen, einer Handlung darstellt.

Zu viele Einflussfaktoren können die Spurenlage vor der Untersuchung verändern. Zum Beispiel kann es im Vorfeld einer Straftat zu legalen Kontakten kommen, die eine Faserübertragung möglich macht. Das Ergebnis der kriminaltechnischen Untersuchung der Textilien, brachte jedoch kein belastendes Indiz in Richtung B.

Im Oktober 1998 gab es Hausdurchsuchungen in einer Wohnung, in der B. zu dieser Zeit wohnte und auch eine Durchsuchung der Wohnung seiner Eltern. Dabei wurden Gegenstände, unter anderem auch ein Zettel beschlagnahmt, auf dem geschrieben stand »Privatdetektiv Rohwedel«. Dieser Fund hatte sicher bei meinen Kripo-„Freunden", für Emotionen gesorgt.

Ich konnte es wieder einmal nicht fassen. Da wurde wirklich ein Zettel, auf dem geschrieben stand »Privatdetektiv Rohwedel«, beschlagnahmt.

Mein Verständnis eine Hausdurchsuchung betreffend, war, dass nur Gegenstände bzw. Sachen beschlagnahmt werden dürfen, wenn diese in einem möglichen Zusammenhang mit der eigentlichen Straftat stehen oder stehen können.

Genau bei dieser konkreten Hausdurchsuchung und Beschlagnahme ging es doch darum, Gegenstände oder Sachen zu beschlagnahmen, die beweisen oder beweisen könnten, dass der Tatverdächtige das Mädchen ermordet hat.

Was sollte dieser Zettel mit meinem Namen beweisen? Brachte man vielleicht mich in Verbindung mit dem Mord oder sah man mich in diesem Fall zumindest als „Mittäter" an?

***

B.s Verteidiger hatte am 20. Oktober 1998 beim Amtsgericht eine Haftbeschwerde eingereicht und diese wie folgt begründet: Die Staatsanwaltschaft verweigert nach wie vor aus unerklärlichen Gründen eine vollständige Akteneinsicht. Er führte zudem auf, welche Aktenteile ihm bisher zugänglich

gemacht worden waren und beschwerte sich darüber, dass:
... Staatsanwaltschaft mit Schreiben vom 4. September 1998 die
nur teilweise gewährte Akteneinsicht mit Hinweis auf den Beschluss der II. Kammer des Zweiten Senats des Bundesverfas-
sungsgerichtes vom 11.07.1994 begründet hätte. Obwohl ihr
offensichtlich auch der Inhalt dieses Beschlusses bekannt sei,
verstoße die Verweigerung der vollständigen Akteneinsicht
gegen den Inhalt des Beschlusses. Es sei für den Verteidiger
nicht nachzuvollziehen, warum die vollständige Akteneinsicht
verweigert werde. Der Beschuldigte habe keinerlei Möglichkeiten, zu den Ermittlungsergebnissen Stellung zu nehmen, da
er sie ja nicht kenne.

**War denn das, was bisher durch die Staatsanwaltschaft und
Kripo an die Medien gestreut worden war, überhaupt beweiskräftig ermittelt worden?**
Anscheinend war das nicht der Fall, denn sonst hätte einer
vollständigen Akteneinsicht doch zu diesem Zeitpunkt nichts
im Wege gestanden.

Warum also mauern?
Weiter, so der Verteidiger, sei die Wohnung einschließlich der
Keller des Beschuldigten und sein Moped kriminaltechnisch
untersucht worden. Die Leiche sei gefunden und eine Tatort-
untersuchung habe stattgefunden, aus rein staatsanwaltschaftlicher Sicht seien damit sämtliche Ermittlungsmöglichkeiten
ausgeschöpft worden. Er monierte, dass die Staatsanwaltschaft
davon ausginge, dass die ihm überlassenen Aktenstücke ausreichend seien, um sich mit den Vorwürfen in dem Haftbefehl
auseinanderzusetzen. Dem sei aber nicht so.
Das machte er sehr deutlich. Er war auf viele Sachverhalte und
Darstellungen der Staatsanwaltschaft eingegangen und hatte
die Staatsanwaltschaft aufgefordert, zu ihren Darstellungen
bzw. Behauptungen die Beweise anzutreten, denn es schienen
zu all diesen Behauptungen sowie Darstellungen weder Protokolle noch Zeugenaussagen vorzuliegen. In diesen ginge es
auch um die Zeugenvernehmungen der weiblichen Personen
in Bezug auf die Feststellungen an der Kreuzung in M. und
um Hinweise zu anderen Tatverdächtigen, wie zum Beispiel

zu F. Diese befänden sich in der „Vermisstenakte" und seien ihm ebenfalls vorenthalten worden. Aus alledem folge, dass der Grund für einen Haftbefehl, nämlich der dringende Tatverdacht nicht vorhanden war. Der Haftbefehl sei daher aufzuheben.

Diese umfassende, korrekte Einschätzung des Verteidigers, brachte das „Kartenhaus" der Staatsanwaltschaft zum Einsturz.

Am 11. November 1998 entschied das Landgericht N. aufgrund der Beschwerde des Beschuldigten, den Haftbefehl aufzuheben. B. wurde unverzüglich aus der Untersuchungshaft entlassen. In seinem Beschluss begründete das Landgericht diese Entscheidung damit, dass ... nachdem die wesentlichen Ermittlungsergebnisse und die Einschätzung der Staatsanwaltschaft aufgeführt worden waren und noch einmal durch das Gericht bewertet worden seien, für das Gericht feststehe, dass die von der Staatsanwaltschaft zugrunde gelegten Geschehensabläufe überwiegend auf Vermutungen beruhten, für die keine ausreichenden Anknüpfungspunkte vorhanden seien.

Das war eine schallende „Ohrfeige", die die Staatsanwaltschaft 1998 erhielt und aus meiner Sicht nach alldem nun gefordert war, das Gegenteil zu beweisen. Zu diesem Zeitpunkt war „alles" von den Ermittlungsbehörden ausgeschöpft worden, natürlich nur, was dazu dienen sollte, B. der Tat zu überführen. Was andere Tatverdächtige betraf, war vonseiten der Kripobeamten 1994 bereits zu wenig Interesse vorhanden gewesen. Das sich dieses nun ändern würde, nachdem die Ermittlungsbehörden sich vier lange Jahre nur in eine Richtung bewegt hatten, daran vermochte ich nicht zu denken.

Die Staatsanwaltschaft stand mit dem Rücken zur Wand. Selbst eine gute Verteidigung in Bezug auf die gefallene Entscheidung des Gerichtes war von der Staatsanwaltschaft wohl kaum noch möglich. Die Ermittler und die Staatsanwaltschaft hatten bereits ihr Gesicht verloren. Zwei Tage nach der Entscheidung des Landgerichts über die Aufhebung des Haftbefehls gegen B. schien die Staatsanwaltschaft und die Kripo sich wieder aus der eingetretenen „Starre" zu lösen, in die beide sicher gefallen waren.

Im November 1998 suchte ein Kripobeamter den Wasser- und Bodenverband in S. auf. Außer Informationen über die Historie des Kanalisationssystems, zu dem der Schacht gehörte, in dem die Leiche gefunden worden war, erarbeitete er keine Information, die für den Fall relevant gewesen wäre, außer: Es wurde bestätigt, dass die Betonabdeckung, bereits 1994 gefehlt haben muss und es somit ein Leichtes war, die Leiche in diesem Meliorationsschacht zu entsorgen.

Eine Frage blieb offen:

Mit welcher Zielsetzung wurden nahezu drei Monate nach Auffinden der Leiche die Ermittlungen zum Fundort geführt?

Das sollte doch immer eine der ersten Maßnahmen nach Auffinden der Leiche sein?

Mitte November 1998 lag das Ergebnis einer DNA-Analyse vor, die die Rechtsmedizin der Universität Münster im Auftrag der Staatsanwaltschaft durchgeführt hatte. Untersucht wurden gesicherte Haare aus den unterschiedlichsten Spuren. Im Ergebnis hieß es, dass trotz wiederholter Einsätze bei allen Spurenhaaren lediglich an wenigen Stellen eine übereinstimmende Sequenz nachgewiesen werden konnte. Die einzelnen Positionen konnten zum Teil nicht reproduziert werden, sodass diese ohne Aussagekraft blieben. Grund für eine geringe Übereinstimmung sei wahrscheinlich ein zu geringer DNA-Gehalt und somit sei auch keine eindeutige Zuordnung der Spurenhaare möglich.

Das war die DNA-Analyse, auf die die Staatsanwaltschaft eigentlich ihre letzte Hoffnung gesetzt hatte, und die nun ein ernüchterndes Ergebnis brachte.

***

Als der Haftbefehl für B. vom Landgericht aufgehoben worden war, legte die Staatsanwaltschaft mit einer Verfügung eine Beschwerde ein. Im einleitenden Satz dieser Beschwerde hieß es, dass die Strafkammer in ihrer Entscheidung maßgebliche Umstände, die den dringenden Tatverdacht gegen den Beschuldigten zu begründen vermögen, außer Acht gelassen hätte.

Dann wurden diese maßgeblichen Umstände ausführlich vorgetragen.

Bereits der erste Umstand ließ einiges offen. Da wurde vorgetragen, dass der Vernehmungsbeamte, KHK K., angegeben habe, der Beschuldigte habe den Aufenthalt im Keller zur tatkritischen Zeit erst nach Vorhalt, dass er möglicherweise gesehen worden sein könne, eingeräumt.

Hierbei handelte es sich um eine Angabe des Vernehmungsbeamten, die erst in einem ergänzenden Protokoll vom 22.09.1994 dokumentiert worden war.

Die Richtigkeit der Aussagen in diesem Protokoll war jedoch nicht vom Beschuldigten durch seine Unterschrift bestätigt worden. Das war schon ungewöhnlich.

Wenn es wirklich so relevant war, wie nunmehr in dieser Begründung angegeben, warum war es im offiziellen Vernehmungsprotokoll, das durch B. unterschrieben worden war und in dem Vorhalt und Antwort dokumentiert waren, nicht aufgeführt?

Hinzu kam, dass es nicht eindeutig belegt war und deshalb nicht davon ausgegangen werden konnte, dass B. am Montag, den 15.08., zum Zeitpunkt seiner Vernehmung bereits wusste, dass 18:00 Uhr die taktische Zeit des Verschwindens war.

Auf den ersten Aushängen in den Wohnblöcken wurde diese Zeit mit 15:00 Uhr angegeben. Einen solchen Aushang hatte B. nach seiner Aussage am Sonntag, dem 14.08. gegen 17:00 Uhr, zur Kenntnis genommen.

Auch die bauliche Beschaffenheit des Wohnblocks, die es ermöglichte, über die Kellerräume die einzelnen Aufgänge zu erreichen, war noch lange keine Begründung, davon ausgehen zu können, dass Anne diese zwingend genutzt hatte, um dem Regen auszuweichen. Sie hätte damit gegen ein Verbot der Großeltern verstoßen. Es gab auch keinen Beweis, keine Zeugenaussage, die belegt, dass sie am 12.08. gegen 18:00 Uhr den Wohnblock überhaupt, egal durch welchen Hauseingang, betreten hatte.

Wenn aber die Staatsanwaltschaft dennoch davon ausging, dass sie es trotzdem tat, stellt sich die Frage, warum sie nicht gleich mit den beiden Brüdern mitgegangen war?

Der erste von der Staatsanwaltschaft angeführte Umstand war insofern ein „Flop" und nur als eine Vermutung zu qualifizieren.

Beim zweiten Umstand hieß es, dass es keine gesicherten Beweise dafür gäbe, dass Anne für die Zeit vom 12.08.1994, 18:00 Uhr oder anderen Ortes, bis zum Auffinden ihrer Leiche in M. lebend gesehen wurde.

War das etwa für sie ein Beweis oder ein Indiz, der ihren Tatverdächtigen belasten sollte?

Was war dann aber mit den Feststellungen der beiden Zeuginnen im Bereich einer Kreuzung in M.?

Die Beschreibung insbesondere der Bekleidung des Mädchens, das in der Zeit zwischen 19:15 und 20:40 Uhr dort von zwei Zeuginnen, unabhängig voneinander festgestellt worden war, war schon sehr deckungsgleich mit der Kleidung, die die Vermisste zur Zeit des Verschwindens trug. Das dort festgestellte Mädchen passte nicht in das Konzept der Staatsanwaltschaft. Es durfte schon damals nicht Anne sein und wurde sicher daher auch hier nicht erwähnt. Der dritte Umstand befasste sich mit dem blauen Plastiksack und dem Transport der Mopedteile, deren Entsorgung und dem späteren nicht mehr Auffinden dieses „ominösen Plastiksackes".

Hier zog die Staatsanwaltschaft aus der Angabe des Gewichtes des Plastiksackes mit den Mopedteilen, das B. selbst mit 30 Kilo geschätzt hatte, und dem Gewicht der Vermissten von 35 Kilo, den Schluss, nicht Mopedteile, sondern Annes Leiche sei in diesem Sack gewesen. Begründet wurde das damit, dass eine Rekonstruktion ergeben habe, dass der Sack mit den vom Beschuldigten angegebenen Mopedteilen nur ein Gewicht von 10 bis 12 Kilo hätte haben können. Dass es sich jedoch bei der

Angabe des Gewichtes durch B. nur um ein nach seinem persönlichen Empfinden geschätztes Gewicht handelte und dieses auch eine Fehleinschätzung sein konnte, blieb unberücksichtigt, man nahm es einfach als gegeben hin.

Was die Rekonstruktion mit einer Puppe betraf, so konnte diese natürlich verdeutlichen, dass der Transport einer Leiche in einem solchen Plastiksack in der vom Beschuldigten beschriebenen Art und Weise möglich war. Es war aber auch möglich, in genau der gleichen Art und Weise die Mopedteile zu transportieren.

Auch bei der Annahme, dass nicht Mopedteile, sondern eine Leiche transportiert worden war, handelte es sich erneut nur um eine Vermutung.

Dass der „ominöse" Sack nie gefunden wurde, war auch kein Beweis dafür, dass er an der von B. angegebenen Stelle nie abgelegt worden war.

Der vierte Umstand befasste sich mit der Betankung des Mopeds und den Angaben des Beschuldigten, über die von ihm mit dem Moped durchgeführten Fahrten und den dabei zurückgelegten Strecken. Dabei maßen sie der Tankfüllung sowie dem Benzinverbrauch eine besondere Bedeutung bei.

Das Experiment, das hier von der Staatsanwaltschaft angeführt wurde, um den Benzinverbrauch des Mopeds zu ermitteln und diesen dann mit den angegebenen Fahrstrecken zu vergleichen, hinkte schon sehr. Ein Experiment ist immer nur so gut, wie die damals am 12. August 1994 wirklich vorhandenen Bedingungen nachgestellt werden konnten.

Genau da waren Zweifel angebracht, was zum Beispiel die Witterungsbedingungen, die wirklich gefahrene Fahrstrecke, das Körpergewicht von B., seine Fahrweise und die mitgeführten Gegenstände betraf.

Also selbst der von der Staatsanwaltschaft ermittelte Kraftstoffverbrauch des Mopeds war nicht zwingend ein Beweis für eine falsche Aussage.

Im Umstand fünf, der nach Auffassung der Staatsanwaltschaft vom Landgericht unberücksichtigt geblieben war, wurde darauf hingewiesen, dass der Fundort der Leiche an der Strecke lag, die der Beschuldigte befahren konnte, um zu der zu dieser Zeit häufig besuchten kirchlichen Einrichtung zu gelangen.

Mit einer sehr genauen Beschreibung des Fundortes, versuchte die Staatsanwaltschaft zu begründen, dass der Schacht von Ortsunkundigen nicht ohne weiteres bemerkt werden würde. B. war für sie also ein Ortskundiger.

Dennoch konnte die Staatsanwaltschaft B. nicht einmal eine einzige konkrete Fahrt entlang dieser Strecke, die am bewussten Schacht vorbeiführte, im annähernden Zeitraum der Tat und schon überhaupt nicht zum Abend des 12. August, nachweisen.

Allein, dass er diese Fahrstrecke hätte fahren können, beweist keinesfalls, dass er sie auch tatsächlich gefahren war oder, dass er von der Existenz des Schachtes Kenntnis hatte.

Also war es auch nur ein konstruierter Verdacht, der durch nichts belegbar war.

Mit Umstand sechs versuchte die Staatsanwaltschaft recht ausführlich zu begründen, dass doch ein Zusammenhang zwischen dem Verschwinden Annes und dem Aufenthalt des Beschuldigten im Keller sowie seiner Fahrt am Abend des 12. August besteht bzw. dieser nicht ausgeschlossen werden könne.

Kern dieser Ausführungen waren durchgeführte kriminaltechnische Untersuchungen von Faser- und Haarspuren, die im Keller des B. und an seinem Moped gesichert wurden. Er hatte angegeben, nie Kontakt zur Anne gehabt und nie mit ihr gesprochen zu haben. Das versuchte man nun zu widerlegen.

Da war die Aussage, dass an dem aus dem Keller sichergestellten Übergardinenstoff, ein Haar gesichert wurde, das mit den Eigenschaften der Vergleichshaare Annes übereinstimmte. Bei weiteren Haaren, die auf dem Fußboden des Kellers gesichert wurden, sei nach Sachverständigenmeinung Anne als Spurenlegerin nicht auszuschließen. Auch bei weiteren gesicherten Haaren am Moped des Beschuldigten würden die Eigenschaften ebenfalls mit denen von Anne übereinstimmen.

Eine derart festgestellte Übereinstimmung der Eigenschaften der Haare bedurfte zur Beweissicherung und Objektivierung jedoch des Ergebnisses einer DNA-Analyse. Diese Objektivierung konnte die DNA-Analyse der Rechtsmedizin wegen schlechter Qualität der Haare aber nicht erbringen. Selbst wenn diese erfolgreich gewesen wäre, hätte es ein belastendes Indiz, jedoch noch lange keinen Beweis erbracht. Die Haare Annes hätten unter anderem auch durch unterschiedliche Einflüsse an genau diese Orte gelangen können.

Die Staatsanwaltschaft setzte sich mit dem Übergardinenstoff im Keller auseinander. B. hatte erklärt, diese Teile zum Aufwischen benutzt und deshalb extra aus der Wohnung geholt zu haben. Nun hatte man in oder an der Gepäcktasche des Mopeds Fasern dieser Übergardine sichern können. Wo die Staatsanwaltschaft hier etwas Belastendes hernahm, blieb mir „schleierhaft", denn war das doch vielmehr eine Bestätigung seiner Aussage. Ein Übergardinenstoff, den man als Putzlappen verwendet, so einen Putzlappen konnte man doch durchaus auch in einer Gepäcktasche seines Mopeds gehabt haben. So stellt sich das Auffinden dieser Fasern als etwas ganz Normales dar.

Was die Staatsanwaltschaft unter Umstand sieben anmerkte, war durchaus nachvollziehbar. Sicher war die zurückliegende Strafsache des B. 1986, der Mord, die versuchte Vergewaltigung in Tateinheit mit Nötigung zu sexuellen Handlungen im schweren Fall, in der Bewertung aller vorliegenden Hinweise zu B., was den Fall Anne betraf, zu berücksichtigen.

Dennoch konnte das nicht bedeuten, wer einmal „strauchelt", der immer „strauchelt" und darum kann nur B. der Täter auch im Fall Anne sein. Das wäre zu einfach.

Natürlich meinte die Staatsanwaltschaft im Umstand acht, diesen mit B.s erfolgten Selbstmordversuchen untermauern zu können.

Es gab unbestritten gewisse Übereinstimmungen mit 1986, als er nach seiner Festnahme einen Selbstmordversuch unternommen hatte und nun nach seiner ersten Beschuldigtenvernehmung am 19.08.1994, es mit einem Unimog auf der Mülldeponie und später ein weiteres Mal am 10.10.1994 mit einer Gasexplosion in seiner Wohnung versucht hatte. Dennoch gab es hier einen gewissen Unterschied in den jeweiligen Situationen, in denen er sich befand.

War es 1986 aus Scham oder Angst vor der bevorstehenden Haftstrafe, so konnten seine Versuche 1994 durchaus als Verzweiflungstat angesehen werden.

War B. wirklich unschuldig, hatte aber erkannt, dass er bereits vorverurteilt war, dass nur noch gegen ihn ermittelt wurde, ja selbst der 1986 mit den Ermittlungen betraute Kripo-Mitarbeiter K. nun in Annes Sache, ihn erneut als Täter in Betracht zog, so konnte das durchaus zu neuen Selbstmordversuchen geführt haben. Es musste nicht zwingend ein Tateingeständnis im Fall Anne gewesen sein. In der Sache mit der Gasexplosion war von einem Zettel die Rede, den er geschrieben hatte und auf dem gestanden haben soll, dass er nichts mit Annes Sache zu tun habe. In Bezug auf diesen Zettel gab es aber nie einen Hinweis in seiner Ermittlungsakte. Sei denn es gab zur Gasexplosion eine eigenständige Akte. Aber auch dann hätte so eine Sache unbedingt in die Ermittlungsakte des Beschuldigten bzw. Tatverdächtige im Fall Anne gehört.

Mit den nunmehr aufgeführten „acht" Umständen, die nach Meinung der Staatsanwaltschaft vom Landgericht nicht ausreichend berücksichtigt wurden, schienen die Dinge benannt zu sein, die für die Staatsanwaltschaft den dringenden Tatverdacht begründen sollten.

Das war – mit Verlaub – recht „dünn" und es gab kaum etwas tiefgreifend Neues an Argumentation. Damit wurde aus meiner Sicht noch einmal der Anlauf unternommen, die Sichtweise der Staatsanwaltschaft zum Ablauf der Tat darzustellen, einer Darstellung, die aus bestehenden Vermutungen sowie den zuvor aufgeführten Umständen, mit entsprechender „kriminalistischer Fantasie" erarbeitet worden war.

Es begann mit der Behauptung, dass Anne den Kellerbereich betreten habe und mit B. dort zusammengetroffen sei. B. sie dann dort erdrosselt habe, dieses aber nicht mehr nachzuweisen sei, da das Zungenbein aufgrund der langen Liegezeit nicht mehr vorhanden gewesen wäre und weitere Anzeichen, die auf einen todesursächlichen Unfall zurückzuführen wären, nicht festgestellt worden seien. Die Leiche habe er bis in die Abendstunden im Keller gelagert, um sie dann, eingewickelt in ein Stück Übergardinenstoff, in einem Plastiksack, mit dem Moped zum Fundort zu schaffen und im Schacht zu entsorgen.

Das alles soll er im Zeitraum von 18:00 bis 23:00 Uhr vorgenommen haben?

Zu einer Zeit, in der durchaus noch Personenbewegungen im Keller und im Wohngebiet erfolgten, in der die Großeltern bereits ab 20:00 Uhr nach Anne gesucht und mit den Nachbarn auch die Kellerräume aufgesucht hatten?

Diese Darstellung war für mich kaum nachzuvollziehen. Da hätte ich echt unter Realitätsverlust leiden müssen, um eine solche Darstellung für gegeben hinzunehmen.

Von der dann folgenden Auflistung aller Fakten, die ein solches Vorgehen nach Auffassung der Staatsanwaltschaft untermauern würden, sei nur gesagt, dass diese keinesfalls beweiskräftig waren.

Das für mich Erschütternde war, dass hier „Profis der Aufklärung von Tötungsdelikten" so ein „Stückwerk" erarbeitet hatten, ohne nur einmal daran zu zweifeln, was sie dort geschrieben hatten.

Glaubten sie wirklich, damit die Argumente des Landgerichtes, die zur Entscheidung der Aufhebung des Haftbefehls geführt hatten, rückgängig machen zu können?

Wenn ja, dann war es von ihnen Selbstüberschätzung, Ignoranz, Überheblichkeit oder einfach nur Trotz. Vielleicht auch nur Hilf- oder Ausweglosigkeit, die aus Ermittlungsfehlern der zurückliegenden Jahre entstanden waren. Aber das sollte es noch nicht gewesen sein.

Krampfhafte Versuche bis zum „Ko"

Der Verfügung, der Beschwerde vom 16. November 98, folgte noch ein „Unterstützerschreiben" der Generalstaatsanwalt-schaft, dass an das Oberlandesgericht R. adressiert war. Darin hieß es, dass die Generalstaatsanwaltschaft die Beschwerde der Staatsanwaltschaft nicht nur unterstütze, sondern ergänzend hervorhebe, dass sich das damalige Tötungsdelikt von 1986 ebenfalls gegen ein junges Mädchen (14 Jahre) gerichtet habe.

War da aber wirklich ein Vergleich mit Annes Fall herzu-stellen?

Anne war ein zehnjähriges Kind und das damalige Opfer von B. war eine heranwachsende reife Jugendliche. Beide kannten sich, im Gegensatz zu B. und Anne, persönlich.

Da war der damalige mit dem Fall „Anne" keinesfalls ver-gleichbar.

Weiter stand geschrieben, dass B. (nach der damaligen Tat) das Opfer lediglich mit einer Folie und Sträuchern abgedeckt habe, im Fall Anne habe er hingegen mit sehr viel größerem Aufwand den Leichnam versteckt. Daraus sei zu folgern, dass B. persönliche Schlussfolgerungen aus dem Verstecken des ersten Opfers gezogen und nun sein zweites Opfer „professio-neller" verbracht und versteckt habe.

Hatte man sich überhaupt die Mühe gemacht, die jeweilig zu den Taten vorhandene Situation zu analysieren?

Damals hatte B. Kontakt zu seinem Opfer, war an einem Ort, wo er nicht überrascht werden konnte.

Im Fall „Anne" konnte er weder voraussehen, ob und wenn überhaupt, wann Anne in den Keller laufen würde. Das war eine spontane Situation. Es war zudem ein Ort, an dem er mit Personenbewegung rechnen musste und an dem er zu diesem Zeitpunkt auf keinen Fall einen Plan zur Beseitigung des Op-fers umsetzen konnte.

Es wurde darauf hingewiesen, dass das Landgericht ein 1986 erstelltes Gutachten zur Persönlichkeit des B. unberücksich-tigt gelassen habe. Hier sei die Feststellung des Gutachters be-sonders hervorzuheben.

Es mag sein, dass B. 1986 dieser Persönlichkeitseinschätzung entsprach. Doch nun hätte man mit Bezug auf den aktuellen Fall in Erwägung ziehen müssen, dass genau genommen acht

Jahre vergangen waren. Jahre in denen sich die Persönlichkeit eines Menschen verändern und durch viele Jahre in einer Strafvollzugsanstalt, sicher noch stärker verändern konnte.

Mit dem hier angeführten zurückliegenden Gutachten gab sich die Generalstaatsanwaltschaft jedoch noch nicht zufrieden. Zur Untermauerung führte sie ein zweites Gutachten von 1995 an. Dieses wurde im Zusammenhang mit der Explosion in der Wohnung erstellt. Darin hieß es, er sei verschlossen, habe eine misstrauische Grundhaltung, sei schizoid mit depressiven Anteilen.

War das in der Situation, in der sich B. 1994 befand, so ungewöhnlich?

Für alle, selbst für die Öffentlichkeit, war er der alleinige Tatverdächtige im Fall. Obwohl es keine Beweise gab, war er bereits vorverurteilt und hatte dadurch seine Arbeit als Klempner verloren.

Konnte da ein Mensch nicht misstrauisch und depressiv werden?

Da ließen sich durchaus Prognosen dahingehend ableiten, dass weitere erhebliche rechtswidrige Taten von ihm zu erwarten seien.

Aber nicht nur Gutachten wurden als Argument von der Generalstaatsanwaltschaft angeführt. Da stand noch die Aussage aus, dass B. „immer wieder", auch nach dem Verschwinden Annes, Kontakt zu Kindern in einer Weise suchte, die auf pädophile Neigungen schließen ließen.

Von einem Versuch, junge Mädchen zum Einsteigen in sein Fahrzeug zu bewegen, gab es aber kein belegbares Dokument. Auch hatte nicht er Kinder zu sich in die Wohnung, die er nun in der Nähe von W. bewohnte, eingeladen, sondern – nach deren persönlichen Aussagen – hatten sie es selbst getan.

Ich verglich das Verhalten des ehemaligen Stiefvaters Annes, mit B.s Verhalten.

Wer zeigte da wohl mehr pädophile Neigungen?

Zumindest waren aus dem Verhalten, das B. gegenüber Kindern zeigte und zu dem diese ausgesagt hatten, keine pädophilen Neigungen abzuleiten. Er schien im Umgang mit Kindern eher seine Verschlossenheit abzulegen und sich als Erwachsener bestätigt zu fühlen.

Am Ende des Unterstützerschreibens kam aber der „Knaller", eine zusammenfassende Bewertung des unterzeichnenden Oberstaatsanwaltes. Er schrieb etwas von „Beweisanzeichen", die allein nicht geeignet seien, den dringenden Tatverdacht zu begründen. Aus der „Gesamtschau" aber keine Zweifel an der Täterschaft des B. abgeleitet werden können. Es würde kein Alternativsachverhalt erkennbar sein, der Zweifel an der Täterschaft des B. begründen würde. Auch nicht „das Vorhandensein des großen Unbekannten".

Von wegen, es gäbe keine „Alternativsachverhalte".

Was war denn mit den Hinweisen zum ehemaligen Stiefvater F.?

Wie sah es mit den Familienangehörigen aus, die nie so richtig im Fokus der Ermittlungen standen?

Es gab durchaus andere Tatverdächtige und somit auch „Alternativsachverhalte", die nahezu jedem ins Gesicht sprangen. Man hätte sie nur zur Kenntnis nehmen müssen!

Wie aber konnte sich ein Oberstaatsanwalt der Generalstaatsanwaltschaft zu einem Fall äußern, ihn bewerten, der ihm nur von einer Seite, von der der Staatsanwaltschaft zugetragen worden war?

Ich schloss aus, dass er sich wirklich intensiv mit dem Fall befasst hatte und tatsächlich alle Akten, auch die sogenannten „Beiakten" zum Fall entsprechend zur Kenntnis genommen hatte. Das ging schon daraus hervor, dass er keinen „Alternativsachverhalt" erkannte. So „blind" konnte kein Oberstaatsanwalt sein, es sei denn, er wollte wegsehen.

***

Die Kripobeamten gaben aber immer noch nicht auf. Annes Großvater war 1999 erneut befragt worden.

Es war aber nicht wie von mir erwartet eine „neue" Ermittlung, die in andere Richtungen gehen sollte.
Bei seiner Befragung ging es nur um zwei Fragen, die noch von Bedeutung erschienen. Dabei ging es auch weder darum, wie sich sein persönlicher Tagesablauf am 12. August 1994 gestaltete noch, ob er einen Bezug zum Fundort hatte.
Beide Fragen bezogen sich auf die Sache mit dem Brief, den Anne am 12. August 1994 vor dem Kaffeetrinken zur Post gebracht haben soll und wie Anne ihre Haare am 12. August getragen hatte. Zu vermuten war, dass sich beide Fragen nur auf die Feststellungen der zwei Zeuginnen im Bereich der Kreuzung in M. bezogen.
Wollte man so vielleicht herausarbeiten, dass es sich bei dem Mädchen, das durch die Zeuginnen festgestellt wurde, nicht um Anne handeln konnte?
In der Sache mit dem Brief waren die Schilderungen des Großvaters schon etwas ungewöhnlich. Er berichtete, dass es in dem Brief an seine Mutter um allgemeine Dinge des täglichen Lebens gegangen wäre und er in diesem Brief noch einen Zeitungsartikel hineingelegt habe, bei dem es um „Mutterliebe" ginge.
Fragt man sich da nicht, warum ein Sohn, der selbst Rentner war, einen solchen Zeitungsartikel an seine noch viel ältere Mutter schickte?
Was versteht man unter allgemeine Dinge des täglichen Lebens?
Was war der eigentliche Inhalt des Zeitungsartikels über Mutterliebe?
Ich hätte mir schon gewünscht, dass der Vernehmer zumindest auf diese beiden Fragen eingegangen wäre.
Ging es in diesem Brief vielleicht um seine Tochter und ihr Verhältnis zu Anne oder um Mutterliebe, die die Großmutter gegenüber Anne empfand?
Hing es mit der bevorstehenden Hochzeit seiner Tochter zusammen?
Waren das vielleicht die alltäglichen Dinge des Lebens, die der Großvater meinte und nicht näher darauf einging?

Zu all diesen Fragen hätte ein Artikel zum Thema „Mutterliebe" schon passen können. Nur schien der wahre Inhalt des Briefes 1994 den Kripobeamten weder bekannt zu sein noch war er dann wohl auch für sie von Wichtigkeit. Die Kripobeamten wollten nur vom Großvater wissen, ob und wann Anne den Brief zum Briefkasten gebracht und ob dieser auch den Adressaten erreicht habe. Es ging ihnen nicht um die familiäre Situation im engeren Umfeld. Sie brauchten einen Nachweis, um ausschließen zu können, dass das Mädchen, das an der Kreuzung in M. am 12. August mit einem Brief in der Hand festgestellt wurde, nicht Anne gewesen war, denn die hatte nach Aussagen der Großeltern, den Brief ja bereits am frühen Nachmittag in den Briefkasten der Poststelle geworfen.

Auch die Befragung, wie Anne am 12. August ihre Haare getragen hatte, war nur auf die Zeugenfeststellungen an der Kreuzung ausgerichtet. Das dort festgestellte Mädchen hatte ihre Haare offen getragen. Nur deshalb war die Frage der Kripo, wie Anne ihre Haare trug, für sie wichtig. Der Großvater hat in seiner Befragung eindeutig ausgesagt, dass es „nie" vorgekommen sei, dass Anne beim Spielen außerhalb der Wohnung den Haargummi, der das Haar hinten zusammenhielt, herausgenommen hatte.

Diese Eindeutigkeit war schon etwas auffällig.

Warum durfte Anne aber in der Wohnung ihr Haar offen tragen?

Das Weihnachtsvideo belegt, dass sie in der Wohnung die Haare offen trug. Der Großvater sagte aus, dass seine Frau immer großen Wert daraufgelegt habe, dass die Enkelin ihre Haare gekämmt und zusammengebunden habe.

Damit waren natürlich die Kripobeamten zufrieden; denn sie hatten ihr Ziel erreicht. Das Mädchen an der Kreuzung konnte also keinesfalls Anne gewesen sein.

Das Protokoll der Befragung des Großvaters hatte KHK T. geschrieben und der schien das Ganze noch deutlicher untermauern zu müssen. Es gab eine von ihm angeführte Anmerkung, in der es wörtlich hieß: »Bei den durchgeführten Ermittlungen seit 1994 habe ich viele Fotos von Anne gesehen.

Dabei kann ich mich absolut nicht erinnern, jemals ein Foto gesehen zu haben, wo Anne ihre Haare offen getragen hatte«.
Anhand der Aussage des Großvaters wollte man so den Beweis antreten, dass das Mädchen, das zwei Zeugen an der Kreuzung festgestellt hatten, nicht Anne gewesen sein konnte. Ihr Fazit lautete also: Anne trug ihr Haar nie offen und einen Brief hatte sie bereits gegen 15:00 Uhr in den Briefkasten geworfen. Den konnte sie also am Abend auch nicht mehr in der Hand gehalten haben.
Es war schon etwas makaber, dass der KHK T. zur Untermauerung noch eine Anmerkung gemacht hatte und unterstrich, dass er seit den Ermittlungen 1994 viele Fotos von Anne gesehen habe, sich aber nicht daran erinnern könne, jemals ein Foto gesehen zu haben, auf dem Anne ihre Haare offen getragen habe. Dann muss er aber ein Foto, das sowohl häufiger in der Presse veröffentlicht oder auch in den Fernsehsendungen eingeblendet worden war, immer übersehen haben.
War der KHK vielleicht selbst nicht von der Eindeutigkeit der Aussage des Großvaters überzeugt und fühlte sich deshalb veranlasst, noch zusätzlich eine solche Anmerkung abzugeben?
Es durfte keinesfalls Anne an der Kreuzung gewesen sein!
Warum aber legte die Kripo ihre Kraft nunmehr, nach über vier Jahren, so intensiv darauf, den Nachweis zu erbringen, dass das Mädchen an der Kreuzung keinesfalls Anne sein konnte?
Der Grund war klar. Solange man das nicht eindeutig belegen konnte, war es entlastend für B. und würde dann aber das ganze „Konstrukt" der Täterschaft einstürzen lassen. Es war also das krampfhafte Ringen der Ermittlungsbehörde, hier Tatsachen schaffen zu wollen.

So war auch die Zeugenvernehmung einer fünfzehnjährigen Schülerin mit Namen Chris zustande gekommen. Die Mutter von Chris hatte den Artikel, in dem die Kriminalpolizei um Mithilfe bat und aufrief, dass sich das Mädchen, das sich am

12. August 1994 gegen 19:00 Uhr an der Kreuzung aufgehalten hatte, melden möge, gelesen.

Die Zeugenvernehmung von Chris, in der sie nicht ausschloss, dieses Mädchen eventuell gewesen zu sein, fand am 15. Februar 1999 statt. Chris trug lange blonde Haare und hatte ihre Oma häufiger, in einer in der Nähe der Kreuzung liegenden Straße besucht. Dabei sei sie auch an der Bushaltestelle und Kreuzung vorbeigegangen. Ihre Aussage war aber sehr allgemein.

Aber was wollte man nach über vier Jahren in dieser Hinsicht verlangen oder erwarten? Und was war mit der männlichen Person, die mit dem Mädchen dort festgestellt wurde?

Zu dieser Person hatten die Kripobeamten Chris weder befragt, noch sie hatte selbst dazu eine Aussage gemacht.

Hatten die Kripobeamten absichtlich nicht danach gefragt oder es nur vergessen?

Auch diese Zeugenvernehmung schien den KHK T. keinesfalls zufriedengestellt zu haben. Er selbst befragte Chris daher einige Tage nach ihrer Vernehmung noch einmal ergänzend. Auffällig war wieder, dass es nur ein Protokoll mit Datum 18. Februar 1999 gab. In diesem waren gewisse Angaben zum August 1994 nun konkreter niedergeschrieben. Es hieß, dass die Familie von Chris im Sommer in Zingst auf dem Zeltplatz, aber bereits am 12. August wieder zu Hause gewesen sei. Die Eltern hätten wieder gearbeitet und Chris sei viel und häufig zur Oma gegangen. Dann kam ein gut formulierter Satz vom KHK: »So ist es mit Sicherheit auch öfter dazu gekommen, dass sie erst gegen 19:00 Uhr oder auch später diesen Weg allein gegangen ist. Ob sie dort aber mal mit einem Brief in der Hand gestanden habe, konnte sie nicht mehr sagen«.

Auch den nächsten Satz hatte KHK T. gut formuliert: »Chris schließt dieses aber auf keinen Fall aus. Zumal sie im Jahre 1994 noch regen Briefkontakt zu einer Brieffreundin gehalten hat und durchaus einen dieser Briefe bei sich gehabt haben und darin gelesen haben kann«.

Das waren wohlformulierte Aussagen, die "wie die Faust auf's Auge" zu den Feststellungen der Zeuginnen passten. **Sollte**

hier etwas „passend" gemacht werden? Was auffiel und einen bitteren Beigeschmack hatte, war, dass sowohl die Befragung des Großvaters, als auch die nun erfolgte Befragung von Chris, durch den KHK T. nur als Protokoll angefertigt wurde. Auch hatte nur er diese Protokolle unterschrieben.

Die befragten Personen hatten demzufolge nicht die Möglichkeit, die richtige Wiedergabe ihrer Aussagen zu überprüfen. Dass ihre Aussagen durch den KHK T. formuliert, niedergeschrieben und nur durch ihn unterschrieben wurden, schloss die Möglichkeit einer Manipulierung in eine bestimmte Richtung keinesfalls aus.

War das nicht alles etwas „anrüchig"?
Warum wurden gerade entscheidende Aussagen von Befragten nicht unterschrieben?

***

Noch überraschender war für mich eine andere Zeugenvernehmung. Es war die Zweite der Zeugin aus R., die 1994 die Feststellung an der Kreuzung getroffen, sich bei der Polizei gemeldet hatte und deren Aussage aber von der Polizei damals als nicht zweifelsfrei angesehen worden war.

Diese Zeugin gab nun in ihrer zweiten Vernehmung 1999 zu Protokoll, dass sie ja bereits im September 1998 erstmals als Zeugin zu ihrer Feststellung vernommen worden war.

Das bedeutete, sie war 1998 erst als Zeugin vernommen worden, nachdem ich sie gefunden und persönlich befragt hatte. Demzufolge hatte man sie 1994 keinesfalls schon ordnungsgemäß vernommen. Es schien also zu der ersten Aussage 1994 kein von ihr unterschriebenes Protokoll zu geben.

Aber war hinsichtlich ihrer Feststellung 1994 wirklich kein Aktenvermerk erfolgt?
Gab es diesen vielleicht doch und wurde er nur bewusst zurückgehalten? 1994 waren die Angaben der Zeugin zur Feststellung doch sehr frisch. Ein Vermerk damals hätte zumindest

Grundlage der 1998 erfolgten Zeugenvernehmung und auch der nun erfolgten zweiten Befragung sein können und müssen. Da wohl kein Vermerk oder Protokoll von 1994 vorlag oder dieser/dieses nicht herangezogen wurde, waren bei ihrer Vernehmung im September 1998 bereits alle Möglichkeiten vorhanden, sie vier Jahre später hinsichtlich ihrer ersten Aussage 1994 zu verunsichern. So wurde ihr im September 1998 vorgehalten, 1994 eine andere Uhrzeit genannt zu haben. Auf dieses Weise gelang es, erste Widersprüche zu ihren Aussagen zu schaffen, die sie mir gegenüber vor ihrer Vernehmung 1998 gemacht hatte.

In ihrer zweiten Zeugenvernehmung war jedoch nur die Sache mit dem Brief und der Kleidung des Mädchens von Bedeutung. Hierzu erklärte die Zeugin, dass es kein Brief, sondern ein größeres Blatt DIN A3 mit Bildern war, dass das Mädchen damals in den Händen hielt. Ihr wurde die Radlerhose von Anne vorgelegt und sie bestätigte die Ähnlichkeit der Farbe dieser Hose mit der des damals festgestellten Mädchens.

Selbst eine Frage zu den Haaren beantwortete die Zeugin nunmehr auffallend präzise mit sehr genauen Angaben. Sie begründete dies damit, dass sie in der ersten Befragung 1994 bzw. dann in der Vernehmung im September 1998, nie so detailliert gefragt worden war. Nun aber hatte man ihr, wie auch immer, eine Bestätigung abgerungen habe, dass die Haare des Mädchens keinesfalls auf dem Rücken geflochten waren oder mit einem Gummi zusammengehalten wurden. Das passte genau und es war die Aussage, die die Kripo dringend benötigte. Das Mädchen an der Kreuzung 1994 musste zumindest nicht zwingend Anne gewesen sein. Nur komisch, dass auch hier wieder der KHK T. die Vernehmung durchführte. Der Zeugin wurden zwölf Fotos vorgelegt. Darunter befand sich ein Foto von Chris und ein Foto von Anne. Die Zeugin erkannte aber auf keinem der Fotos das Mädchen, das sie 1994 gesehen hatte. Wieder war mit aller Kraft versucht worden, die Sache mit der Feststellung eines Mädchens an der Kreuzung, nach mehr als vier Jahren zu klären und auszuschließen, dass es sich dabei um Anne gehandelt haben konnte.

***

Der Zeitpunkt für das endgültige „Aus" der angeschlagenen Staatsanwaltschaft war gekommen, der Beschluss des Landgerichtes N. vom 12. Oktober 1999, der die Anklagevorwürfe und den Antrag der Staatsanwaltschaft für den Angeschuldigten die Untersuchungshaft anzuordnen, zurückwies. Die Staatsanwaltschaft hatte im September 1999 den erneuten Versuch gestartet, ihren Tatverdächtigen wieder in Untersuchungshaft nehmen zu wollen. In ihrer Anklageschrift trug die Staatsanwaltschaft wieder ihre Indizien und Beweise vor. Damit musste sich das Landgericht in seiner Begründung, die letztendlich zur Abweisung führte, zwangsläufig auseinandersetzen.

In der Anklageschrift der Staatsanwaltschaft wurde B. noch einmal zur Last gelegt, am 12. August 1994 gegen 18:00 Uhr, die damals zehn Jahre alte Anne zur Befriedigung des Geschlechtstriebes oder aus sonst niederen Beweggründen, getötet zu haben.

In der Begründung des Landgerichtes erhielt die Staatsanwaltschaft erneut eine „Ohrfeige". Gegen B. würde kein dringender Tatverdacht bestehen. Wie ein Schullehrer seinen Schülern, so erläuterte das Landgericht der Staatsanwaltschaft nun, wann ein dringender Tatverdacht bestehen würde. Ergänzt wurde diese „schulmeisterliche" Belehrung damit, dass darauf hingewiesen wurde, was in einem Haftbefehl genau anzugeben sei, so unter anderem das Tatgeschehen nach Ort und Zeit sowie die Art der Durchführung genau zu bezeichnen sei. Kurz und sehr prägnant hieß es, der Angeklagte sei gemessen an diesen Kriterien, der ihm zur Last gelegten Straftat nicht dringend verdächtig. Nach wie vor seien die in den Akten dokumentierten Indizien weder für sich noch in ihrer Gesamtheit geeignet, einen dringenden Tatverdacht zu begründen. Auch die aufgefundenen Spuren würden nicht dazu beitragen, die erforderliche hohe Wahrscheinlichkeit nachzuweisen, dass der Kellerverschlag der Tatort gewesen sei.

Es erging zudem der Hinweis, dass die Einlassungen des B. nicht eindeutig widerlegt worden seien. Zeugen hätten bestätigt, dass der Angeschuldigte sich tatsächlich mit Motorradreparaturen befasse und deshalb mit Ersatzteilen hantiere. Dass der Plastiksack von der Polizei nicht aufgefunden worden sei, könne auch bedeuten, dass dieser bereits von einem Dritten mitgenommen worden sei. Er sei ja für nahezu drei Tage unbeobachtet und der Mitnahme preisgegeben gewesen. Auch die Feststellung der Verbrauchsmengenberechnung sei bedenklich, da diese nicht alle bestimmenden Faktoren berücksichtigen würde.

Zu den Haarspuren war von der Staatsanwaltschaft angeführt worden, dass diese die gleichen Merkmale aufwiesen wie die der Haare vom Opfer. Das Landgericht wies jedoch darauf hin, dass die Untersuchungen keinen ausreichenden Beweiswert besäßen. Es sei auch hier nicht hinreichend belegt, dass diese Haarspuren tatsächlich von Anne stammen würden. Selbst am Fundort der Leiche seien keine B. belastenden Spuren gesichert worden. Auch an den Resten von Annes Kleidung seien ebenso wenig Fasern der von der Staatsanwaltschaft ins Feld geführten Übergardine aus dem Keller des Angeschuldigten gefunden worden, wie in den Wohn- und Kellerräumen des B. sowie an dessen Händen und unter seinen Fingernägeln keine Fasern von Annes Kleidung festgestellt worden seien.

Einen breiteren Raum nahm die Begründung des Landgerichtes ein, als es sich mit den Aussagen und den Einlassungen des Angeschuldigten befasste.

Natürlich, so beurteilte das Landgericht, würden die Einlassungen in manchen Punkten den Eindruck erwecken, unglaubwürdig zu sein. Dennoch würde dies aber keine Rückschlüsse auf eine Täterschaft zulassen. Da B. ein wegen Mordes Vorbestrafter ist, sei seine Angst, schon wegen dieser Vorstrafe in Tatverdacht zu geraten, durchaus verständlich. Dass er zunächst falsche und später teilweise widerlegbare Angaben gemacht habe, könne aus dieser Angst heraus entstanden sein.

Das Landgericht ließ erkennen, dass es aus einem früheren Strafverfahren davon Kenntnis hatte, dass der Angeschuldigte einen eher unterdurchschnittlichen Intelligenzgrad aufweist und an einer schizoiden Persönlichkeitsstörung leidet. Dieses allein könne sein Aussageverhalten erklären, so das Landgericht. Der Umstand, dass B. bereits ein Tötungsdelikt begangen habe, würde für sich betrachtet nicht besagen, dass er auch die ihm zur Last gelegte Tat begangen haben müsse. Es würde nur den Schluss zulassen, dass ihm eine solche Tat nicht persönlichkeitsfremd sei.

Alles in allem hatte die Staatsanwaltschaft in ihrer Begründung der Anklage keine neuen Beweise oder Indizien angeführt, sondern sich mit den bereits zuvor genannten Fakten und Indizien wiederholt. Insofern ähnelte natürlich die Begründung des Landgerichtes in Bezug auf die Abweisung der Anklage der aus früheren Zeiten. Das Gericht unterstrich nunmehr erneut, dass selbst bei gebotener Gesamtschau der Beweisanzeichen, kein dringender Tatverdacht bestehe. Nach wie vor würden auch unter Berücksichtigung der erkennbaren Beweisanzeichen der Staatsanwaltschaft, Tatzeit, Tatort und die Tatausführungshandlung ungewiss bleiben. Es seien nach wie vor keine Tatsachen ersichtlich, aus denen sich der dringende Verdacht ergeben würde. Die Begründung des Landgerichtes muss wie ein letzter Schlag, der wie beim Boxkampf zum endgültigen K. O. führt, gewesen sein. Staatsanwaltschaft und die Kripo schienen mit ihrem „Latein" am Ende.

Was sollten sie jetzt noch tun, um B. zu überführen?

TEIL 8
Angehörige und Detektiv
Kein Gehör

Eine Todesanzeige in der Regionalpresse, die sich von anderen dort erschienenen Anzeigen abhob, weckte im September 1998 mein Interesse. Es war eine Danksagung, die für gewöhnlich nach einer Beisetzung durch die Hinterbliebenen geschaltet wird. Mit Erstaunen und aber auch großer Enttäuschung musste ich am 12. September 1998 feststellen, dass mir die Angehörigen den Tag von Annes Beisetzung verschwiegen hatten. Diese war, wie ich nun erfuhr, bereits am 8. September. Ich hätte gerne daran teilgenommen, denn die kleine Anne war selbst mir ans Herz gewachsen.

Auch als Ermittler wäre mir diese Teilnahme wichtig gewesen, um die Verhaltensweisen teilnehmender Personen zu verfolgen. Das hätte sicher weitere Erkenntnisse gebracht.

War es Absicht, mich deshalb von dieser Beisetzung fernzuhalten?

Aber warum?

Mein letzter Kontakt zu den Angehörigen war am 28. August 1998, als ich sie zur Polizei und später von dort zum Fundort gefahren hatte. Es waren gerade zwei Wochen vergangen und nun diese Erkenntnis.

War das Verschweigen der Beisetzung erfolgt, um mich vom Kreis der Familienangehörigen fern zu halten?

Gab es etwas, was die Familie vor mir verheimlichte?

Sollte ich nicht mitbekommen, wie sich die Familiensituation nach dem Auffinden der Leiche verhielt?

Am Montag, dem 14. September 1998, folgte die nächste „Überraschung". Ein Foto in der bekannten großen Zeitung, zeigte die Mutter an einem Urnengrab.

Im Text dazu hieß es, dass die Mutter am gestrigen Tag auf dem Friedhof gewesen sei und sie wurde wörtlich so zitiert: „Hass. Ich empfinde Hass gegenüber dem Täter, wer auch immer und letztendlich überführt wird". Dann beschrieb sie den

Grabstein, der schon bestellt sei, mit den Worten: „Wie eine Rose soll er aussehen. Aber nicht glatt und geschliffen. Kantig, eckig, so wie das Leben, wäre mir lieb".

Was wollte sie damit sagen?

Als sie nach der Strafe für den Täter gefragt wurde, antwortete sie: „Eigentlich die Todesstrafe. Aber was soll man innerhalb der Gesetze tun. Ich hoffe, dass sich Politiker bald Gedanken machen, über solche Wiederholungstäter."

Da sie von einem Wiederholungstäter sprach, bezog sie sich indirekt auf B. und das, obwohl ich ihr vor einem Jahr bereits begründet hatte, warum ich B. aus dem Kreis der Tatverdächtigen ausschließen würde und die Ermittlungsbehörde ihn bisher nicht habe überführen können.

Am 23. September 1998 führte ich einen ersten Überraschungsbesuch bei den Familienangehörigen durch. Nur die Großmutter war anwesend. Sie teilte mit, dass ihre Tochter arbeitsmäßig unterwegs und ihr Mann zum Einkaufen sei. Von ihr erfuhr ich, dass sich der Schwiegersohn abgewendet und weggegangen sei, als im Kreis der Familie über gefundene Haare gesprochen worden war. Sie erzählte, dass ihre Tochter und deren Mann bisher kaum zum Friedhof gingen, um das Grab von Anne aufzusuchen. Auch würde ihre Tochter über viele Dinge, die mit Anne zu tun haben, nicht mit ihren Eltern sprechen. Sie sei kaltherzig.

Um dann aber schnell wieder von ihren heiklen Aussagen wegzukommen, informierte mich die Großmutter darüber, dass sich ihre Tochter gerade mit dem Vater des damals von B. ermordeten Mädchens auf dem Weg nach Sch. befinde. Warum diese Fahrt nach Sch. erfolgt und wohin es dort genau ging, sagte sie nicht.

Das aber machte mich stutzig. Kurz zuvor hatte sie doch gerade gesagt, ihre Tochter sei arbeitsmäßig unterwegs.

Was lief da mit dem Vater des von B. ermordeten Mädchens?

Was verschwieg mir die Großmutter?

Ich fühlte mich veranlasst, ihr mitzuteilen, dass es wichtig sei, den „richtigen" Täter zu finden. Daher würde ich meine Ermittlungsergebnisse gerne dem Rechtsanwalt des B. übergeben.

Dem stimmte sie zu.

Dann deutete ich an, dass ein Vertrauensverhältnis zu ihrer Tochter nicht mehr vorhanden sei, da auch sie mir in der Vergangenheit viele Dinge verschwiegen oder falsch dargestellt hätte. Ich stellte in den Raum, dass wenn sie als Großmutter möchte, dass ich in der Sache weiter tätig bliebe, es gut wäre, von ihr einen neuen Auftrag zu erhalten.

**

Seit dem Auffinden der Leiche zeigte sich bei Annes Mutter sowie den anderen Angehörigen ein auffälliges „Desinteresse". Es gab bis zum Jahresende keinen persönlichen Kontakt und mich erreichten auch weder Fragen zu weiteren Erkenntnissen sowie Ergebnissen meiner Ermittlungen, noch Fragen zur erfolgten Haftentlassung des B. oder wie es nun weitergehen würde.

Am 2. Januar 1999 erfuhr ich aus der Ausgabe der Regionalpresse des Einzugsbereiches von Annes Familie, dass die Schwiegermutter der Mutter, die 1995 mit in das Eigenheim gezogen war, im Dezember 1998 verstorben war.

In diesem Moment wurde mir ein echtes Versäumnis klar. Ich hatte nie ein Gespräch mit ihr gesucht. Immerhin war sie für ihren Sohn und Annes Mutter die Alibizeugin für den Tag an dem Anne verschwand. Nun war sie verstorben und damit hatte ich eine mögliche Chance vertan.

Als ich damals das Ermittlungsprotokoll der Polizei las, regten sich bei mir – bezüglich ihrer getätigten Aussage – Bedenken. Sie war ein Familienmitglied, das zur Alibibestätigung herangezogen worden war. Für mich stellte sich das gegebene Alibi nicht unbedingt als wasserdicht dar.

Bedenkt man, dass die Leiche von Anne im August 1998 gefunden wurde, die Angehörigen aber seit dieser Zeit keinen eigenständigen Kontakt zu mir aufnahmen und ich sieben Monate später selbst einen erneuten ersten Versuch unternehmen musste, um mit den Angehörigen aktiv in Kontakt zu treten, so stimmte das schon nachdenklich.

Um aber die noch vielen offenen Fragen zum engen Umfeld zur Familie Annes beantworten zu können, musste ich 1999 wieder näher an die Familie heran. Ich musste, da sie den Kontakt nicht zu mir suchten, diesen daher selbst intensivieren. Das „Abringen" einer Entscheidung über die Fortführung oder Beendigung meines Auftrages, machte zudem eine solche Kontaktaufnahme dringend notwendig. Darum habe ich schriftlich Kontakt sowohl zu den Großeltern als auch zu meiner „Noch-Auftraggeberin" aufgenommen. Im Schreiben an die Großeltern informierte ich darüber, dass ich eine Ermittlungsrichtung verfolge, die bereits durch den Fundort untermauert würde. Noch vor dem Auffinden Annes sei die Fahrstrecke, die am späteren Fundort vorbeiführt, in den Fokus meines Interesses gerückt. Im anderen Schreiben an Annes Mutter wies ich darauf hin, dass sich durch das Auffinden der sterblichen Überreste ihrer Tochter der Sachverhalt nun anders darstellen würde.

Der Auftrag „die Suche nach der vermissten Anne" sei also nicht mehr aktuell.

Ich machte ihr deutlich, dass seit ca. einem halben Jahr von ihrer Seite keinerlei Interesse an einer möglichen Fortführung des Auftrages signalisiert worden sei, nun aber eine Entscheidung herbeigeführt werden solle. Um sie in ihrer Entscheidungsfindung zu unterstützen, gäbe ich zur Kenntnis, dass ich bereits in eine neue Richtung ermitteln würde. Da aber noch viele Dinge offen seien, müssten sich alle Angehörigen weiteren Fragen stellen. Dies sei eine unabdingbare Voraussetzung.

Es vergingen Tage ohne eine Antwort auf meine Schreiben. Nicht einmal ein Anruf erreichte mich. Anfang März 1999 erhielt ich dann einen Brief von Annes Mutter. Das, was sie mir mitteilte, war sehr verklausuliert formuliert. Sie schrieb: »Es ist mir im Augenblick nicht sofort möglich, eine eindeutige

Zustimmung zur Weiterarbeit Ihrerseits, was das Verbrechen an meiner Tochter betrifft, zu geben.« Das war kein Abbruch, auch keine Ablehnung meiner weiteren Hilfe. Aber es war auch keine Weiterbeauftragung. „Wir alle haben keine Probleme, sich einer weiteren Befragung durch Sie oder der Polizei zu stellen", hieß es weiter.

Reagiert und äußert sich jemand so, der nichts zu verbergen hat?

Der Hinweis in ihrem Schreiben, dass sie die Erziehungsberechtigte sei und somit das Recht habe, Termine mit mir abzustimmen, sollte sicher ein „Fingerzeig" für mich sein, die Großeltern aus allem herauszuhalten. Es folgte eine kurze Entschuldigung und eine Begründung, warum sie sich nicht mehr gemeldet hatte. Ihre psychische Konstitution hätte es noch nicht zugelassen. Das war das Ergebnis der schriftlichen Kontaktaufnahme zu den Angehörigen.

Ähnliches hatte ich aber erwartet. Die Großeltern meldeten sich nicht und Annes Mutter schien „angefasst" oder „betroffen" zu sein. Eine Entscheidung, was den Auftrag für weitere Ermittlungen betraf, hatte ich nicht herbeiführen können. Diese Reaktion stärkte in gewisser Weise meinen anfänglichen Verdacht. Keinesfalls wurde dieser entkräftet. Irgendetwas war in der Familie „faul".

Aber was?

Am 31. Mai 1999 rief ich bei den Großeltern an. Die Großmutter nahm ab. Als ich ihr die Frage stellte, ob sich die Polizei mal wieder gemeldet habe, erklärte sie, dass „die" auch mal wieder da gewesen seien, sich immer noch hin und wieder mit dem Fall beschäftigten, aber sie nicht von den B. abgehen würden.

Ich versuchte, einen persönlichen Besuch oder noch besser ein Gespräch mit der Großmutter unter vier Augen zu vereinbaren. Daher schlug ich vor, sie einfach einmal auf dem Friedhof zu treffen.

Dieses Angebot schlug sie aus. Ich könne ruhig nach Hause kommen, so ihre Reaktion. Natürlich sprach ich sie auf meinen Brief an.

Ihre Antwort darauf klang wie ein indirekter Hilferuf. Sie sagte: „Ja, was sollen wir machen, sie müssen uns verstehen in dieser Hinsicht. Es ist immer meine Tochter da, was sollen wir machen, wir sind hilflos. Nee, wir sind regelrecht hilflos."

War es die Ungewissheit, was die Polizei noch machen würde und wie die Sache mit B. ausgehen würde?

War es, weil sie von ihrer Tochter kaum noch Informationen bekamen, was sich im Fall weiter getan hatte?

Deutlich war geworden, ihre Tochter, die Mutter des Opfers, schien das Sagen zu haben.

Es gelang mir, einen Besuchstermin für den 2. Juni 1999 zu vereinbaren.

An diesem Tag traf ich die Großmutter zunächst allein an. Bis zum Eintreffen ihrer Tochter und ihres Mannes vermied sie das Thema Anne anzusprechen. Ihr Mann und ihre Tochter trafen nach kurzer Zeit ein und nahmen am Küchentisch Platz, an dem ich bereits die ganze Zeit saß.

Meine erste Frage war, was sich in der Sache Anne bisher getan habe.

Darauf reagierte die Mutter. Kurz angebunden antwortete sie: „Im Februar waren der T. und P. von der Kripo da. Die haben versprochen, alles noch einmal aufzurollen. Sie sind auch die Strecke noch einmal abgefahren."

Ich wollte gerade die Frage stellen, welche Strecke die Kripo gemeint habe. Das konnte ich aber nicht mehr.

Die Großmutter wandte sich spontan, auch für die beiden anderen unerwartet, mit folgender Frage an mich: „Haben Sie einen konkreten Täter, haben Sie Beweise?"

Darauf reagierten der Großvater und die Mutter zugleich aggressiv mit den Worten: „Was du immer hast, so kann man das nicht sagen, da machst du dich bloß wieder wild."

Die Großmutter verstummte sofort.

Ich schaute nur alle an. Eine ähnliche Frage hatte ich nun aber vom Großvater oder von Annes Mutter erwartet. Sie kam aber nicht.

Warum reagierten beide so aggressiv auf die an mich gerichtete und berechtigterweise gestellte Frage der Großmutter?

Immerhin war allen bekannt, dass ich nach dem Auffinden Annes weiter ermittelt hatte und diese Ergebnisse kannten sie nicht.

Warum aber wollten der Großvater und die Mutter davon nichts wissen?

Waren sie nicht neugierig?

Passte es ihnen nicht in den „Kram" oder wovor hatten sie Angst?

Nach einer kurzen Pause, in der alle innehielten, meinte die Mutter, sie könne es mir nicht verbieten, wenn ich wörtlich: „weiter daran arbeite". Einen neuen Auftrag würde ich aber nicht brauchen. Außerdem sei dieses auch eine finanzielle Frage, so ihr Nachsatz.

Was war das?

War es eine weitere Beauftragung, eine nur billigende Weiterarbeit im Fall oder doch eine Auftragsbeendigung?

Ohne mir die Gelegenheit zu geben, mich zu äußern, meinte sie, dass sie es nicht richtig finde, wenn ich nicht mit ihr spreche. Sie sei Annes Mutter.

Hatte sie bereits bemerkt, was ja durchaus in meiner Absicht lag, dass ich mich mehr von ihr abgewandt und versucht hatte, den Kontakt zur Großmutter enger zu gestalten?

Ich reagierte gelassen und gab zu verstehen, dass man sich hierzu unterhalten könne, sie dazu aber ins Büro kommen müsse. Da die Gesprächsatmosphäre angespannt war, sah ich in einem längeren Aufenthalt wenig Nutzen. An alle Anwesenden gewandt, gab ich zu verstehen, dass ich an „der Sache" dranbliebe, da es noch eine Vielzahl Fragen zu klären gelte und der Täter früher oder später bekannt werde, egal wie lange es dauern würde.

Diese „Ansage" sollte zum Nachdenken anregen. Der Besuch selbst aber hatte bei mir mehr Fragen aufgeworfen und keine beantwortet. Er brachte keine Gewissheit über die Fortführung des Auftrages.

Es hatte sich bereits deutlich abgezeichnet, wie erfolglos die Ermittlungen der Staatsanwaltschaft und der Kripo waren, um

B. die Tat nachzuweisen. Dieses veranlasste dennoch keinen der Angehörigen, mein erneutes Hilfsangebot ernsthaft anzunehmen.

Wieder einmal vergingen fast drei Monate und noch immer keine eindeutige Entscheidung zum Auftrag.

Eine „Hängepartie", wie ich sie nicht länger bestehen lassen wollte. Alle meine seit dem Auffinden der Leiche durchgeführten Maßnahmen und Aktivitäten waren immerhin mit einem gewissen Zeitaufwand verbunden gewesen. Das zu akzeptieren, ohne genau zu wissen, ob vonseiten der Angehörigen des Opfers überhaupt ein Interesse an weiteren Ermittlungsergebnissen bestand, war nicht gerade motivierend. Nur mein Ehrgeiz, den für die Aufklärung des Verbrechens nicht unbedeutenden Informationen nachzugehen und die Gewissheit, dass es einen Täter außer B. geben muss und dieser im nahen Umfeld des Opfers zu suchen war, ließen mich weiter ermitteln. Am 19. Oktober 1999 suchte ich erneut die Großeltern spontan auf.

Wieder war nur die Großmutter anwesend. Das Erste was sie mitteilte, war, dass ihr Mann sowie der Schwiegersohn nicht da seien. Beide wären zum Vater des damals von B. ermordeten Mädchens gefahren, um bei diesem einen Räucherofen zu kaufen.

Warum pflegten meine Auftraggeberin und nun auch der Großvater und sein Schwiegersohn diesen Kontakt?

Suchten sie einen Verbündeten gegen den Verdächtigen B.?

Sahen sie in ihm einen Mitleidenden oder Trostgebenden?

Im Gespräch kam die Großmutter auf eine Sache, die mir interessant erschien. Anne habe im Sommer 1994 in den Sommerferien davon gesprochen, ein Mann hätte sie auf dem Flur komisch angeguckt. Außerdem hätte Anne in der Woche, in der sie verschwand, davon gesprochen, dass sie noch eine Verabredung habe. Diesen Äußerungen hätte sie damals keine Bedeutung beigemessen, aber es würde ihr jetzt immer wichtiger erscheinen.

Warum teilte sie mir das nun nach mehr als fünf Jahren mit?

Hatten die Angehörigen mein verstärktes Interesse, das dem

engen Umfeld galt, erkannt? War es vielleicht ein Versuch, mein Interesse in eine andere Richtung zu lenken?

Warum hatte sie das 1994 in ihrer Zeugenvernehmung nicht angegeben; es war doch wichtig?

Es vergingen weitere zwei Monate, in denen die Angehörigen keinen Kontakt zu mir aufnahmen.

Das Jahr 2000 war angebrochen. Für den 7. Januar kündigte ich wieder einen persönlichen Besuch in N. an. Eine genaue Uhrzeit vereinbarte ich bewusst nicht. Ich wollte feststellen, ob sich nach meiner telefonischen Ankündigung noch jemand aus der Familie melden und nachfragen würde, wann ich beabsichtige, zu ihnen zu kommen. Das passierte natürlich nicht. **War das ein Zeichen, dass meinem Besuch wenig Bedeutung beigemessen wird?**

Auch bei diesem Besuch empfing mich die Großmutter. Sie war allein mit ihrer pflegebedürftigen Schwester. Alle anderen Familienangehörigen schienen „ausgeflogen" zu sein. So konnte ich schnell zum eigentlichen Grund meines Besuches kommen.

Die Großmutter selbst sprach über Dinge, über die sie sicher in Anwesenheit anderer nie gesprochen hätte.

Zunächst machte ich ihr aber klar, was ich von der eingetretenen Situation halten würde. Daraufhin berichtete sie, dass ihre Tochter, wenn es um Anne ginge, unbeherrscht reagiere und sie sich auch kaum um ihren Sohn kümmere. Dieser würde, wie damals Anne, nun auch wieder von ihnen, den Großeltern, aufgezogen.

Wichtig schien mir ihre Aussage, dass ihre Tochter seit dem Auffinden von Annes Leiche, nur allein die Fäden in der Hand halte und sie als Großeltern kaum Neues in dieser Richtung erfahren würden.

Mehrmals deutete ich an, dass sie es sein musste, die eine Entscheidung über einen Auftrag für meine weiteren Ermittlungen treffen sollte. Ich gab ihr zu erkennen, auch im Auftrag des Tatverdächtigen ermitteln zu können. Wie das aber in der

Öffentlichkeit und bei den Medien ankomme, wenn der Privatermittler plötzlich für den „Tatverdächtigen" tätig sei, wäre zu bedenken. Es wäre zudem dann so, dass ich im Auftrag des Verdächtigen Antworten auf Fragen suchen müsste, die auch Annes Umfeld berühren.

Als sie das vernahm, wurde sie „hellwach".

Sie reagierte mit empörter Stimmlage, dass dies ja bedeute, man würde annehmen, die Familie hätte damit etwas zu tun. Sie als Großeltern würden sich nichts vorwerfen. Das könne jeder bezeugen. Sie beide hätten sich immer viel um Anne gekümmert.

Mein Argument, dass meine Ermittlungen u. a. auch zum engen Umfeld notwendig seien, um die Glaubhaftigkeit sowie die Objektivität meiner Ermittlungen zu untermauern, schien sie akzeptieren zu können.

Natürlich hatte ich noch einige Fragen an die Großmutter. Das Thema Einäscherung sowie Freigabe bzw. Beisetzung interessierte mich.

Eine klare Antwort, wie das mit der Beisetzung und der Einäscherung gelaufen sei, wollte oder konnte sie nicht geben. Das, so meinte sie, habe ihre Tochter selbst in die Hand genommen und ihre Eltern wenig oder überhaupt nicht einbezogen.

Aber warum sollten den Großeltern nicht auch ein Recht eingeräumt werden, die Dinge zu erfahren, die gelaufen waren?

Als eine letzte Handlung übergab ich der Großmutter einen Zeitungsbericht vom Februar 1999. Es war der Bericht aus einem Lokalblatt, der die Schlagzeile trug »Kein Totschlag, aber ...«.

In diesem war konkret berichtet worden, dass der Haftbefehl gegen B. abgelehnt worden war und das Gericht erhebliche Zweifel an seiner Schuld hatte.

Wichtig schien mir, dass die Angehörigen den Abschnitt zur Kenntnis nehmen würden, in dem zu lesen war, dass der Privatdetektiv noch vor Auffinden der Leiche den späteren Fundort näher bestimmt bzw. örtlich bereits eingegrenzt hatte und dabei auf völlig neue Aspekte gestoßen war. Da hieß es zum

Schluss, dass der jetzt Antworten auf folgende Fragen sucht:

War es überhaupt ein Sexualverbrechen?
Spielten andere Interessen eine Rolle?
Gab es nur einen oder gar mehrere Täter?
War es ein Unfall mit tödlichem Ausgang?
War es eine geplante Tat, kein Totschlag, sondern Mord?

Als ich nach dem Gespräch die Wohnung verließ, stand der Großvater hinter der Tür und schnupfte etwas verlegen in sein Taschentuch. Er tat von meiner Anwesenheit überrascht zu sein, obwohl er meinen PKW auf dem Hof nicht übersehen konnte. Außer einem Gruß gab es mit ihm kein weiteres Gespräch.

Auch meine Begegnung mit seinem Schwiegersohn auf dem Hof war merkwürdig. Obwohl auch er meinen PKW gesehen hatte und daher wusste, dass ich im Haus war, hielt er sich unter dem Carport auf. Als ich den Hof betrat, schien es, als würde er mich nicht bemerken wollen. Erst nachdem ich in seine Richtung laut grüßte, drehte er sich zu mir. Ich ging auf ihn zu und begrüßte ihn mit Handschlag. Auch bei ihm verspürte ich keine Anzeichen, mit mir reden zu wollen.

Außer ein gepresstes „Guten Tag" kam nichts. Das waren schon außergewöhnliche Verhaltensweisen von beiden, die ich so nicht kannte. Sie machten mir gegenüber sehr deutlich, welches Interesse sie an meinen Ermittlungen bzw. meinen Kontakten hatten.

War ihnen meine Anwesenheit unangenehm?

Es war keine Absicht zu erkennen, mit mir über meine Erkenntnisse oder auch darüber zu sprechen, wie es weitergehen soll.

Würden sich Angehörige eines ermordeten Kindes, dessen Mörder noch nicht von der Polizei überführt worden war, so verhalten?

Sie wussten ja noch nicht einmal, was überhaupt tatsächlich mit Anne passiert war. Ob und wie das Kind leiden musste. Hinzu kam, dass zu dieser Zeit überall in den Medien deutlich wurde, wie hilflos die Ermittlungsbehörden der Aufklärung des Verbrechens gegenüberstanden. Der Besuch war schon deprimierend. Am 18. Januar 2000 erhielt ich einen kurzen Anruf von der Großmutter. Sie machte darauf aufmerksam, dass am nächsten Tag im Fernsehen in der Sendung „Fahndungsakte" der Fall erneut aufgegriffen werde und auch ihre Tochter in dieser Sendung zu Wort kommen würde. Ohne lange auf eine mögliche Frage von mir zu warten, teilte sie mir danach die Entscheidung der Familie mit, was meine Weiterbeauftragung betraf. Obwohl das Landgericht am 20. Oktober 1999 eindeutig begründet hatte, dass bei B. kein begründeter Tatverdacht bestand, hatte das Oberlandesgericht über das Schreiben der Generalstaatsanwaltschaft vom 20.11.1998 noch keine Entscheidung getroffen. Diese Entscheidung des Oberlandesgerichtes, so die Großmutter, würden sie abwarten wollen, um danach zu entscheiden, wie es weitergehen soll. Es war wieder keine klare Entscheidung und nur wieder ein Hinhalten.

Das Warten auf Auftragsentscheidung

Ich beschloss nun mit weiteren intensiven Ermittlungen bzw. Befragungen im engen Umfeld des Opfers zu beginnen. So vereinbarte ich am 18. Januar 2000 einen Termin beim Bestattungsinstitut und suchte dieses zwei Tage später auf. Dort wurde mir sehr schnell klar: Informationen zur Vorbereitung und zum Ablauf von Annes Beisetzung würde es nicht geben. Die Mitarbeiterin des Bestattungsinstitutes verlangte sofort meine Vollmacht und erklärte mit Blick darauf, dass diese von 1996 sei und somit nicht mehr gültig ist, denn so eine Vollmacht hätte jedes Jahr erneuert werden müssen. **Wer konnte ihr nur diesen Blödsinn erzählt haben?** Sie war nicht umzustimmen. Selbst meine Begründung, dass das Verbrechen an Anne noch nicht aufgeklärt und ich durch die Vollmacht nach wie vor legitimiert sei, führte zu keinem positiven Ergebnis. Die Mitarbeiterin erklärte mir, dass auch sie nicht untätig gewesen sei und mit Annes Mutter gesprochen habe. Diese habe ihr mitgeteilt, dass der Auftrag für mich nicht mehr bestehe, sodass mir aus diesem Grund auch keine Auskünfte erteilt werden würden.

Das konnte ich gar nicht glauben und musste ein zweites Mal nachfragen.

Doch sie blieb dabei, dass sich die Mutter von Anne sinngemäß so geäußert habe, dass sie es mir nicht verbieten könne, zu ermitteln, der Auftrag aber nicht mehr bestehe und das andere, dann eine Sache des Bestattungshauses sei.

Annes Mutter, die bisher keine klare Entscheidung über die Beendigung oder Weiterbeauftragung getroffen hatte, schien nun meine Ermittlungsaktivitäten in Richtung enges Umfeld blockieren zu wollen.

Was bewog sie dazu, mir den Zugang zu Informationen im Zusammenhang mit der Beisetzung zu versperren?

Gab es da was, was ich nicht erfahren sollte?

Oder wollte sie ein Zeichen setzen, um mir auf diese Art ihre bereits getroffene Entscheidung indirekt mitzuteilen?

War das eine der Reaktionen, die ich aus dem engen Umfeld erwarten musste?

Gab es vielleicht von dort doch einen Zusammenhang zum Tod von Anne?

Dieser Gedanke festigte sich bei mir und das nicht nur hinsichtlich der zurückliegenden TV-Auftritte von Annes Mutter. Es gab also nicht nur Dinge, wie das gezeigte Desinteresse an neuen Ermittlungsergebnissen oder das Hinhalten bezüglich der Entscheidung zur Fortführung des Auftrages, die ich registrieren musste. Nun war die Tatsache hinzugekommen, dass sie begann, durch aktive Handlungen meine Ermittlungsaktivitäten zu stören oder zu blockieren.

Was sollte ich davon halten?

Auch nach zwei Briefen, die ich im Februar 2000 an die Großeltern geschrieben hatte, blieben weitere Kontaktaufnahmen persönlicher, telefonischer oder schriftlicher Art vonseiten der Angehörigen aus. Nach sechs weiteren Monaten startete ich mit einem Schreiben an die Großeltern, einen erneuten Versuch.

Der halbe September 2000 war verstrichen und seitens der Familienangehörigen hatte es kein Lebenszeichen gegeben, obwohl sie versichert hatten, sich nach der Entscheidung des OLG, zur Fortführung des Auftrages zu äußern.

Auf den Brief vom 25. August, den ich unmittelbar nach der öffentlich bekannt gewordenen Entscheidung des OLG an die Großeltern geschrieben hatte, konnte ich auch keine Antwort verzeichnen. In diesem hatte ich mitgeteilt, dass ich weiterhin Recherchen sowie andere Aktivitäten durchführe. Es seien aber noch viele Fragen offen, um diese beantworten zu können, ich ihre Hilfe benötigen würde. Mit der Entscheidung des OLG sei das eingetreten, was ich ihnen bereits seit 1997 versucht hatte zu erklären. B. sei nicht der Täter, aber es gäbe andere Tatverdächtige mit Motiv und Opferbeziehung.

Ich ging davon aus, dass die Großeltern mir zustimmen würden, dass der Fall ihrer Enkelin nicht zu den Akten gelegt werden darf.

Aus diesem Grunde bot ich daher in diesem Brief erneut meine kostenlose Hilfe an und bat sie, mir ihre Entscheidung über die Annahme meiner Hilfe recht bald zukommen zu lassen.

Fast vier Wochen waren vergangen, als ich am 19. September eine Antwort auf meinen Brief erhielt.

Es verwunderte mich kaum noch, dass nicht die Großeltern, sondern ihre Tochter darauf antwortete. Sie schrieb, dass ich versuchen würde, den wahren Täter zu ermitteln.

Warum sprach sie von einem wahren Täter?

Das klang für mich zum einen etwas spöttisch, zum anderen aber auch so, als wüsste sie mehr. Was die OLG-Entscheidung betraf, las ich keine Empörung aus diesem Brief heraus. In dem hieß es nur, es sei für sie nicht einfach, diese zu akzeptieren.

Für mich klang das so, als könnte sie mit der Erkenntnis leben, dass B. nun als Täter ausscheide. Sie schrieb davon, dass der Zufall bei der Aufklärung eine Rolle spielen müsse und sie keinen Einfluss auf weitere Ermittlungen nehmen würden. Im Klartext bedeutete das doch, dass die Familie kein Interesse an weiteren offiziellen Ermittlungen hatte und sich mit den Ermittlungsbehörden, die sie in den zurückliegenden Jahren, als Anne ‚nur' vermisst worden war, wegen ihrer Passivität und ihren Fehlern heftig kritisiert hatten, solidarisierte.

Was aber war in diesem Zusammenhang mit meinem kostenlosen Ermittlungsangebot, das immer noch zur Entscheidung stand?

Darauf wollten sie nicht zurückgreifen. Es sollte aber noch schlimmer kommen: Annes Mutter bezeichnete meine Ermittlungen als unseriös, unehrlich, und begründete dieses damit, dass ich unter falschem Namen ermittelt hätte.

Das aber war zu keiner Zeit erfolgt.

Statt mich nach möglichen neuen Hinweisen zum Täter oder wie sie meinte, zum wahren Täter zu fragen, stellte sie klar, dass ich nun wohl nur noch für mich ermittelte und sie mir dazu aber keinen offiziellen Auftrag geben würde. Das bedeutete, sie konnte nun jederzeit Personen, die ich für weitere Ermittlungen kontaktieren und die dann Rücksprache mit ihr führen würden, darüber informieren, dass ich dazu keinen Auftrag mehr von ihrer Seite habe. So würde ich dann auch nicht mehr die Informationen bekommen, die ich vielleicht sonst erhalten hätte.

Natürlich sah ich in dieser Reaktion auch eine andere Seite.

Ich konnte die Verärgerung, dass ich in ihrem Umfeld – zur Familie selbst –, zu ermitteln begann, schon verstehen. Nur hatte ich ihnen mein Vorgehen bereits viel früher erklärt.

Ich musste auch die Familie des Opfers in meine Ermittlungen einbeziehen. Allein schon aus dem Grund, die Angehörigen von einem möglichen Verdacht ausschließen zu können. Natürlich auch, um aus ihren Bewegungen, Kontakten sowie Gewohnheiten, vielleicht neue Hinweise auf einen anderen, bisher unbekannten Täter zu erlangen. Es würde einzig und allein nur darum gehen, den Mörder von Anne zu ermitteln. Dagegen konnte eigentlich weder ein Familienangehöriger noch Verwandter etwas haben, es sei denn, Angst war im Spiel. Angst, dass ich etwas in Erfahrung bringen könnte, was bisher gut verheimlicht worden war. Mit einem gewissen Nachdruck wurde ich nun durch Annes Mutter darauf hingewiesen, dass sie mit der Staatsanwaltschaft in Verbindung bleiben würde.

Der Inhalt ihres Briefes untermauerte, dass sie der Sprecher der Familie und sicher auch der Entscheider für alles war. Der Brief hatte mir eine Antwort gegeben, wie es mit meinem Auftrag weitergehen sollte. Das war aber keine große Überraschung mehr. Dennoch brauchte ich etwas Zeit, um zwei Tage später ein entsprechendes Antwortschreiben zu Papier zu bringen.

Ganz diplomatisch versuchte ich mit den Worten, ... es sei gut zu wissen, dass nach wie vor von ihrer Seite ein Interesse an der Aufklärung des Verbrechens bestehe ..., den Eindruck zu erwecken, ich würde nun dennoch davon ausgehen, auch ohne Auftrag, aber mit ihrer Genehmigung, meine Ermittlungen fortführen zu können.

Wichtig schien es mir, darauf hinzuweisen, dass ich bis zur Klärung dieses Verbrechens aktiv bleiben würde, allein schon deshalb, weil der bisherige Erkenntnisprozess nicht unerheblich sei. Auch die Annahme des Angebotes, bei der Klärung von aufkommenden Fragen zur Verfügung zu stehen, war mir wichtig, noch einmal zu bestätigen.

Dann aber wandte ich mich dem Vorwurf der Unseriösität zu. Ich bat Annes Mutter darum, in dieser Angelegenheit konkreter zu werden, Fakten zu nennen und gab damit zu verstehen, dass dieser Sachverhalt nicht einfach so im Raum stehen bleiben könne. Gleichzeitig kündigte ich an, ein persönliches Gespräch mit Annes Mutter und ihren Angehörigen, nach Erhalt einer schriftlichen Stellungnahme zu diesen Vorwürfen, führen zu wollen. Ich schrieb, dass es im Interesse aller sei, unnötige Spannungen zu vermeiden, denn alle gemeinsam sollten daran arbeiten, Licht in das Dunkel, in das Schicksal Annes zu bringen, um den Täter letztlich überführen zu können. Weiterhin versuchte ich noch „Einen draufzusetzen" und kündigte öffentlichkeitswirksame Aktivitäten an.

Was immer sie dahinter auch vermuten würden, meine Absicht war es, mit dieser Ankündigung, Unsicherheit, aber auch Unruhe in den Kreis der Angehörigen zu bringen. Natürlich war es nicht nur so dahingeschrieben. Die Sache war bereits mit dem mir gewogenen Journalisten der Regionalpresse abgesprochen, der noch Ende September 2000 in der Presse hierzu etwas verlautbaren lassen würde.

Anzumerken sei noch, dass ich 1999 und 2000 bereits intensivere Ermittlungen im nahen Umfeld des Opfers offiziell führte und diese sicher den Angehörigen nicht verborgen geblieben waren. Sie wussten, und ganz offen hatte ich ihnen das mitgeteilt, dass ich noch sehr viele Fragen an alle Familienangehörigen haben würde.

Nun galt es abzuwarten, welche Reaktion kommen würde.

Was war die Ursache, dass Annes Familie meine Anwesenheit oder nun den Kontakt zu mir mied und in gewisser Weise sogar versuchte, meine Ermittlungen zu blockieren?

Den Familienmitgliedern war schon klar, dass B. nicht der Täter sein konnte, dass ich aber andere Tatverdächtige hatte.

Warum also ließen sie mich trotzdem so hängen?

Warum nahmen sie meine Hilfe auf einmal nicht mehr an?

War es nur die Angst vor unangenehmen Fragen, die sie vielleicht in Erklärungsnot bringen konnten oder befürchteten sie, dass ich auf Widersprüche stoßen würde?

Für mein Verständnis waren meine damaligen Ermittlungen im Umfeld nicht dazu angetan, sich mir gegenüber so zu verhalten. Ihre Tochter, respektive das Enkelkind, war getötet, die Leiche versteckt worden. Hinzu war die Unfähigkeit der Ermittlungsbehörden gekommen.

Es war absehbar, dass diese den Fall bald zu den Akten legen würden. Nur von mir waren über Jahre immer wieder neue Aktivitäten erfolgt, um den Täter zu ermitteln und auch die Öffentlichkeit immer wieder auf den Fall aufmerksam zu machen.

All das schien für die Angehörigen kein Anlass zu sein, mich zu unterstützen oder zumindest mir ihr Interesse zu zeigen. Das Gegenteil war eingetreten. Sie zeigten deutliches Desinteresse an meiner Arbeit und an der Aufklärung überhaupt. Sie traten aber auch nicht fordernd an die Ermittlungsbehörden heran. Es tat sich für mich ein großer Widerspruch im Verhalten der Angehörigen auf.

Hätten sie nicht alle Mittel und Möglichkeiten nutzen müs-

sen, um zur Aufklärung des Verbrechens beizutragen? Selbst wenn ich ihnen einen Grund gegeben hatte, sich von mir abzuwenden, so hätten sie aber doch weitaus mehr Druck auf die Ermittlungsbehörden ausüben, an die Öffentlichkeit gehen können und vieles mehr.

Das alles blieb aber nach dem Auffinden der Leiche aus!

Das hatte nach meiner Meinung keineswegs nur damit zu tun, sich zurückzuziehen, um nun in Ruhe trauern zu können. Mein Bauchgefühl sagte mir, dass mehr dahinterstecken muss.

Reaktionen

Am 26. September 2000 war die zuvor vereinbarte Veröffentlichung in der Lokalpresse erschienen. In dieser hatte ich angekündigt, meine Ermittlungsergebnisse öffentlich vorstellen zu wollen. Ich hatte angedeutet, dass ich eine andere Ermittlungsrichtung verfolge als die Behörden, und würde diese am 5. Oktober in einer Pressekonferenz erläutern.

Mit dieser Entscheidung und der nun erfolgten öffentlichen Bekanntmachung des Termins dieser Pressekonferenz, begann eine neue Phase in meiner Ermittlungsarbeit, in der ich Reaktionen, von welcher Seite auch immer, erwartete.

Eine erste Reaktion gab es bereits einen Tag darauf.

Annes Mutter rief an und bezog sich sofort auf die Ankündigung der Pressekonferenz. Sie schien leicht „angefressen" zu sein und beanstandete, nicht davon in Kenntnis gesetzt worden zu sein. Bei ihr hätten „Pressefuzzis" angerufen und sie um Informationen gebeten.

Ich gab zu verstehen, dass ich für ihre Unkenntnis nicht verantwortlich sei.

Eine solche Antwort hatte sie wohl nicht erwartet, denn sie schwieg.

Ich tat das Gleiche. So war sie gezwungen, selbst wieder das Gespräch aufzunehmen, um mehr zu erfahren.

Ein weiteres Mal versuchte sie, mit der Bemerkung, doch Näheres wissen zu müssen, von mir etwas zu erfahren. Ich erwiderte, dass ich letztendlich die Pressekonferenz geben würde, in der ich mich mit Dingen befassen würde, die ich bisher erarbeitet hätte.

Etwas verkrampft versuchte sie nun, ein letztes Mal Anlauf zu nehmen, um zu erfahren, worum es auf der Pressekonferenz denn gehen würde.

Darauf antwortete ich ihr, dass ich mich durch ihr bisheriges Desinteresse keinesfalls veranlasst sähe, sie nun einzubeziehen.

Also erkundigte sie sich nun, wo und wann die Pressekonferenz stattfinden würde und begann, ihre Zweifel mitzuteilen, ob diese Pressekonferenz überhaupt richtig sei. Als Gegenargument führte sie ihre Bedenken gegenüber der Staatsanwaltschaft an, mit der es mit mir wegen meiner Ermittlungen Zwistigkeiten gab.

Wollte sie mich verunsichern oder mir gar Angst machen?
Ich wies daraufhin, dass die Staatsanwaltschaft ihre Ermittlungen zu B. beendet habe und ihnen dieses vom OLG auch eindeutig nahegelegt worden war. Daher könne es keine „Zwistigkeiten" mehr geben. Immer noch gelassen, aber ein wenig forscher, teilte ich ihr mit, dass seitens der Staatsanwaltschaft seit 1997 und von ihrer Seite seit 1998 kein Interesse an meinen ermittelten Ergebnissen bestand.

Meine Ausführungen provozierten Annes Mutter zu fragen, welche Unterlagen ich der Staatsanwaltschaft übergeben hätte. Ich hielt mich aber bedeckt. Durch mehrmaliges Hinterfragen versuchte sie nun, immer wieder zu erfahren, ob und welche Ermittlungsunterlagen ich an die Staatsanwaltschaft gegeben hätte und erklärte, dass sie glaube, so etwas wäre in einer Pressemeldung angedeutet worden.

Natürlich war mir klar, dass sie die Veröffentlichung vom 16. August, unter der Schlagzeile »Detektiv hat einen anderen Tatverdächtigen«, meinte.

Sie hatte also diesen Beitrag zur Kenntnis genommen, allerdings ohne weitere Nachfrage zu halten.

Nun, als die Ankündigung der Pressekonferenz erfolgte, war

auf einmal ihr Interesse geweckt und für mich ein Indiz, dass bei ihr, Unsicherheit und auch Angst aufgekommen waren. Angst oder aber zumindest ein diffuses Unwohlsein, dass auf der Pressekonferenz Dinge zur Sprache kommen, die nicht gerade in das Bild der Familie passen oder vielleicht den Verdacht auf die eigene Familie lenken würden.

Wieder in ruhiger Tonlage bot ich ihr an, dass sie durchaus mein Büro aufsuchen könne, wenn sie ein Problem habe.

Darauf erhielt ich keine Antwort, nur erneut tiefes Schweigen am anderen Ende.

Nach einer Weile gab meine Gesprächspartnerin zu, nun doch ein Problem zu haben. Ein Problem mit der Art und Weise meiner Ermittlungen, meiner Vorgehensweise. Ganz überraschend gab sie mir zu verstehen, dass sie immer eine Rückmeldung erhalte, wenn ich zum Beispiel in ihrem Umfeld ermitteln würde.

War das ein Versuch, mich in meinen Ermittlungen zu den Familienangehörigen auszubremsen?

Wollte sie meine Aktivitäten in dieser Richtung bereits im Vorfeld als erfolglos deklarieren?

Für Annes Mutter schien das Thema »Ermittlungen zu den Familienangehörigen« von besonderer Bedeutung zu sein.

Auch hier unterbreitete ich das Angebot, sie könne in mein Büro kommen, dann würden wir darüber sprechen und ich dann selbst noch Fragen stellen. Es würde doch nur darum gehen, den Mörder ihrer Tochter zu finden, was doch ein gemeinsames Ziel sei.

Dem stimmte sie zu, wollte jedoch erneut auf das Thema »Ermittlungen im nahen Umfeld« eingehen.

Hier schnitt ich ihr das Wort ab und ging auf eine von ihr in einem früheren Schreiben gemachte Bemerkung ein, ob es einen richtigen oder wahren Täter geben würde. Sehr deutlich, aber diesmal schon etwas nachdrücklicher betonte ich, dass es nur einen Täter geben würde.

Als sie mir zustimmte, ergänzte ich im Nachsatz, und das wieder etwas sanfter: „oder mehrere und vielleicht auch Mitwisser."

Diese Aussage schien, einen Nerv getroffen zu haben. Denn nun wurde noch deutlicher, worin das eigentliche Motiv ihres Telefonates bestand.

Sie sagte, es würde „Zoff" oder „Unruhe" in der Familie geben, wofür ich verantwortlich sei. Vielleicht war es auch nur wieder ein Versuch, damit ich keine persönlichen Kontakte mehr zur Familie suchen würde. Letztendlich stellte ich ihr frei, mich noch vor der Pressekonferenz in meinem Büro aufzusuchen. Selbst auf ein Angebot, sie zu besuchen und dann gemeinsam mit ihren Eltern zu sprechen, ging sie nicht ein.

Dennoch war das Telefonat eine Reaktion auf die Ankündigung der Pressekonferenz und der Inhalt war aufschlussreich. Vonseiten der Kripobeamten und der Staatsanwaltschaft erhielt ich keine Reaktionen.

***

Die Pressekonferenz war erfolgt. Über deren Verlauf und Inhalt berichte ich an anderer Stelle. Kein Angehöriger des Opfers war dort anwesend. So waren die Familienmitglieder außerstande, sich einen Reim aus der in den Medien nach der Pressekonferenz dargestellten Situation zu machen. Zudem wussten sie nicht, was ich in der Zeit ermittelt hatte, in der sie den Kontakt zu mir gemieden hatten. Ihnen war aber auch nicht entgangen, dass ich begonnen hatte, aktiv in ihrem Umfeld zu ermitteln.

Wenn einer in der Familie mit dem Mord an Anne in Zusammenhang stand, dann müsste die Person nach den Veröffentlichungen und den Mediennachrichten etwas nervös werden Am 6. November 2000 schrieb ich einen Brief an die Mutter des Opfers.

Sein Inhalt sollte zu weiteren Reaktionen führen. Es war wichtig, klare Worte zu finden. Ich wies auf die zurückliegenden Medienveröffentlichungen hin, denen man entnehmen konnte, dass sich in der letzten Zeit einiges im Fall getan hatte und mit Sicherheit noch weiter tun würde. Bisher, so schien es mir, waren sich die Angehörigen und besonders die Mutter des Opfers, in vielerlei Hinsicht immer recht sicher. Sie wussten um die Spannungen zwischen mir und den Ermittlungsbehörden und das wiegte sie noch mehr in Sicherheit.

In den Medien hatte sich Annes Mutter in der Vergangenheit dahingehend geäußert, meine Ermittlungen hätten keine Ergebnisse gebracht.

Daher wies ich auf den Ergebnisbericht von 1997 hin, der durchaus erste Ergebnisse enthielt und gab ich ihr schriftlich zu verstehen, dass sie solche unrichtigen Aussagen unterlassen möge. Ich machte ihr klar, dass sie kaum einschätzen könne, was ich seit 1998 – es seien nun bereits zwei Jahre vergangen – habe ermitteln können. In all dieser Zeit habe sie kein Interesse gezeigt und so sei sie auch nicht informiert.

Ich konnte mich nicht zurückhalten, noch zu beanstanden, dass ich statt einer Unterstützung immer mehr spüre, wie meine Ermittlungen von ihrer Seite „bewusst" erschwert würden und dieses Verhalten bei mir Unverständnis hervorrufen würde. Dann forderte ich sie auf, sich klar und eindeutig zu drei von mir aufgeführten Fragen zu positionieren.

Die erste und wichtigste Frage sei, ob sie an einer weiteren honorarfreien Unterstützung bei der Aufklärung des Verbrechens an ihrer Tochter interessiert sei. Ich forderte keinen direkten Auftrag zu erhalten, sondern nur ihre klare Aussage, sie honorarfrei unterstützen zu dürfen.

Das war schon ein Unterschied, dem sich eigentlich Angehörige eines Opfers nicht entziehen konnten, wenn sie an der Aufklärung des Verbrechens interessiert sind.

Bei der nächsten Frage ging es darum, in welcher Form die Familienmitglieder bereit seien, mich zu unterstützen, wie konkret ihre Unterstützung und Bereitschaft aussehen und wo sie eine Grenze ziehen würden.

Natürlich wollte ich bei einer möglichen Ablehnung meiner Unterstützung wenigstens die Gründe kennen und deshalb stellte ich dann auch die dritte Frage nach den Gründen, sollte die Familie meine Hilfe ablehnen.

Dieses Schreiben sollte an die Ehre, an die Gefühle der Familie appellieren. Doch selbst da hatte ich mich wohl getäuscht. So schnell wie ich es erwartet hatte, gab es keine Reaktion, keine Antwort auf mein Schreiben. Es vergingen acht Tage, bis eine erste Reaktion erfolgte.

Am 16. November erhielt ich dann einen Anruf von der Mutter, die einen Termin für ein Gespräch mit mir vereinbaren wollte.

Wir einigten uns auf den 22. November 2000. Der Empfang in N. war wenig emotional. Nicht alle Familienangehörigen waren anwesend. Es fehlte der Ehemann bzw. Schwiegersohn.

Nach einer kleinen, zu Beginn schweigsamen Kunstpause, begann für mich diesmal überraschend der Großvater, die Zurückhaltung aller zu beenden. Er bedankte sich für meine bisherigen Aktivitäten und für die von mir organisierte Pressekonferenz. In diesem Zusammenhang erzählte er, dass sie weder von der Polizei noch von der Staatsanwaltschaft etwas erfahren würden. Alles, was sie bisher erfahren hätten, würden sie nur aus den Medien wissen.

Was waren das für Aussagen und diese nun vom Großvater? Nach seinem langen Desinteresse an meinen Ermittlungen, war das schon beängstigend. Gerade er hatte sich doch bisher immer im Hintergrund gehalten und nun so etwas.

Das musste was zu bedeuten haben?

Wo war da die immer alles bestimmende Mutter?

Es dauerte nicht lange und der Großvater stellte die Frage, was gemacht werden könne, um die Staatsanwaltschaft zu zwingen, die Hinweise in Richtung F. zu klären und wie sie sich als Angehörige in dieser Situation engagieren sollten.

Wollte der Großvater mit dieser Frage in Richtung F., mein von der Familie bereits bemerktes Interesse am ganz engen Umfeld, sprich eben an seiner Familie, in eine andere Richtung lenken?

Die Frage des Großvaters gedachte ich zu ignorieren.

Als ich erwähnte, dass ich eine Teilnahme der Mutter an der Pressekonferenz erwartet hätte, griff die Großmutter ins Gespräch ein und entschuldigte, dass ihre Tochter zu diesem Termin nicht habe kommen können. Doch das rief nun sofort ihre Tochter auf den Plan. Sie führte andere Beweggründe an, um ihre Nichtteilnahme an der Pressekonferenz zu rechtfertigen. Der Hauptgrund war nach ihren Worten, die Angst vor möglichen vielen Fragen, der wie sie meinte „Pressefuzzis“.

Sie war doch aber sonst nicht „medienscheu“, warum nun aber bei meiner Pressekonferenz?

Ich kam nicht umhin, ihr sehr deutlich mein Befremden auszusprechen. Darauf gab es von den Angehörigen keinen Widerspruch. In der Runde machte ich deutlich, dass es einen auffälligen Widerspruch zwischen ihren öffentlichen Auftritten und dem Desinteresse bezüglich meiner Ermittlungen gab. Das hatte gesessen.

Ich hatte sie aus der „Deckung“ gelockt, denn sie stellte mir die Frage, welche Gründe mich eigentlich bewegen, so „verbissen“ an der Aufklärung zu arbeiten. Um nicht zu deutlich hier ihr eigenes Interesse an der Antwort erkennen zu lassen und dieses gewissermaßen zu verdecken, ergänzte sie, dass ihr diese Frage von Journalisten immer wieder gestellt werde.

Auch darauf hatte ich eine passende Antwort, die lautete, dass ein Verbrechen an einem Kind nicht unaufgeklärt bleiben könne und der Mörder einer gerechten Strafe zugeführt werden müsse. Irgendwie schien sie sich zu diesem Zeitpunkt, als die agierende Fragestellerin wohler zu fühlen. So hatte sie von mir keine unangenehmen Fragen zu befürchten. Ihre Taktik war leicht zu durchschauen, dennoch ließ ich mich erst einmal darauf ein.

Prompt folgte ihre nächste Frage. Nun wollte sie wissen, wie sie die Ermittlungen gegen F. weiter forcieren könne. Ich riet ihr von eigenen Handlungen in dieser Richtung ab und begründete es mit der 1997 vergebenen Chance. Dann ging es um den Verdacht bezüglich der sexuellen Missbrauchshandlungen des F. In wenigen Sätzen erläuterte ich, wie die Staatsanwaltschaft R. und die Kripo N. diesbezüglich gearbeitet hatten und dass nur dieses der Grund für die schnelle Einstellung des Ermittlungsverfahrens gewesen sei.

Einen Kommentar dazu oder gar einen Ausdruck von Empörung gab es von den Anwesenden nicht. Erneut unterstrich ich, dass B. kaum der Mörder sein könne. Es seien in diesem Fall zu viele Zufälle gewesen und das sei kaum vorstellbar. Eher, so äußerte ich mich und schaute dabei alle Anwesenden an, würde es sich um ein Verbrechen handeln, wobei nicht nur F. ein Motiv gehabt haben müsse. Bewusst machte ich eine kleine Pause, die dazu dienen sollte, dem dann folgenden Satz die richtige Wirkung zu verleihen. Dann äußerte ich die Vermutung, dass der Täter die Örtlichkeiten in M., aber auch die um den Fundort herum sowie die Eigenheiten Annes sehr gut und sehr genau gekannt haben muss.

Ich war mir sicher, dass keiner von den Angehörigen zu meiner Ausführung zum Täter eine genauere Erläuterung fordern würde.

Wie erwartet schwiegen dann auch alle. Es sah aus, als würde jeder der Anwesenden seinen eigenen Gedanken nachhängen.

Erneut brach der Großvater das Schweigen und sagte, dass es gut sei und ich nun ein gutes Verhältnis zu den Behörden haben würde.

Erwartungsvoll schauten mich alle an, als würden sie darauf warten, was ich darauf erwidern würde. Das Interesse der Familie, mehr zu meinen Kontakten, zu den entscheidenden Personen der Kripo und der Staatsanwaltschaft zu erfahren, war unübersehbar.

Allerdings gab ich jedoch nur zu verstehen, dass es ein längeres Gespräch mit dem Oberstaatsanwalt gegeben und dieses dazu beigetragen habe, dass es keine Spannungen mehr geben würde.

Als alle festgestellt hatten, dass ich mich mit Informationen doch recht bedeckt hielt, platzte die Mutter mit einer neuen Information heraus. Sie sprach davon, dass ihr der Staatsanwalt B. 1999 davon abgeraten hatte, sich allzu sehr mit meiner Person einzulassen bzw. mit mir zu korrespondieren. Nach Gründen befragt, habe er nur erklärt, er dürfe und könne dazu nicht mehr sagen. Während sie das berichtete, ließ sie erkennen, dass die Äußerungen des Staatsanwaltes sie nach wie vor beunruhigten. Mir zugewandt stellte sie nun die Frage, ob ich wüsste, warum sich der Staatsanwalt derartig ihr gegenüber geäußert hatte.

Dazu konnte und wollte ich mich nicht erklären. Ich ging auf die noch ausstehende Entscheidung über die Fortführung des Auftrages ein. Jedoch machte niemand Anstalten, sich hierzu zu äußern. Im ersten Moment sah es für mich so aus, als würde der Großvater sich äußern wollen. Doch der war nur vom Tisch aufgestanden, um sich aus der Runde zu verabschieden, denn es sei an der Zeit, seinen Enkel vom Kindergarten abzuholen. Mit diesen Worten verließ er die Wohnung. Mit dem erfolgten Abgang des Großvaters war auch recht bald das Gespräch beendet, nicht aber ohne dass ich nachhaltig darauf hingewiesen hatte, man möge mir recht schnell eine Entscheidung zur Fortführung des Auftrages mitteilen.

Es waren bereits wieder vierzehn Tage seit dem letzten Besuch in N. vergangen und noch immer kam kein Signal aus dieser Richtung. Länger wollte ich nicht warten und so rief ich am 30. November 2000 wieder an.

Nur die Großmutter war zu erreichen.

Nachdem ich ihr erklärte, dass ich ihre Tochter telefonisch nicht erreicht hätte, begründete sie dieses – mit unsicherer und leiser Stimme –, dass ihre Tochter die ganze Woche weggewesen sei. Auf meine Frage, wie es um die Entscheidung stehen würde, sagte sie, mit einer angedeuteten Entschuldigung, dass sie alle noch nicht dazu gekommen seien und sie mir das ganz ehrlich mitteilen müsse. Ihre Tochter sei auch ständig unterwegs. Als ich mich erkundigte, ob ihre Tochter schon wieder arbeiten würde, erhielt ich die etwas zögerliche Antwort, dass Annes Mutter nach wie vor arbeitslos sei, aber immer selbstständig in Sachen Kosmetik und anderen Dingen unterwegs sei.

Fakt war somit: Die Familienangehörigen eines ermordeten Kindes fanden in vierzehn Tagen nicht die Zeit darüber zu entscheiden, ob sie meine kostenlose Hilfe annehmen sollten, die zu Ermittlung des Mörders und der Aufklärung des Schicksals ihres Kindes führen sollte. Ein Satz von Annes Großmutter ließ mich aufhorchen. Es hörte sich so an, als wollte sie mir sagen, wie sie sich entscheiden würde. Doch dann fing sie an zu stottern und sagte letztendlich: „Mir sind die Hände so gebunden, ich kann nicht anders".

Was wollte sie mir mit dieser Äußerung sagen?
Warum waren ihr die Hände gebunden?
Hatte sie ein klares Verbot von anderen Familienangehörigen bekommen und durfte sich mir gegenüber nicht weiter öffnen?
Oder hatte sie selbst Kenntnis von einem wirklichen Zusammenhang, von Geschehnissen innerhalb der Familie, in deren Ergebnis es zu Annes Tod gekommen war?

Dann wären ihre bisherigen Äußerungen und Reaktionen durchaus verständlich gewesen. In einer solchen Situation hätte sie wohl kaum eine andere Wahl gehabt. Sie hätte sich nicht gegen ihre Familie entscheiden können.

Ihre Abhängigkeit, das bisher vorhandene Ansehen, das die Familie genoss und ihr eigener Gesichtsverlust, all das wäre dann nach Annes Tod in Gefahr geraten.

Mir blieb wirklich nichts anderes übrig, als ständig, in welcher Form auch immer, Kontakt zur Familie zu suchen und sie an ihr Versprechen zu erinnern. Doch bisher scheiterte auch das.

Bei meinem nächsten Anruf erreichte ich die Mutter. Sie schien keinesfalls überrascht. Immerhin stand ja die Entscheidung noch aus.

Ich stellte die Frage, wie im Kreis der Familie nun die Entscheidung ausgefallen sei. Nach einer kleinen Pause kam, wenn auch stockend, ihre Antwort. Die Familie habe sich entschieden.

Doch dann waren ihre Worte so gewählt, dass ich bereits wieder zweifelte: Sie hätten sich entschieden, dass sie es machen wollen.

Was konkret, das hatte Annes Mutter nicht gesagt. Dabei war es doch sehr einfach zu sagen: „Ja, wir werden Sie weiterhin beauftragen." Doch das kam nicht.

Als ich Tage später wieder spontan nach N. fuhr und dabei

die Familie aufsuchte, kam mir der Großvater aus einem Nebengelass entgegen und begrüßte mich. Es war 10:20 Uhr, als wir vor dem Haus ins Gespräch kamen. Als ich seine Frage, ob es etwas Neues gäbe, verneint hatte, teilte er mir mit, dass er und auch sein Schwiegersohn sich sehr zurückhalten würden. Der Schwiegersohn sei kaum da und habe auch viel Arbeit. Warum er sich in der Sache zurückhielt, erklärte er nicht, sondern beließ es dabei zu ergänzen, er ließe in dieser Sache, die Frauen entscheiden.

Wollte er sich nur vor einer eigenen Entscheidung in Bezug auf eine erneute Auftragserteilung zurückziehen?

Seine Art, sich in der Sache zurückzuziehen, passte einfach nicht zu seiner Persönlichkeit. War er doch kurz nach dem Verschwinden 1994, der über alles „Bestimmende" in der Familie.

Nun aber stimmte mich schon länger die immer auffälliger werdende unbedeutende Rolle seiner Person in der Familie nachdenklich. Als würde er meine Gedanken lesen können, sagte er, dass sie sehr wenig in der Sache hören würden, nur wenn mal wieder was in der Zeitung stehen oder ich mich melden würde. Dann würde sich seine Frau immer aufregen und Tabletten benötigen. Ihr Blutdruck würde steigen und sie brauche dann „Brennohl".

Damit meinte er Alkohol.

Sollte das ein dezenter Hinweis gewesen sein, um auf gesundheitliche Probleme seiner Frau hinzuweisen oder war es ein Versuch, mich dazu zu bewegen, die persönlichen Kontakte zur Familie, die ja wesentlich auf meine Initiative hin erfolgten, zu unterlassen bzw. einzuschränken? Vielleicht hatte er aber auch ein ganz anderes Motiv?

Er trat näher an mich heran und sagte, dass er die Gelegenheit mit mir allein sprechen zu können, dazu nutzen wolle, mit mir ein Abkommen zu treffen. Dann bot er mir an: „Wenn der Täter vor Gericht kommt, für jedes Jahr was „der" bekommt, zahle ich 1.000, -DM, ohne Vertrag, ohne Schriftliches und auch so, dass Sie Vorteile davon haben, also nicht versteuert werden muss."

Ich nahm es mit einem gepressten Lächeln hin und antwortete ihm, dass, wenn es so weit sein würde, man noch einmal darüber sprechen könne. Vorerst sei diese Situation ja noch nicht gegeben.

Eine nähere Erläuterung seines Angebotes nahm er nicht vor.

Meinte er nun mit dem Täter den F.?

Herrn B. konnte er eigentlich nicht meinen, der war ja offiziell und auch von mir schon lange ausgeschlossen worden.

Dass für mich F. ein in Betracht kommender Tatverdächtiger war, schien ihm recht zu sein. Immerhin hatte er ihn bereits 1994 in seiner Zeugenvernehmung als möglichen Tatverdächtigen angegeben.

Aber warum hatte er vom Täter und nicht von F. gesprochen?

Wieso war es ihm wichtig, die Zahlung einer „Prämie" dann von den Jahren der Verurteilung, des Strafmaßes, abhängig zu machen?

Als ich versuchte, mir diese Fragen zu beantworten, kam mir ein gewagter Gedanke.

Sprach er nur vom Täter, weil er ausschließen konnte, dass F. der Täter war?

Jedes Jahr der Strafe, die F. dann aber erhalten würde, wäre ein Jahr, in dem der wirkliche Täter in Freiheit und ohne Gefahr, noch selbst entdeckt zu werden, leben konnte.

Wenn der Täter also aus dem engen Familienkreis kommen würde, hätte ein solches Abkommen durchaus einen Sinn.

Aber dieses Abkommen, so wie er es bezeichnete, hätte er mir aber bereits früher und im Kreis seiner Familie bei einem Besuch unterbreiten können. Ein in der Summe nicht festgelegtes „Erfolgshonorar" war ja 1996 bei der Auftragserteilung schriftlich festgelegt worden.

Warum aber unterbreitete er mir nun gerade zu diesem Zeitpunkt ein solches Angebot?

Das Ganze war mir schon ein wenig „suspekt" und verstärkte in mir weiter den Gedanken, dass da mehr sein musste, der Täter wirklich im Kreis der Familie zu suchen sein würde.

Am Nachmittag machte ich mich – wie zuvor vereinbart – erneut auf zum Wohnhaus der Familie. Bei diesem Besuch ergriff ich sofort die Initiative, um dem Gespräch von Beginn an die von mir angestrebte Richtung zu geben. Ich erfuhr, dass 2001 in der Sendung „Fahndungsakte" ein erneuter Beitrag geplant war.

Diese Information nahm ich kommentarlos zur Kenntnis und machte den Anwesenden klar, dass ich bei Fortführung des Auftrages, eine aktive Unterstützung erwarten würde.

Als ich ein Auftragsformular hervorholte, schienen alle Anwesenden wie gelähmt. Annes Mutter nahm es dennoch entgegen und las sehr aufmerksam die Allgemeinen Geschäftsbedingungen (AGB) auf der Rückseite des Auftrages, um dann mit der Meinung aufzutrumpfen, einen Rechtschreibfehler entdeckt zu haben.

Was diesen betraf, erwiderte ich, dass dieser unbedeutend sei und die Ermittlungsergebnisse viel bedeutsamer sein würden. Letztendlich einigten wir uns an diesem Tag darauf, dass ich ein neues Auftragsdokument und die dazugehörige Vollmacht per Fax zusenden würde.

Ich hatte mich überrumpeln lassen. Es war ihr gelungen, immer noch einen verbindlichen Auftrag zu boykottieren.

Am 18. Dezember 2000 faxte ich diese Dokumente. Zuvor tätigte ich einen Anruf bei der Familie, um es anzukündigen. Am anderen Ende meldete sich überrascht der Ehemann von Annes Mutter. Er tat, als wüsste er nicht, worum es ginge und ließ sich daher auch auf kein längeres Gespräch ein. Seine Reaktion auf die Ankündigung meines Faxes war die, dass er versprach, es seiner Frau vorzulegen.

Mir blieb kaum Zeit mich zu bedanken, da hatte er bereits den Hörer aufgelegt.

Der letzte Tag des Jahres 2000 war gekommen, ohne dass Post aus N. gekommen war.

Das Dokument mit dem unterschriebenen Auftrag und der Vollmacht blieb für immer verschollen.

Das Winden der Angehörigen

Meine erste Handlung zu Beginn des neuen Jahres war ein Schreiben an die Großeltern. Die Ignoranz, die bisher von ihnen an den Tag gelegt worden war, war mir unverständlich. **War es ihnen egal?**
Konnten sie so am Grab ihrer ermordeten Enkelin stehen, ohne alles getan zu haben, um ihren Mörder zu finden? Fühlten sie sich gegenüber Anne nicht schuldig?
Ich sah mich gehalten, ihnen mitzuteilen, dass auf ihre Tochter kein Verlass sei. Zudem würde es mir vorkommen, als sei ihr die Aufklärung des Todes ihrer Tochter unwichtig. Es sei für mich nicht nachvollziehbar, mit welcher Ignoranz ihre Tochter durch Hinauszögern mir die von ihr erwartete Unterstützung versagen und meine Ermittlungsarbeit damit erschweren würde.

Dennoch würde ich, nach wie vor ohne Honorarforderungen, gerne weiter tätig sein und davon ausgehen, dass dies in ihrem Interesse sei. Sollte es nicht so sein, würde ich sie bitten, mir das ausdrücklich mitzuteilen.

Ich sah keine andere Möglichkeit, um etwas zu beschleunigen, als nun den Großeltern selbst eine Frist für ihre Entscheidung zur Auftragserteilung zu setzen. Das Fristende legte ich auf den 12. Januar 2001 fest.

Am 5. Januar 2001, gegen 16:00 Uhr, läutete das Telefon. Es meldete sich eine männliche, mir bisher unbekannte Stimme. Er stellte sich mit »P.- Rechtsanwalt in N.« vor.

Erst als er erklärte, Annes Mutter säße ihm gegenüber und er sowie auch sie würden überlegen wie es weitergehen soll, wusste ich, um wen es sich handelte.

Aufgrund meiner zunächst recht einsilbigen Reaktion, hatte ich ihn etwas aus dem Redekonzept gebracht. Als er sich wieder gefangen hatte, schlug er vor, dass wir uns einmal „zusammenschließen" müssten und berichtete etwas von einem Schreiben, das er nicht an die Staatsanwaltschaft „machen" wollte. Noch immer blieb ich einsilbig und stellte keine Fragen. Das war meine Strategie. Er sollte die „Katze aus dem Sack" lassen, fand aber immer noch kein zusammenhängendes Redekonzept. Als er davon sprach, dass ich seine Mandantin in einen Zwiespalt bringen würde, ahnte ich, was er tatsächlich wollte.

Ohne konkret zu werden, sprach er davon, dass „dieses" ausgehen würde wie das „Hornberger Schießen", und dass sie, damit meinte er die ihm gegenübersitzende Mutter, schon nicht mehr das beste Nervenkostüm habe.

Dass Annes Mutter nervös war, das konnte ich mir denken. Immerhin war es ja von mir gewissermaßen gewollt und nun tat es gut, dies einmal auf diesem Weg bestätigt zu bekommen.

Meine Einsilbigkeit behielt ich bei und fand auch etwas Spaß daran, zu erleben, wie der Rechtsanwalt versuchte, mit mir in einen Dialog zu treten.

Als er von mir wörtlich, jedoch mehr bittend als fordernd, verlangte: „Also machen Sie es nicht, verlangen Sie es nicht von ihr", hatte ich meine Bestätigung erhalten.

Es ging um die Aussage, die Annes Mutter mir unterschreiben sollte, in Bezug auf die Äußerungen, die der Staatsanwalt B. ihr gegenüber zu meiner Person, gemacht haben soll.

Als mir das klar war, kamen mir im gleichen Augenblick Zweifel, dass es nur um diese Sache gehen würde.

Wollte sie, mit der Einbeziehung dieses Rechtsanwaltes, vielleicht doch noch mehr erreichen?

Wollte sie vielleicht meine geplanten und angekündigten Ermittlungen so stören oder gar verhindern?

Da ich immer noch nicht zu einem Dialog bereit und immer noch einsilbig geblieben war, kam er mit der „Masche", mich in meinem Handeln bestärken und mir seine Hilfe anbieten zu wollen.

Als er aber bemerkte, dass auch das bei mir nicht so richtig fruchtete, schien er noch hilfloser zu werden. Das wiederum zwang ihn aber nun, sehr konkret zu werden. „Nehmen Sie sie aus der Schusslinie. Sie würden sie mit ihrem Schreiben in die Schusslinie bringen", bat er mich.

Da ich noch immer sehr einsilbig reagierte, fuhr er fort: „Also, wir müssen einfach auch, ich sag mal, die Mutter schützen. Ja, und wir würden sie nicht schützen, indem wir sie mit Ihrem Schreiben noch nach vorne bringen. Ja?"

Diese Äußerungen ließen mich aufhorchen. Denn ich konnte sie unterschiedlich interpretieren.

Auf seine Frage, ob es möglich sei, sich in dieser Hinsicht einmal zu verständigen, antwortete ich, damit kein Problem zu haben.

Flugs ging es ihm nun darum, einen Gesprächstermin und einen Gesprächsort zu vereinbaren.

Bereits zu diesem Zeitpunkt war mir aber klar, dass ich diesen ersten Termin keinesfalls wahrnehmen würde. Der Rechtsanwalt und seine Mandantin schienen – im Gegensatz zu mir – unter einem gewissen Druck und Zwang zu stehen.

Genau darum versuchte ich, alles etwas unverbindlich zu gestalten. Es sollte jedoch nicht gleich erkennbar sein, dass ich noch nicht zu einem Gespräch bereit war. Darum wurde – mit vielen Vorbehalten – ein Termin, für den 11. Januar festgehalten.

Den vereinbarten Termin sagte ich später kurzfristig ab.

Weil ich am 16. Januar 2001, Annes Geburtstag, ihre Grabstelle aufsuchen und dieses mit einem Besuch der Großeltern verbinden wollte, rief ich einen Tag zuvor in N. an.

Der Großvater war am Telefon und ich informierte ihn über meine Absicht. Er wollte sogleich die genaue Uhrzeit wissen und schien mit meinem Besuch einverstanden zu sein.

Wie erwartet wurde ich an diesem Tag von den Großeltern empfangen. Als wir im Wohnzimmer Platz genommen hatten, lautete meine erste Frage, warum sie bisher noch nicht auf meinen Brief geantwortet hätten. Der Großvater antwortete, er würde die von mir erbetene Entscheidung von einem Kontakt mit der Staatsanwaltschaft abhängig machen. Von der wolle er erst einmal wissen, wie der Stand der Ermittlungen sei und was man gedenke, vonseiten der Staatsanwaltschaft noch zu tun. Bisher sei es ihnen aber nicht gelungen, diesen Kontakt herzustellen.

Im gleichen Atemzug erwähnte er, dass sie sich nunmehr

einen Rechtsanwalt gesucht hätten. Dieser solle versuchen, mehr zu erfahren.

Warum, was wollte die Familie mehr erfahren?

Worum ging es ihnen?

Hatten sie „kalte Füße" bekommen?

Immerhin hatte ich ihnen ein gutes Verhältnis meinerseits zur Staatsanwaltschaft „vorgespielt" und von Materialien und Informationen gesprochen, die ich an die Behörde übergeben hätte. Hinzu war mein in den Medien nicht nur ausgesprochener Verdacht gegen F. getreten, sondern auch der Hinweis, dass es noch einen anderen Tatverdächtigen geben würde.

Ich verunsicherte die Familie dann wohl noch mit der von mir schriftlich verlangten Erklärung ihrer Tochter zu den Äußerungen des Staatsanwaltes B..

Wieso sollte aber gerade jetzt ein Rechtsanwalt bei der Staatsanwaltschaft zum Stand der Ermittlungen nachfragen?

Sollte die eigentliche Aufgabe des Rechtsanwaltes, mich in meinen Ermittlungen zu stoppen, vertuscht werden?

Ich machte ihnen klar, dass ein Rechtsanwalt nicht mehr erfahren würde, als das im Fall die Ermittlungen weitergingen und die Akte nicht abgelegt werde, sie aber dafür nur Geld für einen Rechtsanwalt ausgeben würden.

Spontan und vielleicht etwas unüberlegt wies die Großmutter daraufhin, dass sie diesen Rechtsanwalt nicht bezahlen müssten. Ihre Tochter habe sich beim Rechtsanwalt auch erkundigt, ob ich einen Auftrag benötigen würde, um in dieser Sache als Ermittler tätig zu sein. Ihre Tochter, sei schon so fertig, dass sie sogar einmal dagesessen und den ganzen Tag nur „geheult" habe. Klar war mir nicht, wie sie das mit dem Auftrag gemeint hatte. Ich versuchte mir vorzustellen, wie wohl die gegenwärtige Situation in der Familie war und welche Spannungen unter den Angehörigen herrschen mussten.

Die Großeltern gaben mir zu verstehen, dass ihre Tochter es nicht wollen würde, dass sie einen neuen Ermittlungsauftrag unterschreiben. Sie sei die Erziehungsberechtigte und würde darauf auch bestehen.

Was war der Grund für ein solches Verhalten der Mutter?
Ich versuchte den Großeltern klarzumachen, dass ja eigentlich sie diejenigen waren, die ihr Enkelkind großgezogen und auch in allen schulischen Fragen das Sagen gehabt hätten. Nun aber, wo Anne tot sei, würde sich die Mutter als die Erziehungsberechtigte in den Vordergrund stellen, aber keinerlei Unterstützung bei der Aufklärung des Verbrechens an ihrer Tochter leisten. Ich erläuterte ihnen, dass nicht nur die Erziehungsberechtigte einen Auftrag erteilen könne, sondern jeder der ein begründetes Interesse nachweise. Daher sei mir auch die Verweigerung einer Auftragserteilung durch sie, die Großeltern, etwas unverständlich. Der Auftrag aus dem Jahr 1996 habe bisher seine Gültigkeit behalten, da laut Geschäftsbedingungen eine schriftliche Kündigung dieses Auftrages erfolgen müsse, eine solche aber bisher nicht vorläge.
Warum „eierten" die Großeltern so herum?
Ich sah den Moment, an dem ich klare Worte finden musste, als gekommen an und empörte mich darüber, dass ich mich von allen Familienangehörigen „verarscht" fühlen würde. Dieses begründete ich damit, dass ich seit August 1998 in regelmäßigen Abständen um eine Entscheidung bezüglich Auftragsausweitung gebeten hatte, diese aber bisher nicht erfolgt sei. Um bewusst noch mehr Unsicherheit aufzubauen, deutete ich an, noch in diesem Jahr eine erneute Pressekonferenz zu geben. Ich hätte bereits wieder eine Menge neuer Erkenntnisse angesammelt und diese würden nicht nur den F. betreffen.
Ob meine Äußerungen gerade in dieser Situation taktisch klug waren, hatte mich ehrlich gesagt wenig interessiert. Von beiden hatte ich nun die Frage nach den neuen Erkenntnissen oder nach einem weiteren Tatverdächtigen erwartet. Doch eine solche Frage blieb wie immer aus.
Warum eigentlich?
Wollten sie es nicht wissen oder hatten sie Angst, etwas zu erfahren, was sie nicht hören wollten?
Sie hatten doch gerade vor wenigen Minuten davon gesprochen, mehr in der Sache erfahren zu wollen und sich deshalb einen Rechtsanwalt gesucht, der ihnen neue Informationen

einholen sollte. Jetzt hätten sie nur fragen müssen. Aber es herrschte Stille und diese wurde erst von der Großmutter unterbrochen, als sie behauptete, ich sei ja schon bei ihrem Rechtsanwalt in N. gewesen, denn ich hätte ja einen Termin mit ihm gehabt.

Darauf reagierte ich natürlich sofort und teilte mit, dass ich diesen Termin abgesagt hätte und er nicht zustande gekommen sei.

Ich konnte in den Gesichtern der Großeltern Staunen erkennen. Das war ein guter Zeitpunkt den Besuch zu beenden. Also brach ich kurzerhand das Gespräch mit der Begründung ab, noch anderweitig einen vereinbarten Termin wahrnehmen zu müssen.

***

Es war erneut viele Zeit verstrichen und ich rief wieder einmal bei den Großeltern an, um einen Besuch anzukündigen. Natürlich fühlte ich mich unwohl, so „penetrant" aufdringlich zu sein, aber um im Fall weiterzukommen, blieb mir nur dieser direkte Kontakt.

Nach vorheriger Ankündigung meines Besuches stand ich dann auch am gleichen Tag bereits gegen 14:00 Uhr vor dem Wohnhaus und wurde von den Großeltern eingelassen.

Mit der Frage, was es „Neues" geben würde, eröffnete ich das Gespräch.

Beide, der Großvater und auch seine Frau schauten sich an und zuckten fast gleichzeitig mit den Schultern. Die Frage, ob ihr Rechtsanwalt P. bei der Staatsanwaltschaft etwas erreicht habe, verneinten sie. Ich informierte sie über meinen Kontakt zur Staatsanwaltschaft und gab zu verstehen, dass ein weiterer Termin in der Folgewoche dort anstehen würde. Dann unterbreitete ich ihnen das Angebot, Fragen, die sie hätten, dann an die Staatsanwaltschaft heranzutragen. Darauf reagierte der Großvater und sagte, dass er gern wissen wolle, wie es nun weitergehen und was überhaupt noch vonseiten der Behörden gemacht werde. Die Großmutter ergänzte die Bitte ihres Ehemannes mit der Frage, ob die Staatsanwaltschaft nun auch wieder am Fall F. arbeite und wie sich „der" eigentlich jetzt verhalten würde.

Ich äußerte mich allgemein und verwies auf meinen Ergebnisbericht von 1997.

Auffällig war, dass beide massiv versuchten, mir gegenüber nun den F. erneut als Tatverdächtigen zu präsentieren. Ich hatte das Gefühl, als wollten sie meine Ermittlungen einzig und allein in diese Richtung drängen.

Im Gespräch kam dann vom Großvater eine mir noch nicht bekannte Aussage. Er behauptete, F. am Abend des 12. August 1994 gesehen zu haben, als dieser in seinem Auto bei der Pension, die sich gegenüber vom Wohnblock befand, gesessen und alles beobachtet habe. Damals habe er das so nicht einordnen können. Außerdem, so ereiferte er sich weiter, habe F. echte Motive, wie die damals bevorstehende Heirat seiner Tochter und den Umzug nach N.. F. könnte Rachegedanken oder Wut gehabt haben.

Ich war sprichwörtlich „von den Socken". Was ich da vom Großvater hörte und wie dieser sich auf einmal ereifern konnte, war fast schon erschreckend. Ja, selbst die Großmutter versuchte die Reaktion ihres Mannes zu bekräftigen, indem sie noch einmal die Begegnung mit F. an diesem Abend im Treppenaufgang beschrieb. Das war schon außergewöhnlich, wie nun auf einmal beide auf mich einwirkten, um mir den F. als Zielobjekt schmackhaft zu machen.

Was aber steckte wirklich hinter diesem veränderten Verhalten?

Was war ihre Absicht, ihr Ziel?

Hatten sie eingesehen, dass B. kaum als Tatverdächtiger infrage kam?

Würden sie sich vielleicht nun doch entscheiden, mir für meine Ermittlungen einen aktualisierten Auftrag zu erteilen oder steckte ganz was anderes dahinter? Spürten sie, dass sich meine Ermittlungen mehr und mehr auf das ganz

nahe Umfeld, auf alle Familienangehörigen verlagert hatten und ich hier einen Verdacht schöpfte?

Hatten sie Angst, ich könnte diesen meinen Verdacht der Staatsanwaltschaft mitteilen? Wenn das zutreffen würde, dann bestand ihre Absicht einzig und allein darin, alles zu versuchen, von der eigenen Familie abzulenken und mir sowie der Staatsanwaltschaft wieder den früher bereits ins Blickfeld geratenen Tatverdächtigen F. in Erinnerung zu rufen.

Um dem Gespräch eine andere Richtung zu geben, zog ich aus meiner Tasche die Kopie eines Artikels, der bereits vor längerer Zeit in der Fachzeitschrift Detektiv-Kurier recht umfassend zum Fall geschrieben worden war und übergab ihn.

Aus der sich anschließenden Diskussion zum Inhalt des Artikels heraus, gelang es mir, eine Brücke zum Thema Fundort, zu schlagen.

Ganz allgemein machte ich die Bemerkung, dass der Fundort einer Leiche auch immer einen Bezug zum Täter erkennen lasse. Der Ablageort von Annes Leiche würde keinesfalls auf eine spontane Beseitigung des Opfers hindeuten, sondern eher eine geplante oder durchdachte Handlung erkennen lassen. Immerhin sei der Schacht, in dem die Leiche abgelegt worden war, zum damaligen Zeitpunkt keinesfalls deutlich sichtbar, sondern durch hohe Gräser fast völlig verdeckt gewesen.

Als ich den Zustand des Fundortes beschrieb, reagierte der Großvater und erklärte, dass dieser zum Feld gehöre, aber um diesen herum nichts angebaut werde, da es um den Schacht herum immer sehr feucht sei. Er würde das kennen.

Seine Äußerung schlug wie ein „Blitz" bei mir ein.

Was war denn das?

War es so, dass er die Probleme genau um diesen bewussten Schacht herum noch aus seiner beruflichen Tätigkeit kannte oder meinte er die Probleme allgemein um diese Schächte herum?

Gern hätte ich ihm diese Frage gestellt. Aber ich konnte nicht einschätzen, wie das ausgegangen wäre. Also ließ ich davon ab. Immerhin wollte ich den Kontakt zu den Großeltern nicht noch mehr strapazieren und kein Besuchsverbot riskieren.

Der Großvater hatte mit seiner Äußerung den Blick für meine Recherchen in eine besondere Richtung geöffnet.

Kannte der Großvater genau diesen Schacht?

Die Großmutter schien etwas auf dem Herzen zu haben. Als ich sie intensiver anschaute, rückte sie mit der Frage heraus, was denn bei dem Gespräch mit dem Schwiegersohn herausgekommen sei. Der habe nichts erzählt. Zu ihm hatte ich einige Tage zuvor Kontakt aufnehmen und ein erstes persönliches Gespräch führen können.

Wenn sie ernsthaft erwartet hatte, dass ich darüber berichte, befand sie sich im Irrtum. Ich versuchte, ihre Frage zu umgehen und wies nur darauf hin, dass es das erste Mal gewesen sei, dass ich mit ihm allein habe sprechen und Dinge erfahren können, die mir bis dahin nicht bekannt gewesen seien.

Für einen Augenblick trat Stille ein. Sogar das Ticken der Küchenuhr an der Wand war hörbar. Dieser Moment wurde durch die Äußerung der Großmutter: „Ich traue es ihm nicht zu", unterbrochen.

Das erstaunte mich. In keiner Weise, auch nicht in zurückliegenden Gesprächen, hatte ich erwähnt, dass ihr Schwiegersohn für mich ein Tatverdächtiger sei. Da war es für mich schon ungewöhnlich, dass die Großmutter eine solche Äußerung in den Raum stellte. Mit ihrer Bemerkung wollte sie mich sicher nur dazu bewegen, doch noch über das Gespräch mit ihrem Schwiegersohn zu berichten.

Die Aussage seiner Frau aber schien dem Großvater zu missfallen. „So kann man das nicht sagen, mit dem zutrauen", maßregelte er sie, mit energischer Stimme.

Ich übte mich in Zurückhaltung und wartete ab.

Was für einen Grund sollte es geben, Anne das anzutun", murmelte die Großmutter darauf vor sich hin.

War es von ihr ein erneuter Versuch, mich dazu zu bringen, mich zum Schwiegersohn und den Inhalten des Gespräches mit ihm zu äußern oder war es ein Denkanstoß, den sie mir mitgeben wollte?

Waren das vielleicht sogar ihre Vermutungen oder wusste sie eventuell von bestimmten Zusammenhängen?

Da sich die Großeltern wieder in Schweigen hüllten, unterbrach ich diese Pause und sagte, dass man dieses jeder Person, die mit Anne in Verbindung zu bringen sei, zutrauen müsse. Erst wenn das Motiv bekannte sei, warum Anne sterben musste, würde man auch wissen, wer der Täter ist. Wieder trat bedrückendes Schweigen ein und wurde erst wieder unterbrochen, als die Großmutter begann vom Rechtsanwalt ihrer Tochter zu sprechen. Sie berichtete, dass ihre Tochter den Rechtsanwalt im Landratsamt kennengelernt hatte, wo dieser damals viel zu tun hatte. Er hätte sie dort angesprochen, weil er die Sache mit Anne kannte und ihr seine Hilfe angeboten.

Was sollte diese Information?

Ich hatte nicht danach gefragt.

Sollte das eine Rechtfertigung sein oder sollte mein Argwohn, den der Kontakt zum Rechtsanwalt durchaus bei mir erzeugt hatte, zerstreut werden?

Irgendwie hatte ich das ganze „Umhereiern" satt.

Bevor ich das Gespräch zu beenden gedachte, kam ich noch einmal auf die Aktualisierung meines Ermittlungsauftrages zu sprechen. Als ich dann wieder davon angefangen hatte, erwiderte der Großvater, dass sie damit noch warten und erst wissen wollen, was die Staatsanwaltschaft dazu sage. Er versprach, sich spätestens in vierzehn Tagen telefonisch bei mir zu melden.

Um der Familie klarzumachen, dass ich keinesfalls den Kontakt auf Telefonate beruhen lassen wollte, stellte ich einen baldigen neuen Besuch in Aussicht. Ich bat Annes Großeltern ihrer Tochter mitzuteilen, dass ich an einem Gespräch mit ihr interessiert sei, ich dieses aber gerne in meinem Büro führen würde. Im Zusammenhang mit dem Tod ihrer Tochter seien noch eine Vielzahl von Fragen offen. Sie möge sich bitte mit mir in Verbindung setzen.

Noch bevor die Großmutter mir das versprechen konnte, wurde sie vom Großvater mit dem Worten: „Das geht sicher nicht so schnell. Sie hat eine AB-Maßnahme und da beginnt in der nächsten Woche die Schule für sie", unterbrochen.

Mit einer abschließenden Bemerkung versuchte ich, sein Argument in der Form zu entkräften, dass ich jederzeit für ein Gespräch bereit sei und es daher kein Problem geben dürfte. Dann verabschiedete ich mich.

Lichtblick, oder?

Eine Herausforderung wartete am 29. Januar 2001 auf mich. Der Ehemann und Schwiegersohn von Annes Mutter und ihren Großeltern hatte sich zum ersten Mal bereiterklärt, mit mir ein längeres Gespräch zu führen. Mit einer Menge Fragen hatte ich mich auf den Weg nach N. gemacht.

Wir nahmen in der Küche Platz und unterhielten uns – zum Aufwärmen und Abtasten – über seine jetzige berufliche Tätigkeit. Daran schloss ich die Frage an, wie er meine Arbeit, meine Ermittlungen beurteilen würde. Sie schien ihn völlig überraschend zu treffen, also schob ich gleich noch eine zweite Frage hinterher und fragte, ob er persönlich einen Einfluss ausüben könne, dass mein Auftrag aktualisiert werde. Er selbst antwortete, keine Einwände zu haben, wenn ich weiter an der Sache arbeiten, dabei aber bestimmte Spielregeln einhalten würde.

Was diese Regeln betraf, begründete er seine Forderung mit einer von mir gemachten Aussage in der Presse. Ich hatte mich dahingehend geäußert, dass die Angehörigen kein Interesse mehr an der Aufklärung haben würden.

Durch diese Aussage – er spreche aber nur für sich - würde er sich persönlich angegriffen fühlen.

Aber warum betonte er besonders, hier nur für sich zu sprechen?

Als ich ihm klarmachen wollte, dass ich mich seit 1998 um eine Aktualisierung meines aktuellen Auftrages bemühe und dann von meiner Situation im Bestattungsinstitut berichtete, bemühte er ein anderes Argument. Er verwies darauf, dass die Auftragserteilung 1996 erfolgte und nun nicht mehr gültig sei. Es entwickelte sich sofort ein kleines Streitgespräch und das zwang mich, alles auf eine Karte zu setzen. Ich gab ihm zu verstehen, dass es unter diesen Umständen kaum sinnvoll sei, meine eigenlichen Fragen an ihn zu stellen.

Das musste ihn neugierig gemacht haben. Er wurde sachlich und meinte, ich könne ja erst einmal die Fragen stellen. Ob er auf diese Fragen eine Antwort habe oder darauf antworten möchte, das würde ich dann ja sehen.

War es die Neugier, in welche Richtung meine Fragen gehen würden oder sollte es ein Zeichen sein, persönliches Interesse an der Aufklärung des Verbrechens zu signalisieren?

Nun galt es, taktisch klug, die Fragen zu stellen. Sie mussten so gestellt werden, dass nicht ersichtlich wird, worin mein besonderes Interesse lag.

Meine erste Frage nahm Bezug auf den Tag vor dem Verschwinden Annes.

Trocken und emotionslos erklärte er, sich daran nicht mehr genau erinnern zu können.

Ich wollte keinesfalls nachbohren und stellte die nächste Frage, die nach dem Verlauf des 12. August 1994, dem Tag an dem Anne für immer verschwand.

Die zeitlichen Angaben, die er machte, stimmten überhaupt nicht mit den mir bisher bekannten und überprüften Zeiten überein.

Er gab an, so gefahren zu sein, dass er und Annes Mutter zum Mittagessen bei seiner eigenen Mutter in N. gewesen und sie dann gegen 18:30 Uhr zum Geburtstag eines Arbeitskollegen gefahren seien. Dort seien sie bis gegen 1:30 Uhr geblieben. Gefahren seien sie mit seinem roten PKW Typ Peugeot.

Seine Mutter hatte 1994 gegenüber der Polizei aber die Aussage getätigt, dass ihr Sohn und seine Freundin bereits gegen 10:00 Uhr in N. eingetroffen seien, beide dann gegen 17:45 Uhr die Wohnung der Mutter verlassen hätten, um zum Geburtstag zu fahren.

Nach Aussagen des Arbeitskollegen trafen beide zur Geburtstagsfeier aber erst kurz vor 19:00 Uhr ein und blieben dann bis gegen 3:30 Uhr.

Warum machte er diese anderen Zeitangaben?

Konnte er sich wirklich nicht daran erinnern oder wollte er „provozieren", mich aus der Reserve locken?

Es war gut, dass er von seinem PKW gesprochen hatte, mit dem sie zur Geburtstagsfeier gefahren waren. Das machte es mir leichter, die nächste Frage zum PKW zu stellen, denn mir war bekannt, dass er diesen PKW 1996, also zwei Jahre nach Annes Verschwinden und auch erst nach Beginn meiner Ermittlungen, in Polen verkauft und in N. abgemeldet hatte.

Ganz logisch fand ich es, zu fragen, wer das Fahrzeug auf der Heimfahrt von der Geburtstagsfeier gefahren hatte.

Wie aus der „Pistole geschossen" antwortete er, dass seine damals noch zukünftige Frau gefahren sei.

In einem Gespräch im März 2000 hatte mir jedoch der Arbeitskollege, auf dessen Geburtstag beide gewesen waren, berichtet, dass er Bier und Schnaps und Annes Mutter Schaumwein getrunken hätten und sehr lustig gewesen seien. Da beide Alkohol getrunken hätten, habe er gegen 3:00 Uhr ein Taxi bestellt. Mit diesem Taxi seien sie dann nach Hause gefahren.

Die Aussage, die er mir gegenüber nun gemacht hatte, zeigten deutlich Widersprüche zu den mir vorliegenden Informationen und gaben mir eine Denkaufgabe.

War es möglich, dass man den Ablauf genau dieser Nacht nicht mehr in Erinnerung hatte?

Immerhin war es die Nacht, die mit der „schlimmsten" Nachricht über das Verschwinden Annes verbunden war.

Das konnte doch nicht alles aus dem Gedächtnis gestrichen worden sein?

Warum also diese widersprüchlichen Aussagen von ihm?

In einer Notiz hatte ich festgehalten, dass er im November 1996 in einem kurzen persönlichen Gespräch die Bemerkung gemacht hatte, Anne hätte für Geld mehr gemacht. Das wollte ich nun von ihm etwas näher erläutert haben.

Bereitwillig versuchte er, die damals von ihm gemachte Bemerkungen weiter zu erklären. Er bezog sich auf das von Anne betriebene intensive Sammeln von Altstoffen in der Nachbarschaft und die damit ihr anerzogene Gier nach Geld. Diesbezüglich habe er in der Familie mal laut gedacht und zum

Ausdruck gebracht, dass ihm das peinlich sei. Da ich bereits beim Gespräch von 1996 war, bei dem er unter anderem auch die Bemerkung zum Brief, den Anne am 12. August 1994 zur Poststelle brachte, gemacht hatte, wollte ich von ihm nun hierzu etwas mehr erfahren.

Er berichtete damals, von der Kripo mitbekommen zu haben, dass der Brief, den Anne gegen Mittag weggebracht haben soll, erst bei der Leerung um 18:00 Uhr abgestempelt worden sei. Wenn es aber so gewesen wäre, dass dieser Brief wirklich gegen Mittag in den dortigen Briefkasten geworfen worden sei, dann hätte der Brief bereits bei der Leerung gegen 16:00 Uhr und somit früher abgestempelt sein müssen. Das, so seine Schlussfolgerung, würde aber bedeuten, da Anne bis gegen 16:00 Uhr mit der Großmutter einkaufen und dann bis kurz vor 17:00 Uhr im Imbiss war; demzufolge den Brief erst nach 17:00 Uhr in den Briefkasten habe werfen können. Er selbst, so berichtete er, habe bei der Post noch einmal nachgefragt und die dortige Postangestellte habe die Zeiten der Leerung und das Prinzip der Abstempelung bestätigt. Dieser Sache habe er damals weiter nachgehen wollen, sei aber von der Kripo „zurückgepfiffen" worden. Warum er von der Kripo gebremst worden sei und was deren Ermittlungen zu dieser Sache damals ergaben, wisse er nicht.

Ich dachte an einige Erfahrungen und Erkenntnisse von Kriminalisten, die sich in der Fachliteratur zum Thema „Befragungen" geäußert hatten. Genau die waren der Grund, warum ich die nächste Frage, wie er das Verbrechen an Anne beurteilen würde, in einer ähnlichen Form – also offen – stellte.

Hierzu erklärte er mir, dass der Täter ja nicht unbedingt die Tötung von Anne vorgesehen haben müsse. Die ganze Sache könne ja in eine andere Richtung gegangen sein. Er denke da an eine mögliche Missbrauchsgeschichte in deren Verlauf es zu einem „Missgeschick" gekommen sein könne. Was da gerade von ihm gekommen war, machte mich stutzig. Immerhin gab es erste Anzeichen, die auch sein besonderes Interesse an Anne durchaus nicht ausschlossen.

Ich erinnerte mich an das Weihnachtsvideo von 1993. Da hatte er seine Kamera nur auf eine Anne gehalten, die mit ihm zu kokettieren und sich dabei sichtlich wohlzufühlen schien. Noch interessanter fand ich es, dass er die Ermordung von Anne als ein Missgeschick bezeichnete.

Nicht nur der Tod allein, auch die Entsorgung von Annes Leiche in einem Abwasserschacht; wie konnte man da überhaupt von einem Missgeschick sprechen?

Für einen kurzen Moment kam mir der Gedanke, er wolle damit seine eigene oder die Tat eines Familienangehörigen verharmlosen.

Wie kam man sonst darauf, dass Verbrechen an einem zehnjährigen Mädchen als Missgeschick zu bezeichnen?

Deshalb hakte ich noch einmal nach und gab ihm zu verstehen, dass ich persönlich von keiner spontanen Tat, von keinem Missgeschick ausgehen würde.

Damit provozierte ich eine Erklärung, die mich erneut verblüffte.

Er meinte, dass dann aber ihr Haarreif und die Schuhe, die ja locker sitzen, gefunden worden wären.

Das war wirklich so. Es wurden weder Annes Haarreif noch ihre Schuhe und auch die Kinderarmbanduhr, die sie trug, gefunden.

Woher hatte Annes Stiefvater Kenntnis, dass diese Sachen nicht gefunden wurden?

Trotz dieser Tatsache schloss er aber auch eine spontane Tat durch einen unbekannten Täter nicht aus.

Es schien, als hätte er erraten, welchem Gedanken ich gerade nachgegangen war.

Mit weiteren Äußerungen versuchte er nun, seine Theorie von einer spontanen Tat zu begründen. Er begründete, dass gerade die vielen Zufälle auch eine spontane Tat zulassen würde und verglich es mit einem Eisenbahnunglück, das nur entstehe, wenn es eine Kette von Zufällen gäbe. Der Tod von Anne, das Verbrechen an ihr, das läge seiner Meinung nach nur in einer Verkettung von Zufällen begründet und genau das habe er zu erklären versucht.

Ich hatte das Gefühl, als hätte ich den Finger in eine Wunde gelegt, die bei ihm Unbehagen, aber auch eine spürbare Unsicherheit erzeugte und aus der er gerade versuchte, unbeschadet herauszukommen.

So kam ich noch einmal auf die am Fundort der Leiche nicht aufgefundenen, persönlichen Gegenstände zurück. Den Haarreif und die Schuhe hatte er ja schon selbst ins Gespräch gebracht. Nun war ich neugierig, wie er insbesondere das Fehlen der Kinderarmbanduhr begründen würde.

Sofort und ohne lange darüber nachzudenken, hatte er auch dafür eine Erklärung. Er meinte, dass es sich bei der Uhr von Anne sicherlich um eine Uhr mit einem Plastikarmband oder Lederarmband gehandelt habe und wertvoll sei die sicher auch nicht gewesen. So eine Uhr würde sich sehr schnell lösen, wenn man sie am Handgelenk ziehen oder festhalten würde.

Bei dieser Aussage wurde mir ganz anders.

War das vielleicht schon mögliches Täterwissen?

Das hätte man bei einem frühen Zeitpunkt des Auffindens und dann bei einer Obduktion möglicherweise feststellen können.

Doch der Mörder hatte die Leiche so entsorgt, dass derartige Gewaltspuren, ja selbst die Todesursache, nicht mehr feststellbar gewesen waren.

Meine nächste Frage richtete sich auf seine 1994 erfolgte Befragung bzw. seine Vernehmung bei der Polizei.

Auch hier verblüffte er mich mit seiner Antwort.

Er behauptete, sich an diese Befragung nicht mehr erinnern zu können.

Das lag wohl weniger an seinem fehlenden Erinnerungsvermögen, sondern vielmehr daran, dass er einfach nicht bereit war, darüber zu sprechen.

So eine Vernehmung, die bleibt in Erinnerung. Immerhin konnte er sich ja an den Namen des damals ermittelnden Kripobeamten erinnern. Doch er verweigerte sich total. Es war keine Antwort zu erwarten. Aber auch ein solches Verhalten war für mich eine, wenn auch etwas andere Antwort.

Was aber durfte und sollte ich nicht wissen?

Die Frage nach der kriminaltechnischen Untersuchung der PKW aller Familienangehörigen beantwortete er wieder und informierte mich sogar darüber, dass auch seine Garage in N. keiner kriminaltechnischen Untersuchung unterzogen worden war.

Ich spürte immer mehr, dass ihm die viele Fragerei langsam „nervig" erschien. Es ging aber noch darum, von ihm zu erfahren, wie er sein Verhältnis zu seinen Schwiegereltern einschätzen würde. Nur mit dem Wort „gut" beantwortete er diese Frage.

Das war eine Antwort, die mich nicht viel weiterbrachte.

Dann wollte ich wissen, warum die ganze Familie gleich von Beginn an, von einer Entführung ausgegangen war.

Dazu sagte er, dass damals Hoffnungen dranhingen und es ein vertrauter Weg war, mit der Sache fertig zu werden.

Das klang für mich einleuchtend.

Nachdem Annes Leiche gefunden worden war, sei es natürlich schwieriger gewesen. Er gehe aber für sich davon aus, dass der Pathologe festgestellt habe, dass es Anne sei. „Ich selbst habe eine Geschichte im Kopf, nach der ich lebe, wo ich mir sage, sie muss es nicht gewesen sein", fuhr er fort.

Eine solche Äußerung von einem erwachsenen Mann zu hören, der ja eigentlich noch nicht einmal eine richtige bzw. annähernde väterliche Bindung zu Anne hatte, das war für mich schon sehr sonderbar.

War das eventuell auch ein Hinweis, dass zwischen Anne und ihrem künftigen Stiefvater bereits doch mehr war?

Die Sache mit den zwei PKW, seinem und dem von Annes Mutter, ließ mir keine Ruhe. Zunächst wollte ich wissen, wo beide ihre PKW abgestellt hatten und ob es für beide eine Garage gegeben hatte. Über diesen Umweg gelangte ich letztendlich zum Tag von Annes Verschwinden. Ich wollte von ihm wissen, mit welchem PKW sie an diesem Tag nach N. gefahren waren.

Er gab an, mit seinem roten PKW gefahren zu sein. Welche Fahrstrecke sie genommen hatten, das könne er nicht mehr so genau sagen. Es könne aber sein, dass sie gleich nach N. gefahren sind. Für mich sah die Antwort so aus, als wolle er verschweigen, dass sich beide an diesem Tag noch in M. aufgehalten hatten. Er hatte dieses wichtige Detail einfach offengelassen. Es gab bereits zwei Zeugen, die ihn und Annes Mutter an diesem Tag in M. gesehen und auch das rote Auto erwähnt hatten.

Ganz allgemein wollte ich dann noch wissen, ob Anne auch in der Wohnung ihrer Mutter gewesen sei. Ich erfuhr, dass Anne 1993 eine ganze Woche und auch öfter an den Wochenenden dort gewesen sei. Er sei dann mit Anne allein gewesen, wenn ihre Mutter habe arbeiten müssen. Wenn er selbst habe arbeiten müssen, sei Anne bei ihr im Kindergarten gewesen.

Warum aber haben die Großeltern mir und der Polizei gegenüber von solchen Aufenthalten Annes bei der Mutter nie etwas erwähnt?

Natürlich sah ich darin nicht gleich etwas Ungewöhnliches, aber irgendwie hatte das Verheimlichen dieser Tatsache durch die Großeltern, ob nun bewusst oder unbewusst, für mich erneut einen faden Beigeschmack. Vielleicht fanden sie es aber einfach nicht wichtig.

Ich stellte ihm noch Fragen zu dem mir bekannten Weihnachtsvideo. Ob das Video von Weihnachten 1993 alles war oder ob Teile aus dem Video herausgeschnitten wurden.

Er schaute mich etwas verwundert an und sagte: „Das hab ich nur einmal ausprobiert und nichts weiter aufgenommen. Es ist nichts geschnitten".

Nun schien mir der Zeitpunkt gekommen, auf Annes Verhalten vor seiner Kamera einzugehen. Ich erhob den Einwand, dass sich Anne auf seinem Video sehr erwachsen und reif zeigen würde. Sofort reagierte er und erklärte mir, dass das doch ganz natürlich sei. Großeltern könnten ein Kind schließlich nicht so erziehen, wie es erforderlich sei. Wenn das Kind nur mit Erwachsenen groß werde, könne das Kind ja gar nicht anders. Wörtlich sagte er: „Man hat Anne der Kindheit beraubt". Das begründete er, indem er unterstrich, dass Anne gezwungen sei, mit Erwachsenen groß zu werden.

Diesem Argument konnte ich nicht so richtig folgen.

Werden nicht alle Kinder gemeinsam mit Erwachsenen groß oder waren aus seinen Worten Vorwürfe gegenüber

den Großeltern herauszuhören? Gab es vielleicht in Sachen Anne doch mehr Unstimmigkeiten zwischen ihm, seiner damals noch zukünftigen Frau und seinen späteren Schwiegereltern, die nicht bekannt waren? Warum sah er die Sache mit dem Aufwachsen Annes bei den Großeltern als so extrem? Welche Dinge gab es, die ihn im Verhältnis der Großeltern zu Anne störten?

Was wusste er, sprach es aber nicht aus?

Ich schnitt das Thema „Hausbau" an. Hier bestätigte er meine Vermutung, dass er und Annes Mutter ganz zu Beginn die Absicht hatten, das Haus für sich alleine zu bauen. Als die Stadt aber die Bedingung stellte, das geplante Haus, wie die anderen Häuser auch, zweigeschossig zu bauen, hätten sie sich entschieden, die Großeltern mit in das Haus zu nehmen.

Weiterhin wollte ich wissen, warum er während der ganzen Zeit der Suche nach Anne und auch danach, nicht an der Seite seiner Frau zu sehen gewesen sei, ihr vieles abgenommen, bzw. nicht aktiv an der Aufklärung mitgewirkt, sich so wie mir schien, aus allem rausgehalten Frage führte zwar zu einem kurzen Dialog, aber zu keiner konkreten Antwort.

Er sprach von „Schranken", die ihm auferlegt worden seien und von Ängsten, diese zu überschreiten.

Von wem waren ihm Schranken auferlegt worden, von seiner Frau oder seinen Schwiegereltern?

Was bedeutete seine Aussage: „Aus Angst hinter diesen Schranken zu bleiben"?

Hatte er nur Angst, seine Frau zu verlieren oder steckte hinter der Angst etwas anderes? Vielleicht die Angst, die Familie könne ihn „ans Messer" liefern, da er etwas mit Annes Tod zu tun hatte oder auch nur Anne noch mehr „geliebt" hat, als vielleicht der Großvater? Noch einmal unternahm ich den Versuch, um die letzten Fragen zu stellen, die sich auf den Verkauf seines PKW bezogen.

Was den Verkauf betreffe, erklärte er mir, dass er gemeinsam mit seiner Frau nach Polen gefahren sei. Sie hätten zwischen der Grenzstelle Linken und Pomellen einen Grenzübergang benutzt. Da nur die Pässe kontrolliert und keine PKW registriert werden würden, hätten sie dann in Polen den PKW verkauft und seien mit dem Zug zurückgefahren.

Die Frage, wo er sich am 12. August 1994 zwischen 17:00 und 19:00 Uhr aufgehalten habe, eine schon zuvor im Gespräch nebenbei gestellte, aber von ihm einfach überhörte Frage, stellte ich jetzt noch einmal.

Seine darauffolgende Reaktion hatte ich nicht erwartet.

Genau diese Frage wollte er nicht beantworten. Er erklärte, dass er sich daran nicht mehr erinnere und ich möge diese Dinge bei der Polizei nachlesen. Was da stehe, das würde dann wohl stimmen.

Seine Antwort klang so, als hätte er Angst, mir etwas zu sagen, was ihn verdächtig machen würde.

Warum machte er zu der Zeit von 17:00 bis 19:00 Uhr mir gegenüber ein solches Geheimnis?

Dass ich Einzelheiten seiner Aussage von der Polizei nicht erfahren würde, das konnte er sich mit Sicherheit denken. Ich hielt die Zeit für gekommen, das Gespräch zu beenden.

Beim Verlassen des Hauses traf ich im Flur auf Annes Mutter. Sie war dabei, sich die Schuhe anzuziehen und sagte zu ihrem Mann, dass sie den Sohn abholen fahre.

Mit mir sprach sie kein einziges Wort und vermied es auch, in meine Richtung zu schauen. Das aber störte mich wenig.

***

Ein zweites Gespräch mit Annes Schwiegervater folgte am 8. Februar 2001. Es fand während seiner Mittagspause an seiner Arbeitsstelle in R. statt. Im ersten Gespräch konnte er mir nicht sagen, wie am 11. und am 12. August 1994 die Tagesabläufe von ihm und seiner zukünftigen Frau gewesen waren. Daher hatte ich ihn gebeten, noch einmal darüber nachzudenken.

Nun, beim zweiten Gespräch, stellte ich erneut diese Frage danach. Er war vorbereitet. Noch einmal hätte er mit seiner Frau darüber gesprochen und sie sei der Meinung, dass sie am

11. August 1994 nach M. gefahren seien, dort auch übernachtet hätten und dann von M. am nächsten Tag nach N. gefahren seien. Dort seien sie zum Mittag gewesen. Seine Frau sei auch der Meinung, die Fahrt sei mit ihrem PKW, dem blauen Ford erfolgt. Auch zur Geburtstagsfeier seien sie mit ihrem Auto und nicht mit seinem roten PKW gefahren.

Bisher hatten die Großeltern vom Aufenthalt der beiden am 11. und 12. August 1994 in M., bei ihnen zu Hause, nie gesprochen. Weder in ihrer Zeugenvernehmung durch die Polizei, noch in Befragungen und Gesprächen mit mir. Selbst Annes Mutter hatte in einer TV-Sendung erklärt, an diesem Tag nicht in M. gewesen zu sein.

Die Aussage des Zeugen, beide am Vormittag des 12. August in M. gesehen zu haben, hatte sich damit bestätigt.

Warum aber verschwiegen alle Familienangehörigen diese Tatsache bisher?

Der Großvater hätte somit ganz sicher wissen müssen, dass sich seine Tochter und ihr Freund von ihnen aus nach N. begaben und sich dort aufhielten.

Warum versuchte er aber, sie am Morgen des 13. August zunächst in ihrem Wohnort telefonisch über das Verschwinden ihrer Tochter zu informieren?

Eine Zeugin hatte am 12. August 1994 den roten PKW in M. auf dem Parkplatz vor den Wohnblöcken gesehen. Das würde natürlich seine Aussage im ersten Gespräch untermauern. In dieser hatte er ausgesagt, dass die Fahrt nach N. und auch die zum Geburtstag seines Arbeitskollegen mit seinem roten PKW gemacht worden war.

Warum nun aber diese ihm von seiner Frau vorgegebene, andere Aussage hinsichtlich der Nutzung der PKW?

Ich konnte fast annehmen, dass seiner Frau in der Sache mit dem Aufenthalt in M. ein unbewusster Fehler unterlaufen war. Sie hatte eigentlich keinen Grund, das was bisher die ganze Familie verheimlicht hatte, nun auf einmal so darzustellen.

Meine nächste Frage ging in Richtung Anne. Ich wollte wissen, ob er sich vorstellen könne, dass Anne mit einer fremden Person mitgehen würde.

Er überraschte mich mit einer Gegenfrage: „Was ist eine fremde Person?"

Dann beschrieb den Personenkreis, zu denen Anne in der Vergangenheit Kontakt hatte und umging so eine konkrete Antwort auf meine Frage.

Wollte er sich nicht so eindeutig zu Annes Persönlichkeit äußern?

Ich hakte noch einmal nach und sprach ihn erneut konkret auf Annes Persönlichkeit an.

Nun war er der Meinung, Anne sei noch ein Kind gewesen. Auch sei sie nicht so ein intelligentes Mädchen gewesen, wie sie hingestellt würde. Sie sei noch reichlich naiv gewesen und habe zwischen Spaß und Ernst schlecht unterscheiden können. Zwischen beiden Dingen, so betonte er, seien ja die Grenzen oftmals fließend.

Wollte er da etwas andeuten?

Von fließenden Grenzen hatte ich im Zusammenhang mit sich entwickelnden, sexuellen Missbrauchshandlungen an Kindern gelesen.

Anne habe trotz ihrer Naivität aber ihren eigenen Kopf besessen, Geheimnisse vor ihren Großeltern habe sie mehr gehabt, als diese sich hätten denken können, die Großeltern seien für Anne keine Vertrauenspersonen, denn sie seien viel zu weit weg gewesen, mehr könne er nicht sagen, da er 1994 noch nicht so weit gewesen sei, denn er hätte noch viel Zeit gebraucht. Selbst wenn er Anne sympathisch gewesen, sei er noch nicht so weit gewesen, sie richtig einzuschätzen, führte er weiter aus.

Was waren das für Aussagen?

Nicht so ganz entfernt vom Thema, das die Persönlichkeit Annes tangierte, schien mir das Verhältnis von Anne zu ihrer Mutter und auch zu den Großeltern zu sein.

Was das „Mutter-Tochter-Verhältnis" betraf, so deckte sich seine Einschätzung in gewisser Hinsicht mit meiner.

Im ersten Gespräch hatte er von einer Schranke, die ihm gesetzt worden war und von Angst, diese nicht zu überschreiten, gesprochen.

Als ich nun erneut danach fragte, erwiderte er, ich hätte ihn da wohl falsch verstanden. Es habe ihm keiner eine Schranke gesetzt, sondern die habe er sich selbst gesetzt. Er begründete mir diese Aussage damit, dass er ein Mensch sei, der viel Zeit habe und oftmals es auch so sei, dass die Zeit vieles kläre. Daher habe er sich eine Schranke gesetzt und darauf warten wollen, was die Zeit in dieser Sache mit sich bringen würde. Das klang sehr philosophisch.

Meinte er, dass die Zeit, wie lange sie auch dauern möge, einmal das Verbrechen an Anne aufklären würde?

Auch auf meine Frage nach seiner Angst, lautet seine Antwort, dass ich ihn hier falsch verstanden hätte. Die Sache „Angst" sei nicht im Zusammenhang mit der Schranke gefallen. Er habe die Sache mit der Angst auf eine andere Frage von mir bezogen und verwies mich mit einer Bemerkung auf seine Schwiegereltern, konkret auf seine Schwiegermutter, um dann jedoch nur noch „kein Kommentar" abzugeben.

Er erklärte mir, dass ich bereits selbst mehrmals mit den Großeltern und mit seiner Frau gesprochen hätte und mir selbst ein Bild habe machen können.

Das provozierte meine nächste Frage.

Ob seine Schwiegereltern ihn selbst einmal in Zusammenhang mit dem Tod von Anne gebracht hätten, wollte ich wissen.

Er verneinte sie, ohne dabei eine Regung zu zeigen und meinte nur, dass er dann sicher nicht mehr in dem Haus in N. wohnen würde.

Mir fiel der Geburtstag des Arbeitskollegen ein. Bei der harmlosen Frage, wann er und seine Frau beim Geburtstag eingetroffen seien, überraschte er mich erneut.

Er gab nun eine Uhrzeit zwischen 17:30 und 18:00 Uhr an, obwohl beide dort aber nachweislich erst gegen 19:00 Uhr eingetroffen waren.

Wollte oder konnte er sich wirklich nicht an die eigentliche Uhrzeit erinnern?

Warum gab er an, bereits gegen 18:00 Uhr bei seinem Arbeitskollegen eingetroffen zu sein? Wollte er mir so sein Alibi und das seiner Partnerin offerieren?

Aber auch meine dann folgenden Antworten auf weitere Fragen waren nicht bedeutungslos.

Durch sie erfuhr ich, dass sich Anne mit der kranken Schwester ihrer Großmutter das eigentliche Schlafzimmer der Großeltern geteilt hatte, die Großeltern Annes Kinderzimmer, als ihr eigenes Schlafzimmer genutzt hatten. Auch, dass es in der Wohnung der Großeltern nur ein Fernsehgerät, das sich im Wohnzimmer befand gegeben hatte, war schon eine wichtige Information, denn der Großvater hatte angegeben, Anne nach dem Einkauf mit der Großmutter nicht mehr gesehen zu haben.

In seiner Zeugenvernehmung 1994 hieß es: „Nach dem Kaffeetrinken hat sich Anne dann wieder auf den Spielplatz begeben. Meines Erachtens war es etwa 15:15 Uhr, als sie das Haus verlassen hat. Das war auch die Zeit, als ich meine Enkelin letztmalig gesehen habe".

Die Großmutter hingegen hatte in ihrer Zeugenvernehmung 1994 angegeben, gegen 15:30 Uhr mit Anne zum Einkauf gegangen, danach noch im Imbiss gewesen zu sein.

Diesen hatten sie, das war bereits durch eine Zeugenaussage bewiesen, kurz vor 17:00 Uhr verlassen.

In der Zeugenvernehmung von Annes Großmutter war weiter zu lesen: „Als wir dann zu Hause waren, war mein Mann auch zu Hause und meine Schwester auch. Anne hat dann noch ein wenig ferngesehen; wie lange, kann ich aber wirklich nicht sagen. Dann ist Anne nach draußen zum Spielen gegangen."

Nun hatte er, Annes Stiefvater, mir im Gespräch bestätigt, dass es nur ein TV-Gerät in der Wohnung gegeben hatte.

Anne hatte sich nach der Rückkehr mit der Großmutter noch im Wohnzimmer aufgehalten, dort noch kurz Fernsehen geschaut, bevor sie Spielen ging. Der Großvater aber will zu dieser Zeit auch in der Wohnung gewesen und vor dem Fernseher gesessen haben. Also muss er zwangsläufig Anne noch gegen 17:00 Uhr gesehen haben.

Noch einmal wollte ich wissen, wieso und warum die Familie gleich von Beginn an von Annes Entführung ausgegangen sei. Ihr Stiefvater erklärte mir darauf, dass dieses Verhalten ein

Schutz gewesen sei, eine Legende, weil die Familie gewollt habe, dass sie jemand weggenommen oder entführt habe. Die Vorstellung, dass es ihr gut gehen würde und sie nicht habe leiden müssen, habe allen in der Familie geholfen. Auf meine Frage, ob er sich noch an seine Zeugenvernehmung erinnern würde, bezog sich seine Antwort nicht auf den Inhalt seiner damaligen Aussagen bei der Polizei. Es mutete etwas sonderbar an, dass er nun von einer „förmlichen Zeugenvernehmung" durch den damaligen Leiter der Ermittlungen, dem KHK M. und dann von einem späteren normalen Gespräch mit dem KHK T. sprach.

Aber wo waren diese Dokumente seiner Vernehmungen abgelegt?

Er gab mir sehr deutlich zu verstehen, dass er über den Inhalt seiner Zeugenvernehmung, aber auch zum Inhalt des dann geführten normalen Gespräches nichts sagen könne.

Das ließ er dann auch ohne weitere Begründung so im Raum stehen. Seine Körpersprache sagte mir, dass er das Gespräch beenden wollte.

Ich musste ihm aber noch die Frage stellen, die mir „auf den Nägeln brannte".

Welche Meinung er dazu habe oder ob er mir sagen könne, wann ich mit einer Aktualisierung meines Auftrages rechnen dürfe, wollte ich von ihm wissen.

Schon im Aufstehen begriffen und mir die Hand zur Verabschiedung reichend, antwortete er, dass „da wohl was im Laufen sei und das mit dem Rechtsanwalt P. geklärt werden solle."

Anwaltskontakt einmal anders!

Alle bisher erarbeiteten Ermittlungsergebnisse trugen nicht dazu bei, einen möglichen Bezug der Angehörigen zum Verbrechen an Anne ernsthaft auszuschließen. Es gab noch zu viele Fragen, die auf Antworten warteten.

Was aber wollte der Rechtsanwalt P. von mir? Warum hatte Annes Mutter einen Rechtsanwalt eingeschaltet?
Diese zwei Fragen gingen mir häufiger durch den Kopf und wollten beantwortet werden. Ich rief in besagter Rechtsanwaltskanzlei an und signalisiert mein Interesse an einem Gespräch. Es dauerte keine neunzig Minuten, als ich einen Rückruf erhielt, durch den ein Termin für den nächsten Tag, den 8. Juni 2001, um 09:00 Uhr vereinbart wurde.
Gespräche mit Rechtsanwälten sind oftmals schwierig. Auf eine genaue Wortwahl war da schon zu achten. Mein Ziel bestand darin, den Rechtsanwalt kennenzulernen und im Gespräch seine Persönlichkeit zu studieren. Es musste mir gelingen, den wirklichen Grund zu erfahren, warum die Angehörigen sich veranlasst sahen, mir einen Rechtsanwalt zu „präsentieren". Ich musste auch die Möglichkeit in Betracht ziehen, dass alle meine Vermutungen oder Befürchtungen unberechtigt sind. Vielleicht ging es sogar um eine Auftragsfortführung und Annes Familie wollte sich nur juristisch beraten lassen, sich einfach über den eingeschalteten Rechtsanwalt absichern. Es gab also mehrere Optionen, und das machte die ganze Sache spannend.
Eine Viertelstunde später als vereinbart, betrat ich die Kanzlei und wurde sofort in das Büro des Rechtsanwaltes geführt. Dieser saß hinter seinem Schreibtisch und schien bereits gewartet zu haben. Wir begrüßten uns kurz und er suchte sofort das direkte Gespräch.
Irgendwie meinte er mir mitteilen zu müssen, wie und wo er Annes Mutter kennengelernt hatte.
Aber war ein Rechtsanwalt dazu verpflichtet mitzuteilen, wie und wo er seine „Mandantin" kennengelernt hat?
Sicher doch nur, wenn eine bestimmte Absicht damit verfolgt werden soll. Mir drängte sich der Eindruck auf, als würde er sich „rechtfertigen" wollen, wie er sie kennengelernt hatte und warum er nun mit mir sprechen wollte.
Seine Darstellung, dass seine Mandantin auch noch 2001 psychisch ein „Wrack" sei und sie die ganze Geschichte mit dem

Kind stark mitgenommen hätte, fand ich stark übertrieben. Ich hörte aber zu und ließ ihn reden.

Schon nach einigen Sätzen kam er zum eigentlichen Anliegen. Annes Mutter hätte ihn darum gebeten, ihr zu helfen.

Nach einer kurzen Pause erklärte er mir gegenüber wörtlich: „Ich möge helfen, dass die Ermittlungen, die Sie führen, eingestellt werden. Die Briefe und das Ganze in der Familie, führen zu Zerwürfnissen in der Familie. Die Eltern selbst sind nervlich fertig und neigen zu verstärktem Alkoholgenuss."

Das war es also, worum es Annes Mutter ging. Ich sollte meine Ermittlungen sieben Jahre nach dem Verbrechen einstellen. **Warum?**

Wollte keiner der Angehörigen mehr eine Aufklärung?

Warum gab es Zerwürfnisse in der Familie?

Dass die Großeltern nervlich fertig waren, war mir in den zurückliegenden Kontakten mit ihnen verborgen geblieben. Zum Thema: Alkohol gab es schon Hinweise, bevor Anne verschwunden war. Außerdem hätten sich die Angehörigen doch mir gegenüber dazu äußern und bereits 1998 eine klare Entscheidung zur Auftragsfortführung oder zu dessen Beendigung treffen können. Selbst das war bisher nicht geschehen.

Dazu bedurfte es aber doch jetzt, nach weiteren Jahren, keines Rechtsanwalts, der mir unter fadenscheinigen Gründen mitteilte, ich möge meine Ermittlungen einstellen.

Rechtsanwalt P. informierte mich nun darüber, dass er alle meine Schreiben an die Familie, auch das letzte Schreiben aus dem Monat Mai kennen würde. Er habe seiner Mandantin versprochen, sich hier „einzuklinken."

Als Familienvater würde er das natürlich umsonst machen. Immerhin – so seine Mandantin – sei es auch eine Frage des Honorars, da sie in der Sache Anne bereits mehrere „Tausender" verbraucht habe.

Noch immer hörte ich nur zu, um seinen Redefluss nicht zu unterbrechen.

Er habe Annes Mutter versprochen, die gesamten Akten zu analysieren und durchzuarbeiten, jedoch, das könne er nicht sofort gewährleisten. Er berichtete nun davon, dass sie ihm mitgeteilt habe, es gäbe „Huddeleien" mit der Staatsanwaltschaft, Spannungen zwischen dieser und mir sowie zwischen ihr und meiner Person.

Dann stellte er die erste Frage und es wurde richtig spannend. Er wollte nun wissen, wie mein Verhältnis zur Staatsanwaltschaft sei.

Da hätte er aber früher aufstehen müssen. So dumm war ich nun doch nicht, um darauf wahrheitsgemäß zu antworten. So teilte ich jetzt gelassen mit, dass sich das Verhältnis zur Staatsanwaltschaft nach meiner Pressekonferenz und einem anschließenden Gespräch mit dem Oberstaatsanwalt positiv entwickelt habe.

Nach kurzer Zeit hatte ich einen ersten Eindruck von meinem Gesprächspartner erhalten und dadurch mehr Sicherheit gewonnen. Zwar hörte ich zuerst nur zu, war aber bereit, wenn erforderlich, auch aktiv ins Gespräch einzugreifen. Ich spürte instinktiv, dass da noch mehr kommen würde, noch war mehr aus Rechtsanwalt P. herauszukitzeln, wobei mir durchaus klar war, dass er mit meiner Noch-Auftraggeberin später über den Inhalt dieses Gespräches reden würde.

Also wollte ich ihn nicht nur zum Erhalt neuer Informationen nutzen, sondern – in Richtung seiner Mandantin – auch zu meinem Sprachrohr machen. Das war für mich der Grund ihm mitzuteilen, dass ich gegenwärtig an einer Zusammenfassung der Materialien arbeite, diese und auch Fragen, die bisher offen seien, dann an die Staatsanwaltschaft übergeben werde. Sollte Annes Mutter oder Angehörige daran interessiert sein, dass nicht erst die Staatsanwaltschaft versucht, auf diese Fragen eine Antwort zu finden, dann sei es immer noch denkbar, mein Büro aufzusuchen, um diese Fragen zu beantworten.

Um dem Ganzen noch mehr Bedeutung zu verleihen, wies ich ihn darauf hin, dass die Übergabe meiner Ermittlungsunterlagen nebst einem Katalog noch offener Fragen an die Staatsanwaltschaft, wie vorgesehen über meinen Rechtsanwalt erfolgen werde.

Ich registrierte, wie Rechtsanwalt P. diese Nachricht zunächst verdauen musste. Er versuchte dieses mit einer provokanten

Bemerkung zu überspielen und konfrontierte mich mit der Aussage, dass ich mich einmal erklärt hätte, den Täter zu ermitteln.

Ich konnte mir denken, was er anführen würde. Bevor er aber weitersprechen konnte, nahm ich ihm den Wind aus den Segeln und erwiderte, dass ich mich zu keiner Zeit derartig geäußert, sondern immer nur davon gesprochen hätte, meinen spezifischen Beitrag als Privatermittler zur Aufklärung des Verbrechens an Anne leisten zu wollen. Natürlich hätte ich dahingehend einmal optimistisch darüber gesprochen, dass der Fall aufgeklärt werden könne, dass das aber nie durch mich allein, sondern nur in Zusammenarbeit mit den Ermittlungsbehörden möglich sei.

Wieder legte der Rechtsanwalt eine Pause ein.

Wir sahen uns beide an und schwiegen.

Plötzlich platzte er mit der Frage heraus: „Haben Sie die Mutter unter Verdacht?"

Ich schaute ihn an, um weitere Reaktionen zu registrieren, als ich ihm zu verstehen gab, dass ich nach wie vor davon überzeugt sei, dass das Verbrechen an der kleinen Anne eine geplante Tat gewesen sei und nur Personen die Anne kannten und zu denen sie Vertrauen hatte, als Täter in Betracht zu ziehen seien. Somit kämen ausschließlich Personen als Täter infrage, die zum nahen Umfeld gehören. Davon, das betonte ich etwas nachdrücklicher, hätte ich die Angehörigen durchaus informiert, jedoch habe es seit 1998 eine Vielzahl von Fragen an die Angehörigen gegeben, auf die ich aber bisher keine Antwort bekommen hätte und das Annes Mutter mich selbst seit 1998 nicht mehr in meinem Büro aufgesucht habe, um zumindest einige Fragen klären zu können. Was dann kam, war interessant für mich. Der Rechtsanwalt versuchte nun, wenn auch „plump", mit unterschiedlichen Fragestellungen, die aber immer auf nur die eine Frage abzielten, aus mir herauszulocken, ob die Mutter von Anne meine Tatverdächtige sei.

Es war schon amüsant zu sehen, wie er darum rang, dabei sich unterschiedlich anhörende Fragen zu formulieren, indem er fragte, welchen Tatverdächtigen ich hätte und ob der Tatverdächtige eine weibliche Person sei. Er müsse das wissen, ansonsten, würde er sich da raushalten. Auch wollte er von mir wissen, ob er der Mutter mitteilen solle, dass sie „da" raus sei oder, dass sie noch unter Verdacht stehe. Schließlich sitze man ja nun hier und könne doch über alles reden. Er müsse wissen, ob sie im Blickfeld stehe oder nicht. Dann warf er wieder die Frage auf, ob er Annes Mutter nun sagen könne, dass sie nun raus aus dem Kreis der Verdächtigen sei oder nicht.

Auf Fragen wie diese, die wie schnelle Pfeile vom Rechtsanwalt auf mich abgeschossen wurden, antwortete ich nicht. Ich bezog mich immer auf die Äußerung „näheres Umfeld" und informierte ihn darüber, dass ich bereits 1997 Ergebnisse an die Angehörigen übergeben hatte, ein Rechtsanwalt aus B. zudem festgestellt hätte, dass ich erhebliche Widersprüche aufgedeckt hätte und sich auch, zum Beispiel in Richtung ehemaliger Stiefvater, eine andere Ermittlungsrichtung aufgetan habe. Aber auch da sei damals von Annes Mutter keine Anzeige erstattet worden. So hätte man wenigstens den ehemaligen Stiefvater Annes aus dem Kreis der Tatverdächtigen ausschließen können oder nicht.

Rechtsanwalt P. schien zu spüren, dass ich keinesfalls gewillt war, auf seine doch recht konkret gestellten Fragen, auch nur im Entferntesten zu antworten.

Das war dann wohl der Grund, dass er mir den Vorschlag unterbreitete, wir, damit meinte er seine Mandantin, sich selbst und mich, sollten uns alle an einen Tisch setzen und über die Dinge reden, die bisher bekannt seien. Dann könne auch darüber entschieden werden, wie weiter verfahren werden sollte. Sofort signalisierte ich, dass ich in dieser Richtung keinen Handlungsbedarf sehen würde. Einen guten Ansatz würde ich aber darin sehen, meine noch offenen Fragen durch die Familienangehörigen beantwortet zu bekommen. Erst danach würde es Sinn ergeben sich auszutauschen, wie meine bisherigen Ergebnisse den Ermittlungsbehörden unterbreitet werden und wie er als Rechtsanwalt eventuell dann auch die Staatsanwaltschaft zu einer neuen Akteneinsicht bewegen sollte.

Ich gab ihm deutlich zu verstehen, er möge seiner Mandantin übermitteln, dass ich nach wie vor eine vernünftige Antwort auf mein letztes Schreiben und eine eindeutige Entscheidung hinsichtlich meines Auftrages erwarte. Es sei für mich sehr widersprüchlich, dass auf der einen Seite keine Entscheidung zur Auftragsaktualisierung gegeben, aber auf der anderen Seite ein Rechtsanwalt beauftragt werden würde, der einerseits dafür sorgen soll, dass ich meine Ermittlungen einstelle, der aber andererseits mit mir gemeinsam an dieser Sache arbeitet. Ich erlebte, wie der Rechtsanwalt krampfhaft nach einer Antwort oder einem Gegenargument suchte.

Als ich ihn bat, mir seine Vollmacht zu zeigen und mir eine Kopie dieser zu geben, konnte er nicht anders, als mich anzulügen und zu erklären, er müsse diese erst lange suchen. Obwohl ich ihm die Zeit dafür einräumte, ging er nicht weiter auf meine Bitte ein. Für mich war klar, dass es eine solche Vollmacht nicht gab. Wenn ein Rechtsanwalt einen Termin zu einem Gespräch, das er im Auftrag einer Mandantin führt, vereinbart, dann muss er vorbereitet sein. Dazu gehört es auch, dass zumindest eine Akte auf dem Tisch liegt, in der sich eine solche Vollmacht befindet – wenn es die denn gibt.

Rechtsanwalt P. hatte sicher schon bemerkt, dass ich in wesentlichen Teilen, das von ihm bisher Gesagte nicht für „bare Münze" nahm. Nun versuchte er, das Gespräch wieder an sich zu reißen und teilte mit, dass er die Mutter befragt habe, wo sie an diesem Tag gewesen sei, als Anne verschwand. Daraufhin habe sie ihm mitgeteilt, dass sie in N. zu einer Feier gewesen sei. Er sei auch darüber informiert, dass kurz nach dem Verschwinden von Anne die Hochzeit geplant war. Ich deutete an, dass ich das Gespräch beenden wollte. Meinen Wink hatte er verstanden und startete einen letzten Versuch, mich wieder in ein intensiveres Gespräch zu verwickeln.

Wieder etwas provokant sagte er, dass dem Täter, wer auch immer es sei, letztendlich die lange Zeit, die bereits verstrichen war, doch zugutekommen würde und es daher wohl schwer sei, nach so langer Zeit jemanden noch etwas nachzuweisen. Darauf hatte ich nur gewartet. Er kannte meine Auffassung zu dieser Problematik wohl noch nicht. So erklärte ich ihm, dass der Täter nach der wirklich langen Zeit, die seit der Tat vergangen war, nicht mehr alle seine damaligen Handlungen bis ins Detail in Erinnerung haben, er also nicht mehr konkret nachvollziehen könne, wirklich keine Spuren hinterlassen oder andere Fehler bei der Ausführung der Tat begangen zu haben, die ihn auch nach Jahren noch verraten können bzw. ermittelbar sind.

Das Gespräch endete letztendlich damit, dass ich nochmals unterstrich, keinen Handlungsbedarf darin zu sehen, gegenwärtig zu Dritt zusammenzukommen, es sei denn eine Aktualisierung des Auftrages sei geplant und eine neue Bevollmächtigung würde hierzu erfolgen.

Ich brachte noch einmal auf den Punkt, dass ich bei Notwendigkeit selbst einen Rechtsanwalt hinzuziehen werde und dann war unser Gespräch beendet.

Eines war auffällig geworden. Von seiner Gesamterscheinung passte der Rechtsanwalt, als Mann betrachtet, in das bekannte „Beuteschema" der Mutter.

Er schien ein „weicher" Typ zu sein. Vom Äußeren her passte er durchaus in das Bild der Männer, mit denen Annes Mutter Beziehungen eingegangen war.

Selbst seine Schilderung, wie sein Kontakt zu ihr zustandegekommen war, untermauerte meine heimliche Vermutung. Für mich war dieser Rechtsanwalt ihre „Beute" und sie versuchte, ihn auszunutzen.

Mir fielen einmal geäußerte Worte ein. Ihre Tochter würde nur Männerbekanntschaften ausnutzen, um sie dann später wieder fallen zu lassen, hatte Annes Großmutter das Verhalten ihrer Tochter beschrieben. Den Eindruck hatte ich nun, was diesen Rechtsanwalt anging. Das Ziel, das Annes Mutter mit dem „Beute-Rechtsanwalt" verfolgte, war klar zu erkennen. Ich sollte meine Ermittlungen einstellen und sie wollte über diesen erfahren, ob ich einen Tatverdächtigen habe und wer dieser Tatverdächtige war. ob ich meine Ermittlungen nur noch auf die Familienangehörigen ausrichte und ob sie selbst eine Hauptverdächtige war. Eines war mir aber nicht so ganz

klar. **Warum suchte sie nicht den Kontakt zu mir, um mir diese Fragen zu stellen?**
Konnte sie sich vielleicht denken, welche Fragen ich dann an sie und an die Angehörigen ihrer Familie hatte?
Wollte sie diesen Fragen unbedingt ausweichen?
Wenn das der Grund war, dann hatte die Familie etwas zu verbergen!

***

Nach dem Gespräch mit Rechtsanwalt P. war mir klar geworden, dass ich bald selbst eine Entscheidung treffen musste. Es ging darum, den Ermittlungsauftrag zu beenden.
Ich kam nicht umhin, Annes Mutter und die Angehörigen als mögliche Tatverdächtige anzusehen. Um aber in der Richtung weiter sauber ermitteln zu können, musste der noch bestehende Auftrag offiziell gekündigt werden.
Nach Abwägung aller „Für" und „Wider", und dem weiteren Ausbleiben einer Reaktion der Angehörigen, rang ich mich letztlich dazu durch, den mir erteilten Auftrag von meiner Seite aus zu kündigen.
Am 28. Juni 2001 verfasste ich ein Schreiben, das als offizielle Kündigung meines Auftrages galt. Es war an die Auftraggeberin gerichtet und natürlich konnte ich im Schreiben nicht den eigentlichen Grund der Kündigung angeben.
Es wäre ermittlungstaktisch unklug gewesen, ihr mitzuteilen, dass ich einen Verdacht hege, der sich auf das ganz nahe Umfeld des Opfers bezieht.
Meine offizielle Begründung war also die, dass es mir aus wirtschaftlichen Erwägungen heraus nicht mehr möglich sei, weiter tätig zu werden.
Das war nicht einmal gelogen, sondern entsprach durchaus der Wahrheit.
Ich kündigte den Auftrag mit sofortiger Wirkung. Das Kündigungsschreiben enthielt aber das Angebot, einen Abschluss-

bericht zu erarbeiten, sofern ein Interesse bestünde. Dieser würde nach Überweisung eines Honorarbeitrages von 1.800,- DM zugesandt. Das Anbieten der Fertigung eines Abschlussberichtes war natürlich mit einer ganz konkreten Absicht erfolgt. Zum letzten Mal wollte ich die Angehörigen zu einer Reaktion zwingen. Höflich bat ich für die Forderung dieses Honorars um Verständnis und begründete dieses mit dem Hinweis darauf, dass ich im Zeitraum von Oktober 1996 bis Juni 2001 unentgeltlich in der Sache tätig gewesen sei und dieses tiefgreifende finanzielle Einbußen meiner Detektei zur Folge gehabt habe. Ich begründete diesen Schritt zudem mit der festgestellten Kooperationsverweigerung und untermauerte diese Vorgehensweise damit, dass ich über Monate und Jahre erkennen musste, dass Annes Mutter offensichtlich wenig Interesse an meinen Bemühungen gezeigt hatte. Sollte ich mich dennoch getäuscht haben, würde ich für ein klärendes Gespräch zur Verfügung stehen. Ein weiteres Tätigwerden, in welcher Form auch immer, wäre dann von entsprechenden Honorarforderungen abhängig.

Der Auftrag war damit gekündigt! Auf die Reaktionen, die folgen würden, war ich gespannt.

Es waren mehr als vierzehn Tage vergangen.

Eine Reaktion auf die Kündigung folgte am 13. Juli 2001 und konnte nicht anders sein; es war ein Brief von Rechtsanwalt P., der zwar in seinem Schreiben die ordentliche anwaltliche Vertretung der Interessen der Mutter des Opfers versicherte, aber eine entsprechende Kopie seiner Vollmacht auch diesmal dem Schreiben nicht beigefügt hatte. Er teilte mit, dass ihm mein Schreiben vom 28. Juni „abgereicht" worden sei. Dann merkte er an, dass er mir im persönlichen Gespräch bereits mitgeteilt hätte, dass vonseiten seiner Mandantin ein Interesse am derzeitigen Sachstand bestehen würde, aber ich es gewesen sei, der eine von seiner Mandantin angeregte Zusammenarbeit mit ihm abgelehnt hätte.

Dann folgte ein entscheidender Satz: Seine Mandantin sei hinsichtlich der finanziellen Forderung für einen Abschlussbericht 1.800,- DM zu zahlen nicht bereit. Das würde ihre finanziellen Möglichkeiten übersteigen; jedoch bedeute das nicht, dass sie kein Interesse am Abschlussbericht habe. Es seien von seiner Mandantin andere Angaben gemacht worden, was meine unentgeltliche Tätigkeit in der Sache betreffen würde. Diese Angaben würden sogar „Dritte" eidesstattlich versichern. Er meinte tatsächlich, noch einmal unterstreichen zu müssen, dass ich zwar einen hohen Zeit- und Kraftaufwand in meine Ermittlungen gesteckt habe, die jedoch nicht unentgeltlich erfolgt seien. Den letzten Satz seines Schreibens fand ich besonders anmaßend.

Da hieß es doch glatt, dass er im Namen seiner Mandantin nach wie vor Interesse an einer Zusammenarbeit signalisiere, diese jedoch förmlich laufen müsse und finanzielle Forderungen von meiner Seite nicht erhoben werden sollten.

Ich beschloss zu antworten und teilte ihm am 27. Juli 2001 in einem Schreiben mit, dass ich eine Kopie der Vollmacht erhalten möchte, aus der mit Unterschrift der Mutter eindeutig hervorgehe, dass er mit der anwaltlichen, ordnungsgemäßen Vertretung der Interessen seiner Mandantin beauftragt sei. Das sei für mich Grundlage für weitere Kontakte in der Sache. Diese Notwendigkeit unterstrich ich mit dem Hinweis, dass ich mein Auftragsverhältnis mit seiner Mandantin bereits gekündigt hätte. Weiterhin stellte ich klar, dass ich im Gespräch mit ihm, am 8. Juni 2001, eine Zusammenarbeit nicht grundsätzlich abgelehnt, sondern in diesem die Auffassung vertreten hatte, zu der Zeit keinen Handlungsbedarf zu sehen.

Dann aber hielt ich die Zeit für gekommen, sich zu den von seiner Mandantin getätigten Angaben bezüglich der geleisteten finanziellen Zuwendungen zu äußern, denn den Sachverhalt konnte ich so, wie er durch den Rechtsanwalt dargestellt worden war, nicht stehen lassen.

Natürlich hatte ich 1997 und 1998 finanzielle Zuwendungen erhalten und diese auch nicht bestritten, nur hielt ich es für angebracht, klarzustellen, dass er einer Fehlinterpretation seiner Mandantin unterlag. Die Zuwendungen waren keine festgelegten Honorarforderungen, sondern ausschließlich solche,

die Annes Mutter nach eigenem Ermessen eigenständig zur teilweisen Deckung eines nur geringen Teils meiner Kosten für realisierte Aktivitäten und Maßnahmen gezahlt hatte. Alle meine im Rahmen dieser Aktivitäten erarbeiteten Ermittlungsergebnisse seien dann seiner Mandantin und ihren Angehörigen, bis August 1998 in Form des Ergebnisberichtes vom 31. August 1997 sowie fortführend, umfassend zugänglich gemacht worden. Ich stellte ausdrücklich klar, das diese Zuwendungen in keiner Weise die Maßnahmen tangieren, die ab August 1998 bis zu der von mir erfolgten Kündigung des Auftragsverhältnisses 2001 realisiert worden waren. Zudem wies ich darauf hin, dass eine Entscheidung zur Auftragsfortführung oder dessen Abbruch, trotz mehrmaliger Aufforderung von seiner Mandantin unbeantwortet geblieben sei, die Herausgabe der Ermittlungsergebnisse von fast drei Jahren (August 1998 bis Juni 2001), gegen den von mir nun geforderten Honorarpreis für einen aktuellen Abschlussbericht, daher als Entgegenkommen zu betrachten seien.
Bezüglich seiner Aussage, dass im Namen seiner Mandantin nach wie vor Interesse an einer Zusammenarbeit bestehen würde, diese aber ohne jegliche finanzielle Forderung meinerseits erfolgen sollte, würde ich Erklärungsbedarf sehen.
Um auch noch nach dieser Auftragskündigung weiter am Fall arbeiten zu können, hatte ich bereits einen Auftrag von B.s Mutter erhalten. Damit waren meine weiteren Ermittlungen juristisch abgesichert. Immerhin hatte ich nicht die Absicht, mit der Kündigung des Auftrages auch meine Ermittlungen in dem Fall zu beenden, worin ja das Ziel von Annes Angehörigen bestand. Nur durch einen erneuten Auftrag von einer Person, die ein begründetes Interesse vorweisen konnte, war das zu verhindern. Die Mutter des von der Polizei tatverdächtigen B. hatte ein begründetes Interesse. Es galt die Schuld oder Unschuld ihres Sohnes zu ermitteln.

TEIL 9
Die Suche nach Mithilfe
Ein Exposé

Bereits 2000 war ein Zeitpunkt erreicht, an dem ich davon ausging, dass die Ermittlungsbehörden dieses Verbrechen nie aufklären würden. Viel zu lange hatten sie nur eine und für mich falsche Spur verfolgt, andere durchaus überprüfenswerte Spuren vernachlässigt oder sind diesen nie nachgegangen. Da sie auch nach Auffinden der Leiche nie einer anderen Spur, sondern nur der einen aus dem Jahr 1994 nachgegangen waren, kamen sie nicht umhin, ihre Unfähigkeit zu vertuschen und das Verbrechen an Anne der Öffentlichkeit mehr und mehr als ein „ungeklärtes Verbrechen" zu verkaufen. Nur so konnten sie ihr Gesicht wahren.

Das aber bedeutete für mich, dass ich mit meinen Ermittlungsergebnissen und den daraus gewonnenen Erkenntnissen bei ihnen nie Gehör finden würde, denn würden auch sie meine Spuren verfolgen, könnte das möglicherweise einen Gesichtsverlust bedeuten.

Selbst von den Angehörigen erfolgte kein nennenswerter Druck auf die Ermittlungsbehörden, das Schicksal ihrer kleinen Anne aufzuklären. Sie zeigten keinerlei Initiativen in dieser Richtung.

Ich musste daher nach Wegen suchen, meine Ermittlungsergebnisse den zuständigen Ermittlungsbehörden irgendwie offiziell zukommen zu lassen, um sie letztendlich so auf diese Weise zu veranlassen, meinen Spuren nachzugehen.

Im Januar 2000 war letztendlich eine Situation entstanden, die mich immer mehr belastete. Mir war klar geworden, dass ich mit meinen Ermittlungen, wann auch immer, einmal am Ende sein und ohne Hilfe der Ermittlungsbehörden sich das Schicksal der kleinen Anne nie aufklären lassen würde.

So wie sich die Ermittlungsbehörden zeigten, schien es aussichtslos zu sein, auf ein Zusammengehen zu hoffen. Aufgeben und alles „hinwerfen" war für mich keine Option.

Da war Dr. S., der bereits seit Längerem Interesse an Annes Fall gezeigt hatte, mich motivierte und mir die Hoffnung gab, mithilfe der Politiker des Landes Mecklenburg-Vorpommern, den Fall wieder in die Öffentlichkeit zu bringen. Mithilfe der verantwortlichen Landespolitiker sollten die Ermittlungsbehörden zum Umdenken und zu neuen Ermittlungen bewegt werden.

Das war einen Versuch wert. Mir fehlte zwar der Glaube, dass das gelingen würde, aber letztendlich war ich es der kleinen Anne schuldig, alles zu unternehmen, ihren Mörder zu finden und einer gerechten Strafe zuzuführen. Vielleicht würde ein Exposé, das an die Landespolitiker übergeben werden sollte, Bewegung in den Fall bringen. Mit dieser Zielsetzung habe ich das Projekt „Exposé" in Angriff genommen.

In dieses flossen nun alle zu diesem Zeitpunkt vorhandenen Ergebnisse, alle Hinweise, mögliche Indizien, gewonnene eigene Erkenntnisse sowie Wertungen und Tatversionen ein.

Die wichtigsten Sachverhalte und Aussagen habe ich dabei noch einmal kritisch unter die Lupe genommen, denn nach erfolgter Übergabe würde nichts mehr zu korrigieren sein.

Offen war, wie die Aktion „Übergabe Exposé" enden würde. Es war möglich, dass angestrebte Ziel zu erreichen, aber ebenso war es möglich, dass dieses Exposé zu einer „brisanten Bombe" werden und dann eventuell in meine Richtung losgehen würde. Vom Inhalt konnten sich einige Behörden, aber auch Personen angegriffen fühlen. Allein deshalb war es angeraten, sorgfältig jede Aussage mehrmals zu prüfen, ob sie vertretbar sein, ich sie belegen oder durch andere Tatsachen untermauern konnte. Wichtig war zu Beginn, den Sachverhalt und das Anliegen, das mit dem Exposé verfolgt wurde, darzulegen. Davon war in hohem Maße abhängig, ob das Interesse geweckt wird, dieses doch umfangreiche „Werk" vollständig zu lesen.

Der eigentliche Sachverhalt war kurzgehalten. Dennoch hielten wir es für notwendig, bereits hier auf den Tatverdächtigen der Polizei, der damit in Verbindung stehenden dünnen Indizienbasis und seiner Vorverurteilung durch die Medien und Ermittlungsbehörde einzugehen. Wir haben angemerkt, dass meine Bemühungen, um zu einer partnerschaftlichen Kooperation mit den Ermittlungsbehörden zu gelangen, vereitelt worden waren, obwohl meine Recherchen aber wesentliche Erkenntnisse erbracht hätten, die deutlich auf andere Verdächtige hinweisen würden. Ziel dieses Dokument sei es, einen Beitrag zur Aufklärung des Tötungsverbrechens zu leisten. Es sei aber eine partnerschaftliche und vorurteilsfreie Zusammenarbeit mit den Ermittlungsbehörden vonnöten. Die Bereitschaft läge vor, auf dieser Basis nun erneut aufeinander zuzugehen.

Ein nächster Abschnitt wies darauf hin, dass dieses Exposé nur den bisher erreichten Erkenntnisstand widerspiegeln würde, es aber darum ginge, einen eventuellen Ermittlungs- oder sogar Justizirrtum zu verhindern. Vorrangig gehe es aber darum, dass sich auch andere Tatverdächtige ergeben hätten und daher um eine konstruktive Unterstützung der Empfänger dieses Dossiers für den Ausführenden gebeten werde.

Ein anderer Punkt war die Persönlichkeitsskizze des Opfers, gefolgt von dem Aspekt, der sich mit dem Wohn- und dem sozialen Umfeld des Opfers befasste. Selbstverständlich enthielt das Exposè auch eine Aussage zum Persönlichkeitsbild der Mutter und eine Einschätzung der Großeltern. Eine besondere Bedeutung nahm dabei die Rolle der Großeltern für die Einschätzung vieler anderer Faktoren ein. Auch auf weitere Aspekte, die das Umfeld des Opfers etwas näher beleuchteten und sich mit dem Tag des Verschwindens sowie der Suche und den Verdachtsmomenten befassten, waren wir eingegangen und hatte darauf hingewiesen, dass die Großmutter erst gegen 20:00 Uhr, also nach ca. zwei Stunden mit Nachforschungen zu Annes Verbleib begann, der oder die Täter daher einen Zeitvorsprung von ca. zwei Stunden hatte(n), um Anne oder (bereits) deren Leiche zu verbringen.

Wir richteten das Augenmerk darauf, dass auch die eigentliche Suche und die ersten Ermittlungen durch die Polizeibeamten erst am nächsten Tag begannen. Das Hauptaugenmerk allerdings war weiterhin besonders auf Alibis der Personen aus dem Umfeld ausgerichtet und dokumentierte, dass Annes Mutter und der damals noch zukünftige Stiefvater kein Alibi besaßen, es zumindest Lücken unmittelbar vor und während des Verschwindens von Anne gab. Auch was Annes ehemaligen Stiefvater F. betraf, auch hier kein Alibi vorhanden war.

Der dann folgende Abschnitt befasste sich mit dem Auffinden und der Bestattung der Toten, ein weiterer Abschnitt mit dem Fundort der Leiche. Über diesen und die Art der Verbringung der Leiche sich in gewisser Weise auch etwas über den Täter erschließen würde, war herausgearbeitet.

Ein anderer Schwerpunkt, der wichtig erschien und daher etwas ausführlicher beschrieben wurde, war der, wie die Angehörigen bei Bekanntwerden des Auffindens ihrer toten Tochter bzw. Enkelin reagiert hatten.

Das Exposé war natürlich nicht nur eine Auflistung und Darstellung aller wirklich ermittelten Ergebnisse. Es skizzierte auch bestimmte Sichtweisen, Richtungen und offene Fragen. Den Ermittlungsbehörden sollte deutlich werden, dass es noch andere Verdächtige, andere Täter geben würde.

Der Hinweis, dass es eine Urnenbeisetzung gegeben hatte, wurde natürlich nicht vergessen.

Es war ein ungeklärtes Verbrechen und eine Einäscherung warf Fragen auf. Die dann folgenden Seiten waren nach unserer persönlichen Einschätzung die „sensibelsten".

Sie befassten sich mit der Ermittlungsarbeit zum Fall. Die Kritik an den Ermittlungen der Staatsanwaltschaft und Kripobeamten sollte dabei nicht zu krass ausfallen. Als Einstieg betrachteten und beschrieben wir die Ermittlungen aus zwei Ebenen. Die eine Ebene bildeten die ermittelnden Personen und Behörden, eine andere Ebene waren die drei Ermittlungsphasen.

Die erste Phase bezog sich auf die Zeit unmittelbar nach dem Verschwinden bis maximal acht Wochen danach, die zweite Phase nach diesen acht Wochen bis zum Auffinden der Leiche und die dritte Phase begann mit dem Auffinden der Leiche und reichte bis zur Erarbeitung dieses Exposés.

Wir wiesen darauf hin, dass ich seit dem Auffinden der Leiche intensiv im sozialen Umfeld der Familie recherchiert hatte und zu anderen Ermittlungsansätzen und -ausrichtungen als die Staatsanwaltschaft und Kripo gekommen war. Da jedoch die Kommunikation zwischen dem Privatermittler und den genannten Behörden gestört schien, sei keine gemeinsame ergebnisorientierte und optimale Ermittlungsarbeit im Interesse der Aufklärung des Falls gegeben. Diesen Zustand positiv zu verändern, sei eines der Anliegen dieses Exposès.

Dessen nächster, sicher größere Abschnitt war der, der sich mit dem Zusammenwirken der Ermittler befasste. Es war der „heikelste" Abschnitt.

In ihm machten wir deutlich, warum und wie ein solches Zusammenwirken zwischen Ermittlungsbehörde und Privatermittler hätte erfolgen können bzw. müssen und schlossen ihn mit einem entsprechenden Appell ab, in dem es hieß: „Die Nutzung der Ermittlungspotenziale sowohl der Ermittlungsbehörden als auch die eines Privatermittlers und ihre Verknüpfung miteinander, ist insgesamt ein Gebot der Stunde in Deutschland. Es wird daher aus gegebenem sowie hier geschilderten Anlass dringend empfohlen, im bisher unaufgeklärten Fall kurzfristig ein exemplarisches Modell für eine solche Kooperation zu schaffen.

Dieses seien beide Seiten dem Opfer und den Hinterbliebenen, aber auch der Öffentlichkeit nach dem langen, erfolglosen Ermittlungszeitraum schuldig!"

Am 2. Februar 2000 war der Tag der Übergabe an die Politiker gekommen. Dr. S. nahm zwei Exemplare mit in den Landtag, um sie mit einem entsprechenden Anschreiben versehen, an den Justizminister und den Innenminister zu übergeben. Was danach kommen würde, war ungewiss.

War es der richtige Weg?

Hatte ich mich angreifbar gemacht und das Klima zwischen Ermittlungsbehörden und Privatermittler nunmehr erst recht „angeheizt"?

Es kam einzig und allein darauf an, wie die entscheidenden Leute mit dem übergebenen Exposé umgehen würden.

Das Exposé, das Dr. S. und ich mit viel Herzblut erarbeitet

hatten, würde nach unserer Auffassung bei beiden Ministerien in den richtigen Händen sein. Was daraus werden würde, lag nun in der Verantwortung der Ministerien bzw. der Politiker, von denen es – um es vorwegzunehmen – eine Reaktion leider nie gab. Kein Minister oder ein von ihren Beauftragten hat sich bis zur Veröffentlichung dieses Buches gemeldet.

Was war mit dem Dossier geschehen?
Würde da noch etwas kommen?
Wo war die erhoffte Hilfe und Unterstützung durch diese Ministerien geblieben?

Die Pressekonferenz

Das erste Mal in meinem Leben, hatte ich persönlich zu einer Pressekonferenz geladen.

Da es keine Reaktion vonseiten der Politik auf den vor einiger Zeit übergebenen Bericht gegeben hatte, war ich von der Richtigkeit dieser Entscheidung überzeugt.

Zu jeder ordentlichen Pressekonferenz gehörte eine Pressemappe, die für die Journalisten bereitliegen musste.

Diese Mappe mit neuen Informationen zu erstellen, die aber dennoch juristischen und datenschutzrechtlichen Anforderungen gerecht werden mussten, empfand ich als Herausforderung. In der Presseerklärung versuchte ich zunächst, meine Gründe darzulegen, die mich bewegten, zu einer Pressekonferenz einzuladen.

Mein Ziel war es, dass der Mord an Anne nicht ungesühnt bleibt. Ich verwies auf die bisher unakzeptable Ermittlungsarbeit der Behörden und auf das Desinteresse der Angehörigen des Opfers, das sie an der Aufklärung des Schicksals der Zehnjährigen zeigten. Neben dieser Presseerklärung, die Bestandteil der Pressemappe war, befanden sich weitere Dokumente in der Mappe. Ich rückte offiziell die Ermittlungsergebnisse, die ich zu F. erarbeitet hatte, in den Vordergrund. Hier gab es viele neue Indizien, die einen möglichen Zusammenhang mit dem Mord an dem Mädchen nicht ausschlossen.

Hinzu kamen die Hinweise auf mögliche sexuelle Missbrauchshandlungen.

Diesem Thema waren auch Erläuterungen auf den Schautafeln zugeordnet.

Etwas unterschwellig wollte ich natürlich die Pressekonferenz dazu nutzen, um aufzuzeigen, dass es da noch eine andere Ermittlungsrichtung gab. Es war also ein gewagter „Spagat". Erläuterungen meiner eigenen Grundsätze zur Arbeit als Privatermittler waren weiter Inhalt der Pressemappe. Ich hatte die Vorteile hervorgehoben, die ein Privatermittler in seiner Arbeit gegenüber der Polizei hat, und so das Thema: Zusammenarbeit Polizei und Privatermittler berührt. Ein weiteres, der Pressemappe beiliegendes Dokument war ein Auszug aus dem Beschluss des Oberlandesgerichtes. Es stand also ausschließlich Punkt 10 zur Debatte, in dem das OLG auf Spur 6 (die auf den F. hinwies) eingegangen war und begründete, dass auch ein Tatverdacht auf eine andere Person als auf B. festzustellen war.

Letztes Dokument war ein Auszug aus meinem Ergebnisbericht, den ich im August 1997 meiner Auftraggeberin übergeben hatte und der durch sie auch der Polizei zugänglich wurde. Dieser beinhaltete die von mir im Ergebnisbericht aufgeführten Indizien zu F., die einen möglichen Zusammenhang zur damals noch „Vermisstensache" vermuten ließen.

Am 5. Oktober 2000 war es so weit. Der Raum eines Hotels in S. hatte sich mit ca. vierzig bis fünfzig Personen gefüllt. Kameras wurden aufgebaut und Mikrofone positioniert. Dr. S., der mir zur Seite stand, ergriff genau um 14:01 Uhr das Wort und eröffnete die Pressekonferenz mit den Worten:

„Der Anlass, warum wir diese Pressekonferenz für sinnvoll
hielten, ist der Tatbestand, dass das Oberlandesgericht den
bisher Tatverdächtigen aus dem Ermittlungsprozess herausgenommen hat und dadurch eine neue Situation in diesem Fall
entstanden ist, der ja nach wie vor ungeklärt ist. Die neue Situation besteht darin, dass bisherige Ermittlungsergebnisse, die
weniger oder gar nicht beachtet worden sind, jetzt einen anderen Stellenwert erhalten und mehr Aufmerksamkeit gewinnen
sollten. Wir haben es deshalb für nötig erachtet, über diese
Ermittlungsergebnisse zu berichten und möchten Ihnen diese
gerne vorstellen. Wir haben hierzu eine Presseerklärung und
eine kleine Pressemappe zusammengestellt. Darüber hinaus
können Sie Herrn Rohwedel Fragen dazu stellen. Der Ablauf
wird so sein, dass Herr Rohwedel im Anschluss noch ein kurzes Statement gibt und ausführlich den Ermittlungsverlauf aus
seiner Sicht darstellt. Dabei wird er auf einige Fakten hinweisen, die ihm aufgefallen und die sicher auch für Sie neu sind.“
Ich übernahm den Staffelstab mit den Worten: „Im Mittelpunkt steht die Aufklärung des Verbrechens an der kleinen
Anne. Warum wende ich mich jetzt an die Öffentlichkeit? Ich
gehe davon aus, dass seit August 2000 eine neue Situation eingetreten ist und das, weil durch das OLG die Ermittlungen zu
B. eingestellt bzw. untersagt wurden. Seit Februar dieses Jahres sind das Innenministerium und das Justizministerium des
Landes Mecklenburg-Vorpommern in Besitz eines Exposés,
auf das bis zum heutigen Tag keine Reaktion erfolgte.
Wenn B. nicht der Mörder ist, dann muss ein anderer der Tä-

ter sein. Meine Ermittlungsergebnisse bieten Ansätze für neue Ermittlungsrichtungen. Es ist so, dass man versucht hat, dem B. diese Tat nachzuweisen und andere Spuren außer Acht gelassen hat. Zum Beispiel das nähere Umfeld. Hier hat man kriminaltechnisch Spuren nicht gesichert. Demzufolge lassen sich heute viele Dinge nicht mehr nachvollziehen oder prüfen. Wie kann es sein, dass damals PKW von Personen aus dem näheren Umfeld keiner kriminaltechnischen Untersuchung unterzogen wurden. Ein PKW wurde 1996 nach Polen verkauft und ein weiterer PKW erst 1997 aufgrund meiner Ergebnisse kriminaltechnisch untersucht. Das kann so nicht sein. Es gibt Widersprüche in den Vernehmungen und in den Zeugenbefragungen aus dem näheren Umfeld. Auch diese Widersprüche wurden bis heute nicht geklärt.

In meiner Arbeit habe ich einen Vorteil. Ich konnte seit 1996 mit Beginn meiner Ermittlungen das ganz nahe Umfeld sehr intensiv kennenlernen. So hatte ich andere Einblicke, gewann weitere Informationen und gelangte zu neuen Erkenntnissen. Zu vielen Dingen kann ich daher andere Zusammenhänge herstellen. Ich verstehe nicht, warum ich vor der Ermittlungsbehörde hierzu nicht einmal Aussagen tätigen konnte bzw. musste. Mir ist die Entscheidung des OLG offiziell zugänglich gemacht worden, und es überraschte mich, dass in der Begründung ein vermutlicher Tatverdächtiger benannt ist, der den Ermittlungsbehörden auch seit 1994 bekannt ist. Genau diese Person ist ein vermutlicher Tatverdächtiger von mir. Es verwundert auch, dass in der Begründung des OLG nicht ein Ergebnis meiner Ermittlungen zu dieser tatverdächtigen Person zu finden ist.

1997 wurden alle meine Ergebnisse den Ermittlungsbehörden hierzu übergeben und darum hätten diese in den Akten erscheinen müssen.

Es stellt sich also die Frage:

Haben meine Ergebnisse, die ich bis 1997 den Ermittlungsbehörden übergeben hatte, überhaupt Eingang in die Ermittlungsakte gefunden?

Dazu möchte ich offiziell eine Erklärung! Zu meinem Tatverdächtigen gibt es Zeugenbeweise, eine Vielzahl von Indizien, Motive und eine Opferbeziehung. Die Krone des Ganzen ist die Tatsache, dass ich Hinweise erarbeiten konnte, die sexuelle Missbrauchshandlungen an einem anderen Kind vermuten lassen. Ich bin sehr enttäuscht über die Art und die Herangehensweise der Ermittlungsbehörden selbst in dieser Sache. Nachdem eine Anzeige zu meinem Tatverdächtigen bezüglich der sexuellen Missbrauchshandlungen erfolgte, wurde unprofessionell vonseiten der Staatsanwaltschaft R. gearbeitet. Das Ermittlungsverfahren, das eingeleitet war, musste letztendlich wegen der haarsträubenden Arbeit der Staatsanwaltschaft eingestellt werden. Man vergab eine weitere Chance, die zu meinem Tatverdächtigen offenen Fragen zu klären. Selbst nach Auffinden der toten Anne und dem nun bekannten Fundort, hat man es nicht für notwendig erachtet, die Ermittlungen wie normal gefordert, neu aufzunehmen. Personen aus dem Umfeld hätten neu befragt, neu vernommen werden müssen, um eventuelle Bezüge zum Fundort herzustellen. Auch Widersprüche waren zu klären, die zwischenzeitlich aufgetaucht waren.

Warum geschah das alles nicht?
Es stellt sich weiter die Frage: Warum erfolgte eine Einäscherung?
Das Verbrechen, ist nach wie vor nicht geklärt.
Wer gab die Zustimmung zur Einäscherung?
Auch ich habe nach dem Auffinden der toten Anne am Fall weitergearbeitet und zum unmittelbaren Umfeld eine nicht unbedeutende Anzahl von relevanten Informationen ermittelt. Viele Dinge sehe ich in einem anderen Licht. Ich wünsche mir, dass die zuständige Staatsanwaltschaft hier neue Aktivitäten zeigt, meine Informationen einordnet und neue Ermittlungsrichtungen einschlägt.
Ich wünsche mir aber auch, dass die Angehörigen wieder intensiver ihr Interesse signalisieren. Sie alle kennen und haben eine Pressemappe, in denen die wesentlichsten Punkte zu meinem vermutlichen Tatverdächtigen festgehalten sind. Ich glaube, dass wir bei den anschließenden Fragen näher zum

Kern der Sache kommen. Ich bitte Sie also nur noch um eine objektive Bewertung, um objektive Berichterstattung."

Es meldete sich der Vertreter einer Schweriner Zeitung. Seine Frage war die nach Beweisen, von denen ich gesprochen hatte. Er stellte in den Raum, dass ich sehr mutig sei, aber möglicherweise auch mit einer Strafanzeige rechnen müsste, wenn ich hier jemanden beschuldigen würde.

Eine weitere Frage kam zu den sexuellen Missbrauchshandlungen.

Ein Journalist einer Regionalzeitung stellte dazu die Frage, wie ich es mir erklären würde, warum die Sache mit dem sexuellen Missbrauch so heruntergespielt worden sei, obwohl doch gerade alle so sensibilisiert seien.

Ein weiterer Journalist wollte wissen, wie dieses Gespräch zwischen Anne und dem missbrauchten Mädchen verlaufen sei und worüber beide gesprochen hätten und welche Erkenntnisse es hier gegeben habe.

Ein anderer Journalist meinte, gehört zu haben, dass zu meinem Tatverdächtigen ein Video aufgenommen worden sei. Dieser Einwurf machte mich hellhörig, denn davon hatte doch nur die Kripo N. Kenntnis. Eigentlich konnte der Journalist nur hier seine Quelle haben.

Gab es bei der Kripo ein Datenleck?

Nur zwei Kripobeamte hatten von dieser Videoaufzeichnung Kenntnis.

Hatten sie diese Information unbewusst oder bewusst an den Journalisten weitergegeben?

Ich konterte mit einer Gegenfrage und stellte ihn zur Rede, woher er diese Information habe. Er spielte seine Frage herunter und sagte, es sei ein Gerücht.

Diese Frage, diese Bemerkung, war für mich ein Warnsignal.

Was würde da noch kommen?

Um nicht direkt auf diese Frage eingehen zu müssen, dennoch beim Thema: Persönliches Gespräch mit meinem Tatverdächtigen zu bleiben, erläuterte ich, dass ich ein entsprechendes Protokoll vom Gespräch mit dem ehemaligen Stiefvater erstellt und dieses der Polizei übergeben habe. Aus diesem Protokoll ließen sich viele Widersprüche ableiten, die aber von den Ermittlungsbehörden ignoriert worden seien.

Erst im Nachhinein wurde ich mir bewusst, dass ich damit den ehemaligen Stiefvater als meinen Tatverdächtigen preisgegeben hatte.

Daran konnte ich nun aber nichts mehr ändern. Prompt reagierte ein anderer Journalist und stellte die Frage, wie alt Anne, als er ihr Stiefvater war, damals gewesen sei.

Diese Frage beantwortete ich nur kurz.

Es wurden noch weitere Fragen gestellt, die sich genauso kurz beantworten ließen.

Der Journalist einer norddeutschen Zeitung wollte wissen, warum ich davon so überzeugt war, dass der ehemalige Stiefvater auch nach der Trennung von Annes Mutter, immer noch Kontakt zu Anne hatte. Es seien, so sein Argument, doch gute sechs bis sieben Jahre vergangen seit der Trennung. Zudem habe er doch in G. in einer anderen Beziehung gelebt.

Die Pressekonferenz dauerte bereits vierzig Minuten und allmählich wurden immer mehr Fragen zu meinem Tatverdächtigen gestellt. Es waren Fragen, die ich häufiger aus rein rechtlichen Aspekten einfach nicht umfassend beantworten konnte. Das war auch der Grund, dass Dr. S. als Moderator hier anknüpfte und erläuterte, dass nunmehr nachdem der frühere Tatverdächtige B. in den Hintergrund geraten war, mein Tatverdächtiger mehr in den Fokus geraten müsse, es aber nicht so sei, dass nur er allein als Täter in Betracht kommen würde. Nach wie vor würde auch eine andere Täterschaft möglich sein. Recht nachdrücklich unterstrich er, dass keinesfalls der nunmehr in den Mittelpunkt gerückte Tatverdächtige der alleinige Täter sein könnte. So solle die Pressekonferenz keinesfalls verstanden werden. Er fuhr mit den Worten fort: „Es ist aufgrund der gesamten Indizienlage zum Tathergang nicht ausgeschlossen, dass Personen, zu denen das Mädchen ein besonderes Vertrauensverhältnis hatte, nicht aus dem Blickfeld gelassen werden können".

Das provozierte natürlich die Frage, ob es denn Hinweise auf andere Personen als Tatverdächtige geben würde. Ich bestätigte das Vorliegen solcher Hinweise und ergänzte, dass diese Personen auch aus dem nahen Umfeld kommen würden.

Natürlich wollte man von mir wissen, wie nah.

„Sehr nah", antwortete ich darauf.

Als ich gefragt wurde, ob diese Personen aus M. seien, gab ich jedoch keinen weiteren Kommentar ab.

Auch die Frage, wie alt mein vermutlicher Tatverdächtiger zum Zeitpunkt der Tat, also des Verschwindens Annes gewesen sei, ließ ich unbeantwortet.

Es ging mir darum, so wenig personenbezogene Daten wie möglich ins Gespräch zu bringen. Weitere Fragen beinhalten, ob ich bestimmte Reaktionen auf diese Pressekonferenz würde und welches meine Motive für mein Engagement seien.

„Sehen Sie, die Sache ist so, dass ich seit 1996 am Fall Anne arbeite und mir das kleine Mädchen durch meine Recherchen ans Herz gewachsen ist. Ich kann mein Wissen, meine Erkenntnisse nicht einfach ablegen oder für mich behalten. Das kann ich einfach nicht. Ich möchte als Bürger ernst genommen und als Zeuge vernommen werden. Als Bürger oder Zeuge, der zum Fall Dinge kennt. Der Mörder ist noch frei und befindet sich unter uns. Da muss jeder begreifen, dass mich das nicht ruhen lässt."

Dr. S. gab daraufhin Folgendes zu bedenken: „Es ist seit 1996 viel Zeit vergangen und in dieser Zeit ist es zu keiner ernsthaften Kommunikation zwischen Privatermittler und Ermittlungsbehörde gekommen. Es wäre angebracht gewesen, sich über bestimmte Ergebnisse auszutauschen; das alles hat nicht stattgefunden. Herr Rohwedel hat daraufhin überlegt, wie man diese Kommunikation in Gang bringen könnte. Er hat dem Innenministerium und dem Justizminister eine Dokumentation zur Verfügung gestellt, um etwas zu bewegen; um den Fall voranzutreiben. Darauf ist auch keine Reaktion erfolgt. Umso verständlicher ist es dann, eine andere Form zu finden, um einen Impuls zu geben, weiterzumachen. Das ist eben diese Pressekonferenz."

Auch nach dem Alibi des Tatverdächtigen wurde gefragt, ob

dieses immer noch offen sei. Auch hierauf gab es von mir nur eine kurze Antwort; nämlich die, dass es nach wie vor zweifelhaft sei.

Als Dr. S. nunmehr den bereits seit fünfzig Minuten dauernden offiziellen Teil der Pressekonferenz beendete, informierte er darüber, dass die Journalisten nun die Gelegenheit nutzen könnten, mit mir individuell in einer lockeren Atmosphäre zu reden.

Im Nu war ich von einer Traube Journalisten und Kameras umgeben. Einer hatte noch Fragen, ein anderer wollte nur noch ein Foto und ein Dritter wollte, dass ich in die Kamera schaue und mich dabei vor den aufgestellten Schautafeln positioniere. Diese Aufmerksamkeit, die sich nun auf mich richtete, die wollte ich vermeiden. Nicht ich war der Mittelpunkt, sondern der Fall sollte es sein. Darauf wies ich des Öfteren hin und gab Hinweise, sich doch mehr den Schautafeln zu widmen. Durch sie wären viele Fragen beantwortet und deutlich gemacht, worum es gehe und wie der Stand meiner Ermittlungen sei.

Dann wurde ich gebeten, anhand der Schautafeln einige Fragen zu beantworten. Es ging um den Fundort, die Fahrstrecke, um das Bewegungsbild meines Tatverdächtigen und um die Dokumentation, die an das Innen- und Justizministerium gegangen war.

Natürlich musste ich auch Rede und Antwort dazu stehen, wie es mir geglückt war, noch vor dem Auffinden der Leiche, die Fahrstrecke herauszuarbeiten, die genau am späteren Fundort vorbeiführte. Das versuchte ich, mit Spazierfahrten meines vermutlichen Tatverdächtigen zu begründen.

Dass ich in Wirklichkeit aber zu diesem Schluss gekommen war, weil es in der Familie des Opfers etwas bezüglich der Orte M. und N. gab und ich daher die kürzeste Strecke M.–N. favorisierte, dass konnte ich so nicht darlegen. Zuviel hätte ich damit von meinem Verdacht zum ganz nahen Umfeld preisgegeben. Ich wurde regelrecht mit Fragen überschüttet und einige davon waren auch provokant gestellt. Die ignorierte ich, so als hätte ich sie überhört. Das Klicken und Surren der Kameras, verstummte langsam. Es war ein Zeichen, dass nun alle ihre Aufnahmen und Fotos im Kasten hatten.

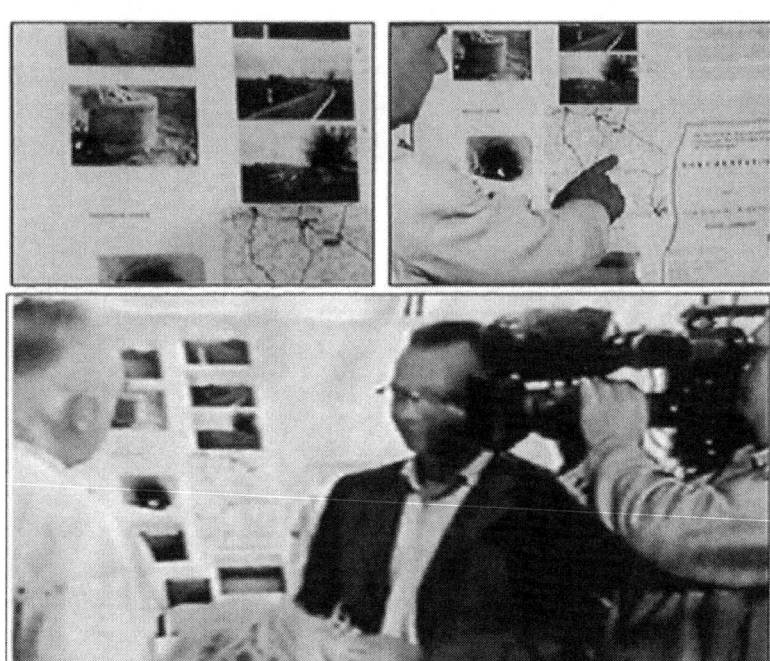

Anwesend war nur noch der Journalist einer norddeutschen Zeitung und der mir persönlich bekannte Redakteur eines Regionalblattes. Beide hatten darum gebeten, noch individuell mit mir sprechen zu können und warteten ungeduldig. Sie hatten noch Fragen zu den von mir ermittelten Missbrauchshandlungen. Ihr besonderes Interesse galt dabei den Maßnahmen und den Reaktionen der Behörde. Nachdem ich diese recht ausführlich dargestellt hatte, schien ihre gezeigte Erschütterung über die Arbeitsweise der Behörden keinesfalls gespielt.

Der Journalist der norddeutschen Zeitung war gegangen und der Redakteur blieb als letzter Gast. Er war mir bereits früher schon in dem Fall behilflich.

Dr. S. und ich setzten uns mit ihm an einen Tisch. Ich nutzte die Gelegenheit, ihn nunmehr in einige wesentliche Details einzuweihen und erläuterte ihm meine Auffassung und meinen Verdacht, den ich in Richtung der Familienangehörigen hegte. Es war mir wichtig abzusprechen, was sein nächster Beitrag zum Fall enthalten sollte, um die Familienangehörigen mehr als bisher aus der Reserve zu locken. Die Pressekonferenz war beendet.

Was aber würde sie bringen?
Wie würde wer darauf reagieren?

***

Die Regionalnachrichten des TV Senders N3 wollte ich am Abend nach der Pressekonferenz keinesfalls verpassen. Ich war neugierig.
Würden dort vielleicht erste Nachrichten über die Pressekonferenz erfolgen?
Die Sendung begann und im Vorspann wurde tatsächlich auf neue Nachrichten in Annes Fall hingewiesen.
Mit den Worten: „Der Mordfall Anne. Kurz zur Erinnerung: 1994 verschwindet das zehnjährige Mädchen aus M. spurlos. Vier Jahre später wird ihre Leiche gefunden. Die Polizei hat einen Verdächtigen im Visier, muss aber aufgrund eines Beschlusses des Oberlandesgerichtes R. die Ermittlungen einstellen. Ein Privatdetektiv forscht nun auf eigene Faust weiter. Er präsentierte heute einen neuen Tatverdächtigen und belastet auch die Staatsanwaltschaft", wurde die Sendung anmoderiert.
Dann folgte ein weiterer Kommentar: „Dieser Mann gibt nicht auf. Günter Rohwedel. Seit Jahren schon ist der Detektiv dran am Fall Anne. Anfangs im Auftrag der Mutter, später auf eigene Faust", danach die Einblendung erster Bilder von der Pressekonferenz.
Es folgten weitere Einblendungen von der Pressekonferenz. Erneut wurde die Geschichte des Verschwindens von Anne durch den Kommentator beschrieben und Bilder gezeigt.

Sein Kommentar: „1994, die Zehnjährige verschwand spurlos. Schon damals deutete alles auf ein Verbrechen hin. Hauptverdächtiger B., bereits vorbestraft, ein Nachbar aus M. 1998, Annes Leiche wird gefunden in diesem Betonschacht".

In diesem Moment wurden erste Aufnahmen von einigen Dokumenten gezeigt, die sich auf den Schautafeln der Pressekonferenz befanden.

„Doch die Beweise gegen B. reichen nicht aus. Im August werden die Ermittlungen gegen ihn eingestellt. Zurecht glaubt Günter Rohwedel. Der Privatdetektiv präsentiert jetzt einen neuen Tatverdächtigen".

Es wurde ein erster Ausschnitt aus dem Interview gezeigt, dass der TV-Sender mit mir nach dem offiziellen Teil der Pressekonferenz geführt hatte. Es folgten andere Einblendungen und der Kommentar: „Demnach ist der frühere Lebensgefährte von Annes Mutter der mögliche Täter. Ein Mann aus dem unmittelbaren Umfeld der Ermordeten. Für Rohwedel steht fest, Polizei und Staatsanwaltschaft haben geschlampt. Sie haben nur in eine Richtung ermittelt. In die falsche." Wieder folgte ein Ausschnitt aus dem mit mir geführten Interview, in dem ich mich wie folgt äußerte: „Es geht darum, in diese Ermittlungsrichtung genauso intensiv zu arbeiten, wie man sechs Jahre in Richtung Tatverdächtiger B. gearbeitet hat. Ich sagte schon, Untersuchungshaftgründe gibt es sicher auch zu meinem Tatverdächtigen, mehr als zum Tatverdächtigen B. und aus diesem Grunde erwarte ich, dass in diese Richtung weiter ermittelt wird. Ich biete nach wie vor meine Hilfe, meine Unterstützung an."

Ein neuer Kommentar setzte ein, als eine Tafel mit der Aufschrift „Staatsanwaltschaft" eingeblendet wurde: „Der zuständige Staatsanwalt nimmt Rohwedels Erkenntnisse ernst. Aber Fehler habe seine Behörde nicht gemacht".

Ins Bild rückte nun der Oberstaatsanwalt der Staatsanwaltschaft N., der verlauten ließ: „Wir haben keinen Anlass erkennen können, von unserer Fallauffassung abzuweichen und etwa den jetzt als „brandneu" bezeichneten Tatverdächtigen als mutmaßlichen Täter zu erkennen. Wir konnten dieses

Ergebnis nicht erzielen." Das war die einzige Reaktion der Staatsanwaltschaft.

Selbst diese wenigen Worte des Oberstaatsanwaltes weckten in mir einen leichten Groll. Seine Formulierung, den jetzt als „brandneu bezeichneten Tatverdächtigen", die war doch grundfalsch. Niemand, weder Dr. S. noch ich hatten von einem „brandneuen Täter" auf der Pressekonferenz gesprochen. Genau das Gegenteil war der Fall. Wir hatten nur darauf hingewiesen, dass dieser nun doch einen anderen Stellenwert einnehmen würde, da die Ermittlungen zu B. eingestellt wurden. Da sich in Richtung Ermittlungsbehörde eine gewisse Skepsis bei mir breitgemacht hatte, war ich mir nicht im Klaren, ob diese vom Oberstaatsanwalt gewählte Bezeichnung bewusst und mit einer bestimmten Absicht erfolgt war.

Danach wurde Annes Mutter eingeblendet, wie sie am Grab Annes niederkniete und Blumen ablegte.

Der Kommentar dazu: „Doch Günter Rohwedel hofft, der Staatsanwaltschaft noch mehr Hinweise geben zu können. So lange, bis der Täter hinter Schloss und Riegel sitzt."

Mit diesem Kommentar endete der Bericht des Senders N3 an diesem Tag.

Erwartete Hoffnung auf Hilfe?

Ich hatte den Gedanken, alle bisher zusammengetragenen Ergebnisse, Fakten, Hinweise sowie Reaktionen aus dem engen Umfeld, einmal aus kriminalpsychologischer Sicht bewerten zu lassen und erinnerte mich an das Fachbuch eines Kriminalpsychologen. Dieser hatte in seinem Buch „Kriminalpsychologie" interessante Darlegungen getroffen und den Komplex „Täter–Opfer" aus rein wissenschaftlich-psychologischer Sicht als das „Spiel des Lebens zwischen Täter und Opfer" beschrieben. Über das Bildungsinstitut der Polizei erhielt ich seine Telefonnummer.

Im Telefonat mit ihm berichtete ich von meiner Absicht, ihm einige Aspekte zu dem Fall zu erläutern. Sie wären es wert, sich damit fachlich und vielleicht sogar öffentlich publiziert auseinanderzusetzen. Mein Hauptanliegen sei aber die Bitte, von einem Kriminalpsychologen eine unabhängige, tiefgründige Einschätzung zu meinen Ermittlungsergebnissen zu erhalten. Über meinen Anruf brachte er zunächst seine Freude zum Ausdruck, gab aber im gleichen Atemzug zu bedenken, gegenwärtig kaum Zeit für neue Projekte zu haben. Ich könne aber mein Anliegen noch einmal in einem Brief näher beschreiben. Er selbst ließ dabei von seiner Seite kaum etwas Neugierde oder gar wirkliches Interesse erkennen. Da ich aber „hartnäckig" und manchmal, wenn es mir erforderlich erscheint, auch penetrant bin, schrieb ich am gleichen Tag einen entsprechenden Brief.

In diesem stellte ich mich noch einmal vor und deutete an, dass ich als Privatermittler wesentliche Erkenntnisse zum engen Umfeld des Opfers, der kleinen zehnjährigen Anne erarbeiten konnte. Diese würden durchaus auf eine mögliche Täterschaft im engsten Familienkreis hindeuten.

Am Ende des Schreibens ließ ich erkennen, einen kompetenten Partner finden zu wollen, der kompromisslos die vorliegenden Ergebnisse aus eigener Sicht unvoreingenommen wertet und weitere Gedanken und Hinweise für die Fortsetzung der Ermittlungsarbeit an diesem Fall geben könne.

Nun, ich war kein Polizeibeamter und sicher sah er in mir nur den „Möchte-gern-Detektiv". Ob er auf mein Schreiben überhaupt reagieren würde, darüber hegte ich bereits beim Briefschreiben erste Zweifel. Gerade von einem Kriminalpsychologen hätte ich schon beim ersten telefonischen Kontakt mehr Neugierde erwartet, dieser aber zeigte weder an meiner Person noch am Fall selbst erkennbares Interesse.

Am 19. Mai 2000 erhielt ich dann aber doch ein kurzes Antwortschreiben. Er entschuldigte sich nur und machte darauf aufmerksam, wenig Zeit zu haben. Dem Brief hatte er eine mehrseitige Veröffentlichung beigelegt. In der Veröffentlichung aus der Fachzeitschrift „Magazin der Polizei", wurde die Frage aufgeworfen, wie wissenschaftlich Kriminalistik sei. Etwas enttäuscht war ich schon, dass er mir nun den Vorschlag machte, in einer ausgewählten Fachzeitschrift meinen Sachverhalt selbst darzustellen. Das zeigte mir recht deutlich, dass er gedachte, meinem Anliegen und der damit verbundenen Bitte, wenig Interesse entgegenzubringen. Ich entschied mich, auf dieses Schreiben nicht mehr zu antworten. Am Telefon hatte er ja zum Ausdruck gebracht, dass ihn derartige Kriminalfälle und Ermittlungsprobleme sehr interessieren und wir dann später intensiver darüber sprechen könnten. Wenn dem so war, würde er sich sicher irgendwann bei mir melden. Von ihm selbst kam aber nie wieder eine Reaktion und das war schon enttäuschend.

Diese Art erinnerte mich an den 28. Mai 1998. Damals war Anne noch nicht gefunden, und ich hatte mich mit einem Schreiben an einen Polizeipsychologen – einem Professor – gewandt und um dessen kompetente Hilfe gebeten. Er hatte sich bereits in einigen TV Sendungen selbst zum Fall Anne geäußert und kannte die Mutter des Opfers persönlich.

Auch er hatte damals überhaupt nicht auf mein Schreiben reagiert.

War oder ist das normal?

Warum war der Fall oder meine Ermittlungen für sie nicht interessant?

Was hielt sie davon ab, mir ihre Hilfe anzubieten?

Natürlich stellte ich mir die Frage, ob „Kriminalpsychologen" nur zu Auftritten im TV und anderen Medien bereit sind. Die dann noch verbleibende Zeit mit dem Schreiben von Büchern, Beiträgen in der Fachliteratur oder mit Vorträgen an Polizeihochschulen verbringen. Das mag sicher etwas „ketzerisch" klingen, aber der Gedanke konnte dabei schon einmal aufkommen.

***

Bereits im April 2000 kam mir während einer TV-Sendung von „Spiegel-TV" der Gedanke, mich im „Fall Anne" an die Spiegel TV GmbH zu wenden. Es lag schon länger zurück, als „Spiegel-TV" eine Sendung mit dem Thema „Verbrechen an Kindern" und ganz konkret zum Fall Anne ausgestrahlt hatte. Nun dachte ich, dass die Redaktion von „Spiegel-TV" darauf reagiert, wenn es im Fall Anne um Neuigkeiten gehen würde. Also wandte ich mich an die Redaktion und machte darauf aufmerksam, dass sich einiges im Fall Anne getan habe. In einer Kurzdarstellung beschrieb ich, seit wann ich im Fall als Privatermittler recherchierte, dass mich zwei Monate vor dem Auffinden der Leiche von Anne, meine Ermittlungen zu der Wegstrecke geführt hatten, an der sie dann später durch Zufall in einem Meliorationsschacht gefunden wurde. Ich deutete an, dass grobe Ermittlungsfehler der Ermittlungsbehörde vorliegen würden, diese anhand von Dokumenten belegt werden können und ich durch enge Kontakte zu den Angehörigen des Opfers Einblicke gewonnen hätte, die eine Vielzahl von Fragen aufwerfen würden. Ich ließ erkennen, dass die Selbstdarstellung der Familie, insbesondere die der Mutter des Opfers, in der Öffentlichkeit sowie konkret in den Medien, auf keinen Fall der eigentlichen Realität entsprechen würde. Alles in allem sei der Fall nicht nur für sich genommen mit recht brisanten Problemen behaftet, sondern es würden Probleme sichtbar, die die Ermittlungen und die Bearbeitung von Verbrechen an Kindern tangieren.

Gleichzeitig erklärte ich mich bereit, der „Spiegel TV GmbH" die Exklusivrechte anzubieten. Natürlich wusste ich zum Zeitpunkt des Versendens dieses Schreibens nicht genau, ob eine Reaktion erfolgt, oder ob sich mehr daraus entwickeln könnte. Zumindest war ich von der Richtigkeit meines Handelns überzeugt.

Es musste sich einfach was tun in dem Fall. Die Ermittlungen der Behörden schienen endgültig ins „Nichts" zu führen und der Fall in die Aktenablage als ungeklärter Mord zu verschwinden. In den folgenden Tagen gab es von der Redaktion „Spiegel TV" aber keine Antwort auf mein Schreiben. Hoffen und Warten war angesagt.

Zu Beginn der zweiten Oktoberwoche im Jahr 2000 erhielt ich einen Anruf. Ein Journalist des „Stern" signalisierte sein Interesse am Fall. Um sicher zu gehen und etwas in der Hand zu haben, das mir die Bestätigung gab, dass der Anrufer tatsächlich ein Mitarbeiter des „Stern" war, bat ich um eine entsprechende formelle Anfrage per Fax. Zwei Stunden später rasselte das Faxgerät und die von mir gewünschte Anfrage schob sich langsam aus dem Gerät.

Nun hatte ich die entsprechenden Kontaktdaten und konnte sichergehen, dass diese Anfrage tatsächlich aus der Richtung des Verlagshauses Gruner + Jahr AG & Co kam.

Es wurde der Wunsch an mich herangetragen, ihnen das 26-seitige Exposé zu übersenden, um sich in den Fall einarbeiten zu können. Zuerst begriff ich nicht, wie man auf diese 26 Seiten vom Exposé gekommen war. Das originale Dossier hatte weitaus mehr Seiten. Dann hielt ich es aber für möglich, dass der Ergebnisbericht von 1997 mit dem Exposé, von dem auf der Pressekonferenz auch die Rede gewesen war, verwechselt worden war und ich informierte den zuständigen Mitarbeiter darüber, dass das Exposé weitaus mehr Seiten umfasse und es eine Vielzahl von personenbezogenen Daten enthalte, eine einfache Übersendung dieses Dokumentes daher allein aus diesem Grunde nicht möglich sei. Ich sei aber auch zu einem persönlichen Gespräch bereit.

Mir war wichtig, die Person persönlich kennenzulernen und zu erfahren, wie dieser Journalist „tickte", wie stark wirklich seine Motivation war, sich in den Fall einzubringen. **Was und wie sollte später alles publiziert werden?** Auch das wollte ich wissen. Eine Antwort erhielt ich von ihm danach nicht und auch auf eine spätere Reaktion wartete ich wieder einmal vergebens.

***

Trotz meiner bisher negativen Erfahrungen nahm ich im März 2002 schriftlich Kontakt zu einem bekannten Professor auf, den ich in der Deutschen Gesellschaft für Kriminalistik, deren Mitglied ich auch war, kennengelernt hatte. Dieser war bis 1994 Dozent für Spezielle Kriminalistik an der Humboldt-Uni Berlin. Seine Arbeitsgebiete waren u. a. Sexual- und Gewaltdelikte sowie interdisziplinäre Probleme der Rechtsmedizin und der forensischen Psychiatrie. Zudem war er Autor einschlägiger Literatur.

Schon wenige Tage nach dem schriftlichen Kontakt hatte er sich telefonisch gemeldet und den Eingang meines Schreibens bestätigt. Er sei bereit, sich den Fall einmal näher anzuschauen und bat um erste Informationen. Das hatte ich ihm spontan zugesagt. Erst später, als ich meinen Berg Akten mit all den Ergebnissen meiner bisherigen Ermittlungen sah, tauchten erste Fragen auf.

Was war nun wichtig, an ihn zu schicken?

In welcher Reihenfolge sollte ich ihm diese Ergebnisse zukommen lassen?

War es überhaupt sinnvoll, nur einige Ergebnisse zu übermitteln?

Oftmals waren bzw. sind es doch die kleinen Details, die wichtig sein können. Natürlich wollte ich erst einmal auf das Angebot vom Professor reagieren und fügte daher meinem zweiten Schreiben einige erste Unterlagen bei. So übersandte ich ihm als Anlage den Detektivkurier mit der Veröffentlichung zum Fall Anne, einen Stadtplan von M., die Aufzählung der zu F. erarbeiteten Indizien, Erläuterungen zum Ausgang der Anzeige wegen sexuellen Missbrauchs und Auszüge aus dem Exposé.

Wesentlich wichtiger war aber, ihm mitzuteilen, dass ich etwas hilflos in der Frage sei, was und welche Informationen und Ergebnisse ich in welcher Reihenfolge übersenden soll. Ich bat ihn, mir aus seiner Sicht einen Vorschlag für einen geordneten

Informationsfluss zu unterbreiten. Etwas unsicher war ich mir schon beim Versenden dieses Schreibens. **Wie würde der Professor darauf reagieren? Würde er durch die Fülle dieser Aufgabe vom Hilfsangebot zurücktreten?** Dennoch, einen Versuch war es wert. Aber ohne alle umfangreichen Informationen würden seine Einschätzungen später doch nicht den realistischen Bezug haben, den ich mir wünschte. Nur das Gesamtbild zum Fall allein wäre kein Gegenstand für eine fundierte Einschätzung. Oftmals ist es so, dass die kleinsten, von einem selbst unbeachteten Details, aus einer anderen Sichtweise bedeutsam erscheinen.

Auch er meldete sich nicht mehr und letztendlich kam es auch hier nicht zu der von mir gewünschten Arbeitsbeziehung und Hilfe.

***

Nach der Ausstrahlung einer TV-Sendung mit dem Titel „Ein Gespür für Mord", in der sich zwei Hellseher mit dem Fall befassten, reizte es mich im Oktober 2003, den Kontakt zu der Hellseherin aufzunehmen. Sie würde sicher noch mehr über den Fall sagen können, als das, was in der Sendung ausgestrahlt worden war.

Ich rief bei ihr an. Nach kurzer Vorstellung meiner Person und meines Anliegens, war sie sofort bereit, mit mir über die Sendung und den Fall zu sprechen. Zu diesem Zeitpunkt ahnte ich noch nicht, welche interessanten Informationen ich von ihr bereits im ersten Gespräch erhalten würde. Zunächst erfuhr ich, dass sie sich privat bereits seit längerer Zeit mit Fällen vermisster Kinder befassen würde. Weiterhin erhielt ich Einzelheiten über die Agentur, die diese Sendung produziert hatte. Die Redakteurin dieser Agentur hatte vor Beginn der Produktion dieser Sendung entsprechende Recherchen durchgeführt und Kontakt zur Polizei, zur Staatsanwaltschaft N. und auch

Kontakt zur Mutter des getöteten Kindes hergestellt und aufgenommen.

Alle seien von der Absicht und dem Gestaltungsinhalt dieser Sendung früh informiert gewesen, so die Aussage der Hellseherin.

Natürlich interessierte es mich, wann diese Sendung aufgezeichnet worden war und wann sich das Filmteam mit den Hellsehern in der Region N. aufgehalten hatte. Von der Hellseherin erfuhr ich, dass dieses im Frühjahr, ungefähr im Mai 2003 gewesen sein musste.

Wie nebenbei erwähnte sie, dass die Mutter des Opfers, als die Dreharbeiten erfolgten und sich das Team in N. aufhielt, den Wunsch geäußert habe, mit ihr persönlich zu sprechen.

Welche Absicht wollte die Mutter damit verfolgen?

Sie habe es aber abgelehnt, um sich nicht irgendwelchen Einflüssen zu unterwerfen. Weiter erfuhr ich, dass das Stofftier, das von beiden Hellsehern in der Sendung genutzt worden war, die Redakteurin zuvor von der Mutter erhalten hatte.

Überraschend teilte mir die Hellseherin mit, dass viele ihrer Aussagen nicht gesendet wurden. Sie beanstandete damals mehr und viel konkretere Informationen gegeben zu haben. Ihre Auffassung und ihre Informationen, die die Polizei und Staatsanwaltschaft betrafen, waren mit meinen identisch. Bereits am nächsten Tag überraschte mich die Hellseherin mit einem kurzen Telefonat. Sie teilte mir mit, dass sie alles aufgeschrieben habe und mir dieses per Post zusenden werde. Sie selbst hätte auch noch eine Frage. Ob ich über Videoaufzeichnungen verfüge, die die Mutter zeigen, unmittelbar nachdem das Kind verschwunden war.

Sie begründete ihre Frage damit, dass sie das Gefühl habe, die Mutter hänge mit drin.

In ihrem Brief kam sie dann auch gleich zum Thema und ließ mich wissen, dass sie zu Beginn das Gefühl gehabt habe, es sei ein „Beziehungsdrama", in dem das Mädchen Anne in diesem Gebilde nur das „Bauernopfer", sozusagen „das Mittel zum Zweck" gewesen sei, die Mutter eine Mitverantwortung trage, diese aber noch nicht erkannt habe und sich nur selbst als Opfer fühle. Die Oma wisse mehr als sie sage. Die würde Dinge vermuten, aber für sich behalten. Nur sie sei es gewesen, die eine aufrichtige Bindung zu dem Kind gehabt hatte. Es würde keine „Mutter-Tochter-Beziehung" zwischen Anne und der Mutter geben. Das Verhältnis Opa–Anne war zum einen sehr autoritär und zum anderen habe der Großvater der Anne – nach außen schon auffällig – zu viel Liebe gegeben. Auch die Kontrolle der Anne sei besonders durch den Großvater stark ausgeprägt.

Das waren doch ganz andere Informationen als die, die in der Sendung „Ein Gespür für Mord" von ihr ausgestrahlt worden waren. Wenn die Hellseherin diese Aussagen bereits bei den Dreharbeiten gemacht hatte, war mir klar, warum die so nicht ausgestrahlt worden waren.

Das wäre zu brisant, und hätte eventuell auch Ärger bedeutet. Ich vermutete aber, dass sie bei den Dreharbeiten doch nicht so konkret geworden war. Es war verständlich, dass sie sich bei ihren Auftritten in der Sendung vielleicht doch etwas zurückgehalten hatte.

Später erreichte mich noch ein Anruf von ihr, weil sie der Auffassung war, mir noch einiges mitteilen zu müssen, was sie im Schreiben nicht erwähnt hatte.

Auch diesmal beeindruckte sie mich mit ihren Informationen. So sagte sie, die Mutter habe ein Problem mit dem leiblichen Vater hinsichtlich Sorgerecht und Unterhaltszahlung. Auch mit der Oma hätte die Mutter ein Problem.

Beide Sachen konnte ich nur bestätigen. Das mit der Unterhaltszahlung, das war belegbar. Entsprechende Dokumente lagen vor. Es gab zudem Hinweise, dass die Mutter eifersüchtig und neidisch darauf war, dass ihre Tochter von der Oma alles erhielt und sie selbst leer ausging.

Die Hellseherin wies weiter darauf hin, dass eine Mutter nicht so reagieren würde, wie die Mutter von Anne reagiert habe, als sie die Ausstrahlung der Sendung zur Kenntnis nahm.

Ich sollte aber noch nicht aus dem Staunen herauskommen.

Zum Verhältnis Großvater–Anne meinte sie, dass Anne zum Großvater kein positives Gefühl gehabt habe. Es sei mehr „unheimlich". Ohne in ihrem Reden innezuhalten stellte sie mir die Frage, ob ihre Beschreibung von einer männlichen Person auf den Großvater zutreffen könne. Anne habe Angst und Unbehagen vor diesem Mann. Er sei ihr unheimlich. Zum Schluss dieses Telefonats meinte sie noch, dass Anne nicht wegwollte. Sie wollte bei der Oma bleiben und das mit dem neuen Mann, das sei ihr alles nicht das Richtige gewesen.

Erst später dachte ich darüber nach, wie das gemeint war: „Anne wollte nicht weg, sie wollte bei der Oma bleiben".

Aber worauf bezog sich das genau?

War es der bevorstehende Umzug nach N. oder bezog sich das vielleicht sogar auf den Abend des Verschwindens von Anne?

Ahnte Anne etwas, und wollte vielleicht mit dem Mann – eventuell war es sogar der Großvater –, am Abend des 12. August 1994 nicht mitgehen?

Letzteres war für mich noch eher denkbar, als die Sache mit dem Umzug. Der Kontakt zur Hellseherin und ihre bisher übermittelten Informationen hatten mich schon beeindruckt. Natürlich wollte auch sie von mir Informationen und ich übermittelte ihr diese. Damit verbunden waren aber auch Befürchtungen, ihr in den darauffolgenden Tagen bereits zu viel an Informationen gegeben zu haben. Darauf ließ ich es aber ankommen. Ich würde ja sicher an ihren nächsten Informationen erkennen, ob dies ein Fehler gewesen war und sie sich durch diese zu sehr in eine Richtung lenken ließ.

Meine Spannung stieg bis zu dem Tag, an dem ich wieder einmal Post von ihr erhielt. Es waren ihre Antworten auf die von mir gestellten Fragen. Sie teilte mir die Firma und die Ansprechpartnerin mit, die für die Dreharbeiten zur Sendung zuständig war. Weiterhin machte sie genaue Angaben zum Datum der Dreharbeiten vor Ort. Diese waren am 07. und 08. Mai 2003 erfolgt. Beide in dieser Sendung aufgetretenen Hellseher hätten keinen Kontakt zur Mutter des Opfers gehabt. Die Mutter von Anne hätte sich aber bei der Redakteurin nach ihrer Telefonnummer erkundigt. Überwiegend habe die Redakteurin zur Mutter und zur Oma den Kontakt gehalten.

Bei einem Anruf bei der Filmagentur schilderte ich der Redakteurin mein Anliegen. Sie selbst ging jedoch auf kein längeres Gespräch ein und bat mich, per E-Mail meine Bitte und meine Fragen an sie zu senden. Das Gespräch war nach kurzer Zeit bereits beendet.

In der E-Mail setzte ich sie dann von meinem Anliegen in Kenntnis. Dabei lehnte ich mich sicher schon recht weit aus dem Fenster, als ich ihr mitteilte, dass ich zu 99 Prozent davon ausgehen würde, dass der Täter im ganz nahen familiären Umfeld zu suchen sei und bat um Hilfe, Unterstützung und um Beantwortung von den dann aufgeführten Fragen.

Es waren Fragen nach dem Anlass, gerade diesen Fall Hellsehern zu übertragen.

Ich wollte wissen: Wer war der Initiator?

Weiterhin ließ ich in einer anderen Frage erkennen, dass für mich von Interesse sei, wie der Kontakt zu den Angehörigen des Opfers erfolgte und wer diesen Kontakt vermittelt hatte. Natürlich war auch die Frage nach den Kontakten zu den Ermittlungsbehörden keinesfalls vergessen worden. Noch wichtiger war mir allerdings die Beantwortung der Fragen, die in Richtung der Familienangehörigen gingen und welchen Eindruck das Team und auch sie selbst während der Dreharbeiten von diesen erhalten habe. Eine der letzten Fragen war die, wie die Ermittlungsbehörden auf die Bekanntgabe des vermutlichen Tatortes reagiert hätten und wie sie die Leistung der Hellseher beurteilten.

Sicher war ich mit meinen Fragen zu direkt gewesen.

Als Filmagentur war es bestimmt unmöglich, meine Fragen ehrlich zu beantworten oder überhaupt darauf einzugehen. Die Branche selbst war hart genug. Um sich auf den TV-Markt zu behaupten, würde man sich doch sicher nicht noch so etwas aufladen, zumal man nicht wissen konnte, was ich für Absichten hegte und wie alles einmal ausgehen würde.

Ich machte mir also recht wenig Hoffnung, überhaupt noch einmal etwas von der TV-Agentur zu hören. Es war ein spontaner Schritt, den ich nun schon fast bereute.

Ein Fünkchen Hoffnung war aber dennoch, mit dieser Agentur vielleicht in Kontakt zu kommen. Also hieß es warten und hoffen. Der Kontakt zur Hellseherin blieb noch eine ganze Weile bestehen. Ich erkannte aber immer mehr, dass sie sich durch die von mir gegebenen Informationen lenken ließ. Das war nicht in meinem Sinn und keine Hilfe.

Das Positive war, dass sie mit ihren Informationen Anregungen gab, als Privatermittler auch in andere von mir bisher nicht angedachte Richtungen zu denken.

***

Im Juni 2004 hatte ich einen Kontakt zu einem Mitarbeiter des LKA Hamburg, einem Mitarbeiter der Mordkommission. Wir vereinbarten einen Termin, an dem ich mit ihm über den Fall sprechen und wir uns dabei austauschen wollten. Bis dahin traf ich einige Vorbereitungen. Immerhin konnte ich nicht unzählig viele Aktenordner mit zum Treffen nehmen. Es bedeutete, einen Extrakt aus dem Fall herauszuarbeiten, der dann der Leitfaden für das Gespräch sein würde.

Inhaltlich war es eine mehr chronologische Auflistung des Ermittlungsverlaufes mit einigen auffälligen Sachverhalten, die ich für wichtig hielt. Anhand dieser schriftlichen Darstellung sollte es mir gelingen, in aller Kürze und dennoch aussagekräftig, den Verlauf meiner Ermittlungen und die dabei gewonnenen Erkenntnisse entsprechend darzulegen.

Natürlich wählte ich noch drei Fotos aus, die den Fundort zeigten. Der Tag des Zusammentreffens war da.

Würde er überhaupt kommen?

Waren es am Telefon nur leere Versprechungen?

Dann erfuhr ich, er sei auf den Weg zu mir. Am Telefon schien er aufgeschlossen.

Würde er es aber auch noch sein, wenn er mehr zum Fall und zu meiner Ermittlungsarbeit erfahren hatte?

Als wir dann gemeinsam bei einer Tasse Kaffee zusammensaßen, kamen wir auch sofort zum Thema. Ich begann zu berichten. Er hörte aufmerksam zu und unterbrach mich recht selten. Als ich über den Fund der Leiche berichtete, legte ich die Fotos vom Fundort vor. Sofort griff er sich diese und sah sie sich sehr genau an. Währenddessen erläuterte ich, dass es sich um einen sogenannten Meliorationsschacht handelt, der dazu dienen würde, größere Überschwemmungen auf Ackerflächen zu verhindern. Es waren ungefähr fünfundfünfzig Minuten vergangen, als er eine erste persönliche Einschätzung gab. Alles in allem stärkte er meine Auffassungen. Besonders wichtig war seine Aussage, dass sowohl zu F. als auch zu den Familienangehörigen des Opfers, durchaus eine Motivlage begründet sei. Er ging sogar so weit, dass er sagte, die von mir genannten Tatsachen würden ausreichen, um eine Indizienkette aufzubauen, die es dann galt, dem Gericht glaubhaft zu machen und schlüssig vorzutragen. Aus seiner persönlichen Sicht seien ausreichend Ansatzpunkte für neue Ermittlungen vorhanden.

Dann kam das „dicke Ende".

Natürlich hatte ich ihm von meiner verfahrenen Situation mit den Ermittlungsbehörden in Mecklenburg berichtet und darin sah auch er ein wesentliches Problem. Sein Vorschlag lautete: Ich solle mit meinen Erkenntnissen einen neuen Kontakt zur Staatsanwaltschaft herstellen und alle meine Ermittlungsergebnisse neu vortragen. Dann käme die Staatsanwaltschaft nicht umhin, hier neue Ermittlungen aufzunehmen.

Das war für mich ernüchternd, denn ich wusste, wie das ausgehen würde.

Mein Gast kannte natürlich nicht alle Einzelheiten, die sich in der gesamten Zeit zwischen den Ermittlungsbehörden und mir abgespielt hatten. Da war es einfach, mir so einen Rat zu geben. Tatsache war aber, dass sowohl Kripo als auch Staatsanwaltschaft schon lange eine gefestigte Meinung zu meiner Person und zu meinen Ermittlungsergebnissen hatten, von der sie mit Sicherheit auch nicht mehr abrücken würden.

Als wir im Gespräch auf einige Einzelheiten eingingen, wies mein Gast darauf hin, dass der „Knackpunkt" für alle weiteren Dinge im Zusammenhang mit den Umständen des Verschwindens von Anne zu sehen sei. Auch er gab mir zu verstehen, dass bei Vermissten immer die DNA gesichert werden muss und eine Feuerbestattung nur dann erfolgen dürfe, wenn die DNA auch wirklich exakt gesichert sei. Weiterhin bestätigte er, dass ein Bericht vorliegen müsse, welche Knochen des Opfers aufgefunden und welche nicht mehr gefunden worden seien. Hinzu käme, dass jeder Knochen auf mögliche Verletzbarkeit untersucht oder zumindest überprüft werden müsse. Das war, zumindest nach meinen Kenntnissen, nicht erfolgt. Seine Aussage, dass wenn ein Vermisstenfall zum Gewaltverbrechen wird, völlig neue Ermittlungen aufzunehmen seien, war für mich sehr wichtig. Er erläuterte, dass in diesem Fall ein Schwerpunkt die Ermittlungen in Richtung Beziehungen des Umfeldes zum Fundort darstellen würden. Zum Schluss betonte er nochmals, dass in jedem Vermisstenfall eine eindeutige DNA zu sichern sei. War das zu Beginn des Vermisstenfalls nicht möglich, so hätte dieses dann spätestens nach Auffinden der Leiche nachgeholt werden müssen. Da sei dann ausreichend DNA- Material vorhanden gewesen.

Ich hatte nun eine kompetente Meinung zu meinen Ergebnissen – aber Hilfe?

Gern hätte er sich eingebracht, aber Landesgrenzen setzten auch ihm eine Entscheidungsgrenze.

***

Unverhofft bot sich nach Jahren an, die Politik erneut auf den Fall aufmerksam zu machen. Das Exposé hatte nicht im Geringsten das Ergebnis gebracht, das beabsichtigt war. Nun stand ein erneuter Versuch an, die CDU Landtagsfraktion in die Pflicht zu nehmen.

Im Januar 2006 hatte es unter der Schlagzeile »CDU ergänzt Vorwürfe gegen Staatsanwaltschaft« eine Veröffentlichung in der Presse gegeben. Es ging wieder oder immer noch um die Sachlage in der Staatsanwaltschaft N. Die CDU Landtagsfraktion war der Meinung, dass ein zurückliegender Fall, der zur Verurteilung eines Staatsanwaltes führte, „kein Einzelfall" gewesen sei.

Weiter hieß es, dass auch der Fall „Carolin" zum Thema des Untersuchungsausschusses gemacht werden solle. So richtig hatte ich damals den Mord an Carolin nicht verfolgt. Ich hatte nur das gehört, was ich nun auch in dieser Veröffentlichung las. Der Mörder von Carolin war eine Woche vorher aus dem Gefängnis entlassen worden. Nach Ansicht des Justizministers (SPD) hatte die Justiz keine Möglichkeit, ihn nach der Haft in Sicherheitsverwahrung zu nehmen. Dagegen spreche aber ein anderer Fall aus München. Dort hätte der Bundesgerichtshof gebilligt, dass ein Totschläger nach acht Jahren Haft in Sicherheitsverwahrung genommen worden war.

Das schien nun recht interessant zu werden, was da auf die Staatsanwaltschaft N. zukommen würde. Besonders blieb in mir die Aussage haften, dass sich eine Reihe von Rechtsanwälten über die Arbeitsweise der Staatsanwaltschaft beschwert hatte. Mein Gedanke: Wenn sich der Untersuchungsausschuss der CDU Landtagsfraktion schon mit dem Fall „Carolin" befassen wollte, warum dann eigentlich nicht auch mit dem von Anne. In deren Sache hatte es doch auch viele Ermittlungsfehler, Versäumnisse und gar Unterlassungen durch die Staatsanwaltschaft N. gegeben. Konkret war der ermittlungsführende Staatsanwalt, unter anderem dafür mitverantwortlich, dass der Mord an der kleinen Anne bisher nie aufgeklärt wurde.

Obwohl mein Vertrauen in die Politik, was die Hilfe, Unterstützung oder aber eine entschlossene Reaktion bzw. Entscheidung in Annes Fall betraf, geschwunden war, machte ich mit einem Schreiben an den Untersuchungsausschuss der CDU darauf aufmerksam.

Das mit dem Untersuchungsausschuss war für mich wieder ein kleiner Lichtblick, eine Chance. Diese Möglichkeit nicht genutzt zu haben, hätte ich mir später sicher nie verziehen.

Im Schreiben an die CDU Landtagsfraktion gab ich zunächst meine Freude über die eingeleiteten Untersuchungen bezüglich der Staatsanwaltschaft N. zum Ausdruck und verband dieses damit, meiner Hoffnung Ausdruck zu verleihen, dass in die Untersuchungen nicht nur der Mordfall „Carolin", sondern die Gesamtsituation in der Staatsanwaltschaft einbezogen werden würden.

Ich wies auf vorliegende Erkenntnisse und Beweise hin, die ich während meiner selbstständigen Tätigkeit als Privatermittler in Mecklenburg-Vorpommern an einem konkreten Mordfall würde dokumentieren können und bot meine Hilfe an.

Dann wurde ich etwas konkreter und führte den Fall „Anne" an, der immer noch nicht aufgeklärt worden sei. Ich beschrieb, dass sich die Staatsanwaltschaft bereits drei Tage nach dem Verschwinden des Kindes, auf ihren Tatverdächtigen festgelegt hatte und seit diesem Zeitpunkt, entgegen aller Ermittlungsgrundsätze, nur in diese eine Richtung intensiv tätig geworden war. Trotz fehlender eindeutiger Beweise sei an dessen Täterschaft festgehalten worden. Auf die von mir an die Staatsanwaltschaft übergebenen Hinweise, die durchaus auch auf andere Tatverdächtige schließen ließen, sei nachweislich nur halbherzig oder gar nicht reagiert worden, weshalb ich nun darum bat, den Fall „Anne" mit zum Untersuchungsgegenstand zu machen. Um meine Ernsthaftigkeit zu unterstreichen, erklärte ich mich zudem zu einem persönlichen Gespräch bereit.

In diesem wollte ich anhand vorliegender Dokumente entscheidende Fakten darlegen, die erkennen lassen, dass auch dieser Fall symptomatisch für die Arbeitsweise der Staatsanwaltschaft war. Es begann bei Formfehlern, setzte sich über das Ignorieren von Fakten und Hinweisen sowie falschen Darstellungen in den Medien durch die Staatsanwaltschaft fort und ging bis hin zu Handlungen, die einer Strafvereitlung im Amt sehr nahekommen.

Am Ende ging ich in wenigen Sätzen auf meine Person ein und berichtete, dass ich bis 2001 in Mecklenburg gelebt hatte, dort seit 1991 als selbstständiger Ermittler mit einer juristischen und kriminalistischen Ausbildung tätig gewesen war, seit 1996 Ermittlungen in diesem Fall führte und seit 2001 als Ermittler in einem großen renommierten Industrieunterneh-

men in Hamburg tätig sei. **Würde die „Politik" jetzt anders reagieren, als Jahre zuvor im Fall Anne?**
Sind die angekündigten Absichten der Politiker verlässlich?
Mein Hauptaugenmerk richtete sich in den kommenden Wochen darauf, zu beobachten, was sich in Sachen Untersuchungsausschuss tat bzw. tun würde.
Etwas zu erfahren war sehr schwierig, denn es drang nicht viel Offizielles nach außen.
Trotz großer Bemühungen und der intensiven Suche nach Informationen zur Tätigkeit des Untersuchungsausschusses, gelangte ich auf einer Internetseite erst am 23. März 2006 an weitere Informationen. Der Untersuchungsausschuss, so hieß es da, habe noch einmal wichtige verfahrenstechnische Fragen erörtert und Beweisanträge beraten.
Erst in der darauffolgenden Woche würde die Zeugenvernehmung beginnen.
Inhaltlich befasste sich diese Veröffentlichung jedoch fast nur mit dem Fall „Carolin".
In keinem Satz und kein einziges Mal, war konkret die Staatsanwaltschaft N. erwähnt worden.
Warum war das so?
War es politisch nicht gewollt oder war mit den Medien ein Deal erfolgt?
Am 30. März 2006 erhielt ich einen Brief mit einem auffallenden Stempel der CDU Fraktion des Landtages Mecklenburg-Vorpommern.
Ich war auf alles vorbereitet.
Zunächst bedankte man sich für mein Schreiben vom 21. Januar und den Hinweisen zu der Tätigkeit der Staatsanwaltschaft N. Dann erfuhr ich, dass man sich mit den Vorgängen bei der Staatsanwaltschaft N., allerdings erst als zweiten Untersuchungskomplex, befassen wollte, der dann voraussichtlich erst ab Juni 2006 Gegenstand der Untersuchungen werden würde.
Dann folgte ein Satz den ich in meinen „kühnsten Träumen" nicht erwartet hatte.
„Wenn wir in diese Prüfung eintreten, werden wir auch ihre Darlegungen in unsere Untersuchungsüberlegungen mit ein-

beziehen", das hörte sich vielversprechend an. Je häufiger ich diesen Satz aber las, um so skeptischer wurde ich. Das war doch keine klare Zusage. Es hieß eigentlich nur, dass man gedachte, den Fall „Anne", in „Untersuchungsüberlegungen" einzubeziehen. Er bedeutete nicht, dass man den Fall in gleicher Weise, wie den Fall „Carolin", zu einem Thema des Untersuchungsausschusses machen würde. Also war wieder gedämpfte Hoffnung angeraten und weiter darauf zu warten, was passieren würde. Es vergingen Wochen und meine Hoffnungen schwanden, dass man sich wirklich echt und intensiv überhaupt noch einmal dem Fall „Anne" zuwenden würde.

Als wenn ich es geahnt hätte. Tatsächlich gab es im Juni 2006 Neues in Sachen Untersuchungsausschuss. Die Meldung war recht frisch. Dem Inhalt nach war es ein Resümee der nunmehr letzten Sitzung des Untersuchungsausschusses zum Fall „Caroline".

Der erste Teil der Arbeit des Untersuchungsausschusses war abgeschlossen und ein entsprechender Bericht, so hieß es weiter, werde dazu dem Landtag in der darauffolgenden Woche übergeben.

Die nächsten Sätze machten mich rasend. In denen hieß es: »Darin nicht enthalten sind Ergebnisse zum zweiten Teil des Untersuchungsauftrages. Bei diesem sollte es um die Aufklärung der Situation bei der Staatsanwaltschaft N. gehen. Der Ausschuss konnte jedoch diesen Auftrag aus zeitlichen Gründen nicht mehr erfüllen.«

Da hatte sich die Politik wieder einmal schön aus der Sache herausgehalten.

Wie kann so etwas angehen?

Die Situation in dieser Behörde war doch eigentlich das Hauptübel, um das es ging. Und nun das. Eigentlich war für mich zu diesem Zeitpunkt klar, dass sich der Ausschuss auch nicht mehr mit dem Fall „Anne" befassen würde.

Es war wieder einmal nur „heiße Luft" vonseiten der Politik und der Politiker verströmt worden. Nur „Wischi-Waschi", um der Öffentlichkeit etwas nach außen präsentieren zu können.

An der Situation in der Staatsanwaltschaft N. würde sich so

keinesfalls etwas ändern. Aber das schien offensichtlich auch so gewollt zu sein.

Damit waren für mich wieder einmal „alle Messen" gelesen.

Sollte die Staatsanwaltschaft N. wirklich mit einem „blauen Auge" davonkommen?

Wer hatte da die Fäden gesponnen?

Die Absicht war eigentlich schon vor Beginn der Arbeit der Untersuchungskommission zu erkennen gewesen.

Als die Auseinandersetzung begann, welcher Themenkomplex zuerst im Ausschuss behandelt werden sollte, hieß es: Erst der Fall „Carolin" und dann die Situation in der Staatsanwaltschaft. Dann waren Einwände erhoben und die Reihenfolge getauscht worden.

Wie aus dem Nichts" hatte sich das dann aber bei Aufnahme der Untersuchungen wieder verändert und der Fall „Carolin" wurde zu Beginn untersucht. Dieser Fall nahm sichtlich viel Zeit in Anspruch und so hatte man eine plausible Begründung, den zweiten Themenkomplex nicht mehr zu untersuchen.

***

Nicht gerade glücklich über den bisherigen Verlauf, Hilfe zu erhalten, machte ich mich im Mai 2006 im Internet auf die Suche nach weiteren Experten. Ich suchte nach Psychologen, deren Sachgebiet sexuell missbrauchte Kinder waren, denn die kleine Geschichte, die Anne geschrieben hatte, ging mir nicht aus dem Kopf.

Verbarg sich hinter dieser Geschichte vielleicht wirklich Erlebtes?

Nach intensiver Suche schien ich einen Kontakt gefunden zu haben, der mir vielleicht bei der Einschätzung und Deutung der Kurzgeschichte helfen konnte.

Ich wandte mich an die Mitarbeiterin eines Caritasverbandes, die in einer Beratungsstelle gegen Missbrauch, Vernachlässigung und sexuellen Missbrauch von Kindern tätig war und nahm per E-Mail-Kontakt zu der von mir ausgewählten Diplompsychologin auf. Die Zusendung einer Kopie dieser Kurzgeschichte kündigte ich für den Fall an, dass mir Bereitschaft zur Hilfe signalisierte werden würde.

Die Antwort der Diplompsychologin kam schnell. Sie teilte mir mit, dass sie versuchen werde zu helfen.

Wieder hatte ich ein Fünkchen Hoffnung. Es tat gut, einmal zu wissen und zu erleben, dass es Menschen gibt, die auch in einer solchen doch recht ungewöhnlichen Sache bereit sind zu helfen. Wann ich eine Einschätzung oder Beurteilung von ihr erhalten würde, war nicht vereinbart. Also wieder hieß es erst einmal warten.

Am 6. Juni 2006 erhielt ich eine Einschätzung, die sich auf die Kurzgeschichte bezog. Meine Enttäuschung war groß, denn es war eigentlich keine richtige Einschätzung.

In nur einem Satz teilte mir die Diplompsychologin mit, das im Team Fachberatungsstelle gegen Misshandlung und sexuellen Missbrauch diese Kurzgeschichte besprochen worden sei. Alle hätten die gleiche „Idee" gehabt: ritueller Missbrauch oder rituelle Gewalt unter Wissen des Vaters.

Das war aber nicht das Ergebnis, das ich mir erhofft hatte. Ich hatte keine „Idee" gewollt, ich wollte eine psychologisch-fachkompetente Einschätzung.

Diese „Aktion" führte aber dazu, dass ich selbst noch einmal die Kurzgeschichte zur Hand nahm, um sie persönlich unter dem Aspekt eines möglichen rituellen Missbrauchs neu zu bewerten.

Eindeutig war, dass die in der Geschichte mit „rosarot" und „braunigrauni" benannten Personen, die Großeltern darstellten, die Anne wie eigene Eltern sah. Wenn sich Anne selbst als „Gnom" und mit dem Spitznamen „grünikühni" bezeichnete, so konnte dieses unter Umständen von ihr eine abgeleitete Version sein.

Es war möglich, dass der Großvater sie häufiger als „Gnom" bezeichnete oder ihr gegenüber in manchen Situationen den Ausdruck benutzte, sie sei dafür noch „zu grün".

Was die Kurzgeschichte betraf, in der es eventuell um einen

rituellen Missbrauch gehen sollte, versuchte ich, den Text einmal in diese Richtung zu interpretieren. Das würde dann aber bedeuten, dass dieser Missbrauch zwar nicht durch die Großeltern erfolgte, aber sie dieses ahnten oder davon wussten. Es war aber auch anzunehmen, dass an Anne bereits Handlungen dieser Art in der Vergangenheit vorgenommen worden waren. Natürlich kann auch der Großvater mögliche sexuelle Handlungen an sich, im Beisein von Anne oder an Anne selbst vorgenommen haben. Annes Wissen und ihre Absicht, sich vielleicht jemandem anzuvertrauen, konnte vielleicht zu einer Eskalation geführt haben, in dessen Verlauf sie getötet wurde. Natürlich konnte es auch ganz anders gewesen sein. Sie konnte beim Spielen selbst eine solche Entdeckung oder Erfahrung gemacht haben.

Ich selbst konnte noch so kreativ sein, aber eine annehmbare realistische Variante, die durch Sachverhalte oder Indizien untermauert werden konnte, entstand nicht. Also ließ ich davon ab, aus dieser Geschichte etwas erkennen zu wollen.

Die Kurzgeschichte war ja Bestandteil einer schulischen Hausaufgabe gewesen. Jedes Kind sollte eine Kurzgeschichte schreiben, in der solche selbstgewählten Reimwörter wie zum Beispiel „grünikühni", usw. enthalten sein sollten.

Aber irgendwie musste Anne doch auf diese Geschichte gekommen sein?

Irgendetwas muss sie damit verbunden haben, muss sie erlebt haben?

Aber was?

Etwas war mir beim Betrachten des Textes aber noch aufgefallen. Sie hatte ihre Hand unter der Geschichte abgezeichnet.

Hatte das eventuell etwas zu bedeuten?

Erfolgte das erst nach Vorlage der Hausaufgabe in der Schule?

Nach meinen Ermittlungen gehörte eine solche Zeichnung nicht zur gestellten Hausaufgabe.

Was aber sollte diese Zeichnung für eine Bedeutung haben?

Allein die Sache mit dieser Kurzgeschichte ließ im Fall sehr viele unbeantwortete Fragen aufkommen. Trotz meiner Enttäuschung, was die Einschätzung der Kurzgeschichte durch eine Diplompsychologin betraf, bedankte ich mich für die Unterstützung. Immerhin hatte diese Maßnahme die Erkenntnis gestärkt, dass diese Kurzgeschichte, geschrieben vom späteren Opfer, einen Missbrauch auf keinen Fall ausschloss.

***

Die Hoffnung doch noch Unterstützung zu erhalten, gab ich nicht auf. Ich machte mich weiter auf die Suche nach Experten, die mir im Fall eine Hilfe sein konnten. Es schien mir wichtig, unbedarfte und völlig außenstehende Kriminalexperten insbesondere Fallanalytiker oder Kriminalpsychologen in den Fall zu involvieren. Das war mir bisher nicht gelungen.
Warum eigentlich?
Was war der Grund, lag es vielleicht an mir und meiner Herangehensweise?
Natürlich erschien es mir bei einigen Sachverhalten in dem Fall so, als würde ich sie bereits zu subjektiv beurteilen. Diese Sachverhalte aus einer anderen Perspektive, mit anderen Augen von Experten beurteilen zu lassen, war deshalb mein Bestreben. Ich suchte wie immer im Internet unter den Begriff „Kriminologe und Kriminalpsychologe" und wurde fündig. Es gab da ein „Privates Institut für Kriminalpsychologie", genau das, wonach ich gesucht hatte.
Dieses Institutes wurde von einer Frau geleitet. Zu ihr setzte ich meine Recherchen fort, um mehr über das Institut und diese Frau zu erfahren.
Sollte ich eine Tür gefunden haben, die mir bestimmte Perspektiven für die weitere Bearbeitung des Falles öffnen würde?
Sie war selbständige Kriminalpsychologin in lehrender, beratender und therapeutischer Funktion, als Gutachterin sowie für die Erstellung von Kriminalprognosen und Persönlichkeitsprofilen tätig und – der „Hammer" – sie war Mitglied der

„Deutschen Gesellschaft für Kriminalistik e. V" (DGfK), eines Vereins, dem ich bereits auch seit einigen Jahren angehörte. **Sollte ich sofort eine Mail an sie senden? War eine sofortige Kontaktaufnahme vielleicht falsch und sollte ich daher lieber auf die in diesem Jahr noch stattfindende Veranstaltung der DGfK warten und sie dort ansprechen?** Rückblickend hatte ich von den mir kontaktierten „Profis", sprich Spezialisten, bisher keine konkrete Hilfe erhalten. Mein Verhältnis zu diesem Personenkreis war schon etwas zerrüttet.

Waren sie alle so intensiv in andere Dinge involviert und hatten wirklich keine Zeit oder hatten sie in der Vergangenheit allgemein von Annes Fall aus den Medien Kenntnis gewonnen und er schien ihnen zu heikel?

War es auch unter ihrer Würde, sich mit einem Privatermittler abzugeben, der bereits durch Staatsanwaltschaft und Medien ins „Zwielicht" geraten war? Es schien fast so.

Dennoch ließ ich mich nicht entmutigen und entschloss mich, die Expertin zu kontaktieren. Ich wandte mich per E-Mail am 15. Juni 2006 mit einer Anfrage an sie, erläuterte worum es ging und seit wann ich in dem Fall ermittelte. Dann erwähnte ich noch die Kurzgeschichte und nahm diese zum Anlass, darum zu bitten, sich dem Inhalt der Geschichte einmal zu widmen, da ich an einer unabhängigen, sachkundigen und unverbindlichen Beurteilung und Wertung des Inhalts interessiert sei.

Sollte sie Bereitschaft signalisieren und sich der Kurzgeschichte wirklich zuwenden zu wollen, würde ich versuchen, ihr Interesse auf den gesamten Fall zu lenken.

Vier Tage waren vergangen nachdem ich Kontakt aufgenommen hatte. Ihre Antwort war aufbauend für mich. Sie selbst schien in einem anderen Fall ähnliche Erfahrungen gemacht zu haben wie ich. Der Name des Opfers, von dem sie berichtete, war mir nur entfernt in Erinnerung. Die Medien hatten vor Jahren davon berichtet. Mir fiel auch noch der Name der Sonderkommission ein.

Nach Erhalt der Antwortmail schickte ich ihr am 24. Juni ein Schreiben, in dem ich erste Erläuterungen und Aussagen zu dem Fall Anne und den damit verbundenen Personen machte. Die Persönlichkeit des Opfers stand dabei zunächst an erster Stelle. Dann folgten die unterschiedlichsten Aussagen anderer Personen zu Annes Persönlichkeit. Nur so würde sie sich ein erstes Persönlichkeitsbild zum Opfer machen können und sicher auch viel genauer den Inhalt der Kurzgeschichte, die ich in Kopie dem Schreiben beigelegt hatte, bewerten können. Mein Anliegen formulierte ich als Fragen.

Wie werten Sie den Inhalt dieser Kurzgeschichte?

Kann diese Geschichte in Verbindung mit dem Verbrechen stehen oder ist das ausgeschlossen?

Was spricht dafür und was spricht dagegen?

Zum Schluss teilte ich ihr mit, dass ich absichtlich noch keine Aussagen zur Persönlichkeit der Großeltern, der Mutter und auch eines Stiefvaters gemacht hätte, aber interessiert sei, welche Fragen sie eventuell zu diesen Personen hätte und welche Persönlichkeitsmerkmale sie diesen Personen zuordnen würde, wenn genau dieser Personenkreis in Zusammenhang mit dem Verbrechen an Anne stehen würde.

Es galt wieder abzuwarten. Eine Situation, die ich schon viele Male durchlebte, aber die dennoch lange nicht zur Routine geworden war.

Am 3. September 2006 meldete sie sich mit einem ersten knappen und ernüchternden Feedback. In ihrer E-Mail hieß es: »Nach Durchsicht und beim besten Willen kann ich nur entgegnen, dass mir diese Hinweise keinerlei Aufschluss, sondern höchstens Anlass zu Spekulationen liefern. Es ist tatsächlich quantitativ und qualitativ zu „wenig", als dass ich es wagen würde, mich dazu zu äußern. Zwar ist mir bekannt, dass es Kollegen gibt, die sich nicht scheuen, im Zweifel aus dem Kaffeesatz zu lesen, dies ist mir aber zu unseriös. Ich bräuchte viel mehr Informationen zu weiteren Rahmenbedingungen«.

Ich musste erst einmal kräftig schlucken. Sicher hatte sie recht, dass die übermittelten Informationen zu wenig waren.

Sie sprach von Spekulationen, die sie nicht vornehmen würde.

Ich musste mir dabei natürlich selbst die Frage stellen, ob meine bisherigen Wertungen im Fall sich auch nur im Rahmen von „Spekulationen" bewegten oder ob es mehr war. Zumindest hatte ich von ihr eine offene ehrliche Meinung erhalten. Das viele Dinge im Zusammenhang mit dem Sachverhalt zu betrachten waren, zu dem sie sich äußern sollte, das war auch mir klar.

Wie aber sollte ich ihr alle diese kleinen und sicher auch wichtigen Details, die ich ermittelt hatte, sofort zugänglich machen?

Das waren bereits „Aktenberge". Mein Ansinnen war, mit ihr in einen ersten Dialog zu kommen. Sie bot aber an, sich beim nächsten Treffen der DGfK mit mir über ein mögliches Vorgehen zu unterhalten.

Das Ergebnis, das ich mit meiner Kontaktaufnahme erreicht hatte, war natürlich schon was. Aber das „Sich-Selbst-Herausheben" von anderen Kollegen ihres Fachgebietes und das auf diese mit dem „Fingerzeigen", fand ich unpassend. Es galt, einfach die Jahrestagung der DGfK und den dort beabsichtigten persönlichen Kontakt abzuwarten, um beurteilen zu können, ob von ihrer Seite Hilfe zu erwarten war oder nicht.

Mit großen Erwartungen fuhr ich am 24. Oktober 2006 zur 3. Jahrestagung der DGfK nach Oranienburg. Tagungsort war die Fachhochschule der Polizei des Landes Brandenburg. Ich beschloss in der Tagungspause den Kontakt zu ihr aufzunehmen. In der ersten Pause gelang es mir nicht. Sie befand sich in einem Gespräch mit einem anderen Teilnehmer. Es schien ihr sehr wichtig, denn stark gestikulierend ging sie auf ihren Gesprächspartner ein. Daraufhin traf ich den Entschluss, das Gespräch nun erst in der nächsten Pause zu suchen. Jeder Teilnehmer trug ein Namensschild, und so konnte ich sie problemlos in der zweiten Tagungspause ansprechen. Wir kamen bezüglich des Falles auch sofort ins Gespräch. Ohne nach konkreteren Informationen zu fragen oder sich Zusammenhänge im Fall etwas näher erläutern zu lassen, kam sie mit dem Vorschlag, im Rahmen der DGfK eine Arbeitsgruppe „Fallanalyse" zu gründen und diese dann in den Fall einzubeziehen.

Mir aber ging es darum, zu bestimmten Sachlagen eine fachliche Einschätzung zu erhalten. Davon schien sie wenig zu halten. Letztendlich ließ sie durchblicken, kaum Zeit für viele Dinge zu haben, die, wie sie meinte, an sie herangetragen werden und natürlich ihr Interesse wecken würden. Diese Aussage war für mich recht eindeutig. Nach ungefähr fünf Minuten war unser Gespräch beendet, ohne auch nur eine konkrete Absprache oder Vereinbarung getroffen zu haben. Sie hatte nur allgemein ihr Interesse am Fall unterstrichen, ohne zu sagen, wie sie sich weiter einbringen würde. Letztendlich bedankte ich mich aus Höflichkeit für das gerade geführte Gespräch. Mit einer Tasse Kaffee in der Hand versuchte ich, meine Enttäuschung wegzuspülen. Wieder hatte es sich bewahrheitet. Je höher man die Erwartungen schraubt, umso tiefer kann die Enttäuschung ausfallen. Immer wieder hatte ich das erleben müssen, war aber bisher aus diesen Erfahrungen nie klug geworden.

Mir war klar geworden, dass ich von „meiner" Expertin kaum Hilfe oder Unterstützung erwarten konnte. Irgendwie kam da auch meine „mecklenburgische Sturheit" durch. Ich dachte noch einmal darüber nach, warum sie so reagiert hatte. Sie hatte von ihrem Fall berichtet, zu dem sie ebenfalls der Meinung gewesen sei, dass bei den Ermittlungen nicht alles „optimal" gelaufen war. Vielleicht hatte sie sich da auch schon zu weit „aus dem Fenster gelehnt", ihre Meinung offen kundgetan, und war so mit den Ermittlungsbehörden in Konflikt geraten. Sie vielleicht ein „gebranntes Kind" war und daher weitere Konflikte mit Strafverfolgungsbehörden vermeiden wollte. Bei ihrer Hilfe, bezogen auf meinen Fall, wäre es möglicherweise wieder zu Konflikten gekommen. Ihre berufliche Selbstständigkeit und somit ihre Existenz ruhten schließlich vorwiegend auf ein gutes Miteinander mit den Strafverfolgungsbehörden. Die wollte sie bestimmt nicht aufs Spiel setzen. Insofern war dieses Kapitel abgehakt, von Hilfe ganz zu schweigen.

***

Im Oktober 2006 erreichte mich ein ungewöhnlicher Brief. Es war eine Interviewanfrage, und es ging um den Fall „Anne". Das schien natürlich spannend zu werden. Eine Frau D. schrieb, dass sie eine Diplomarbeit über „Kriminaltelepathen und Verbrechensaufklärung" schreiben würde. Ihre Studie beinhalte auch eine qualitative Befragung, die anhand von Interviews dokumentiert werde. Es sollen Aspekte aus der Wirklichkeit von Kriminaltelepathen, Presse, Privatermittlern, Opferangehörigen und Ermittlungsbeamten beim Einsatz von Personen mit paranormalen Fähigkeiten in den Ermittlungtätigkeiten erschlossen werden. Der Vermisstenfall Anne im Jahr 1994 sollte als aktuelles Fallbeispiel dienen. Neben der Fallrekonstruktion würde eine Stellungnahme betreffs der Kooperation von Kriminaltelepathen mit den Strafverfolgungsbehörden nachvollzogen werden. Ihr Anliegen war, mich nun zu diesem Thema zu interviewen. Das klang nicht schlecht und weckte mein Interesse. Da konnte sich etwas auftun, was wieder Bewegung in den Fall bringen kann. Dennoch überwog erst einmal gesunde Skepsis.

Wer war diese Frau D. und wie kam sie gerade auf diesen Fall?

So aktuell war dieser Fall doch 2006 nicht mehr.

Was konnte wirklich dahinterstecken?

Ich entschloss mich, auf diesen Brief nicht sofort zu antworten. In den darauffolgenden Tagen beschaffte ich mir erste Informationen zu ihr.

Sie gab mir einen ersten Anhalt zur Person und begründete die Seriosität ihrer Interviewanfrage. So ganz sicher war ich mir der Sache dennoch nicht. Denn von 1994 bis 2006 gab es unzählige Fälle von vermissten Kindern.

Weil ich aber auf wesentliche Fragen noch keine Antwort gefunden hatte, legte ich den Brief erst einmal zu den Unterlagen.

Irgendwann, Anfang November 2006, las ich in der Tagespresse etwas über die Thematik „Kriminaltelepathen". In dem Beitrag erfuhr ich, dass sich das Institut für Grenzgebiete der Psychologie und Psychohygiene e. V. Freiburg mit der Praxis und Problematik der Kriminaltelepathie im 20. Jahrhundert befasst. Es wurden äußerst interessante Fragestellungen aufgeworfen. Fragen, die ich mir selbst schon einmal gestellt hatte. Auch ich hatte ja in der Vergangenheit in dem Fall mit Personen Kontakt, die über außergewöhnliche Fähigkeiten verfügten oder es zumindest von sich behaupteten. Der Inhalt des Beitrages bewog mich, nun auf den Brief von Frau D. zu antworten.

Wir vereinbarten für den 6. Dezember 2006 einen Termin und ich harrte der Dinge, die da auf mich zukommen würden.

Der Tag war gekommen. Unserer kurzen gegenseitigen Vorstellung und ihrer nochmaligen Erläuterung des Anliegens, folgte mein Bericht darüber, wie ich damals zum Ermittlungsauftrag gekommen war.

In der Zwischenzeit hatte sie ihr technisches Gerät für die Aufzeichnung des Interviews aufgebaut und begann, Fragen zu stellen. In der Beantwortung dieser hielt ich mich sehr bedeckt und ließ kaum Emotionen erkennen, die mich sonst bei der Darstellung und Erläuterung von Einzelsachverhalten in dem Fall überkamen.

Selbst nach mehr als 20 Minuten war mir immer noch nicht klar, wohin dieses Interview führen sollte. Daher ergriff ich selbst die Initiative, wartete nicht auf Fragen und begann damit, meine vorbereiteten Dokumente auf den Tisch zu legen und zu erläutern. Es waren Aussagen und Ergebnisse sogenannter Telepathen, die ich im Rahmen der Ermittlungen zum Fall Anne kennengelernt hatte und die ich nun erläuterte.

Als wir das Interview beendet hatten, stellte sie beiläufig eine für mich äußerst interessante Frage: „Kennen Sie die veröffentlichte Geschichte, in der die Mutter das Schicksal ihrer Tochter und die damaligen Umstände beschrieben hat?"

Ich musste zwei-, dreimal schlucken, mein Mund wurde trocken. Erst nach einem Schluck aus der Kaffeetasse war ich in der Lage, diese Frage zu verneinen. Sie war erstaunt, dass ich diese Geschichte, deren Autorin die Mutter war und den Buchtitel nicht kannte. Natürlich bemerkte meine Gesprächspartnerin, dass ich ein starkes Interesse am Inhalt der Geschichte hatte und versprach, mir diese Geschichte am nächsten Tag per Fax zukommen zu lassen. Sie erzählte kurz die eine oder andere Sache von der in dieser Geschichte geschrieben worden war. Dabei betonte sie häufiger, dass ihr Annes Fall auch etwas komisch vorkommen und sie nicht nur in Bezug auf ihre Diplomarbeit selbst interessieren würde. Ihr sei die eine oder andere Einzelheit in diesem Fall auch aufgefallen.

Ich hörte genau zu, aber unterdrückte erste Kommentare. Sicher hatte sie gehofft, ich würde sofort meine Meinung äußern. Doch machte ich ihr klar, dass ich erst persönlich den Inhalt der Geschichte lesen müsse, um diese werten zu können. Ich versprach ihr aber, mit ihr im Dialog zu bleiben und ihr später eine erste Meinung zum Inhalt zu übermitteln.

Obwohl ich kaum etwas zu ihrer Person erfahren hatte und meine Fragen, die ich zu den Hintergründen ihre Diplomarbeit hatte, unbeantwortet blieben, hatte sich allein wegen des Hinweises den literarischen Ausführungen von Annes Mutter, dieser Kontakt gelohnt.

Ich konnte den nächsten Tag kaum erwarten.

Würde sie Wort halten?

Würde ich bald die Geschichte lesen können?

Würde mir die Geschichte neue Erkenntnisse bringen?

Am nächsten Tag lag eine Vielzahl von Seiten neben dem Faxgerät.

Da ich nun die ISBN der Ausgabe kannte, zögerte ich nicht lange und bestellte mir das Buch von Annes Mutter.

Ich musste das Original in der Hand halten. Nach den Andeutungen und Worten von Frau D. nahm ich an, dass auch sie ein besonderes Interesse an dem Fall hatte. Sie hatte erkennen lassen, dass sie motiviert sei, nicht nur eine gute Diplomarbeit anzufertigen, sondern durchaus mitzuhelfen das Verbrechen an dem kleinen Mädchen aufzuklären.

Meine Bitte an sie war, aus der Diplomarbeit mehr zu machen

als nur eine theoretische Abhandlung. Damit meinte ich, aktiv neue Erkenntnisse einzubringen und diese an die Behörde weiterzugeben. Weiterhin bat ich sie, mir mitzuteilen, ob ihre Interviewpartner in Mecklenburg zugesagt hatten oder diese ein solches Interview ablehnen würden. Noch deutlicher wurde ich, als ich ihr erklärte, dass ich zu allen Aktivitäten, die sich auf den Fall beziehen würden, eine Chronik führen würde, zu denen ich natürlich auch die Interviewaktivitäten mit den Behörden als auch die der Familienangehörigen des Opfers zählen würde, aus deren Verhalten und Reaktionen man durchaus weitere Schlüsse ziehen könne.

Eine Nachfrage, wann sie mit den anderen Interviews beginnen würde, konnte sie mir leider noch nicht beantworten. Einen Tag vor Heilig Abend kam eine Mail, in der sie mir ein schönes Weihnachtsfest und viel Erfolg für das Jahr 2007 wünschte.

Wieder war ein Jahr vergangen. Der Fall war immer noch nicht aufgeklärt. Es sprach nicht einmal jemand mehr darüber!

***

Anfang 2007 stieß ich auf eine Veröffentlichung in einem Internetportal. Es war wieder einmal die Rede von der Staatsanwaltschaft N. und dem damit verbundenen Untersuchungsausschuss. Man versuchte, mit dieser Veröffentlichung der breiten Öffentlichkeit klarzumachen, dass sich die Situation in der Staatsanwaltschaft N. verbessert habe.

Seit Mai 2006, so hieß es, sei bereits ein neuer Leiter kommissarisch eingesetzt worden. Die damaligen Sachverhalte in der Staatsanwaltschaft hätten ihren Ursprung in Führungsproblemen gehabt, doch nun sei eine deutliche Verbesserung eingetreten. Im Dezember 2006 sei bereits der zuvor kommissarisch eingesetzte Staatsanwalt offiziell zum Leitenden Oberstaatsanwalt berufen worden, ein Untersuchungsausschuss nun nicht mehr erforderlich. Das war ja wieder „fantastisch", wie galant man dieses Problem, das sicher nicht nur allein der frühere Oberstaatsanwalt zu vertreten, in den Griff bekommen hatte. Ich dachte etwas länger darüber nach, eventuell noch einmal den Versuch zu unternehmen, mit dem Fall Anne auf den neuen Staatsanwalt zuzugehen. Es überwog dann aber doch meine Annahme, dass auch von diesem sicher keinesfalls das zu erwarten war, was ich mir erhoffen würde. Der Fall lag schon viel zu weit zurück und viele Fehler der Ermittlungsbehörde, in erster Linie die der Staatsanwaltschaft, müssten dann angesprochen werden.

Das ist ein Politikum und war auch von einem neuen Leitenden Oberstaatsanwalt, der politischen Zwängen unterliegt, nicht zu erwarten.

Nicht umsonst nennt man sie Staatsanwälte. Staat bedeutet Politik und Politik bedeutet wiederum, sich politischen Zwängen seiner Partei zu unterwerfen, dies umso mehr, je gehobener die Dienststellung.

Es war gut, den Einsatz eines neuen Leitenden Oberstaatsanwaltes in N. zur Kenntnis genommen zu haben; mehr nicht. Vonseiten dieser Behörde waren sicher in Annes Fall auch jetzt keine Veränderungen oder neuen Aktivitäten zu erwarten. Erst recht nicht, sich wirklich ernsthaft mit meinen Ermittlungsergebnissen zu beschäftigen.

***

Auch Frau D., auf die ich Hoffnungen gesetzt hatte, ließ bisher kein weiteres Kontaktinteresse erkennen. Auf meine Bitte hin, mir eine Kopie ihrer Diplomarbeit zukommen zu lassen, hatte sie nicht mehr reagierte.

Auf anderen Wegen gelang es mir später aber, in den Besitz ihrer Diplomarbeit zu kommen. Nun konnte ich den Inhalt studieren und die von ihr gewonnenen Erkenntnisse, den Fall betreffend, analysieren. Die Arbeit befasste sich zu Beginn mit dem Bedarf an Kriminaltelepathen (Sensitiven) seitens der

Privatpersonen bzw. Angehörigen der Opfer. Ein zweites Kapitel beinhaltet Informationen zum Fall Anne. Weiter hieß es in der Einführung, dass die Studie zum Fall anhand von Interviews mit den beiden Kriminaltelepathen aus der TV-Sendung „Ein Gespür für Mord" und einem Privatermittler erfolgt sei.

Waren das alle Personen, die sie interviewt hatte?

Fehlten da nicht die Kripobeamten und ganz besonders die Angehörigen des Opfers?

Waren die nicht zu einem Interview bereit gewesen?

Im Teil 4 der Diplomarbeit schilderte Frau D. in sehr knapper Form die wesentlichsten Fakten von Annes Falle. Der Inhalt entsprach jedoch nur grob den tatsächlichen Ereignissen. Auffällig war, sie hatte die Uhrzeit 21:30 Uhr angegeben, die Zeit, zu der der Großvater die Polizei alarmierte. Als Quelle für diese Uhrzeit hatte Frau D. auf die Geschichte von Annes Mutter hingewiesen. Tatsächlich war dieser Anruf jedoch erst um 22:40 Uhr, genau siebzig Minuten später erfolgt.

Der Hinweis auf die Buchquelle schien darauf hinzudeuten, dass sie keine Ermittlungsakten zum Fall eingesehen hatte!

War ihr Wissen zu dem Fall nur den medialen Veröffentlichungen sowie der Kurzgeschichte von Annes Mutter entnommen worden?

Das war dann aber keine realistische Darstellung des Falles. Auch die Aussage, dass Privatdetektive jahrelang vergebens nach Anne gesucht hätten, lag fern jeder Realität.

Es gab keine weiteren Privatdetektive. Dieser Teil war einfach zu kurzgehalten und entsprach nicht den eigentlichen Tatsachen. Der Fall war Untersuchungsgegenstand ihrer Studie. Da hätte ich mehr Inhalt und richtige Ausgangsfakten erwartet.

Als die Akteure aufgeführt wurden, suchte ich nach dem Leiter der Mordkommission, dem Staatsanwalt, der Mutter des Opfers, den Großeltern und dem Stiefvater in der Auflistung vergebens.

Unter dem Punkt Fallinformationen hatte sie geschildert, wie es zu der TV-Sendung „Ein Gespür für Mord – Hellseher ermitteln" kam, und wer die Akteure gewesen waren. Hier erfuhr ich auch, was der Sendung vorausgegangen war. Im Vorfeld, so hieß es, hätten sich Staatsanwaltschaft und Polizeidienststelle bereit erklären müssen, die Ermittlungen mit Kriminaltelepathen zu unterstützen.

Ich schlussfolgerte Einverständnis daraus, denn eine solche Sendung wurde ja ausgestrahlt, also mussten sich die Staatsanwaltschaft und auch die Kripo dazu dann ja bereit erklärt haben.

In einem anderen Teil fand ich die Aussage, dass Personen der Ermittlungsbehörde und die Familienangehörigen nicht interviewt werden konnten.

Ein Fragebogen im Anhang, der für die Mutter von Anne gedacht war, weckte mein Interesse.

In dem stand, für sie hätten die Fragen folgendermaßen gelautet. Also war definitiv kein Interview mit der Mutter zustande gekommen.

Das ließ natürlich „tief blicken". Immerhin war das Verbrechen an ihrer Tochter noch ungeklärt. Da hätte jede Mutter nach so einem Strohhalm gegriffen und aktiv mitgewirkt. Allein schon, um wieder auf das ungeklärte Verbrechen aufmerksam zu machen. Das aber schien wieder mal nicht der Fall zu sein.

Aber warum kam das Interview mit der Mutter eigentlich nicht zustande?

Welche Gründe gab es?

Zu gern hätte ich von Frau D. erfahren, ob ein Kontakt zu den beiden „Sensitiven" von den Familienangehörigen gesucht, erfolgt oder wenn nicht, warum nicht erfolgt war.

Allen Grund sich interviewen zu lassen, hätte sie als Mutter, die das Verbrechen an ihrer Tochter sicher aufgeklärt haben wollte, doch gehabt. Immerhin hatten beide „Sensitiven" zum Tatverlauf und zum Täter viele Aussagen in der TV-Dokumentation getroffen. Nun aber keine Antwort und keine Reaktion der Mutter vorzufinden, enttäuschte mich zwar, aber war nicht überraschend für mich.

Waren es doch aber genau diese Informationen, die ich gedachte, mit meinen Ermittlungsergebnissen vergleichen und analysieren zu können.

Von dieser Vorstellung schien ich mich verabschieden zu

müssen. In einem weiteren Abschnitt wurden die Phasen der Kontaktaufnahme und der Durchführung des Interviews beschrieben.

Aus den Daten der ersten Phase der Kontaktaufnahme erfuhr ich, dass der KHK T. und die Mutter am gleichen Tag wie ich einen Brief erhalten hatten.

Die Phase zwei enthielt keine Eintragung mehr zum KHK T. Gründe hierfür waren nicht angegeben. Interessant war, dass es am 1. November 2006 mit der Mutter ein Telefonat gegeben haben muss.

Aus den Daten der Phase drei war zu erfahren, dass die Mutter am 10. November 2006 noch ein Fax und am 1. Februar 2007 noch einmal einen Brief von Frau D. erhalten haben muss. Erkennbar war, dass Frau D. sich intensiv um ein Interview mit Annes Mutter bemüht haben muss.

Hatte sie zu Beginn sechs Akteure angeschrieben, um mit diesen ein Interview zu führen, so blieben am Ende nur noch vier übrig, die zwei Hellseher aus der TV-Sendung, der Produktionsleiter und ich als Privatermittler. Die fehlenden Akteure, die Polizeibeamten und die Mutter des Opfers, das waren aber doch die für die Diplomarbeit und natürlich auch für mich wichtigen Personen.

Zu den Hellsehern vertrat sie die Auffassung, dass es ihnen um die Hinterbliebenen gegangen sei, die ein Recht darauf haben, zu erfahren, was passiert sei.

Doch die Familienangehörigen hatten die Gelegenheit nicht wahrgenommen. Nicht während der Dreharbeiten und auch nicht nach Ausstrahlung der TV-Dokumentation. Es war kein Kontakt zu den beiden Kriminaltelepathen gesucht worden. Die Angehörigen hatten dieses Recht, diese Möglichkeit nicht wahrgenommen!

Warum?

Der Produktionsleiter der TV-Dokumentation hatte ausgeführt, dass es den Medien nicht um Hilfe und Unterstützung oder der aktiven Mitwirkung bei der Aufklärung eines konkreten Verbrechens gehen würde. Faszination, Sensation und dabei der Kampf um Einschaltquoten, dass seien vielmehr die vorrangigen Beweggründe, warum über solche und andere Verbrechen intensiv berichtet und über deren möglichen Verlauf oder Täter spekuliert werde.

Ich konnte seine Ausführungen nur bestätigen.

Am Ende eines anderen Abschnitts gab es noch eine zusammenfassende Darstellung. Mit dieser wurde die Aussage getroffen, dass eine Kooperationsbereitschaft aller vier Akteure gegenüber den Ermittlungsbehörden vorlag.

Doch Kooperation bedeutet immer, dass beide oder alle Seiten dazu bereit sein müssen, auch die Ermittlungsbehörde. Zu den Kontakterfahrungen der jeweiligen Akteure war für mich die von der Hellseherin getätigte Bemerkung über den Kontakt zur Mutter des Mädchens von Bedeutung.

Sie versicherte, keinen Kontakt mit der Mutter gehabt zu haben. Das war eine klare Aussage, die meine eigene Auffassung zur Rolle der Mutter im Zusammenhang mit dem Verbrechen erneut untermauerte. Jede andere Mutter hätte diese Gelegenheit genutzt.

Warum tat es Annes Mutter nicht?

Ein letzter Absatz bezog sich auf meine Kontakterfahrungen, die ich während meiner Ermittlungen mit den Familienangehörigen gemacht hatte.

In der Beschreibung der Entwicklung des Kontaktes zu den Angehörigen fehlten jedoch wesentliche Darstellungen der ersten Phase meines Kontaktes, der Phase, als ich mit meinen Ermittlungen begann. Im Interview hatte ich Frau D. darüber informiert, dass ich erst durch den langen und intensiven Kontakt zu den Familienangehörigen deren Persönlichkeit viel besser einschätzen und daher deren Verhalten und Reaktionen, anders als die Ermittlungsbehörde, hatte bewerten können.

Dieser Vorteil war es letztendlich ja auch, der dazu beitrug, den Tatverdächtigen im engen Umfeld des Opfers suchen zu wollen und der Grund gewesen, das Umfeld intensiver zu prüfen. Die dann erfolgten Reaktionen, das Blockieren und Stören meiner Ermittlungen, vorrangig durch Annes Mutter, bestätigte meinen Verdacht in dieser Richtung. Das aber alles fehlte in dieser Arbeit. Ein nächster Abschnitt befasste sich mit der Zusammenarbeit. Die Aussagen des Produktionsleiters der TV-Dokumentation zur Zusammenarbeit mit den Familienangehörigen waren schon interessanter. Erst einmal hieß es, dass die Zusammenarbeit mit den Familienangehörigen „nicht einheitlich" gewesen sei. Die Großmutter sei zu überreden und auch bereit gewesen, vor der Kamera zu sprechen. Der Stiefvater, „der hatte damit nichts am Hut" und habe „das auch ruhen lassen" wollen. Die Mutter habe „maßgeblich mitgewirkt", da sie die Kontakte zur Polizei und Staatsanwaltschaft gehalten habe und Vorbereitungen durch sie erfolgten. Sie habe sich „sehr aktiv dafür eingebracht".

Der Großvater war also nicht vor die Kamera gegangen.

Der Produktionsleiter hatte sich dazu, mit: „Die Männer haben sich gelinde aus der Affäre gezogen", geäußert.

Das waren schon recht markante Aussagen.

Vom Verhalten der Mutter war ich nicht überrascht. Es war für sie eine Möglichkeit, sich selbst darzustellen, einen weiteren Öffentlichkeits- bzw. Bekanntheitsbonus zu erhalten und so auch dicht am Geschehen zu bleiben. Interessant war tatsächlich die Aussage zu den Männern.

Warum standen sie ihren Frauen, wie in der Vergangenheit, auch hier nicht zur Seite? Gerade vom Großvater, der Anne über alles vergötterte und als seine Tochter ansah, warum verhielt der sich so?

Alles Fragen in Richtung der männlichen Familienmitglieder, die einen möglichen Zusammenhang mit dem Verbrechen an Anne keinesfalls ausschließen.

Zur Zusammenarbeit mit der Polizei hatte ich im Interview zum Ausdruck gebracht, zumindest die Hoffnung gehabt zu haben, von der Polizei als ein Bürger und Zeuge wahrgenommen zu werden, der über Informationen zum Verbrechen an Anne verfügt.

Aber nicht einmal das sei in der ganzen Zeit erfolgt. Was die Kooperationsbereitschaft der Polizei betraf, so war für mich nicht nachvollziehbar, warum Frau D. aus der Äußerung des Produktionsleiters, der leitende Beamte habe Interesse gezeigt, den Fall zu lösen, eine Kooperationsbereitschaft gegenüber den öffentlichen Medien herausgehört haben will. Dass ein Beamter der Ermittlungsbehörde sagt, er habe kein Interesse an der Aufklärung eines Verbrechens, ist wohl kaum vorstellbar!

Die Aussage des Produktionsleiters zur Kooperation mit den Familienangehörigen und den Ermittlungsbehörden war für mich von Bedeutung. In dieser hieß es, dass sich die Kooperationsbereitschaft, was die Familienangehörigen betraf, gespaltet habe. Teilweise sei eine hohe und teilweise keine Kooperationsbereitschaft gezeigt worden.

Beim Hauptabschnitt „aktuelle Positionen der Landeskriminalämter", interessierte mich speziell, wie die N.er Ermittlungsbehörde zur Hinzuziehung von „Sensitiven" in der Verbrechensaufklärung Stellung bezogen hatte.

Frau D. hatte sowohl telefonisch als auch schriftlich Kontakt zum LKA aufgenommen und die Mitteilung erhalten, dass es keine Erfahrungen im Umgang mit Personen gäbe, die über paranormale Fähigkeiten verfügen würden. Auch Privatpersonen hätten nicht den Wunsch geäußert, derartige Personen in die Ermittlungen einzubeziehen. Weiter hieß es, es seien auch keine Fälle bekannt, bei denen Menschen mit diesen Fähigkeiten bei der Aufklärung von Straftaten hinzugezogen worden sind.

Aber natürlich gab es solche, sogar im Fall Anne. Die Kontakte, die die Angehörigen zum Beispiel zu einem „Pendler" hatten, waren der Polizei bekannt.

Was war mit den beiden Kriminaltelepathen aus der TV-Sendung?

Da gab es doch nachweislich eine TV-Dokumentation, in der die Aussage des KHK T. sogar wiedergegeben worden war und der darin gesagt hatte, dass die Aussagen der beiden Telepathen sehr genau gewesen seien und daraufhin würde es erneute Überprüfungen dieser Aussagen geben.

Also hätte sich das LKA doch an die Direktion N. wenden müssen und der KHK T. hätte sich durchaus zu einem Interview bereit erklären können. Das aber war nicht passiert.

Obwohl ich als Privatermittler nicht unbedingt Bestandteil der Untersuchungen von Frau D. gewesen war, hieß es in der Wertung, ich würde mich kooperativ zeigen, da es meine Initiative gewesen sei, der „Hilflosigkeit" und Passivität der Ermittlungsbehörden durch meine Mitarbeit entgegenzuwirken. Den Ausdruck „entgegenzuwirken" fand ich nicht so passend. Das hatte etwas von „Konfrontation", und darin lag meine Motivation und Mitarbeit keineswegs begründet. Auch konnte ich die Aussage, was die Kooperationsbereitschaft seitens der Familienangehörigen, der Ermittlungsbehörden und der öffentlichen Medien gegenüber meiner Person betraf, so nicht akzeptieren. Es fehlten die wahren Gründe, die dazu geführt hatten. Erst dann wäre die Aussage „keine Kooperationsbereitschaft" eindeutig charakterisiert worden.

Im nächsten Absatz kam noch einmal der Beweis, dass das LKA in dem Fall doch eine gewisse Erfahrung mit „Sensitiven" gemacht hatte und ihr Schreiben an Frau D. somit nicht der eigentlichen Tatsache entsprach. Beide „Sensitive" hätten, so stand da geschrieben, ermittlungsunterstützende Hinweise geliefert und diese hätten zu einem nochmaligen Aufrollen des Falles geführt.

Die Diplomarbeit brachte für mich keine neuen Akzente in dem Fall. Es war eher eine späte Nachbetrachtung der TV-Dokumentation, aus einer nur angedeuteten, wissenschaftlichen Sichtweise.

Enttäuscht schlug ich die Akte „Diplomarbeit" zu. Alles hatte ich erwartet, aber das, was ich hier zu lesen bekam, keinesfalls. Der Inhalt war, was den Fall betraf, sehr mager. Das Kapitel „Diplomarbeit" konnte ich getrost abhaken, denn sie beinhaltete eine unkonkrete Darstellung des Falles und setzte sich fort mit der Tatsache, dass die entscheidenden Akteure nicht für ein Interview bereit waren.

Ich hielt für bedeutsam, dass bereits bei der Kontaktaufnahme und den Verweigerungen der Familienangehörigen für ein Interview, erneut deutlich Widersprüche erkennbar wurden. Die größte Fehlleistung aber war die Einschätzung von Frau D., die beinhaltet, dass der Einsatz der beiden Kriminaltelepathen dazu geführt hätte, dass der Fall noch einmal aufgerollt wurde.

Das ist falsch. Nichts wurde aufgerollt.

TEIL 10
Bittere Erfahrungen
Folgen der Pressekonferenz

Eine meiner bittersten Erfahrungen war die, dass mit der Pressekonferenz am 5. Oktober 2000, nicht das erreicht werden konnte, was ich beabsichtigte.

In den Tagen danach war natürlich in der Presse darüber zu lesen. Eine Schlagzeile titelte: »Detektiv präsentiert neuen Tatverdächtigen«, von dem aber nie die Rede gewesen war, sondern von einem wieder ins Bild gerückten Verdächtigen.

Dieser Bericht ging ausführlich auf die von mir in Richtung Ermittlungsbehörde gemachten, kritischen Äußerungen ein.

Die Kritik an den Ermittlungsbehörden war auch das Thema einer anderen Veröffentlichung mit der Schlagzeile: »Im Mordfall Anne auch schwere Vorwürfe an Ermittler«.

Der Leitende Oberstaatsanwalt war nach der Pressekonferenz vom Journalisten einer norddeutschen Zeitung interviewt worden. Im Bericht hieß es dann: »Der Leitende Oberstaatsanwalt in N. weist die Vorwürfe zurück.

Selbstverständlich hätten sich die Ermittlungen gegen mehrere Personen richteten müssen. Dazu hätten auch Annes Familie und ihr näheres Umfeld gehört, ein eherner kriminalistischer Grundsatz.

Es erstaunte mich, denn von diesem Grundsatz, der umgesetzt worden sein sollte, hatte ich während meiner bisherigen Ermittlungen und den Kontakten zu den Angehörigen der Familie, selbst nach Auffinden der Leiche, nichts gespürt. Auch hätten allein schon die Zeugenvernehmungen der Familienmitglieder eine ganz andere Qualität haben müssen.

Wo blieb denn aber zumindest dieser kriminalistische Grundsatz nach dem Auffinden der Leiche?

Der Leitende Oberstaatsanwalt wurde wörtlich zitiert: „Ich weise mit Entschiedenheit zurück, dass die Polizei dilettantisch in den Fall hineingegangen ist. Der von Rohwedel Beschuldigte habe zum Kreis „potenzieller Verdächtiger" gehört.

Aber die Verdachtsmomente haben nicht zu strafprozessualen Maßnahmen, wie der Beschlagnahme des Autos zum Zwecke der Untersuchung nach Spuren ausgereicht." Das war nach meiner Ansicht eine sehr dünne und fadenscheinige Begründung. Es gab zu F. zum Beispiel nur Befragungen, vielleicht auch eine Vernehmung der Person, aber sicher keine umfangreichen Ermittlungen. Selbst mit der damaligen Lebensgefährtin, seinem damaligen Arbeitgeber oder den Hausnachbarn hatten die Ermittler nie gesprochen.

Sehen so ernsthafte Ermittlungen aus?

Selbst die Widersprüche, die ich für den Tattag herausgearbeitet und 1997 an die Polizei gegeben hatte, waren ungeklärt geblieben. Zudem hatte er kein Alibi. Spätestens nach dem Hinweis und der Anzeige wegen Verdacht auf sexuelle Missbrauchshandlungen hatte es Anlass genug gegeben, sich intensiver mit F. zu beschäftigen.

Dieser gehörte ja, so selbst der Oberstaatsanwalt, schon damals zum „Kreis potenzieller Verdächtiger". Umso dringlicher wäre es gewesen, die Ermittlungen zu forcieren, als bekannt wurde, dass Anne und das Opfer möglicher sexueller Missbrauchshandlungen sich kannten und sich zum Tatverdächtigen, kurz vor Annes Verschwinden ausgetauscht hatten.

Es war aber immer noch nicht alles, was der Leitende Oberstaatsanwalt zu sagen hatte.

Er behauptete, dass die Zusammenarbeit mit dem privaten Ermittler daran gescheitert sei, da Rohwedel nicht bereit sei, seine Quellen zu nennen oder sich als Zeuge zur Verfügung zu stellen. Ich war empört, mit welcher Arroganz, mit welcher Frechheit er Derartiges der Öffentlichkeit preisgab.

Das war eine glatte Lüge.

Der Oberstaatsanwalt schreckte nicht davor zurück, der Öffentlichkeit Unwahrheiten mitzuteilen. Ich war stets bereit zu einer Zusammenarbeit und hatte selbst ohne Aufforderung viele Informationen und Ermittlungsergebnisse an die Kripobeamten übergeben. Das war belegbar. Auch als Zeuge hatte ich mich mehrmals angeboten.

Schon aus gesetzlichen Erwägungen heraus, hätte ich mich

nicht verweigern können. Ich selbst strebte es doch an und hatte geradewegs solche Reaktion provoziert, um als Zeuge vernommen zu werden. Hätte ich sonst so ein Exposé an die Ministerien gesandt oder sonst immer wieder entsprechende Andeutungen über meine Ermittlungsergebnisse in der Presse veröffentlichen lassen. Da hatte immer mein Gedanke, die Ermittlungsbehörden würden ganz offiziell auf mich zukommen und mich als Zeugen vernehmen, im Hintergrund mitgespielt. Aber all das verschwieg er. Umso verärgerter war ich über die Äußerungen des Oberstaatsanwaltes, die schon fast den Straftatbestand der üblen Nachrede erfüllten.

In einem Sonntagsblatt erschienen unter der Schlagzeile »... dann muss ein anderer der Mörder sein« weitere Äußerungen des Oberstaatsanwaltes. Der leitende Oberstaatsanwalt in N. reagiere gelassen auf die Vorwürfe. Diese seien spekulative Überlegungen. Der Privatdetektiv könne nicht erwarten, dass sich die Polizei danach richte. »Außerdem war er nicht bereit, Quellen aufzudecken. Wir wollen Ross und Reiter genannt haben. Wir brauchen Fakten und nicht theoretische Überlegungen oder gar Fantasieprodukte", ließ sich der Leitende Oberstaatsanwalt wörtlich zitieren.

Diese Äußerung empörte mich noch mehr, als seine Äußerungen, die zuvor veröffentlicht worden waren. Gern hätte ich den Leitenden Oberstaatsanwalt gefragt, ob „spekulative Überlegungen" nicht auch eine Form kriminalistischer Versionsbildung seien, zumal meine Überlegungen durchaus mit Fakten und Indizien unterlegt seien. Seine Arroganz wurde darin deutlich, dass er verkündete, dass sich die Polizei nicht nach meinen Überlegungen richten müsse. Es spielte anscheinend keine Rolle, dass es hier „nur" darum ging, den Mord an einem zehnjährigen Mädchen aufzuklären.

Mit seiner Äußerung, dass ich meine Quellen nicht habe aufdecken wollen, traf er natürlich erneut auf die bei mir schon freigelegte Wunde. Als es dann noch hieß, er brauche Fakten und keine theoretischen Überlegungen oder „Fantasieprodukte", floss reichlich Öl in das Feuer meiner inneren Empörung. Das Gebaren des Herrn Leitenden Oberstaatsanwaltes nahm ich nun doch schon sehr persönlich. **War das ein Versuch, mich als „Spinner" abzustempeln?**

Unmittelbar nach diesen Veröffentlichungen klingelte das Telefon. Am anderen Ende der Leitung meldete sich der Journalist der norddeutschen Zeitung, der mich bereits auf der Pressekonferenz kontaktiert hatte und wollte wissen, ob das so gewesen sei, wie es der Oberstaatsanwalt gegenüber den Medien, auch seiner Zeitung, geäußert habe. Ob ich mich geweigert hätte, meine Quellen preiszugeben und nicht auszusagen? In fünf Minuten erklärte ich ihm am Telefon, wie sich die Sachlage wirklich darstelle und schloss das Gespräch mit der Bemerkung, der Leitende Oberstaatsanwalt habe einfach die Unwahrheit gesagt. Er habe die Öffentlichkeit belogen.

Ich kann nicht sagen, ob mich der Journalist einfach nur provozieren wollte oder dem Staatsanwalt nicht geglaubt hat. Er war auf der Pressekonferenz und hatte meine Darstellungen gehört. Vielleicht wollte er auch nur noch eine Bestätigung von mir, wie es wirklich war. Auf alle Fälle hatte er mich nun zur richtigen Zeit angerufen und es war ihm gelungen, dass ich meine Meinung klar und ungeschminkt zum Ausdruck gebracht hatte.

Das konnte ich am nächsten Tag dann auch in seiner Zeitung nachlesen. Die Schlagzeile: »Detektiv wirft Oberstaatsanwalt Lüge vor«.

Mir war klar, dass auf eine solche Schlagzeile die Staatsanwaltschaft etwas von sich hören lassen würde. Auf welche Weise, das stand zu dieser Zeit allerdings noch „in den Sternen". Gutes war aber nicht zu erwarten. Mich befiel ein diffuses Unwohlsein. Zudem war ich teilweise auch über mich selbst verärgert, mich nicht „im Zaum" gehalten zu haben.

Doch ich war sicher, der nächste Sonntag käme gewiss und damit auch wieder ein neues Sonntagsblatt. Unter der Rubrik „Leserbriefe" war ein öffentlicher Brief von Dr. S. abgedruckt. Überschrieben war dieser mit: «Sie irren Herr Staatsanwalt».

In seinem veröffentlichten Brief hieß es: „Gegenüber der Staatsanwaltschaft N. übte das OLG harsche Kritik wegen deren unzureichenden Ermittlungstätigkeit. Dies tat auch der Privatermittler und verwies dabei vor allem auf die Ignoranz der Staatsanwaltschaft gegenüber seinen Angeboten zum Informationsaustausch und zur Zusammenarbeit. Umso verwunderlicher ist es daher, dass die Staatsanwaltschaft diesen Sachverhalt nicht nur leugnet, sondern auch die Ermittlungsergebnisse des Detektivs abwiegelt.

Warum eigentlich?

Aus welcher Interessenslage heraus?

Gebietet die Notwendigkeit der Aufklärung eines Kapitalverbrechens nicht eher, alle Kooperationsmöglichkeiten mit jedem Ermittler zu nutzen, anstatt sie arrogant zu verweigern? Was ist das für eine Grundhaltung einer Ermittlungsbehörde, die sich nach immerhin sechs Jahren bei sechs Tatverdächtigen trotz schwacher Indizienlage und frühzeitiger anderer Hinweise, nur in einen Verdächtigen verbeißt und mit diesem vor Gericht scheitert?

Wäre das nicht nun endlich Anlass genug, etwas einsichtiger zu sein und das partnerschaftliche Angebot des Privatermittlers aufzugreifen?

Sind Staatsanwaltschaft und die Mutter dies dem Opfer nicht ebenso schuldig, wie der Effektivität des Rechtsstaates?

Herr Rohwedel zumindest hat sich hierfür nachweislich stets uneingeschränkt zur Verfügung gestellt, und seine Ermittlungsergebnisse lassen aufhorchen. Dies zu leugnen, Herr Staatsanwalt, ist inakzeptabel und wirft eine Reihe sehr eigenartiger Fragen auf.

Man sollte den sich ohnehin schon andeutenden Ermittlungsskandal im Fall Anne auf diese Weise nicht noch mehr zuspitzen!"

Das war die richtige Antwort auf alle bisherigen Äußerungen des Oberstaatsanwaltes.

Ich schöpfte neue Motivation und neuen Mut, mich weiter gegen alle Hindernisse zu stemmen. Mein Resümee, was das

Ziel der einberufenen Pressekonferenz betraf, und was damit wirklich erreicht worden war, war allgemein aber doch recht „mager" ausgefallen.

Eine leise Hoffnung hatte ich dennoch. Vielleicht würde ja der Leserbrief zu einer von uns gewünschten Reaktion in den nächsten Tagen führen. Doch auch in den folgenden Tagen war im regionalen „Pressewald" kein Wort zum Fall oder zum Leserbrief festzustellen.

War diese Stille ein Vorbote auf das, was bald in meine Richtung losgehen würde?

Im Visier der Staatsanwaltschaft

Auf eine Reaktion musste ich nicht lange warten. Der Journalist aus der Lokalredaktion rief an. Er teilte mir mit, dass die Staatsanwaltschaft einen Verdacht gegen mich hege. Es würde so aussehen, als hätte ich unerlaubt Einsicht in Ermittlungsakten genommen.

Ich beruhigte ihn und erklärte ihm, dass alles seine Ordnung habe und ich meine Erkenntnisse lediglich aus dem Beschluss des OLG hätte, der in Besitz des B. sei und der mir eine Kopie überlassen hätte.

Versteckte sich dahinter schon eine „Kampfansage" der Staatsanwaltschaft?

Der nächste Tag brachte die Bestätigung. Es geschah etwas, was ich eigentlich so nie für möglich gehalten hatte.

In der Lokalpresse las ich, dass ein Verdacht zum Privatdetektiv bestehe und dazu ein weiterer Beitrag auf einer Seite veröffentlicht war. Da stand dann in einer großen Schlagzeile: »Detektiv gerät ins Visier der Staatsanwaltschaft«. Unter der Schlagzeile war zu lesen »Verdacht der unerlaubten Akteneinsicht im Fall Anne«.

Das war also die Reaktion der Staatsanwaltschaft auf meine Pressekonferenz und auf die von mir erhobene Kritik in Richtung Ermittlungsarbeit. Dass ich den Oberstaatsanwalt öffentlich der Lüge bezichtigt hatte, war dann wohl endgültig der Auslöser für diese Reaktion.

„Wenn er behauptet, er wisse wie die Polizei und Staatsanwaltschaft ihre Untersuchungen vorgenommen haben, dann kann er dies nur sagen, wenn er tatsächlich Kenntnis davon hat, was wir gemacht haben. Dieses Wissen könne der Detektiv zuverlässig aber nur aus Ermittlungsakten haben, die lediglich Polizei, Staatsanwaltschaft, Landgericht, OLG sowie dem Verteidiger des bisher Beschuldigten B. zugänglich gewesen seien", wurde der Leitende Oberstaatsanwalt zitiert.

War das nicht schon eine Bestätigung dafür, dass ich mit meinen Aussagen zur Ermittlungsarbeit der Behörden richtiglag?

„Wenn ich Anhaltspunkte dafür bekomme, dass der Privatdetektiv in den Besitz dieser Akten gekommen ist, werde ich zu prüfen haben, ob das strafbar ist oder berufsrechtlich anfechtbar. Wir haben ein Auge darauf, ob so etwas stattgefunden hat", so der Leitende Oberstaatsanwalt weiter. Nun gut, so ganz wohl fühlte ich mich beim Lesen nicht. Die Spur des Oberstaatsanwaltes war schon verdammt „heiß". Wenn er nur im Fall Anne ein halb so gutes Gespür hätte!

Dass der Privatdetektiv diesen Verdacht auf der Pressekonferenz an einer Person festgemacht hatte, sehe ich als bedenklich an. Hiergegen könne sich der Betroffene möglicherweise wegen übler Nachrede oder falscher Verdächtigung zur Wehr setzen. Im Übrigen seien die Erkenntnisse des Detektivs nichts Neues, sie seien bereits Gegenstand der Ermittlungen gewesen", wurde der Leitende Oberstaatsanwalt an einer anderen Stelle weiter zitiert.

In dieser Aussage fand ich richtig gut, dass er den Hinweis gab, dass sich der Betroffene juristisch zur Wehr setzen könne.

Das war ja unter anderem mein erklärtes Ziel. Dann hätte ich alle meine Erkenntnisse zu Annes Fall, zu meinem Tatverdächtigen und zu den Angehörigen des Opfers offiziell an die Ermittlungsbehörde geben können und Staatsanwaltschaft und Kripo hätten, ob sie wollten oder nicht, reagieren müssen. Es waren bereits mehr als zehn Tage nach der Pressekonferenz vergangen und der Betroffene hatte bisher nicht reagiert. Da sollte sich der Staatsanwalt mal die Frage stellen, warum in dieser Richtung Stille herrschte. **Gab es für den Betroffenen vielleicht doch einen Grund zu schweigen?** Der aber schien im Bilde zu sein, wie schwerwiegend meine Erkenntnisse wohl sein würden. Wenn all diese Erkenntnisse dann im Rahmen seiner Anzeige gegen mich zur Sprache kommen würden, hätte er sichtlich schlechte Karten.

Der Leitende Oberstaatsanwalt hingegen wiederholte erneut, dass der Privatdetektiv nicht bereit gewesen sei, sich als Zeuge vernehmen zu lassen.

Sein dann folgender letzter Satz, mit dem der Oberstaatsanwalt wörtlich zitiert worden war, hatte eher den Charakter einer Warnung oder gar Drohung. „Wenn er mich weiterhin der Lüge bezichtigt, könne es eng für ihn werden".

In einer anderen Lokalausgabe, diesmal sogar auf der ersten Seite, fand ich noch einen Beitrag mit ähnlichem Inhalt. Natürlich nahm ich diese Nachricht aus Richtung der Staatsanwaltschaft ernst genug, um noch am gleichen Tag eigene Aktivitäten zu meiner Sicherheit zu realisieren.

Ab diesem Zeitpunkt musste ich schließlich mit allen Eventualitäten rechnen, also auch mit einer richterlichen Durchsuchung meines Büros und der Beschlagnahme von Unterlagen zu Annes Fall.

***

Die Woche schien dann auch ohne weitere Überraschungen ihrem Ende zuzugehen.

Doch am Donnerstag erreichte mich ein Fax. Es schob sich langsam aus dem Faxgerät und im oberen Teil war zu lesen: Staatsanwaltschaft N.

Das konnte eigentlich nichts Gutes bedeuten. Mir gingen sofort viele unsortierte Gedanken durch den Kopf. **Hatte mein Tatverdächtiger eine Strafanzeige wegen übler Nachrede gestellt, so wie es der Oberstaatsanwalt vorausgesagt hatte? War vielleicht schon ein Ermittlungsverfahren gegen mich eröffnet worden?**

Ich spürte leichte Übelkeit. Das Fax war eine Ladung für eine Zeugenvernehmung am 25. Oktober 2000 um 8:00 Uhr. Die Staatsanwaltschaft schien in Eile zu sein. Denn diese Ladung kam als Fax, nicht in Form einer postalischen Zustellung. **Was wollte die Staatsanwaltschaft jetzt?**

Ich konnte mir kaum einen Sinneswandel vorstellen. **War es vielleicht wirklich wegen des Vorwurfs der unerlaubten Akteneinsicht?**

Dann aber hätte ich zu einer Beschuldigtenvernehmung geladen werden und ein Ermittlungsverfahren hätte auch eingeleitet sein müssen. Davon hatte ich aber bisher keine Kenntnis erhalten. Ich setzte mich ans Telefon und informierte meine Rechtsanwältin, die sich sofort bereit erklärte, mich zum Termin zu begleiten. Das was auf der Ladung stand, nahm ich zum Anlass, mich auf die Zeugenvernehmung vorzubereiten. Ich war in einem Ermittlungsverfahren gegen Unbekannt zum Nachteil von Anne als Zeuge geladen. Noch einmal ging ich Dokument für Dokument durch und machte mir Notizen, was ich bereits an die Polizei übergeben hatte und die ich beabsichtigte, während der Zeugenvernehmung zu übergeben. Dieser Termin war nach längerer Zeit wieder ein erster persönlicher Kontakt zur Ermittlungsbehörde. Das wirkliche Motiv für diese Ladung war mir aber nicht so ganz klar und der Ausgang war offen.

Schon ein komisches Gefühl.

Der 25. Oktober war gekommen. Die Zeit des sich Gedankenmachens war vorüber. Kurz vor 8:00 Uhr traf ich mich mit der Rechtsanwältin vor dem Gebäude der Kriminalinspektion N. Im Büro des KHK T. wurden wir von ihm und Staatsanwalt B. bereits erwartet.

Die Überraschung war gelungen. An ihren Gesichtern erkannte ich, dass ihnen meine Begleitung, die Teilnahme der

Rechtsanwältin, durchaus nicht in den Plan passte. Dennoch gaben wir beide uns sehr freundlich, reagierten zuvorkommend und nahmen erwartungsvoll vor dem Schreibtisch des KHK T. Platz.

Beide, der Staatsanwalt und der KHK, begannen ohne noch mehr Zeit zu verlieren, um 08:05 Uhr mit meiner Zeugenvernehmung. Sie erläuterten mir als Zeugen meine Rechte und Pflichten. Dann verständigten wir uns über die Form der Dokumentation meiner Aussage. Ich erklärte mich bereit, dass diese auf Tonträger aufgezeichnet und im Anschluss in Schriftform übertragen wird. Der Staatsanwalt sprach meine Aussagen auf sein Diktiergerät. War ich mit seinen Formulierungen nicht einverstanden, da diese inhaltlich nicht ganz meiner Aussage entsprachen, verlangte ich sofort eine entsprechende Korrektur. Bereits nach dreißig Minuten war die Zeugenvernehmung beendet.

Als ich mit der Rechtsanwältin das Gebäude verlassen hatte, waren wir uns einig. Es ging nicht um von mir ermittelte Sachverhalte zum Fall, sondern diese Vernehmung war auf den bestehenden Verdacht der unerlaubten Akteneinsicht ausgerichtet gewesen.

Das war „Dummenfang", der aber nicht nach dem Geschmack meiner Vernehmer gelaufen war. Auch der Rechtsanwältin war unverständlich, warum weder von Staatsanwalt B. noch vom KHK T. nicht einmal zu meinen Feststellungen und den übergebenen Dokumenten ergänzende Fragen gestellt worden waren. Ich hatte mit meiner Rechtsanwältin vereinbart, einige Tage nach der Zeugenvernehmung die Niederschrift meiner Zeugenaussage in Kopie anzufordern.

Nach einer sehr langen, wirklich langen Wartezeit gelang es ihr, diese Kopie zu erhalten.

Diese Wartezeit war schon außergewöhnlich lange, denn die Zeugenvernehmung fand am 25. Oktober 2000 statt und das Protokoll der Zeugenvernehmung konnte sie mir nach Erhalt erst am 26. Juli 2001 zusenden. Nahezu neun Monate waren demnach vergangen. Schon eine verdammt lange Zeit. **War das nur Behördentempo oder welchen Grund hatte diese**

immer wieder erfolgte Verzögerung des Übersendens der Kopie an die Rechtsanwältin?

Das war schon wieder sehr ungewöhnlich.

Die Zeugenbefragung war vom Staatsanwalt B. vorgenommen worden.

Seine erste Frage kam für mich überraschend, denn nachdem man in Hinblick auf eine unerlaubte Akteneinsicht zuvor in der Presse einen Verdacht gegen mich geäußert hatte, sollte ich nun seine Frage: „Herr Rohwedel, es muss davon ausgegangen werden, dass sie im Laufe ihrer Ermittlungen Einsicht in verschiedene Ermittlungsakten genommen haben. Welche Ermittlungsakten haben sie bisher gesehen und wo konnten sie diese einsehen?", beantworten. Genau diese Frage, war es, die mich veranlasste, zunächst etwas Grundsätzliches klarzustellen. Ich wies darauf hin, dass ich als Zeuge und nicht als Beschuldigter geladen worden, also davon ausgegangen sei, es würde sich um Annes Fall und nicht um den mir bereits in der Presse angehängten Verdacht der Akteneinsicht gehen. Dennoch sei ich bereit, darauf eine Antwort zu geben.

Ich wollte den beiden zeigen, dass dieser Verdacht unbegründet ist und ich die Kenntnis offiziell aus Schreiben erhalten hatte, die an den Tatverdächtigen B. gesandt worden waren. Das erschien mir zumindest logisch. Immerhin hatte das Landgericht und auch das OLG B. die Beschlüsse mit ausführlicher Dokumentation über die Ermittlungen sowie Ergebnisse der Staatsanwaltschaft, zukommen lassen.

Meine Antwort schien jedoch dem Staatsanwalt nicht konkret genug zu sein. Er fasste nach und wollte nun wissen, welche einzelnen Aktenteile ich eingesehen hätte.

Ich fühlte ich mich veranlasst, erst einmal die Gegenfrage zu stellen, ob ich als Beschuldigter vernommen werden soll oder ob es um die Klärung von Sachverhalten im Fall Anne gehen würde, denn ich könne mich des Anscheins nicht erwehren, dass mir hier bezüglich der Akteneinsicht weiter hartnäckig Fragen gestellt werden.

Nun begründete der Staatsanwalt seine vorherige Frage damit, dass das Wissen, in welche Aktenteile ich Einsicht genommen hätte, die Grundlage für die weitere Vernehmung bilden würde. Ich sei darüber belehrt worden, dass ich keine Angaben machen müsste, sofern mich diese selbst belasten würden. Im gleichen Atemzug versicherte er, dass sich aus gegenwärtiger Sicht kein Straftatbestand ergebe und er insofern keinen Anlass erkennen würde, seine Fragen nicht zu beantworten. Erneut war meine Antwort, dass es Unterlagen gewesen seien, die mir B. übergeben hatte.

Auf keinen Fall wollte ich seine Fragen mit: „Dazu mache ich keine Aussage", beantworten. Das wäre einem Schuldeingeständnis nahegekommen und hätte den Verdacht der unerlaubten Akteneinsicht sicher erhärtet.

Staatsanwalt B. wollte aber nicht aufgeben. Er hoffte, mich vielleicht aus der Reserve locken zu können und wollte erneut wissen, welche Dokumente es genau gewesen seien.

Ohne lange zu zögern und recht freundlich, unterstützt durch einen ehrlichen Gesichtsausdruck, gab ich die passende Antwort. Ich nannte den Beschluss des OLG und ein Dokument des Landgerichtes. Um mir für alle Fälle noch etwas offenzulassen gab ich an, dass es noch zwei weitere Dokumente gewesen seien, von denen ich aber nicht mehr genau sagen könne, welche es gewesen seien.

Immerhin wusste ich nicht, was da noch kommen würde, und ob beide mir vielleicht im weiteren Verlauf der Vernehmung doch etwas anderes beweisen würden.

Durch die Nennung von zwei weiteren Dokumenten wollte ich mir eine gewisse „Fluchttür" offenlassen.

Irgendwie hatte aber der Staatsanwalt erkannt, dass er so nicht weiterkommen würde und ihm seine Fragestellungen nicht das erhoffte Ergebnis bringen würden. Mich mit diesen Fragen unter Druck zu setzen oder mich zu verunsichern, war fehlgeschlagen. Seine nächste Frage ging nun in Richtung neuer Erkenntnisse, die ich in der Mordsache Anne haben würde.

Hatte er nur seine Taktik geändert oder war die Fragerei zur Akteneinsicht beendet?

So schnell würde doch ein Staatsanwalt nicht aufgeben?

Dies im Hinterkopf, begann ich seine Frage zu beantworten,

denn auf genau diese hatte ich schon lange gewartet. Jetzt war es für mich an der Zeit, in meiner Zeugenvernehmung, die ja dokumentiert werden würde, zu erwähnen, dass ich bereits 1997 und 1998 entsprechende Dokumente übergeben, jedoch damals die Auskunft erhalten hätte, dass diese Hinweise und Sachverhalte geprüft werden würden, diese aber vonseiten der Behörde nicht zu weiteren Aktionen geführt hätten.

Dann begann ich die Dokumente vorzulegen und zu erläutern, die ich Tage zuvor genau für diesen Tag ausgewählt hatte. Zunächst übergab ich die in einem Dokument zusammengefassten Indizien zum F. Dann folgte eine Anlage, in der die Feststellung eines PKW, der vom 11.10.1994 bis 06.03.1995 im Wohngebiet in unmittelbarer Nähe der bewussten Wohnblöcke abgestellt war, von mir dokumentierte wurde.

Mit innerer Genugtuung teilte ich dabei mit, dass dieses Fahrzeug auf B. zugelassen gewesen sei. Natürlich konnte ich mir eine Bemerkung dazu nicht verkneifen, die auch so in meiner Zeugenaussage protokolliert werden musste. Ich behauptete, wenn die Ermittlungen zu B. so intensiv und gut geführt worden seien, wie immer gesagt wurde, dass dann dieser PKW sicher auch hätte festgestellt werden müssen und ich mir daher die Frage stellte, warum das nicht ermittelt worden sei.

Irgendwie überrascht sahen Staatsanwalt und KHK in diesem Moment schon aus. Eine Frage oder einen Kommentar erhielt ich von ihnen dazu aber nicht.

Als Nächstes übergab ich die dokumentierte Aussage eines Zeugen, der Falk F. am 12. August 1994 um 13:00 Uhr gesehen hatte, als dieser das Wohnhaus seiner Eltern verließ, der aber auch Anne festgestellt hatte, die annähernd zur gleichen Zeit einen kurzen Kontakt zu einer weiblichen Person vor dem Haus hatte.

Da mein Zeuge damals selbst durch die Polizei vernommen worden war, ließ ich offen, ob diese Informationen bereits bei der Behörde vorlagen bzw. bekannt waren.

Leider erst im Juli 2001, als mir die Kopie meiner Zeugenvernehmung vorlag, war ich auf etwas Merkwürdiges gestoßen. In der Kopie dieser Zeugenaussage war nicht zu lesen, dass

Falk F. um 13:00 Uhr vom Zeugen festgestellt wurde, sondern sein Bruder, Igor F..

War diese Namensverwechslung, Igor statt Falk, nur ein Schreibfehler?

Das konnte ich kaum glauben. Da war doch einfach nur der Name ausgetauscht worden, und somit Falk F. nicht mehr belastet.

Die Zeugenaussage bezog sich aber auf die Feststellung des Falk F. und nicht auf dessen Bruder Igor. Dieser Widerspruch hätte doch deutlich werden müssen, wenn die Ermittlungsbehörden die hierzu übergebene Anlage ernsthaft zur Kenntnis genommen hätten.

War die Verwechslung bewusst erfolgt und Absicht?

Das schloss ich zu diesem Zeitpunkt keinesfalls aus. Denn auch bei der Übergabe dieser Zeugenaussage zu F. schwiegen KHK T. und Staatsanwalt B. erneut betreten.

Ungehindert und ohne einen weiteren Kommentar von beiden, konnte ich fortfahren.

Als Nächstes übergab ich eine Aussage der Besitzerin des Getränkeshops, die sich anhand eines von mir gefertigten Bilderkennungsprotokolls, eindeutig festgelegt hatte, dass sich der ehemalige Stiefvater von Anne, am 12.08.1994 zwischen 17:00 und 18:00 Uhr nicht wie von ihm angegeben, dort aufgehalten hatte. Der Staatsanwalt nahm auch dieses Dokument entgegen.

Das Beste aber hatte ich mir natürlich für den Schluss aufgehoben.

Bisher hatte ich einiges übergeben, was in Richtung F. ging. Der Staatsanwalt hatte mich aber aufgefordert, Erkenntnisse mitzuteilen, die aus meiner Sicht den dringenden Tatverdacht gegen eine oder mehrere Personen erhärten würden. Nachdem bereits bei beiden „Vernehmern" Schweigen eingetreten war, hielt ich den Zeitpunkt für gekommen, erste Erkenntnisse zur Familie des Opfers als Anlage zu übergeben.

Ich leitete die Übergabe mit der Bemerkung ein, dass ich über Jahre hinweg einen sehr engen Kontakt zu den Angehörigen des Opfers gepflegt hatte. Darum würde ich bestimmte Verhaltensweisen und Reaktionen dieses Personenkreises anders werten können, als es einmalige persönliche Zeugenaussagen oder kurze Gespräche der Beamten mit den Angehörigen in der Vergangenheit zulassen würden. Erst dann übergab ich Informationen zum Sachverhalt der Fälschung der Eheurkunde durch die Mutter des Opfers. In diesem Zusammenhang bot ich an, über viele Dinge – die Angehörigen betreffend – zu reden, aber das müsse auf der Basis ehrlicher und vertrauensvoller Gespräche erfolgen.

Selbst bei der Übergabe des Dokumentes, das die Urkundenfälschung bewies, zeigten meine Vernehmer keine Reaktion. Um beim Thema Angehörige des Opfers zu bleiben, übergab ich unmittelbar im Anschluss eine Zeugenaussage der Imbissbesitzerin. Sie hatte eine Aussage zu Annes Aufenthalt und dem der Großmutter am 12. August 1994 in ihrem Imbiss getätigt. Während Annes Aufenthalt und dem ihrer Großmutter im Imbiss, saßen drei weitere männliche Personen mit am Tisch.

Ich gab also zu bedenken, dass die Großmutter diesen Kontakt zu den männlichen Personen, zirka eine Stunde bevor Anne verschwand, nicht in ihrer Zeugenvernehmung erwähnt hatte und dass es dafür sicher einen Grund gegeben haben muss. Ergänzend zur Person der Großmutter übergab ich einen weiteren Aktenvermerk, der den von beiden, der Großmutter und Anne, eingeschlagenen Heimweg nach Verlassen des Imbisses betraf. Hier war ein deutlicher Widerspruch sichtbar zwischen der Wegbeschreibung, die ich von der Großmutter erhalten hatte und der Feststellung meiner Zeugin.

Ich erschrak, denn gerade hatte ich Informationen aus der Zeugenvernehmung der Großmutter erwähnt. Da hätte es meinen Vernehmern auffallen müssen, dass ich mehr Dokumente aus der Ermittlungsakte kennen musste.

Warum hatten sie hier nicht sofort reagiert?

Hatte ich sie mit der Übergabe meiner Dokumente vielleicht aus dem Konzept gebracht?

Noch immer war Schweigen der Beamten angesagt, als ich die auf dem Tisch liegende Mappe schloss und ihnen zu verstehen gab, gegenwärtig keine weiteren Angaben zum Sachverhalt machen zu können.

Nachdem ich mich erneut bereit erklärte, weiterhin Aussagen zu tätigen, wenn an mich Fragen herangetragen würden, beendete der Staatsanwalt überraschend die Zeugenvernehmung. Das war schon eine ungewöhnliche Zeugenvernehmung. Vier Fragen und ein Vorhalt, mehr kam vonseiten meiner Vernehmer nicht. Von den vier Fragen waren drei zum Sachverhalt Akteneinsicht gestellt worden und nur eine nach neuen Erkenntnissen in der Mordsache Anne und das, obwohl die Vernehmer eine Menge Fragen dazu hätten haben müssen.

***

Acht Tage nach den Veröffentlichungen, in denen es hieß, der Privatdetektiv würde unter Verdacht der unerlaubten Akteneinsicht stehen, war unter der Rubrik »Leser schreiben«, im Lokalteil M. ein Leserbrief veröffentlicht. Überschrieben war er mit »Rechtsstaat?«. Darunter in kleiner Schrift, »Detektiv gerät ins Visier der Staatsanwaltschaft«.

„Da geschieht ein Kapitalverbrechen an einem kleinen Mädchen, das trotz angeblicher Spuren und Verdächtiger auch nach sechs Jahren unaufgeklärt bleibt. Dennoch behauptet die Staatsanwaltschaft, ihr seien bei ihren erfolglosen Ermittlungen keine Fehler unterlaufen. Gleichzeitig ermittelt ein Detektiv zum gleichen Fall, kommt zu anderen Ergebnissen und bietet diese in Erwartung einer partnerschaftlichen Zusammenarbeit den offiziellen Ermittlungsbehörden, dem Innen- und damaligen Justizministerium an. Reaktion keine Zusammenarbeit! Als dieser Privatermittler das Desinteresse an einer Kooperation, einer Bündelung der Kräfte zur Aufklärung des Mordes, öffentlich kritisiert, hat der Oberstaatsanwalt nichts weiter zu tun, als nunmehr den vermeintlichen Konkurrenten wegen angeblicher unerlaubter Akteneinsicht öffentlich zu diskreditieren. Welch jämmerliche Spiegelfechterei. **Wäre es**

nicht viel wichtiger, vom hohen Ross hinabzusteigen und die Ermittlungen kooperativ zu intensivieren? Das, Herr Oberstaatsanwalt, erwarten die Bürger und wohl auch die Angehörigen des getöteten Mädchens vom Rechtsstaat, von Ihnen! Die Methode „Haltet den Dieb" wird den oder die tatsächlichen Mörder von Anne jedenfalls nicht herbeibringen, bestenfalls einen Skandal", empörte sich ein Leser.
Das waren klare Worte und sie gingen wohl auch direkt an die Angehörigen von Anne. Denn sie hatten sich zu der gegen mich gerichteten Kampagne nicht öffentlich geäußert.

Staatsanwaltschaft in der Offensive?

Einen Tag nach der Veröffentlichung des Leserbriefes rief mich die Journalistin der Regionalpresse an. Sie wollte die Frage beantwortet haben, ob ich es noch für möglich hielte, dass der Fall einmal geklärt werden könnte.
In meiner Antwort war ich mir recht sicher und bestätigte, dass nach wie vor der Fall auch noch nach Jahren aufzuklären sei.
Dass ihre Frage etwas mit einer Veröffentlichung zu tun haben würde, war mir nicht sofort, sondern erst einen Tag später, am 27. Oktober 2000, klar.
In der Sonnabendausgabe dieser Zeitung, war aber dann ein Beitrag zu lesen. Eine Schlagzeile mit so großen Buchstaben hatte ich in dieser Zeitung, zumindest was Annes Fall betraf, noch nie gesehen. Da stand »Fall Anne: Detektiv im Zeugenstand – Stavenhagener nennt bei Staatsanwaltschaft Ross und Reiter – Umgehende Prüfung zugesagt«.
Der nun veröffentlichte Beitrag konnte eigentlich nur auf Initiative der Staatsanwaltschaft erfolgt sein. In dem Artikel entdeckte ich aber auch etwas Positives in den Äußerungen des Oberstaatsanwaltes gegenüber der Presse. Es hieß, dass der Privatdetektiv, der seit 1996 an der Sache arbeite, jetzt vor der Staatsanwaltschaft als Zeuge ausgesagt habe, würde der Lei-

tende Oberstaatsanwalt bestätigen. Dann wurde er wörtlich zitiert: „In der Vernehmung haben sich drei, vier neue Aspekte ergeben, die wir umgehend nachprüfen werden."
Nun wurde mir klar, wie ich meine Zeugenvernehmung einzuordnen hatte. Die konnte und musste nur dazu bestimmt gewesen sein, einen Makel von der Staatsanwaltschaft abzuwenden.
In einem anderen Abschnitt hieß es, das OLG hätte in seiner Begründung unter anderem recht nachdrücklich darauf hingewiesen, dass auch eine andere Person aus Annes Umfeld kein Alibi für die Zeit des Verschwindens hätte. Der Detektiv habe nach seinen Aussagen von Anfang an eine Täterschaft in anderer Richtung vermutet. Genau in diesem Zusammenhang wurde nun meine gestrige Antwort am Telefon wörtlich zitiert: „Ich bin der festen Überzeugung, dass der Mord an Anne nach wie vor aufgeklärt werden kann."
Im Gegenzug folgte eine wörtliche zitierte Wiedergabe des Oberstaatsanwaltes: „Wir können nur das anklagen, was wir glauben, beweisen zu können."
Was für eine Antwort!
Im Umkehrschluss heißt das: Wenn man sich nicht bemüht, zu dieser Person intensiv zu ermitteln, dann kann man keine Beweise erarbeiten. Da hatte er wahr gesprochen.
Die wörtliche Wiedergabe der Äußerungen des Oberstaatsanwaltes gingen weiter: „Deshalb sind wir nach wie vor an jeder Zeugenaussage, auch aus der Bevölkerung interessiert und froh, dass der Detektiv jetzt Ross und Reiter genannt hat."
Aber ich hatte noch lange nicht über alle mir bekannten Details gesprochen und zum Fall waren mir überhaupt keine Fragen gestellt worden. Nur meine Dokumente waren – ohne eine Nachfrage – entgegengenommen worden.
So ganz der Wahrheit entsprachen auch diesmal die Darstellungen in der Presse und die Äußerungen des Oberstaatsanwaltes dann wohl doch nicht.
Am Ende dieser Veröffentlichung kam die Mutter des Opfers zu Wort. Es sei ihr ganz gleich, wer den Fall löse. Sie wolle nur, dass der Täter hinter Gitter komme. Sie würde auch weder den

Streit zwischen den Ermittlern noch den Vorwurf des Detektivs, dass sie die „alibilose" Person nicht anzeige verstehen. „Ich werde nicht spekulieren und niemanden verleumden", lautete ihr wörtliches Zitat.

Aber war es nicht an der Zeit, spätestens nun einmal über eine Anzeige nachzudenken?

Da waren doch bereits viele Dinge zu dieser „alibilosen" Person F. von unterschiedlicher Seite zusammengekommen. Erinnert sei an Indizien, die ich bereits im ersten Ergebnisbericht 1997 aufgelistet und an die Mutter übergeben hatte, die Meinung des damaligen Rechtsanwaltes aus B. zu F., die Sache mit dem Verdacht sexueller Missbrauchshandlungen an einer Freundin von Anne und auch noch der eindeutige Hinweis, die Auffassung des OLGs, war mehr als das, was B. belastete. Als Angehörige und Mutter des Opfers war in diesem Fall ihre emotionale Einstellung für mich schwer nachvollziehbar.

***

Nach der letzten Veröffentlichung, mit Hinweis auf die mit mir erfolgte Zeugenvernehmung, schien nun das Gesicht des Oberstaatsanwaltes gegenüber der Öffentlichkeit gewahrt. Das war Anlass für mich, ein wenig Hoffnung zu haben, dass eine erste Kooperation zwischen der Kripo und mir erfolgen könnte.

Wie sollte es sonst weitergehen?

Würde oder müsste ich mich nun wirklich auf eine kooperative und ehrliche Zusammenarbeit mit den Ermittlern der Kripo einstellen?

Es wäre die beste Variante, um den Mörder noch ermitteln zu können. Der Aufruf des Oberstaatsanwaltes, nach wie vor an jeder Zeugenaussage interessiert zu sein, war Anlass für mich, ihn am Dienstag, dem 31. Oktober 2000 anzurufen und um ein persönliches Gespräch zu bitten.

Zu meinem Erstaunen bekam ich bereits für Anfang November einen Gesprächstermin. Mit einem hoffnungsvollen Gefühl betrat ich am 2. November das Gebäude der Staatsanwaltschaft N. Nach einer Wartezeit von fünf Minuten wurde ich durch eine Mitarbeiterin in das Büro des Oberstaatsanwaltes geführt. Dieser trat mir freundlich, vielleicht auch meiner Skepsis geschuldet für mich etwas gespielt zu freundlich entgegen.

Aber dieses Spiel konnte ich auch. Mit Höflichkeit und einer leicht angedeuteten Demutshaltung ging ich auf sein „Spiel" ein.

Er bat mich an einen Tisch und bedankte sich, dass ich in der Zeugenaussage doch einige Fakten genannt hatte, die so im Detail noch nicht bekannt gewesen seien. Er habe angewiesen, diese nochmals überprüfen und mir dann das Ergebnis dieser Überprüfungen mitteilen zu lassen.

Das waren ganz neue Töne, aber ich wusste genau, wie ich diese zu werten hatte und kündigte an, noch weitere Informationen zum engen Umfeld zu haben, die gleichfalls einer Überprüfung unterzogen werden müssten.

Zu meinem Erstaunen zeigte der Oberstaatsanwalt darauf eine Reaktion, wie ich sie nicht erwartet hatte.

„Wenn Sie davon ausgehen, dass jemand aus der Familie etwas mit dem Mord zu tun hat, dann liegen sie falsch. In dieser Richtung wurde alles überprüft und da gibt es nichts, was noch zu prüfen wäre", sagte er wörtlich, um mich gleich darauf aufzufordern, dass, wenn ich dennoch Informationen haben sollte, die mir wichtig erschienen, ich diese dem ermittelnden Staatsanwalt ruhig mitteilen solle. Dieser würde jederzeit für mich ansprechbar sein.

Der Oberstaatsanwalt stellte mir keine Frage nach neuen, mir noch bekannten Informationen. Ich erhielt nur den Hinweis, mich an den ermittelnden Staatsanwalt zu wenden.

Damit war für mich klar, dass dieses Gespräch nie konstruktiv werden konnte und es nur den Charakter eines „Alibigespräches" hatte. Er hatte mich zu diesem Gespräch empfangen, um nicht Gefahr zu laufen, von meiner Seite erneut eine öffentliche Kritik einstecken zu müssen. Nach genau vierzehn Minuten war auch dieses Gespräch beendet und wir verabschiedeten uns mit den gleichen und gespielten Floskeln wie bei der Begrüßung.

Am nächsten Tag schien alles seinen alltäglichen Lauf zu nehmen. Nichts bewegte sich in Annes Fall. Keine neuen Nachrichten, keine neue Schlagzeile. Mit meiner Pressekonferenz hatte ich fast einen Monat später immer noch nichts bewegen können. Nur eines hatte ich erreicht: Der Behörde war es gelungen, meine jahrelange Ermittlungstätigkeit in Annes Fall mit einem leichten Makel zu versehen. Unerlaubte Akteneinsicht, das blieb sicher in den Köpfen der Bürger hängen. Da half auch nicht die letzte Veröffentlichung, die darauf hinwies, dass ich nunmehr als Zeuge ausgesagt und Ross und Reiter genannt hätte. Ja selbst das persönliche Gespräch mit dem Oberstaatsanwalt hatte bewiesen, dass ich mir hinsichtlich einer wirklichen kooperativen Zusammenarbeit keinerlei Hoffnungen machen musste. Viel schlimmer aber war für mich die Reaktion des Oberstaatsanwaltes, die er zeigte, als ich Andeutungen in Richtung überprüfenswerter Hinweise zum engen Umfeld des Opfers machte. Er wurde selbst nicht einmal hellhörig und es schien mir, als habe er kein Interesse in diesem Umfeld überhaupt nach dem Täter zu suchen. Es schien eindeutig keine Option der Ermittlungsbehörde zu sein.

Aber warum nicht?

Am Abend, als ich die Nachrichten auf dem TV-Sender N3 schaute, sollte ich eine Überraschung erleben.

Im Vorspann, in dem immer kompakt die Themen angekündigt wurden, wurde auf einen Kurzbeitrag in Annes Fall hingewiesen.

Die Nachrichtensprecherin begann mit den Worten: „In dem Fall der vor sechs Jahren ermordeten Anne aus M., gibt es offenbar neue Ansatzpunkte. Der von der Mutter beauftragte Privatdetektiv Günter Rohwedel, will nun eng mit Polizei und Staatsanwaltschaft zusammenarbeiten". Dann folgte ein

Kommentar und Aufnahmen, die den Oberstaatsanwalt zeigten, in dem es hieß: „Der Staatsanwalt erklärte, Rohwedel habe in Gesprächen und Vernehmungen seine Bereitschaft zur Zusammenarbeit erklärt. Der Privatdetektiv hatte vor vier Wochen schwere Vorwürfe gegen die Ermittlungsbehörden erhoben und der Öffentlichkeit einen neuen Tatverdächtigen präsentiert. Seine Beschuldigungen gegen die Justiz hat er jetzt zurückgenommen."

Nach diesen Worten brach für mich eine ganze Welt zusammen.

Woran sollte ich noch glauben?

Was war das denn?

In keiner Weise und zu keiner Zeit hatte ich mich für meine Kritik an der bisherigen Ermittlungsarbeit der Behörden entschuldigt. Das musste ich nicht, denn es war ja eine belegbare Tatsache. Es hatte eine kurze Zeugenvernehmung – zumindest war sie so deklariert – und ein noch viel kürzeres Gespräch mit dem Oberstaatsanwalt gegeben.

Das was hier der Öffentlichkeit mitgeteilt worden war, stimmte wieder nicht und war schon recht unverfroren und verlogen.

War das so von der Staatsanwaltschaft gewollt und gelenkt an die Medien gegeben worden?

Davon musste ich stark ausgehen. Der Kommentar ging aber weiter: „Die Staatsanwaltschaft wird Rohwedels Erkenntnissen nachgehen".

Noch einmal wurden Aufnahmen von Annes Mutter am Grab ihrer Tochter gezeigt und der letzte Satz des Kommentators lautete: „Eine neue heiße Spur zum Mörder von Anne gebe es aber noch nicht, betonte der Oberstaatsanwalt."

Mit welcher Frechheit wurden hier Tatsachen falsch dargestellt und in der Öffentlichkeit verbreitet. Allzu gern hätte ich zuverlässig gewusst, ob diese Darstellungen wirklich bewusst von der Staatsanwaltschaft lanciert worden waren oder ob es nur der schlechten Recherche der Medien geschuldet war; was ich aber in diesem Fall ausschloss.

Auf alle Fälle hatte es nun den Anschein, ich hätte mich der Staatsanwaltschaft gebeugt, zugegeben, meine Kritik an der

Ermittlungsarbeit der Behörden zu Unrecht geäußert zu haben und nun endlich der Aufforderung der Staatsanwaltschaft zur Zeugenvernehmung und zur Zusammenarbeit nachgekommen. Ein völlig falsches Bild! Hinzu kam die Tatsache, dass verlautbar wurde, ich hätte endlich Ross und Reiter genannt.

Das war falsch, aber viel schlimmer war, dass dies dazu führen konnte, dass sich nun vielleicht niemand mehr bei mir melden würde, der eventuell einen Hinweis zum Fall, aber an einer Weitergabe seines Hinweises an die Polizei wenig Interesse hatte und nun auch noch an der von mir garantierten Vertraulichkeit zweifeln würde.

Es kam der Tag, an dem ich einen erneuten Termin bei der Staatsanwaltschaft hatte.

Dieses Treffen entstand durch meine Nachfrage beim Oberstaatsanwalt, zum Stand der Überprüfung meiner bisher übergebenen Hinweise.

Der Oberstaatsanwalt wiederum hatte den Staatsanwalt Z. und den für den Fall zuständigen Staatsanwalt B. mit der Wahrnehmung dieses Termins und der damit verbundenen Entgegennahme meiner Informationen beauftragt.

Natürlich hatte ich mich wie immer auf derartige Termine vorbereitet. Ich hatte Informationen, die ich zum Opfer selbst und zur Familie, also den Angehörigen erarbeitet hatte und der Staatsanwaltschaft übergeben wollte.

Als ich dann aber bei diesem Treffen andeutete, auch Informationen zur Familie des Opfers zu haben, brachten sie mir, ohne dass sie zuvor Kenntnis vom Inhalt dieser Informationen genommen hatte, unmissverständlich zum Ausdruck, dass an den Angehörigen nicht gezweifelt werde. Auch zur Persönlichkeit des Opfers würde es nichts Unbekanntes geben. Man erwarte Informationen, die strafprozessual gewertet werden können, so ihre Bemerkungen, als sie meine niedergeschriebenen Fakten aber dennoch entgegennahmen.

Diese Selbstherrlichkeit und das mir gezeigte klare Desinteresse an den Ergebnissen zur Familie hatten mich bereits zu Beginn schon kribbelig gemacht. Die zuletzt getroffene Aussage ließ mich an der Ernsthaftigkeit der Arbeit der Ermittlungsbehörden zweifeln.

Die Ermittler argumentierten doch sonst immer in der Richtung, dass ich nur Bürger sei und keinen besonderen Status besitzen würde. Nun auf einmal sollte ich mit Informationen aufwarten, die sie strafprozessual werten wollten. Die ihnen übergebenen Informationen waren Ersthinweise und mögliche Überprüfungsrichtungen, denen sie mit ihren Mitteln und Möglichkeiten nachgehen sollten. Diese dann zu objektivieren und sie selbst strafprozessual auswertbar zu machen, das war doch ihre und nicht meine Aufgabe.

Aber es lief genau wie bei der R.er Staatsanwaltschaft in der Sache mit den Missbrauchshandlungen an Inga. Auch da hielt man es für unter seiner Würde, meinen Ersthinweisen, den Videoaufzeichnungen, nicht mit den dafür vorgesehenen Möglichkeiten und der entsprechenden Ernsthaftigkeit nachzugehen.

Warum also sollte es nun anders sein?

Das Gespräch dauerte nicht einmal zwanzig Minuten. Erst nach Verlassen des Gebäudes entlud sich meine Empörung, meine Wut, die sich in mir während des Gespräches aufgestaut hatte. Sicher nahmen beide Staatsanwälte an, dass es in mir brodeln würde, aber in der Runde hatte ich mir alles verkniffen was ging. Ich wollte ihnen den Triumph, mich verärgert und kleingemacht zu sehen, nicht gönnen. Mein Tag war aber gelaufen.

***

Als ich Tage später alle Informationen – die von Bekannten der Familie des Opfers getätigten Aussagen zum ganz engen Umfeld – noch einmal in konzentrierter Form prüfte, kam in mir der Gedanke auf, in genau dieser Richtung noch aktiver zu werden. Das wünschte ich mir eigentlich schon lange von den Ermittlungsbehörden. Doch diese dachten bisher nie daran, auch nur einmal intensiver in Richtung „ganz enges Umfeld" zu denken, viel weniger noch zu ermitteln.

Obwohl ich eine gewisse Abneigung zur Zeitung mit den 4 großen Buchstaben hatte, wandte ich mich mit der Sache „Anne" an die Redaktion dieser Zeitung.

Die Veröffentlichungen in dieser Zeitung waren zwar oftmals recht kritisch, aber natürlich auch reißerisch. Wenn sie sich sowohl in Richtung Familie als auch in Richtung Ermittlungsbehörde, genau in dieser Manier kritisch äußern würde, vielleicht könnte das in beide Richtungen Wirkung zeigen.

Nicht lange überlegt, rief ich in der Lokalredaktion an. Das aber hätte ich lieber unterlassen sollen, denn was ich dort erfuhr, empfand ich als unangenehm und veränderte meine ohnehin nicht positive persönliche Meinung nunmehr ganz.

Als ich im Telefonat mein Anliegen vortrug, bekam ich folgende Antwort: „Es tut uns leid, aber darüber können wir von Ihnen nichts veröffentlichen. Das ist zu diffizil. Wir wollen sie nicht als Spinner abstempeln, aber die Staatsanwaltschaft bezieht diese Position".

Alles hatte ich erwartet, aber eine solche Reaktion auf keinen Fall. Schon gar nicht von der Redaktion dieser Zeitung. Sie zeigte null Interesse, überhaupt etwas zu dem Fall zu veröffentlichen.

War das für diese Zeitung normal?
War selbst diese Zeitung von den Ermittlungsbehörden abhängig?
Was war da los?

Die Zeitung war doch sonst für jede Story zu haben.

So richtig verstand ich die Reaktion nicht. Nun konnte ich mir aber vorstellen, wie das Foto, das B. mit dem KHK T. zeigte, als er zum Haftrichter geführt wurde, entstanden war. Es war gut zu wissen, was die Staatsanwaltschaft von meinen Ergebnissen hielt und dass sie zu feige war, mir ihre Auffassung persönlich mitzuteilen. Dass ich dann darauf reagieren würde, das war ihnen sicher klar.

Wenn ich für die Staatsanwälte der „Spinner" war, dann hätten sie schon viel früher, nämlich als ich den „Leitenden Ober-

staatsanwalt" öffentlich der Lüge bezichtigt hatte, reagieren können.
Aber da hatten sie sich in vornehmer Zurückhaltung geübt und versuchten mich – kraft ihrer Kompetenz – eher, mich zu „kriminalisieren", indem sie öffentlich über den Verdacht einer „unerlaubten Akteneinsicht" sprachen.

Ein „Expose-Echo"

Ende Juni 2002 hatte ich mich noch einmal schriftlich an Annes Mutter gewandt und sie gebeten, mir zwei Fragen zu beantworten, die sich auf einen neuen Hinweis bezogen. Es ging darum, ob Anne damals eine Brottasche und ein Kleid mit Blumenmuster besaß.
Ihre Antwort erhielt ich in einem Brief am 8. Juli.
Sie hatte beide Fragen mit nein beantwortet und gab mir sogleich zu verstehen, lange überlegt zu haben, überhaupt auf meinen Brief zu antworten.
Ihr Unmut war in diesem Satz deutlich geworden.
Zunächst beanstandete sie, dass die Erinnerung an die Ermordung ihrer Tochter nicht geweckt werden müsse, da diese in irgendeiner Form immer bei ihnen sei.
Im nächsten Satz gab sie zu verstehen, dass sie mir hinsichtlich weiterer Aufklärungsaktivitäten, keinen Einhalt gebieten würde. Einen weiteren Satz hatte ich zunächst nur überflogen, bemerkte dann aber, dass darin eine gewisse Brisanz steckte.
Sie schrieb, ich solle sie und ihre Familie nie wieder so unverschämt wie in meinem von einem Psychologen erstellten Schriftstück betiteln. Dieses „Werk" sei eine pure Beleidigung, die man mit nichts anderem vergleichen könne.
Für mich stand fest, sie konnte nur das im Februar 2000 erarbeitete und an die amtierenden Innen- und Justizminister übergebene fünfzig Seiten starke Exposé meinen. In diesem war unter anderem sehr tiefgründig auf die Familiensituation und ganz speziell auch auf ihre Persönlichkeit eingegangen

worden. Es waren nicht nur einfach herangezogene Meinungen, die zur Beurteilung führten, sondern aufgestellte Behauptungen wurden durch Tatsachen untermauert. **Wenn es in ihren Augen alles pure Beleidigungen waren, warum hatte sie darauf keine andere Reaktion gezeigt und auch keine Anzeige wegen Beleidigung und übler Nachrede erstattet?**

Aber woher hatte sie eigentlich Kenntnis vom Inhalt des Exposés?

Es wurde damals den beiden für die Ermittlungsbehörden zuständigen Ministern, des Landes M-V übergeben. Sicher hatten diese es an ihre, für den Fall zuständigen untergeordneten Behörden weitergereicht.

Hatten diese aber das Recht, der Mutter des Opfers ein solches Dokument, das Eingang in die Ermittlungsakte, zumindest aber in eine Beiakte zu dem Fall hätte finden müssen, zur Kenntnis zu geben?

Was war hier gelaufen?

In mir begann es langsam zu kochen. Auf eine Antwort oder eine Reaktion von einer Behörde, viel weniger von einem der beiden Ministerien, hatte ich vergebens gewartet und nun musste ich so etwas erfahren.

In den darauffolgenden Tagen musste ich ständig an diese Sache denken.

Das Geschehen war nach meiner Meinung schon skandalös. Es roch für mich irgendwie nach Strafvereitlung im Amt. Immerhin ließen die Darstellungen in diesem Dokument durchaus einige Fragen zur Familie und zur Mutter selbst offen und waren ungeeignet, einen Verdacht auszuschließen.

Ich schrieb am 14. Juli einen weiteren Brief an die Mutter, um sie möglicherweise dazu zu bewegen, sich noch konkreter zum Thema „Exposé" auszulassen oder zu erreichen, dass sie sich in schriftlicher Form noch detaillierter zum Inhalt des „Werks", wie sie es genannt hatte, äußern würde.

Das sollte mir vielleicht noch mehr Aufschluss geben, wer ihr, wie und in welchem Umfang den Inhalt des Exposés zur Kenntnis gegeben haben konnte. Sie hatte ja von einem

„Schriftstück" geschrieben, das ein Psychologe in meinem Auftrag erstellt und das beleidigend gewesen war. Genau da konnte ich einhaken und ihr versichern, dass kein Psychologe von mir diesbezüglich beauftragt worden war.

Das entsprach ja auch der Wahrheit und versetzte mich in die Lage, erst einmal Unwissenheit zu zeigen. Um die Sache zu prüfen, von der sie geschrieben hatte, bat ich sie, mir zum Beispiel ein eventuelles Datum der Erstellung, den Namen des Psychologen oder auch einfach inhaltliche Aussagen, eventuell sogar Kopien, zukommen zu lassen. Eine Antwort auf diesen Brief erhielt ich nicht.

Am 3. September verfasste ich daher erneut ein kurzes Schreiben, in dem ich mich veranlasst sah, sie an die noch ausgebliebene Antwort zu erinnern.

Es war Montag der 23. September 2002, als ich dann doch ein Antwortschreiben in den Händen hielt. „... hier nur eine kurze Antwort, die sich auf Ihr Exposé bezieht. Die Fragen, die Sie stellten, kann ich Ihnen nicht beantworten und auch keine Kopie erstellen. Aber das brauche ich auch gar nicht, weil sie sich diese Fragen doch am besten beantworten können. Und genau aus diesem Grunde weiß ich jetzt, warum ich dieses Exposé nicht von Ihnen zu lesen bekommen habe ... Das hatte ich so nicht erwartet", lautete die Antwort von Annes Mutter.

Hatte sie meine Absicht eventuell durchschaut?

Selbst wenn dem so ist, hatte sie einen Fehler begangen. Im ersten Schreiben schrieb sie von einem „Schriftstück". Nun aber hatte sie dieses Dokument so benannt, wie es offiziell hieß und an die Ministerien übergeben wurde.

Das aber konnte sie nur wissen, wenn sie dieses Dokument persönlich zur Kenntnis genommen oder ein Mitarbeiter der Kripo oder der Staatsanwaltschaft ihr dieses – in welchem Umfang auch immer – jedoch in ausreichender Weise zur Kenntnis gegeben hatte.

Das war ein Vorkommnis, das mich schon sehr stark zum Nachdenken anregte und die Behörden – in welcher Ebene auch immer – mit Misstrauen betrachten ließ. Dass die Herausgabe des Exposés an Annes Mutter erfolgt war, konnte kein Versehen gewesen sein. **War es allgemeiner „Vergangenheits-Filz" oder gab es vielleicht noch andere Strukturen aus der Vergangenheit, die ihre Hände schützend über die Angehörigen des Opfers hielten?**

TEIL 11
Verbrechen ungesühnt?
Die Konsequenz

Langsam gelangte ich zur Erkenntnis und somit zur Einsicht, dass ich wohl kaum noch etwas in Annes Fall würde bewegen können.
Erhoffte Hilfe und Unterstützung blieb von welcher Seite auch immer aus.
Oftmals wurde ich enttäuscht oder musste erfahren, dass Spezialisten, Kriminalpsychologen, Kriminalisten, selbst die Politik und Politiker versprachen, sich der Sache anzunehmen, dann aber weder aktive Mitarbeit leisteten, noch überhaupt wieder etwas von sich hören ließen.
Auch die Medien – ausgenommen die Regionalpresse – leisteten kaum Unterstützung.
Sie schienen nur eigene Interessen zu haben, wenn sie über dieses Verbrechen berichteten.
Vor Jahren hätte ich die Frage nach der Unabhängigkeit der Medien und ihrer freien Berichterstattung mit einem klaren „Ja" beantwortet. Heute, nach all den Erfahrungen, die ich in Annes Fall mit den Medien machen musste, habe ich erhebliche Zweifel.
Offensichtlich sind auch sie, ob es ihnen gefällt oder nicht, in staatlichen Strukturen eingebunden und von diesen abhängig.
Wer gegen den Strom schwimmt, bleibt auf der Strecke, verliert Kontakte zu Behörden, Institutionen, Parteien und Organisationen.
Das wiederum bedeutet ausbleibende Informationen, die letztendlich in den Ruin führen können. Überleben ist daher ihre Devise.
Aufgrund meiner aktuellen Situation stand mein Entschluss fest, das Gewerbe als Privatermittler zum Ende des Jahres 2011 abzumelden.
Ein langer Weg hatte mich dahin geführt, bis ich mich zu diesem Schritt durchringen konnte. Natürlich war dieser Gedan-

ke bereits in der Vergangenheit, insbesondere seit dem Jahr 2009 häufiger aufgetaucht. Immer wieder hoffte ich, die Situation würde sich verbessern und andere, vielleicht auch unerwartete Ereignisse den Fall wieder neu aufrollen lassen. Aber letztendlich konnte auch ich die Augen vor der Realität nicht verschließen.

Was hatte ich, was konnte ich da eigentlich selbst noch in dem Fall bewegen?

Die Realität war erschütternd.

Nicht eine aktive Maßnahme oder Aktion hatte ich im Fall Anne seit den letzten zwei Jahren durchgeführt oder durchführen können. In diesen zwei Jahren gab es nur eine einzige Bewegung und die erfolgte, weil sich B. an die Staatsanwaltschaft gewandt hatte, um die beschlagnahmten Gegenstände zurückzuerhalten.

In dieser Zeit stieß ich auch auf eine Sterbeannonce und erfuhr, dass Annes Großvater im

März 2011 verstorben war.

Meine Entscheidung aber stand fest.

Während eines Aufenthaltes in M-V suchte ich das Gewerbeamt in Stavenhagen auf, um mein Gewerbe als Privatermittler zum 31. Dezember 2011 abzumelden.

So leicht, wie ich es mir vorgestellt hatte, fiel mir der Gang dorthin aber doch nicht. Einen kurzen Moment zögerte ich vor der Eingangstür, blieb stehen und wog noch einmal ab, ob dieser Schritt richtig war. Doch dann betrat ich den Raum und setzte meinen Entschluss endgültig in die Tat um. Seit Dezember 1991, also genau zwanzig Jahre, war ich mit dieser Tätigkeit sehr eng verwachsen. Es war in all den Jahren eine Tätigkeit, die mich erfüllt hatte und es gab viele Momente, in denen ich anderen Menschen helfen konnte, ihnen manchmal auch nur Trost und neuen Mut zusprechen konnte und sie mit ihrem Leid nicht einfach allein lassen musste. Es waren Jahre, in denen ich ständig dazulernte, die verschiedensten Sachverhalte und Situationen erlebte und bisher mir unbekannte Konflikte löste.

Ich hatte unterschiedlichste Menschen mit ihren ureigenen

Problemen, ihren Ecken und Kanten kennengelernt. Selbst die nicht immer positiven Erfahrungen, die ich ganz besonders in Annes Fall machen musste, ließen dennoch bei mir eine gewisse Wehmut aufkommen, als ich meine endgültige Unterschrift unter das Abmeldeformular setzte.

17 Jahre war der Fall der kleinen Anne für mich präsent gewesen. In diesen Jahren hatte ich alle Versuche, um den Fall zu lösen und ihren Mörder zu ermitteln, unternommen.

Natürlich war ich davon überzeugt, dass meine Entscheidung, das Gewerbe abzumelden, richtig war.

Aber was würde nach einigen Tagen, Wochen oder Monaten sein?

Würde ich das bisher unaufgeklärte Verbrechen an der kleinen Anne einfach beiseitelegen und so meine „Detektiv-Marke" wirklich für immer an den berühmten Nagel hängen können?

Noch während ich darüber nachdachte, hatte ich bereits ernsthafte Zweifel, ob mir das auf Anhieb gelingen würde.

Es war nicht so sehr die Beendigung meiner selbstständigen Tätigkeit als Privatermittler, der ich nachtrauerte. Nein, das war es nicht.

Ich hatte ja, wenn auch nicht ganz meinen Erwartungen entsprechend, eine Tätigkeit als Ermittler mit einer Festanstellung in einem großen Hamburger Industrieunternehmen begonnen.

Es war etwas ganz anderes.

Ich trauerte dem unbefriedigenden Abbruch meiner Ermittlungen im Fall Anne nach. Mit dieser Tatsache würde ich mich sicher noch lange beschäftigen. Da war ich mir ganz sicher.

Als meine Frau und ich das Silvester-Feuerwerk am Strand von Warnemünde von See aus betrachteten und ich wie in solchen Momenten in den zurückliegenden Jahren üblich, immer eine gedankliche kleine Bilanz meiner Ermittlungsergebnisse in Annes Fall vornahm, war es 2011 irgendwie anders. Es fühlte sich an, wie etwas, das sich schwer beschreiben lässt und es quälten mich Fragen.
Was war aus meinen Versprechen geworden, Annes Mörder zu ermitteln?
Was würde ich trotzdem jetzt noch tun können?
Genau in diesem Moment beschloss ich, animiert durch die schriftstellerische Freizeittätigkeit meiner Rechtsanwältin, einmal selbst den Versuch zu unternehmen und über meinen vergangenen Lebensabschnitt als Privatermittler, ein Buch zu schreiben.
Immerhin konnte ich auf zwanzig Jahre private Ermittlungen zurückblicken und in all den Jahren viele Erfahrungen sammeln können. Zwanzig Jahre private Ermittlungen hatten aber auch zu Veränderungen in meinem Leben geführt.
Ich hatte erfahren müssen, dass kriminalistische Theorie hilfreich sein kann, aber nie für jeden zu lösenden Fall eine gültige Schablone ist. Zu unterschiedlich war jeder einzelne Fall.
Das alles schien mir geeignet zu sein, um es in einem Buch zu verarbeiten und so ein persönliches Resümee dieser Jahre ziehen zu können.
Im Mittelpunkt meines Buches sollten meine Ermittlungen im Fall Anne ebenso stehen, wie auch meine Gedanken und jeweiligen Beweggründe, die mich mit allen diesen Aktivitäten verbanden. Ich sah das Schreiben eines solchen Buches als eine Möglichkeit, eine nochmalige Betrachtung des gesamten Falles vorzunehmen und diesen Fall zu verarbeiten, um ihn dann persönlich abschließen zu können.

Eine gewisse Spannung, den Fall betreffend, hielt ich für die kommende Zeit so bewusst noch aufrecht, denn es bestand immer noch die Möglichkeit, dass sich aus der nun beginnenden Aufarbeitung des Falles und den Ermittlungen, die ich in Form des Bucheschreibens begann, vielleicht sogar etwas Neues ergeben würde oder deutlich werden könnte, was ich bisher übersehen hatte.

Würde ich wirklich alles, was mit dieser Tätigkeit verbunden war, ablegen können?

Was war mit dem noch ungeklärten Fall Anne?

Konnte ich hier loslassen?

Schon bald hatte ich eine Antwort darauf erhalten: Der Fall ließ mich nicht los.

Doch irgendwie hatte ich ja vorab für diese Situation eine Lösung vorbereitet: Mein Projekt Buchschreiben.

Dieses Projekt schob ich daher nicht mehr lange vor mir her, sondern begann mit den ersten Vorbereitungen. Zeitgleich unternahm ich natürlich immer wieder Versuche, im Internet neue Informationen in Annes Fall zu finden. Meine Suche gestaltete sich nicht gerade effektiv, aber ich hatte dadurch das Gefühl, noch nicht ganz aufgegeben zu haben.

Noch nicht einmal die erste Woche im neuen Jahr 2012 war vergangen, als ich wieder an Annes Fall dachte und mein schlechtes Gewissen mich einzuholen schien.

Bereits kurz nach der Abmeldung meines Gewerbes als Privatermittler quälten mich erste Zweifel. Die Steine, die man mir, von welcher Seite auch immer, in all den Jahren meiner Ermittlungen in dem Fall in den Weg gelegt hatte, ließen mich letztendlich schmerzhaft meine Grenzen erkennen. Ich konnte das, was ich mir selbst geschworen und der toten Anne versprochen hatte, nicht einlösen. Das war die bitterste Erkenntnis, die ich je als Privatermittler und als Mensch erfahren musste.

Den Fall vergessen?

Immer intensiver kam der Wunsch auf, noch einmal Annes Grab in N. aufzusuchen. Ich hatte ihr viel mitzuteilen. Gleichzeitig wollte ich um Entschuldigung bitten, mein Versprechen nicht eingehalten zu haben.

Am 13. Mai 2013, einen Tag nach meinem 62. Geburtstag, setzte ich mich in den PKW und fuhr gemeinsam mit meiner Frau in Richtung N. Unser Ziel war Annes Grabstelle.

Meine Frau hatte nach so vielen Jahren immer noch eigene Bilder vor ihrem inneren Auge.

Sie sah noch immer, wie Anne am 12. August 1994, kurz vor 17:00 Uhr, gemeinsam mit ihrer Großmutter den Imbiss verließ. Anne lachte, als sie sich noch einmal umgedreht und ihr fröhlich zugewinkt hatte.

Eine Stunde später war Anne spurlos verschwunden.

Mit einem Strauß Blumen suchten wir nun gemeinsam ihre Grabstätte auf.

Der Weg war uns nicht unbekannt. Schon mehrmals waren wir während zurückliegender Aufenthalte in Mecklenburg-Vorpommern dort gewesen. Immer hatten frische Blumen oder Sträuße das kleine Urnengrab geschmückt.

Diesmal war es anders.

Wir fanden nur einige Eisblumen und eine leere Vase vor. Ich füllte die „verwaiste Vase" mit Wasser und stellte unseren Strauß hinein.

Während ich versuchte, die Blumen etwas geordnet in der Vase zu platzieren, war ich mir schon bewusst, dass dieses der Abschluss, mein endgültiger Abschluss mit dem Fall sein musste.

Meine Frau verließ nach einer Weile die Stelle am Urnengrab. Sie ließ mich mit meinen Gedanken allein, denn sie hatte erlebt, wie schwer es mir an diesem Tag gefallen war, hier zu sein, um noch einmal – und nun sollte es endgültig sein – von Annes Fall Abstand zu nehmen.

Es war in diesem Moment für mich von großer Bedeutung, noch einmal am Grab des Opfers zu stehen.

Ich kann nicht genau sagen, wie lange meine Frau auf mich warten musste. Nie zuvor hatte ich leise, aber für mich hörbar, an einem Grab mit einem Verstorbenen gesprochen.

Etwas gehemmt, aber aus tiefsten Herzen bat ich Anne um Entschuldigung.

In all den Jahren war es mir nicht gelungen, ihren Mörder zu ermitteln oder zumindest einen entscheidenden Beitrag zur Aufklärung zu leisten.

Sollte oder musste ich mich dafür schämen?

Ein solches Gefühl hatte ich allerdings.

Hatte ich in all den Jahren meiner Ermittlungen wirklich alles versucht, um den Mörder zu finden, Annes Schicksal,

das Verbrechen an ihr aufzuklären? Aber allein, ohne Unterstützung der Angehörigen, ohne ein gewisses Verständnis der Behörden zur Kooperation, ohne die Hilfe durch die Politik und die Medien hatte ich in all den Jahren, Woche für Woche und Monat für Monat gegen Bürokratie, Ignoranz, Sturheit und Desinteresse einen Kampf führen müssen, der mich oft verzweifeln ließ, mich wütend machte und mich vieles mit anderen Augen sehen ließ, der mein Leben selbst veränderte, mich aber auch stärker gemacht hatte.

Vor dem Grab stehend und auf das Foto von Anne, das in den Grabstein eingelassen war, schauend, gingen mir viele Gedanken durch den Kopf.

Was hatte sich am 12. August 1994 wirklich in M. ereignet?
Das Bild, die Silhouette dieser kleinen verschlafenen Ackerbürgerstadt zog an mir vorüber. Ich sah vor mir den Neubau, den Balkon der Familie.

Was hatte sich wohl in dieser Wohnung abgespielt?
Welche Geheimnisse verbarg die Familie?
Dass sie etwas verbarg, war für mich schon lange zur Gewissheit geworden.

Aber was hatte die Familie wirklich zu verbergen?
Warum waren sämtliche Familienmitglieder nach dem Auffinden der Leiche nicht mehr an der Aufklärung des Verbrechens an ihrer Tochter bzw. an ihrem Enkelkind interessiert? Warum kämpften sie auch nach Jahren nicht mit allen Mitteln um die Aufklärung dieses Verbrechens?
Das Verhalten der Angehörigen des Opfers ließ viele, ja sehr viele Fragen für mich offen.

Lag ich falsch mit meinem Verdacht, dass der Täter aus dem ganz nahen Umfeld, aus dem Kreis der Familienangehörigen kommen musste?
War mein Verdacht begründet?
Wird es darauf je eine Antwort geben?
Den Fall vergessen? Es sagt sich so leicht: „Mord verjährt nie!" Aber reicht das allein schon?
Wenn ein Mord aber über Jahre vergessen wird oder der Fall unter einem Berg Akten verschwindet und selbst die Angehö-

rigen des Opfers nicht aktiv um die Aufklärung ringen, dann bleibt diese Aussage eine „hohle Phrase". Es ist ein Feigenblatt, das die Passivität und Hilflosigkeit der Ermittlungsbehörden verdecken soll.

Warum gab es im Fall Anne, selbst nach Auffinden der Leiche, in all den vielen Jahren keine neuen Aktivitäten und keine neuen Erkenntnisse der Ermittlungsbehörden?

Selbst wenn die Medien hin und wieder einmal an ungelöste Verbrechen und dabei auch an diesen Fall erinnern, spätestens dann hätte man sich als Ermittlungsbeamter oder als Angehöriger des Opfers, doch wieder einmal bewegen müssen. Aber nichts geschah.

Das aber solche Fälle auch noch nach Jahren aufgegriffen werden, dass bewies die Kripo in Sch. In einer Veröffentlichung hieß es, dass diese Kripo einen der spektakulärsten Mordfälle in der Kriminalgeschichte nach 21 Jahren enträtseln wolle.

Da las ich von Profilern, die 2005 dieses Verbrechen in einer operativen Fallanalyse untersucht hatten, von einem Versuch, über die Sendung Aktenzeichen XY ... ungelöst, den die Mutter des Opfers angeschoben hatte und die Sch..er Kripo zur Veröffentlichung hierzu ihr Einverständnis gegeben hatte.

Nun würden die Ermittler hoffen, dass sich noch Zeugen melden, um durch sie neue Details und eventuelle Zusammenhänge erkennen zu können oder auch, weil sie damals einfach nicht ausgesagt hätten. Außerdem bestünde die Möglichkeit, dass sich vielleicht der Mörder sogar jemandem anvertraut habe.

Es ist also möglich, auch nach vielen Jahren!

Daher stellte ich mir immer wieder nur die Fragen:

Was sind die Gründe und Motive, Annes Fall vergessen lassen zu wollen?

Wer hat daran ein Interesse?

Sehe ich heute in die Presse oder höre ich zum Beispiel in TV-Sendungen in Zusammenhang mit der Aufklärung einer Straftat oder eines Verbrechens den Aufruf »Die Polizei bittet um Mithilfe«, dann steigt noch immer Zorn in mir auf.

Meine Absicht und meine damaligen Bemühungen waren

auch nur in diese eine Richtung gegangen. Ich wollte helfen, die vermisste Anne zu suchen und zu finden und war der Annahme, dass dies im Einklang mit der Bitte der Polizei stand. Nur sehr bald wurde mir klargemacht, dass ich etwas anderes unter Mithilfe verstand, als die Polizeibeamten mit einem solchen Aufruf.

Selbst die Rolle der Medien wurde mir unklar, wenn es um Verbrechen an Kindern ging.

Blieb ein Mord an einem Kind unaufgeklärt, so schlug dies zwar nur kurzfristig, aber heftige Wogen. Es wurde darüber berichtet, aber es blieb nur eine Momentaufnahme. Häufig erinnerte man nur dann an unaufgeklärte Verbrechen an Kindern, wenn ein neues Verbrechen an einem Kind bekannt wurde.

Zum Beispiel fand ich im Internet, nachdem ein kleines Mädchen aus Zella-Mehlis ermordet worden war, eine Veröffentlichung.

Die Überschrift zu diesem Beitrag schien sehr treffend gewählt:»Kinder-Verbrechen, die noch nicht aufgeklärt sind«.

Ihre Mörder leben noch unter uns. Über das Schicksal des Mädchens aus Zella-Mehlis war berichtet worden und dann wurden einige Namen von Kindern aufgeführt, nach deren Mörder die Polizei noch immer fahndete. Den Namen von Anne suchte ich aber vergeblich.

Ich las von elf ungeklärten Fällen. Es hätten aber noch viele andere Schicksale und ungeklärte Fälle aufgeführt werden müssen.

Das aber hätte die ganze Ohnmacht der Ermittlungsbehörden dann wohl doch allzu deutlich offenbart.

Woran aber liegt es, dass viele Mordfälle, viele Verbrechen an Kindern, nicht aufgeklärt werden?

Haben die Ermittler sich auch einmal mit deren Ursache beschäftigt?

Lag es an der Unfähigkeit oder an der Masse der zu klärenden Fälle?

War es schlichtweg ein Personalproblem?

Gab es vielleicht bei den Ermittlungsbehörden andere Pri-

oritäten? War es einfach Gerissenheit der Mörder, ihre Spuren so gut zu verwischen?
Hin und wieder suchte ich noch im Internet unter dem Suchbegriff „Anne" nach eventuell neuen Informationen zu dem Fall.
Dabei stieß ich auf etwas, das mich verwunderte und gleichfalls erschreckte. In diesem Artikel hieß es: Gegen einen 31-jährigen Mann wurde Haftbefehl erlassen. Der wegen Mordes Vorbestrafte soll zur Tatzeit im selben Wohnblock wie das tote Mädchen gewohnt haben.
Auf einer anderen Webseite war ein ähnlicher Kommentar zu finden und ergänzt worden: Die Tat konnte ihm jedoch nie nachgewiesen werden und so wurde er freigelassen.
Ein Eintrag machte mich fassungslos, ja fast schon wieder wütend. Da stand doch tatsächlich geschrieben: Ein Nachbar wird als Täter überführt.
Zu einem späteren Zeitpunkt war auf der Webseite einer örtlichen Regionalzeitung eine Veröffentlichung zu finden, die sich mit »Ungeklärten Fällen in M-V« befasste.
Zu den dort aufgeführten Fällen, wie dem Fall der Katrin J. oder dem der Studentin Anne St., hatte ich durch meine Tätigkeit als Privatermittler eigene Berührungspunkte.
Aus der Veröffentlichung ging deutlich hervor, dass die Fälle, auch Annes Fall, ungeklärt waren. Das versöhnte mich etwas mit den in zurückliegender Zeit auf den Webseiten gefundenen Eintragungen. Wenig später war ein Beitrag zu genau diesem Thema in der Regionalpresse zu finden, die titelte: Die Mörder sind unter uns.
In dem dazugehörenden Artikel wurde die Aussage getroffen, dass etwa 30 Tötungsverbrechen bisher von der Polizei nicht aufgeklärt worden seien. Trotzdem würden die Ermittlungen nicht eingestellt werden. Mord würde nicht verjähren.
In unregelmäßigen Zeitabständen würden die Akten von Altfällen aus dem Regal geholt und nach neuen Ermittlungsansätzen durchsucht. Dieses würde sich auch aus der Erfahrung nähren, denn Wissenschaft und Technik würden sich rasant entwickeln. DNA-Spuren, die 1990 noch nicht auswertbar ge-

wesen seien, könnten heute durchaus weiterhelfen, wurde als Aussage eines Polizeisprechers kolportiert.

Ob dieses auch für den Fall „Anne" gilt?

Eingestehen muss ich natürlich, dass auch ich mit all meinen Fragen, meinen Vermutungen, Kritiken und Verdächtigungen, in Annes Fall falsch liegen kann.

Schließlich war mir nur ein kleiner Teil aus der vorhandenen Aktenlage zum Fall bekannt geworden. Ich denke da nur beispielsweise an die Vernehmung von Annes damals noch zukünftigen Stiefvater. Er hatte anscheinend ausgesagt. Nur bekam ich seine Aussage ebenso wenig zu Gesicht, wie viele Informationen aus der Vermisstenakte und den Beiakten.

Obwohl auch die Unterlagen zum Vermisstenfall und alle Informationen aus den Beiakten nach meinem Verständnis Bestandteil der Akte im Mordfall hätten sein müssen, hatte die Ermittlungsbehörde letztendlich entschieden, in welcher Akte welche Dokumente oder Protokolle abgelegt werden. Eine kluge Strategie, denn damit konnte eine beantragte Akteneinsicht nach eigenem Ermessen geregelt werden. Zumindest aber hätte B.s Rechtsanwalt hier volle Akteneinsicht, Einsicht in alle Akten erhalten müssen.

Wie will ein Strafverteidiger entlastende Fakten für seinen Mandanten finden, wenn er keinen Zugang zu allen Informationen, Zeugenaussagen und Vernehmungen erhält, die möglicherweise seinen Mandanten entlasten würden oder aber zumindest auch andere Personen verdächtig erscheinen lassen?

Neben den zwei genannten Akten gab es noch weitere sogenannte „Beiakten".

Gehören nicht alle Akten zum gleichen Verbrechen, das aufgeklärt werden soll?

Meines Erachtens kann man doch da nicht trennen. Es muss Einsicht in alle Akten gewährt werden. Es tut sich für mich persönlich eine „Lücke" im Rechtssystem auf, wenn dieses verneint werden sollte.

Hätte nicht aber nach dem Auffinden von Annes Leiche eine neue Akte, die Akte „Mordsache Anne" angelegt werden

müssen und darin die dann leider nicht neu beginnenden Ermittlungen dokumentiert werden müssen?

***

2016 - Hoffnung keimte in meinem Inneren noch einmal auf, als ich erfuhr, dass ein Redakteur, ein „Event-DJ" eines mecklenburgischen Radiosenders den Kontakt zu mir suchen würde.

Ich nahm wiederum Kontakt zu ihm auf und erfuhr von seinem Anliegen. Er beabsichtigte im Programm seines Senders eine Reihe zum Thema „Verbrechen nicht geklärt, aber auch nicht vergessen" vorzubereiten. Ein Fall darin sollte der von Anne sein. Er sprach von seiner Absicht, den Fall noch einmal aufzuarbeiten und wollte mit Leuten sprechen, die damit zu tun hatten. Möglicherweise, so hoffe er, würde es auch neue Ansätze für die Ermittler geben.

Ein Gespräch mit einem Mädchen, die vor Annes Verschwinden mit ihr gespielt hat, hätte er bereits geführt. Auch habe er versucht, mit Polizei und Staatsanwaltschaft ins Gespräch zu kommen. Nach der Entscheidung des OLG R. hätten die aber nichts sagen wollen. Er würde gern mit mir über meine Ermittlungen reden und warf Fragen auf wie diese:

Wie waren die Ermittlungen?

Gab es einen Tatverdächtigen, für den aber die Beweise fehlten?

Gab es vielleicht sogar Fehler bei den Ermittlungen der Polizei?

Könnte man den Fall mit den heutigen Möglichkeiten anders angehen?

Ich teilte ihm mit, dass ich zu einem persönlichen Gespräch bereit sei, das aber mit einer Bedingung verknüpfe, dass er zunächst ein Interview mit den Angehörigen des Opfers führe und mir dann den Inhalt dieses Gespräches per Mail zukommen lasse. Gleiches gelte, was Staatsanwaltschaft und Kripobeamten konkret geäußert hätten. Würde ich diese Informationen erhalten, könne er von mir „Interessantes" erfahren. Es dauerte nicht lange und ich erhielt eine Antwort. Er berichtete darüber, dass er mit der Pressestelle des Polizeipräsidiums wegen einer Interviewanfrage tätig geworden war. Diese wurde von der KPI N. abgelehnt und man habe ihn an die Staatsanwaltschaft verwiesen. Hier habe er mit einem Oberstaatsanwalt gesprochen, der ihm gesagt habe, dass es 1998 einen Tatverdächtigen gab, gegen den sehr viele Indizien vorlägen, allerdings nur Indizien, keine Beweise. So habe das Landgericht eine Verfahrenseröffnung abgelehnt. Eine Beschwerde beim OLG R. sei dann auch erfolglos gewesen. Deshalb wolle sich auch die Staatsanwaltschaft nicht zu dem Fall äußern. Wieder und immer noch, auch nach so vielen Jahren sträubten sich also die Ermittlungsbehörden, sich einem Interview zu diesem Fall zu stellen. **Was bewog sie auch nach so vielen Jahren zum Fall zu schweigen? Warum wurde Annes Fall immer noch wie eine „heiße Kartoffel" von ihnen behandelt?** Der Redakteur teilte mir in seiner Antwort weiter mit, dass er das Mädchen, das vor dem Verschwinden mit Anne gespielt hatte, einen Rettungssanitäter, der den Fall als Unterstützung für die Polizei begleitete und eine Frau aus der Nachbarschaft, die heute noch in dem Neubaublock wohnt, interviewt habe. Außerdem denjenigen, der die Leiche gefunden habe. Da er in einem anderen Fall an die Eltern herangetreten war, wollte er in diesem Fall einen Kontakt zu den Eltern vermeiden, zumal er nicht wisse, wo diese jetzt wohnen. Ihm sei nur bekannt, dass sie in der Nähe von N. wohnhaft seien. Darum bitte er mich, seine zuvor gestellten drei Fragen zu beantworten. Natürlich beantwortete ich sie. An den Reaktionen der Kripo und der Staatsanwaltschaft könne er erkennen, dass von deren Seite keineswegs Interesse bestehe und dass dies seine Gründe habe. Zu deren Ermittlungen gebe es von mir keinen weiteren Kommentar. Die Re-

aktionen dieser Behörden ihm gegenüber seien „vielsagend"
genug. In meinen jahrelangen Ermittlungen hätte ich kein
einziges handfestes Indiz zum damaligen Tatverdächtigen erarbeiten können.
Der Täter hätte bereits 1994, spätestens aber 1998 nach Auffinden der Leiche, in einem anderen Umfeld gesucht werden müssen. Ich hätte in eine andere Richtung ermittelt und
durchaus andere Ergebnisse erzielt. Da sich die Ermittler seit
1994 mit allen Mitteln nur auf einen Tatverdächtigen ausgerichtet hätten, anderen Spuren halbherzig oder überhaupt
nicht nachgegangen seien, hätten sie sich bereits die Chance
genommen, den Fall mit heutigen Möglichkeiten anzugehen.
Ich gab ihm zu verstehen, dass, sollte er sich dennoch über-
winden und die Angehörigen interviewen, ich mich freuen
würde, wenn ich den Inhalt des Interviews erfahren würde.
Ein Weiterkommunizieren, vielleicht sogar gemeinsam an einem Fall-Projekt Anne zu arbeiten, sei dann möglich.
Eine Reaktion darauf erhielt ich aber von ihm nicht mehr.
Einige Monate später brachte ich mich mit einer Nachfrage,
ob er seinen Beitrag bereits gesendet habe oder sein Projekt
noch auf Eis liegen würde, noch einmal in Erinnerung. Ich gab
ihm zu verstehen, sollte er ernsthaft den Fall noch einmal aufrollen wollen, so werde er mit vielen Problemen konfrontiert
und sicher auch viel Gegenwind erfahren. In dieser Hinsicht
könne ich auf eine Menge Erfahrung zurückblicken.
Dann stellte ich ihm noch die Frage, wie er sich eine Aufarbeitung des Falles vorstelle und wie ernsthaft es ihm damit
sei. Nach längeren Überlegungen sei ich zu der Auffassung
gelangt, doch mit ihm gemeinsam den Fall wieder an die Öffentlichkeit zu bringen. Er möge mir mitteilen, wie ernsthaft
und wie medial er sich die Aufarbeitung des Falles vorstellen
würde.
Auch darauf keine Antwort mehr. Wie erwartet: „Schweigen
im Walde".
War ich ihm gegenüber zu fordernd?
Lag der Fehler bei mir?
Hätte ich anders reagieren müssen, um diese Chance zu

nutzen? Was konnte ich nun nach all den Jahren und den erfolgten Versuchen eigentlich noch tun? Einfach den Fall, das Schicksal der kleinen Anne vergessen? So tun als hätte es meine Ermittlungen nie gegeben und somit meine Erkenntnisse für mich behalten?

Das aber war keine Option für mich.

Zwischenzeitlich hatte ich auch von einer „Initiative Vermisste Kinder", mit Sitz in H. erfahren. Im Februar 2017 schrieb ich diese Initiative an und bat darum, aktives Mitglied werden zu dürfen. Ich berichtete, dass ich über viele Jahre als selbstständiger Privatermittler in Mecklenburg-Vorpommern sehr eng mit dem Fall „Anne" verbunden gewesen sei und mich das Problem „vermisste Kinder" nicht so ohne Weiteres ruhen lassen würde.

In meinen 20 Jahren als Privatermittler hätte ich sehr viele Berührungspunkte mit Angehörigen vermisster und ermordeter Kinder und zu den verschiedensten Behörden und Sokos gehabt.

17 Jahre hätte ich im Fall „Anne" ermittelt, neue Hinweise erarbeiten und eine Menge Erfahrungen sammeln können. Ihr Fall habe mir gezeigt, wo die eigentlichen Schwachstellen in der Aufklärung derartiger Verbrechen liegen.

Auch hätte ich erfahren, was ein Privatermittler in Vermisstenfällen bewegen, wie er Angehörige der Opfer auch nach Jahren noch bei der Suche nach ihren Kindern aktivieren und sie auf ihrem schweren Weg der Hoffnung begleiten könne, ihnen das Gefühl zu geben, durch diesen Kontakt selbst aktiv zu sein. Oft bringe erst ein längerer, manchmal über Jahre andauernder, vertrauensvoller Kontakt zu den Angehörigen neue Hinweise, denen dann die Ermittlungsbehörden nachgehen können.

Einen solchen Kontakt zu pflegen, das sei eine Aufgabe, die ein Mitarbeiter der Kripo so intensiv nicht erfüllen könne. Dazu sei ich aber bereit.

Mein Schreiben endete damit, dass ich der Initiative anbot,

gern alle meine Erfahrungen und Kenntnisse weiterzugeben. Mein Anliegen sei es, natürlich auch darüber zu reden und es öffentlich zu machen. Als nunmehr Ruheständler würde ich mich gern einbringen wollen.
Die nächste Enttäuschung ließ nicht lange auf sich warten.
Ein Monat war verstrichen und noch immer keine Antwort auf mein Schreiben. Ich hatte viel Persönliches preisgegeben und Vertrauen entgegengebracht, ein Schweigen war für mich unverständlich. Es stimmte mich schon nachdenklich, wenn sich ein Verein „Initiative" nennt, aber keine Reaktion erfolgt. Nicht einmal der Eingang meines Schreibens wurde bestätigt und auf eine Antwort, eine Entscheidung bezüglich einer Mitgliedschaft, wartete ich vergebens.

Loslassen unmöglich

Die Jahre waren dahingegangen, aber der Fall Anne hatte mich nie richtig losgelassen.
Ich begann, wie geplant, mit dem Schreiben eines Manuskriptes.
Es wurden Monate des Schreibens, in denen ich alles noch einmal erlebte, denn so eröffnete sich mir eine Möglichkeit, alle Ermittlungsergebnisse, Hinweise und Informationen nun– aus einer gewissen Distanz – völlig neu zu betrachten.
Selbst aus dieser etwas anderen Sichtweise, nach den vielen Jahren zerstreuten sich Zweifel an meinen zurückliegenden Ermittlungen und dem sich daraus ableitendem Verdacht.
Nach mehr als zehn Monaten konnte ich mein Projekt „Buch" beenden.
Ich hatte in vier Bänden mit jeweils ca. 500 Seiten meine Erlebnisse während meiner Tätigkeit als Privatermittler geschildert, insbesondere aber die zu Annes Fall.
Hier hatte ich die mir zugänglich gewordenen Informationen, Hinweise und Medienveröffentlichungen einfließen lassen und mein über Jahre bestehendes Verhältnis zu den Behörden

sowie zu den Angehörigen des Opfers ausführlich beschrieben. Es sind vier Bände geworden, die ich nie für eine Publikation vorgesehen hatte. Sie enthielten viel Persönliches und ließen auch einen tiefen Einblick in die Behördenarbeit sowie in das Familienleben des Opfers zu. Ich schrieb die über 2000 Seiten nur für mich, um das Erlebte zu verarbeiten und die gewonnenen Erkenntnisse aus diesem Lebensabschnitt festzuhalten.

Annes Fall vergessen, dass konnte ich nicht.

Immer wieder gab es Anlässe, die mich zurück zu diesem Fall führten.

Zum Beispiel erschien 2017 ein Buch mit dem Titel »Kriminalakte Vermisst – Auf der Suche nach Wahrheit«. Der Autor war Redakteur einer Lokalzeitung und berichtete in diesem Buch über geklärte und ungeklärte Fälle aus M-V.

Der erste Teil beinhaltete seine Ausführungen über Annes Fall. Lobenswert war nur, dass der Autor ihren Fall wieder einmal in Erinnerung brachte. Leider ist es nur eine allgemeine Beschreibung der Ereignisse. Enttäuschend für mich war, dass er die Ereignisse unkorrekt dargestellt hatte. So war Anne nicht am Donnerstag, den 11. August, sondern am Freitag den 12. August verschwunden.

Das aber war noch zu entschuldigen.

Unentschuldbar ist, dass sich der Autor und Journalist in dieser Geschichte zum Sprachrohr zweier Personen gemacht hat, dem von Annes Mutter, die auch in dieser Geschichte erneut mit vielen Unwahrheiten aufwartete und dem des KHK T., dem es versagt blieb, Annes Fall aufzuklären, der noch der festen Meinung ist, keine Fehler gemacht zu haben und sich nach wie vor auf den nur einen Tatverdächtigen festlegt.

Skandalös.

Unentschuldbar betrachte ich auch in seinem Buch enthaltenen Darstellungen meiner Person.

Da hieß es auf Seite 36: Eine Riesenmenge Arbeit bescherte der Kripo auch ein N.er Detektiv, der uneigennützig der Familie des vermissten Mädchens seine Hilfe anbot. Kostenlos wollte der arbeiten, so die Ankündigung. „Von wegen kostenlos", winkt die erzürnte ...(Mutter) heute noch ab. Wohl an die 10.000 Deutsche Mark habe ihr Vater damals gezahlt. Alles für Spesen, die dem Detektiv entstanden sind. „Genutzt hat es nichts", urteilte Annes Mutter.

„Wir haben auch alles geprüft, was der uns auf den Tisch gelegt hat", erinnert sich Ermittlungsleiter ... (KHK T.), „darunter war aber nichts, was wir nicht auch schon wussten oder was uns in irgendeiner Form weitergeholfen hat."

„Dabei geriet der mit dem Mordfall beschäftigte Privatdetektiv im Jahr 2000 selbst ins Visier der Ermittlungsbehörde. Die Staatsanwaltschaft in N. konnte sich nämlich seinerzeit nicht so recht erklären, woher der Mann sein Wissen über den Stand der Ermittlungen hat, behauptete damals jedenfalls der Leitende Oberstaatsanwalt in N. Zwei Wochen zuvor hatte der Privatdetektiv auf einer von ihm einberufenen Pressekonferenz die Behauptung aufgestellt, es gebe einen weiteren Tatverdächtigen. Das sah der Staatsanwalt als „sehr bedenklich" an. Dagegen könnte sich der Betroffene wegen übler Nachrede zur Wehr setzen, sagte ... (Oberstaatsanwalt) vor 17 Jahren. Der Detektiv sah nach seinen eigenen Aussagen diesen Ermittlungen gelassen entgegen. Alles, was er an Akten habe, sei ein Bericht des Oberlandesgerichtes, in dem die Staatsanwaltschaft weitere Ermittlungen gegen den bisherigen Beschuldigten untersagt wurden, setzte er sich zur Wehr. Diesen Bericht habe er von dem damals Tatverdächtigen selbst erhalten. Aus den Akten des Oberlandesgerichtes habe er auch die Erkenntnisse zu „seinem" Tatverdächtigen gewonnen. Der private Ermittler seinerseits hatte den N.er Oberstaatsanwalt der Lüge bezichtigt. Anlässlich eines Interviews, so der Detektiv, habe ... (Oberstaatsanwalt) behauptet, der Ermittler sei nicht bereit gewesen, sich als Zeuge vernehmen zu lassen und seine Quellen preiszugeben. Das würde nicht stimmen, behauptete der Privatdetektiv damals. Mit viel Getöse kündigte der Mann ein Jahr später die Zusammenarbeit mit Annes Mutter auf, sie habe, verstieg er sich im August 2001 zu der Behauptung, kein Interesse mehr an der Aufklärung des Falls gezeigt", war dann auf den Seiten 38 und 39 zu lesen.

Zu all von ihm geschriebenen Dingen hatte ich hier in meinem Buch zuvor wahrheitsgemäß berichtet. So stellt sich für mich aber die Frage:

Wenn ich für ihn schon eine solche Rolle in Annes Fall gespielt habe, dass er sich umfangreich meiner Person widmet, warum wurde nicht auch ich, genau wie Annes Mutter und der KHK T., von ihm interviewt?

Welchen Beweggrund ein Journalist, der selbst über Jahre Annes Fall begleitet hatte, nun nach so vielen Jahren den Mut aufbrachte, hier ohne eigene aktuelle bzw. klarer umfassend neue investigative Recherchen, eine Geschichte zu dem Fall zu schreiben, nur subjektive und einseitige Meinungen übernahm und sich selbst weder Fragen zum Fall stellte, noch nach der Wahrheit suchte und einfach nur diese nichtssagende und zudem mit Unwahrheiten versehene Geschichte veröffentlicht, wohl haben mag?

Irgendwie doch sehr armselig und Journalismus der fragwürdigsten Sorte.

Was war seine Motivation?

Wollte er damit überhaupt etwas bewegen oder wurde er, wie es kolportiert wird, zum Erhalt seines Arbeitsplatzes, vom Chefredakteur beauftragt, ein Buch zu schreiben?

***

Wer auch immer Annes Mörder ist, er wird nie Ruhe finden. Seine Tat, das Verbrechen an einem wehrlosen Kind, wird ihn bis ans Ende seines Lebens begleiten und ihn keinen Tag unbelastet lassen.

Die Angehörigen des Opfers, auch sie haben an der Last einer Schuld zu tragen.

Eine Schuld, die darin besteht, nicht alles getan und nicht um die Aufklärung des Verbrechens gekämpft zu haben. Mit ihrem unkooperativen Verhalten, dem Desinteresse an der Aufklärung, ja auch ihrer fehlenden Offenheit, trugen sie eher

dazu bei, den Mörder zu „schützen", als ihn einer gerechten Strafe zuzuführen.
Können die Familienmitglieder mit ruhigem Gewissen am Grab von Anne stehen? Wenn der Fall schon bei mir, als Privatermittler, der letztendlich seine Grenzen fand und nicht in der Lage war, bis heute zur Aufklärung des Verbrechens beizutragen, seine Spuren hinterlässt?

Mein ganzes Leben hat sich durch diese Ermittlungsarbeit verändert.
Jetzt bleibt mir nur der Versuch abzuschließen, den Fall abzulegen, ihn aber dennoch nicht zu vergessen.
Bleiben wird ein Schatten, der auf meiner Seele liegt!
Werde ich aber so für immer leben können?
Sofort habe ich eine Antwort parat.
Es vergeht auch heute noch kein Tag, an dem ich nicht an diesen Fall denken muss. Er ist und wird immer präsent sein und mich nie loslassen, solange Fragen bleiben!
Wie kann es sein, dass eine Mithilfe bei der Aufklärung eines Verbrechens, von der Ermittlungsbehörde und den Angehörigen des Opfers unerwünscht sind?
Warum waren Kriminalexperten, Medien und Politiker nicht zur Mitarbeit und Unterstützung der Ermittlungen eines Privatermittlers bereit?

Epilog

Nach der Fertigstellung des ersten Entwurfs meines Manuskriptes zu diesem Buch nahm ich im Dezember 2018 schriftlichen Kontakt zu Annes Mutter auf und ließ sie wissen, dass ich nach so vielen Jahren das Verbrechen an ihrer Tochter noch immer nicht vergessen kann. Lange hätte ich überlegt, diesen Kontakt aufzunehmen und es würde keinesfalls in meiner Absicht liegen, erneut Wunden aufzureißen, die eventuell verheilt sind. Sicher könne sie aber auch erst einen richtigen Abschluss finden, so schrieb ich, wenn der Mörder ihrer Tochter ermittelt worden sei.

Im nächsten Jahr würde sich dieses ungeklärte Verbrechen zum 25. Mal jähren.

Viele Fälle, ähnlich wie dieser, würden auch nach mehr als 20 Jahren neu aufgerollt und oftmals sogar geklärt.

Um für mich selbst diesen Fall verarbeiten zu können, hätte ich in der zurückliegenden Zeit an einem Buch gearbeitet, das sich mit Annes Fall und meiner Ermittlungsarbeit befasse, dessen anstehende Veröffentlichung durchaus dazu führen könne, dass der Fall vielleicht erneutes Interesse erlange und die Ermittlungen neu aufgenommen werden würden. Es sei zumindest, als eine Chance zu verstehen und die Wiederaufnahme der Ermittlungen sei sicher auch in ihrem Interesse.

Nun würde ich sie darum bitten, mir ihr Einverständnis zu geben und mich zu autorisieren, sie und die Angehörigen des Opfers in meinem Buch namentlich benennen zu dürfen.

Das Buch sei kein Roman. Es schildere die wahre Begebenheit und daher sollten die Angehörigen nach Möglichkeit benannt werden. Ich würde sehr auf ihre Unterstützung und Zustimmung hoffen. Am 9. Januar 2019 ließ sie durch ihren Rechtsanwalt folgende Ungeheuerlichkeit mitteilen:

Sicher ist es schwer, wenn einer Mutter das Kind durch einen Schicksalsschlag entrissen wird und sich dieser Tag nun zum 25. Mal jährt. Ich muss Ihnen jedoch mitteilen, dass meine Mandantin die Sache für sich verarbeitet hat und sie es nicht

wünscht, dass Sie zum wiederholten Male Wunden aufreißen. Auch wenn Sie ihr mitteilen, dass Sie diese Sache nochmals in einem Buch öffentlich machen möchten, habe ich Ihnen namens und in Vollmacht meiner Mandantin mitzuteilen, dass sie es nicht wünscht, dass die Namen der Angehörigen benannt werden. Auch ist es ihr Wunsch, dass Sie sie nicht mehr telefonisch sowie postalisch kontaktieren.
Selbst meine Mandantin hat mit dem Verbrechen an ihrer Tochter Anne so weit es geht, endgültig abgeschlossen ...

Selbstverständlich kam ich diesem Wunsch nach.
Anne hieß natürlich nicht Anne und auch die Angehörigen wurden nicht namentlich benannt, andere handelnde Personen und Orte anonymisiert.
Selbst wenn Annes Mutter die Sache für sich verarbeitet hat und es nicht wünscht, so konnte ich selbst nicht anders. Ich musste dieses Buch schreiben, in der Hoffnung mein Anne gegebenes Versprechen irgendwann doch noch zu erfüllen, denn ihr Fall ist nach wie vor ungeklärt, ihr Mörder noch immer nicht ermittelt.
Kann oder soll das so bleiben?

Meine Verbundenheit mit dem Schicksal der kleinen Anne ist nach wie vor vorhanden. Daher habe ich am 12. August 2019, an dem Tag an dem sich das Verbrechen zum 25. Mal jährte, Mecklenburg aufgesucht.
Mein erster Weg führte mich zum Fundort. Vieles hatte sich dort in all den Jahren verändert.
Aus den jungen Bäumen von 1998 waren kräftige Bäume geworden. Der Schacht war umwachsen mit hohen Gräsern. Das Feld war jedoch wie 1994 und 1998 auch zu dieser Zeit bereits abgeerntet.
In stillem Gedenken habe ich Blumen auf die Abdeckung des Schachtes gelegt, bevor ich dann aber meine Fahrt fortsetzte.
Mein Ziel war M., das Wohngebiet, in dem alles begann.

Dort angekommen war ich überrascht.
Der Wohnblock in dem Anne mit ihren Großeltern gelebt hatte und auch der Durchgang am Giebel des Wohnblockes sind eine einzige Baustelle. Selbst der Spielplatz war nicht mehr zu erkennen. Nur eine Bank bereits etwas verfallen, hatte die vielen Jahre überstanden und erinnerte daran, dass Anne hier einmal fröhlich mit anderen Kindern gespielt hatte.

Nichts erinnerte mehr daran, was hier geschehen war und verstärkte meine Vermutung, dass nun das schreckliche Geheimnis, das das Wohngebiet hütete, für immer aus den Erinnerungen vieler Bürger M.s langsam verschwinden wird.
In der Regionalpresse war an diesem Tag die Schlagzeile – An-

nes Mörder ist bis heute nicht gefasst – zu lesen, ihr Fall also für die Medien doch noch nicht vergessen.
Annes Mutter – namentlich genannt – wurde zitiert.
... Bis die Fahndung allerdings richtig professionell angelaufen sei, sei viel Zeit vergangen. Aus heutiger Sicht hätte die Polizei nicht genug getan.
... Dass inzwischen wohl ganz andere Ermittlungsmethoden möglich wären als noch vor 25 Jahren und auch die Herangehensweise heute wohl eine andere wäre, soll sie einschränkend gesagt haben. Auch was Herrn B. betraf, soll sie sich mit den Worten: ... er hat schon mal ein Kind umgebracht. Er ist ein Mörder, ich kenne ihn nicht und ich will ihn auch nicht kennenlernen, geäußert haben.
Zu ihrer Tochter erklärte sie, dass sie sehr oft an sie denken würde. Kontakte nach M. habe sie nicht mehr. Auch nicht zur Polizei ... Doch die würden sich melden, wenn es irgendetwas Neues gäbe.
Die Frage, ob sie, nach all den Jahren noch Hoffnung habe, dass das Verbrechen an ihrem Kind jemals aufgeklärt werde, erwiderte sie: „Ich gebe die Hoffnung nie auf. Es ist ein ungeklärtes Kapitalverbrechen."
Diese Äußerungen versetzten mich nun wirklich in Erstaunen. Hatte sie doch vor Monaten durch ihren Rechtsanwalt mitteilen lassen, dass seine Mandantin die Sache für sich verarbeitet habe und mit dem Verbrechen an ihrer Tochter Anne so weit es gehe, endgültig abgeschlossen habe. **Warum wird sie nicht noch einmal aktiv, um zu erzwingen, dass der Fall erneut aufgerollt wird?**
Mein Buch wäre für sie doch Grund genug, nun aktiv zu werden und von den Ermittlungsbehörden die Beantwortung aller darin enthaltener Fragen zu verlangen.
Also warum will sie nur hoffen?

In unserem Rechtsstaat muss alles Erdenkliche und von jeder Seite getan werden, ein Verbrechen, wie das an Anne aufzuklären. Auch noch nach 25 Jahren.

Das sind die Ermittlungsbehörden, die Angehörigen und selbst ich dem ermordeten 10-jährigen Kind, das sein Leben noch vor sich hatte, auch heute noch schuldig. Wenn dieses Buch ein Anstoß ist, den Fall noch einmal aufzurollen, wäre das Ziel erreicht. Alles in diesem Buch Dargestellte hat sich so, wie ich es geschildert habe zugetragen. Das kann und würde ich jeder Zeit belegen oder als Zeuge unter Eid aussagen.

Meine Bereitschaft, natürlich nur in gemeinsamer, kooperativer und vertrauensvoller Zusammenarbeit mit der Ermittlungsbehörde, eine umfassende Fallanalyse zum Fall zu erstellen, liegt auch heute noch vor.

Alle Informationen zu Annes Fall, aus welcher Akte auch immer, müssen dann aber auf den Tisch und mit den heutigen Erkenntnissen neu bewertet werden.

Meine Unterstützung biete ich hierzu an.

Aber bittet die Polizei nach 25 Jahren auch noch immer um Mithilfe?

LESETIPP!

Kathrin Kolloch
Der Neid

300 Seiten
14 x 21 cm
Hardcover
ISBN 978-3-943168-00-6
17,70 € (D)

Man schreibt das Jahr 1989. In einem einsamen kleinen Dorf in Mecklenburg lebt das 13-jährige Mädchen Stefanie bei ihrer Großmutter. Ihr Vater hatte sie in die Obhut seiner Mutter gegeben, nachdem Stefanies Mutter zehn Jahre zuvor auf mysteriöse Art und Weise ums Leben kam.

An einem Sonnabend im Januar 1989 verschwindet das Mädchen plötzlich spurlos.

Gewaltverbrechen oder Entführung? Schon kurze Zeit später geraten mehrere Tatverdächtige nicht nur ins Visier der Polizei, sondern auch in das der Stasi, die sich schon unmittelbar nach dem Verschwinden des Mädchens an den Ermittlungen beteiligt.

Da es scheint, dass den Ermittlern sämtliche Spuren ausgehen, beauftragt der Vater des verschwundenen Mädchens fünfzehn Jahre später eine renommierte Anwaltskanzlei mit der Aufklärung des Falls. Der Seniorpartner übergibt den ungewöhnlichen Auftrag an gleich zwei seiner Anwältinnen. Von ihm ausgeklügelt, teilen sich beide eine hohe Prämie bei Aufklärung des Falles, bei Misserfolg gehen sie leer aus. Bei Erfolg kann aber auch eine die gesamte Prämie bekommen. Der Wettlauf mit der Zeit beginnt …

LESETIPP!

Kathrin Kolloch
Der Zorn

450 Seiten
14 x 21 cm
Hardcover
ISBN 978-3-943168-14-3
17,70 € (D)

Dem Tod des Häftlings Mike Tomat in der Justizvollzugsanstalt ging ein mehrtägiges Martyrium voraus. Was nur als kleine Pressemeldung gedacht war, weitet sich aus und entfacht in den Medien eine Diskussion über die Langsamkeit und die Laschheit der Justiz. Dieser Makel fällt auf den leitenden Oberstaatsanwalt Hohenwarter-Powils und droht dessen brillante Dienstlaufbahn noch kurz vor ihrem Ende zu beflecken. Um dieses zu verhindern, trifft er mit seinem Schulfreund aus alten Tagen, dem Richter Tankred Wulkawitz, in dessen Zuständigkeitsbereich die Ahndung der schrecklichen Taten fällt, eine fatale Absprache ...

LESETIPP!

Birgit Storm
Ein Schuss zu viel

200 Seiten
12,5 x 19 cm
Softcover
ISBN 978-3-943168-86-0
10,80 € (D)

Tod beim Biathlon-Weltcup

Vor den Augen der Zuschauer bricht der erfolgreiche Oberhofer Biathlet Arne Becker am Schießstand zusammen. Wer ist für seinen Tod verantwortlich?

Diese Frage müssen Theo Greitner von der Polizeidirektion Suhl und sein Hamburger Kollege Matthias Hansen in ihrem ersten gemeinsamen Fall beantworten. Die Zusammenarbeit der beiden sehr unterschiedlichen Kommissare gestaltet sich schwierig, bis einer von ihnen in Lebensgefahr gerät.